Knaus

Gregor Weber

Feindberührung

Kriminalroman

Knaus

FSC
www.fsc.org
MIX
Papier aus verantwortungsvollen Quellen
FSC® C014496

Verlagsgruppe Random House FSC-DEU-0100
Das für dieses Buch verwendete
FSC®-zertifizierte Papier *Pamo House*
liefert Arctic Paper Mochenwangen GmbH.

1. Auflage

Gesetzt aus der Minion von
Buch-Werkstatt GmbH, Bad Aibling
Druck und Einband: GGP Media GmbH, Pößneck
Printed in Germany
ISBN 978-3-8135-0410-1

www.knaus-verlag.de

Gewidmet allen Männern und Frauen,
die ihr Leben einsetzen.
Im Gedenken an jene,
die es verloren.

Eins

I'm not fighting for justice
I am not fighting for freedom
I am fighting for my life
And another day in the world here

»On the day after tomorrow«
Tom Waits & Kathleen Waits-Brennan

36°74' Nord – 68°98' Ost

Sie waren auf der LOC Pluto in westlicher Richtung unterwegs, nach vierzehn Tagen draußen. Eine der ewig gleichen Routen. Wann sie welche Route fuhren, folgte dem Zufallsprinzip, damit die Taliban ihnen nicht nach Fahrplan auflauern konnten. Die sollten wenigstens ein bisschen Zeit mit Aufklärung verschwenden müssen. Die deutschen Patrouillen klapperten regelmäßig in allen Himmelsrichtungen die Dörfer ab. Kontakt zur Bevölkerung suchen, reden, Tee trinken, rausfinden, wo der Schuh drückt, und dabei Präsenz zeigen. Informationen einholen, Hinweisen nachgehen und nach Lage auch eingreifen. »Salaam Alman!«, »Alman guud!«. Soweit die Theorie. Die ersten Jahre über war es auch so gelaufen. Die Leute mochten sie, die Alman, die Deutschen, das war im Grunde immer noch so. Mehr jedenfalls als die Amis oder auch die Tommys im Süden. Sie wurden noch um Hilfe gebeten, man erzählte ihnen manchmal, wo sich Verdächtige rumtrieben, wie viele man gesehen hatte und wie sie bewaffnet waren. Aber wenn sie dann dort hinkamen, hatte irgendjemand die Drecksäcke jedes Mal schon gewarnt. Sie waren wie vom Staub verschluckt, wie in den Fels gefahren. Es gab keine Überraschungen mehr für die Bartheinis. Aber für die Bundeswehr immer mehr davon. Überall gut getarnte Sprengfallen mit hoher Wirkung, Suicider an jeder zweiten Ecke. Oft gab es schwere und schwerste Verletzungen selbst bei den in gepanzerten Fahrzeugen sitzenden Soldaten, allein weil sie durch die Ansprengungen so heftig herumgeschleudert wurden.

Auch taktisch einwandfrei gelegte Hinterhalte, präzise geführte Attacken, diszipliniert durchgehaltene Feuergefechte über Stunden gehörten jetzt zum Programm.

Das alles hatte es jahrelang nur im Süden und Südosten gegeben, bei den Amis und den Briten. Aber vor einiger Zeit waren französische Fallschirmjäger östlich von Kabul dreizehn Stunden im Sand festgenagelt worden. Und die Paras waren keine Weicheier, die hatten richtig Zunder gegeben, Granaten, Mörser, alles, was sie hatten. Am Abend waren sie praktisch ausgeschossen und mussten beten, dass die Wichser das nicht merkten. Die alarmierte Unterstützung geriet auf den beiden einzig möglichen Wegen zum Gefechtsfeld dann auch noch in Hinterhalte, alles bestens vorbereitet. Die Franzosen riefen Close Air Support, und da kam es, wie es ja meistens kommt. Ziele zu klein, Freund und Feind zu nah beieinander, mindestens zwei Mann starben durch den eigenen Luftangriff, Gesamtbilanz des Gefechts: zehn Tote und Dutzende Verwundete. Danach ging es auch im Norden los. Chahar Darreh, die Höhen 431 und 432.

Das Schlimmste an der Sache war die Erkenntnis, dass die Taliban es mit ihren Angriffen absolut ernst meinten. Die wollten sie tot sehen. Kein »hit and run«, nein, hit and hit and hit again, till you go down, motherfucker.

Das war voraussichtlich die letzte Patrouille seiner Kompanie vor der Heimreise. Und sie war ganz überraschend verlaufen: kein Schuss war gefallen, nichts explodiert. Sie hatten tatsächlich Tee getrunken, Kontakt zur Bevölkerung gehalten, Informationen eingeholt und ganz in Ruhe außerhalb der Dörfer biwakiert, zweimal sogar recht bequem in Polizeistationen der ANP. Jetzt rollte der Konvoi Richtung Feldlager, er saß mit GPS und Karte beschäftigt im ersten Fahrzeug.

Vor sieben Jahren war er zum ersten Mal hier gewesen, als Oberfähnrich. Da fühlten sie sich wie die Amis 1944 in Frankreich. Alle Afghanen waren froh, sie zu sehen, sie waren Helden, Befreier mit der goldenen Zukunft im Kampfgepäck. Patrouille fuhren sie ohne Schutzweste und Helm, nur das bordeauxrote Barett auf dem Kopf, das ihn so stolz machte. Stürzender Adler auf rotem Barett.

Fallschirmjäger. Elite. Scheiße.

Keine Ahnung hatte er gehabt, ein Bubi war er damals. Er hatte sich so schnell wie möglich wieder zum Einsatz gemeldet.

Bei der zweiten Tour war er Zugführer, frisch befördert zum Leutnant. Französischer Kommandolehrgang in Mont-Louis, Einzelkämpferlehrgang eins und zwei in Altenstadt, wieder einsatzvorbereitende Ausbildung. Er fühlte sich gut vorbereitet. Bis zu der Explosion auf dem Marktplatz.

Darauf kann einen keiner vorbereiten.

Das kann man nicht lernen.

Der Kopf von dem alten Afghanen, der ihm gegen die Brust geflogen war, der junge Obergefreite mit den abgerissenen Beinen, die Frau in der brennenden Burka, die einfach nur dastand, die Arme nach vorn gestreckt, und verbrannte. Taub von dem Knall, blutige Stücke im Staub auf seinem Gesicht, hatte er zuerst den verwundeten Kameraden in Deckung gezogen und danach nahende Rettungskräfte mit Handzeichen eingewiesen. Dann setzte er sich neben den hysterisch kreischenden Obergefreiten, zog ihn zu sich und streichelte sein Gesicht. Der beruhigte sich tatsächlich, ließ seinen Kopf schwer in seinen Schoß sinken, und die Arme hörten auf, um sich zu schlagen. Wahnsinn, er war ein Heiler! Wenn er die Stümpfe streichelte, würden dem Jungen die Beine nachwachsen. Er lachte laut und weinte vor Glück, und dann sah er, dass der Idiot tot war. Arschloch. Wichser. Er schlug mit der Faust in das blöde Gesicht, die Nase brach, das rechte Jochbein. Zack. Mit beiden Fäusten trommelte er auf den Jungen ein, bis er plötzlich eingequetscht wurde; ein Mann lag auf ihm, und er sah weiße Zähne direkt vor seiner Nase. Von hinten hielt ihn auch einer umfasst, unter seinen Armen durch hatte der seine Handgelenke in eisernem Griff. Etwas Buntes geriet in seinen Blick, was war das denn, die Welt war doch grau? Ein Wort plötzlich: Flagge.

Das Bunte war eine Flagge auf dem Ärmel des fremden Kampfanzugs, er kannte die Flagge, aber es fiel ihm nicht ein, zu welchem Land sie gehörte. Irgendwas Kaltes, viel angenehmer als die Scheißhitze hier, Schnee, eisblauer Himmel und Tannen. Er schmeckte Schnaps auf der Zunge, au fein, das wär jetzt was. Er versuchte sich umzusehen, gar nicht so einfach, die waren ganz schön stark, die Kerle mit der fremden Flagge. Wenn das alles hier aufgeräumt war, musste er unbedingt ins Reisebüro gehen, die Flagge auf ein Papier malen, und dann würde ihm der freundliche Angestellte sagen, wie das Land zur Flagge hieß, und er würde einen Urlaub dort buchen. Hinfliegen.

Er flog ja schon. Schultern und Füße hingen an was dran, sein Hintern schwebte frei im Wind. Dann lag er in einem Wagen, einer der Männer hielt seine Schultern noch, aber viel lockerer als vorher. Er selbst war jetzt auch lockerer, er freute sich auf den Urlaub. Pieks im Arm. Der Herr Doktor, aha. Da fiel ihm ein, dass er immer schon so schlecht gemalt hatte, und er griff nach der Flagge. Ob er die wohl mitnehmen dürfte, fürs

Reisebüro? Es gab ein ziemliches Gezerre, und er spürte, wie schwach er war, ja, er brauchte wirklich dringend Urlaub, aber der Herr Doktor war nett. Er schnippelte die Flagge von einer Jacke ab, die im Wagen hing, und gab sie ihm. Er hielt sie fest in der geschlossenen Faust, der Herr Doktor wusch ihm das Gesicht, und kurz vor dem Einschlafen war es ihm doch noch eingefallen: Norwegen. Schön.

Natürlich hatten sie ihn zwei Wochen später nach Hause geflogen. Gefahr einer posttraumatischen Belastungsstörung. Einen Namen musste das Kind ja haben. Er hatte eigentlich nichts gegen Psychoonkels. Wenn man krank war, musste man eben zum Arzt. Aber er war nicht krank. Er war im Krieg gewesen, fertig. Ein Soldat musste damit zurechtkommen. Er machte eine Kur und ein paar Sitzungen beim Truppenpsychologen, weil man ohne das alles nicht so bald wieder in den Einsatz gehen durfte, und dann meldete er sich wieder. Es gab Krach mit seiner damaligen Freundin, er trennte sich von ihr. Dann lernte er Charlie kennen und erzählte einfach nichts von dem Marktplatz, also gab's auch keine Probleme. Nach einem Jahr zogen sie zusammen, und knapp zehn Monate später war er in Köln-Wahn ein weiteres Mal in die Maschine nach Termez gestiegen.

Der Oktober war in Afghanistan ein guter Monat. Die Sommerhitze von bis zu fünfzig Grad Celsius war endlich vorbei. Der Shomal, der »Wind der 120 Tage«, der von Mai bis September den ganzen verdammten Staub Asiens in ihre Gesichter fauchte, unter die Bristol-Schutzweste und in die unzähligen Taschen mit Ausrüstung, der die Waffen verdreckte und den Zieloptiken zusetzte, die ihnen aber sowieso nichts halfen, weil man bei diesem Staubsturm oft bloß noch einen halben Meter weit gucken konnte; dieser verschissene Wind kam im Oktober garantiert nicht mehr in diese Gegend. Und der Winter mit Temperaturen bis zu zwanzig Grad unter Null war noch weit weg. Ja, hier war der Oktober ein richtig schöner Monat.

Alles eine Frage der Perspektive.

Zu Hause hasste er den Oktober. Im Oktober war der deutsche Sommer definitiv zu Ende, dann war Schluss mit Schwimmen und Surfen am Sonntag und seinen Händen auf Charlies flachem Bauch, die samtig gespannte Haut noch warm von einem ganzen Tag am See. Das war ihr Deal: Samstags fuhr Charlie mit ihm ausgedehnte Biketouren in der Umgebung, dafür chillten sie sonntags am Wasser.

Er brauchte viel Bewegung, nicht nur das Training, zu dem er dienstlich verpflichtet war, nicht nur die zusätzlichen Einheiten, zu denen er sich zwang, weil Disziplin und die Fähigkeit, sich zu quälen, wichtig für ihn waren, ja lebenswichtig sein konnten in seinem Job, sondern auch spielerische Bewegung, das Ausprobieren. Er lernte leidenschaftlich gerne neue Sportarten, am liebsten solche, bei denen man mit einem Sportgerät die Elemente meistern musste. Einfach so dazusitzen, fiel ihm unendlich schwer. Auf Menschen, die ihn nicht gut kannten, wirkte er ruhig und ausgeglichen. Aber das war er nur, weil er sich körperlich völlig auslastete.

Obwohl er also dienstlich ohnehin an drei Morgen die Woche mindestens eine Stunde joggte und an zwei bis drei Nachmittagen Krafttraining machte, musste er Samstag und Sonntag noch mal raus. Während des ganzen Jahres. Samstags lief er morgens fünfzehn Kilometer in hohem Tempo, Schnitt drei Minuten auf tausend Meter. Nach dem Frühstück brach er dann mit Charlie und gelegentlich noch ein paar Bekannten mit den Rädern auf und war am Abend dann ausgepowert genug, um die Kneipe mit Charlies Clique auszuhalten. Es war definitiv Charlies Clique und nicht seine. Sie waren okay, ja, aber er konnte nicht viel anfangen mit ihren Themen: Fernsehserien, Musik, der nächste Urlaub, wann sie Kinder kriegen wollten, wie doof ihre Chefs sind. Sein Beruf war anders, er hatte vieles gesehen, was für seine Altersgenossen unvorstellbar war, und sie wollten auch, dass das so blieb. Es war ihm einerseits recht, nicht darüber zu reden, andererseits geriet er dadurch oft ins Abseits. Ab Mitternacht drängte er meist zum Aufbruch, was bestenfalls zu hochgezogenen Brauen in der Clique führte, manchmal aber auch zu blöden Bemerkungen, die er zu ignorieren versuchte, er wollte einfach ins Bett.

An jedem Sonntag begann er seinen Lauf im Dunkeln, im Winter spätestens um sechs Uhr, und dann trug er statt der Laufschuhe die Kampfstiefel an den Füßen und einen Zwanzig-Kilo-Rucksack auf dem Rücken. Er lief in ruhigem, absolut gleichmäßigem Tempo genau zwei Stunden lang. Danach duschte er kurz heiß und lange kalt und weckte Charlie mit Kaffee. Im Sommer vögelten sie dann eigentlich immer, und nach dem Frühstück ging es zum See. Dort blieben sie den ganzen Tag. Bekannte kamen dazu, sie quatschten, und wenn es ihm zu viel wurde, ging er einfach ins Wasser, schwimmen, surfen. Der eine oder andere machte mit, und so entstand zumindest der Eindruck, er sei Teil des Sonntagsvergnügens, und der Tag glänzte träge in milder Harmonie.

Gegen Abend blieben er und Charlie allein zurück, und wenn die Sonne unterging, lagen sie einfach so da, er hinter Charlie, die Arme hatte er um ihre Hüften geschlungen, eine Hand auf ihrem Bauch. Und sie redeten kein Wort, er atmete in ihren Rücken, Charlie in seine Handfläche, das Blut strömte ganz warm und schwer in sein Geschlecht und ließ es hart gegen Charlies Körper drücken. Diese Spannung kosteten sie beide intensiv aus. Keiner von beiden versuchte weiter zu gehen, es waren ja auch meist noch Leute da. Ihr Atem ging synchron und immer tiefer, dann wurde er schneller, flacher, und Charlie bewegte ihre Hüften langsam und in kleinen Schwüngen hin und her, grub ihren Po in seinen Schoß, bis er kam. Ab und zu, wenn sie wirklich allein am Ufer lagen, schlüpfte er auch in sie hinein, und sie ließen sich auf der Welle treiben, träge und erst gegen Ende leicht beschleunigend, bis Charlie die Hand auf seinen Hintern legte und ihn zum Innehalten brachte.

Und im Oktober war dann Schluss damit für lange Zeit.

Die Radtouren machte Charlie noch eine Weile mit, dann wurde es ihr zu kalt und zu ungemütlich. In dieser Zeit war ihr nur nach Kuscheln zu Hause, nach Fernsehen, Kino oder Kneipe. Er konnte das alles bloß genießen, wenn er müde war vom Training und von der Disziplin, die er dafür aufbringen musste. Den Schweinehund überwinden, das war wichtig, immer und immer wieder. Wenn er weich wurde, sich selber nachgab, konnte das ihn und seine Kameraden irgendwann in Lebensgefahr bringen. Er hatte Verantwortung, er war Offizier. Charlie sah nur das gute Einkommen, die Sicherheit und genoss seine Stärke, seinen Schutz. Nicht viele Männer konnten ihre Frau wirklich beschützen, wenn es darauf ankam. Charlie liebte seinen muskulösen, sehnigen Körper, wollte aber nicht einsehen, dass der trainiert werden musste, täglich und unerbittlich. Und dass es eben nicht um eine nett anzusehende Hülle ging, ein Sixpack aus dem Fitnessstudio, sondern um die Fähigkeit zu kämpfen, zu leiden, Schmerzen zu ertragen, Erschöpfung zu ignorieren. Also radelte er über Monate allein samstags durch die Umgebung, danach war Kneipe oder Kino erträglich und Char-

lie zufrieden. Aber der Sonntag wurde ab Oktober zum Problem. Mit Sex nach seinem frühen Gepäcklauf konnte der Tag noch harmonisch werden, aber wenn Charlie nicht danach war, gab es todsicher Diskussionen über die Tagesgestaltung, die entweder im Streit endeten oder damit, dass er versuchte, sich ihren Wünschen anzupassen, dann aber von Stunde zu Stunde ein immer genervteres Gesicht zog, sodass es spätestens abends zwischen ihnen krachte. Aus diesem Teufelskreis kamen sie nie raus. Scheißoktober.

Seine dritte ISAF-Tour neigte sich nun also dem Ende zu. In zweieinhalb Wochen würde er sich wieder mit Debriefings, Papierkram und Untersuchungen im Sanbereich herumschlagen. Und mit dem Versuch, sich wieder an Charlie, die Clique und ein Zivilleben voller Dinge, die ihn im Grunde nicht interessierten, zu gewöhnen. Wenn es so weiterlief, waren sie in fünf Stunden im Feldlager Kunduz. Zur besten Kaffeezeit, sie würden die glückliche Heimkehr mit Streuselkuchen feiern können. Da tippte ihm der Fahrer auf den Arm und zeigte Richtung ein Uhr. Er schaute durch sein Fernglas. Ein kleiner Junge stand in etwa vierhundert Metern Entfernung neben einem auf dem Rücken liegenden Mann.

Die Befehlslage für solche Situationen war eindeutig: durchstoßen, nicht anhalten. Aber es handelte sich um ein Kind, bis auf den liegenden Mann völlig allein im Nichts.

Er nahm per Funk Kontakt mit dem Kompaniechef auf; der befahl nach sekundenkurzem Nachdenken Anhalten und Aufklärung zu Fuß. Nach dem Stoppen saß der Oberfeldwebel, der den Dingo kommandierte, mit einem Hauptgefreiten als Sicherer ab und umrundete das Fahrzeug zur IED-Erkennung. Dasselbe passierte zeitgleich bei allen Konvoifahrzeugen. Danach saßen alle Soldaten der Kompanie, außer den Fahrern und den Bedieneren der Schwerpunktwaffen, ab und gingen in dreihundertsechzig Grad um die gestoppte Kolonne in Stellung. Das war das Standardverfahren. Er schaute dem Oberfeldwebel und dem Hauptgefreiten nach, die jetzt langsam die noch rund hundert Meter zu dem Jungen gingen. Das umliegende Gelände war gut zu übersehen, menschenleer.

Trotzdem.

Er hatte kein gutes Gefühl.

1

Im Traum saß Bomber am Steuer eines geräumigen und sanft brummend dahinrollenden Kombis, neben ihm eine Frau, auf dem Rücksitz ein Kind. Sein Sohn, Kevin, das wusste er instinktiv, obwohl er sich in dem Traum nicht umdrehen konnte. Er konnte noch nicht mal zur Seite gucken, nur nach vorne, also sah er auch die Frau nicht. Aber ebenso wie er wusste, dass das Kind auf dem Rücksitz Kevin war, wusste er, dass da neben ihm nicht seine Frau saß. Seine Exfrau, genau genommen, auch wenn sie noch verheiratet waren. Der träumende Bomber gluckste bitter, aber der Bomber im Wagen schaute gelassen nach vorne, auf eine graue Straße, die sich durch grünes Land ins Unendliche zog. Es war gleichgültig, wer diese Frau war, sie war bei ihm, sie stellte keine Fragen, und auf dem Rücksitz saß sein Sohn, das war das Wichtigste. Er fuhr mit seinem Jungen Auto, irgendwohin.

»Kann ich Kaugummi, Papa?« Kevin kaute im Auto immer Kaugummi, sonst wurde ihm schlecht.

»Klar, mein Junge.« Bomber griff ohne hinzusehen in die Ablage unter dem Radio. Dabei gerieten Daumen und Zeigefinger in etwas Heißes, und Bombers Hand zuckte zurück. Verdammt, das musste der Kaffee sein, war da kein Deckel auf dem Becher? Doch der Schmerz ließ nicht nach, im Gegenteil, er wurde stärker. Bomber hielt sich die Finger vors Gesicht und sah, dass sie in einem überdimensionierten Zigarettenanzünder steckten. Er versuchte, das Teil abzuschütteln, presste die Finger zusammen, damit sie nicht mehr festklemmten, aber anscheinend hatte die Hitze die Haut geschmolzen, alles zusammengeklebt. Scheiße. Er presste und schüttelte und lenkte dabei mit einer Hand. Der Wagen geriet ins Schlingern, Bomber glich hektisch aus, der Wagen schlingerte in die andere Richtung, schleuderte.

»Papaaaaaa!«

Bomber rutschte aus dem Autositz.

Im Fallen erwachte er, sein Rücken schrammte an der Kante des

Rollstuhls entlang, die Beinstümpfe schlugen heftig gegen die Strebe zwischen den Tischbeinen, und als der Hinterkopf am Rand der Sitzfläche angekommen war, schlug plötzlich das Kinn auf der Brust auf. Bomber biss sich auf die Zunge, und dann schlitterte der Rollstuhl nach hinten weg. Sein Schädel explodierte schier beim Auftreffen auf dem Boden; einen Moment lag Bomber benommen da. Der Schlag hatte alle Luft aus ihm gepresst, die Zunge schien auf Badeschwammgröße anzuschwellen. Als er nach Luft schnappte, brannten seine Lungen lichterloh, und der Traum von Kevin war weg, Gott sei Dank auch die Panik am Ende; dafür war da wieder die staubige Straße in Scheißafghanistan und der heulende Junge und sein toter Vater daneben und die Zünder in den schweißnassen Kinderhänden. Die Reste seiner Beine begannen unkontrolliert zu zucken, seine Brust wollte sich zum Einatmen weiten, doch die Lungen brannten noch, und er fürchtete sich vor dem Einströmen der Luft. Aber er musste atmen!

Also schlug er sich mit den Händen flach ins Gesicht, formte Fäuste, trommelte sich auf die Brust, und dann brach der Damm, und Bomber hyperventilierte fast, so schnell atmete er ein und aus. Er wimmerte. Mit einem langen Kreischen fand er den Weg zurück aus dem Krieg in seine Wohnung; seine Brust hob und senkte sich, nicht mehr wie ein Motorkolben unter Volllast, puckerte langsamer, der Hub verkleinerte sich und seine Beine kamen wieder zur Ruhe.

Er blieb einen Moment liegen, der ganze Körper schmerzte, sein Kopf war leer, das Gesicht von eiskaltem Schweiß überströmt, die Augen zu. Er wollte erst sicher sein, dass auch bei geschlossenen Augen der Krieg weg war.

Jetzt. Ging. Es.

Als er die Augen öffnete, platzte die Haut auf seiner linken Brust unter einem Schlag. Im selben Augenblick breitete sich ein rot glühender Schmerz in seinem Herzen aus, so entsetzlich, dass das Grauen ihm den Atem in den Mund zurückstopfte und seine Augen weit auftrieb. Er sah einen Mann mit einer Sturmhaube über sich, Schweiß tropfte aus dem Oval, das die Maske im Gesicht des Mannes freiließ. Bevor er Luft holen konnte, presste der Angreifer eine Hand auf Bombers Mund und fixierte so seinen Kopf, schwang sich auf Bombers Bauch und klemmte mit seinen Knien Bombers Arme an dessen Rumpf. Er war stark, und seit dem Schlag auf die Brust und dem Herzschmerz, der gar nicht mehr aufhörte, schwand Bombers Kraft in rasender Geschwindigkeit. Er versuchte, sich aufzubäumen, den Mann abzuwerfen, sich unter ihm herauszuwinden, dabei war ihm völlig klar, dass er keine Chance hatte. Bomber war lange Soldat gewesen, er konnte kämpfen, selbst ohne Beine war er noch ein hartes Schwein, aber wenn er im Krieg eines gelernt hatte, dann war es das, zu wissen, wann es vorbei ist.

Er sah dem Mann, der ihn tötete, in die Augen. Er wollte sehen, was der dabei empfand, auch wenn das am Ergebnis nichts ändern würde. Aber sein Blick konnte nichts mehr festhalten, alles entglitt ihm, verschwamm. Bomber schloss die Lider. Das war ein guter Entschluss, denn sofort kam Kevin und sah ihn an. Und auch seine Frau. Sie waren wieder zusammen.

Alles war gut.

Bomber weinte.

Alles war gut.

Er war schon tot, als der Angreifer das Messer ganz aus seiner Brust zog.

Der Mann mit der Sturmhaube atmete schwer. Bombers Kopf war plötzlich zur Seite gerutscht, die Lider hatten sich geöffnet.

Vorsichtig lockerte er den Druck seiner Beine auf Bombers Arme. Nichts. Er atmete ein paarmal langsam und tief, um die Pulsfrequenz zu senken. Das Aufstehen fiel ihm schwer, er strauchelte, als er den rechten Fuß über die Leiche hob. Mit zwei schnellen Schritten fing er sich ab und lehnte sich dann erschöpft gegen den Türrahmen. Einen Moment lang stand er so da. Ließ die Arme hängen, den Kopf, lockerte die Verkrampfungen des Nackens und seiner Armmuskulatur.

Er ärgerte sich. Über zwei Stunden hatte er in dem muffigen Einbauschrank gekauert. Den Qualm eingeatmet, erst von Zigaretten, dann von dem Joint, ohne zu husten. Den Pornosound und Bombers Stöhnen beim Wichsen ertragen. Nachdem eine Weile außer der PC-Kühlung nichts mehr zu hören gewesen war, hatte er sehr vorsichtig die Schranktür einen winzigen Spalt geöffnet. Bombers Kopf hatte nach hinten über die Lehne des Rollstuhls gehangen, die Augen geschlossen. Die Scharniere der Schranktür würden kein Geräusch machen – das hatte er ausprobiert, bevor Bomber nach Hause gekommen war –, also hatte er die Türen ganz geöffnet, war aber zunächst im Schrank geblieben, um den Schlafenden zu beobachten. Zwei, drei Minuten waren vergangen, Bomber hatte sich überhaupt nicht gerührt. Er war aus dem Schrank geschlüpft, hatte vorsichtig seine Beine gestreckt und die Gelenke gelockert, immer den Schlafenden im Blick. Das Kampfmesser hatte stoßbereit in seiner Rechten gelegen seit er in den Schrank gekrochen war. Mit einem gleitenden Schritt war er neben den Rollstuhl gelangt.

Bombers Augäpfel bewegten sich wild hinter den Lidern. Er hatte das Messer zum Stoß angesetzt und konnte den Entschluss kalt in seiner Brust spüren, es war, als ob er Eis atmete. Gleichzeitig legte sich eine dämpfende Schicht um seinen Kopf, ließ ihn nichts mehr hören außer dem Rauschen des Blutes in seinen Ohren. Der Moment war da.

Und genau in diesem Augenblick war Bombers Rechte nach oben gezuckt und der ganze Körper in dem Rollstuhl in Aufruhr geraten. Bomber hatte plötzlich mit beiden Händen in der Luft hantiert, als fassten sie ein Lenkrad, und war dann mit einem unartikulierten Laut zu Boden gerutscht. Ihm war nichts übrig geblieben als sich einfach wegzuducken, der Schreck hatte ihn eine Sekunde zu lange gelähmt, und jetzt war die Situation grundlegend verändert, Bomber war wach geworden.

Es war die richtige Entscheidung gewesen, nicht einfach loszustürmen, das hielt er sich im Nachhinein zugute, und immerhin hatte er schnell genug begriffen, dass das Überraschungsmoment noch nicht wirklich verloren war: Bomber war zwar wach, aber er hatte keine Ahnung, dass er nicht allein war. Er lag auf dem Rücken, und seine Beinstümpfe zuckten wie wild, er schlug sich ins Gesicht, dann trommelte er auf seiner Brust herum.

In diesem Augenblick hatte er an den alten Bomber denken müssen, den Bomber mit Beinen. Musste auch jetzt wieder an ihn denken, jetzt, wo endgültig Schluss war mit Bomber Rems. Obwohl, eines musste man ihm lassen, er hatte nicht rumgejammert, nahm es wie ein Mann:

das mit den Beinen damals und seinen Tod jetzt. Die Augen. Als ob Bomber einverstanden war. Oder?

Grübeln brachte nichts, es war unumgänglich gewesen. Bomber hatte sterben müssen.

Der Mann, der Bomber Rems getötet hatte, hob den Kopf, löste sich vom Türrahmen und sah sich um. Was für eine Drecksbude. Auf dem PC-Bildschirm ein Standbild. Eine Frau erstickte beinahe an einem riesigen Schwanz, Sperma quoll aus ihren zum Platzen gespannten Lippen. Er klickte mit der Maus die Site weg. Dann schaute er sich den toten Bomber in Ruhe an. Er trug eine graue Boxershort mit Eingriff, sein Glied hing schlaff aus dem Schlitz. Im Sterben hatte er sich eingepisst und, wie es roch, auch eingeschissen. So war das halt. Zwischen Daumen und Zeigefinger von Bombers rechter Hand klebte der verglimmte Stummel eines Joints, die Fingerkuppen hatten Brandblasen. Das olivfarbene T-Shirt war blutdurchtränkt, auf den Ärmeln die deutsche Flagge, darunter wucherten auf beiden Armen Tätowierungen in Richtung der Handgelenke. Bombers Gesicht wollte der Mörder sich nicht mehr ansehen. Er hatte auch keine Zeit mehr. Hier war noch einiges zu tun.

Eine Stunde später schlüpfte der Mann in sauberer Kleidung, einen offenen Rucksack in der Hand, aus der Wohnungstür in den dunklen Flur des Hochhauses. Es war ganz still. Er schloss die Tür leise, strich mit der linken Hand über Türschloss und Knauf, anschließend zog er vorsichtig einen dünnen Gummihandschuh ab und verstaute ihn im Rucksack. Ohne Hast, aber zügig und nahezu geräuschlos verließ er das Haus und verschwand in der Nacht.

2

Grewe! Fischbrötchen um die Uhrzeit, eklig!« Mit Daumen und Zeigefinger hielt sich Therese Svoboda die Nase zu, während sie mit dem linken Stiefelabsatz die Bürotür zutrat. Auf dem rechten Unterarm balancierte sie das Tablett mit zwei Schokocroissants und zwei Milchkaffee.

»Das ist ein vernünftiges Frühstück.« Sie stellte das Tablett ab, nahm einen Teller und einen Kaffee, stellte beides auf den Schreibtisch ihres Kollegen Kurt Grewe, danach bediente sie sich selbst.

»Seit wann esse ich Schokocroissant?«, fragte Grewe, und dabei flogen winzige Brötchensplitter gegen die Fensterscheibe. Draußen tanzten Schneeflocken im Wind, der Himmel war grau. Aber den Blick aus dem Bürofenster liebte Grewe bei jedem Wetter. Man schaute auf den wunderschön umbauten Garnisonsplatz, eine Anlage aus der ersten Hälfte des siebzehnten Jahrhunderts. Der Platz war großzügig bemessen, schließlich wollte der seinerzeit hier residierende Landgraf dort wöchentlich das große Antreten seiner beiden Regimenter, eines mit Grenadieren, eines mit Dragonern, betrachten. Allerdings war er diese Regimenter und auch seinen schönen Thron bald los, weil er im ausgehenden Dreißigjährigen Krieg auf die falsche Koalition gesetzt hatte.

»Grewe, du isst alles. So sieht's aus.«

»Na, dann kann ich ja wohl auch Fischbrötchen frühstücken.«

Grewe versuchte, einen plötzlich sich vom Brötchen lösenden Klecks Remoulade aufzufangen, sorgte aber mit der schnellen Handbewegung nur dafür, dass der Klecks sich größtmöglich ausbreitete, und zwar mitten auf seiner Krawatte.

»Ach, Scheiße! Und das war schon die Ersatzkrawatte! Stina musste heute ganz früh los, und ich hab die Kinder gerade mal so pünktlich zum Schulbus gekriegt. Hab ich gedacht, ich spar Zeit und nehm die Krawatte aus dem Schreibtisch ...«

»Du wirst ja wohl mal einen Tag ohne Krawatte Dienst machen können, du Rentner.«

Therese schnaubte, aber sie kannte Grewe schon lange. Er war zwanghaft in solchen Dingen.

»Ich könnte in der Frühstückspause schnell zu Bunsen & Haider rüber, eh nicht schlecht, lass ich eine Mahlzeit aus.«

Bei diesem Satz schaute er Therese an und ließ ihn auch ein bisschen wie eine Frage klingen, aber Therese antwortete nicht. Sie wusste, er hatte mit seinem inneren Verfassungsrichter verhandelt, wie sie die Quelle seiner Zwänge nannte. Natürlich würde Grewe Punkt neun Uhr fünfundfünfzig die Polizeidirektion verlassen, den Garnisonsplatz überqueren, bei Bunsen & Haider eine Viertelstunde brauchen, um die Krawatte auszusuchen und von der Entscheidung sowie deren Bedauern unmittelbar nach Verlassen des Herrenausstatters so erschöpft sein, dass er essen musste. Rund um den Garnisonsplatz zog sich eine Kette aus glühbirnenglitzernden Imbissen, und Grewe war überall Stammkunde. Dass er dabei nicht völlig aus dem Leim ging, verdankte er regelmäßigem Sport, ohne übertriebenen Ehrgeiz, und Stinas Konsequenz bei der häuslichen Ernährung. Grewe war ein kräftiger Mann mit Bauch, aber er konnte nicht fett genannt werden.

Als Akutmaßnahme nahm er die Krawatte ab und entfernte oberflächlich den Fleck am Bürowaschbecken.

Er setzte sich Therese gegenüber, sagte sehr warm: »Danke fürs Frühstück«, und biss seufzend in das Croissant. Dann verrührte er die geschäumte Milch übergründlich mit dem Kaffee und schlürfte das Getränk in schnellen kleinen Schlucken.

»Siehste. Einfach alles, Grewe.« Therese grinste.

»Das ist ja jetzt eine Notsituation. Ich bin in emotionalem Stress, so ohne Krawatte. Außerdem habe ich dich angelogen.« Grewe schaute Therese fest an. Sie hob eine Augenbraue.

»Dass die Kinder den Bus nur knapp erreicht haben.«

Der Satz blieb eine Weile hängen.

Therese lehnte sich vor und verschränkte die Arme auf dem Schreibtisch. Grewe blinzelte nicht.

»Okay, ich verzeihe dir welche Lüge auch immer, aber: Was ist passiert?«

Grewe holte Luft. »Die Kinder haben den Bus verpasst. Ich hab getrödelt. Und Stina brauchte das Auto heute, also konnte ich sie nicht fahren. Dann sollten sie sich ein Taxi nehmen, ist ja ein Sauwetter.«

»Und?«

»Ich hatte nur noch drei Euro einstecken. Da habe ich Klara gebeten, das Taxi auszulegen. Sie ist die Einzige in der Familie, die immer Geld hat.« Grewe schaute irgendwohin und schwieg.

»Ach Mann, jetzt erzähl fertig!«

Therese klackte mal wieder mit dem Locher. Grewes stockendes Erzählen machte sie immer ganz nervös, und sie musste dann gegen den überwältigenden Drang ankämpfen, über die beiden Schreibtische zu greifen, um den Kerl zu schütteln. Manchmal tagträumte sie sogar, dass sie einfach ihren Colt Detective Special .38 aus der Schublade zog, mit gestrecktem Arm auf Grewe zielte und mit dem Ausruf »Rede!« den Hahn spannte.

»Sie hat vor zwei Tagen ihre persönliche Traumsparmarke von fünfhundert Euro erreicht und eine kleine Plastiktüte voller Scheine und Münzen bei der Sparkasse gegen einen funkelnagelneuen Schein getauscht.«

Grewe zerdrückte den Rest des Croissants in der Hand, ohne es recht zu bemerken. Therese hielt den Atem an und den Blick starr auf Grewes Stirn gerichtet. Der schaute mit feuchtem Blick auf das Familienfoto, das direkt neben dem Computerbildschirm stand.

»Ich hab sie angeblafft. Sie hat geweint, dann hab ich gebrüllt.«

Therese merkte, dass etwas in ihrem Hals nach oben stieg. Grewe schnaufte, streckte die Hand nach dem Fotorahmen aus und zog die Luft scharf durch den offenen Mund ein.

Ein Zittern überfiel Therese. Grewes Blick zuckte in ihre Richtung.

»Ich hab … ihr das Geld weggenommen … alle drei nach unten getrieben, den Schein bei Oktay gewechselt«, hier konnte Grewe kurz nicht weitersprechen, »die Kinder dann ins Taxi gestopft und bin zur Arbeit gegangen. Deshalb Fischbrötchen.«

Therese warf Grewe einen Radiergummi an den Kopf.

»Du Monster!«, zischte sie.

Grewe nahm Bewurf und Beschimpfung mit verschleiertem Blick entgegen, Therese wusste, dass er jetzt am liebsten ein mittelalterlicher Büßer wäre, der auf Knien durch den Schnee zur Schule rutscht, um sich dort von seiner Tochter auspeitschen und dann in die Arme schließen zu lassen.

»Stina macht dich fertig«, stellte sie kalt fest, nachdem sie ihre Wut hinuntergeschluckt hatte.

»Nein. Das Schlimmste ist, dass Klara ihr nichts davon erzählen wird. Sie ist immer auf meiner Seite, egal, was ist.«

Therese nickte. Sie war schon öfter Zeuge von familiären Auseinandersetzungen der Grewes gewesen. Zwischen Klara und ihren Vater passte kein Blatt Papier. Nur er verletzte in Stresssituationen immer mal wieder die unbedingte Solidarität zwischen ihnen.

Typisch Erwachsener, dachte Therese, die vor dem Wechsel zur Polizei als Erzieherin gearbeitet hatte.

»Ich geh allein in die Abschlussbesprechung Fall Niggemeyer. Du tust, was ein Monster tun muss, klar? Und zur Strafe darfst du dir vorher keine Krawatte besorgen.«

Grewe schaute auf die Uhr. »Wenn ich ein Dienstfahrzeug kriege, schaff ich alles zur ersten großen Pause …«

Therese warf ihm die Schlüssel ihres Privatwagens zu.

»Ich stehe auf dem Parkplatz vom Chef. Sein Auto ist immer noch in der Werkstatt, er kommt mit dem Bus.«

Grewe schloss die Waffenschublade seines Schreibtischs auf und nahm das Lederholster mit der SIG Sauer P226 heraus, schlaufte den Gürtel aus, schob das Holster auf Höhe des Hüftknochens, schlaufte den Gürtel wieder ein und schloss ihn. Nachdem er sein Jackett übergezogen hatte, ging er auf den Kleiderständer zu, wo sein Wintermantel und der Schal hingen. Im Gehen vollführte er schnell mit dem linken Arm die fließende Bewegung zur Waffe, mit der er jedes Mal zuerst den Schoß des Jacketts nach hinten warf und dann die Hand um den Griff der Pistole schloss. Auf Thereses Gesicht erschien ein Lächeln, eines von der liebevollen Sorte.

Grewe nahm das Waffentragegebot für Polizeibeamte im Dienst sehr ernst und ging äußerst umsichtig und professionell mit dem tödlichen Gerät um. Das rührte von einer wirklich üblen Schießerei vor einigen Jahren her.

Danach hatte er Stina seinerzeit zu deren Entsetzen mitgeteilt, er würde zu Hause einen kleinen Tresor einbauen lassen, in dem er seine Waffe nach Dienstschluss einschließen konnte. Er wollte noch nicht mal mehr den Weg nach Hause oder von dort zum Dienst unbewaffnet hinter sich bringen.

»Wir haben Kinder, Grewe! Ich werde nicht zulassen, dass wir eine Schusswaffe im Haus haben.«

Sie stritten eine ganze Woche lang immer wieder darüber, da gab ein Gespräch Grewes mit Klara den Dingen eine Wendung.

»Papa, ich bin so glücklich, dass dir nichts passiert ist, und ich weiß, dass du ohne die Pistole nicht heil nach Hause gekommen wärst. Aber ich finde, wenn die immer in der Wohnung ist, dann ist das so, als ob du zu Hause Angst hättest, weißt du?«

»Ja, verstehe. Und?«

»Na, wenn du schon Angst zu Hause hast, was sollen denn dann wir sagen? Also Mama und Robert und Lotta. Und ich natürlich.«

Grewe schaute in die grünen Augen seiner älteren Tochter, die eine Mischung waren aus Stinas Augen und denen seiner Großmutter. Er schluckte.

Und damit war es entschieden. Nach Dienstschluss blieb die Waffe in der Polizeidirektion. In den ersten Wochen war das Grewe wirklich schwergefallen, er war wie gehetzt gewesen auf dem Weg von oder zur Arbeit, aber schließlich kam er wieder zur Ruhe und dachte insgeheim, dass seine Frau und vor allem seine Große ihm vielleicht ein festsitzendes Trauma erspart hatten.

Jetzt saß er in Thereses topgepflegtem Sportwagen und steuerte den Parkplatz der nächstgelegenen Sparkassenfiliale an. Dort zahlte er Oktays Scheine ein und hob einen nagelneuen Fünfhunderter ab. Dann kaufte er im Geschäft neben der Bank einen neuen Band aus Klaras Lieblingsbuchreihe und fuhr weiter zur Schule der Kinder.

Die sechsspurige Regimentsstraße zog sich durch die westliche City. Sie begann bei den Resten des früheren Schillingtors und endete am Garnisonsplatz. Nur knapp fünfzig Meter nach der heutigen Tramstation »Schillingtor« lag dann rechter Hand, Richtung City blickend, die Theodor-Körner-Kaserne, auf eben dem Areal, das zu Zeiten des glücklosen Landgrafen Friedrich jene beiden Regimenter beherbergt hatte, die der großen Straße den Namen gaben. Heute lagen dort der Stab und ein Bataillon einer Luftlandebrigade, in der die meisten Wehrdienstleistenden des Landkreises traditionell ihre Militärzeit zubrachten. Auch Grewe war Fallschirmjäger gewesen, was heute, gut zwanzig Jahre später, keiner mehr glauben wollte, deshalb redete er auch nicht darüber.

Das Gymnasium Friderizianum lag ebenfalls an der Regimentsstraße, es war nach einem Ururenkel des Friedrich benannt, der aus dem Niedergang des Vorfahren gelernt hatte und zeitlebens nur friedvollen Beschäftigungen nachging, wie beispielsweise Schulgründungen. Grewe parkte den roten Thereseflitzer auf dem Lehrerparkplatz, legte ein Schild mit dem Aufdruck »Polizei« gut sichtbar aufs Armaturenbrett – was natürlich keinerlei strafbefreiende Wirkung hatte, aber manchmal bewog es die Damen und Herren des Ordnungsamtes oder die eigentlich Parkberechtigten, von weiteren Schritten abzusehen.

Im Schulgebäude war es noch recht still, Grewe hörte undeutlich Lehrer hinter geschlossenen Türen reden. Er war plötzlich unsicher, ob die Pause nicht vielleicht gerade vorbei war, er hatte die Zeiten nicht so präzise im Kopf wie Stina. Grewe stieg die Treppe in den dritten Stock hoch, schritt zielstrebig auf die Tür des zweiten Klassenraums linker Hand zu und blieb daneben stehen. Genau in dem Augenblick schrillte die Pausenklingel, und Grewe spürte Erleichterung und Zufriedenheit. Und im gleichen Moment riss ein Schüler die Tür von innen auf, und Grewe guckte auf den Kragen einer Snowboardjacke, wie Robert sie sich sehnlich wünschte; er hatte sie Grewe vor einigen Tagen in einem Schaufenster gezeigt. Um das Gesicht zu sehen, musste Grewe aufschauen. Dieser Einsneunzig-Schlaks konnte doch kein Klassenkamerad der Zwillinge sein. Der hatte ja sogar schon einen spärlichen Kinnbart.

»Scheiße!«, entfuhr es Grewe.

Er stand natürlich vor dem falschen Raum, und jetzt strömten die gut achthundert Schüler des Friderizianums unter lautem Gejohle und Gequatsche auf allen Fluren in die große Pause. Er würde Klara niemals finden. Aber als er sie neulich wegen Übelkeit abgeholt hatte, war das doch hier gewesen? Grewe schob sich dem Schülerstrom entgegen, um einen Blick in den Raum zu werfen. Eindeutig ein Labor. Chemie oder Bio oder sonst was, wovon Grewe noch nie Ahnung gehabt hatte.

»Herr Grewe, kann ich Ihnen helfen?«

Grewe zuckte leicht zusammen, dann erkannte er denselben Lehrer, der am bewussten Tag auch Klara hier unterrichtet hatte.

»Äh, Klara.«

»Ja?« Der Mann im weißen Kittel schaute Grewe freundlich an.

»Ich will Klara etwas geben, also …«

Warum litt er immer wieder unter dieser eigenartigen Kommunikationsverstopfung? Er wusste, dass das seine Familie und die Kollegen wahnsinnig machte. Dabei war Grewe kein Schweiger im üblichen Sinn. Er konnte eloquent sein und, wenn er sehr entspannt war, sogar unterhaltsam.

»Ich dachte, Klaras Klassenzimmer ist hier, weil ich sie ja letztens bei Ihnen abgeholt habe, aber hier ist Chemie oder Biologie sehe ich, und deswegen war Klara hier, oder?« Wow, ganze Sätze, wenn auch keine zielführenden.

»Das ist richtig, Herr Grewe.« Der Lehrer schaute Grewe freundlich an.

»Jetzt finde ich sie nicht mehr … bei dem Auftrieb in der Pause.« Er blies Luft aus den Backen.

»Klara ist beim Sport.«

Grewe stutzte.

»Ich weiß das, weil die Klasse nach der Pause bei mir Unterricht hat, die Kinder dürfen fünf Minuten später kommen. Ein Teil der Pause geht ja immer fürs Umziehen drauf.«

Grewe schaute den Mann verständnislos an.

»Treppe ganz runter, nicht da, wo Sie wahrscheinlich hergekommen sind«, er zeigte auf die Seite des Ganges, aus der Grewe tatsächlich gekommen war, »sondern die andere Seite. Wenn Sie unten rauskommen, sehen Sie schon die Sporthalle. Grüßen Sie Klara.« Der schlanke Mann mit der runden Nickelbrille und dem gepflegten Schnurrbart lächelte Grewe fein an.

»Herr Bröcking, richtig?«

»Richtig. Gehen Sie schnell, sonst verpassen sie Klara doch noch.«

»Ja.«

Grewe drehte sich auf dem Absatz um und trabte in Richtung Treppe, als er plötzlich stoppte. Er sah Stina vor seinem inneren Auge missbilligend den Kopf schütteln. Grewe kehrte um.

»Ihr Name ist mir eingefallen, weil Klara immer sagt: ›Herr Bröcking ist der Schatzigste‹, und ich finde, sie hat recht.«

Bei »sie hat recht« geriet Grewes Stimme ein wenig ins Wackeln, aber er schaute seinem Gegenüber fest in die Augen. Das Gesicht des Lehrers zeigte ganz plötzlich die Verletzlichkeit eines Menschen, der seine Freundlichkeit mühsam entgegen der eigenen Lebenserfahrung behauptete. Bröcking errötete und berührte Grewes Arm leicht mit den Fingerspitzen.

»Jetzt aber los, Sie verspäteter Weihnachtsmann.«

Grewe ging durch das Schneetreiben über den mit lärmenden Kindern und leidenden Jugendlichen belebten Schulhof auf die Turnhalle zu. Auf dem Gelände spürte er wieder den Ring um seine Brust, fast nichts hatte sich hier seit seiner eigenen Schulzeit verändert. Er vermied sogar den Besuch von Elternabenden, seit die Zwillinge das Friderizianum besuchten, vorher hatte das zu den wenigen familiären Verpflichtungen gehört, die er Stina zuverlässig abnahm. Nur noch in Lottas Grundschule besuchte er regelmäßig die Veranstaltungen.

Aber so im Winter machte der klassizistische Bau sich doch gut, eine verschneite Burg, den hehren Idealen humanistischer Bildung geweiht.

»Von wegen«, dachte Grewe.

Er bog um die Ecke der Turnhalle – Gott sei Dank war das mittlerweile ein Neubau und nicht mehr die gammelige Einsturzhütte aus seiner Schulzeit –, und Klaras Klasse strömte schon aus den beiden Umkleiden nach draußen. Hoffentlich hatte er sie noch nicht verpasst.

Nach zwei Minuten waren die Umkleiden definitiv leer und Grewe frustriert. In dem Moment klingelte sein Handy. »T. Svob.« stand auf dem Display, und Grewe ärgerte sich mal wieder, dass er es seit Jahren nicht schaffte, der Lieblingskollegin in seinem digitalen Telefonbuch einen persönlicheren Namen zu gönnen.

»Ja, Therese?«

»Grewe, der Dauerdienst will eine Leiche gerne gleich an uns durchreichen. Ich bin noch in der Besprechung mit Blum, und Estanza erreiche ich nicht. Kannst du vielleicht hin?«

»Ich habe Klara nicht getroffen.«

Therese schwieg einen Augenblick.

»Tut mir leid, Grewe.« Der Satz hing so in der Winterluft.

»Mhm. Danke. Also tschüs, und grüß Blum von mir.«

»Halt, Grewe! Du hast mir nicht geantwortet.«

»Oh. Ja klar, wo ist das?«

»Sinzler Höhe Nummer, warte, ah, hier: vierzehn. Eins von den Hochhäusern. Lars Rems heißt der Tote. Sieht wohl unschön aus, eine Menge Messerstiche, versiffte Bude, Drogen. Na ja, das Übliche in der Gegend.«

»Okay. Wer ist schon da?«

»Zwei Grüne haben die Tür aufgemacht und sind noch vor Ort, Rechtsmedizin und Tatortbereitschaft sind wohl auch schon da.«

»Bis dann.«

Grewe legte auf und machte sich auf den Weg zu seinem Wagen. Was für ein Vormittag. Der schlimme Streit mit Klara, den er nun nicht beilegen konnte, er war ohne Krawatte unterwegs und musste sich jetzt in einer der schlimmsten Gegenden der Stadt die blutverschmierten Überreste eines wahrscheinlich völlig verunglückten Lebens anschauen. Er bekam furchtbaren Hunger und wurde gleichzeitig so müde, dass er sich am liebsten auf den verschneiten Schulhof gelegt hätte.

»Papa!«

Grewe drehte sich um und konnte sein Glück nicht fassen: Klara!

Er sackte auf die Knie und griff in die Manteltasche nach dem Geldschein und dem Buch.

»Ist schon gut, Papa.«

Grewe hielt seiner Tochter die Bußgeschenke hin.

»Es tut mir leid. Ich liebe dich.«

»Ich weiß Papa. Beides.«

Der kniende Grewe und seine Tochter lagen sich in den Armen.

»Du bist die ganze Welt, Klara.«

»Und Mama und Robert und Lotta. Und natürlich Oskar, auch wenn sein Fell so stinkt.«

»Ja.«

Jetzt konnte Grewe aufstehen.

3

Die Staatsanwaltschaft hatte ihren Sitz im genau der Polizeidirektion gegenüberliegenden Landgericht. Diese Nähe erleichterte Juristen und Polizeibeamten, »Auge in Auge« zu sprechen, weswegen die Zusammenarbeit der beiden Ermittlungsbehörden sehr entspannt war. Die Vielzahl an Kneipen und Restaurants um den Garnisonsplatz bot zudem genügend »neutrale Orte«, an denen man sich zum Essen treffen oder bei Kaffee und Kuchen alles besprechen konnte.

Therese Svoboda hatte Grewe uneigennützig ihren Wagen angeboten, aber sich durchaus gefreut, nun die Abschlussbesprechung im Fall Niggemeyer alleine mit Hendrik Blum abzuhalten. Blum war seit sechs Jahren bei der hiesigen Staatsanwaltschaft. Er leitete ein Dezernat in der Abteilung Kapitalverbrechen, und da weder die Staatsanwaltschaft noch die Polizeidirektion unübersichtlich groß waren, trafen Therese und Hendrik recht häufig bei der Bearbeitung von Fällen zusammen.

Therese fand ihre Zuneigung zu Blum schwer einzuordnen. Es gab keine Spannung zwischen ihnen, kein Knistern, aber gleichgültig war ihr Hendrik Blum nicht. Sie fühlte sich sehr wohl in seiner Gegenwart. Außer Blum war Grewe der einzige Mann, zu dem sie ein vergleichbares Verhältnis hatte, wenn auch die Vertrautheit mit Grewe wesentlich tiefer war. Kein Wunder, sie arbeiteten seit gut zehn Jahren zusammen und teilten seit sechs Jahren ein Büro. Grewe war ihr nie, auch nicht unterbewusst oder in einer weniger kontrollierten Sekunde, als potenzieller Partner in den Sinn gekommen. Grewe sandte seinerseits auch niemals entsprechende Signale aus, an keine Frau. Es gab nur Stina.

Blum verhielt sich ähnlich wirkungsarm, und das irritierte Therese, denn Blum war zweifelsfrei Single, wobei das Wort gar nicht zu ihm passte. Alleinlebend, das beschrieb Blum viel besser, denn der Begriff war altmodischer, und ein gewisses Bedauern schwang in ihm mit.

Therese bezeichnete sich immer noch als Single, aber fand das, wenn sie ehrlich zu sich war, albern. Single, das klang nach Lebenseinstellung,

Überzeugung. Aber Therese war nicht absichtlich allein, es war passiert und gefiel ihr nicht. Bevor Therese morgens die Wohnung verließ, warf sie immer einen letzten Blick in den großen Spiegel im Flur, und dann sah sie in der Regel eine attraktive, immer praktisch, aber schick angezogene Frau von Mitte dreißig, die selbstbewusst, klug und fröhlich wirkte.

»Super biste!«, sagte sie dann zu ihrem Spiegelbild und fand, dass die Aussicht, diesen Anblick jeden Tag genießen zu können, einen Mann durchaus anspornen müsste, sich um sie zu bemühen. Allerdings gab Therese den freien Männern wenig Gelegenheit, sich für sie zu begeistern. Erstens arbeitete sie, wie alle Polizisten, viel und oft zu unmöglichen Zeiten. Zweitens war »Ausgehen« generell keine ihrer bevorzugten Freizeitbeschäftigungen, und drittens war die Auswahl unter ungebundenen Kerlen passenden Alters nicht wirklich groß. Nicht, wenn man es ernst meinte.

Therese hatte lange eine Präferenz für schwierige Charaktere gehabt. Als Abiturientin und während der kurzen Zeit als Erzieherin zog es sie zu den ganz sensiblen Typen hin, die sich dann im Beziehungsalltag als weinerliche Tyrannen erwiesen. Und nach dem Wechsel zur Polizei begann sie, auf der genau entgegengesetzten Seite der Skala zu suchen. Macho, Macho. Der Sex war hier besser, und von Mitte bis Ende zwanzig war das für Therese ziemlich ausschlaggebend; doch betrunkene nächtliche Schreiereien, unter dem gemeinsamen Bett gefundene Spitzenhöschen, die nicht Therese gehörten, und aus dem Fenster geworfene Männerklamotten verloren jenseits der Dreißig schlagartig ihren Reiz. Ein paar Jahre lebte sie bewusst allein und genoss es auch. Dann begann die Sehnsucht. Beruflich war sie nach wie vor hochzufrieden, denn in der engen Zusammenarbeit mit Kurt Grewe entwickelte sie sich zu einer außerordentlich guten Polizistin, die schnell Karriere machte. Sie hatte schon mehrere Kommissionen geleitet und auch schwierige Fälle zum Abschluss gebracht, dennoch mochte sie es nach wie vor am liebsten, mit Grewe zu ermitteln. Vor allem, wenn dann auch noch Blum der zuständige Staatsanwalt war.

Grewe und Blum hatten tatsächlich einiges gemeinsam, auch wenn sie äußerlich nicht unterschiedlicher sein konnten: Blum war ein schlanker, stets in englisch anmutende Kleidung gehüllter Mann von vornehmer

Zurückhaltung, während Grewe wie ein ruheloser Bär daherkam. Wenn Grewe und Blum sich begegneten, wurde man jedes Mal Zeuge eines anachronistischen Vorgangs, der vielen Menschen lächerlich erschien, aber Therese immer einen kleinen Schauer über den Rücken schickte.

Die beiden Männer verbeugten sich voreinander, wenn sie sich die Hand gaben, und Therese sah darin einen Ausdruck beider Männer Fähigkeit, stets den richtigen Abstand zum Gegenüber zu halten und mit einer entschiedenen Geste Respekt auszudrücken.

Therese legte ihr Handy zurück auf den Schreibtisch des Staatsanwalts. Blum saß ihr in seinem Büro gegenüber und las das abschließende Protokoll im Fall Niggemeyer. Seine Lesehaltung eröffnete Therese ungewollt einen Blick auf die zarten Anfänge einer Glatze. Blasse Haut, weiche Wangen, schmale Hände und Finger. Köterblondes, zurückgekämmtes Haar, graublaue Augen. Tweedsakko, Cordhose, bordeauxroter Rolli, braune Fullbrogue-Schuhe. Kein schöner Mann, noch nicht mal markant. Das einzig Auffällige an Blum war seine Stimme. Sie war wesentlich dunkler und männlicher, als man bei seinem bloßen Anblick hätte vermuten können. Und Blum konnte einen mit seinem Blick festhalten. Er war imstande, unbedingtes Interesse für andere zu zeigen und hinter gut gezielten Fragen ein tiefes Verständnis aufscheinen zu lassen, blieb dabei aber selbst kaum greifbar. Therese vermutete im Stillen, dass es das war, was sie zu ihm hinzog. Blum schien in sie hineinzuschauen. Sie war sicher, wenn dieser Mann sich in eine Frau verliebte, dann meinte er sie wirklich und nicht ein Bild, das er sich gebastelt hatte. Andererseits – war Blum überhaupt in der Lage, solch einen Kontrollverlust zu erleiden?

Jedenfalls hatte er Humor, ausgezeichnete Umgangsformen und war frei von Machismo, ohne schlaff zu sein. Das war eine Menge, wenn man sich die Mehrzahl seiner Geschlechtsgenossen betrachtete.

»Sehr schön!«

Therese schreckte zusammen, als Blum die Akte schloss.

»O Verzeihung, Frau Svoboda.«

»Nein, nein«, lachte Therese auf, »wie kann ich nur in ihrem Büro schlafen!« Sie verdrehte die Augen nach oben.

»Sie werden den Schlaf schon nötig haben, so gründlich wie Sie und

Ihre Kollegen mal wieder gearbeitet haben. Ich kann guten Gewissens das Verfahren einstellen, und wir fügen der langen Liste an ausstehenden Hauptverfahren keinen neuen Punkt hinzu. Außerdem können jetzt ein paar Menschen wieder ruhiger werden, die schon beinahe vor den Trümmern ihrer Existenz standen. Das nenne ich Erfolg!«

»Danke, Herr Blum.«

»Frau Svoboda, ich weiß, dass Ermittlungen wegen Kindesmissbrauchs für Sie von besonderer Schwere sind. Umso höher ist daher zu bewerten, dass die entscheidenden Belege für Herrn Niggemeyers Unschuld von Ihnen erbracht wurden.«

Da war der Blum-Blick. Therese wich aus, hüstelte und fasste dann spontan einen Entschluss.

»Dann laden Sie mich doch als Anerkennung ins ›Fleur‹ ein. Ich habe Lust auf Kaffee und Brioche«, sagte sie etwas zu forsch und schob ein unsicheres Lachen nach. »Um Himmels willen, nein, es war ein Witz.«

Blum stand wortlos auf, ging zum Kleiderständer, nahm seinen Mantel und den Schal, legte beides über den Arm, setzte seinen Hut auf und griff dann nach Thereses Winterjacke. Er platzierte sich neben ihrem Stuhl und hielt lächelnd die Jacke für sie auf.

Therese schob den Stuhl im Aufstehen nach hinten, schlüpfte sehr damenhaft in die Ärmel und griff sich danach Blums Mantel, um nun ihrerseits ihm hineinzuhelfen. Blum spielte Bestürzung, knickste formvollendet und drehte sich elegant in das Kleidungsstück hinein.

Grewe steuerte Thereses Auto in nordöstlicher Richtung. Die Altstadt hatte er schon hinter sich gelassen und fuhr auf einer mit Mehrfamilienhäusern gesäumten kurvigen Straße einen steilen Berg hoch, die Sinzler Höhe. Gott sei Dank war hier schon geräumt, sonst hätte er es mit dem leichten Fahrzeug vielleicht gar nicht geschafft. Oben lagen die Justizvollzugsanstalt, ein kleines Industriegebiet und die heruntergekommene Hochhaussiedlung, die jeder Polizeibeamte der Stadt wie seine Westentasche kannte, außer den Kollegen von der Wirtschaftskriminalität: Finanzverbrechen konnte dort oben keiner begehen. Die der Sinzler Höhe nächstgelegene Polizeiwache befand sich zwar in einem der schönsten Barockhäuser der Stadt am äußersten Rand des alten Zentrums, aber dort zu arbeiten, galt als Kriegsdienst. Die Beamten rückten täglich mindestens einmal mit Blaulicht Richtung Höhe aus, meist trugen sie Stichschutzwesten, wenn sie zu ihren Wagen rannten. In diesen Höhlensystemen konnte einem alles passieren. Am gefährlichsten waren Familien- oder Nachbarschaftsstreits. Da waren die Polizisten gehalten, zunächst so defensiv aufzutreten wie UN-Blauhelme, beide Seiten trennen, sich alles anhören, beruhigend wirken. Doch die Eskalation konnte aus dem Nichts kommen. Eine Geste hinter dem Rücken der Polizei, ein zugedröhnter Kombattant, der plötzlich einen chemischen Schub bekam, oder eine schon Minuten zurückliegende Beleidigung, die nach langem Herumirren doch noch einen funktionierenden Teil des Bewusstseins erreichte. Hier oben war der Schritt von Fäusten zu Schlagwerkzeugen oder Messern selten groß.

Grewe bog auf den Parkplatz von Nummer vierzehn ein. Er erkannte neben einem Streifenwagen das Auto von Dr. Lyske, dem Rechtsmediziner, und den blauen Transporter der Kollegen von der Tatortbereitschaft. Ansonsten standen auf der großen Fläche noch genau vier Autos, alle in schlechtem Zustand. Wo sah man heute noch alte Autos? Kaum hatte ein Achtzehnjähriger eine Probeanstellung als Hilfslagerist, gab irgendeine Direktbank doch gerne den ersten Sofortkredit ohne Eigenkapital für den Erwerb einer hochmotorisierten Stereoanlage.

Vor Jahren hatte Grewe sich mal einen Fernsehkrimi angeschaut. Grund dafür war einzig und allein, dass der Film hier, in seiner Stadt, gedreht worden war. Einige Szenen spielten auf der Sinzler Höhe; Grewe wusste nicht mehr, in welchem der vier Hochhäuser.

Als die beiden Fernsehkommissare vor dem Gebäude ankamen, standen ein paar Jungendliche in nicht gerade billig aussehenden Hip-Hop-Klamotten um einen getunten Flunderwagen rum. Zwei fummelten am Motor, die anderen rappten und tanzten zu lauter Musik aus einem riesigen Ghettoblaster, und weil es schon Abendstimmung war, brannte doch tatsächlich ein Ölfass, einfach so.

Grewe hatte vor dem Fernseher aufgestöhnt.

»Wenn die Leute da oben Geld für Autos, Musik und lässige Klamotten hätten, wenn die in der Lage wären, Autos zu tunen, dann gäb's doch die Probleme gar nicht, die wir mit denen haben. So ein Scheiß.«

Während die Polizeischauspieler ganz cool aus dem sehr neuen und sehr großen Dienstwagen stiegen, bekam man den Eindruck, sie hätten akute Verdauungsprobleme, so verkrampft tough bewegten sie sich. Die Rapper guckten alle finster, und der, der am weichlichsten aussah, aber am bösesten schaute, baute sich vor den beiden auf. Grewe war vom Sofa aufgestanden und in die Küche gegangen, er hatte furchtbaren Hunger bekommen, obwohl das Abendessen erst zwanzig Minuten her war.

Der Thereseflitzer stand nun neben dem Transporter, und Grewe stapfte im Schnee auf den Streifenwagen zu, darin die zwei Kollegen, die die Leiche gefunden hatten. Das Fenster der Fahrertür senkte sich.

»Grüß euch.«

»Grüß dich, Grewe. Ist gefährlich, hier so ein schickes Auto zu parken. Sozialneid, weißte?«

»Aber die Polizei passt doch auf«, grinste Grewe. Er kannte Polizeikommissar Claus-Peter Wolf schon ewig, sie waren etwa gleich alt.

»Ich rede ja von meinem Sozialneid. Ich fahre einen sieben Jahre alten Kleinbus.«

»Niemand hat dich gezwungen, fünf Kinder in die Welt zu setzen.«

»Meine Frau ist sehr schön.« Wolf lächelte.

»Das stimmt, Wolf. Das stimmt. Und alle fragen sich, was sie eigentlich bei dir hält.« Sabine Wolf sah mit sechsundvierzig aus wie Cher mit dreißig. Eine Indianerin, groß, geschmeidig und zupackend.

»Deswegen fünf Kinder. Sie hat keine Zeit, darüber nachzudenken.« Wolf lachte und schlug aufs Lenkrad.

Grewe öffnete die hintere Tür und stieg in den überheizten Wagen. Es hatte noch Zeit, in die Wohnung zu gehen, die Kollegen von der Tatortbereitschaft ließen ihn jetzt sowieso nicht rein, und der erste Eindruck eines erfahrenen »Sheriffs«, wie die alten Streifenrösser allgemein genannt wurden, war immer von Interesse.

»Tag, Bernie.« Grewe gab dem zweiten Beamten die Hand, während er auf die rechte Seite des Fonds rutschte.

»Jep«, kam als knappe Antwort. Bernd Kessler war kein gesprächiger Typ.

»Wie sieht's aus?«, fragte Grewe.

»Scheiße sieht's aus. Der Typ liegt in einer total versifften Bude, zig Messerstiche, alles voller Blut. Der ist aus seinem Rollstuhl gerutscht, hat ganz verkrümmt darunter gelegen, und ich musste dreimal gucken, bis ich kapiert habe, dass dem beide Unterschenkel fehlen. Arme Sau. Keine Beine, keine Kohle und dann noch so verrecken.«

»Wer hat euch gerufen?«

»Nachbar. Man mag es nicht glauben.«

»Stinkt er schon?«

»Nein, ist noch ganz frisch. Ich behaupte mal, dass der höchstens einen Tag da liegt. Es gab Lärm in der Nacht, aber deswegen hatte der Nachbar sich nicht beunruhigt, das ist wohl dauernd so gewesen. An der Tür außen sind Blutschmierer zurückgeblieben, das war dem Nachbarn dann doch zu viel. Der Schlüsseldienst wollte die Tür partout nicht anfassen, deswegen ist uns nichts übrig geblieben, als sie aufzubrechen. Sah vorher aber völlig intakt aus, Bernie hat's noch fotografiert für euch, dann rummsdibumms.«

»Okay. Irgendwas auffällig auf den ersten Blick?«

»Phhff… nee. Ist ein heilloses Chaos da oben. Ich könnte aber jetzt nicht sagen, dass jemand die Bude durchwühlt hat oder ob das einfach immer so aussah. Wirklich schlimm.«

Das mochte Grewe so an Wolf. Er war ein harter Hund, aber er ließ die Dinge immer noch an sich ran. Gute Polizisten blieben verletzbar. Man musste in diesem Beruf so viel Unverständliches verstehen, immer wieder. Sarkasmus war okay, aber Zynismus machte stumpf.

»Hat der Nachbar etwas Brauchbares ausgesagt?«

»Nicht wirklich. Das nächtliche Geschrei kann er zeitlich nur sehr ungefähr einordnen, weil es ihn aus dem Schlaf gerissen hat. Er ist gegen halb zwölf zu Bett und um halb acht aufgestanden, sagt er. Das Blut hat er dann gesehen, als er heute Morgen runter wollte zum Zigarettenautomaten, Frühstück holen.«

»Wo ist denn die Wohnung?« Grewe ließ seinen Blick über die Hausfassade schweifen. »Halt, sag nichts. Da ist ja Gerd.« Gerd Drossel war der Chef der Tatortbereitschaft, ein drahtiger Typ mit Schnurrbart und wasserblauen Augen. Er winkte aus einem Fenster im zweiten Stock.

»Viel Spaß, Grewe. Brauchste uns noch hier?«

Grewe überlegte kurz. Wolf hatte Gerd sicherlich einen detaillierten Bericht gegeben. Sich dessen durch Nachfragen zu versichern, wäre beleidigend gewesen.

»Nein, Wolf. Macht ihr mal zehn Uhr, ich melde mich dann später wegen Protokoll. Danke euch.«

»Zehn Uhr machen« war der feststehende Begriff für die Frühstückspause der uniformierten Beamten, der Fahnder und des Dauerdienstes. Weil sie Pause machen mussten, wann es eben ging, und nicht, wie alle anderen Beamten um zehn Uhr.

»Wir danken, Grewe. In die ›Acht‹, Bernie?«

»Jep. ›Acht‹ is recht.«

Die »Acht« war eine Gaststätte nahe bei der Direktion. Sie war nicht schön, aber gemütlich und irgendwie aus der Zeit gefallen. In ihr verkehrten fast ausschließlich Polizisten, und der Besitzer hatte vor ein paar Jahren die schwarze Billardkugel als ursprünglich namengebendes Symbol von der Fassade entfernt und durch ein Paar Neonröhrenhandschellen ersetzt.

Grewe stieg aus, und Wolf startete den Streifenwagen.

Die Kälte schien den dünnen Schweißfilm, der durch die Wagenheizung auf Grewes Gesicht entstanden war, sofort zu gefrieren.

Im Hochhaus fiel Grewe der, im Vergleich zu dem alten Mehrfamilienhaus, in dem er selbst lebte, völlig andere Geruch auf. Genauer gesagt, die fehlenden Gerüche. Es roch nicht nach Putzmitteln, weil hier nur einmal im Monat ein Putzdienst kam, und nicht nach Essen, weil hier keiner kochte, außer Ausländern, aber wahrscheinlich gab es davon in der Vierzehn zu wenige. Die Farbe roch nicht, weil sie schon zu lange auf den Wänden war, und nach Menschen roch es auch nicht, weil die meisten kaum ihre Löcher verließen. Die Kinder waren am Vormittag in der Schule oder in der Kita, wenn sie nicht schon damit beschäftigt waren, so zu tun, als ob sie dort wären. Und wo die Herdprämie das Haushaltseinkommen stärkte, konnten die nicht schulpflichtigen Kinder die Freizeit vor der Breitbildglotze genießen, während die Eltern die Bude zuqualmten. Zigarettenrauch war auch der einzige Geruch, der Grewe in die Nase stieg.

Der Lift war gerade im sechsten Stock, wie die erstaunlicherweise nicht demolierte Anzeige verriet, und Grewe beschloss, zu Fuß zu gehen. Das Treppenhaus verlief um den Aufzugschacht herum, und die Wohnungstüren gingen in jedem Stockwerk von einer Galerie nach außen hin ab. Im zweiten standen drei Türen offen. Eine war mit Flatterband symbolisch gesperrt, und Grewe sah einen Kollegen von Gerd im weißen Overall an der Tür fuhrwerken. In den beiden anderen Türen standen eine junge dicke und eine ältere dünne Frau und rauchten. Ihr Blick erwartete keine Sensationen, sie standen hier, weil sonst nichts los war und Abwechslung ja nie schadete. Grewe musste an beiden Frauen vorbei, um zum Tatort zu gelangen. Fundort, dachte er, nicht Tatort, sonst wird Gerd sauer. Er wird erst herausfinden, ob der Fundort auch der Tatort ist. Grewe musste leise lachen. Gerd Drossel war ein Ass in seinem Job, und das lag durchaus an seiner fanatischen Genauigkeit.

»Guten Tag, Grewe ist mein Name.« Er war bei der jungen Frau stehen geblieben und fischte seinen Dienstausweis aus der Innentasche des Jacketts. Sie schaute darauf, dann in sein Gesicht, dann wieder auf den Ausweis.

»Ich weiß, das Bild ist ziemlich alt. Ich müsste schon längst mal einen neuen Dienstausweis beantragen, aber diese alten Pappen gibt es nicht mehr. Wir haben jetzt so Chipkarten aus Plastik, wie die EU-Führerscheine. Ich zögere das hinaus, ich hänge an dem Ding. Na ja.«

Die junge dicke Frau schaute ihn an, erst regungslos, dann schluckte sie, fuhr sich mit der Hand, die die Zigarette hielt, über die Stirn und sagte mit überraschend voller und weicher Stimme: »Entschuhldigung, Doitsch nje gud. Ukraina, vjersteh? Aber Pass oke, sähen Pass?«

»Nein, nein.« Grewe schüttelte beschwichtigend Kopf und Hände. Typisch. Wenn er mal einen kommunikativen Schub hatte …

»Doswidanje«, fiel ihm ein. Stimmte das?

»Daswidanje«, sagte die junge Frau lachend und nickte heftig.

Grewe hob noch einmal grüßend die Hand und ging weiter. Die ältere Frau hatte sich mittlerweile wieder in ihre Wohnung zurückgezogen, dafür stand plötzlich ein kleiner schmaler Mann vor Grewe. Er hatte strähnige Haare bis knapp auf die Schultern, einen struppigen Schnurr- und Spitzbart im wettergegerbten und alkoholgefurchten Gesicht. Ausgebeulte, aber saubere Jeans, derbe Arbeitsschuhe und ein schwarzes Sweatshirt, auf dem in Fraktur »Ostberliner« stand.

»Ick denke mal, Sie sind der Kommissar, wa?«, sagte eine Reibeisenstimme aus dem kleinen Kerl. Das Shirt log also schon mal nicht.

»Genau. Grewe, hier mein Dienstausweis.«

Der Mann musterte das Dokument.

»Wir werden alle nich jünger, wa?«

»Nein, wirklich nicht«, seufzte Grewe.

»Also nischt für ungut. Ick meine bloß.«

Grewe zuckte mit den Schultern.

»Aber Hauptkommissar seh ick hier. Chef also.«

»Meistens leite ich Kommissionen, richtig. Aber ich bin nicht Chef von irgendwas. Mein Chef ist ein Polizeirat.«

Das entsprach nicht ganz der Wahrheit, aber exakt Grewes Selbstverständnis. Er war offiziell Leiter des K 11 für Gewaltverbrechen, aber die Gesamtstärke der Kriminalpolizeiinspektion war so gering, dass man ständig übergreifend miteinander arbeitete.

»Der Herr Doktor, kennen wir. Hat studiert, aber keene Ahnung. Hä?« Der Mann zwinkerte vergnügt.

»Mein Chef ist studierter Jurist, das stimmt. Aber er hat eine Menge Ahnung. Ein guter Chef. Ein guter Polizist. Das ist okay.«

»Verstehe. Na so als Beamter darf man ja ooch nich immer sagen, wat man will.« Der Mann verschränkte die Arme. Grewe fand, nun war genug geplaudert.

»Haben Sie uns alarmiert, Herr …?«

»Ah, seh schon. Genug jeplaudert, wie? Ick weeß Bescheid«, er winkte großspurig ab, eventuellen Widerspruch nicht duldend. »Ick habe nich dit erste Mal mit euch Brüdern zu tun. Sage ick janz offen. War aber die andere Fraktion, verstehnse?«

Grewe schaute den Mann einfach an.

»Na Vopo. Drecksäcke. Seit der Wende bin ick sauber. Schwöre, Herr Kommissar.« Er hob tatsächlich die rechte Hand zum Schwur.

»Welche ist denn Ihre Wohnung?«

»Schon jut, schon jut. Ick wohne direkt links neben dem Rems. Heiße Sylvio Konopke, habe aber nischt mit die Currywürste zu tun.«

Grewe hatte keine Lust, die Anspielung zu verstehen.

»Also, Sie haben uns gerufen?«

»Ja. Habe ick. Aba das hab ick ooch schon so lang wie breit Ihren Kollegen erzählt.«

»Sie werden das sicher noch ein paarmal lang und breit erzählen müssen. Wir sind dankbar für die Bereitschaft, Zeugenaussagen abzugeben. Nicht viele Menschen tun das gerne. Wahrscheinlich, weil sie wissen, dass das recht mühselig werden kann.«

»Wat soll'n dit heißen?«

»Wir werden Sie bitten, Ihre Aussage in der Dienststelle zu Protokoll zu geben, und wenn es zu einer Gerichtsverhandlung kommen sollte, werden Sie sicherlich auch dort als Zeuge vorgeladen. Ihre Auslagen werden natürlich jeweils erstattet.«

»Ick habe aber nich immer Zeit. Nur weil ick hier in die Assihütte wohne, bin ick noch lange nich faul.«

»Das unterstellt niemand, Herr Konopke. Den Termin bei uns können wir mit Ihnen absprechen, bloß bei Gericht, da wird das natürlich festgelegt. Aber jeder Arbeitgeber ist verpflichtet, Mitarbeiter für die Gerichtstermine zu beurlauben.« Gestatten, Kurt Grewe, Sachbearbeiter für allgemeine Bürgerfragen in Rechtsdingen.

»Ick bin selbständig. Hausmeisterdienst. Bloß hier wollten se misch nich. Na ja, egal. Macht's eben der Pole, muss ja ooch leben …«

»Ja.«

Konopke guckte Grewe an, Grewe guckte Konopke an.

»Hören Se mal, ist dit jetzt schon so Vernehmungstechnik? Dit ick mir verquatschen soll, oder wie?«

»Gibt's denn was zu verquatschen?« Das würde jetzt so ein schlagfertiger Filmbulle fragen und dabei sehr gerissen schauen, worauf Konopke schweißüberströmt zu stottern beginnen würde.

Grewe sagte nur »Nein« und schaute sich hilfesuchend um.

Und tatsächlich, Dr. Lyske war gerade dabei, sich die Plastiküberzieher von den Schuhen zu zupfen, und kam auf Grewe zu.

»Wir melden uns dann, Herr Konopke.« Grewe nickte und ging dem Rechtsmediziner einen Schritt entgegen, wobei er Konopke unabsichtlich ein wenig zur Seite drängte.

»Tag, Herr Grewe.«

»Tag, Herr Doktor Lyske.« Sie gaben sich die Hand. Konopke schaute Lyske entgeistert an. Der Arzt trug einen weißen Kunststoffoverall der Spurensicherung, dessen Knie blutverschmiert waren, seine dichten Locken klebten schweißig am Kopf. Am Fundort war jeder verpflichtet, seinen Overall hochgeschlossen mit aufgesetzter Kapuze zu tragen, nicht um die eigene Kleidung zu schonen, sondern um die Spurenkontamination zu minimieren. Heruntergefallene Fasern, Hautschuppen, Haare der Ermittler konnten Gerd Drossel und seine Leute wochenlang damit beschäftigen, die Spuren der Kollegen durch Gegenproben mühsam von tatsächlich relevanten Spuren zu trennen. Andererseits wurde am Fundort ja gearbeitet. Gerade die Beamten des ersten Angriffs, meist uniformierte Kollegen, die in der Regel gar nicht genau wussten, was da auf sie wartete, mussten recht rücksichtslos die Orte betreten, um feststellen zu können, was eigentlich hinter dem »komischen Geruch«, dem fürchterlichen Geschrei letzte Nacht oder dem langen Schweigen hinter der Tür steckte, das jemanden veranlasst hatte, die Polizei zu rufen. Niemand machte ihnen einen Vorwurf, wenn dabei Spuren vernichtet wurden. Was sollten sie denn tun? Vielleicht war hinter der Tür jemand in Gefahr, brauchte Hilfe. Es war ein ständiges Abwägen zwischen notwendigen Maßnahmen und Vorsicht.

War die Tatortbereitschaft dann zur Spurensicherung eingetroffen, hatte sie die »Tatorthoheit«, wie es im Amtsdeutsch hieß, und man gelangte nur mit ihrer Erlaubnis hinein. Manchmal dauerte es mehrere Tage, bis die Sicherung der unzähligen mikroskopisch kleinen Spuren, die Vermessung und Foto- oder Videodokumentation des Ortes und der Auffindesituation abgeschlossen waren und die Kommissionsmitglieder den Fund- oder Tatort auch betreten konnten. Sogar der Rechtsmediziner fand nur dann sofortigen Zugang, wenn es keine exakten Zeugenaussagen zum Tatzeitpunkt gab. Dann musste er Untersuchungen durchführen, die es mit den Ergebnissen der Sektion ermöglichten, den Todeszeitpunkt halbwegs exakt zu bestimmen. Wenn die Spurensicherung und Rechtsmedizin vor Ort soweit fertig waren mit der Leiche, wurde sie von einem Bestatter in die Rechtsmedizin gebracht. Ärzte und Polizisten setzten später die Arbeit bei der Sektion fort.

Bei einem Todesfall war die Leiche der wichtigste Spurenträger, sie bekam beim »Ausnummern« des Tatorts immer die Eins verpasst. Spuren an und in dem Körper, die Auffindesituation, der allgemeine Zustand der Leiche sowie der Fortgang der Verwesung konnten unzählige wichtige Hinweise über Zeitpunkt und Ablauf der Tat, Tatmotive, die Täterpsyche und deren akuten Zustand zur Tatzeit und sogar den Täter selbst liefern, dass oft ein erbitterter Kampf über die häufig widerstreitenden Bedürfnisse der Spurensicherung und der Rechtsmedizin geführt wurde. Dem Polizisten war die Auffindesituation hochwichtig, er wollte sie genau studieren und exakt dokumentieren, denn sie gestattete oft präzise Rückschlüsse auf den Tathergang oder half dabei, Täterwissen zu erlangen, mit dem man Falschaussagen oder Geschwätz im Laufe der Ermittlungen von relevanten Informationen trennen konnte. Der Arzt wollte die Leiche anfassen und bewegen, um Temperaturen zu messen, die Leichenstarre zu überprüfen und erste Überlegungen über die mögliche Todesursache anzustellen.

Gerd Drossel und Dr. Lyske allerdings kamen blendend miteinander aus. Sie hatten beide die gleiche Begeisterung für ihre Arbeit und waren akribisch, bedächtig und erfahren. Im Laufe der Jahre hatten sie gelernt, die professionellen Bedürfnisse des jeweils anderen zu verstehen, und fanden immer einen guten Kompromiss. Doch während Drossel aus Ungeduld dazu neigte, die Kollegen mit komplexen Sachverhalten und seinen schnellen, präzisen Schlussfolgerungen zu überfordern, hatte Lyske eine angenehm pädagogische Ader. Er ließ außerhalb der offiziellen Sektionsprotokolle alle Fachausdrücke weg und konnte jedem Polizisten mit verständlichen Worten auch schwierige Diagnosen nahebringen.

»Herr Konopke, wir melden uns dann bei Ihnen. Vielen Dank«, wiederholte Grewe insistent.

»Ick hab eh zu tun. Tschüssi.« Konopke zog sichtlich gekränkt davon und schaute, dabei demonstrativ den Kopf schüttelnd, auf seine Uhr. »Mann ey, ist das spät.«

Grewe und Dr. Lyske sahen ihm hinterher.

»Man kann sie sich nicht aussuchen, wie?« Dr. Lyske lächelte.

»Nein, man ist froh, wenn man überhaupt welche hat.« Grewes Blick schwenkte aus einem Nichts irgendwo im Treppenhaus zu Lyskes hellen Augen hinter der runden Brille. Der Arzt strich sich die Haare aus der Stirn.

»Ich glaube, Herr Drossel ist soweit, dass Sie zumindest einen Blick werfen können. Wollen Sie erst schauen, und wir reden dann unten kurz? Ich rufe derweil einen Bestatter an.«

Grewe überlegte kurz. »Ach, wenn Sie mir jetzt einen kurzen Eindruck geben könnten? Ich komme ja dann auf jeden Fall auch zur Sektion.«

»Gerne. Also: Wir haben da einen etwa dreißig bis vierzig Jahre alten Mann, athletisch gebaut, gut ernährt. Er macht, wie die Wohnung, einen etwas verwahrlosten Eindruck, was natürlich keine medizinische Diagnose darstellt«, Lyske lächelte wieder, »aber gesagt sein wollte. Beide Unterschenkel wurden vor einiger Zeit amputiert, die Stümpfe sind gut verheilt. An den Oberschenkeln finden sich ebenso gut verheilte Narben in großer Zahl, ich tippe als Ursache auf Explosionsverletzungen, die dann wohl auch der Grund für die Amputationen waren. Äußerlich feststellbar waren, vorbehaltlich genauerer Zählung bei der Sektion, mindestens elf Stiche mit scharfem Gegenstand, in Oberkörper, Hals und Kopfbereich. Die Stiche gehen tief und wurden offensichtlich mit großer Kraft ausgeführt. Entsprechend dem zu vermutenden Tathergang ist die Auffindesituation des Mannes schlüssig, da sind Herr Drossel und ich uns einig. Der Tod dürfte vor mindestens etwa zwei und höchstens etwa zwölf Stunden eingetreten sein. So viel lässt sich anhand der Totenflecken und der Leichenstarre sagen. Tja … Die Sektion kann ich vielleicht schon morgen durchführen, da geb ich Ihnen heute noch Bescheid.«

Grewe nickte. »Danke, Herr Doktor.«

»Gerne. Also …«

»Ja?« Grewe schaute Dr. Lyske fest an.

»Was ganz Wackeliges?« Lyske zog fragend die Augenbrauen hoch.

»Ich habe keine Goldwaage, wie Sie wissen.« Grewe lächelte, als er das sagte.

»Gut. Die Sektion wird mir da Genaueres sagen, aber einer der Stiche, den ich auch für den tödlichen halte, ging sehr exakt zwischen der dritten und vierten Rippe ins Herz. Das muss noch nichts heißen, aber, nun ja, alle anderen Verletzungen wirken ungeplant, panisch, aggressiv, wie auch immer. Bloß dieser eine Stich, so er kein Zufall war, hat schon was … ja … Fachmännisches. Aber wie gesagt, das ist äußerst vage.«

»Wir werden sehen, Herr Doktor. Man fängt ja immer mit irgendwas an.«

»Genau. Dann bis später.«

»Bis später.« Grewe ging auf die Tür zu, in der gerade Gerd Drossel erschien.

»Grewe! Morgen. Eine Sauerei ist das hier, herrlich. Im Grunde genommen könntest du mit allen deinen Freunden rein, auf die Spuren käme es auch nicht mehr an in dem Chaos. Aber aus Gründen der ästhetischen Gerechtigkeit verlange ich natürlich von dir, das gleiche entwürdigende Ganzkörperkondom zu tragen wie ich.«

»Sicher. Habt ihr noch welche im Wagen?«

»Klar, ich geb dir die Schüssel.« Drossel fummelte am Reißverschluss seines Overalls herum.

»Ach, wenn Sie wollen, Herr Grewe, können Sie meines haben.«

Grewe schaute auf die blutverschmierten Knie von Dr. Lyskes Schutzanzug.

»Ja, gerne, das ist nett. Gott sei Dank sind die Dinger weit geschnitten, mit Ihrer Marathonfigur kann ich ja nicht mithalten.«

Lyske lachte. »Sie sind halt eher der Schwerathlet.«

Drossel verschwand kurz in der Wohnung und kam mit einem Paar Überziehern für die Schuhe zurück.

»Die hatte ich noch im Koffer.« Er hielt sie Grewe hin, der gerade seinen Mantel und Schal säuberlich gefaltet neben die Eingangstür der Wohnung legte.

Lyske hatte sich schnell aus der Hülle geschält, und Grewe manövrierte nun das linke Bein hinein, immer darauf achtend, nicht mit dem Blut in Berührung zu kommen. Er verfing sich mit dem Schuh, begann, um nicht zu stürzen, auf einem Bein zu hüpfen, bis er mit dem hüpfenden Fuß auf das verwickelte Bein des Overalls trat. Auf dem Weg zu Boden presste er das Kinn auf die Brust, und kurz vor dem Aufschlag schoss ihm die Frage durch den Kopf, warum er den Overall nicht einfach losgelassen hatte, um sich abzufangen.

Das war einfach nicht sein Tag heute.

4

Therese überquerte gut gelaunt den Garnisonsplatz. So sollte jede Woche anfangen. Obwohl der Himmel dunkelgrau war, erschien ihr der Platz im nachlassenden Schneetreiben wie sonnenbeschienen. Heute früh war sie mühsam über den graubraunen Matsch am Bordsteinrand gestiegen und hatte sich nach dem noch fernen Sommer gesehnt. Jetzt, nach dem Treffen mit Blum, fand Therese, dass die Flocken tanzten und es wenig Schöneres gab, als mit diesem gewissen Kribbeln unter dem Herzen zu zweit aus dem großen Fenster des »Fleur« auf den winterlichen Platz zu schauen. Und Blum hatte es eindeutig genauso genossen, mit ihr da zu sitzen, er hatte richtig Farbe gekriegt während der halben Stunde. Blum errötend, wer hätte das gedacht.

Therese klingelte an der Wache, grinste völlig übertrieben in die Überwachungskamera, und der Kollege quittierte prompt mit der Ansage: »Wenn du nicht sofort dienstlich guckst, lass ich dich nicht rein.«

Therese stieß die Tür nach dem Summen des Öffners mit Schwung auf, passierte winkend und mit herausgestreckter Zunge den Glaskasten und spurtete zum Fahrstuhl, dessen Tür im Begriff war, sich zu schließen.

»Mahlzeit, Frau Svoboda.«

»Mahlzeit, Herr Kertsch.«

Kriminaloberrat Kertsch war Leiter der Kriminalinspektion, bestehend aus den Kommissariaten 11 bis 16, die Mord und Totschlag, gefährliche Köperverletzungen mit und ohne Todesfolge, Sexualverbrechen, Entführungen, Geiselnahmen, schweren Raub, Drogen und deliktübergreifende und organisierte Kriminalität bearbeiteten. Dazu der Kriminaldauerdienst mit Drossels Tatortbereitschaft und ein MEK.

»Mit Blum alles gut gelaufen?«

»Aber sicher. Er ist froh, die Akte Niggemeyer schließen zu können.«

»Wir sind alle froh, wenn solch eine Straftat gar nicht stattgefunden hat, nicht wahr?«

»Ja. Keine Frage.« Die Aufzugtür öffnete sich, sie traten beide auf den Flur.

»Wir waren dann noch kurz im ›Fleur‹.« Therese hätte den Satz am liebsten wieder hinuntergeschluckt.

»Hat Blum gezahlt?« Kertsch lächelte sie an.

»Jeder für sich. Darauf habe ich bestanden.« Mein Gott, als wäre Kertsch ihr Vater …

»Wenn Blum Japaner wäre, müsste er jetzt Seppuku begehen, das ist Ihnen doch klar, Frau Svoboda?« Kertsch schaute ihr direkt in die Augen.

»W… wie meinen Sie das?«

»Er schuldet Ihnen mehr als Kaffee und Hörnchen. So eine Anklage will man nicht unberechtigt erhoben haben, und es ist in hohem Maße Ihr Verdienst, dass es nicht dazu kam.«

»Ach, das hätte sonst Grewe oder ein anderer Kollege gefunden.«

Kertsch schnaufte, guckte für einen Augenblick über Thereses Schulter ins Leere. Dann berührte er sie ganz flüchtig am Arm und fasste ihren Blick wieder fest.

»Frau Svoboda, ich weiß, dass Sie das Tiefstapeln bei Grewe gelernt haben und es Ihrem Charakter entspricht. Aber, das möchte ich Ihnen hier mal ganz offen sagen: eine Frau, die Führungsaufgaben übernehmen will, kann sich das nicht leisten. Das ist hier immer noch ein Machoverein, und Sie sind nicht auf der Männertoilette dabei und auch nicht in der Kneipe, jedenfalls nicht in der letzten Nacht.«

Therese war völlig überrascht von dieser Attacke.

»Und erzählen Sie mir jetzt nicht, dass Sie keinen Ehrgeiz haben oder zufrieden damit sind, wie die Dinge laufen. Sie sind ein außerordentlich fähiger Polizist, ich sage bewusst nicht Polizistin. Ich will Sie vorne sehen!«

Therese stand buchstäblich der Mund offen.

»Das wollte ich schon lange mal … Na ja.« Kertsch fühlte sich nicht wohl in seiner Haut. Therese fasste sich nach ein paar Augenblicken.

»Ich danke Ihnen, Herr Kertsch. Ich werde darüber nachdenken, versprochen. Nur zwei Dinge jetzt schon: Die Männertoilette auf diesem Flur ist Gott sei Dank ein einigermaßen testosteronfreier Ort, was sicher auch mit Grewes Tiefstapelei zu tun hat. Und zweitens bin ich tatsächlich recht zufrieden damit, wie die Dinge laufen. Vor allem, weil es hier außer Grewe auch Sie gibt. Sie sind ein wirklich außerordentlich guter Chef. Das wollte ich auch schon lange mal sagen.«

Kertsch schluckte kurz, dann öffnete er die Tür, die von der Aufzugecke in den Flur des K 11 führte, und hielt sie für Therese auf.

»Eigentlich sollte ich jetzt nach Hause gehen, Frau Svoboda. Die Woche kann nur noch schlechter werden.« Kertsch lächelte unsicher. »Vielen Dank.«

»Gerne, Herr Kertsch. Sehr gerne.«

Kertsch hatte sich wieder den Aufzug gerufen, sein Büro lag zwei Stockwerke höher. Das war typisch für ihn – ein Gespräch nicht unterbrechen zu wollen und deswegen aus dem Aufzug auszusteigen. Therese warf im Vorbeigehen einen Blick in die kleine Kaffeeküche – sie war leer –, dann durchquerte sie den langen Flur mit den einzelnen Büros und dem großen Besprechungsraum des Kommissariats. Es war ruhig heute. Das Büro, das sie sich mit Grewe teilte, lag ziemlich exakt auf der Hälfte des Ganges. Therese schloss die Tür hinter sich, schlüpfte aus der Jacke und hängte sie auf. Sie freute sich auf den restlichen Tag. Grewe würde bis Dienstschluss mit dem Toten auf der Sinzler Höhe zu tun haben, die Tür-zu-Tür-Befragung organisieren, erste Erkenntnisse von Tatortbereitschaft und Rechtsmedizin aufnehmen, dazu brauchte er sie nicht. Erst ab der morgigen Frühbesprechung würde Therese sich mit dem armen Kerl da oben befassen müssen. Heute war ein Tag zum Klarschiffmachen auf dem Schreibtisch und in den Schubladen. Ein gutes Gefühl. Altes abschließen und Platz schaffen für das Nächste, das entsprach ganz Thereses Bedürfnis nach geordneten Abläufen.

Ihr Blick fiel auf einen großen Klebezettel in der Mitte des PC-Bildschirms.

»Erreich dich nicht. Ruf an. Dringend. Tony.«

Therese schaute auf ihr Handy. Es war ausgeschaltet.

»Hoho, Frau Svoboda«, sagte sie lachend. Sie hatte den Gang ins »Fleur« offensichtlich als privat eingestuft und entsprechend ihrer diesbezüglichen Regel das Handy ausgeschaltet.

Auf der Mobilbox war tatsächlich einmal Gerd Drossel und zweimal Tony Estanza, insgesamt hatte Tony dreimal angerufen, wie das Display anzeigte.

»Therese, Tony hier. Ruf mich schnell zurück, ich brauch dich.« Klicken. Laut Ansage dann zwanzig Minuten später: »Therese, verdammt, wo steckst du? Ruf an!«

Beim dritten Mal hatte er offensichtlich genervt aufgelegt.

Therese drückte eine Kurzwahltaste.

»Herrgott noch mal, Therese, endlich. Was war denn los?«

»Ich freue mich auch, deine Stimme zu hören, Tony. Ich war bei der Staatsanwaltschaft und hatte aus Versehen ausgeschaltet. Blaff mich nicht so an, okay?«

Tony atmete laut aus.

»Sorry. Ich bin bei der neuen Leiche. Grewe ist umgekippt. Drossel hat mich dann hergerufen, aber ich brauche dich. Mir wächst das über den Kopf.«

»Was ist denn mit Grewe, um Himmels willen?«

»Geht ihm soweit gut, nichts Schlimmes. Erzähl ich dir dann, er ist gerade im Krankenhaus zum Nähen. Kommst du?«

»Du bist erwachsen, Tony, ein großer Bulle mit Kanone und scharfen Klamotten. Ein heißer Typ.«

Stille am anderen Ende der Leitung.

»Verarschen kann ich mich alleine«, das war alles, was er nach ein paar Sekunden herauszischte.

»What is your Problemo, Señor?«

»Die sind jetzt alle wach hier, gut achtzig Wohnungen. Und auf einmal interessieren sie sich für den Nachbarn.«

»Umgebracht sein immer spektakulär, Constanza. Schieß in die Luft und zeig deinen Sheriffstern!«

Tony schnaufte.

»Tony, ernsthaft, du hast das oft genug gesehen, und du bist fast dreißig. Also, wen rufst du jetzt an?«

Tony zögerte einen Moment: »Einsatzhundertschaft?«

»Espagne douze points. Sag denen, du brauchst zwei komplette Züge, weil Hochhaus. Absperren, Tür zu Tür, Tatortbereitschaft unterstützen, je nach Erkenntnissen von Drossel bee zett wee Ergebnis Befragungen der Nachbarn, eventuell Umgebung absuchen, vielleicht später Hunde dazu. Mit den Zügen kommen, Name Programm, zwei Zugführer, mindestens zehn Dienstjahre auf dem Buckel, die wissen eh Bescheid, und du musst bloß noch chefmäßig gucken. Alles klar?«

»Ja. Děkují, Paní Svoboda. Und mal ganz abgesehen von meinem deutschen Pass: Meine Eltern sind Argentinier, keine Spanier.«

»Und bei mir sind die Tschechen schon so lange her, dass ich schneller Österreicherin werden könnte. Ahoj, Pan Estanza. Ach so, warte, in welchem Krankenhaus ist Grewe?«

»Du bist doch Polizistin. Find's raus.«

Tony legte auf.

»Fanculo. Wo wir schon bei Fremdsprachen sind …«

Therese ließ den Blick über den ungeordneten Schreibtisch schweifen, seufzte und suchte dann eine Nummer aus dem Verzeichnis ihres Handys aus. Nach dreimaligem Tuten ging der Teilnehmer ran.

»Lyske.«

»Hallo, Herr Doktor Lyske, hier Therese Svoboda.«

»Ah, hallo, Frau Svoboda. Sie rufen sicher wegen Herrn Grewe an.«

»Stimmt genau, ich hatte darauf gehofft, dass Sie noch am Ort waren. Mein Kollege war zu beschäftigt, um mir Auskunft zu geben.«

»Nichts Dramatisches. Herr Grewe ist gestolpert und im Fallen unglücklich mit einem Feuerschlauchkasten kollidiert. Stark ausblutende Platzwunde am Hinterkopf. Ich hab ihn erstversorgt und dann zum Nähen ins Heilig-Geist gebracht.«

»Denken Sie, er ist noch da?«

»Ich glaube schon. Die Ambulanz war rappelvoll.«

»Danke, Herr Doktor Lyske. Bis dann.«

»Ja, Wiederhören.«

Therese wählte Grewes Nummer. Mobilbox. Klar, Krankenhaus.

Sie schnappte sich ihre Jacke und machte sich auf den Weg.

Der Warteraum war immer noch voll, es roch nach Urin und Blut, eigentlich nur recht schwach, aber Grewe war in seinem Beruf zu oft mit diesen Gerüchen konfrontiert und nahm sie auch in schwächsten Konzentrationen sehr deutlich wahr. Es waren Gerüche, die er gar nicht mehr bewertete, sie bedeuteten nicht Ekel oder Angst, sie versetzten ihn einfach in einen Zustand der gespannten Aufmerksamkeit. Natürlich nahmen ihn Leichen mit, vor allem wenn sie schon lange lagen, »Stinker« wurden sie dann genannt. Bei Sektionen musste sich Grewe immer noch zusammenreißen, es erschien ihm jedes Mal unnatürlich, dass man einen menschlichen Körper einfach so aufschnitt und ausnahm. Aber es war Teil seiner Arbeit, und er hatte schon oft erlebt, dass erst der Rechtsmediziner genauen Aufschluss über eine Todesursache geben konnte, ja oft erst durch ihn sicher geklärt wurde, dass es sich bei diesem Tod um die Folge eines Verbrechens handelte. An die erste Sektion seines Lebens erinnerte er sich noch genau. Vor Betreten des Raums hatte ihn ein älterer Kollege am Arm genommen und gesagt: »Denk dran, das da drin ist kein Mensch mehr, alles, was ihn ausmachte, ist gegangen. Der Körper ist jetzt einfach eine Spur, unsere wichtigste. Wir behandeln ihn mit Respekt für das, was daran menschlich war, aber wir tun damit alles Nötige. Wir müssen herausfinden, was geschehen ist. Das ist unser Dienst an ihm und seinen Hinterbliebenen.«

Dann hatte der Kollege ihm Tigerbalsam unter die Nasenlöcher geschmiert, und sie waren durch die Tür gegangen. Als das Skalpell in die Bauchdecke schnitt, hatte Grewe geglaubt, in Ohnmacht zu fallen, aber es ging vorüber.

Durch die Arbeitsroutine machte Grewe der Aufenthalt in Krankenhäusern ohnehin weniger aus, als den meisten Menschen, aber das Heilig-Geist-Spital mochte er geradezu. Mit sieben oder acht Jahren war ihm hier der Blinddarm entfernt worden, und der Junge, zu dem er ins Zimmer gelegt wurde, hatte von seinen Eltern Playmobilritter geschenkt bekommen, die ersten Playmobilfiguren, die Grewe sah. Schon einen Tag später konnte der Nachbar nach Hause, und es blieb nur das Traumbild der bunten Figuren mit den silbernen Helmen und Schwertern, dem groben Tisch, an dem sie saßen und aus Pokalen tranken, während ein Ritter auf einer Posaune mit Fahne blies.

Diese Figuren waren sicher unglaublich teuer, und der kleine Kurt traute sich nicht, danach zu fragen, denn Geld war immer knapp in der Familie. Seine Mutter kam täglich vorbei, sein Vater musste arbeiten, und die Besuchszeiten wurden sehr streng gehandhabt damals. Doch am vierten Tag des Aufenthalts stand plötzlich Papa Grewe im Zimmer des Sohns und legte einen kleinen Karton aufs Bett. Das Glück, das ihn fast schmerzhaft durchfuhr, gemischt mit der aufkommenden Panik, das hier könne ein Irrtum oder Traum sein, würde Grewe niemals vergessen. Nur Stinas erster Kuss und ihr Heiratsantrag konnten später noch mal dieses Gefühl in ihm aufflammen lassen.

Der Vater und Kurt hatten die Ritter zusammen aufgebaut, und dabei streichelte der Vater ihm fortwährend über den Kopf. Er musste schon bald wieder gehen, er hatte nur eine Dreiviertelstunde Pause, und seine Arbeitsstelle war gut zehn Tramstationen vom Krankenhaus entfernt. Grewe fragte sich immer, woher sein Vater gewusst haben konnte, dass er sich die Ritter wünschte, er hatte sie ja nicht einmal gesehen. Es war ein Geheimnis, das Kurt Grewe mit seinem Vater verband und diesem lange den Nimbus eines Zauberers verlieh, der stets über seinen Sohn wachte und jede Gefahr von ihm fernhielt. Das hatte natürlich nicht ewig Bestand …

Grewe lächelte.

»Herr Grewe?«

Er öffnete die Augen, er war doch tatsächlich eingenickt, das Gesicht eines jungen Mannes in Krankenhauskluft war ganz nah vor seinem.

»Ja, Entschuldigung.«

»Kein Problem, Sie leben noch, das ist die Hauptsache.« Der Pfleger lachte freundlich und müde. »Sie können in Raum zwei.«

»Danke.« Grewe stemmte sich aus dem Sitz und streckte den Rücken durch.

Sein Blick fiel auf das Ende des Flurs, wo man die Station betrat. Von dort näherte sich die vertraute Silhouette Therese Svobodas. Grewe winkte, und Therese fiel in leichten Trab.

»Bist du schon fertig?«, fragte sie ihn, als sie ankam.

»Nein. Geht jetzt erst los. Das ist noch der Druckverband von Lyske. Die nähen das jetzt wohl.«

»Steht dir eigentlich gut. Na, dann warte ich hier auf dich. Ich habe Daten von Angehörigen des Toten Sinzler Höhe bekommen und dachte, vielleicht fahren wir beide dort vorbei? Estanza macht den Tatort und schwitzt ganz schön, aber ich finde, er muss das jetzt mal alleine durchziehen. Was denkst du?«

»Ja, unbedingt. Er ist dran. Außerdem ist Drossel ja da. Was für Angehörige sind das?«

»Die Ehefrau, getrennt lebend mit dem gemeinsamen Sohn. Seine Eltern sind tot, keine Geschwister. Soll ich ein Krisenteam anfordern?«

Grewe überlegte.

»Wie alt ist das Kind?«

Therese zuckte mit den Schultern.

»Keine Ahnung.«

»Wir haben dich. Du kannst so was gut. Also von mir aus müssen wir niemanden dazu nehmen.« Grewe sah sie um Einverständnis bittend an.

»In Ordnung. Dann schaue ich jetzt endlich mal wieder in die bunten Blätter, während du dir den schlauen Kopf zusammentackern lässt.«

Knapp dreißig Minuten später waren Grewe und Therese in einem behäbigen Dienst-Renault auf dem Weg zu Rems' Witwe.

»Wissen wir eigentlich mittlerweile irgendwas?« Grewe hielt krampfhaft die frisch genähte Wunde von der Kopfstütze weg. Der Arzt hatte zwar gesagt, es sei kein Problem, er würde ja schließlich auch irgendwann heute schlafen gehen, aber Grewe war die Berührung noch unangenehm, er musste sich erst daran gewöhnen.

»Nein, gar nichts. Außer dem Namen und der Adresse der Ehefrau, Samantha Rems, und des Kindes, Kevin.« Therese trat das Gaspedal der Polizeischüssel hektisch durch, um die Spur zu wechseln.

»Tut mir leid, dass dein Wagen noch da oben steht.« Grewe war ehrlich zerknirscht. Therese musste lachen.

»Ist ja bestens bewacht von zwei Bereitschaftszügen und Sheriff Constanza. Außerdem hätte es mir gar nicht gefallen, wenn du mir die cremefarbenen Ledersitze vollblutest.«

Grewe war hundemüde, es schien ihm, als griffe die Lokalanästhesie auf seinen ganzen Körper über und ließe ihn Stück für Stück ertauben, zu Stein werden, wie den treuen Johannes im Märchen. Sein Kopf schmerzte dumpf. Eine Gehirnerschütterung hatte der Arzt ausgeschlossen, aber dringend Bettruhe bis morgen empfohlen. Gleichzeitig ließ er durchblicken, dass er wusste, Grewe würde sich nicht daran halten.

Der Schnee fiel wieder dichter, und die Heizung blies dröhnend Luft ins Wageninnere, die nach überhitzten Drahtspiralen roch und ein wenig in der Nase brannte. Diese trüben, grauen Wintertage waren für Grewe schon immer die eigentlich natürliche Umgebung des Polizisten und versinnbildlichten die Mühsal der Arbeit. Der Himmel sah zu jeder Tageszeit gleich aus, man konnte nicht sagen, ob Vormittag oder Nachmittag war. In der Frühe schälte sich der Tag sehr langsam aus der Nacht heraus, und schon am späten Nachmittag hüllte er sich schnell wieder in seinen dunklen Mantel, als fröre er. Dazwischen war alles gleichförmig, unbewegt und doch kräftezehrend, denn die Stunden forderten ihren Preis, ohne das Gefühl des echten Fortschreitens dafür zu geben. Und täglich grüßt das Murmeltier; Grewe liebte diesen Film, obwohl ihm dabei immer mehr zum Weinen als zum Lachen war.

»Wo wohnt die Frau?«

»Richard-Wagner-Straße. Nummer irgendwaszwanzig, ich hab's aufgeschrieben. Herrgott noch mal!« Therese stierte wütend in den linken Außenspiegel. »Lass mich raus, Arschloch.«

»Du musst blinken, er kann ja schlecht Gedanken lesen.« Grewe legte ihr beruhigend die Hand auf den Arm.

Therese haute den Blinkerhebel nach unten, ein Wunder, dass der nicht abfiel. Grewe zog schnell die Hand weg.

»Sorry, ich wollte dir nicht reinreden.«

Therese hupte zweimal und zog dann schlingernd auf die Linksabbiegerspur.

»Hab ich doch gewusst, der ist ein Arschloch, sah schon so aus in seiner Arschlochkarre. Ha! Dem würde ich am liebsten die Kelle zeigen.«

»Weißt du, dass ich dich liebe?«

Therese guckte Grewe entsetzt an. Der musste lachen, zum ersten

Mal heute. Über diesen für Therese so typischen Machoanfall, über die starke Zuneigung, die er dann immer für sie empfand, weil sie in diesen Momenten Stina so ähnlich war, und über Thereses Blick, der mit Messerschärfe genau zwischen seine Augen fuhr.

»Du hast mich nicht verdient, und Stina schon gleich dreimal nicht.« Therese bog in die Fehrbelliner Allee ein.

»Ich bin ein gesegneter Mann, Therese. Daran besteht kein Zweifel.«

Die Fehrbelliner Allee war eine vierspurige frühere Heerstraße mit altem Baumbestand. Das Wachsen der Stadt im zwanzigsten Jahrhundert konnte man an den Häusern ablesen, stadtauswärts wurden sie immer jünger.

Therese fuhr langsamer, sie hielt nach der ersten Seitenstraße mit Komponistennamen Ausschau.

»Schöne Gegend. Passt so gar nicht zur Sinzler Höhe. Wie war die Wohnung?«

»Na ja, ich hab's ja nicht bis reingeschafft.« Grewe tippte sich an den Kopf. »Aber so viel ich von Drossel und Lyske mitbekommen habe, total verwahrlost.«

Schweigend passierten sie die Carl-Orff-Straße und den Clementi-Weg, danach ging es rechts in die Richard-Wagner-Straße. Therese kramte einen zerknüllten Zettel aus ihrer Jackentasche und gab ihn Grewe, der ihn mühsam entzifferte.

»Die Vierundzwanzig. Das dürfte kurz nach der nächsten Kreuzung auf der rechten Seite sein.«

Therese verlangsamte und hielt schließlich vor einem Flachbungalow, typisch frühe Sechziger. Das Haus war in gutem Zustand, der Garten verriet selbst jetzt, im Winter, dass er liebevoll und ein bisschen wild angelegt war. Ein Baumhaus auf Stelzen und eine Schaukel, beides offensichtlich handgezimmert, waren von der Straße hinter dem Haus auszumachen.

Die beiden Polizisten schauten einige Zeit auf dieses Bild eines einstmals gelungenen Lebens.

»Was für eine traurige Geschichte werden wir jetzt gleich hören, Grewe?« Therese atmete tief ein. »Manchmal habe ich das Gefühl, die Menschen werfen ihr Elend in uns hinein wie Dreckwäsche in den

Korb. Sie denken gar nicht darüber nach, dass irgendwer das alles sauber machen muss.«

»Wenn sie mit uns zu tun haben, dann haben sie sich das meist nicht ausgesucht. Selbst die Täter nicht.«

»Ja. Du hast recht.«

»Du auch.«

Sie stiegen aus und gingen auf das Gartentor zu. Therese klingelte. Nach wenigen Augenblicken öffnete sich die Haustüre, und eine Frau Ende zwanzig, Anfang dreißig trat auf die Schwelle. Das blondierte Haar hochgesteckt, die echte Farbe wuchs schon deutlich heraus. Die Haut zeigte Spuren von zu häufigem Bräunen, wirkte aber gepflegt. Große Augen, scharfe Labialfalten, energisches Kinn, voller Mund. Ein silberner Ring im rechten Nasenflügel und mehrere in jedem Ohr. Die Frau trug enge Jeans und einen weiten Wollpullover, an den Füßen dicke Socken.

»Frau Rems?«

»Ja. Und?«

Grewe kramte nach seinem Dienstausweis, obwohl sie den auf diese Entfernung nicht würde lesen können.

»Wir sind von der Kriminalpolizei.«

Samantha Rems schlang die Arme um sich.

»Ja?«

War da ein Zittern in der rauchigen Stimme, ganz leicht?

»Es geht um Ihren Mann, oder Ex-Mann?«, schaltete Therese sich jetzt ein.

»Was ist denn mit ihm?« Das kam sehr forsch, sie brauchte Kraft, um die Stimme zu halten.

»Es wäre gut, wenn wir kurz reinkommen könnten. Ginge das?«

Samantha Rems drückte den Türöffner, und Grewe öffnete das Gartentor. Therese ging vor. An der Tür zeigte Grewe den Ausweis, Samantha Rems streifte das Dokument mit einem flatternden Blick aus grünen Augen, drehte sich um und ging durch den Flur ins Wohnzimmer. Therese und Grewe folgten.

Das Wohnzimmer hatte eine große Fensterfront, jetzt konnten sie die Spielgeräte ganz sehen, sie beherrschten den hinteren Teil des Gartens. Im Zimmer Regale mit Nippes, keine Bücher, aber viele Fotos an den Wänden, Ledersofas, ein Glastisch, Holzboden, darauf hochflorige Teppiche. Ein großer Flachbildfernseher in ein Regal montiert, eine Musikanlage, Boxen.

Samantha Rems stand einfach im Raum und schaute sie an, die Arme unverändert um sich geschlungen.

»Also?«

Therese schaute zu Grewe, der nickte fast unmerklich.

»Frau Rems, wann hatten Sie das letzte Mal Kontakt zu Ihrem Mann?«

»Ist es ein Kontakt, wenn er auf meinen Anrufbeantworter brüllt oder heult? Oder lallt.« Sie hielt sich mit großer Mühe, die Haut war dünn, hauchdünn.

»Frau Rems, ist Ihr Sohn zu Hause?«

»Was, verdammt noch mal, hat das jetzt mit meinem Sohn zu tun?« Sie schrie fast.

Therese machte beschwichtigende Gesten mit den Händen.

»Nichts, wirklich. Wir wollen nur wissen, ob er zu Hause ist.«

Samantha Rems atmete tief ein und aus. Sie beruhigte sich etwas.

»Kevin ist bei meiner Schwester, wir wechseln uns ein bisschen ab mit den Kindern. Also, was ist mit Lars?«

»Frau Rems, Ihr Mann ist tot. Es tut mir leid.«

Der Schrei war ohrenbetäubend, schrill, wie von einem Tier. Samantha Rems ging in die Knie, leerte ihre Lungen in dem Schrei, sog mit einem seufzenden Ton neue Luft ein, und dann kamen die Tränen, sie heulte laut und hemmungslos, schlug sich gegen die Stirn, erst mit der flachen rechten Hand, dann mit der Faust, schließlich mit beiden Fäusten, sie trommelte einen Wirbel aus Schmerz, dann synchron mit beiden Fäusten, wieder und wieder.

Therese kniete vor ihr, versuchte, die Arme zu fassen. Zuerst wehrte die klagende Frau ab, schwach, dann verbarg sie ihr Gesicht hinter den Armen, die Hände auf dem Kopf, und schluchzte. Therese griff vorsichtig die Handgelenke und hielt sie einfach nur. Nach einer Weile ließ Samantha Rems dann zu, dass Therese ihre Arme nach unten zog und setzte sich erschöpft hin, ihr Rücken fiel in sich zusammen, und die Arme hingen jetzt schlaff an den Seiten herunter, sie wimmerte. Therese rutschte neben sie und nahm sie langsam tastend in den Arm. Samantha Rems ließ es zu.

»Es ist okay, Samantha, es ist okay. Ich bin da, wir sind da. Es ist okay.« Therese strich ihr über den Kopf.

Grewe hatte jetzt furchtbares Kopfweh. Er hatte schon oft Todesnachrichten überbracht, schon oft solchen Schmerz gesehen. Aber hier hatte zunächst alles nach einer bitteren Trennungsgeschichte ausgesehen, nach schweren Enttäuschungen und lange vergangener Liebe. Er hatte nicht mit so maßloser Trauer gerechnet.

»Therese, ich finde, wir sollten einen Arzt rufen. Was meinst du?«

Therese nickte leicht.

»Samantha, wir holen einen Arzt, ja? Sollen wir noch jemanden anrufen? Ihre Schwester vielleicht, oder sonst wen?«

Das Wimmern wurde tonlos, ging in ein zitterndes Atmen über, dann beruhigte sich der Körper. Samantha Rems wand sich aus Thereses Umarmung und zog sich dann auf das Ledersofa hoch. Sie lehnte sich zurück, atmete mehrmals tief ein und aus.

Dann stand sie plötzlich auf, ging in die angrenzende Küche, kam von dort mit einem Päckchen Tabak zurück. Mit erstaunlich sicheren Fingern drehte sie sich eine Zigarette, öffnete die Glastür zum Garten und zündete die Zigarette an. Sie rauchte drei, vier Züge, murmelte etwas.

Therese und Grewe schauten sich an.

»Die Dreckschweine. Ich habe gebettelt, dass er sich wenigstens von denen fernhält, wenn er schon alles wegwirft. Jetzt haben sie ihn einfach umgelegt. Die Schweine …«

Die letzten Worte gingen dann schon wieder in ein Schluchzen über, in krampfartiges Weinen. Sie warf die Zigarette weg und ging hinaus in den Schnee.

»Laaaars! O Gott, Lars! O mein Gott!«

Ihr Schreien jagte Krähen in den grauen Himmel.

5

Grewe hatte miserabel geschlafen. Die Platzwunde befand sich genau auf der Seite des Hinterkopfs, auf der er immer lag. Obwohl es nicht wehtat, konnte er sich einfach nicht überwinden, die Wunde auf das Kissen zu legen. Auf der linken Seite liegend, kollidierten seine Knie aber ständig mit Stinas. War er dann endlich fast eingeschlafen, registrierte sein Unterbewusstsein, wenn er sich auf die gewohnte rechte Körperseite zu drehen begann, und es riss ihn wieder aus dem Schlaf. Um fünf Uhr hatte er kapituliert und war aufgestanden. Er beschloss, die Zeit zu nutzen, und zog Joggingklamotten an, aber als Stina um halb sieben in die Küche kam, saß Grewe immer noch da, einen dampfenden Teebecher in der Hand und ein angebissenes Wurstbrot auf dem Teller. Er starrte auf die nicht aufgeklappte Zeitung.

»Schieb keinen Frust, du bist verletzt und hast kaum geschlafen, da verbietet sich Joggen aus ärztlicher Sicht sowieso.« Stina beugte sich zu ihm herunter. Sie gaben sich einen Kuss.

Stina am Morgen, diesen Anblick liebte Grewe seit dem ersten gemeinsamen Frühstück. Natürlich hatte die Zeit sie beide nicht ungeschoren gelassen, aber Stina war auch mit fünfundzwanzig schon genauso verknittert, verwuschelt und bademantel-filzpantoffelig in ihre kleine WG-Küche geschlurft wie heute in die große Wohnküche. Und so hatte Grewe damals jeden Morgen schon die Frau sehen können, mit der er alt werden würde.

»Guten Morgen, Schatz. Hast du wenigstens gut geschlafen?«

»So gut das neben einem rotierenden Elefanten eben geht.«

Kichernd goss Stina sich eine Tasse Tee ein. Sie stellte die Kanne zurück auf das Stövchen und schaute Grewe in die Augen.

»Hab Quatsch gemacht, guck nicht so. Alles gut.«

»Was steht heute bei dir an?«

»Normaler Tag. Robert und Klara haben lange Schule, Lotta kommt mittags. Ich bereite den Abendkurs vor und hoffe, du kommst pünktlich heim.«

Grewe verzog das Gesicht.

»Reg dich nicht auf. Es ist kein Problem, die Großen sorgen schon dafür, dass alle zeitig in der Kiste liegen.« Stina stand auf, um die Pausenbüchsen für die Kinder vorzubereiten.

»Ich habe immer ein schlechtes Gewissen.« Grewe biss in sein Brot.

»Ja, schlechtes Gewissen ist dein zweiter Vorname.« Stina nahm die Butter vom Tisch. »Schatz, ich bin seit siebzehn Jahren mit einem Polizisten zusammen. Du machst alles so gut du kannst.«

Grewe hoffte, beim nächsten Streit würde Stina sich an das gerade Gesagte erinnern.

Um acht Uhr zehn setzte Grewe sich mit dem ersten Kaffee des Tages an den Kopf der Tischreihe im großen Büro. Die Kollegen nahmen das als klares Signal, dass die Frühbesprechung jetzt begann, und stellten die Gespräche ein. Grewe nahm die Armbanduhr ab und legte sie neben die Kaffeetasse.

»Na denn. Fangen wir mit Gerd an.«

Alle Blicke wandten sich dem Chef der Tatortbereitschaft zu.

»Tja, also ich geb euch einfach mal den groben Überblick, mehr habe ich selbst noch nicht.«

Alle nickten, Drossels Vorsicht bei Schlussfolgerungen war bekannt. Und am Tag danach konnte man spurentechnisch selten viel sagen.

»Lars Rems starb an den Folgen von insgesamt elf Stichen mit scharfer Waffe. Fundort ist auch Tatort. Die Stiche finden sich im Oberkörper und im Kopf- und Halsbereich, sie wurden kraftvoll ausgeführt, Genaueres nach der Sektion. Es gibt augenscheinlich Abwehrverletzungen an Armen und Händen. Neben der Leiche fand sich ein abgebrannter Joint. Wie berauscht das Opfer tatsächlich war und wie fähig oder unfähig zur Abwehr des Angriffs, wird uns dann auch erst Dr. Lyske sagen können. Meiner Meinung nach sieht es nicht nach einem heftigen Kampf aus. Es ist ein unklares Bild.«

Grewe schaute Drossel an.

»Inwiefern unklar?«

»Von der Körperkraft her war Rems ein ernsthafter Gegner. Wir haben, wie gesagt, Abwehrverletzungen, aber die Stiche sind alle mehr oder weniger frontal ausgeführt worden. Das heißt, Rems hat sich während des Angriffs nicht heftig bewegt, sonst hätten wir auch Stiche im Rückenbereich. Schon der erste Stich müsste seinen Überlebensinstinkt geweckt und ihn zur Abwehr getrieben haben. Also war entweder durch Rauschmittel seine Abwehrfähigkeit herabgesetzt, oder er starb schon an einem der ersten Stiche. Wir werden erst nach der Sektion klarer sehen.«

Grewe machte sich eine Notiz.

»Ich verstehe. Noch mehr?«

»Ja. Die Wohnung war ziemlich verwüstet, was aber nicht auf einen Kampf zurückzuführen sein dürfte, sondern eher auf eine hektische Durchsuchung. Wir haben auch eine Menge Blutantragungen an Griffen, Knäufen und diversen Gegenständen. Selbst an der Tür draußen, was ja diesen Nachbarn, Konopke, auch veranlasst hat, uns zu alarmieren. Allerdings fanden wir keinerlei Schuhspuren im Blut, da wurde wiederum gut aufgepasst. Was der oder die Täter gesucht haben, wissen wir natürlich noch nicht, aber ich habe eine Vermutung: Es fanden sich klassische Dealerutensilien wie Feinwaage, Plastiktütchenvorrat, vorgefaltete Papierbriefchen. Außer einer geringfügigen Menge Marihuana in der Tasche einer herumliegenden Trainingshose aber keine Drogen in der gesamten Wohnung. Auch kein Bargeld, bis auf die Münzen im Portemonnaie. Also möglicherweise einfach ein Raubmord im Milieu. Wir gehen gleich nach der Besprechung noch mal hin und machen weiter.«

»Danke, Gerd.« Grewe nickte Drossel zu. »Zum Thema Milieu haben Therese und ich dann gleich auch noch was. Hast du schon Kontakt mit Lyske gehabt wegen der Sektion?«

»Wird er heute nicht schaffen. Er meldet sich.«

»Gut, dann bitte ich den Kollegen Estanza.« Grewe machte eine auffordernde Handbewegung.

Estanza räusperte sich. Er war sichtlich nervös.

»Okay. Ehrlich gesagt, habe ich nicht viel.« Estanza knickte eine Ecke des obersten Blatts auf seinem Notizblock.

»Macht nix, wir sind doch mit wenig zufrieden«, feixte der Kollege

Fuchs in die Runde. »Beim ersten Mal …«, setzte er noch nach. Therese verbarg schnell ihr unwillkürliches Grinsen hinter der Hand.

»Ja. Gut.« Estanza war eingeschnappt, aber das half ihm, sich zu überwinden.

»Tür zu Tür hat mit unendlich viel Geschwätz ergeben, dass niemand in dem Haus Konkretes über den Toten weiß, außer besagtem Konopke aus der Wohnung links von Rems, aber der weiß auch nicht gerade viel. Lars Rems wohnte seit etwa einem halben Jahr da. Er hat Konopke mal erzählt, dass er Soldat war und die Unterschenkel im Einsatz verloren hätte. Das ist aber noch nicht überprüft. Es gab wohl viel Rein und Raus bei Rems, laut Konopke meist ›Kroppzeug‹, und laut ging's auch oft in der Bude zu. Ich denke mal, das passt ganz gut zu den ganzen Dealerutensilien, die Gerd gefunden hat. Niemand weiß, ob Rems den ganzen Tag in der Wohnung war. Keine verwertbaren Wahrnehmungen zur Tatzeit. Konopke war mal wach, wegen Geschrei, hat sich aber nichts weiter dabei gedacht und weitergeschlafen. Zur Uhrzeit kann er keine exakten Angaben machen. Er ist halb zwölf schlafen gegangen, halb acht aufgestanden, und zum fraglichen Zeitpunkt war es stockfinster draußen. Die Kollegen von der Hundertschaft haben sich in der direkten Umgebung des Hochhauses umgesehen, aber nichts gefunden. Der oder die Täter sind also vermutlich einfach auf dem öffentlichen Weg per Fahrzeug oder zu Fuß geflüchtet. Tja.« Estanza sah sich in der Runde um.

Fuchs zwinkerte ihm zu und streckte die nach oben geöffneten Handflächen aus. Grewe nickte mehrmals zustimmend.

»Danke, Tony. Mehr wäre Glück gewesen. Hast du mit der Staatsanwaltschaft gesprochen?«

»Oh. Na klar, hab ich jetzt nur vergessen zu erzählen.« Tony Estanza wurde ein bisschen rot.

»Macht doch nichts. Also?«

»Der Jourstaatsanwalt war kurz da und hat sich alles angesehen. Sektion wird angeordnet, und Ermittlungsverfahren ist eröffnet. ›Man sieht sich dann in der Rechtsmedizin‹, meinte er bloß.« Tony sah fragend in die Runde, ob das als Information ausreichend war. Grewe nickte und verschränkte die Arme auf dem Tisch.

»Prima. Dann sind Therese und ich dran. Therese?«

»Gerne.« Therese hatte sich beim Zuhören tief in den Stuhl sinken lassen. Jetzt setzte sie sich auf und schob ihre Unterlagen zurecht.

»Wir waren am Nachmittag bei der Witwe, Samantha Rems. Sie lebt mit dem gemeinsamen Sohn Kevin in dem Haus, das früher ihr und ihrem Mann gehörte. Bei der Trennung hat er seinen Anteil an sie überschrieben. Zuerst mal die biografischen Sachen. Rems war tatsächlich Berufssoldat, Dienstgrad Oberfeldwebel, Alter einunddreißig. Er gehörte zu den Fallschirmjägern hier am Ort.« Sie schaute auf ihre Notizen. »Vor etwas mehr als einem Jahr verlor er infolge einer Minenexplosion in Afghanistan beide Unterschenkel. Die Bundeswehr hätte ihn wohl behalten, im Innendienst oder wie das dort heißt, aber das war nichts für ihn. Muss ein wilder Hund gewesen sein. Eine Kfz-Lehre hat er mit Ach und Krach geschafft, was wohl überhaupt nicht am Fachlichen lag, sondern am Sozialverhalten. Seine Frau hat ihn noch vor der Bundeswehr im Rockerumfeld kennengelernt. Er war, wie sie es ausdrückte, ›Anwärter‹ bei den »Skulls«, einer hiesigen Gang. Zum Bund kam er zuerst als Wehrpflichtiger, dann hat's ihm Spaß gemacht, und er verpflichtete sich auf insgesamt zwölf Jahre. Vier Auslandseinsätze. Noch vor dem letzten Einsatz wurde er ins Berufssoldatenverhältnis übernommen. Seine Frau sagt, der Bund habe ihm gutgetan, er sei immer ruhiger geworden, und mit der Geburt des Sohnes hätte er dann die Treffen mit den Rockerkumpels ganz ausgesetzt.« Therese trank einen Schluck Wasser. »Nach dem Unfall aber macht er dann total dicht. Keine Therapie, kein Gespräch. Er quittiert den Dienst, nimmt die Abfindung und die Versorgungsleistungen, löst eine Versicherung ein und anstatt an den behindertengerechten Umbau des Hauses zu gehen, mietet er sich in der Sinzler Höhe ein. Geld und Haus gehen komplett an seine Frau, er lebt vom Mindestsatz. Lebte. Seine Frau sagt, er habe den Kontakt völlig abgebrochen, sich geweigert, den Sohn zu sehen. Aber immer wieder mal angerufen, wenn er dicht war. Nachts. Tja.

Die Frau hoffte, es werde sich alles legen, er müsse drüber weg und dann komme alles wieder ins Lot. Aber dann kriegte sie Besuch von ehemaligen Kameraden ihres Mannes, und die erzählten, dass sie gar nicht mehr an ihn rankommen, er sei immer nur zu, und es hingen Junkies oder Rocker bei ihm rum. Sie glaubt, dass er für die Typen Stoff vertickt hat, das hat er wohl ganz früher schon gemacht. Ihre spontane Reaktion auf die Todesnachricht war«, sie sah wieder auf ihre Notizen, »›Die Dreckschweine. Die haben ihn jetzt einfach umgelegt.‹ Tja, und da sind wir nun.«

Therese trank den Rest Wasser aus und schaute zu Grewe.

Der ließ seinen Blick einmal in der Runde kreisen.

»Okay, ich fasse zusammen: Wir haben einen Ex-Soldaten ohne Unterschenkel. Lebte nach traumatisierender Verwundung getrennt von seiner Familie, die darüber offensichtlich nicht glücklich war. Versorgungslage ist geklärt, keine Streitigkeiten ums Sorgerecht. Die Frau hoffte immer noch auf seelische Genesung und Rückkehr des Mannes, liebte ihn offensichtlich immer noch. Natürlich schauen wir da noch genauer hin, aber ich denke eine Beziehungstat erscheint nach Lage der Dinge eher unwahrscheinlich.«

Therese nickte zustimmend. Auch von den Kollegen kamen keine Einwände. Grewe fuhr fort.

»Der Tote verkehrte im Drogenmilieu, hatte langjährige enge Kontakte zu stadtbekannter Rockergang, und es gibt Sachhinweise und das Wort der Ehefrau, dass er mit Stoff gehandelt haben dürfte. Dennoch fanden wir kein Geld und keine nennenswerten Rauschgiftmengen in der Wohnung. Die Benutzung eines Messers und die Anzahl der Messerstiche sowie deren Anbringung machen eine Exzesstat wahrscheinlich. Das kommt erfahrungsgemäß bei Beschaffungsmorden häufig vor, die Täter befinden sich in hohem Erregungszustand, sei es durch Entzug oder gerade einsetzenden Rausch. Bei der Durchsuchung der Wohnung hat der Täter nicht viel Vorsicht walten lassen, das passt ebenfalls zu einem Junkie. Eine lohnende Spur also. Einwände?«

Kopfschütteln. Nur Drossel verzog zweifelnd das Gesicht.

»Ja, Gerd?«

»Ich würde da auf die Sektion warten. Wenn Rems nicht durch Rausch sehr stark gedimmt war, dann war der ein gefährlicher Gegner, selbst im Rollstuhl. Äußerst athletischer und massiger Oberkörper, Arme, aus denen macht man für Beamte Oberschenkel.«

Die Runde lachte. Drossel hob die Hand.

»Und, wie ihr ermittelt habt, er war fast zwölf Jahre lang Soldat. Fallschirmjäger, im Auslandseinsatz. Mein Ältester ist gerade bei denen. Trotz jahrelangem Leichtathletiktraining stöhnt der über das Fitnessprogramm. Und Drogenkonsumenten sind in aller Regel keine Sportskanonen.«

Grewe legte Drossel, der sich aufzuregen begann, die Hand kurz auf den Arm.

»Gerd, du hast recht. Wir dürfen nie voreilig sein. Das ist aber allen hier bewusst.«

Drossel wackelte mit dem Kopf und hob beide Hände.

»Schon gut, schon gut. Ich bin euer Herbergsvater, wisst ihr ja.«

Entspanntes Lachen am Tisch.

»Und einer muss es sein.« Grewe grinste Drossel an, dann wandte er sich wieder an die Runde.

»Gut. Hat noch jemand was? Nein? Dann würde ich Folgendes vorschlagen: Fuchs, du gehst zu deinen alten Kumpels vom Rauschgift und checkst dort mal Rems ab. War er in dem Zusammenhang bekannt? Wenn ja, weiß man was über Kunden, Lieferanten und so weiter, gibt es belegbare Verbindungen mit den Skulls? Letzteres gegebenenfalls auch noch mal mit den Kollegen von der OK besprechen.«

Fuchs nickte.

»Tony, du fährst mit einem Kollegen zu der Schwester von Samantha Rems, Adresse geb ich dir. Frau Rems hat angegeben, in der vermutlichen Tatnacht mit ihrem Sohn dort übernachtet zu haben.«

Tony zeigte mit fragendem Gesichtsausdruck auf eine junge hübsche Polizistin mit blondem Pferdeschwanz.

»Magst du, Claudi?«

Claudi schoss Tony mit Pistolenfingern ab und kniff ein Auge dabei zu. Therese verdrehte den Blick zur Decke.

Drossel hatte seine Unterlagen schon in die Vertikale gehoben und zweimal ordnend auf den Tisch gedonnert. Er schaute Grewe fragend an.

»Gerd, du bist ein freier Mann.« Grewe lächelte.

»Von wegen.« Drossel machte ein säuerliches Gesicht, dann lächelte er auch. »Ich geh in die Wohnung. Mit Lyske rede ich später noch mal, du kriegst dann Bescheid.«

»Danke dir.«

Grewe und Drossel gaben sich die Hand.

Allgemeines Stühlerücken, und in wenigen Augenblicken waren Grewe und Therese wieder allein im Besprechungsraum.

Therese wandte den Blick von der Tür in Richtung Fenster.

»Magst du, Claudi?«, äffte sie Estanza nach. »Also die Sprüche von ihm werden und werden nicht besser.«

Grewe schaute sie mit leicht schief gelegtem Kopf an.

»Ich frage nicht.«

»Es gibt auch nichts zu erzählen«, schnippte Therese.

Grewe schaute immer noch. Therese schnaubte.

»Also wirklich nicht. Ich bin erwachsen.«

»Ja, das bist du. Machen wir uns frischen Kaffee?«

»Du machst frischen Kaffee. Ich lege die Stiefel auf meinen Schreibtisch und lasse den Colt um den Finger kreisen.«

Grewe schickte ihr einen Luftkuss.

»Was hältst du davon, wenn wir später in die Kaserne fahren? Mit ehemaligen Kameraden von Rems reden. Ich wüsste nicht, was sonst tun.«

»Good idea, Captain.« Therese stand auf. »Dann organisiere ich uns einen Dienstwagen, während ich auf den Kaffee warte.«

»An die Wache ganz langsam heranfahren und stehen bleiben, ja?«

»Hast du Schiss, ich breche durch die Schranke?« Therese gluckste.

»Ausschließen kann ich das bei dir nicht, aber hauptsächlich geht es mir um die Nerven vom Wachposten. Die Kaserneneinfahrt ist so blöd verbaut, dass man Autos erst sieht, wenn sie schon eingebogen sind. Und wenn du da mit Karacho anfegst, springt der gleich hinters Schilderhaus, Gewehr im Anschlag.«

»Mir ist unvorstellbar, dass du mal bei dem Verein warst.« Therese schüttelte den Kopf und setzte den Blinker. Sie fuhr sanft in die Einfahrt und vor der Schranke rechts ran. Grewe stieg aus. Im Glaskasten der Wache saßen ein Mannschaftsdienstgrad und ein Unteroffizier als Wachhabender.

»Guten Tag«, kam es aus dem Lautsprecher.

Grewe legte seinen Dienstausweis in die Schublade.

»Guten Tag. Kriminalhauptkommissar Grewe von der Polizeidirektion. Ich habe telefonisch einen Termin bei Ihrem S1-Offizier, Major, äh …«

»Major Radványi.« Der Wachhabende studierte zuerst Grewes Ausweis und dann sein Gesicht.

»Richtig, Major Radványi.«

»Einen Moment, bitte.« Der Unteroffizier nahm den Finger von der Sprechtaste und griff zum Telefonhörer. Grewe konnte nur noch an seinen Lippen ablesen, was er sagte.

Nach drei Sätzen legte der Soldat auf, schob Grewes Ausweis mit der Schublade wieder nach draußen und betätigte die Sprechtaste.

»Waren Sie schon mal hier?«

Grewe lächelte unsicher.

»Ja, vor über zwanzig Jahren …«

Jetzt lächelte auch der Unteroffizier.

»Na dann. Der Brigadestab ist immer noch im selben Gebäude. Finden Sie das?«

Grewe nickte.

»Der S1 sitzt im obersten Stock. Da gibt es einen Posten, der bringt Sie ins Zimmer.«

»Danke.« Grewe schaute irritiert auf die Schulterklappe des Mannschaftsdienstgrads. Der Unteroffizier folgte seinem Blick und musste lachen.

»Der ist Oberstabsgefreiter. Den Dienstgrad gab's zu Ihrer Zeit noch nicht.«

»Aha. Also danke.« Grewes rechte Hand zuckte zur Stirn, und er schaffte es gerade noch, kleinen Finger und Ringfinger einzuklappen, um den verunglückten militärischen Gruß in ein cowboymäßiges An-die-Stirn-Tippen zu verwandeln.

»Du kannst ja richtig gerade stehen«, lachte Therese, als Grewe ins Auto einstieg.

»Hinter der Schranke fährst du links, im Kasernenbereich Tempo dreißig. Fallschirmjäger kommen gerne mal überraschend aus der

Deckung auf die Straße gehüpft, und ich habe keine Lust auf den Papierkram.«

»Yes, Sir!« Thereses Rechte flog zur Stirn, und so fuhren sie am ebenfalls militärisch grüßenden Wachposten vorbei. Grewe seufzte.

Betont vorsichtig zog Therese den Wagen um die Kurve, sich vorher nach rechts und links versichernd, dass kein Tarnfleck in Sicht war. Die schnurgerade Hauptstraße war linker Hand gesäumt von Unterkünften und Wirtschaftsgebäuden, rechts befanden sich niedrige Hallen und viel Standplatz für Fahrzeuge. Alle Wege waren feinst säuberlich vom Schnee befreit.

Therese hielt an, vor ihnen marschierte eine Reihe Soldaten, der Vorgesetzte links daneben, und wegen eines entgegenkommenden Lkws konnte Therese nicht überholen. Grewe gab einen zischenden Laut von sich.

»Mein Gott. Man kriegt das echt nicht aus den Knochen.« Therese schaute ihn fragend an.

»Gleichschritt, Laufschritt, ohne Tritt. Die ganzen Gebäude hier … das übernächste Haus links, da war meine Kompanie nach der Grundausbildung drin.« Grewe schüttelte den Kopf. Der Lkw hatte sie passiert, und Therese zog jetzt langsam an der Marschgruppe vorbei.

»Vor der T-Kreuzung links ist ein Parkplatz, das Stabsgebäude ist dann gleich gegenüber.«

Kurz danach stoppte der Wagen mit knirschenden Reifen auf dem gekiesten Platz, und Therese machte den Motor aus.

Grewe zögerte, die Tür zu öffnen.

»Sag mal, bist du aufgeregt?« Therese runzelte die Stirn.

»Quatsch. Ist bloß so, an solchen Sachen merkt man dann, wie alt man geworden ist. Wie lange Erlebnisse her sind, bei denen man schon erwachsen war. Na ja, fast erwachsen jedenfalls.«

»Soll ich dir aus dem Sitz helfen, alter Mann?«

Grewe schaute sie an. Mit einem Mal riss er am Türgriff, stieß die Autotür auf und sprang mit dem Ruf »Wer Erster da ist!« aus dem Wagen. Therese stieg in aller Ruhe aus und schloss ab. Dann schlenderte sie betont desinteressiert dem über eine verschneite Rasenfläche spurtenden Grewe hinterher. Schnee stäubte um seine Hosenbeine auf.

»Guten Tag. Ich bringe Sie gleich zum Herrn Major.« Der junge Obergefreite, der im vierten Stock des Gebäudes hinter einem Tresen Dienst als Posten schob, war aufgestanden, als Therese am Treppenabsatz erschien. Er wusste Bescheid.

»Einen Moment bitte, mein Kollege kommt gleich.« Therese zeigte mit dem Daumen über die Schulter in Richtung Treppenhaus. Kurz danach tauchte Grewes roter Kopf auf. Er schnaufte.

Das Dienstzimmer von Major Radványi befand sich fast am Ende des Flurs, und die Tür stand offen. Therese hatte mit einem strammen Hackenzusammenschlagen und gebellter Meldung gerechnet und war umso überraschter, dass der Obergefreite wie in jedem anderen Büro nur kurz an den Türrahmen klopfte.

»Ihr Besuch, Herr Major.« Auf ein offensichtlich Einverständnis zeigendes Signal hin, gab der Soldat dann die Tür frei und wies mit der Rechten einladend hinein.

Therese und Grewe gingen nickend vorbei und betraten das Büro.

Es war ziemlich klein. Bis auf halbe Höhe hellgelb gestrichen, darüber weiß. Der altmodische Schreibtisch war aus Holz, und ein großer PC-Schirm älteren Datums sowie die dazugehörige Tastatur nahmen den größten Raum darauf ein. Grüne Kunststoffschreibunterlage mit Tischkalender, Stifthalter, Telefon, Stempelkarussell, eine kleine Deutschlandfahne. An den Wänden eine Menge militärischer Wappen, Urkunden und Erinnerungsfotos. An einer Wand ein offenes Regal voller Aktenordner und Pokale. Daneben ein geschlossener Schrank mit abgestoßenen Türen.

Der Major ging gerade um seinen Tisch herum auf die beiden Polizisten zu.

»Radványi. Freut mich, auch wenn die Umstände tragisch sind.«

Therese nahm die ausgestreckte Hand.

»Svoboda. Freut mich auch.«

Der Major war Anfang bis Mitte dreißig, mittelgroß und stämmig. Ein rotbackiger Typ mit kantigem Kinn und kleiner Metallbrille. Auf seinem Kopf lief ein Wettbewerb, welche Haare es noch schafften, grau zu werden, bevor sie ausfielen. Der Gesamteindruck war der eines körperlich fitten und hellwachen Mannes.

»Grewe. Danke, dass Sie sofort Zeit für uns gefunden haben, Herr Major.« Auch die beiden Männer gaben sich die Hand.

»Aber das ist doch selbstverständlich. Das Schicksal von Oberfeldwebel Rems hat uns hier alle sehr beschäftigt. Und dass es jetzt so endet … Furchtbar.«

Radványi wies auf die beiden Besucherstühle, während er sich hinsetzte.

»Kann ich Ihnen einen Kaffee anbieten? Oder Wasser?«

Grewe und Therese sahen sich kurz an.

»Ja, Kaffee wäre sehr nett, bei der Kälte.«

»Aber gerne.« Der Major stand auf und begab sich zum Schrank. Als er die Türen öffnete, sahen die beiden Polizisten, dass eine kleine Kaffeemaschine zwischen den Akten stand.

»Espresso, Espresso doppio, Cappuccino, Milchkaffee?« Der Major ließ die Frage ein bisschen italienisch klingen und lächelte dazu.

»Für mich gerne einen doppelten Espresso.« Therese lächelte ebenfalls.

»Ja, ich dann auch gerne.« Grewe klang verunsichert.

»Na, also die Zeiten mit weiß behandschuhten Ordonnanzen und Bohnenkaffee aus dem Offizierskasino sind Gott sei Dank lange vorbei. Die Maschine hier ist ganz was Feines. Ein Geschenk von italienischen Kameraden anlässlich einer internationalen Sprungwoche. Also nicht für mich persönlich, für den Stab allgemein. Ich darf sie sozusagen aufbewahren.« Der Major hantierte routiniert mit Siebträger und Espresso. »Der ist vor einer halben Stunde gemahlen. Nicht dass Sie denken …« Mit dem Tamper stampfte der Offizier das Kaffeepulver fest und klinkte den Kolben unter der Maschine ein.

Es bot wirklich ein irritierendes Bild, wie in diesem deprimierend preußischen Büro ein Mann in Tarnfleck und Kampfstiefeln offensichtlich sachkundig und genussfreudig an einer original italienischen Kaffeemaschine herumhantierte.

Nach ein paar Minuten saßen sie dann alle drei mit den kleinen Tässchen in der Hand auf ihren Plätzen und schlürften den heißen Kaffee. Er war sehr gut.

»Tja, was kann ich jetzt für Sie tun? Ich habe natürlich selber eine

Menge Fragen, aber …« Der Major stellte seine Tasse auf den Schreibtisch.

»Ja?« Grewe beugte sich etwas vor.

»Na ja, ich denke, Sie werden mir nur bestimmte … Aspekte erzählen können oder wollen.« Radványis Blick war offen und gerade. Grewe sagte nichts. Fast unmerklich begann Therese auf ihrem Stuhl hin und her zu rutschen.

»Es ist einfach alles noch offen. Wir wissen noch gar nichts im Moment.« Grewe nickte nach dem Satz noch einige Male, wie um sich selbst zu bestätigen, dass er etwas Richtiges gesagt hatte.

»Es ist ja auch gerade erst passiert.« Der Major nickte jetzt auch.

»Hatten Sie direkt mit Herrn Rems zu tun?« Therese hegte die Befürchtung, dass sich hier gerade zwei Meister des Um-den-heißen-Brei-Herumredens in einen Wettkampf begaben, und stellte deswegen die an sich harmlose Frage mit etwas zu viel Engagement.

»Ich weiß nicht, was Sie über Strukturen beim Bund wissen, aber …« Therese unterbrach den Major amüsiert.

»Nichts, ehrlich gesagt. Mein Kollege schweigt sich da aus.«

Radványi wandte sich mit aufgehellter Miene Grewe zu.

»Ach, Sie waren Soldat? Ist doch eher selten bei Polizisten, oder?«

»Ja, schon. Ich habe mich erst später entschieden, zur Polizei zu gehen.« Mit einem schnellen Seitenblick versuchte Grewe seine Kollegin von weiteren Plaudereien abzuhalten, aber Therese fand jetzt Gefallen an dem Spielchen.

»Herr Grewe war sogar hier, in dieser Einheit.«

Radványi lächelte.

»Das ist ja nicht ungewöhnlich, wenn Sie von hier stammen. Wir haben immer noch einen Anteil von deutlich mehr als fünfzig Prozent Soldaten aus diesem Bundesland. In allen Laufbahnen. Sogar der Brigadekommandeur ist mit der Kommandoübernahme ein Heimkehrer geworden. Wann haben Sie hier gedient?«

»Achtundachtzig bis neunzig.«

»Kampfkompanie? Schwere? Stabs?«

»Kampfkompanie. Vierte.« Grewe krampfte die Hände ineinander.

»Wie die Teufel!« Radványi zeigte eine Faust, aber es sah eher wie

Daumendrücken aus. »Das Motto der vierten Kompanie«, fügte er erklärend für Therese hinzu.

»Was macht Sie so nervös an dem Thema Rems?« Grewe saß vornübergebeugt im Stuhl, rang immer noch mit den Händen und sagte den Satz in Richtung Fußboden.

Der Major zog Luft, Therese hörte ihn schon »Wie kommen Sie denn darauf?« sagen oder etwas Ähnliches, aber sie täuschte sich.

Radványi atmete langsam aus, und sein Blick wartete darauf, dass Grewe endlich hochschaute. Als ihre Augen sich dann fanden, sagte er: »Sie wissen doch, wie es um das Ansehen der Bundeswehr bestellt ist. Zu Ihrer Zeit gab es noch eine hochaktive Friedensbewegung, es war eine ideologische Gretchenfrage, ob man dafür oder dagegen ist. Mein Vater war ebenso Berufssoldat, wie ich es bin, und ich hatte in den ersten Jahren meiner Gymnasialzeit viel Stress mit Mitschülern deswegen. Als ich in der Oberstufe dann sagte, dass ich zur Bundeswehr möchte, hat sich niemand mehr darüber aufgeregt. Sie fanden es einfach nur ein völlig bescheuertes Karrieremodell. Da stehen wir heute. Wir sind den Leuten egal. Dabei steckt die Bundeswehr in einer der schwierigsten Phasen ihrer Geschichte. Eine Viertelmillion Soldatinnen und Soldaten war seit Beginn der Auslandseinsätze aktiv an diesen beteiligt. Das entspricht der aktuellen Gesamtstärke der Bundeswehr! Und unsere Brigade stellt regelmäßig den Hauptanteil der Sicherungskompanien in Afghanistan. Die Fallschirmjäger stehen dort im Kampf. Sie töten und verwunden, sie erleiden Verwundung und Tod. In einem Konflikt, den die Bevölkerung ablehnt.«

»Herr Major, der Tod von Lars Rems steht doch kaum in Zusammenhang mit dem Einsatz in Afghanistan?« Grewe bemühte sich um einen ganz defensiven Ton. »Wir haben derzeit prioritär eine ganz andere Ermittlungsrichtung.«

»Die Kameraden haben versucht, Kontakt zu Rems zu halten nach seinem Weggang. Ich auch. Ich bin schließlich der Personaloffizier der Brigade, ich fühle mich verantwortlich.«

Der Major sah die beiden Beamten an, als wollte er sich versichern, dass sie ihn verstanden.

»Das ist gelebte Kameradschaft. Wir waren hier über seinen Zustand im Bilde und auch über die Leute, mit denen er zu tun hatte. Ich kann mir schon vorstellen, dass möglicherweise in dieser Richtung die Ursache für seinen gewaltsamen Tod zu finden ist.« Radványi atmete durch und ließ seinen Blick über den Schreibtisch schweifen, dann hob er den Kopf wieder. »Aber wie auch immer, das Bild, das sich hier zeigt, eignet sich einfach hervorragend als Zerrbild des durchgeknallten Bundeswehrsoldaten.«

Therese ließ einen kleinen Frosch aus dem Hals hüpfen, und beide Männer schauten sie an.

»Herr Major, wir stehen ganz am Anfang der Ermittlung, und es ist noch alles offen. Es kann gut sein, dass die Presse sich überhaupt nicht mit diesem Fall beschäftigt. Die Sinzler Höhe ist kein beliebtes Thema in den hiesigen Medien. Wir sind hier, um möglichst viel über Lars Rems zu erfahren, über den Lars Rems, der hier zwölf Jahre gedient hat und nach Aussage seiner Frau bestens auskam mit seinen Kameraden.«

Radványi nickte leicht, dann drehte er sich in seinem Bürostuhl langsam in Richtung des hinter ihm liegenden Fensters. Draußen zogen wieder Wolken auf.

»Ja, er kam bestens mit den Kameraden aus. Er war ein guter Soldat und Ausbilder. Hart, aber herzlich.« Der Major drehte sich wieder zum Schreibtisch um. Er sah erst Therese, dann Grewe an.

»Okay, ich sage Ihnen jetzt etwas: Wenn ich jemals in meiner Laufbahn einen ›true warrior‹, wie die Amis das nennen, erlebt habe, dann war das Oberfeldwebel Rems. Während eines dienstlichen Aufenthalts in den USA hat er bei einer Kneipenschlägerei einen langgedienten Unteroffizier der Navy Seals in Krümel zerlegt. Rems trug das ›Combat Infantry Badge‹, eine US-Auszeichnung, die ausschließlich im scharfen Gefecht erworben werden kann. Die Amis verleihen sie nur in seltenen Fällen an ausländische Soldaten, die gemeinsam mit US-Truppen im Feuer waren. Rems war unzählige Male an Feuergefechten und Mann-zu-Mann-Kämpfen beteiligt. Wenn Lars Rems nicht im absoluten Tiefschlaf umgebracht worden ist, dann muss der Mann, den Sie suchen, ein echtes Monster sein. Das macht mich nervös, Herr Grewe.«

6

In the dark, see past our eyes, pursuit of truth, no matter where it lies, gazing up to the breeze of the heavens. On a quest, meaning, reason …«

Harte Gitarrenriffs von schöner Klarheit, dazu die eigentlich warme Stimme von James Hetfield, die aber durch blanke Aggression keinen Zweifel ließ, dass hier ein beinharter Motherfucker den Spießern den Krieg erklärte. Metallica, das schwarze Album. Für Mike Perschel die beste Metalplatte aller Zeiten. Auf jeden Fall der beste Soundtrack zum Pumpen.

Er war jetzt beim letzten Satz Bankdrücken. Hundert Kilo, zehn Wiederholungen. Er drückte die Hüfte mit Gewalt gegen die Bank, mit angehobener Hüfte zählte nicht. Sechs. Sieben.

»All that is, ever. Ever was, will be, ever.«

Acht. Scheiße, die Arme brannten, die Brust brannte. Der ganze Oberkörper schien sich auszudehnen, Risse zu bekommen. »Twisting, turning, through the never.«

Perschel sammelte sich für einen Sekundenbruchteil und dachte an all die Wichser da draußen und was für eine Scheißangst sie vor ihm hatten.

»On through the never, out to the edge of forever we must go.«

Mit einem Schrei stieß er die Hantel hoch, hielt sie einen Augenblick, ließ sie, Gipfel von Schmerz und Triumph, noch mal kurz kommen, streckte die Arme wieder durch und legte das Eisen dann in der Halterung ab. Seine Brust hob und senkte sich wie bei einem Grizzly, der gerade einen Elch zur Strecke gebracht hatte.

»Twisting, turning, through the never. Never!« Mit dem letzen »Never!« stemmt er sich aus der Bank hoch. Nächster Song. Die ersten Takte von »Nothing else matters« drangen wie Eisblumen aus der Anlage. Perfekt.

»So close, no matter how far.«

In keinem andern Song war Hetfields Stimme so bei sich. From the heart. Das war der Song, zu dem man einen Bruder in den Arm nehmen konnte, das war der Song, zu dem ein Bruder sterben konnte. Das war der Song für die Alte, die man heiratet, die mehr ist als bloß eine geile Muschi.

Perschel sah sich im Spiegel, und was er sah, gefiel ihm gut. Er sah hundertachtzehn Kilo harte Muskeln auf einen Meter fünfundneunzig verteilt. Sein Oberkörper war über und über mit Tattoos bedeckt. Dunkle und mystische Symbole, Teufel, Drachen und Krieger. Dazwischen blutgierige Göttinnen, die einem Mann die Eier abreißen und sie zum Frühstück verschlingen würden, wenn er ihrer nicht würdig war. Perschels Eier würden sie nie abreißen. Sie würden sie genüsslich lecken …

Bei der Vorstellung musste er grinsen. Perschel stand von der Hantelbank auf und drehte sich langsam vor dem Spiegel.

»Never opened myself this way. Life is ours, we live it our way. All these words I don't just say. And nothing else matters.«

Es ging ihm jetzt besser, das Pumpen und die laute Musik hatten ihm geholfen, ihn zentriert. Er konnte es sich nicht leisten, den Fokus zu verlieren. Darauf warteten zu viele Arschlöcher da draußen. Rems war eigentlich kein Arschloch gewesen, das war zum Teil auch das Problem. Es nahm Perschel mehr mit, als er gedacht hatte. Scheiße.

»Never cared for what they do. Never cared for what they know. But I know.« Perschel drückte das breite Kreuz durch, hob die Arme und spannte die Bizepse. Beeindruckend.

Sein Schwanz wurde hart. Er lachte leise, ja, genau, das fehlte noch, um wieder ganz ins Lot zu kommen: bisschen Koka und dann ficken. Er würde gleich in den Club rübergehen und sich eins der Mädels schnappen. Mit einem schnellen Schwung streifte er die abgeschnittene Jogginghose nach unten und kickte sie in die Ecke. Sein Ding stand groß und glänzend da. »Wie ein Schwert aus Blut und Seide«, das hatte er mal irgendwo gelesen. Perschel deutete ein paar Fickbewegungen an und wurde ultrascharf. Er musste schnell eine kalte Dusche nehmen und dann eine schöne Line ziehen. Schließlich war er kein Wichser. Das hatte er nicht nötig. Die Muschis standen Schlange bei ihm.

»Forever trusting who we are. No, nothing else matters.«

Fünf Minuten später kam Perschel aus der Dusche, warf seine langen Haare mit Schwung nach hinten und stieg in die enge Lederhose. Seine schwarzen Bikerstiefel mit der kantigen Spitze, ein schwarzes Shirt ohne Ärmel und die dicke Bomberjacke drüber. Seine Kutte musste leider zu Hause bleiben, so war die Regel. Seine Regel, an die sich alle hielten. Keine Colors in den eigenen Läden, das verjagte nur Kunden.

Perschel strich mit der Hand über seinen gepflegten Wikingerschnauzbart, der, in zwei geflochtenen Zöpfen endend, übers Kinn hinausragte, und setzte als i-Tüpfelchen die schwarze Brille mit den gelben Gläsern auf. Silberringe in beiden Ohren und an fast allen Fingern komplettierten das Bild. Er war bereit.

Als er gerade das Kokstütchen aus der Schublade fingern wollte, klingelte sein Handy. Er schaute auf die Nummer und fluchte. Der verdammte Türke.

»Hey, Alter. Was geht?« Perschel schaffte es, total entspannt zu klingen.

»Geht so. Schlafe nicht so besonders.« Der Türke hingegen gab sich überhaupt keine Mühe. Er klang beschissen sauer und psychotisch.

»Mach dir keine Sorgen, es läuft alles rund.«

»Ja, ja. Mach keine Sorgen, mach keine Sorgen. Mach ich aber doch. Ist meine Kohle, die da abhaut, weißt?«

»Ich sage dir doch, dass es läuft.« Perschel riss sich jetzt auch nicht mehr zusammen. Was dachte der Arsch, mit wem er hier redete?

»Was ist mit dem verschissenen Krüppel? He? Deinem Kumpel.«

Perschel ließ eine Pause, um den Türken zu reizen.

»Bist du noch da, Mann?« Gleich würde er wieder auf Türkisch fluchen.

»Ich höre dich. Schrei nicht so.« Perschel musste grinsen. Mann, war er cool.

»Is gut, is gut. Also, was ist mit dem?«

»Hat sich beruhigt, verstehste? Ist ganz ruhig jetzt.«

»Du meinst, es gibt kein Problem mehr mit ihm?«

»Genau das meine ich.« Perschel nickte und schüttete ein bisschen Koks aus dem Tütchen auf den im Tresen seiner Hausbar eingelassenen Spiegel.

»Gut.« Der Türke legte einfach auf.

Perschel warf sein Handy neben den Spiegel und fing an, den Stoff mit der Rasierklinge zu schieben, zu sortieren und zu hacken.

Nein, es gab kein Problem mehr mit Rems. Aber ganz anders, als der Scheißdrogentürke dachte. Perschel zog zwei fette Lines durch ein Silberröhrchen und steckte sich noch ein kleines Briefchen ein. Er griff wieder zum Handy und drückte eine Kurzwahltaste.

»Club Hush-Hush, hier ist Mandy.«

»Ich bin's, welche Mädels haben gerade Pause?«

»Hi, Mike. Also da sind Sandy, Ivanka, Pam, Bet …«

»Reicht schon. Schick Ivanka und Pam mit 'ner Pulle in mein Büro hoch, ich bin in zehn Minuten drüben.« Perschel legte auf. Der Stoff begann zu wirken, er wurde eiskalt und fühlte sich scheißgroßartig. Er würde in seinen Club gehen, Bourbon trinken, noch ein paar Lines ziehen und die zwei Fotzen ficken, dass es rauchte.

Grewe schaute in den Ofen. Der Käse begann zu schmelzen. Er wandte den Kopf nach hinten.

»Kinder! Abendessen!«

»Wir kommeeen!« Klara würde die kleine Herde schon in die Küche treiben, damit sie schnell an ihr Sandwich kam. Sie liebte kein Essen so wie geröstetes Graubrot mit etwas Olivenöl, Tomatenscheiben, Mais und geschmolzenem Käse. Grewe war glücklich, er hatte es so pünktlich nach Hause geschafft, dass er mit Stina sogar noch mal Tee trinken konnte, bevor sie zu ihrem Abendkurs in die Volkshochschule aufbrach. Kreatives Schreiben, der wörtlich übersetzte angloamerikanische Begriff hatte sich mit den Jahren in Deutschland durchgesetzt.

»Als wenn es unkreatives Schreiben gäbe«, sagte Stina oft.

Es war einer der vielen Stachel in Grewes Moralfleisch, dass er überzeugt war, nur sein Beruf mit den unmöglichen und unberechenbaren Arbeitszeiten sei schuld daran, dass Stina, anstatt selbst Bücher zu schreiben, Kurse darüber geben musste.

»Lauter nette und nahezu talentfreie Leute.« So beschrieb Stina die übergroße Mehrzahl ihrer Schüler. Sie versicherte ihrem Mann immer und immer wieder, dass sie gerne Kurse gab und mit dem gelegentlichen Schreiben von Artikeln für die örtliche Zeitung oder den Beiträgen für die Jahresanthologien von Autoren aus der Region durchaus zufrieden war. Aber die Wahrheit lag natürlich irgendwo dazwischen, und bei Ehestreitigkeiten sorgten Stinas Frustrationen und Grewes schlechtes Gewissen oft für Eskalation. Was sich Grewe am wenigsten gerne eingestand, war die Tatsache, dass er einen Bildungskomplex gegenüber Stina empfand. Sie hatte einen Abiturschnitt von eins Komma eins gehabt und ihr anschließendes Studium der Theaterwissenschaften und Germanistik in kürzester Zeit mit »sehr gut« abgeschlossen. Nach nur einem Jahr als Dramaturgieassistentin am Stadttheater war sie dort mit knapp siebenundzwanzig die jüngste Chefdramaturgin an einem deutschen Theater geworden.

Grewe hingegen war gerade so durch die Abschlussprüfungen gerutscht und hatte keine Uni besucht. Er gehörte zu den letzten Polizisten im gehobenen Dienst, die nicht in den Genuss des »Kommissarstudiums« gekommen waren, sondern sich aus der Bereitschaftspolizei hocharbeiten mussten. Mindestens Fachabitur war dafür Voraussetzung, aber keine Garantie, dass man es schaffte.

Als die Zwillinge unterwegs waren, hatte Stina am Theater gekündigt, weil sie es für illusorisch hielt, dass ihr Arbeitgeber in irgendeiner Weise auf die Bedürfnisse einer Mutter eingehen würde.

»Und selbst, wenn: Ich habe mir Muttersein nicht so vorgestellt, dass ich meine Kinder nur in den kurzen Phasen zwischen zwei Fremdbetreuungen sehe.« Stina hatte tatsächlich schon seit einiger Zeit erhebliche Schwierigkeiten mit dem cholerischen Intendanten des Theaters gehabt, und Grewe war Beamter, unkündbar und mit gutem Einkommen. Die Entscheidung fiel schnell und problemlos. Die Probleme kamen dann erst mit der Zeit.

»It's a battered old suitcase, to a hotel or someplace and a wound, that will never heal. No primadonna, the perfume is on. An old shirt that is stained, whether it's blood or whiskey …«

Tom Waits klang laut aus dem CD-Player in der Küche, Grewes Lieblingsmusiker. In den Texten seiner Songs fand Grewe die ganze Bandbreite seiner Gefühle für Stina wieder. Ja, ihre Beziehung war ein abgestoßener Lederkoffer, ohne den man keine Reise wagen konnte. Er hatte seine Zuverlässigkeit und Widerstandskraft schon tausendfach bewiesen, er schützte die lebenswichtigen Besitztümer vor jeder Beschädigung.

Stina war nie eine Primadonna gewesen, aber immer eine Frau, die gerade in Not und Gefahr zeigt, was in ihr steckt. Eine Löwin in Filzpantoffeln und Schlabbershirts. Die Flecken darauf warnten jeden Angreifer: Vorsicht, was du für Kaffeeflecken hältst, könnte auch das Blut des letzten Kerls sein, der meiner Familie etwas antun wollte, oder der Whiskey, den ich auf seiner Beerdigung getrunken habe …

Schlagartig verstummte die CD.

»Dem traurigen Mann darfste später wieder zuhören, Papa.« Robert konnte Tom Waits nicht ausstehen. Er war Hip-Hop-Fan.

»Okay. Ich habe hier zwei Salamibrote mit Senf sowie Cracker mit Fischcreme für unseren Gemüseverächter.« Grewe zeigte auf Roberts Teller.

»Daneben sehen wir zwei Scheiben Toast mit gesalzener Butter, eingerahmt von feinen Scheiben Salatgurke für Prinzessin Lotta.«

»Supidupi!«, kreischte das jüngste Mitglied der Familie Grewe.

»Wo willst du hin?«, rief Grewe dem mit seinem Teller verschwindenden Robert nach.

»Ich esse im Zimmer. Meine Stunde Computerspielen läuft gerade ab, weißte?« Grewe seufzte. Die Kinder hielten sich an die von Stina hart ausgehandelten Beschränkungen der Mediennutzung, da durfte er jetzt nicht dazwischengrätschen. Er nickte.

»O Papa, darf ich auch, bitte, bitte? Ich hör gerade Jim Knopf, und die sind in der Drachenstadt, das ist sooo spannend!« Lottas Augen waren kilometerweit aufgerissen.

»Na klar, Lotta. Ist okay.« Grewe strich ihr über den Schopf und drückte einen Kuss auf den Scheitel.

»Ich esse mit dir hier. Komm schon, Papa.« Klara hatte sich ihre Tomatenbrote schon selbst aus dem Ofen geholt und auf einen Teller drapiert, der jetzt auf dem Tisch stand. Sie schüttelte einen Joghurtdrink.

»Aber nur, wenn du sonst nichts vorhast.« Grewe schob sich auf die alte Küchenbank an der Wand. Klara schaute ihn an. Grewe schaute zurück. Er hob die Augenbrauen, Klaras Blick rutschte kurz nach unten.

»Na, dann geh. Ich liebe dich.« Grewe schickte einen Kuss durch die Luft.

»Ich dich auch, Papa. Bist der Beste.« Klara schlang ihre Arme um Grewes Hals und küsste ihn fest auf den Mund. Dann schnappte sie sich ihren Teller.

»Tja. Wie lange noch?«, murmelte Grewe, während er seiner ältesten Tochter nachsah.

Er strich Butter auf eine Scheibe Brot, belegte sie mit Schinken, biss in eine saure Gurke, griff kauend zur Bierflasche und lehnte sich vorsichtig an die Wand. Es ging gut. Er hatte sich jetzt langsam an die Kopfwunde gewöhnt und war zuversichtlich, heute wieder gut zu schlafen. Und er hatte im Lauf des Tages die Ahnung entwickelt, dass er in der nächsten Zeit möglicherweise jede Stunde Schlaf gebrauchen konnte.

Der Mord an Rems sah nach einer Milieutat aus. Die Sektion stand noch bevor, aber Grewe hielt die Hoffnung hoch, dass ihre Ergebnisse diese Version stützen würden. Es war zwar viel mühselige Schmutzarbeit, unter Junkies und Dealern zu ermitteln, aber andererseits fand sich da früher oder später immer jemand, der quatschte. Die Dropouts waren nicht stark, sie waren keine Berufsverbrecher mit Schweigekodex. Wenn ein Gewalttäter in diesem Milieu aus dem Rausch erwachte und sich erinnerte, dann entsetzte ihn die eigene Tat in der Regel so sehr, dass er sich so bald wie möglich jemandem anvertrauen musste. Und dann konnte er es eigentlich auch gleich der Zeitung melden.

Aber Gerd Drossel, vor dessen Meinung Grewe stets den allerhöchsten Respekt verspürte, hatte schon deutlich gemacht, warum er Zweifel an der These hatte, und vor allem, dass die Sektion diese Zweifel möglicherweise auch eindrücklich würde stützen können. Dazu kamen die wirklich beunruhigenden Aussagen von Major Radványi und von einem Stabsunteroffizier aus Rems' alter Kompanie, mit dem Radványi sie noch zusammengebracht hatte. Der junge Mann war mit Rems in Afghanistan gewesen, allerdings nicht bei der Patrouillenfahrt, in deren Verlauf Rems die Beine verloren hatte.

Im Gespräch mit ihm wurde das von Radványi gezeichnete Bild klar bestätigt. Den Navy Seal hatte Rems seinerzeit nach dem Genuss von zwei Litern Bier und vier Wodka plattgemacht, wie der junge Mann von einem wissen wollte, der dabei gewesen war. Rems gehörte damals einer Luftlandeaufklärungskompanie an, das war eine noch mal härtere Gangart des ohnehin schon nicht gerade erholsamen Jobs als Fallschirmjäger. Er war Einzelkämpfer, hatte einen Lehrgang an der Fernspähschule absolviert und wollte gerne zum Kommando Spezialkräfte. Dann kam sein Sohn zur Welt, und Rems verzichtete auf das Auswahlverfahren, zu dem er schon zugelassen war. Er wechselte in eine Kampfkompanie, wurde Gruppenführer, Berufssoldat, und dann war es passiert. Wumms.

Dem jungen Stabsunteroffizier waren die Tränen gekommen, als er von den ersten Besuchen am Krankenbett erzählt hatte.

»Verstehen Sie das? Bomber war eine Eiche. Vor dem hatte jeder Respekt. Wir wollten alle so sein wie er. Genauso hart, genauso cool. Der war ein Profi, ein Krieger. Mann, ey. Und er hatte eine echt gute Frau und den Sohn. Die hat er voll geliebt. Und dann lag er da, ohne Beine, und hat nur durch einen durchgeguckt oder aus dem Fenster gestarrt. Scheiße. Echt.«

Therese war der Meinung, dass es an dieser Verehrung lag, dass der junge Soldat sich nicht vorstellen konnte, ein mieser Junkie hätte seinen Helden einfach gekillt, ohne dass der sich groß wehren konnte. Grewe fand ihren Gedanken nicht von der Hand zu weisen, aber eines war ihm in den Stunden in der Kaserne klar geworden: Falls die Junkietheorie sich nicht halten ließ, falls Rems prinzipiell in der Lage gewesen war, sich zu verteidigen – und anscheinend war er auch mit ordentlich Promille noch ein furchteinflößender Kämpfer –, dann hatte Radványi recht, und der Mörder war ein unglaublich gefährlicher Mensch. Stark, schnell und entschlossen. Und wahrscheinlich hatte er nicht zum ersten Mal getötet.

Sie hatten noch mal eine Nachmittagsbesprechung abgehalten, um die Erkenntnisse des Tages mit allen Ermittlern auszutauschen. Estanza und »Claudischatz«, wie Therese penetrant gesagt hatte, bis Grewe ihr unter dem Tisch gegen das Bein getreten war, brachten die Bestätigung für Samantha Rems' Alibi, und zwar nicht nur von deren Schwester, die ja als Verwandte lügen durfte, sondern von einer gemeinsamen Freundin der beiden, die ebenfalls dort übernachtet hatte. Die Frauen waren bis etwa drei Uhr morgens in der Küche zusammengesessen und hatten Wein getrunken. Danach war der ungenauen zeitlichen Eingrenzung folgend, die sie anhand der Aussage von Konopke hatten, noch Spielraum. Aber nach Grewes und Thereses Bericht aus der Kaserne konnte niemand sich vorstellen, dass eine angetrunkene Frau in der Lage gewesen wäre, die Tat auszuführen.

Samantha Rems war so ziemlich raus aus der Show, das hatte jeder im Raum so empfunden. Markus Fuchs hatte noch einen kurzen Bericht von der Rauschgiftfront gegeben. Rems war dort unbekannt, wie er überhaupt polizeilich noch nie aufgefallen war.

Grewe nahm einen langen Zug aus der Bierflasche und schloss die Augen. Wie würde er all das aushalten ohne seine Frau und die Kinder, ohne den Schutz der gemütlich zugestellten Wohnung? Er spürte einen nassen Lappen auf seiner herabbaumelnden Hand.

»Oskar.« Grewe lachte und strubbelte dem riesigen Mischlingshund der Familie über den Kopf. Der drückte sich fest gegen Grewes Hand und ließ seine Zunge meterlang aus dem hechelnden Maul hängen. Grewe schaute auf die Uhr.

»Es ist noch viel zu früh für dein Gassi, mein süßer Stinker.«

Oskar guckte ihn an und hob abwechselnd die Augenbrauen. Konnte sein, dass es zu früh für die Nachtrunde war, aber es war doch eine gute Zeit für etwas Knabberkram vor dem Fernseher, eng an die ausgestreckten Beine von Herrchen gepresst?

Grewe stand auf und ging an den Fuß der Treppe, die zu den Kinderzimmern hochführte.

»Ich bin kurz mit Oskar bei der Videothek!«

Oben wurden fast gleichzeitig drei Türen aufgerissen.

»Gucken wir noch was?«, in drei sehr unterschiedlichen Stimmlagen.

»Aber nur im Schlafanzug und mit geputzten Zähnen, ist das klar?«

»Jippiiieh!« Wieder dreistimmig.

Grewe schlüpfte in seinen Wintermantel und schnappte sich die Hundeleine. Oskar sprang begeistert auf.

Manchmal konnte man die Welt so einfach in Ordnung bringen.

7

Ich darf euch den Kollegen Fritz Burckhardt vom K 15, Organisierte Kriminalität, vorstellen.« Grewe wies mit der rechten Hand auf den sehr bulligen, fünfzigjährigen Kriminalhauptkommissar mit Walrossbart und grauem Pferdeschwanz. Es war ein Scherz, der mit wissendem Grinsen aus der gesamten Runde beantwortet wurde.

Alle kannten »Mafia-Fritze«, wie der OK-Chef allgemein hieß. Burckhardt war gebürtiger Hamburger, was man ihm deutlich anhörte, und hatte sich in seiner gesamten Kripolaufbahn mit Bandenkriminalität befasst. Vor gut zehn Jahren gab es hier zum ersten Mal ernsthafte Probleme mit organisierten Banden aus Osteuropa, und damals war Burckhardt sozusagen als Gastexperte in die Stadt gekommen; es gab gute Beziehungen zwischen dem Leiter der hiesigen Direktion und dem Hamburger OK-Chef. »Mafia-Fritze« hatte sich in die Gegend und eine ihrer Töchter verliebt und war geblieben. Seitdem gab es in der Direktion ein aus drei Sachbearbeitern bestehendes Kommissariat für deliktübergreifende und organisierte Kriminaltät.

»Tscha. Die Skulls.« Burckhardt schaute in die Runde.

»Vielleicht erst mal paar grundsätzliche Sachen über Rocker: Es gibt so ne und solche. Viele Motorradclubs sind harmlos, meistens mit älteren Mitgliedern, wohlhabend, die am Wochenende Easy Rider spielen. Gefallen sich in Kutten, sind aber gut erzogen, haben Dioptrien in den Sonnenbrillen und die Blutdruckmedikamente neben dem ADAC-Schutzbrief in den gut eingefetteten Satteltaschen.« Die Kollegen lachten.

»Dann gibt es die sogenannten Outlaw MCs, also Motorcycle Clubs. Hells Angels, Bandidos, der Gremium MC, um mal so die bekanntesten zu nennen. Outlaw ist hier wörtlich zu nehmen. Will heißen, egal, ob tatsächlich Straftäter oder nicht, die Mitglieder solcher Clubs sehen sich als außerhalb von Recht und Gesetz stehend an. Der Club, die Bruderschaft, steht an erster Stelle. Starke Abschottung, strenge

Hierarchien, hohe Beitrittsschwellen, krasse Aufnahmerituale. Der harte Kern sind die sogenannten ›Onepercenter‹, also ›Einprozenter‹. Das bezieht sich auf eine blutige Massenschlägerei unter Bikern in den USA Ende der vierziger Jahre. Danach hat eine bürgerliche Motorradfahrervereinigung sich sehr beeilt zu verkünden, dass ›neunundneunzig Prozent aller amerikanischen Motorradfahrer anständige Bürger sind‹. Die Outlaws bezeichnen sich seitdem als das eine Prozent, das übrig bleibt.«

Burckhardt lächelte leicht bei diesen Worten.

»Die Clubs orientieren sich an Vorbildern von althergebrachten Bandenstrukturen wie zet bee bei der Mafia. Auch eine strenge Omertà ist festzustellen. Es gibt wenig in unserem Job, was so ermüdend ist, wie Outlaw-Rocker zu vernehmen; die kriegen die Zähne tagelang nicht auseinander, und dann taucht irgendwann ein slicker Anwalt auf, der es lässig findet, so harte Schweine zu kennen, und holt sie entweder mit beschafften Alibis aus der U-Haft oder sieht schulterzuckend zu, wie sie einfahren – was den Betroffenen aber eigentlich scheißegal ist. Jedes Jahr Knast erhöht das Ansehen.« Burckhardt trank einen großen Schluck Kaffee und danach auf ex ein Glas Wasser.

»Gewaltbereitschaft darf jedem Mitglied solcher MCs unterstellt werden. Die Colors des Clubs, also das dreiteilige Patch auf den Kutten, sind heilig, und die Ehre gebietet es, diese jederzeit mit allen Mitteln zu verteidigen. Das geht dann natürlich mit Revierkämpfen Hand in Hand, und die Motivationen verschwimmen. Will sagen: Wenn ein MC in einer Stadt das Sagen hat und ein anderer nun daherkommt und seine Farben zeigt, dann entbrennt automatisch ein Kampf, der sich zwar vordergründig um die Herrschaft der Color am Ort dreht, aber auch um Geschäfte der Clubs ausgefochten werden kann.«

»Was für Geschäfte zum Beispiel?« Therese hatte brav die Hand gehoben. Burckhardt nickte.

»Simpelste Konstellation: Du bist Hausbesitzer und hast einen Mietnomaden in einer Bude. Keine Einnahmen, und die Räumungsklage zieht sich ewig, kostet viel Geld, Erfolg fragwürdig. Soweit klar?« Alle nickten.

»Du kennst jemanden, der jemanden kennt, der Kontakte zu, sagen wir mal, den örtlichen Hells Angels hat. Den Namen kennt jeder, die Abzeichen kennt jeder. Wenn der Mietnomade nun also morgens aus der Tür tritt, stehen da zwei Schränke in Kutte. Sie gucken bloß böse, das können sie aber richtig gut. Wenn er nach Hause kommt, sitzen sie unten im Hof auf ihren Motorrädern und qualmen. Wenn er in der Kneipe sitzt, dann tauchen sie plötzlich auf und setzen sich an seinen Tisch. Er kauft ein, und sie stehen hinter ihm an der Kasse, und so weiter und so weiter. Irgendwann zischen sie ihm im Vorbeigehen ins Ohr, dass er sich doch endlich eine neue Bude suchen soll, sonst kommen sie mal auf 'ne Tasse Tee vorbei und helfen beim Aufräumen.« Ein Lachen ging durch die Runde.

»Ist der Mietnomade halbwegs bei Verstand, dann zieht er zähneknirschend um. Ist er blöde oder überschätzt sich, dann verliert er ein paar Zähne oder bricht sich den einen oder anderen Knochen. Wie auch immer, das Ergebnis ist unausweichlich: Der Mietnomade verschwindet früher oder später aus deiner Wohnung, in jedem Fall schneller als auf juristischem Wege, und du übergibst einen gut gefüllten Umschlag an einen der Herren in Kutte, quasi für Benzin und Spesen. Der bedankt sich artig und sagt: ›Jederzeit wieder‹. Winke, winke, alles in Butter.« Burckhardt trank den Kaffee aus und stellte die Tasse sanft zurück auf den Tisch.

»Das Prinzip kann man jetzt fortsetzen. Schutzgeld, Drogenhandel, Prostitution, Waffen, Geldwäsche. Wir sind sicher, dass Rockerchapter diverser MCs in der gesamten Republik mit all diesen Dingen zu tun haben, aber aufgrund der Strukturen ist denen schwer beizukommen. Die Clubs bauen keine Geschäfte auf, sondern drängen sich nach bewährter Art einfach rein, wenn sich's lohnt. Sie operieren mit teilweise legalen Unternehmen, besitzen offiziell Nightclubs und Bordelle oder machen die Türen für die Besitzer. Wer die Tür macht, kontrolliert zet bee den Drogenhandel, und so einfach das ist, so schwer ist es meist zu beweisen. Kollegen in anderen Städten waren schon mehrmals Auftragsmorden auf der Spur, konnten aber in keinem einzigen Fall etwas beweisen. Also, die Tat selbst schon, die Täter sind auch verurteilt worden, aber ein Auftrag war nicht nachzuweisen.«

Die Stimmung im Raum zeugte von Konzentration und Nervosität.

Was würde das für ein Fall werden? Grewe schob seine Armbanduhr auf dem Tisch hin und her.

»Wie ist die Situation konkret bei uns?«, fragte er. »Ich muss sagen, wir in der Abteilung haben zum ersten Mal mit Rockern zu tun.« Grewe schaute in die gespannten Gesichter seiner Kollegen, die ihren Blick alle auf Burckhardt gerichtet hatten. Burckhardt hob beschwichtigend die Hand.

»Hier gibt es nur die Skulls, ein regionaler MC. Der Präsident heißt Mike Perschel, ein Stripclub- und Bordellbetreiber, mit einschlägigen Vorstrafen. Die Gang ist im Großen und Ganzen sehr diskret, hat einige recht bürgerlich erscheinende Unterstützer, ist aber offensichtlich präsent im gesamten anrüchigeren Teil des Nachtlebens unserer schönen Stadt. Vor gut drei Jahren sind hier mal ein paar Rocker eines internationalen Clubs aufgekreuzt, da gingen bei uns sämtliche Alarmglocken.«

»Und wie ging's aus?« Therese hatte sich geräuspert vor der Frage. Burckhardt guckte in die Runde.

»Ich hab die rund um die Uhr vom MEK observieren lassen. Haben sie aber gecheckt, und eines Abends waren sie dann weg. Die Motorräder standen vor einem von Perschels Clubs, von den Typen keine Spur, und wir hatten keine Handhabe für eine Durchsuchung.« Mafia-Fritze kostete die Spannung im Raum mit einer schönen Pause aus.

»Gegen Morgen kam dann eine Gruppe Skulls vor dem Club an, einige saßen auf Soziussitzen von Kollegen. Die sind auf die fremden Schleudern gestiegen, und gemeinsam machten sich alle auf den Weg stadtauswärts. Wir hinterher.« Er guckte grinsend in die Runde.

»Am Stadtrand wartete Perschel mit ein paar Genossen und den ziemlich ramponierten ›Gästen‹ auf die Truppe. Es gab Umarmungen für die einen und noch ein paar Arschtritte für die anderen. Dann ritt die geschlagene Gang in Richtung Autobahn. Wir haben nie wieder andere Colors hier gesehen.« Burckhardt verschränkte die Arme auf dem Kopf und lehnte sich zurück.

»Vielen Dank, Fritz. Das war sehr anschaulich.« Grewe blickte in die Runde. Die Kollegen nickten alle.

»Fragen? Ideen?« Grewe wartete einen Moment, aber es war offensichtlich, dass keiner die Initiative ergreifen wollte, es war vielleicht noch zu früh am Tag und zu früh in dieser Ermittlung. Er wandte sich Burckhardt zu.

»War Lars Rems aktenkundig in dem Zusammenhang?«

Burckhardt hatte in der Zwischenzeit die Hemdsärmel aufgekrempelt und seine beeindruckend kräftigen Unterarme auf dem Tisch abgelegt. Dabei zeigten sich auf seinem linken Arm die Ausläufer einer großflächigen Tätowierung, die gut zu Burckhardts Schnauzbart und Zopf, aber so gar nicht zu seinem Anzug und der freundlichen Ausstrahlung zu passen schien. Die Geschichte dazu kannte kaum jemand in der Direktion. Burckhardt hatte sie ein einziges Mal bei einem Grillfest im Hof der Dienststelle erzählt, gegen drei Uhr morgens. Grewe dachte gerne an diese Nacht, es war eine richtige Geisterbeschwörung unter altgedienten Bullen gewesen.

Burckhardt schüttelte den Kopf.

»Der Name Lars Rems ist bei uns noch nie aufgetaucht. Kollege Fuchs hat mir erzählt, dass die Witwe ausgesagt hat, Rems sei vor Jahren Anwärter bei den Skulls gewesen, richtig?«

Grewe nickte.

»Anwärter oder Prospect sind feststehende Begriffe in der Szene und bedeuten, dass derjenige nach einer ersten Phase als Hangaround einem Vollmitglied direkt unterstellt wird. Er muss in dieser Phase alle möglichen Anweisungen befolgen und Aufgaben wahrnehmen, natürlich ist eine Menge davon reine Schikane. Richtig straffällig werden die Jungs dabei selten, das Recht dazu muss man sich sozusagen erst verdienen. Die Members entscheiden dann bei jedem Prospect einzeln, wann er soweit ist, voll aufgenommen zu werden.«

Therese meldete sich zu Wort.

»Ist es denn denkbar, dass er Vollmitglied wurde, ohne dass seine Frau davon wusste?«

Burckhardt wiegte den Kopf hin und her.

»Ziemlich unwahrscheinlich. Erstens bin ich mir eigentlich sicher, dass wir das gesamte Personal der Gang kennen, und zweitens müssen die Full Members dem Club einen großen Teil ihrer Zeit widmen.

Deswegen sind bürgerliche Berufe bei Rockern auch eher nicht zu finden. Bei Jobs, die den Interessen des Clubs nützlich sein können, wie Anwälte, Ärzte oder sogar Polizisten, kein Scheiß, wird mal der Unterstützerstatus großzügig ausgelegt. Aber dass die Bundeswehrkontakte brauchen können, glaube ich kaum. Waffen zett bee besorgen die sich wesentlich einfacher, aus einer Kaserne kriegst du ja nix raus.« Burckhardt zog eine Zigarette aus einer Packung in seiner Brusttasche, zündete sie aber selbstverständlich nicht an.

»Er kann in Kontakt mit der Gang geblieben sein, als Unterstützer oder so, da wird nicht allzu viel erwartet. Ich weiß nicht viel über die Dienstpflichten von Soldaten, aber ich denke, das ist ein Job, der es kaum zulässt, dass ein Mann sich im für ein Vollmitglied nötigen Maß um seinen Club kümmern kann.«

»Und umgekehrt.« Die Blicke gingen zu Fuchs.

»Na, ihr erinnert euch doch, dass ich gestern gesagt habe, die Bundeswehr sei streng bei Straffälligkeit. Klickklick?« Fuchs hatte die Augenbrauen gehoben und zeigte seine Handflächen wie ein Italiener.

»Aber er hat wahrscheinlich Stoff vertickt und das, laut seiner Frau, irgendwie in Zusammenhang mit den Skulls«, gab Therese zu bedenken. »Das böte doch sicherlich Konfliktpotenzial, oder?«

Burckhardt strich sich mehrmals den Bart nach unten glatt und überlegte.

»Na ja. Bei reinen Geschäftsdingen sind die untereinander eigentlich ziemlich abgeklärt. Da gibt es Schiedsgerichte und klare Regeln. Um einen aus den eigenen Reihen abzustechen, auch einen Unterstützer ohne offiziellen Status, muss man schon gute Gründe haben, die in der Regel mit Ehrensachen zusammenhängen. Oder derjenige steht unter Verratsverdacht. Da wird's dann eng.« Burckhardt griff nach der Kaffeekanne und schraubte den Deckel auf.

»Rems wurde bei uns nicht als Informant geführt, das kann ich sicher sagen.« Er goss sich Kaffee ein, schüttete einen Löffel Zucker dazu und rührte um. Die Tasse verschwand fast in Burckhardts Pranken, er nahm einen Schluck und stellte den Kaffee wieder ab.

»Der vermutete Tatablauf an sich passt schon zu Rockern. Messer sind typische Waffen bei denen für Mann-zu-Mann-Kämpfe. Das heißt ja auch, dass einer die Eier hatte, so einen Stier wie Rems auf Tuchfühlung zu attackieren. Aber wie gesagt, es muss gute Gründe geben, einen quasi eigenen Mann zu töten.«

Eine beklommene Atmosphäre machte sich im Raum breit. Niemand hier hatte sich in den Jahren als Polizist an Gewalt gewöhnt, jeder wusste, das wäre der erste Schritt, ein schlechter Polizist zu werden.

»Das Übertöten passt aber gut zu so was, oder?« Estanza hatte das kurze Schweigen gebrochen. »Also zur verletzten Ehre, meine ich.«

»Hola, Españero.« Ganz leise flüsterte Therese das. Als »Übertöten« oder »Overkill« bezeichnete man eine Gewaltanwendung weit hinaus über den Zweck der Tat, wenn man so sagen wollte. Es war immer ein Hinweis auf außergewöhnlich heftige Emotionen. Für einen Tötungsrausch, manchmal aufgrund sexueller Erregung, manchmal wegen Drogeneinfluss oder einfach als ein Zeichen für die Anwesenheit des abgrundtief Bösen.

»Ja, find ich eigentlich auch.« Claudi. Therese zog Luft ein.

Gerd Drossel schnaubte laut und so missbilligend wie irgend möglich. Grewe hätte ihm jetzt gerne die Hand beruhigend auf den Arm gelegt, aber Drossel saß am anderen Ende des Tisches, weil er, ganz gegen seine Gewohnheit, als Letzter gekommen war. Also legte der Spurensicherer ungebremst los.

»Ich wiederhole mich, aber das tue ich ja gerne: Wir sollten auf die Sektion warten, bevor wir solche Spekulationen in Gang setzen. Das Tatortbild ist noch unklar, voller Widersprüche, egal, welcher Vision man derzeit in Gedanken nachgeht. Es ist gar nicht sicher, ob hier überhaupt ein Übertöten im exzessiven Sinne vorliegt, vielleicht hat der Täter oder die Täterin ja auch wirklich so viele Stiche gebraucht, um sich sicher zu fühlen, dass Rems tot ist. Wir. Wissen. Noch. Nichts!« Drossel unterstrich jedes einzelne Wort mit ausgestrecktem Zeigefinger und ließ seinen Blick durch die ganze Runde gehen. Dramatische Pause, alle merkten, jetzt würde ein Drossel'scher Knaller kommen. Keiner traute sich, ihm in die Augen zu sehen. Drossel lächelte übellaunig.

»Vielleicht mal was zum Lachen: Möglicherweise ist es ein Selbstmord. Na, wie steht's damit?«

Verstohlene Blicke. Keiner muckste. Nur Estanza hatte ganz offensichtlich mal wieder suizidale Tendenzen, was seinen Ruf anging. Er drückte sich mit ausgestreckten Armen vom Tisch weg und verzog das Gesicht.

»Also Gerd, weißte …«

»Was also Gerd, weißte? Hä?« Drossel schnappte zu wie ein Krokodil. »Ich hab's ausgemessen, theoretisch kann der Rems sich alle Stiche selbst beigebracht haben.«

»Ja, und …«, fing Estanza an, doch Drossel überfuhr ihn einfach.

»Ja, und das Messer?, fragt ihr jetzt, wie?« Das Drosselkrokodil lauerte im Sumpf, keines der Kollegenkaninchen rührte sich. »Hat einer weggeräumt, weil alte Volksweisheit, dass bei Selbstmord die Versicherung nicht zahlt. Und um der nächsten Frage gleich mal zuvorzukommen, jawohl, Rems *hatte* eine gute Lebensversicherung aus Bundeswehrzeiten. Begünstigte sind seine Frau und der Sohn. Alle Beiträge bezahlt und ordentlich abgeheftet. Übrigens die einzigen ordentlichen Papiere in seiner ganzen verdammten Stinkbude. Dreihundertfünfzigtausend Euro. So!« Drossel verschränkte die Arme und brummelte in seinen Schnurrbart: »Nur um mal wieder an die Möglichkeiten zu erinnern.«

Betretenes Schweigen. Burckhardt, der nicht so oft mit Drossel zu tun hatte, schaute ihn fasziniert an. Er ließ den Blick auf dem Spurensicherer, sein Satz war aber an alle gerichtet.

»Ich sag euch was: Zu einem wie Rems passt so ein extrem blutiger Selbstmord. Das ist Mumm, wie diese Typen ihn verstehen. Und wenn er damit auch noch seine Familie versorgt hinterlässt … Respekt. Also in deren Sichtweise der Dinge.«

Burckhardt klopfte die Zigarette mehrmals auf den Tisch.

»Ich muss jetzt mal in den gemütlich verschneiten Raucherhof. Braucht ihr mich danach noch hier?«

»Nein, Fritz. Vielen Dank noch mal für die Infos. Wenn wir mehr wissen, haben wir sicher auch wieder mehr Fragen.« Grewe stand auf, um sich per Handschlag von Burckhardt zu verabschieden.

Der schüttelte Grewes Hand, dass man befürchten musste, sie würde abfallen.

»Da nich für. Wenn wir über diese Rems-Geschichte den Skulls ein büschen ans Bein pinkeln könnten, dann wäre ich sehr glücklich.«

Burckhardt steckte die nichtangezündete Zigarette zwischen die Lippen, schwang sich in sein Sakko, und als er den Raum verließ, hatte man beinahe den Eindruck, es wäre etwas heller geworden darin.

Grewe schickte alle in eine kurze Pause, nur Drossel blieb sitzen und blätterte missmutig in seinem Unterlagenstapel; ab und an beugte er sich tief über ein Blatt und schaute angestrengt. Er hatte offensichtlich mal wieder seine Lesebrille verlegt.

Grewe beobachtete ihn über die ganze Tischlänge hinweg. Wie lange kannten sie sich schon? Siebzehn, achtzehn Jahre? Meine Güte. Drossel war fünf Jahre älter als Grewe, Vater von vier Jungs.

»Gerd?« Die Frage schaffte es kaum bis ans Ende des Raums.

Der Spurensicherer steckte die Nase noch tiefer in seine Unterlagen. Grewe stand auf und ging langsam um den Tisch herum. Während er den Stuhl neben Drossel nach hinten zog, stopfte der seine Papiere zusammen, glättete die Ränder, öffnete einen Pappordner und schob alles hinein. Als Grewe saß, lehnte Drossel sich mit einem Seufzer nach hinten. Beide Männer stierten in den leeren Raum.

Nach einer halben Minute Schweigen zeigte Grewe auf Drossels Ordner.

»Hast du was für uns?«

Drossel schnaufte und rieb mit Daumen und Zeigefinger an der Nasenwurzel. Dann machte er eine Wischbewegung in der Luft.

»Ja. Eine komplette Tatortdokumentation, das Protokoll der Durchsuchung, vorläufige Laborergebnisse von der KTU. Aber das Bild ist wirr ohne Sektionsergebnisse. Es bringt nichts, das jetzt hier alles zu erzählen. Haste doch wieder gesehen, die Leute haben keine Geduld mehr heute, plappern irgendwelche Seminarsprüche nach und kommen sich so schlau dabei vor. Mist.« Drossel schüttelte den Kopf.

»Gerd.« Wieder ganz sanft, diesmal nicht als Frage.

»Ich weiß.« Drossel schloss die Augen. »Aber du kennst mich doch. Das ist …«

»Gerd, du musst dich nicht rechtfertigen. Ich nehme alles ernst, was du sagst, das weißt du. Oder?« Grewes Hand auf Drossels Arm, wie oft hatten sie diese Situation schon gehabt?

Drossel nickte.

»Ich weiß, Kurt.« Drossel war der Einzige im gesamten Kollegenkreis, der ihn hin und wieder mit Vornamen ansprach. Grewe dachte oft, er hätte ansonsten schon vergessen, dass er Kurt hieß.

»Lass doch einfach den Tatort mal beiseite und gib uns einen Überblick über die Laborgeschichten, das ist doch für uns alle ganz neu. Oder ist da auch was unklar?«

»Nein, Labor betrifft Drogenreste. Ist 'ne klare Sache. Immerhin.«

»Okay.«

Sie schwiegen wieder einen Moment. Dann atmete Drossel plötzlich ein. Grewes Nackenhaare stellten sich auf. Er schaute den Freund an. Drossel presste die Lippen zusammen, kurz, dann atmete er aus und schaute nun auch Grewe an.

»Niklas.«

Grewe schluckte.

»Ja? Was ist mit ihm?«

»Er will sich beim Bund verpflichten. Zwölf Jahre. Offizierslaufbahn.« Drossel biss auf seine Unterlippe.

Grewe nickte.

»Ich verstehe.«

»Ach ja? Stell dir mal Robert in Afghanistan vor. Cool, oder?« Drossel lachte bitter. Grewe wurde sauer.

»Gerd. Genau das tue ich. Wenn ich sage, ich verstehe, dann meine ich das auch.«

Drossel schlug die Augen nieder und beugte sich im Stuhl nach vorne, seine Hände faltete er auf den Knien.

»Entschuldige. Es ist schwer gerade. Dieser Rems-Mord hat was an sich, das mir Sorgen bereitet. Die Sektion ist ganz wichtig, um weiterzukommen, aber Lyske hat mich auf morgen vertröstet, bei dem stapelt sich auch gerade die Arbeit. Ich bin gestern erst um halb neun von der KTU nach Hause gekommen, und dann sitzt Daniela weinend in der Küche. Niklas daneben, streichelt ihr den Rücken und guckt schuldbewusst. Wir haben uns die Köpfe heiß geredet bis in den Morgen. Auf dem Weg zum Dienst habe ich ihn in der Kaserne abgeliefert. Dabei haben wir dann kein Wort mehr geredet.«

Grewe legte seine Hand jetzt auch auf Drossels Rücken, strich zwischen den Schulterblättern hoch zur Schulter, die er kurz drückte. Drossel nickte, berührte Grewes Knie als Zeichen des Dankes und stand plötzlich auf. Er streckte sich durch und blieb einfach zwischen Stuhl und Tisch stehen, schaute aus dem Fenster in den Winterhimmel.

»Du hast den Rems noch nicht gesehen, Kurt. Das ist ein Krieger gewesen, ein Veteran, ein Wrack. Auf so was ist unsere Gesellschaft noch gar nicht vorbereitet, das kennen wir nur aus Amifilmen. Der ganze Körper hat Gewalttätigkeit ausgestrahlt. Aber am schlimmsten waren die Augen.« Drossel schaute Grewe jetzt an.

»Die Augen waren angefüllt mit Tod. Mit Tod, den er gesehen hat, mit Tod, den er gebracht hat. Und mit seinem eigenen Tod. Der Tod war ein Bekannter für ihn, ein böser Freund. Und ich will nicht, dass mich mein Sohn irgendwann mit solchen Augen ansieht, Kurt.«

Auf dem Flur wurde Getrappel lauter, Gesprächsfetzen, vereinzelt Lachen. Die Kollegen kamen zurück.

Grewe fröstelte.

Der Tag brachte nicht mehr viel Neues. Die kleine Truppe verbrachte ihn bis Feierabend mehr oder weniger im Besprechungsraum.

Drossel beschränkte seinen Bericht tatsächlich auf die Laborergebnisse. Die KTU hatte aus staubigen, krümeligen und kristallinen Spuren vom Tatort rekonstruiert, dass in Rems' Wohnung Haschisch, Marihuana, Ecstasy, Amphetamin, Methylamphetamin, Heroin und Kokain gelagert worden war. Über Mengen konnte man nur spekulieren, aber die Vielzahl der Sorten ließ auf Handel schließen. Es sei denn, die Sektion würde ergeben, dass Rems polytoxikoman gewesen war.

Markus Fuchs hatte sich wieder zu seinen alten Kollegen vom K 13, Rauschgift, verzupft. An die Straßenfahnder dieses Kommissariats ging die dringende Bitte, sich im Milieu gezielt nach Rems zu erkundigen, Kunden aufzutreiben oder eventuell Lieferanten. Verwandte außer Frau und Kind gab es nicht, zu eventuellen engeren Freunden würde man noch mal Samantha Rems befragen müssen und die Kameraden in der Kaserne. Hier gab es zurzeit auch den einzigen erfolgversprechenden Ansatz für Reihenvernehmungen. Mit der Hilfe von Major Radványi und anderen Kameraden würden die Ermittler eine Liste von Kontakten erstellen, sie nach Intensität der Beziehung zu Rems und der Besuchshäufigkeit sortieren und dann Mann für Mann abarbeiten. Dafür brauchte die Gruppe mehr Leute, eine Sonderkommission musste einberufen werden, von Kertsch war das schon abgenickt.

Auch Blum hatte sich mittlerweile gemeldet, vonseiten der Staatsanwaltschaft würde er zuständig sein, und sie verabredeten, sich eine Stunde vor der Sektion zu treffen, wenn der Termin denn mal irgendwann feststand. Blum wollte gerne einen kurzen Überblick, um die Sektion nicht völlig ahnungslos zu begleiten. Danach würden sie sich möglichst zeitnah zu einer ausgiebigen Besprechung verabreden.

Grewe hatte angeregt, die Mittagspause im »Fleur« zu verbringen, sozusagen als Gründungstreffen der SoKo Rems. Alle waren dafür. Die Beamten des K 11 hatten alle genug Erfahrung, um zu wissen, dass dieser Fall nach langwieriger, mühseliger und frustrierender Wühlarbeit roch.

Gegen vier Uhr am Nachmittag waren dann alle außer Grewe und Therese nach Hause gegangen. Die beiden ackerten in ihrem Büro die sechsundachtzig Seiten Vernehmungsprotokolle von der Sinzler Höhe durch. Gähnend langweilig, aber sie mussten jede Seite aufmerksam lesen, ob sich nicht in einer der Aussagen doch noch ein Anhaltspunkt fand. Irgendwas, das eine nähere Überprüfung wert war, um die Tatzeit genauer einzugrenzen oder gar einen Hinweis auf den Täter erhaschen zu können. Um siebzehn Uhr dreißig klappte Therese ihr Exemplar zu.

»So, mir reicht's. Einen solchen Haufen von ›is mir doch scheißegal, was glauben Sie, was ich für Probleme hab?‹ ist mir selten begegnet. Ich schlage vor, wir rufen eine Wahrsagerin an. Da wird mehr bei rauskommen.«

Grewe klappte seine Akte ebenfalls zu.

»Ja, ätzend. Aber was erwartet eine Gesellschaft, die Leuten mit wenig Einkommen nichts anderes zum Wohnen gibt als solche Bunker?«

Therese seufzte tief.

»Grewe, wenn ich dich nicht so wahnsinnig gern hätte und ich nicht wüsste, dass du ein hammerguter Bulle und großer Lebensgenießer bist, dann würde ich diese ständigen protestantisch-sozialistischen Eiferertiraden nicht ertragen, ehrlich.«

Sie stand auf, ging zu dem Spind, der im Büro stand, und zog ihren Pullover über den Kopf. Sie öffnete die Spindtür, legte den Pulli zusammen und platzierte ihn im oberen Fach. Dann öffnete sie die Knöpfe ihrer blauen Leinenbluse, hängte sie auf einen Bügel im Spind, um dann umstandslos aus den Stiefeln zu schlüpfen. Es folgte ihre Jeans, und danach hakte sie den BH auf.

Grewe räumte währenddessen seine Sachen zusammen, überprüfte das Schloss der Waffenschublade und fuhr den PC herunter. Er schaute zu Therese.

»Lässt du mir eine Chance, das Büro zu verlassen, bevor du nackt bist?«

Therese drehte sich um. Ihren schwarzen BH hatte sie schon in den Spind gelegt. Sie trug nur noch Slip und Strumpfhose. Sie hakte beide Daumen oben in den Saum und schob den dünnen Stoff langsam nach unten. Dabei sah sie Grewe an.

»Therese, bitte.«

»Was denn? Ich ziehe mich um. Wir kennen uns ewig.« Ganz nebenhin sagte sie das, dabei beugte sie sich vornüber, um die Strumpfhose bis über die Knie zu rollen. Ihr Busen hing schwebend in der leicht überheizten Luft, eine silberne Kette baumelte hin und her. Grewes Hals wurde schlagartig trocken, dann fiel Thereses Haar über den Kopf nach vorne und verdeckte die Sicht. Mit Schwung kam der Oberkörper wieder nach oben, die Haare flogen nach hinten, die Brüste kamen leicht schwingend zurück in ihre Ausgangsposition, und Therese hob erst den linken, dann den rechten Fuß, streifte die Strumpfhose von beiden ab und warf sie zusammengeknüllt in den Spind. Sie griff nach einem Haarband, streifte es über ihr linkes Handgelenk, strich ihre Haare mehrmals nach hinten und fasste sie dann mit beiden Händen zusammen. Sie streifte das Haarband vom Handgelenk über den Zopf, wand es zweimal, dreimal darum und zupfte dann alles zurecht.

»Gut?« Sie schaute Grewe frech an.

»Fantastisch. Und du weißt das.« Grewe merkte, dass er schlechte Laune bekam. Darüber war er froh, denn es ließ die Erektion schnell zusammenfallen, die sich schmerzhaft in seiner Hose entwickelt hatte. Dadurch bekam sein Gehirn auch wieder etwas mehr Blut und konnte arbeiten. Er schaute Therese fest in die Augen, ohne mit dem Blick zu flirren, obwohl ihre Brüste nicht wirklich außer Sicht gerieten und schon ihr Hals und die Schulterpartie in der unversehens herbeigeführten Nacktheit einen starken erotischen Reiz auf Grewe ausübten.

»Ich bin ja froh, dass wir beide uns seit Jahren auf der kollegialen und freundschaftlichen Ebene so nahe sind, dass es keine Rolle mehr spielt, dass wir eine Frau und ein Mann sind. Aber es ist etwas deprimierend und auch durchaus verletzend, mir zu signalisieren, dass ich als Mann so völlig außer, nun ja, Funktion für dich bin, dass du einfach einen Striptease hinlegen kannst.« Ein guter Satz, Grewe war stolz auf sich und schämte sich sofort dafür.

Therese ging langsam auf ihn zu, die Hände geziert in die Hüften gestemmt, dadurch den Schwung beim Gehen betonend. Die kleinen Röllchen ober- und unterhalb der Taille erzählten von Lust und festen Griffen in erhitztes Fleisch. Grewe wandte den Blick leicht ab, doch so ohne Kleider war Thereses Duft stark und füllte das ganze Zimmer aus. Grewe schüttelte seine wachsende Erregung mit einer fast unmerklichen Bewegung ab und schaute zu Boden. Therese setzte sich auf die Kante seines Schreibtisches und stützte sich mit einem Arm darauf, mit dem anderen bedeckte sie ihre Brüste und legte die Hand auf ihre Schulter. Sie sah ihn an und wartete auf die Entgegnung des Blicks. Grewe hob den Kopf.

»Es tut mir leid, das wollte ich nicht.« Therese nickte langsam bei diesen Worten, dann schüttelte sie plötzlich den Kopf. »Oder eigentlich doch, ja, ein bisschen.«

Grewe hob fragend die Augenbrauen.

»Du bist in gewisser Weise kein Mann für mich, weil ich weiß, dass du mir niemals zu nahe treten würdest, selbst wenn ich dich dazu auffordern würde. Du liebst Stina. Punkt.«

»Aber?«

»Nichts aber – Weil!« Therese stand auf und ging wieder zurück zum Spind. Sie griff nach dem Sport-BH darin und schlüpfte hinein. Dann streifte sie eine Thermolaufhose über, ein T-Shirt, darüber ein dickes Fleeceshirt und zum Schluss eine Daunenweste. Es folgten Frotteesocken und die Laufschuhe, Mütze und Handschuhe. Sie verstaute Schlüsselbund, Portemonnaie und Handy in diversen Taschen der Weste.

Grewe schaute sie immer noch fragend an. Therese machte einen dünnen Mund und Schlitzaugen. Dann blies sie die Luft aus dicken Backen aus

»Okay. Ich habe dich missbraucht. Ich …«, sie zögerte, es fiel ihr schwer, jetzt, wo der kleine Teufel wieder aus ihrem Nacken gehüpft und verschwunden war. »Ich bin jetzt schon ziemlich lange solo, wie du weißt. Es war einfach so ein Moment am Ende eines anstrengend öden Tages. Ich werde jetzt durch den Winterabend zur Sinzler Höhe joggen und endlich mein Auto wieder holen. Und dann fahre ich nach Hause, dusche, mach mir was zu essen, trinke nicht zu viel, aber vor allem nicht zu wenig Wein und glotze ein bisschen. Dann gehe ich ins Bett. Schnarch, schnarch.« Therese atmete tief durch und schloss die Augen. »Als ich eben den Pulli über den Kopf gezogen habe, da fuhr es wie ein Blitz durch mich, dass ich mich jetzt ausziehe, und ein Mann schaut mir dabei zu und … und wie sehr ich genau das heute brauchen könnte.« Sie öffnete die Augen wieder und begegnete Grewes Blick. »Und du warst genau der Richtige, um so zu tun, als ob. Vertraut, ausreichend attraktiv und absolut unerreichbar, weil Gentleman und glücklich verheiratet. Keine Konsequenzen, auch wenn ich nackt auf dem Boden vor dir herumrutsche und Schmollmündchen mache. So. Das war mein Geständnis, und jetzt lauf ich los.« Sie blieb vor ihm stehen. Grewe sagte eine Weile nichts und schaute Therese bloß an. Dann stand er auf und breitete seine Arme aus.

»Freunde?«

Therese lächelte.

»Aber immer.«

Sie umarmten sich.

»Ich würde dir anbieten, dich zur Sinzler Höhe zu fahren, aber Stina hat heute das Auto.«

»Ich würde gar nicht annehmen, weil ich schon seit fünf Tagen nicht mehr gelaufen bin und es höchste Zeit ist. Trotzdem danke. Und Entschuldigung.«

»Schon gut.« Grewe nahm seinen Mantel vom Garderobenständer und zog ihn an, dann griff er nach seinem Schal. Therese entfernte sich in leichtem Trab über den Flur.

Grewe löschte das Licht. Er stand im dunklen Büro und schaute aus dem Fenster in die von den Girlanden und Schaufenstern des Garnisonsplatzes erleuchtete Dunkelheit.

Er hoffte sehr, dass Therese nicht bemerkt hatte, wie nahe er noch vor wenigen Minuten einem Fehltritt gewesen war. Sie war eine sehr schöne Frau. Und klug. Und witzig. Und sinnlich. Mein Gott, gab es da draußen keinen, der das bemerken wollte?

Grewe dachte an die erste Begegnung mit seiner Frau. Sie war auch sehr schön und klug und witzig und sinnlich. Damals wie heute. Aber wenn Stina nicht die Initiative ergriffen hätte, dann würde Grewe wahrscheinlich immer noch in der Studentenkneipe hocken und überlegen, ob er diese tolle Frau nun ansprechen soll oder besser nicht.

Er hatte Glück gehabt, verdammtes Glück, das war ihm klar. Und das würde er sich nicht versauen, niemals. Grewe machte die Tür hinter sich zu und ging in Richtung Aufzug. Er schaute auf die Uhr, und dann rannte er plötzlich los. Es war zehn Minuten vor sechs. Wenn er sich beeilte, konnte er noch einen Blumenstrauß kaufen und erwischte trotzdem den Bus um achtzehn Uhr sieben ab Garnisonsplatz.

Der Aufzug stand offen, und Grewe sprang übermütig hinein.

36°74' Nord – 68°98' Ost

Er kniete gut fünfzehn Meter neben dem Dingo und beobachtete die Szene, seine Gewehrmündung zeigte nach unten. Es ging ein leichter Wind, der den von den Fahrzeugen aufgewirbelten Staub in seine Richtung blies. Feiner Sand prasselte leise auf seinen Helm und raspelte die Haut im Nacken zwischen Shemag und Haaransatz.

Die beiden Kameraden standen jetzt seit gut einer Minute bei dem Jungen. Der Oberfeldwebel versuchte, das heftig weinende Kind zu beruhigen, sein Nahsicherer, wie hieß der noch gleich, Klemm, nein Klimke, Hauptgefreiter Klimke tänzelte nervös hin und her, warf unruhig Blicke in Richtung Konvoi. Warum kam nichts von den beiden? Was war da los?

Ein Knacken im Lautsprecher des SEM-52 kündigte einen Funkspruch an.

»Hier ist Hotel an Hotel eins. Kommen.« »Hotel« war das Rufzeichen des Kompaniechefs »Hotel eins« das des Einsatzoffiziers, also seines. Er legte den Handschutz am Lauf seines G36 auf dem linken Oberschenkel ab und drückte die Sprechtaste des Funkgerätes. Mit etwas nach unten geneigtem Kopf meldete er sich.

»Hotel eins hört. Kommen.«

»Frage: Was geht da vorne vor? Kommen.«

»Habe keine Info. Frage: Soll ich vorgehen? Kommen.«

Er schaute wieder zu der kleinen Gruppe. Der Oberfeldwebel kniete vor dem Kind, Klimke war sichtlich bestrebt, Abstand zu halten, nur das Pflichtgefühl hielt ihn am Ort. Tommy, der Kompaniechef, würde die Entscheidung überdenken müssen. Als Einsatzoffizier war er der Stellvertreter des Kompaniechefs, und die »Stellvs« auf jeder Ebene wurden eigentlich als Reserve immer geschützt. Die stellvertretenden Gruppenführer zum Beispiel saßen im Mungo immer in der gut gepanzerten Fahrerkabine, während der Gruppenführer mit seinen Soldaten im oben offenen Transportraum hockte. Eigentlich hätte er noch nicht mal im Führungsfahrzeug des Konvois sitzen dürfen, er hatte einfach mal wieder Lust gehabt, mit Karte und GPS zu arbeiten. Und weil sie spätestens morgen früh wieder im Feldlager sein würden, hatte Tommy das abgenickt.

»Positiv. Erwarte Meldung. Kommen.« Tommy klang nervös.

Er drückte wieder die Sprechtaste.

»Hotel eins verstanden. Kommen.«

Es rauschte einen Moment, Tommy hielt die Taste gedrückt, sagte aber nichts. Dann ließ er offensichtlich kurz los, drückte aber gleich wieder. »Äh, pass gut auf. Ende.«

Er drückte zweimal kurz die Sprechtaste als Bestätigung, und dann stemmte er sich hoch. Ihm wurde kurz schwindlig. Anscheinend war sein Kreislauf ein bisschen abgesackt während des Kniens.

»Jungs, ich gehe nach vorne zu den Kameraden, ihr bleibt in Position. Schaller, Sie übernehmen die Gruppe solange.«

»Jawohl, Herr Oberleutnant.« Der Stabsgefreite Schaller war fit, er kam sofort zu ihm vor und kniete ab. Er nickte dem Mann kurz zu, zog seinen verrutschten Knieschoner nach oben und ging los.

Er löste den Schnellverschluss vorne am Trageriemen und ließ sein Gewehr auf der rechten Körperseite nach unten hängen. Da vorne war irgendeine Aufregung, und er dachte, je entspannter er sich annäherte, umso besser. Klimke drohte ja genug mit seiner Wumme in der Gegend rum, und hinter ihm befand sich eine ganze Fallschirmjägerkompanie. Der Hauptgefreite hatte ihn jetzt auch bemerkt und machte hektische, aber unverständliche Handzeichen in seine Richtung, während er gleichzeitig auf den knienden Oberfeldwebel einredete. Der ließ die Augen nicht von dem Jungen, gab Klimke aber einen leisen Befehl. Klimke löste sich von seiner Position und lief Richtung Konvoi.

»Herr Oberleutnant, stehen bleiben, der Junge hat 'ne IED!«

IED. Improvised Explosive Device. Er sah wieder den Kopf fliegen, spürte den Aufprall auf seiner Bristolweste, die Blutspritzer im Gesicht. Geräusche, die wie durch Wasser in seine Ohren drangen. Kein Boden mehr. Ein Sturz.

»Herr Oberleutnant?«

Klimke stand vor ihm, atemlos. Sein Kopf schnellte durch die wasserhelle Oberfläche der Erinnerung, er war wieder da.

»Was?«

»'ne IED, Herr Oberleutnant. Der hat so 'ne Weste mit Sprengstoff, Schließauslösung hat er in der Hand, aber der heult ganz schlimm. Der Oberfeld denkt, dass er nicht freiwillig da steht. Ist an den Toten gekettet.«

Wie lange drückte der Junge wohl schon die Kontakte nach unten, damit sie sich nicht schließen konnten? Stunden?

»Scheiße! Haben Sie die IED gesehen?«

Klimke nickte heftig.

»Der hat zig so Taschen an der Weste, selbstgenäht. Und drin die Pakete mit Zündkabeln.«

»Okay. Gut gemacht, Klimke.« Er drückte die Sprechtaste.

»Hotel eins an Hotel. Kommen.«

»Hotel. Kommen.« Tommy musste den Daumen auf der Taste gehabt haben, er war sofort dran.

»Verdacht auf IED. EOD vorschicken. Kommen.«

»Verstanden. EOD kommt. Frage: Was für ein IED? Kommen.«

»Bombengürtel, vermutlich kein Suicider. Kommen.«

»Verstanden. Kommen.«

»Ende.«

Er schaute zu dem Oberfeldwebel. Der hatte es geschafft, den Jungen ein bisschen zu beruhigen.

Im Funkgerät hörte er wieder Tommys Stimme. Im Kompaniefunkkreis waren sie beide, die drei Zugführer, der Bewegliche Arzttrupp BAT und die EOD – Explosive Ordnance Disposal – ständig verbunden. Die Zugführer hielten den Funkkontakt mit ihren Gruppenführern. Tommys Fahrzeug stand außerdem mit der Operationszentrale TOC im Feldlager in Kontakt.

»Hotel an Blaster. Kommen.« »Blaster« war das Rufzeichen des EOD-Trupps, der Kampfmittelbeseitiger.

»Hier Blaster. Gehen vor. Kommen.«

»Ende.« Tommy klang nicht happy.

Er drehte sich zu Klimke.

»HG Klimke, Sie verlegen zurück.«

Klimke war sichtlich erleichtert, fragte aber dennoch: »Soll ich nicht doch hierbleiben, Herr Oberleutnant?«

Braver Junge, dachte er, der war doch höchstens zwanzig.

»Nee, nee, Klimke. Ist schon gut. Zischen Sie ab. Der Chef wird sicher gleich alle Fahrzeuge in Bewegung setzen.«

Klimke ging flotten Schrittes Richtung Konvoi. Und da kam auch schon Tommys Funkspruch.

»Hier Hotel, an alle Stellen. Kompanie weicht auf der Straße in östlicher Richtung aus. Abstand zum Gefahrenbereich: zweihundert Meter. Kommen.«

Sollten er und der Kamerad bei dem Jungen jetzt auch aufsitzen? Er drückte die Sprechtaste, er musste ohnehin als Erster den Befehl quittieren.

»Hier Hotel eins. Frage: Sollen wir auch ausweichen? Kommen.«

»Positiv. Kommen.«

»Verstanden. Kommen.«

»Ende.«

Die Befehlsquittierungen der anderen liefen nach und nach ein, er machte ein paar Schritte auf den Oberfeldwebel zu. Warum zur Hölle fiel ihm der Name nicht ein? Es war seit einiger Zeit ein Kreuz mit seinem Namengedächtnis. Dabei war der Typ auffällig, ziemlich groß, Figur wie ein Kleiderschrank, und seine Arme waren großflächig tätowiert, auch wenn man das jetzt durch die Kleidung nicht sah. Blöderweise verdeckten die Schutzwesten immer die Namensschilder.

»Oberfeldwebel!«

Der Mann drehte seinen Kopf leicht zu ihm hin und nickte fast unmerklich, um zu bestätigen, dass er ihn gehört hatte. Seine Konzentration lag zu hundert Prozent auf dem Jungen.

»Oberfeldwebel, Kompaniechef hat Ausweichen befohlen. EOD ist unterwegs, die machen das schon.«

Der kniende Kamerad machte keine Anstalten aufzustehen.

»Herr Oberleutnant, der Junge hier ist ungefähr so alt wie mein Sohn. Der ist fix und alle. Ich bleib bei ihm, bis die Bombenjungs kommen«, sagte er leise und langsam und ohne sein beruhigendes Lächeln aus dem Gesicht entwischen zu lassen.

»Fix und alle« war treffend. Der kleine Afghane triefte vor Schweiß und Tränen, sein ganzer Körper zitterte, nur die kleinen Fäuste hingen verkrampft unbewegt in der Luft. In jeder hatte er so ein … wie hießen

die Dinger bloß? Diese Geräte, mit denen man die Geschwindigkeit der Spielzeugrennautos regulierte? Egal. Seine Daumen drückten jedenfalls die Regler nach unten, und wenn er losließ, dann war alles vorbei.

So war Afghanistan. Wenn hier ein Junge mal Spielzeug in die Finger bekam, dann hing eine Bombe dran.

Er drehte sich um, in den Konvoi kam Bewegung. Die hintersten Fahrzeuge setzten schon zurück. Nur der Radpanzer Fuchs des EOD-Teams löste sich aus der aufsteigenden Staubwolke und rollte an den anderen vorbei auf die kleine Gruppe zu.

Ein Toter, ein weinender Junge, ein kniender Soldat. Er konnte sich das als preisgekröntes Kriegsfoto vorstellen: Staub, Sonne, Tränen. Der mitleidige Kämpfer. Aber das Foto würde nichts erzählen können über das Schluchzen des Jungen, das ohne Kraft und wie von ihm losgelöst als Dauerton in der Luft hing. Und auch der Geruch nach Kot und Urin würde die Besucher der Fotoausstellung nicht stören. Sie würden gar nicht auf die Idee kommen, dass unter dem malerisch hingestreckten Erschossenen dessen letzte verdaute Mahlzeit lag, als Beleg der Todesangst. Und dass die Hose des Jungen dunkel von Pisse war, auch das würde das Bild an der Wand der Galerie nicht erzählen, es würde wie eine unregelmäßige Färbung im Stoff wirken.

Der Bombengürtel und die Kabel sprachen eine eindeutige Sprache, aber konnte ein Zivilist aus der deutschen Provinz, dessen größtes Abenteuer die Interrailtour nach dem Abi war, diese Sprache überhaupt verstehen?

Könnte Charlie verstehen, was hier gerade abging? Die anderen in der Clique?

»Hotel an Hotel eins. Was ist los bei euch? Kommen.«

Shit, er hatte Tommy total vergessen.

»Der Oberfeld beruhigt den Jungen. Wenn er geht, droht Umsetzen. Warten auf EOD, weichen dann aus. Kommen.«

Es kam keine Antwort.

Tommy war erst ein paar Monate vor dem Einsatz Kompaniechef geworden. Er war ein guter Soldat, ein guter Offizier, und er hatte das auch in einer Reihe von Gefechten bewiesen. Damit hatte er sich auch den Respekt seiner drei kampferfahrenen Zugführer verdient.

Er erinnerte sich an einen Abend im »Lummerland«, kurz vor dieser Patrouille. Tommy hatte hastig getrunken und sogar eine Zigarette bei einem Stabsunteroffizier geschnorrt, obwohl er seit Jahren Nichtraucher war. Nach einem längeren Schweigen hatte er plötzlich geredet: »Ich hab den Angehörigen vorher gesagt, dass ich nicht versprechen kann, jeden Mann gesund wieder nach Hause zu bringen. Und die Dreckstaliban haben ja auch echt alles versucht, damit wir ein paar Zinksärge zurückschicken müssen.«

Plötzlich hatte Tommys Blick geflattert, die Augen einen wässrigen Glanz bekommen.

»Aber jetzt sind alle gesund und munter, und wir müssen nur noch einmal raus. Ich will's nicht am Schluss versauen.«

Was hätte man dazu sagen sollen? Floskeln hatte er ihnen beiden nicht antun wollen, und so hatten sie einfach geschwiegen. Beim Verabschieden war sein Bedürfnis, Tommy zu umarmen, überwältigend gewesen, aber es war dann bloß ein langer Händedruck daraus geworden.

Das SEM-52 knackte.

»Hier Hotel. Positiv. Kommen.«

»Verstanden. Kommen.«

»Scheiße. Ende.«

Er sah nach, wie weit der Fuchs der Bombenjungs noch weg war. Knapp fünfzig Meter entfernt hatten sie gestoppt, und sie fingen gerade an, Kisten aus dem Panzer auszuladen. Der EOD-Trupp bestand aus drei Mann, angeführt von einem Leutnant. Die Anforderungen an Kampfmittelbeseitiger waren durch die Einsätze immens gestiegen, wie auch bei den Infanteristen und den Sanitätern der Bundeswehr. Sie hatten mittlerweile eine Menge Erfahrung, aber leider auch schon einige Tote und Schwerstverwundete zu beklagen. Sie waren gut, weil ihnen nichts anderes übrig blieb, wenn sie überleben wollten.

Der Leutnant winkte ihm, er nickte und drehte sich zu dem Oberfeld und dem Jungen um. Der Kamerad umfasste mittlerweile beide Hände des Jungen, um dessen Daumen zu entlasten.

»Oberfeldwebel, die EODs sind da. Ich weise die Kameraden kurz in die Situation ein, und dann machen wir uns vom Acker. Wie steht's da bei Ihnen?«

»Geht so bei dem Jungen. Ich warte dann.«

Er nickte und machte sich auf den Weg zu den EOD-Kameraden. Dieser Oberfeldwebel war ein verflucht cooler Hund. Wahrscheinlich wurde man schneller erwachsen, wenn man Familie hatte. Er schaute noch mal zurück.

Es könnte ein so friedliches Bild sein: Ein Mann kniete vor einem Jungen und hielt dessen Hände. Zum Trost oder weil er ihm etwas Wichtiges erklärte oder weil er stolz auf den Jungen war. An so etwas würden die Leute in Deutschland denken.

Aber hier war alles anders, hier bedeutete dieses Bild, dass ein Soldat unter Lebensgefahr einen Sprengsatz daran hinderte zu explodieren.

Er riss sich von dem Anblick los und legte die restliche Strecke im Laufschritt zurück. Das wäre das Allerletzte, einer Frau mit Kind sagen zu müssen, dass man ihren Mann quasi auf einer Bombe mit rauchender Zündschnur zurückgelassen hatte und er jetzt in einer Streichholzschachtel beerdigt werden konnte.

8

Therese quälte sich mit schmerzenden Lungen die gewundene Straße zur Sinzler Höhe hoch. Das gelbe Licht der Laternen ließ ihren eigenen Schatten in ständiger Wiederholung an ihr vorbeiziehen. Die Oberschenkel brannten. Eigentlich war sie gut in Form, aber die Steigung hier war einfach mörderisch und bei der Schneenässe hatte sie auch keinen optimalen Halt.

»Geschieht dir recht«, dachte Therese. Wie hatte sie sich so hinreißen lassen können? Und ausgerechnet Grewe gegenüber. Klar, ihr Gesicht war so besser zu wahren, als wenn sie sich vor Estanza ausgezogen hätte, Gott bewahre, allerdings hätte viel eher dem Mamboking die Röte ins Gesicht getrieben gehört als ausgerechnet Grewe. Andererseits wäre die Schmalzlocke in der Situation natürlich gar nicht rot geworden, sondern hätte wie ein Achtjähriger allein im Süßwarenladen mit beiden Händen zugegriffen, ohne das geringste schlechte Gewissen.

Und leider war das auch genau das, was Therese zurzeit brauchte. Vor zwei Wochen wäre es um ein Haar passiert. Aber Estanza hatte sich in der letzten Kneipe, die sie besucht hatten, von einer Thekenschlampe anbaggern lassen. Thereses Temperatur war um entscheidende Grade gesunken, und sie verließ fluchtartig das Etablissement. Die Erinnerung daran trieb ihr immer noch einen sauren Geschmack in den Mund, und sie spuckte kräftig nach rechts aus.

Der dritte Winter in Folge ohne Beziehung und der zweite ohne Sex. Wenn das einzige Ergebnis solcher Selbstkasteiung war, dass man sich früher oder später wie eine betrunkene Seemannsbraut aufführte, dann würde sie sich auf eine umsichtige Strategie der gelegentlichen One-Night-Stands verlegen müssen, um ihren Verstand zu behalten. Schließlich wollte sie Mr. Right ja auch nicht unter Aufreißen ihrer Bluse auf den Schoß springen, wenn sie ihn zufällig in der Straßenbahn als Mann ihres Lebens erkannte. Aber was für Chancen ließ der Job ihr überhaupt? Bei den Arbeitszeiten und dem Umfeld? Gerade joggte Therese an der großen JVA vorbei. Sie musste lachen. Da drin kannte sie eine Menge Typen, nur vom Besten. Grob überschlagen zwanzig aktuellen Insassen hatte sie in entscheidender Position bei den jeweiligen Ermittlungen einen längerfristigen Mietvertrag in dem imposanten Gründerzeitbau verschafft. Der Weg ging jetzt für eine Weile leicht bergab, doch Therese behielt das langsame Tempo bei, um sich zu erholen. Laufen tat ihr jedes Mal gut. Sie wurde innerlich leichter.

Trotzdem, das mit Grewe würde sie sich lange nicht verzeihen. Er war ihr nie zu nahe getreten, hatte es immer verstanden, ihr zu signalisieren, dass er sie für eine attraktive Frau hielt, aber ausschließlich an ihrer Freundschaft und ihren Fähigkeiten als Polizistin interessiert war.

Therese lief jetzt langsam aus, denn rechter Hand erhob sich die Nummer vierzehn, Sinzler Höhe. Sie war da.

Ein paar Rumpfbeugen zum Auspusten, dann begann sie mit Dehnübungen. Als Therese zur Einfahrt des Parkplatzes kam, blieb sie stehen. Da machte sich doch einer an ihrem Auto zu schaffen? Sie hockte in der Deckung der Hecke ab und schaute sich den Typ genau an. Soweit sie sehen konnte, war es ein ziemlich dicker Kerl mit langen Haaren unter einer Wollmütze. Er beugte sich über die Fahrertür. Brach der Sack gerade ihr Auto auf? Therese wurde wütend. Der kam ihr jetzt gerade recht.

Sie schob sich vorsichtig um die Ecke und arbeitete sich geduckt von hinten an den Penner ran. Eigentlich wäre es angezeigt gewesen, sich die Sache noch mal gut aus der Nähe anzugucken, aber Therese war geladen und wollte es wissen.

Als sie nah genug war, fixierte sie mit dem Blick das Handgelenk des Typen und jumpte dann wie ein Panther auf ihn zu. Sie fasste den Rist mit der Linken und zog den Arm zu sich. Gleichzeitig riss sie seinen Ellbogen mit der Rechten nach oben, um so den ganzen Arm knicken und dem Typen auf den Rücken drehen zu können. In der Bewegung ließ sie den Ellbogen los, rammte ihren rechten Arm pfeilgerade von vorne unter die Achsel des fixierten Arms, langte über den Nacken des Typs zu seiner anderen Schulter, trat ihm in die Kniekehle und drückte ihn dann zu Boden. Der Fettsack hatte keine Chance.

Therese kam auf ihm zu sitzen und hielt seinen Arm unter möglichst schmerzhaftem Druck.

»Ich bin Polizeibeamtin, Arschgeige. Was fummelst du da an meinem Auto rum, hä?«, fauchte sie ihm da hin, wo sie unter der Wollmütze und den fettigen Haaren sein Ohr vermutete. Er stank nach kaltem Schweiß, Schnaps und Zigaretten.

Der Typ grunzte bloß. O Mann, was für ein Wrack musste das sein.

»Okay, pass gut auf, Fettsack. Ich helfe dir jetzt auf deine schmutzigen Füße, und dann unterhalten wir zwei uns in Ruhe. Du. Bleibst. Ganz. Cool. Verstanden?«

Wieder Grunzen.

Therese schwang sich von dem Autoknacker und half ihm, sich aufzurappeln, ohne den Druck auf seinen Arm wesentlich zu verringern. Erst als sie beide standen, ließ Therese etwas lockerer.

»So, ich lass dich jetzt los, und du drehst dich ganz langsam zu mir um. Einverstanden?«

Er nickte.

Therese ließ los und trat einen großen Schritt zurück; sie hielt beide Arme locker bereit zur Abwehr.

Der Kerl drehte sich langsam um, und jetzt konnte sich Therese ein Bild machen. Es war kein schönes.

Der Mann war kaum größer als sie und hatte eine ziemliche Wampe, aber außerdem einen Stiernacken und ein Kreuz wie ein Schrank. Sein Gesicht war eine bleiche Pockenlandschaft mit breiten Koteletten bis zum Unterkiefer und einem Walrossbart. Die Augen lagen tief in den Höhlen, schwarze Löcher. Die Haare hingen in ungepflegten Strähnen aus einer tief heruntergezogenen Wollmütze mit der Aufschrift »Serienkiller«. Auf seinem Kehlkopf hatte er ein großes Spinnennetz tätowiert und unter dem rechten Auge drei Tränen. Über einer gefütterten Bomberjacke trug er eine Lederweste mit Aufnähern. Einer stach heraus. Ein weißer Totenschädel mit Ohrring und schwarzem Piratentuch über gekreuzten Knochen, darunter ein Eisernes Kreuz, das Ganze umrahmt von Frakturbuchstaben: »Skulls MC. Fight or Die«.

Fuck.

»Hmmmh. Hinterher denke ich immer, warum haben wir nicht viel öfter Sex?« Stina rollte sich aus der Umarmung auf den Rücken und streckte Arme und Beine genüsslich aus.

Grewe strich ihr mit den Fingerspitzen über den weichen Bauch, Stinas Zwerchfell zuckte von dem Kitzel, sie kicherte und warf sich auf die Seite, schmiegte ihren Rücken wieder an Grewe und zog seinen Arm um sich.

»Ich denke das immer vorher, weißt du?« Grewes Finger glitten durch den dünnen Schweißfilm unter Stinas Brüsten, dann fasste er zart drückend jeden der beiden warmen weichen Hügel. Wie frisch geformte Hefeteigkugeln, fand Grewe.

»Du denkst das den ganzen Tag, du Monster«, zischte Stina mit gespielter Entrüstung, zog seine Hand von ihrem Busen und schob sie zwischen ihre Schenkel. Sie wackelte ein bisschen mit dem Po, und Grewe unternahm einen halbherzigen Versuch, erneut in die warme Höhle zu gelangen.

»Ich muss erst auf die Uhr schauen, Süßer.«

Der Wecker war heruntergefallen, als die beiden sich küssend und greifend und zerrend aufs Bett bugsiert hatten. Stina beugte sich weit vor und stocherte mit der Hand unter der Bettkante herum. »Herrjeh, wo ist der denn jetzt hingekullert?«

Grewe überschlug hastig im Kopf den Zeitplan des Abends. Klara und Robert mussten um halb zehn beim Training abgeholt werden, Lotta schlief heute bei Stinas Eltern. Es konnte jetzt allerhöchstens halb neun sein.

Einmal Sex in aller Ruhe war schon toll, aber dass er zu einer zweiten Runde fähig und Stina dazu willens war und dann auch noch die Zeit ausreichen würde – das wäre sensationell. Grewe schloss die Augen und atmete tief. Bitte, bitte, dachte er. Sex mit Stina war immer noch spektakulär, obwohl die Zeit der wilden Gefechte und akrobatischen Verrenkungen schon lange vorbei war. Es war gerade diese Vertrautheit, das gemeinsame Erleben des körperlichen Alterns, das Wissen um die empfindsamen Stellen des anderen und die gewachsene Zuneigung zu jeder Speckrolle, jeder dünner werdenden Hautpartie, die es immer wieder so aufregend machte.

Plötzlich schob sich das Bild der fast nackten Therese vor sein inneres Auge. Grewe schämte sich wegen der Erregung, die ihn gepackt hatte, aber andererseits … Entscheidend war, ob man dem Befehl des Unterleibs willenlos folgte oder ihn ignorierte. Und er hatte jeder Anfechtung widerstanden, in all den Jahren. Es war ihm allerdings auch nie wirklich schwergefallen. Keine Frau kam Stina gleich. Sie war unverwechselbar, das liebte er fast am meisten an ihr.

Unter tausend Frauen in einer Fußgängerzone würde er sie binnen Sekunden orten können, das sagte Grewe ihr oft.

»Weil ich eine riesige Nase und einen zu breiten Mund habe«, sagte sie dann immer lachend.

Grewe mochte Therese sehr gern, und sie war nach durchschnittlichen Kriterien hübscher als Stina. Ihr Körper hatte einen aufregenden Anblick geboten. Aber sie war einfach einige Jahre jünger als Stina, hatte nicht drei Kinder geboren, und ihr blieb trotz aller beruflichen Anforderungen genug Zeit für Sport und Schönheitspflege. Denn sie sorgte für niemanden außer sich selbst. Ein vollkommen unfairer Wettbewerb, und schon allein deswegen wäre er nicht schwach geworden, da war er sicher. Weil Stina so etwas einfach nicht verdient hatte. Und weil Weniges auf der Welt peinlicher war als mittelalte, leicht übergewichtige Männer wie Grewe, die straffen Schenkeln und prallen Brüsten hinterherhechelten und glaubten, selbstverständlich das Recht zu haben, die langsam alternde Ehefrau gegen ein jüngeres und willigeres Exemplar auszutauschen. Als wäre ihr eigenes nachgebendes Fleisch ein aufregenderer Anblick als der der Gattin.

»Oh, wo ist denn die ganze Pracht hin?«

Grewe zuckte bei Stinas Worten zusammen und riss die Augen auf, er war beinahe eingenickt.

»Und? Wie viel Uhr ist es denn jetzt?« Grewe spürte seinen Herzschlag im Hals.

»Zeit genug«, gurrte Stina und schlängelte sich halb auf ihn.

»Warte ganz kurz.« Grewe schob seine Frau sanft wieder zurück, dabei bekam er eine Pobacke zu fassen und kniff fest hinein. Stina quiekte.

»Hey!«

»Nur kurz aufs Klo, ja?« Grewe schwang sich aus dem Bett. Beim Aufstehen wurde ihm ein bisschen schwindelig, und wegen des zu schnellen Antritts rutschte er mit dem kleinen Teppich neben dem Bett auf dem Holzboden aus. Er hielt sich mit knapper Not an der Fensterbank. Stina lachte laut.

Grewe zischte »Scheiße!« und brachte sich wieder vollständig in die Vertikale. Er spürte, dass er einen roten Kopf bekam, und seine Wunde fing plötzlich an zu pochen. Er hastete aus dem Schlafzimmer ins Bad. Während er Wasser ließ, hörte er, dass Stina vom Schlafzimmer hinunter in die Küche ging und die Tür schloss. Grewe seufzte tief, das war's dann wohl. Na ja, immerhin hatten sie sich einmal ausgiebig geliebt, es war schön gewesen, und vielleicht sollte die schon fast erreichbare und dann doch nicht stattfindende Wiederholung eine kleine Strafe von oben für die Büro-Peepshow sein.

Grewe blieb eine Weile sitzen, dann stand er auf, spülte und wusch sich die Hände. Er klatschte sich etwas kaltes Wasser ins Gesicht, hob seinen Bauch kurz mit den Händen an und ließ ihn missbilligend wieder los. Auf dem Weg nach unten sammelte er seine hastig ausgezogenen Klamotten ein.

Als er in die Küche kam, öffnete Stina gerade eine Flasche gut gekühlten Rieslingsekt und stellte sie auf ein Tablett zu zwei Gläsern. Sie war in ihren Bademantel geschlüpft, hatte ihn aber nicht geschlossen.

»Schatz, ich muss doch noch fahren, die Kinder abholen.« Grewe legte das Kleiderbündel auf einen Küchenstuhl und begann, darin nach der Unterhose zu suchen.

Stina lächelte und zeigte auf das neben dem Tablett liegende Telefon.

»Ich habe gerade mit der Mutter von Tine und Konni telefoniert. Sie nimmt unsere beiden gerne vom Training mit und freut sich, dass sie bei ihr übernachten.« Stina reichte Grewe eines der beschlagenen Gläser. Er nahm den leise wispernden Sekt.

»Wie, die haben doch nichts dabei? Und Schule morgen?«

»Lehrerausflug. Schlafsachen und Zahnbürsten von den Freunden. Die beiden sind groß geworden, weißt du?« Stina stieß ihr Glas gegen seines und trank es in einem Zug leer. »Aaah. Lecker.«

Sie stellte das Glas aufs Tablett. Gedankenverloren ging ihr Blick zu der Blumenvase auf dem Küchentisch. Grewe trank einen Schluck und stellte sein Glas neben Stinas ab.

»Schöne Blumen, mein Schatz. So schön.« Ihre Stimme war jetzt dunkel und weich, flatterte unbestimmt. Grewes Mund trocknete aus, und ein sanftes Ziehen kündigte eine Neubelebung seines Unterleibs an. Er wollte schon nach Stina greifen, doch sie hatte jetzt das Kommando, und als er das erkannte, wurde ihm ganz leicht ums Herz.

Sie schaute ihn aus schweren Augen an, ließ den Bademantel zu Boden gleiten, schlang beide Arme um seinen Nacken und zog ihn dabei zu sich. Ihre Lippen, ihre Zunge, ihr Gaumen waren noch kühl von dem perlenden Sekt und schmeckten nach Rausch und Sonne. Grewe packte ihre Hüften, seine Hände glitten auf ihren süßen Hintern, aber sie entzog sich ihm plötzlich, nahm heftig atmend die Flasche und trank einen großen Schluck. Zu hastig, etwas Sekt sprudelte aus ihrem Mund und lief ihr über das Kinn. Stinas Zunge fing gierig so viel wie möglich davon wieder ein.

»Möchtest du?« Sie hielt ihm den Sekt hin. Sie war weit weg und ganz da, beides gleichzeitig. Grewe nickte und griff nach der Flasche, doch Stina zog sie in letzter Sekunde wieder an sich, brachte den Flaschenhals ganz nah an die Stelle, wo sich ihre Schlüsselbeine begegneten, kippte die Flasche langsam und ließ den Sekt auf ihre Haut fließen. Die Flüssigkeit schäumte quecksilbrig über die weichen, ein wenig schlaffen Brüste, dann über ihren Bauch nach unten. Stina bebte vor Kälte und Erregung. Ihre Schenkel glänzten von der Nässe, und in ihrem Schamhaar verfing sich die Verbindung aus Luftblasen und Wein.

Grewe ging vor Stina auf die Knie, seine Hände legte er fest auf ihre Taille. Er hielt seine Frau wie einen kostbaren Pokal und löschte seinen Durst.

»Guck mich an. Sehe ich wie'n Autofahrer aus, hä?« Die Stimme passte zur Gesamterscheinung des Rockers. Eher piepsig, aber aufgeraut von Rauch und Fusel, beinahe heiser.

Therese verfluchte sich für ihre Voreiligkeit, aber jetzt musste sie die Situation eben in den Griff kriegen, da half kein Jammern. Stärke zeigen.

»Ganz ruhig bleiben. Wir klären das jetzt, und wenn du tatsächlich nichts beschädigt hast, dann entschuldige ich mich, und gut ist.«

Der Typ grinste fies.

»Und gut ist? Und gut ist?« Er nickte dazu wiederholt wie ein Wackeldackel auf der Hutablage, seine Stimme wurde schrill, das gefiel Therese gar nicht. Er beugte sich vor und stach mit dem Zeigefinger unbestimmt in Thereses Richtung. Sie unterdrückte den Impuls, einen Schritt zurückzugehen.

»Siehst du meinen Hobel?« Starr wies sein Finger über Thereses Schulter nach hinten. Sie drehte den Kopf gerade so weit, dass sie den Kerl noch im Blick halten konnte. Er zeigte auf eine schwere Harley.

»Und jetzt guck hier.« Er wies auf den Totenkopf, dann drehte er sich um. Auf dem Rücken der Lederweste waren drei Aufnäher übereinander. Auf dem obersten stand »Skulls MC«, auf dem untersten »Germany«, die beiden rahmten eine große Version des Schädels mit Knochen und Eisernem Kreuz ein. Wie hatte sie das nur übersehen können, als sie den Typ fest unter sich liegen hatte?

»Hast du 'ne grobe Vorstellung, was das heißt?« Der Typ hatte sich wieder umgedreht.

»Hör zu, der ganze Eindruck, den das hier gemacht hat, ließ gar keinen anderen Schluss zu, als …« Er unterbrach sie einfach.

»Das sind meine Colors. Niemand stößt ungestraft meine Colors in den Dreck. Kein Typ der Welt und erst recht keine Fotze.«

»Ganz langsam, ich bin ja bereit, über alles zu reden.« Fehler, Therese, dachte sie, bloß nicht rechtfertigen.

Der Kerl zeigte, wie schlecht sein Zahnarzt war. Er grinste nahezu zahnlos und stank bestialisch aus dem Mund.

»Reden? Du bist echt 'ne Bulette, was?«

Therese nickte langsam und bemühte sich, einerseits eine friedfertige Körperhaltung einzunehmen und andererseits abwehrbereit zu bleiben. Sie fühlte Panik in sich aufsteigen und versuchte, sie buchstäblich runterzuschlucken. Weit und breit war kein Mensch zu sehen oder zu hören. Hinter den Fenstern der Nummer vierzehn flimmerten Fernseher.

»Ja, ich bin Polizistin. Das ist mein Auto, und ich dachte, du brichst es gerade auf. Gut, Irrtum. Wir trennen uns und vergessen das Ganze. Es. Tut. Mir. Leid.«

»Das sollte es auch, Bullenfotze.«

Die Bewegung war wesentlich schneller, als seine Wampe vermuten ließ, gleitend, lautlos, unaufwendig, und als sie zu Ende gebracht war, hatte er von irgendwoher ein Messer mit gut zwanzig Zentimeter langer Klinge in der Hand. Er stand jetzt leicht geduckt, die Knie locker gebeugt und wirkte überhaupt nicht mehr unbeweglich. Die Messerspitze stand ganz ruhig vor Thereses Augen in der Luft.

Thereses Gehirn arbeitete fieberhaft. Sie war eine gut trainierte Nahkämpferin, ziemlich furchtlos und würde bei diesem Typ absolut keine Skrupel haben.

Positiv.

Er war nicht gut trainiert, aber ebenso furcht- und skrupellos wie sie.

Leichter Vorteil für sie wegen Fitness.

Er hatte ein ekelhaft großes Messer und schien damit umgehen zu können. Sie hatte zwei Hände in Fleecehandschuhen.

Absolut negativ.

Aber sie war leichter, schneller und hatte eine wesentlich bessere Kondition.

Therese tänzelte kurz und täuschte einen Kick zur Messerhand an, der Fettsack zuckte erwartungsgemäß zurück, Therese wendete auf dem Punkt und rannte los. Sie hatte einen Spitzenantritt erwischt, ihr Herz pumpte kräftig und ruhig, der Puls gerade so weit erhöht, dass die Beine fliegen konnten. Die Schnapsflasche würde sie nie erwischen. Adrenalin und die zurückgehende Panik beflügelten Thereses Schritte, und die Fußballen stießen sich links, rechts, links, rechts, links, rechts in schnellem und regelmäßigem Tritt kraftvoll vom feuchten Asphalt ab. Jetzt war der Parkplatz zu Ende, und Therese bereitete sich auf den Linksschwenk vor, danach müsste sie noch knapp dreihundert Meter durchziehen, dann war sie in belebterem Gebiet und in Sichtweite eines Wachgebäudes der JVA.

Sie legte sich schon in die Kurve, da rutschte ihr rechter Fuß weg, sie strauchelte, fing sich kurz, aber dann fand auch der linke keinen Halt mehr, sie knallte auf den Boden und schlitterte gegen eine Litfaßsäule.

Sie fasste sich in Sekundenbruchteilen und warf sich herum, rammte die Handflächen in den Boden und stemmte sich im Liegestütz hoch, zog die Beine an und brachte die Füße unter ihren Schwerpunkt. Jetzt musste sie hoch und weiterlaufen, die Schmerzen ignorieren, das Hosenbein war eingerissen, Scheiß drauf, nur weg hier.

Aber Therese schaffte es bloß in die Hocke, da traf sie schon ein Bikerstiefel unterm Kinn. Sie flog rückwärts gegen die Litfaßsäule und schrie vor Schmerz.

Der Schnapsatem war ganz nah, und ihre Kopfhaut schien abzureißen, der Kerl hatte ihren Pferdeschwanz gepackt und versuchte, sie daran hochzuzerren. Therese hielt instinktiv einen Arm schützend vor ihr Gesicht und versuchte mit dem anderen, sich so abzustützen, dass sie aufstehen konnte. Wenn sie stand, konnte sie sich vielleicht wehren.

»Komm hoch, du verdammte Fotze, du Mistschlampe. Wenn du jetzt nicht aufstehst, tret ich dir deinen Scheißfotzenkopf zu Brei.«

Das Schlimmste war, dass seine Stimme dabei ganz ruhig blieb. Therese wurde übel, ihr Herz schlug bis zum Hals, und der Schweiß lief in eiskalten Bächen an ihr herunter.

Sie hatte so etwas noch nie erlebt, aber sie wusste sofort: Das war Todesangst, so fühlte es sich an, wenn im bleichen Mondlicht der Teufel kam und zum letzten Tanz bat. Sie wollte einfach aufgeben, weinen und alles geschehen lassen.

Aber etwas in ihr, eine verborgene Kammer enthielt noch ein bisschen Licht, ein bisschen Feuer, ganz schwach, vom Erlöschen bedroht. Sie musste die kleine Flamme lebendig erhalten, das war ihre einzige Chance.

Sie stand. Der Teufel hatte ihre Haare losgelassen und krallte die Hand jetzt um ihren Hals. Das Messer hielt er direkt auf ihren Kehlkopf gerichtet, nur wenige Zentimeter Luft waren zwischen Messerspitze und Haut. In der Schwärze seiner Augenhöhlen glomm Hass.

»So, du Dreckstück. Jetzt gehen wir zwei in eine ruhige Ecke, und da geb ich dir mal ein schönes Stück Fleisch zu essen. Und du genießt gefälligst den Gefallen, den ich dir tue. Hast du das verstanden?«

Therese nickte. Sie konnte nicht verhindern, dass ihr Tränen links und rechts die Wangen hinunterliefen.

Er schob sie in Richtung Parkplatz zurück, sie musste rückwärts gehen, er ließ den Hals nicht los, auch das Messer blieb, wo es war. Das kalte Feuer seiner Augen irrlichterte zwischen Therese und der Umgebung schnell hin und her. Den schwach erleuchteten Parkplatz ließen sie schnell hinter sich, dann tauchten sie in die Dunkelheit hinter dem Hochhaus ein. Hier konnte sie keiner sehen. Therese versuchte, sich auf das Unvorstellbare vorzubereiten. Sie hatte mit sich einen Deal gemacht.

Wenn sich nicht eine unvorhergesehene Chance auf Gegenwehr bot, würde sie alles machen, alles über sich ergehen lassen, sie wollte leben, überleben.

Und irgendwann würde sie ihn kriegen. Und dann Gnade ihm Gott. An diesem Gedanken hielt sie sich fest.

»So, bleib stehen«, flüsterte das Vieh. Es war hier so dunkel, dass Therese kaum noch sein Gesicht erkennen konnte. Aber das war auch unnötig. Seine Gegenwart war unleugbar. Seine Hand um ihre Kehle, das Messer, der Gestank.

»Ich würde mir ja gerne schön einen blasen lassen von dir, aber du bist die Sorte, die dann noch zubeißt, was?«

Therese schüttelte vorsichtig den Kopf, gleichzeitig breitete sich ein furchtbarer Brechreiz in ihrer Kehle aus. Sie schluckte ein paarmal und atmete vorsichtig durch den Mund, um den Geruchssinn für einen Augenblick aus dem Spiel zu lassen.

»Egal, bin auch so scharf genug, wir können gleich mit der Hauptspeise anfangen.« Er lachte leise und dreckig.

»Also, Hosen runter, Madame.« Zur Unterstreichung schüttelte er Therese kurz am Hals.

Therese streifte die Jogginghose und den Slip nach unten. Eiskalte Luft.

»Schön, schön. Mal Temperatur und Feuchtigkeit prüfen.« Die Messerhand bewegte sich nach unten, die Hand um den Hals drückte ein bisschen fester zu. Mit dem Daumen rieb er an Thereses Scham. Sie konnte ihr Schluchzen nicht mehr zurückhalten, die Tränen liefen unaufhörlich. Ihre Kinnpartie war wie taub von dem Tritt des Stiefels.

»Du freust dich ja überhaupt nicht auf mich. Also da müsste ich jetzt eigentlich sauer werden, weißt du?« Er ritzte sie mit dem Messer an der Kehle. Ganz leicht. Therese erstarrte.

»Knie dich, Fotze. Aber langsam.«

Seine Hand blieb an ihrem Hals, bis sie am Boden war.

»Und jetzt auf die Hände. Doggystyle, Beine schön auseinander, weißt schon.« Wieder dieses miese Lachen.

Therese stützte sich auf die Hände. Er ließ ihren Hals los und fasste wieder den Pferdeschwanz, während er sich hinter sie kniete, und zwar so, dass seine Unterschenkel auf ihren lagen. Sie konnte nicht aufstehen, nicht in ihrem Zustand. Er rammte das Messer neben ihrem rechten Knie in die Erde.

Sie hörte, dass er seine Hose öffnete, die Gürtelschnalle klapperte. Therese erbrach sich. Das Vieh riss an ihrem Haar und zischte: »Was fällt dir denn ein? Ich bin so nett und besorg's dir gleich wie noch kein Kerl in deinem Leben, und du kotzt?«

Plötzlich stand da jemand.

»Lass sofort die Frau los.«

»Verpiss dich, Arschloch, wir wollen hier ganz in Ruhe 'ne Nummer schieben. Die Alte hat's gern bisschen härter.« Therese sah, dass der Rocker mit der Rechten nach dem Messer griff. Der andere Mann würde das nicht sehen können, da war sie sicher.

»Dit sah mir aber janz anders aus. Also steh mal janz schnell uff, sonst knallt's.«

Therese hätte so gerne den Mann gesehen, den Engel, den Ritter, aber sie wagte nicht, den Kopf zu drehen. Ihre Nase lag in ihrem eigenen Erbrochenen, und sie kämpfte schwer gegen weiteren Brechreiz und weitere Tränen.

Der Rocker jedenfalls überlegte es sich schnell, der Anblick des Mannes musste überzeugend sein, das Messer blieb stecken, wo es war.

»Na hopp, hoch da, aber janz flott jetzt. Und Flossen schön über'n Kopp.«

Das Vieh stand auf, Therese kroch schnell nach vorne, brachte so schnell wie möglich Abstand zwischen sich und den Vergewaltiger.

Beinahe-Vergewaltiger.

Kurz-davor-Vergewaltiger.

Nein, darauf kam's nicht an, das hatte sie heute gelernt. Sie war vergewaltigt worden, auch ohne dass er seinen dreckigen Schwanz in irgendeine ihrer Körperöffnungen gezwängt hatte. Drecksau. Wichser.

Sie rappelte sich auf. Sie zog ihre Hosen hoch.

Therese schaute den Wichser nicht an, sie wollte endlich den Ritter sehen. Er war klein und schmal, hatte strähnige Haare bis knapp auf die Schultern, einen struppigen Schnurr- und Spitzbart, und er trug einen unsäglichen Jogginganzug aus Ballonseide, an den Füßen derbe Arbeitsschuhe. Aber er war unzweifelhaft ein Ritter. In seiner rechten Hand hielt er einen Revolver.

»Konopke mein Name, ick wohne in der Vierzehn. Ick frage jetzt nicht, wie's Ihnen jeht, junge Frau, weil dit kann man sich ja denken. Sie müssen mich jetzt noch ein bisschen unterstützen hier, schaffen Sie dit?«

Therese nickte, sie wischte sich die Kotze aus dem Gesicht und probierte, ob sie reden konnte. Es ging, auch wenn der Kiefer jetzt höllisch schmerzte.

»Ich bin Polizistin.«

»Wat, ehrlich? Na, dann können se ja damit umgehen, denke ick.«

Er zog ein Paar Handschellen aus der Hosentasche und hielt sie Therese hin.

»Ick war jahrelang bei 'nem Sicherheitsunternehmen. Waffe und Handschellen habe ick beim Ausscheiden vom Arbeitgeber abgekauft. Die Waffe ist angemeldet, und ick habe einen Waffenschein.«

Therese nahm die Handschellen und fühlte den Aufwind.

»Hände auf den Rücken, Wichser, Beine auseinander. Los.«

Der Rocker ging betont langsam in die befohlene Position.

»Leck mich, Bullenfotze.« Er grinste.

Therese schaute Konopke an. Der schaute demonstrativ nach oben und pfiff ein kurzes Liedchen. Therese trat dem Rocker ansatzlos in die Eier. Er fiel auf die Knie, und da kriegte er noch zwei schnelle Kicks ins Gesicht.

Als er flachlag, klickten die Handschellen, und Therese zischte in seinen Nacken: »Ich nehme Sie vorläufig fest. Sie werden der versuchten Vergewaltigung, der gefährlichen Körperverletzung mittels einer das

Leben gefährdenden Behandlung, der Freiheitsberaubung und des unerlaubten Waffenbesitzes beschuldigt, alles in Tateinheit am heutigen Tage zu meinem Nachteil begangen auf dem Grundstück Sinzler Höhe Nummer vierzehn. Sie dürfen zu den Vorwürfen schweigen. Sie dürfen aus Selbstschutz falsche Aussagen machen, sofern Sie damit nicht die Vortäuschung einer Straftat, eine falsche Verdächtigung oder eine Beleidigung verwirklichen. Sie haben das Recht, einen Anwalt zu kontaktieren. Auf meiner Dienststelle erfolgt diese Belehrung noch mal in schriftlicher Form.«

Therese zog den stöhnenden Rocker in die Vertikale.

Konopke strahlte.

»Dit haben Sie aber schön jesagt.«

Therese schubste den Festgenommenen vor sich her. Als er losging, rutschte seine offene Hose und blieb in den Kniekehlen hängen. Er kam nur noch im Watschelgang vorwärts.

»Ach, und eines noch: Wenn Sie sich nicht so furchtbar gegen die Festnahme gewehrt hätten, dann hätte ich Sie auch gar nicht hauen müssen. Oder, Herr Konopke?«

»Aber janz genau, Frau Kommissar. Und ick koch uns erst ma Kaffee.«

Therese lächelte.

»Herr Konopke, jetzt koche ich Kaffee. Das haben Sie sich echt verdient.«

9

Bitte was? Das gibt's doch nicht.« Grewe schaute Stina entsetzt an. Sie hob fragend die Augenbrauen, aber Grewe bedeutete ihr, einen Moment Geduld zu haben, er musste sich auf das Telefonat konzentrieren. Fast zwei Minuten lang hörte er stumm und beinahe reglos zu, die Augen halb geschlossen. Ab und zu gab er einen Laut von sich, wohl nur, um dem Gesprächspartner ein Zeichen zu geben, dass er noch am Apparat war. Dann schüttelte er plötzlich energisch den Kopf.

»Nein, ich kann nicht fahren. Ich habe was getrunken.« Grewe zog sich die Decke mit der freien Hand bis unters Kinn. Als ob er plötzlich fröre, dabei war die Luft im Schlafzimmer zum Schneiden dick von ausschweifender ehelicher Liebe.

Stina hatte eine Kleinigkeit zu essen aus der Küche geholt, nur deswegen war ihr aufgefallen, dass die Einsatzzentrale der Direktion schon mehrmals auf Grewes Handy angerufen hatte.

Grewe schaute auf den Wecker.

»Okay, ich brauche fünfzehn Minuten. Bis dann.« Er legte auf.

»Was ist denn?« Stina saß kerzengerade im Bett.

Grewe sammelte sich einen Augenblick.

»Therese … Ihr ist was passiert.«

»O Gott!« Stina schlug die Hand vor den Mund.

Grewe hob beruhigend die Hand.

»Es geht ihr soweit gut. Sie …« Grewe suchte nach Worten.

Stina starrte ihn an.

»Was? Erzähl!«

Grewe atmete heftig aus. Er schaute ins Nichts, schüttelte den Kopf, atmete langsam wieder ein.

»Okay. Also, sie wollte ihr Auto holen, das noch an der Sinzler Höhe geparkt war. Ein Typ war scheinbar damit beschäftigt, den Wagen aufzubrechen, und Therese hat ihn in die Mangel genommen.«

»Typisch Therese.« Stina klang ärgerlich.

»Ja.« Grewe nickte. »Und in diesem Fall eine richtig schlechte Idee. Der Kerl war ein Rocker und hatte ein ziemlich großes Messer. Er hat versucht, sie zu vergewaltigen.«

»Nein!«

»Bevor es … dazu kam, ist ein Schutzengel in Ballonseide vom Himmel gestiegen. Mit seiner Hilfe konnte sie den Mistkerl festnehmen.«

Stina kuschelte sich in den Arm ihres Mannes.

»Was für ein Schutzengel?«

Grewe gab ihr einen Kuss auf die Stirn und stieg dann aus dem Bett. Er lächelte.

»Ich erzähl dir mal in Ruhe von ihm. Ich dusche jetzt kurz und zieh mich an, in einer Viertelstunde holt mich ein Streifenwagen ab. Therese wird gerade im Krankenhaus untersucht, eine Kollegin von Gerd ist auch dort, und danach treffen wir uns alle in der Dienststelle, um den Drecksack zu vernehmen.« Grewe zog ein grimmiges Gesicht. »Ich hoffe, er macht sich dabei in die Hosen.«

»Willst du noch schnell einen löslichen Kaffee?« Stina stemmte sich ebenfalls aus dem Bett. Grewe holte gerade eine frische Unterhose und ein paar Strümpfe aus dem Schrank. Er drehte sich zu seiner Frau um und schaute sie butterweich an.

»Ich liebe dich unendlich. Du bist die Allerbeste.«

»Das hast du mir heute Abend sehr eindrücklich bewiesen, mein Süßer.« Im Vorbeigehen strich Stina zärtlich über seinen Bauch, blieb stehen, als wäre ihr etwas eingefallen, und dann klatschte sie ihm fest auf den Hintern.

»So, Therese. Ich denke, das war's dann auch von uns.« Martina, eine Beamtin der Tatortbereitschaft, verstaute ihre Utensilien in einem Metallkoffer. Sie hatte die verschiedenen Hämatome und Abschürfungen an Thereses Unterkiefer und Waden fotografiert. Fingerabdrücke waren auf Haut nur sehr selten und mit komplizierten Verfahren zu sichern; zumindest hatte die Kollegin Therese teilweise abgeklebt, um im Notfall DNA-Material des Täters oder Kleiderfasern nachweisen zu können. Niemand glaubte, dass es komplizierter Beweise bedurfte. Therese würde eine detaillierte und glaubhafte Aussage machen, schon ihre erste Schilderung des Tatablaufs wurde durch die Art der Verletzungen bestätigt. Der untersuchende Arzt war gerade dabei, seine ausführliche Diagnose zu schreiben, diese würde dann im Laufe des fortschreitenden Verfahrens von Sachverständigen beurteilt werden.

Engel Konopke hatte den Mistkerl mit seinem Opfer auf frischer Tat ertappt und ebenfalls eine präzise und glaubhafte Aussage gemacht. Er saß jetzt aufgekratzt in der Polizeidirektion und freute sich an der Rolle als Held des Tages. Zu Recht, wie alle fanden.

»Dann kann ich jetzt wohl duschen, oder?«

Martina nickte.

»Klar, du Liebe. Spül alles weg. Ich pack derweil deine Joggingsachen und die Unterwäsche fürs Labor ein.«

Martina strich ihr sanft über den Nacken, die Schulter, für einen Moment ließ sie ihre Hand auf dem Oberarm liegen, dann packte sie weiter ein. Thereses Straßenkleidung hatte ein Kollege von der Bereitschaftspolizei aus dem Bürospind geholt, es war sogar noch ein sauberer Schlüpfer darin gewesen.

»Ach je, ich weiß gar nicht, ob man hier überhaupt duschen kann?« Therese schaue Martina verunsichert an. Die Kollegin lächelte.

»Ich frag mal nach. Bleib einfach sitzen und schnauf ein bisschen durch.« Martina verließ den Untersuchungsraum, die Tür fiel mit einem gedämpften Ton ins Schloss, und Therese hatte ihre erste ruhige Minute seit Stunden.

Während des Angriffs hatten Adrenalin, Panik, Schmerz und schließlich Todesangst sie völlig im Griff gehabt; es hatte nur Instinkt gegeben, blitzschnelle Überlegungen, Affekte. Sie war nicht sie selbst gewesen, sondern in rasendem Wechsel Subjekt und Objekt atavistischer Triebe, ein Strudel, der ihr den Atem raubte.

Dann die Rettung, plötzlich durchbrach der Kopf die sich beruhigende Oberfläche, und Luft strömte.

Und die Rache, schnell und viel kleiner als der erlittene Schrecken, aber trotzdem befriedigend.

Durch die Tritte hatte Therese sofort das Gefühl bekommen, wieder Herrin ihres Lebens zu sein. Blieb abzuwarten, ob das anhielt.

Sie hatte eine ganze Reihe Sexualdelikte in ihrer Laufbahn bearbeitet, und eines der schlimmsten Folgeleiden war stets die nachhaltige Erschütterung der Selbstgewissheit der Opfer. Sie fanden nur ungeheuer mühsam wieder in ihr eigenes Leben zurück. Und vieles blieb in Trümmern, Notstandsgebiet, No-go-Area, manchmal für immer.

Dass sie als Polizeibeamtin einen vorläufig Festgenommenen misshandelt hatte, bereitete Therese nicht die geringsten Gewissensbisse. Seltsam. Denn auch wenn sie als Opfer natürlich mit einer gewissen Toleranz rechnen konnte, widersprach das ihrem Berufsethos und vor allem dem Gesetz. Sie hatte nie Verständnis für Übergriffe von Kollegen gehabt und immer gefunden, dass solche streng bestraft gehörten.

»Man lernt nie aus, schon gar nicht über sich selbst«, flüsterte sie sich zu.

Nein, es war richtig gewesen, sie musste auch an sich denken und die Chance, seelisch zu gesunden nach dem Horror. Sie sah das Dreckschwein wieder da stehen mit seinem zufriedenen Grinsen, breitbeinig: Du kannst mich festnehmen, aber wir beide wissen, wer hier der Sieger ist. Nein, Wichser, falsch gedacht.

Sein überraschter Blick, der Schmerz, als sie ihm in seine Scheißeier getreten hatte, das Aufplatzen der Lippen und das Brechen der Nase direkt danach.

Das würde ihr helfen, all die anderen Bilder in den Hintergrund zu drängen und vielleicht irgendwann zu vergessen.

Doch, es war richtig gewesen.

Therese begann zu frieren, sie saß seit fast zwei Stunden im Untersuchungsraum, seit über einer halben Stunde völlig nackt.

Als sich die Tür wieder öffnete, rieb sie sich die Arme.

»Da komme ich ja genau richtig.« Eine ältere Stationsschwester betrat, gefolgt von Martina, das Zimmer. Sie hatte ein Klinikhemd in der Hand und Badelatschen. »Sie Arme! Jetzt aber schnell hier reingeschlüpft, und dann bringe ich sie in die Personaldusche rüber.«

Therese streckte die Arme nach vorne, die Schwester streifte das Hemd darüber und band es ihr dann am Rücken zu. Dann hüpfte sie von der Liege und in die Latschen.

»Ich hoffe, das Wasser ist knallheiß, und es gibt einen Jahresvorrat an Seife.«

»Sie werden blitzblank gekocht da rauskommen«, strahlte die Krankenschwester und tätschelte Thereses Wange.

Therese hätte ihr am liebsten einen Kuss gegeben.

Grewe schaute durch den venezianischen Spiegel in das Vernehmungszimmer. Diesen einseitig durchsichtigen Spiegel gab es in nur einem Raum der Direktion. In der Regel fanden dort Gegenüberstellungen statt. Die Vernehmung des Rockers hatten die Beamten hierher verlegt, weil man seine Gefährlichkeit als sehr hoch einschätzte und die Situation auch von außen permanent überwachen wollte. Und sie gingen davon aus, dass der Kerl wusste, was das für ein Spiegel war, und vielleicht bereitete ihm das ein bisschen Unbehagen. Immerhin hatte er eine Polizistin aufs Übelste traktiert und war jetzt in der Hand der Polizei. Nachts. Der Rocker war mit Hand- und Fußfesseln fixiert und im Augenblick allein.

»Von Vernehmen kann echt keine Rede sein.« Kollege Noss vom Dauerdienst kaute übelgelaunt auf einem Kaugummi herum. »Kriegt's Maul nicht auf, noch nicht mal zur Personalienfeststellung, guckt bloß an uns vorbei zur Wand und grinst scheiße dabei. Drecksau.«

Die beiden Männer standen in dem dunklen Nebenraum, nur frontal beleuchtet vom Neonlicht des Vernehmungszimmers, das durch den Spiegel drang. Ihre Gesichter und Hemdkragen wuchsen als helle Flecken aus dem Schwarz. Das sonst rosige Gesicht von Didi Noss hatte jetzt eine schlapp graue Farbe, das Licht gab einen unangenehmen Grünstich dazu. Er fummelte ein Einwickelpapier aus der Hosentasche und spuckte den Kaugummi hinein. Das zusammengeknüllte Päckchen schob er wieder zurück in die Tasche.

Grewe betrachtete den Mann, der Therese so brutal angegriffen hatte. Die frisch verpflasterte Nase und seine geschwollene Lippe gaben dem Gesicht etwas fies Clowneskes, das ihn noch abstoßender wirken ließ als ohnehin schon. Tätowierungen wuchsen aus beiden Ärmeln des dreckigen T-Shirts bis auf die Hände herunter und auch aus dem Halsausschnitt bis fast zum Kinn.

»Wetschinsky und Bogdan klicken sich gerade durch die Kartei. Wird wohl 'ne Weile dauern, aber irgendwann finden sie ihn, da bin ich todsicher.« Noss' Kiefer mahlten einfach weiter, als ob der Kaugummi noch da wäre. Mit seinen sechsundvierzig Jahren hätte er schon längst beim Kriminaldauerdienst raus sein können, aber Noss mochte die Arbeit. Er fand, das sei genau das Richtige für einen Polizisten, dessen einziges Hobby die Jagd war. Man wusste nie, was eine Schicht brachte, man war immer einer der Ersten am Ort des Geschehens. Und im Unterschied zu den Ermittlungsabteilungen hatte man hin und wieder die Chance, so früh in Ereignisse eingreifen zu können, dass man Schlimmstes verhindern konnte. Polizisten wie Grewe kamen immer erst zum Einsatz, wenn das Kind schon im Brunnen lag.

Grewe lockerte seinen Krawattenknoten und öffnete den obersten Hemdknopf.

»Ich rufe Burckhardt an. Der kennt die Skulls. Sag deinen Jungs, sie sollen erst mal Kaffee trinken. Erkennungsdienstlich seid ihr durch mit dem, oder?«

Noss nahm seine Pilotenbrille ab und rieb sich die Augen.

»Alles paletti. Inklusive Kleiderfasern, Speichel und Hautresten unter den Fingernägeln. Die zwei werden sich freuen, ist ja beschissen nervtötend, dieses Durchgeklicke. Hopp, Luc. Auf geht's.«

Noss' Jagdterrier Luc sprang auf die Beine und begann sofort, augenzwinkernd zu tänzeln.

Die Freundin des KDD-Leiters war bei der Sitte ebenfalls im Schichtdienst, und wenn die Arbeitszeiten der beiden kollidierten, nahm Noss den Hund zum Dienst mit. Sie gaben ein etwas surreales Bild ab, der große und schwere Bulle und sein kleiner nervöser Hund an der schmalen Lederleine. Aber Insider wussten, dass der federgewichtige Teil des Duos der wesentlich gefährlichere war. Luc brauchte nur seine Zähne, um einem Wildschwein den Rest zu geben, Noss musste da schon eine Schusswaffe bemühen.

Die beiden Männer verließen den Raum, ein Kollege der Bereitschaftspolizei blieb als Aufsicht hinter dem Spiegel zurück. Eigentlich unnötig. Der Rocker war tatsächlich im Sitzen eingeschlafen.

Therese stand reglos unter dem brühend heißen Strahl, die Stirn an die Wand gelehnt. Die Seife war schon längst abgespült und mit ihr all der Dreck, nur noch klares, dampfendes Wasser strudelte aus der Duschwanne in den Abfluss. Ein Wummern drang aus der Ferne in ihren Kopf, vom Rauschen des Wassers und dem dicken Dampf nahezu verschluckt. Therese löste die Stirn von den Kacheln und hob das Gesicht in den heißen Regen, sie fuhr sich immer wieder mit den Händen darüber, über die Haare, ihren Hals und dann wieder über das Gesicht.

Das Wummern wurde lauter, und dann schwang auch eine Stimme mit, aufgeregt. Therese blinzelte sich das rauschende Wasser aus den Augen und drehte die Dusche ab.

Tatsächlich, jemand donnerte an die Tür, rüttelte an der Klinke und rief nach ihr.

Sie stieg aus der Dusche, griff das bereitliegende Handtuch und schlang es sich um den Oberkörper.

»Was ist denn?«

Vor der Tür stand Martina.

»Sorry, Therese, sorry. Du bist jetzt schon über eine halbe Stunde da drin, ich hab mir Sorgen gemacht.«

»Du Süße! Entschuldige, ich habe einfach die Zeit vergessen. Alles in Ordnung bei mir. Ich zieh mich an, okay?«

Martina lächelte erleichtert und nickte.

»Wie sieht's aus? Willst du nach Hause oder in die Dienststelle, für die Aussage?«

Therese zögerte nicht.

»In die Dienststelle.«

Sie schloss die Tür und trocknete sich gründlich ab. Sie frottierte sich krebsrot, kämmte die nassen Haare unter dem dröhnenden Föhnautomat und bediente sich dann an einer herumstehenden Bodylotion. Sie zog sich an und warf einen abschließenden Blick in den Spiegel. Sie suchte nach Spuren des erlittenen Schreckens in ihrem Gesicht. Nichts. Außer den blauen Flecken und Schürfwunden natürlich. Am Hals eine schon verschorfte Stelle von dem Messerritz. Therese reckte das Kinn nach vorn und kniff ihre Augen zu Schlitzen.

»So, Arschloch. Jetzt kommt der offizielle Teil.«

Dann schüttelte sie ihre Haare und bauschte sie mit den Händen.

Sie machte sich keine Illusionen. Es würde sie erwischen, früher oder später.

Aber nicht jetzt.

Nicht jetzt.

Burckhardt guckte konzentriert durch das Spiegelglas. Auf dem Tisch hinter ihm lag ein dicker Ordner aus dem Aktenkonvolut »Skulls«. Er enthielt Fotos und Personendaten.

Grewe griff den Ordner und schlug ihn auf. Es war verwunderlich, dass solche Leute erfolgreich Berufsverbrecher werden konnten, wenn sie schon auf fünfzig Meter Entfernung danach aussahen. Es war keiner dabei, dem man nicht sofort jede noch so abscheuliche Gewalttätigkeit zutrauen würde. Andererseits, wenn er Burckhardt richtig interpretierte, dann machten diese Drecksäcke ja genau damit ihr Geld. Mit Angst. Und mit Gier jeder Art.

»Geh mal zu W«. Burckhardts Zeigefinger tippte auf ein Register ganz rechts. Grewe blätterte vor, dann gab er seinem Kollegen den Ordner. Der schlug zielgerichtet eine Seite auf.

»Wusste ich's doch. Das ist er: Wolfe«, Burckhardt sprach es amerikanisch aus, »so nennt er sich. Ich hab die Kerle hier nach Kampfnamen geordnet, die benutzen die untereinander ausschließlich.«

Grewe nahm den Ordner wieder und verglich die Fotos mit der Originalfresse. »Wolfe« war eindeutig der Mann, der im Vernehmungszimmer immer noch gefesselt auf dem Stuhl vor sich hin dämmerte.

Thereses Tritte hatten ihn nicht hässlicher gemacht, das war praktisch unmöglich. Grewe musste unwillkürlich lachen, es wurde eher ein Rülpsen, weil er versuchte, es zurückzuhalten. Burckhardt guckte ihn grinsend an. Grewe tippte auf eine Zeile.

»Pascal Benjamin Schönlein. Das geht natürlich bei dem Beruf nicht. Hätte ich mir auch was überlegt.«

»Ja, mit so was heitern wir uns auch immer auf. Weil es in Wirklichkeit echt frustrierend mit denen ist. Mir hat damals sogar einer aus der Stadtverwaltung klipp und klar gesagt, dass es doch besser ist, das Rotlicht ist geordnet in einer Hand, als dauernd diese Albaner- und Russenschießereien.« Burckhardt spuckte verächtlich Luft aus.

Grewe schaute auf den sich über Burckhardts Unterarm windenden Drachen. Ja, so durfte man einem Polizisten wie Burckhardt nicht kommen. Einem wie Grewe auch nicht, deswegen mochten sie sich so gerne. Unter anderem.

»Okay. Jetzt wissen wir, wer er ist. Wie geht's weiter? Der wird vermutlich nicht mehr sagen, oder«

Burckhardt wiegte den Kopf.

»Unwahrscheinlich. Wenn er identifiziert ist, wird er einen Bruder anrufen, wahrscheinlich direkt den Club-Präsidenten, und der organisiert ihm einen Anwalt. Er wird nichts sagen, ohne Widerrede in U-Haft einfahren und dann irgendwann sein Urteil kassieren. Wenn er durchgehend die Klappe hält, dann bleibt sein Nest warm, dafür sorgen die Brüder. In der Kiste ist er eh King. Und in fünf, sechs Jahren ist er draußen, wenn er noch nicht einschlägig vorbestraft ist. Was hat er denn so?«

Grewe überflog die Angaben aus der Akte.

»Tatsächlich nicht viel. Ein paar Körperverletzungen, aber nicht so schwere wie die jetzt. Keine Vergewaltigung bisher. Mehrere Ermittlungsverfahren, aber außer einmal Bewährung und einer Haftstrafe von zweieinhalb Jahren ist nie was dabei rausgekommen.«

»Na ja, mit der Nummer hier kommt er nicht durch, das steht fest.« Burckhardt nahm den Ordner wieder an sich und klappte ihn zu.

Grewe drehte sich zu ihm.

»Ja. Aber ich will wissen, warum der ausgerechnet heute um ein Haus schleicht, in dem jemand aus dem Umfeld seiner Gang umgebracht worden ist. Das war doch kein Zufall.«

Burckhardt zog Luft durch die Nase und schaute dann wieder durch die Scheibe auf Wolfe, der mittlerweile die Augen geöffnet hatte.

»Wahrscheinlich nicht. Vielleicht aber doch. Wie viele Parteien wohnen denn in dem Haus? Da kann es zig Verbindungen geben.«

Grewe stützte sich auf einen schmalen Sims unterhalb des Spiegels.

»So was gibt es nicht, solche Zufälle.«

»Von ihm wirst du auf jeden Fall nichts darüber hören, es sei denn, er hat eine absolut harmlose Erklärung für seine Anwesenheit parat. Irgendwas, das entweder den Interessen der Gang nicht schadet oder«, und damit schaute er Grewe fest an, »schlicht und ergreifend wahr ist.«

Grewe stierte weiter durch das Spiegelglas. Dann ließ er plötzlich den Kopf auf die Brust fallen, atmete aus und stemmte sich dann hoch.

»Ich verrenne mich schon nicht, Fritz. Keine Angst. Aber es gibt todsicher eine Verbindung zum Mord an Rems. Der einzige Zufall war, dass Therese dort aufgekreuzt ist. Leider.«

Burckhardt legte Grewe eine Hand auf die Schulter.

»Ich weiß, dass ich dir nicht erklären muss, wie man unseren Job macht. Und du hast vermutlich recht. Trotzdem.«

Grewe nickte ihm zu.

»Ja, Fritz. Danke.«

Martina parkte ihren Wagen auf dem Hof der Direktion. Die beiden Polizistinnen stiegen aus, Martina griff sich den Metallkoffer und die Tüten mit Thereses Joggingklamotten vom Rücksitz, und dann überquerten sie den Hof in Richtung Hauptgebäude.

Am Aufzug trennten sich ihre Wege. Martina fuhr nach oben, in die Räume der Tatortbereitschaft und des Labors der KTU, Therese machte sich auf den Weg ins Untergeschoss, wo sich die Vernehmungsräume und der Zellentrakt des Polizeigewahrsams befanden. Direkt gegenüber der Treppe nach unten war eine weitere Glastür, die auf den Hof führte. Im Vorbeigehen sah sie dort Burckhardt und Grewe, Burckhardt rauchte.

Thereses Herz machte einen kleinen Hüpfer, als sie Grewe erkannte, und er bemerkte sie im selben Augenblick.

»Therese! Es tut mir so leid. Auch von Stina, wir …«

»Danke, Grewe. Ich weiß doch«, unterbrach Therese ihn und hob abwiegelnd die Hände.

Grewe stand mit halb ausgebreiteten Armen ein bisschen unschlüssig vor ihr.

»Ich bin spurentechnisch bearbeitet«, sagte Therese lächelnd, »du darfst mich umarmen.«

Das tat Grewe, lange standen sie so da, während Burckhardt in ruhigen Zügen Rauchwolken in die kalte Nachtluft blies.

»Wollen wir über die nächsten Schritte reden?«, fragte Grewe, als sie sich voneinander lösten.

»Gerne. Können wir reingehen dazu, ich friere ganz schön?«

»Na klar. Wir setzen uns unten in den null null eins, der ist frei. Magst du Kaffee?«

»Unbedingt.« Therese ging voran, Grewe schaute Burckhardt an.

Der drückte seine Kippe am Rand des Metallaschers aus, der neben der Tür stand, und nickte in Richtung Flur.

»Geh du schon mal runter, ich mache Kaffee beim Dauerdienst.«

»Das ist fein von dir, Fritz. Ich …« Grewes Blick flirrte, er druckste herum.

»Was ist denn?«

»Ich weiß nicht, es ist nur so ein spontaner Gedanke.«

Burckhardt verdrehte die Augen.

»Sag schon.«

»Vielleicht würde Therese die Geschichte deiner Tätowierung jetzt ganz guttun. Dachte ich gerade.« Grewe schaute wie ein Neunjähriger.

Burckhardt lachte leise.

»Probier's doch aus.«

Grewe nickte. Auf dem Weg nach unten rekapitulierte er die beinahe mythische Story.

Burckhardt war als Sechzehnjähriger von der Schule abgegangen, um zur See zu fahren. Sein Vater war Kapitän gewesen und unter nicht ganz geklärten Umständen in Santos bei São Paulo ums Leben gekommen. Burckhardt hatte die Ausbildung abgeschlossen, und seine dritte Reise als Vollmatrose führte ihn nach Südamerika. In Santos war Burckhardt plötzlich verschwunden gewesen. Gut vier Wochen später war er dann völlig fertig in der deutschen Botschaft aufgekreuzt, und von dort hatte man die Heimreise organisiert. Über die Gründe für sein Verschwinden hatte der junge Seemann sich ausgeschwiegen. Den Job bei der Reederei war er los gewesen, und die Kosten für den Transfer hatten alle seine Ersparnisse aufgefressen. Zu Hause angekommen, hatte er seiner Mutter das Foto eines brutal aussehenden, zahnlosen Brasilianers in Handschellen auf den Tisch gelegt. Es war ein Straßenräuber, der Papa Burckhardt wegen achtundzwanzig Dollar abgestochen und liegen gelassen hatte. Er hatte zu einer Bande gehört, die die Polizei regelmäßig schmierte, und war deswegen straflos davongekommen. Burckhardt hatte ihn gefunden und zum Kampf gefordert. Er hatte verloren, und Burckhardt hatte ihn an die Polizei ausgeliefert. Ein paar Tage später war der Boss der Bande in der Absteige aufgetaucht, die Burckhardt bewohnte, bis der Mörder seines Vaters abgeurteilt sein würde. Der Gangster hatte Burckhardt bedeutet, ihm zu folgen. Obwohl er überzeugt war, dass es dem Mann um Rache ging, war Burckhardt mitgegangen. Doch der Trip hatte zu einem Tätowierer geführt, der, wie Burckhardt damals schnell klar wurde, ausschließlich für Gangsterbanden arbeitete. Der Boss hatte dem jungen Mann mit Händen und Füßen erklärt, dass er ihm eine Tätowierung schenken wolle, allerdings konnte er sich das Motiv nicht aussuchen, es stand fest. Ein Engel mit Flammenschwert und ein im Sterben sich windender Drache. Burckhardt hatte das Geschenk akzeptiert.

Zu Hause in Hamburg war er zu einem Tätowierer auf St. Pauli gegangen, um etwas über das Motiv zu erfahren. Der hatte sich das Bild angeschaut und gesagt: »Schöne Arbeit. Das ist der Erzengel Michael. Schutzengel der Bullen. Der Drache ist das Böse.«

Am nächsten Tag hatte sich Burckhardt bei der Polizei beworben.

Therese blies in ihren Kaffee. Sie trank einen Schluck, dann noch einen, umschloss die Tasse mit beiden Händen.

Grewe hatte beide Arme parallel auf den Tisch gelegt und starrte nach der Erzählung über Burckhardt auf die grauweiße Platte.

Fast geräuschlos stellte Therese die Tasse ab, dann rieb sie über beide Oberschenkel und faltete schließlich die Hände auf den Knien.

»Gute Geschichte.«

Grewe verschränkte die Unterarme und nickte. Er konnte nicht aufschauen.

»Ich soll es also als Polizistin sehen? Nicht persönlich.«

Grewe hob schnell den Kopf.

»Nein, nicht so einfach. Natürlich sollst du es persönlich nehmen. Es *war* persönlich.« Grewes rechte Hand schnitt durch die Luft zwischen ihm und Therese. »Verdammt, was könnte persönlicher sein?«

»Schon gut, Grewe. Es ist okay.« Therese fasste seine Hand und legte sie sanft auf den Tisch. »Ich habe sehr genau darüber nachgedacht in den letzten Stunden. Ich kann es trennen. Vorerst. Die Zeit wird zeigen, wie gut und wie lange.« Therese nickte wie zur Bestätigung.

Grewe räusperte sich.

»Du musst nicht übermenschlich sein. Nicht in dieser Dienststelle. Das weißt du hoffentlich?«

Therese holte tief Luft und schluckte aufkommende Tränen hinunter.

»Das weiß ich. Ich habe mir ja auch schon ein bisschen geholfen.«

Grewe schaue sie fragend an.

»Na, seine Fresse hab ich ihm doch immerhin ordentlich poliert.« Therese grinste.

Auch Grewe grinste.

»Das hast du.«

»Ja, er hat bei der Festnahme Widerstand geleistet, weißt du.«

»Nichts anderes war zu erwarten. Du bist ja kein Prügelbulle.«

»Nein, das bin ich natürlich nicht.«

Sie schauten sich an und lachten.

In dem Moment betrat Burckhardt den Raum mit einem Kaffeetablett.

»Na, hier ist ja beste Laune. Schön.«

Therese zeigte auf Burckhardts Tattoo.

»Aber ich muss mich jetzt nicht auch stechen lassen, oder?«

Burckhardt stellte das Tablett ab.

»Ist nicht empfehlenswert. Du hast dem Mitbesitzer des einzig guten Tattoo-Studios der Stadt heute zuerst die Eier zermatscht und dann die Nase gebrochen.«

»Womit wir beim Thema wären«, sagte Grewe.

Burckhardt setzte sich, und Grewe legte Therese den Stand der Dinge und das weitere Vorgehen dar.

Sie sollte oben bei Noss ihre Aussage machen, die Ermittlung lief erst mal über den KDD, die würden dann morgen ans K 12, Sexualdelikte, übergeben, mit Staatsanwalt und so weiter.

Den Rocker würden sie in dieser Nacht nicht weiter vernehmen, sondern einfach in die Zelle stopfen. Keiner rechnete mit irgendwelchen Problemen, der Staatsanwalt würde fraglos Untersuchungshaft beantragen, und ein Haftrichter würde diese anordnen.

Morgen früh müsste dann das Labor schnellstmöglich daran gehen, die Spuren im Mord Rems auf eine mögliche Anwesenheit des Drecksackes in der Wohnung zu überprüfen.

»Es ist wahrscheinlich unsere einzige Chance, rauszukriegen, warum der Kerl um das Haus geschlichen ist und ob er sogar als Täter infrage kommt. Außerdem muss er ja irgendwann mal mit jemandem Kontakt aufnehmen, wegen Anwalt und so. Das schreckt dann hoffentlich die Skulls auf.«

»Wenn wir ihn wegen der Rems-Sache aufs Korn nehmen können, möchte ich ihn dazu vernehmen.« Therese klang sehr bestimmt. Grewe und Burckhardt sahen sich an. Burckhardt spitzte die Lippen.

»Darüber müssen wir gut nachdenken, es gibt Gründe dafür und dagegen.«

Grewe schüttelte heftig den Kopf.

»Also ich finde, es gibt ausschließlich Gründe dagegen.«

Burckhardt legte ihm die Hand auf den Arm.

»Sieh es mal mit seinen Augen. Er denkt, wir vernehmen ihn zu dem Angriff auf Therese. Dann sitzt sie da, aber nicht als Zeugin, sondern als Vernehmerin.« Burckhardt kam in Fahrt, er stieß mit dem Zeigefinger in Richtung Grewe. »So! Und dann eröffnet sie ihm, dass es um eine ganz andere Sache geht, einen viel schwereren Tatvorwurf. Mord.«

Grewe dachte nach, die Sache gefiel ihm nicht, aber so, wie Burckhardt es aufdröselte, war vielleicht was dran. Trotzdem.

»Wenn der einen halbwegs guten Anwalt hat, dann bläst der das Feuer unter unserem Arsch himmelhoch. Das Opfer in der einen Strafsache verhört den Täter als Verdächtigen oder Beschuldigten in einer anderen. Ich hör's schon: Unangemessener Vernehmungsdruck, Voreingenommenheit, das ganze Programm.«

Therese schaute zwischen den beiden Männern hin und her. Dann erwischte sie genau Burckhardts Blick. Seine hellgrauen Augen fixierten sie.

»Therese wird äußerst professionell sein. Sie wird nie mit ihm alleine bleiben. Stimmt's?«

Therese nickte entschlossen.

Grewe zog tief Luft ein und behielt sie einen Augenblick in den Lungen. Dann nickte er.

»Wir besprechen das morgen noch mal im größeren Kreis. Wenn niemand Einwände hat, versuchen wir es.«

Therese klatschte in die Hände.

»Wenn Drossel irgendetwas Stichhaltiges findet, dann nagel ich kaltlächelnd die Eier von dem Dreckskerl auf dem Tisch fest!«

Burckhardt grinste.

»Von denen ist doch eh nicht mehr viel übrig.«

10

Pascal Benjamin Schönlein oder Wolfe, wie er sich seit gut zwanzig Jahren nannte, hatte mit dem ersten Schluck Morgenkaffee auch das zur Hälfte gegessene Wurstbrötchen auf den Boden der Zelle im Polizeigewahrsam erbrochen.

Es ging ihm nicht gut.

Die Bullenschlampe hatte es ihm ganz schön besorgt. Wenn er sie wenigstens gefickt hätte, würde ihm sein Zustand weniger ausmachen. Vor allem, weil es ihr dann heute viel dreckiger ginge als ihm. Aber so war einfach alles Scheiße. Die gebrochene Nase verursachte einen dauerhaft stechenden Schmerz, und seine geschwollenen Eier fühlten sich an, als wäre sein Sack drumherum einfach verschwunden, rohe Fleischkugeln, an deren Oberfläche sich ausschließlich blanke Nerven befanden, Tausende blanke Nerven. Gestern Abend war er so voll mit Speed gewesen, dass er kaum etwas gespürt hatte, aber jetzt war die Wirkung verflogen, und zu den Schmerzen kam auch noch ein heftiger Kater. Wolfes Kopf fühlte sich nicht viel anders an als seine Eier, und kalter Schweiß stand ihm dick perlend auf der Stirn.

Er hatte in letzter Zeit gelegentlich darüber nachgedacht, dass Rocker sein vielleicht nicht der ideale Lebensentwurf fürs Älterwerden war. Kater wurden unerträglich, Verletzungen heilten langsamer aus, die Kondition ließ gewaltig nach. Aber er konnte sich nichts anderes vorstellen.

Und sie hatten seit Jahren keinen echten Stress mehr in der Stadt. Seit sie damals die »Desperados« rausgeschmissen hatten. Mike war im Großen und Ganzen ein guter Präsi, er sorgte für seine Brüder, und er hatte Erfolg. Die Bullen fanden nichts, und die Geschäfte liefen eins a. Wolfe hatte Mike lange nicht getraut, deswegen ja auch die kleine Versicherung in Bombers Wohnung. Ein Notausgang. Die Vereinbarung mit Bomber war gewesen, dass er das Ding auf alle Fälle in seiner Wohnung verstecken würde, aber Wolfe hatte es nicht gefunden. Vielleicht hatten die Bullen es schon. Wenn nicht, dann würden sie es bestimmt noch finden. Aber ob sie daraus die richtigen Schlüsse ziehen konnten? Jedenfalls gab es für Wolfe jetzt definitiv keine Chance mehr, ranzukommen, weil sie ihn wegen der Fotze einlochen würden. Ohne das Fickding wäre er vielleicht sogar mit Notwehr oder so davongekommen, sie hatte ihn ja schließlich angegriffen. Aber er hatte Rot gesehen, nachdem die Sau ihn in den Dreck gedrückt hatte. Seine Colors. Und dabei hatte er sie noch nicht mal … Er sah wieder ihren blanken Arsch im schwachen Licht und wie sie geheult und gekotzt hatte. Geiler Arsch, geile Schlampe. Die war sogar rasiert unten. Er musste grinsen, obwohl es ihm so dreckig ging.

Drauf geschissen. Seine Akte war vergleichsweise sauber, er hatte immer Glück gehabt. Saß er eben drei bis fünf ab, er war ein »Skull«, im Knast wäre er ganz oben, da kam ihm keiner blöd. Und wegen dem Ding konnte er sich noch Sorgen machen, wenn es soweit war.

Wolfes Laune stieg, er bekam sogar Appetit und biss vorsichtig in den Rest des Wurstbrötchens. Mit dem ersten Happen schluckte er den Kotzegeschmack runter, und der zweite war dann schon okay. Gerade als er nach dem Kaffee griff, knallte das Kontrollfenster in der Zellentür auf, und ein Bulle blaffte rein.

»Schönlein aufstehen! Mit dem Gesicht zur Wand stellen, Beine schulterbreit und Hände hinter den Kopf. Wir holen Sie zur Vernehmung raus.«

Wolfe schlürfte gemütlich die dünne Brühe. Dann stutzte er. Schönlein? Hatten die Penner also schon rausgekriegt, wer er war. Na egal, heute hätte er es ihnen sowieso gesagt, weil er wegen dem Anwalt mal bei Mike anrufen musste.

»Wird's bald, Schönlein?«

Der Arsch regte sich richtig auf. Sollte er doch. Die hatten Schiss vor ihm, das gefiel Wolfe. Er verdiente seine Kohle damit, dass Leute Angst vor ihm hatten, da musste er im Training bleiben.

»Ich brauche hier Unterstützung an der Vier. Der Scheißrocker stellt sich quer.« Der Bulle rief in den Flur. Draußen trappelten Laufschritte.

Wolfe trank den kalten Kaffee aus und stellte gerade die Tasse ab, als die Zellentür aufflog und unübersichtlich viele Grüne hineinstürmten. Sie fackelten nicht lange.

Einer griff mit der behandschuhten Rechten unter Wolfes Kinn und drückte ihn kurzerhand nach hinten auf die am Boden liegende Matratze, zwei andere bückten sich und rissen ihn an den Füßen nach vorn. Wolfe knallte mit dem Hinterkopf auf dem Zellenboden auf und wollte um sich schlagen, aber zwei der Typen saßen schon auf seinen Armen und einer auf den Knien. Der Bulle auf seinem linken Arm quetschte Wolfes Kopf seitlich auf den Boden, dabei kontinuierlich Druck auf seine gebrochene Nase ausübend. Weil er ihm außerdem den Mund fest zudrückte, bekam Wolfe nicht genug Luft, um zu schreien, und ihm wurde langsam schwarz vor Augen.

»Herr Schönlein, halten Sie jetzt brav still?«, fragte ihn einer, und Wolfes Mund wurde freigegeben.

»Fuck, ey«, hustete er, sein Magen krampfte, und dann konnte er nicht verhindern, dass schon wieder Kaffee und Brötchen durch die Speiseröhre nach oben schossen. Die Bullen sprangen sofort von ihm runter, und er saute sich beim Kotzen völlig ein. Noch während Wolfe nach Luft schnappte, drehten ihn die Penner auf den Bauch und ratschten die Handschellen fest.

Grewe wollte gerade die zweite Besprechung des Tages eröffnen, als noch mal die Tür aufging und Kriminaloberrat Kertsch eintrat.

»Bleiben Sie bitte sitzen«, wehrte Kertsch den Versuch einer meldungsartigen Begrüßung durch Grewe ab. »Ich möchte nur rasch ein paar Worte sagen und dann an der weiteren Besprechung teilnehmen.«

»Aber gerne, Herr Kertsch.« Grewe rückte seinen Stuhl etwas zur Seite, neben ihm tat Gerd Drossel dasselbe, und einer der Praktikanten von der Fachhochschule stellte einen Stuhl für den Inspektionsleiter dazwischen.

»Liebe Kolleginnen und Kollegen«, Kertsch wandte sich an Therese, »heute ganz besonders: liebe Frau Svoboda.«

Alle schauten zu Therese, die wurde verlegen. Kertsch fuhr fort.

»Ich weiß, dass einige von Ihnen aus gegebenem Anlass schon fast die ganze Nacht in der Dienststelle zugebracht haben. Sie alle haben sich heute bereits um sechs Uhr dreißig zur ersten Besprechung getroffen. Jetzt ist es halb elf, und Sie sind gespannt auf den neuesten Stand der Dinge und die nächsten Schritte. Ich will Sie auch gar nicht lange aufhalten, denn mir geht es da ja nicht anders. Dennoch ist es mir wichtig, ein paar Worte an Sie alle zu richten.«

Kertsch legte die Hände zusammen wie ein Pfarrer bei der Predigt, schaute einen Augenblick in die Ferne, dann löste er die Haltung mit einer plötzlichen Bewegung auf, und über sein Gesicht huschte ein ungläubiges Lächeln, als könnte er nicht glauben, dass er gerade so tief in die gestische Klamottenkiste gegriffen hatte. Er hustete kurz und trocken, dann fuhr er fort.

»Es ist immer eine besondere Situation, wenn ein Kollege, eine Kollegin Opfer einer Straftat wird. Im Fall von Frau Svoboda haben wir es mit einer besonders brutalen und in jeder Weise verletzenden Art von Angriff zu tun, der uns alle empört.«

Die Blicke aller am Tisch gingen zu Therese, eine Welle der Zuneigung.

»Aber.«

Kertsch hatte die Hand gehoben und so die Aufmerksamkeit der Runde wieder zu sich dirigiert.

»Die Sache geht diesen Kreis nichts mehr an. Es ist, Gott sei es gedankt, alles glimpflich verlaufen. Die Kollegen vom K 12 haben die Ermittlung vom Dauerdienst übernommen, die Staatsanwaltschaft schaltet sich im Lauf des Tages zu, und es kann keinen Zweifel geben, dass der Angreifer für diese Tat verurteilt wird. Doch dieser Mann steht vermutlich eng in Verbindung zum Fall Rems, zumindest dürfen wir annehmen, dass wir von ihm einiges erfahren könnten, das uns weiterhilft in diesem Fall.«

»Wenn er überhaupt mal was sagt«, kam es vorlaut von Fuchs, was eine Reihe Kollegen mit Kopfnicken kommentierten.

»Natürlich, das vorausgesetzt«, gab Kertsch zu, um gleich nachzusetzen: »Eben deswegen appelliere ich an Ihrer aller Professionalität. Es gilt jetzt, genauestens die Situation zu analysieren, alles auf den Tisch zu legen und dort um und um zu drehen. Denn vielleicht gibt uns diese ungewöhnliche Lage ja ganz probate Möglichkeiten, den Mann unter Druck zu setzen. Wir müssen jetzt genau wissen, *welche* Karten wir in der Hand haben und wie wir sie ausspielen.« Kertsch schaute jeden in der Runde an und sah in gespannte und konzentrierte Gesichter.

»Das ist soweit alles. Herr Grewe?«

Mit einer einladenden Handbewegung zum Chef des K 11 nahm Kertsch Platz.

Grewe schob ein paar Unterlagen von links nach rechts und wieder zurück, nickte zweimal und begann.

»Gut. Ich freue mich sehr, dass Sie bei uns sind, Herr Kriminaloberrat.«

Grewe lockerte seine Krawatte ein wenig und verschränkte dann die Arme auf dem Tisch.

»Es geht uns jetzt also darum, in irgendeiner Weise zu belegen, ob Schönlein in Rems' Wohnung war und als Täter infrage kommt. Zur dortigen Spurenlage hören wir gleich den Kollegen Drossel.«

Drossel rückte sich schon auf seinem Stuhl zurecht, verschloss aber den Mund noch mit einem Zeigefinger. Grewe fuhr fort.

»Das Messer, mit dem Schönlein Therese angegriffen hat, ist auf dem Weg in die Rechtsmedizin, damit Dr. Lyske es als mögliche Tatwaffe im Fall Rems ausschließen oder bestätigen kann. Er hat im Übrigen mitgeteilt, dass er heute Nachmittag auch endlich die Sektion von Rems vornehmen wird. Ich denke, alle nächsten Schritte hängen von Gerds Bericht ab, und übergebe also hiermit an die Tatortbereitschaft.«

Drossel lehnte sich angriffslustig nach vorn.

»Ich will nicht lange herumreden. Ja. Wir haben mehrere Fingerabdrücke von Schönlein an unterschiedlichen Stellen der Wohnung gefunden, das haben unsere Vergleiche heute früh ergeben.«

Fäuste stießen in die Luft, Handflächen klatschten auf Aktendeckel.

»Mooooment.«

Ein paar Kollegen lachten. Drossel schüttelte den Kopf.

»Gute Laune ist durchaus erlaubt, aber wir müssen auf dem Teppich bleiben. Es gibt unzählige Abdrücke und Spuren von den verschiedensten Verursachern in Rems' Wohnung. Es ist und bleibt eine Drecksbude. Ob es an Rems' Leiche Hinterlassenschaften von Schönlein gibt, werden wir nach der Sektion sehen. Fazit: Er war da, aber wir können ihm einstweilen nicht nachweisen, wann.«

»Trotzdem, oder?« Fuchs grinste breit. Grewe richtete sich aus seiner Zuhörhaltung auf.

»Ja, Markus, trotzdem. Vor allem weil die Kollegen vom Dauerdienst heute Nacht beim Durchstreifen des Hochhauses noch eine wirklich interessante Sache entdeckt haben.«

Er lächelte in die gespannte Runde.

»Unsere Siegel an der Wohnungstür Rems waren gebrochen. Die Siegel wurden von Gerds Truppe gestern gegen sechzehn Uhr angebracht. Es ist also danach jemand in die Wohnung eingedrungen. Und ich denke, wir dürfen vermuten, dass das unser Stinktier war.«

Fuchs trommelte mit beiden Händen einen Wirbel auf den Tisch und machte Affenlaute in die Runde, bis sein Blick auf Kertsch fiel. Dass der blasse Ex-Drogenfahnder noch rot werden konnte, verursachte dann doch einige Lacher, sogar Kertsch musste lächeln.

»Ich habe mir folgendes Vorgehen überlegt und möchte das hier zur Diskussion stellen. Also: Schönlein sitzt seit«, Grewe hob seine Armbanduhr etwas vom Tisch an, »gut zweieinhalb Stunden unter Bewachung, aber ohne Ansprache in der eins null eins. Ich will etwa eine halbe Stunde nach der Besprechung mit Therese runtergehen und die Vernehmung beginnen.«

»Aber das geht doch nicht!« Estanza, der bisher mit verschränkten Armen finster brütend geschwiegen hatte, sprang beinahe vom Stuhl. »Also, ich meine, das kann man doch nicht von Therese verlangen.«

»Das ist nett von dir, aber es war meine Idee, Tony.« Thereses Stimme war fest.

»Aber, trotzdem, das ist doch nicht, ich meine … von wegen Befangenheit, sorry, Therese.«

»Schon gut, Tony, deine Bedenken sind nicht von der Hand zu weisen, deshalb diskutieren wir ja auch.« Grewe strich sich vorsichtig über die Kopfnaht. Er musste heute noch irgendwann ins Krankenhaus, die Fäden ziehen lassen.

»Dann schalte ich mich an dieser Stelle kurz ein«, meldete sich Kertsch zu Wort. »Natürlich würde ein guter Strafverteidiger sich alle zehn Finger lecken nach so etwas. Aber bisher hat der Verdächtige ja noch gar keinen Anwalt. Er hat de facto noch nicht mal seinen Namen genannt. Die Chance, dass Frau Svobodas Anwesenheit Druck auf ihn ausübt, ist durchaus zu sehen. Also würde ich sagen, wir versuchen es. Regt sich konkreter Widerstand bei ihm, der auch in Richtung Beschwerde deutet, dann wird Frau Svoboda eben abgelöst. Einverstanden?«

»Sehr gut, Herr Kertsch, so machen wir es.« Grewes Blick schweifte nach Zustimmung suchend über die Runde.

»Gut, der Rest ist schnell gesagt: Fuchs, dich würde ich bitten, noch mal gezielt beim K 13 nach Schönlein beziehungsweise Wolfe zu fragen. Vielleicht gibt's da doch Verbindungen. Tony, dich würde ich bitten, dir das Protokoll über unser Gespräch mit diesem Major Radványi durchzulesen und nach Möglichkeit heute noch mit einem Kollegen bei ihm vorzusprechen. Wir brauchen eine Liste mit allen Soldaten, die in engerer Beziehung zu Rems standen, gemeinsame Einsatzerfahrung, persönliche Freundschaft, so was eben.«

Tony nickte, konnte aber ein kleines Schnaufen nicht unterdrücken. Grewe hob den Zeigefinger.

»Es ist an so einem Punkt der Ermittlung wichtig, sich nicht auf das scheinbar Nächstliegende zu beschränken, sondern mehrere Bälle in der Luft zu halten. Das sage ich für uns alle.«

Er wandte sich an Drossel.

»Gerd, dich würde ich bitten, mit zwei oder drei Kollegen deiner Wahl die Wohnung Rems noch mal neu zu durchsuchen. Irgendwas muss Schönlein ja da drin gewollt haben, für den Fall, dass tatsächlich er das Siegel gebrochen hat.«

Drossel nickte. Grewe schaute fragend zu Kertsch.

»Von mir aus nichts mehr, Herr Grewe.«

Grewe griff sich seine Uhr vom Tisch und band sie um sein Handgelenk.

»Gut, alle Übrigen bleiben hier in Bereitschaft. Let's roll.«

Die Polizisten standen nahezu gleichzeitig auf, die Stühle schrammten über den Linoleumboden, und es fühlte sich ein bisschen an wie in einem Kriegsfilm, wenn die Offiziere nach der Einsatzbesprechung zu ihren Männern gehen, um sie in den eigentlich unerfüllbaren, aber alles entscheidenden Auftrag zu führen.

Wolfes Laune war auf dem Nullpunkt. Seit weiß der Teufel wie lange saß er jetzt schon in diesem Scheißzimmer. Grüner Filzboden, Resopaltisch, Neonlicht. Ein Bulle stand immer schweigend neben der Tür, sie lösten sich in bestimmten Intervallen ab. Wolfes Handgelenke taten in den eng gezogenen Handschellen so weh, dass er nicht mehr wusste, ob es ihnen oder seiner Nase schlechter ging. Die Kotze war großflächig auf seinem T-Shirt getrocknet, stank aber immer noch erbärmlich. Der Raum war fensterlos.

Er hatte nachgedacht, und das tat ihm nicht gut. Unter den gegebenen Umständen konnten durch Nachdenken die Dinge in keinem Fall klarer, sondern nur komplizierter, verwirrender werden. Nur in einem Fall hatte Wolfe, seit er hier saß und nachdachte, Gewissheit gefunden: nämlich, dass dieses Ding in Bombers Wohnung ihn vor unübersehbare Probleme stellte. Und zwar nicht nur, wenn die Bullen es fanden. Dann sowieso. Aber was war, wenn Mike gewusst hatte, dass es dort war? Oder wenn der Präsi jetzt darüber nachdenken würde, warum Wolfe wohl nach Bombers Tod noch mal zu dessen Bude gegangen war? Das erste Mal war es der routinemäßige Kassiergang gewesen. Den er nicht mehr zu Ende bringen konnte, weil schon alles voller Bullen war. Die Nachricht von Bombers Tod hatte er Mike weitergegeben. Wolfe konnte den zweiten Besuch nicht verheimlichen, weil er für diesen Besuch todsicher in den Kasten gehen müsste. Außerdem war der einzige Anwalt, den er kannte, der Kumpel von Mike. Der war auch der einzige, den Wolfe sich leisten konnte, den würde nämlich Mike bezahlen. Das bedeutete aber, dass dieser Anwalt Fragen stellen würde, deren Antworten vor allem auch Mike interessierten …

Scheiße. Riesenscheiße. Riesenfuckscheiße.

Und der schlimmste Gedanke, den Wolfe in den schmerzenden Tiefen seines auch im Normalzustand nicht sehr beweglichen Hirns gefunden hatte, hinter einer schwarzen Tür, die von Flammen umsäumt war, dem Eingang zur Hölle, war der: Wenn Mike wusste, dass das Ding in Bombers Bude war, dann hatte vielleicht Mike Bomber gekillt? Und wenn das so war, dann war Wolfes Leben jetzt einen Dreck wert. Denn es war eigentlich Wolfes Job gewesen, dafür zu sorgen, dass dieses Ding verschwand, das hatte Mike ihm damals befohlen.

Plötzlich ging die Tür auf. Wahrscheinlich kam jetzt wieder ein Bulle zur Ablösung. Wolfe schloss die Augen, um entweder einen rettenden Gedanken fassen oder das Denken für einen Moment ganz ausschalten zu können. Doch diesmal lief es anders. Die Stühle auf der gegenüberliegenden Seite des Tisches wurden gerückt, zwei Leute nahmen Platz, legten irgendwelches Zeug auf der Tischplatte ab und zogen dann die Stühle heran.

»Herr Schönlein?«

Die Bulette! Wolfe riss sich zusammen, öffnete die Augen und brachte ein fieses Grinsen zustande. Die Schlampe war tough, das musste er ihr echt lassen. Sie hatte sich geschminkt, soweit das ging, und sah ziemlich gut aus. Sie grinste ihn sogar an. Und der Anzugbulle neben ihr machte auf ganz entspannt, saß zurückgelehnt, ein Arm über der Rückenlehne, der andere auf die Armlehne gestützt, das Kinn lag auf dem Daumen der Faust, als wäre er bloß der Schiedsrichter.

»Darf ich Ihren Blick so interpretieren, dass Sie mit dem Namen Schönlein einverstanden sind?«

Die grinste immer noch. Respekt.

»Du darfst mich Wolfe nennen, wir sind doch verlobt, oder?« Wolfe hob die gefesselten Hände und fuhr sich durch die Haare, dann schüttelte er die stinkende, verklebte Pracht und lachte.

Die beiden Bullen guckten ihn ausdruckslos an. Nach einer Weile ließ Wolfe sein Lachen ausrollen und glotzte zurück. Die Bulette nickte, wandte den Kopf zu ihrem Kollegen und nickte weiter. Der nickte auch, wie so ein Scheißautoablagendackel.

Dann drehte sie sich wieder Wolfe zu und sagte: »Ach übrigens, wir zeichnen die Vernehmung auf, zur Protokollierung.« Sie zeigte zur Decke, und jetzt sah Wolfe dort eine Kamera, die auf sie drei gerichtet war. Er zuckte mit den Schultern.

Die Bulette fummelte in den Unterlagen auf dem Tisch herum.

»Ich muss Sie noch auf einen wichtigen Sachverhalt hinweisen. Diese Vernehmung bezieht sich nicht auf den Tatvorwurf dessentwegen ich Sie gestern Abend vorläufig festgenommen habe. Dieser Fall wird von den Kollegen des K 12 weiterbearbeitet, die sich im Laufe des Tages dann auch noch mit Ihnen unterhalten möchten.«

Wolfe blies die Luft aus und machte ein Is-mir-scheißegal-Gesicht, aber tatsächlich wurde er nervös. Wovon redete die Alte?

»Wir haben Fingerabdrücke von Ihnen in der Wohnung von Lars Rems gefunden. Sagt Ihnen der Name was?«

Wolfe versuchte, neutral zu gucken, was ihm ganz gut gelang, wie er fand.

»Ist auch wurscht, was Sie dazu sagen, denn wir haben ja Beweise, dass Sie in der Wohnung waren. Herr Rems ist in der Nacht von Sonntag auf Montag in seiner Wohnung einem Gewaltverbrechen zum Opfer gefallen. Können Sie dazu irgendetwas sagen? Um keine falschen Vorstellungen aufkommen zu lassen: Es handelt sich hier noch um eine reine Zeugenvernehmung, allerdings weise ich darauf hin, dass Kollegen gerade noch mal alle Spuren mit bei Ihnen gesicherten Asservaten, wie zum Beispiel Kleiderfasern, abgleichen, ob sich noch weitere Hinweise auf Ihre Anwesenheit in der Wohnung finden lassen, vor allem solche, die uns eine exakte zeitliche Bestimmung Ihrer Anwesenheit ermöglichen. Weitere Kollegen durchsuchen zur Stunde noch mal intensiv die Wohnung, da wir Grund zu der Annahme haben, dass Sie gestern in der Wohnung waren, was nicht gut wäre, denn Sie hätten dann einen polizeilich versiegelten Tatort betreten. Das mögen wir nicht, und außerdem ist es verboten.«

Was die Bulette da so grinsend servierte, führte zu einem heftigen Schweißausbruch bei Wolfe; er senkte den Blick, damit sie nicht sah, wie seine Augen hin und her zuckten.

Er brauchte absolut dringend einen Anwalt, aber der Zug war abgefahren, den Anwalt von Mike konnte er jetzt auf keinen Fall mehr anrufen.

»Herr Schönlein, haben Sie verstanden, was ich gerade gesagt habe? Möchten Sie vielleicht die Gelegenheit nutzen, von sich aus etwas zu erzählen?«

»Ich sage gar nichts.« Wolfes Stimme zitterte, aber der Satz beruhigte ihn ein bisschen. Genau, er würde einfach auf Zeit spielen. Sollten sie ihn doch wegen der Prügelei mit der Bullenfotze verknacken, das andere würde er einfach aussitzen, bis sie was Konkretes hätten. Dann konnte er ja weitersehen.

»Das ist Ihr gutes Recht, Herr Schönlein. Als Zeuge müssen Sie nichts aussagen, was Sie selbst belasten könnte. Das müssen Sie übrigens in keinem Fall, auch nicht als Verdächtiger oder Beschuldigter.«

Wie schaffte die das, so scheißfreundlich zu bleiben?

»Dann unterbrechen wir die Vernehmung und gehen einen Kaffee trinken, mein Kollege und ich. Ich höre, Ihr Magen ist nicht so stabil heute? Da werden Sie wohl keinen Kaffee mögen? Wie wär's mit Kamillentee?«

Wolfe guckte zur Decke, zum Boden hatte er jetzt lange genug geglotzt. Ein Handy klingelte, der Anzugbulle griff in seine Innentasche.

»Grewe.«

Er hörte dem Anrufer zu und brummte nur ab und zu »Ja« oder »Aha« und dann »Ach?«.

Mit einem »Sehr gut, Gerd, bringt sie sofort her«, beendete er das Gespräch und verstaute das Handy wieder im Jackett.

Dann sagte er zu der Bulette: »Gerd hat eine Pistole in Rems' Wohnung gefunden. War wohl gut versteckt, hinter einer Badfliese, aber gegen Gerd hatte das keine Chance.«

Die Bullen lachten, dabei standen sie auf. Als sie schon bei der Tür waren und der Streifenbulle ihnen aufschloss, fasste Wolfe einen Entschluss. Er atmete tief ein.

»Äh, Moment …«

Die zwei drehten sich um.

»Ach, möchten Sie doch einen Kamillentee?«

Natürlich, die Fotze konnte es nicht lassen. Aber Wolfe war am Ende eines Weges angekommen, den er viele Jahre gegangen war, einem Weg voller Blut und Drogen, dem Geruch von Benzin und der heißen Sonne auf dem Tank seiner Harley. Er hatte keine Ahnung, was jetzt auf ihn zukam, aber was auch immer es war, ein paar blöde Sprüche von der Bulette waren definitiv ein Scheiß dagegen.

»Ich will was aussagen.«

Die Bullen guckten sich an. Der Anzugtyp drehte den Kopf zu Wolfe, machte ein abschätziges Gesicht und sagte: »Ach nein, Herr Schönlein, wir trinken jetzt erst mal Kaffee.«

Als die Tür sich hinter den beiden schloss, heulte Wolfe laut auf.

»Ihr Wichseeeeeeer!«

Grewe und Therese gingen beschwingt den Flur entlang in Richtung Fahrstuhl.

»Ach, Grewe, manchmal öffnet der liebe Gott ein Türchen, oder?«

»Ja, aber du hast den Eintritt bezahlt, Therese. Es war nicht geschenkt.« Grewe drückte den Knopf.

»Daran erinnern mich diverse Knochen die ganze Zeit.«

Der Aufzug war da, die Tür schob sich auf.

»Wie lange wollen wir ihn hocken lassen?« Therese lehnte sich an die Wand der Kabine.

»Auf jeden Fall will ich erst mit Gerd über die Waffe gesprochen haben. Mit Sicherheit war sie das, was Schönlein in der Wohnung gesucht hat. Aber ich will nicht nur auf seine Aussage angewiesen sein, um rauszukriegen, warum sie so wichtig ist für ihn.«

Sie waren da, die Tür öffnete sich.

»Hast du wirklich Lust auf Kaffee?« Grewe sah Therese an.

»Ja, sehr.«

»Magst du die anderen noch mal in den Besprechungsraum holen? Wir warten dann dort auf Gerd.«

»Mach ich.«

Grewe bog in die Kaffeeküche ab. Während er einen frischen Filter einlegte, das Pulver hineinschaufelte und dann Wasser nachfüllte, dachte er nach.

Es war überraschend schnell gegangen, und Gerds Meldung kam zum optimalen Zeitpunkt. Glück. Das gehörte manchmal dazu, das wusste Grewe aus langen Jahren als Ermittler. Dennoch misstraute er Glück, Grewe glaubte an mühselige Arbeit, an Präzision und Akribie. An Beweise und Spuren, Indizien, Vernehmungen und Besprechungen, daran, dass man ständig alles um und um drehen musste. Natürlich wurden die meisten Tötungsdelikte noch am selben Tag geklärt, weil in den meisten Fällen eben ein dem Toten nahestehender Mensch die Grenze überschritten, das große Tabu gebrochen hatte. Mord und Totschlag waren in aller Regel eine persönliche Angelegenheit. Oft genug war der Mörder sogar derjenige, der den Toten vermisst meldete und sich mit aller Kraft an der Suche beteiligen wollte, und gerade deswegen ahnten die Ermittler schon häufig beim ersten Kontakt, dass sie einen Mörder vor sich hatten, der es noch nicht wahrhaben wollte oder glaubte, davonzukommen. Diese Ermittlungen glichen dann einem Weg zur Wahrheit, auf dem die Beamten den Täter führten, begleiteten, bis er genug Vertrauen gewonnen oder genug Zuversicht eingebüßt hatte, um zu gestehen, sich zu erleichtern. Grewe hatte mit vielen Kollegen darüber gesprochen, und keiner hatte den Augenblick des Geständnisses je als Triumph erlebt. Wenn das Gegenüber endlich sagte: »Also, ich war das«, dann trat meist nur Leere ein, Kälte. Keine Erleichterung, kein Hochgefühl.

Wenn man in den ersten achtundvierzig Stunden zu keinem Ergebnis kam, konnte es zäh werden. Und dann durfte man sich nicht vom Zufall abhängig machen, dann musste hart und ausdauernd gearbeitet werden …

Die Maschine gab ein brodelndes Zischen von sich. Grewe goss die schwarze Brühe in eine Thermoskanne um und suchte Milch, Zucker, Tassen und Löffel zusammen. Es dauerte, weil er die ganze Zeit mit dem Kopf bei Schönlein war.

Der Mann im Keller war Gewohnheitsverbrecher, Profi, auch wenn er durch seinen Lebensstil schon ziemlich ramponiert und eindeutig nicht der Hellste war. Aber er war in der Lage, Chancen abzuwägen. Wenn er etwas erzählen wollte, gegen den Kodex der Bruderschaft verstoßen, dann hoffte er, damit einen guten Deal zu machen. Bei seinen Gangsterbrüdern war er danach durch.

Grewe hatte die Vernehmung aus verschiedenen Gründen unterbrochen. Vor allem, weil er zuerst mit Gerd Drossel reden wollte. Sie mussten eine Vorstellung entwickeln, welche Bedeutung die gefundene Waffe für Schönlein hatte. Grewe glaubte nicht, dass die Waffe den Rocker in irgendeinem kriminellen Zusammenhang belastete. Das würde der schulterzuckend hinnehmen. Leute wie Schönlein jammerten nicht rum, wenn das Gesetz sie erwischte, sie sahen sich als außerhalb der Regeln stehend an. Hatte die Gesellschaft Probleme damit, dann ging ihnen das am Arsch vorbei.

Aber diese Waffe machte dem Kerl Angst, das war deutlich zu sehen gewesen. Und über Angst redete so einer gar nicht gerne. Grewe war sicher, dass eine erste Impulsaussage noch stark eingefärbt gewesen wäre von dem Versuch, sich selbst nicht zu schlecht darzustellen oder die Verbindung zu seiner Gang nicht mehr als nötig zu schädigen.

Natürlich barg ein solches Verhalten auch Chancen, dass der Mann sich in Widersprüche verwickelte, und durch die Unterbrechung gab Grewe ihm die Möglichkeit, sich zu fassen und seine Erzählung im Kopf zu üben.

Andererseits wussten die Polizisten jetzt noch gar nichts, was es ihnen wiederum schwer machte, Widersprüche in einer Aussage sofort zu registrieren. Nein, die Zeit spielte eher für die Ermittler und gegen die Nerven von Schönlein, da war sich Grewe sicher.

Er ging mit dem Tablett den Gang hinunter zum Besprechungsraum, wo die wenigen nicht ausgerückten Kollegen und Therese versammelt waren. Es gab großes Hallo über den »Chefkaffee«, und kaum hatte der Letzte sich eingegossen, kam Gerd Drossel in den Raum, eine Tüte mit der Waffe in der Hand. Er legte den Fund auf den Tisch, warf seine Jacke über die Stuhllehne und setzte sich hin. Übergangslos begann er seinen Vortrag.

»Also: Fund hinter einer Kachel im Bad, ganz geschickt gepolstert, dass man allein vom Klopfen kaum Verdacht schöpft, aber der Kitt um die Kachel war neuer als an anderen Stellen, na ja, ist auch egal.« Drossel winkte ab. »Modell Colt M 1911, Kaliber .45 ACP. War in den USA jahrzehntelang Ordonnanzwaffe der Armee, wird dort von vielen Polizeibehörden und Sondereinheiten immer noch verwendet. Das Kaliber ist in Europa bei Sportschützen sehr beliebt, bei Behörden oder Militär kommt es gar nicht zum Einsatz. Ich hab schon Fingerabdrücke genommen, aber da ist wenig Hoffnung. Wenn, dann allenfalls Teilabdrücke und viel Verschmiertes. Das Ding ist gründlichst abgewischt worden, was ja an sich schon einiges aussagt, denke ich.«

Die kleine Runde nickte.

»Die Waffe macht unserem Rocker ganz schön Angst. Da muss was sein.« Grewe tippte mit dem Zeigefinger auf den Tisch. »Was schlägst du vor, Gerd?«

Drossel schnaufte. »Ohne Fingerabdrücke bleibt nur ein Verfeuerungsnachweis und Vergleich mit der BKA-Datei. Vielleicht haben die was über das Ding.«

»Ist Munition drin?«

»Nein. Noch nicht mal ein Magazin.« Drossel war genervt.

Grewe bemühte sich um einen völlig forderungsfreien Tonfall.

»Gerd, ich weiß, dass der Beschuss für die KTU zeitraubend ist, aber ich möchte die Vernehmung von Schönlein erst fortsetzen, wenn ich was in der Hand habe. Wegen des Angriffs auf Therese kriegen die Kollegen sicher heute noch einen U-Haftbefehl, er läuft uns also nicht weg.«

Drossel griff sich die Tüte und sprang vom Stuhl.

»Dann ruf du schon mal in Wiesbaden an, ich krieche derweil vor den Kollegen auf dem Boden rum.«

Die Tür flog mit einem Krachen ins Schloss. Grewe blies Luft aus dicken Backen, dann lächelte er.

»Wer geht in zehn Minuten mit ins Fleur?« Alle Hände schossen nach oben, und Grewe beschloss im Stillen, für Gerd Drossel eine Flasche schottischen Whisky mitzubringen. Der König der Spurensicherer hatte es in Genussdingen eher mit Flüssigem …

Die Vernehmung des Pascal Benjamin Schönlein als Beschuldigter in einer Reihe von Straftaten zum Nachteil der Therese Katharina Svoboda sowie Verstößen gegen das Waffen- und Betäubungsmittelgesetz dauerte nur knapp vierzig Minuten und verlief völlig widerstandslos. Kriminalkommissar Bernd Stein und Kriminalhauptmeister Thomas Joos vom K 12 verließen gut gelaunt den Vernehmungsraum und machten sich direkt auf den Weg zum Untersuchungsrichter. Schönlein wurde mangels anderer Anweisungen von Polizeioberkommissar Klaus Terjung wieder in seine inzwischen gereinigte Zelle des Polizeigewahrsams verbracht, wo sich der künftige Untersuchungshäftling in eine Ecke kauerte, das Gesicht in den Händen verbarg und diese Haltung für mehr als zwei Stunden nahezu regungslos beibehielt. Dann kippte er schlafend zur Seite um.

11

Dr. Lyske wusch und desinfizierte gerade seine Hände, als er plötzlich zu Grewe schaute und fragte: »Wie geht es Ihrer Wunde?«

»Eigentlich gut, ich denke, ich könnte heute die Fäden ziehen lassen, wenn mir nicht die Zeit fehlen würde.«

»Aber Herr Grewe, haben Sie so wenig Vertrauen in mich?«, sagte Dr. Lyske. »Ich bin ordentlicher Mediziner, auch wenn ich eine etwas spezielle Patientenschaft habe.«

Grewe wurde ein bisschen rot. »Ehrlich, auf die Idee wäre ich nie gekommen, es tut mir …«

»Hören Sie doch auf. Ich habe Spaß gemacht, Herr Grewe.« Lyske lachte breit. »Setzen Sie sich hier hin. Wenn die Wunde gut aussieht, mache ich das sofort.«

Während der Rechtsmediziner sich Grewes Naht anschaute, kam Staatsanwalt Blum vom Rauchen zurück. Seine blassen Wangen hatten etwas Farbe vom kalten Wind bekommen, und sein Haar war für Blum'sche Verhältnisse verwegen zerzaust.

»Ah, nach den Toten die Lebenden.« Er strich sich die Haare wieder glatt.

»Die Reihenfolge nur aus Gründen dienstlicher Verpflichtung, nicht aus Neigung«, ließ sich Lyske auf dem Weg in einen Nebenraum hören. »Ich hole Besteck und Desinfektionsmittel, dann geht es sofort los.«

Blum setzte sich neben Grewe.

»Ich war sehr geschockt von dem, was Frau Svoboda da passiert ist. Bitte grüßen Sie sie herzlich von mir.«

»Darüber wird sie sich freuen, Herr Blum. Sie schläft jetzt hoffentlich im Ruheraum. Sie hat sich nicht nach Hause schicken lassen, und ich fürchte, sie wird auch bei einer eventuellen zweiten Vernehmung von Schönlein heute dabei sein wollen.«

Blum nickte.

»Bemerkenswerte Frau.«

»Ja, wirklich.« Grewe tastete vorsichtig nach seiner Wunde.

»Finger weg! Die gehört mir.« Lyske hatte Schere und Pinzette in der einen Hand, Tupfer und Desinfektionsmittel in der anderen.

»Wie könnten die nächsten Schritte aussehen, Herr Grewe?« Blum zupfte am Kragen seines Rollis, als wäre ihm plötzlich die Luft knapp geworden.

»Tja, schwierig. Wir haben Schönlein fest, das K 12 hat den U-Haftbefehl bekommen, und morgen bringen wir ihn hoch in die JVA. Sein Messer ist ja nun als Tatwaffe bei Rems ausgeschlossen. Und dieser Herzstich … Also so was traue ich dem Schönlein nicht zu. Nicht geplant.«

Das bezog sich auf den Bericht von Dr. Lyske. Der Rechtsmediziner hatte seine erste Annahme durch die Sektion bestätigt gesehen. Einer der Stiche saß perfekt zwischen dritter und vierter Rippe, die Klinge hatte noch nicht mal an einem Knochen geritzt. Sauber, ohne zu verkanten, war sie in Rems' Brust und Herz eingedrungen. Keiner der anderen Stiche war nötig gewesen, um ihn zu töten. Dieser eine hätte gereicht, Lars Rems binnen kurzer Zeit verbluten zu lassen. Auch bei der Tatwaffe glaubten Lyske und ein Kollege aus Drossels Truppe, der bei der Sektion dabei gewesen war, an sachkundig ausgewähltes Gerät. Eine zweischneidige Klinge, auf einer Seite lief sie in Richtung Heft jedoch in einen stumpfen Teil aus, was man am Wundrand erkennen konnte. Breite und Tiefe der Stiche passten zu den üblichen Maßen sogenannter Kampfmesser. Die Ausführung der Stiche war entschlossen und kräftig, keine unsicheren Probierstiche. Über die Reihenfolge konnte Lyske nichts sagen, aber wenn man die Kraft und Kampferfahrung von Rems in Betracht zog, dann war es wahrscheinlich, dass der Herzstich zuerst gekommen war und ihn lahmgelegt hatte. Die Blutuntersuchung hatte eine nicht allzu große Konzentration von THC und einen ebenfalls eher geringen Alkoholspiegel aufgewiesen, mehr zu Rems' regelmäßigem Drogenkonsumverhalten würde dann die Haarprobe ergeben.

Auffällig waren noch die Abwehrverletzungen an Armen und Händen, sie erschienen Lyske und dem Spurensicherer wenig ausgeprägt und hatten auch nur schwach ausgeblutet. Wenn der Herzstich tatsächlich der erste gewesen war, dann hätte Rems sich wohl nicht mehr gegen die anderen wehren können, woher dann die Abwehrverletzungen? Hatte er zuerst andere, weniger lebensbedrohliche Stiche erlitten, dann hätte er sich vermutlich heftiger gewehrt und also auch entsprechend schwere Abwehrverletzungen davongetragen. In Todesangst griffen Menschen ohne Zögern mit aller Kraft sogar in schärfste Klingen. Auch das Spurenbild der Wohnung widersprach einem heftigen Abwehrkampf. Die Masse von Rems' Blut war auf seiner linken Körperhälfte ausgetreten, sein T-Shirt war vollgesogen, dann hatte sich das Blut auf dem Teppich gesammelt. In dieser Lache hatten die Beamten die Leiche aufgefunden, es hatte also noch nicht mal im Todeskampf heftige Bewegungen gegeben. Alles sah danach aus, dass Rems den Herzstich am Boden kassiert hatte und dann innerhalb kurzer Zeit daran verstorben war.

Das ließ Raum für Spekulationen, aber eines hielten alle Zeugen der Sektion für recht unwahrscheinlich: dass hier eine spontane Exzesstat vorlag. Nein, alles deutete auf einen gut geplanten, entschlossen und kaltblütig ausgeführten Mord hin, bei dem der Täter nachträglich den Versuch unternommen hatte, ihn als Gemetzel darzustellen. Fraglich war, wie bewusst oder unbewusst er das getan hatte.

»Wir wissen eine ganze Menge, aber können damit noch nicht viel anfangen?« Blum lächelte teilnahmsvoll. Grewe nickte.

»He! Ich arbeite hier.« Lyske gab seinem Patienten einen Klaps auf den Oberarm.

»Entschuldigung.«

»Schon gut, ich hatte gerade den Faden raus. Nur noch desinfizieren, dann können Sie gehen.«

Draußen verabschiedeten sich Blum und Grewe mit der üblichen knappen Verbeugung voneinander.

»Falls Drossel etwas zu der Waffe aus Wiesbaden bekommen hat und uns das weiterbringt, rufe ich Sie sofort an, Herr Blum.«

»Das ist gut. Danke schön, und vergessen Sie nicht die Grüße.«

»Nein, sicher nicht. Wiedersehen.«

Blum nickte und ging in Richtung Straßenbahnhaltestelle. Grewe nahm sich vor, den Staatsanwalt irgendwann zu fragen, warum er nur in Notfällen in ein Auto stieg.

»Grewe!«

Drossels Kollege, der wegen eines Anrufs vorhin das Gebäude verlassen hatte, winkte aufgeregt.

»Das war Gerd am Telefon. Er hat Meldung aus Wiesbaden.«

Grewe ging schneller.

»Und?«

Breites Grinsen nahm die Antwort vorweg.

»Bingo«, sagte Grewe zufrieden, als er die Beifahrertür des blauen Transporters der Tatortbereitschaft öffnete.

Therese ließ ihre Unterlagen vor Schönlein auf den Tisch knallen. Doch der Rocker wurde nicht wacher davon. Er schien hinter einer Glaswand zu sitzen, die ihn von den drei Kriminalpolizisten, die ihm gegenüber Platz genommen hatten, trennte.

»Wassilij Drewniok. Geboren am sechzehnten Oktober neunzehnhundertneunundsechzig in Vuskramje, Weißrussland. Gestorben in der Nacht vom elften auf den zwölften Juni zweitausendfünf in Isernhagen-Neuwarmbüchen bei Hannover. Sagt Ihnen das was?«

Schönlein schaute Therese mit glasigen Augen an. Er atmete schwer. Therese hob die Augenbrauen übertrieben an.

»Ja-aa?«, fragte sie lang gezogen.

Schönlein schluckte, setzte zum Sprechen an, dann krächzte er bloß und schüttelte den Kopf.

Therese blies Luft aus, stemmte ihren Oberkörper vom Tisch weg und ließ sich mit dem Rücken gegen die Stuhllehne fallen.

»Also ich weiß nicht, wie's euch beiden geht, aber ich habe echt keinen Bock mehr, hier zu sitzen und darauf zu warten, dass Mister Körperpflege des Jahres die vergammelten Beißer auseinanderkriegt.«

Grewe und Drossel stierten Schönlein unverwandt an und zeigten keinerlei Reaktion. Therese beugte sich wieder vor und verschränkte die Arme auf dem Tisch.

»Okay, Schönlein. Vor ein paar Stunden wollten Sie unbedingt was loswerden, da hatten wir leider keine Zeit für Sie, weil unsere gewerkschaftlich ausgehandelte Kaffeepause anstand, die uns heilig ist. Vielleicht sind Sie ja beleidigt, weil Sie als freier Unternehmer so hart schuften müssen, während wir Beamtenärsche unserer sicheren Rente entgegendämmern. Aber so wie die Dinge liegen, verbringen Sie jetzt auch einige Jahre auf Staatskosten, damit nähern wir uns doch im Status einander an, oder?«

Schönlein fixierte einen Punkt an der Decke irgendwo hinter Grewe. Sein Atem beschleunigte sich, er schwitzte.

»Worüber denken Sie nach, Schönlein? Ob sie Drewniok kannten? Ob Sie zugeben sollen, dass Sie Drewniok kannten? Dass Sie Drewniok nicht kannten, aber gerne wüssten, what the fuck das mit Ihnen zu tun hat? Vielleicht wollen Sie mal ein Bild sehen?« Therese kramte in einem Aktendeckel und zog einen Fotoausdruck heraus. Sie warf ihn vor Schönlein auf den Tisch.

»Schauen Sie sich's unverbindlich an.« Therese zeigte mit dem Finger auf das Foto. Schönlein reagierte nicht. Nach einem Augenblick fischte Therese das Papier wieder zu sich her, betrachtete es und sagte dann mit gespieltem Entsetzen: »Ach du liebes bisschen. Das ist ja blöd. Man kann das Gesicht von Drewniok gar nicht erkennen.« Sie hielt Schönlein das Bild vor die Nase; der drehte den Kopf weg, aber sein Blick wurde doch wie magisch festgehalten, und er war jetzt kurz davor zu hyperventilieren.

»Weil das Gesicht nämlich weg ist, Herr Schönlein, hässlich, wie? Tja, sechs Schuss mit einer 45er. In den Kopf. Das ist echt böse, böse, böse.«

Der Rocker atmete mit weit offenem Mund mehrmals tief ein, um sich zu beruhigen, dann hob er die gefesselten Hände vor sein Gesicht und verharrte in dieser Haltung.

Therese schaute Grewe an, der tippte Drossel auf den Arm. Der Chef der Tatortbereitschaft beugte sich vor.

»Ich möchte das gerne konkretisieren, Herr Schönlein. Sechs Schuss aus genau der 45er, die wir heute in der Wohnung von Lars Rems gefunden haben. Das können wir anhand der Ergebnisse eines Verfeuerungsnachweises und dem Abgleich mit der Datenbank des BKA über Schussspuren aus nicht aufgeklärten Fällen gerichtsfest beweisen.«

Jetzt mischte sich Grewe ein.

»Sie denken jetzt vielleicht: Ja gut, was hat das mit mir zu tun? Ein Toter in Norddeutschland, eine Waffe in der Wohnung von irgendeinem Typen? Nun, wir haben uns darüber schon Gedanken gemacht. Soll ich Ihnen die eben erläutern?«

Grewe schaute Schönlein freundlich an, der nahm die Hände vom Gesicht und hielt den Blick gesenkt, während er fortwährend den Kopf schüttelte, eine sehr kleine, wie unbewusste Bewegung, als ob er etwas nur vor sich selbst leugnen wollte.

Grewe hob die Arme, legte die Hände hinter den Kopf und sah konzentriert zur Decke.

»Naheliegend ist natürlich, davon auszugehen, dass der mittlerweile verstorbene Lars Rems diesen Drewniok erschossen hat, da die Waffe ja in seiner Wohnung versteckt war. Wir sind dem auch schon nachgegangen, und sehen Sie, Herr Rems hat ein herausragend sicheres Alibi für diese Tat. Er befand sich vom Januar zweitausendfünf bis zum Juli desselben Jahres als Soldat im Einsatz in Afghanistan. Da kommt man nicht so eben mal raus, um in Deutschland jemanden zu erschießen.«

Grewe nahm die Hände wieder herunter, stützte den linken Ellbogen auf die Armlehne und schlug die Beine übereinander. Mit der Rechten fuhr er sich ein paarmal über die Stirn, dann legte er sie auf dem Tisch ab.

»Jetzt wird es zugegebenermaßen ein bisschen spekulativ. Wir haben also eine Mordwaffe aus einem alten Fall in der Wohnung eines Mordopfers aus einem neuen Fall. Dann haben wir einen Mann, Sie, Herr Schönlein, der mal in dieser Wohnung gewesen ist, das beweisen Fingerabdrücke. Weiterhin hatte das neue Mordopfer jahrelange Verbindungen zu einem Motorradclub, dessen Mitglied Sie sind. Wie wir hörten, war die Verbindung nicht immer problemlos, aber das wollen wir jetzt gar nicht erörtern. Interessant wird es, wenn wir einige Parameter des Drewniok-Mordes genauer betrachten. Drewniok war Chef eines mafiösen Netzwerks von Weißrussen, die vor ein paar Jahren ins Hannover'sche Rotlichtgeschäft drängten. Ebendieses Geschäft war eigentlich in der Hand eines großen Motorradclubs bezettwee des Hannover'schen Chapters eines ursprünglich amerikanischen Clubs. Kommen Sie mit?«

Grewe wartete keine Reaktion ab, Schönlein war immer noch mit Kopfschütteln beschäftigt. Hoffentlich drehte der jetzt nicht total ab.

»Die Weißrussen haben Ihren Rockerkollegen ziemlichen Ärger gemacht, und es sah nicht gut aus. Und dann finden unsere niedersächsischen Kollegen die Leiche von Drewniok in einem Waldstück nicht sehr weit weg von Hannover. Sie tun das Naheliegende und vernehmen alle bekannten Mitglieder des Rockerclubs, aber o Wunder: Restlos alle haben ein hieb- und stichfestes Alibi für den Tatzeitraum.«

Grewe nahm das linke Bein vom rechten und kam schnell aus dem Stuhl nach vorn.

»Wir wissen, dass viele regionale Clubs sehr bemüht sind, von der Mutter aller Motorradgangs anerkannt zu werden. Und wir wissen auch, dass ihr Club, die Skulls, offiziell Unterstützer der Angels ist und deren Wohlwollen genießt. Dieser ganze Scheiß wie im Paten, Sie wissen schon ... Du kommst hierher und bittest mich um einen Gefallen?«

Grewe lieferte zu den letzten Worten eine passgenaue Marlon-Brando-Kopie in Gesicht und Stimme. Drossel und Therese lachten.

»Und was wirklich interessant ist: Das offizielle Unterstützerpatch tragen die Skulls seit der zweiten Jahreshälfte zweitausendfünf.«

Alle diese Informationen hatten die Ermittler des K 11 natürlich von Burckhardt, der jetzt vermutlich auf dem Hof rauchte und gespannt auf die Ergebnisse der Vernehmung wartete.

»Aber wo ist jetzt Ihr Auftritt, fragen Sie vielleicht? Ganz einfach. Sie waren gestern Abend in der Wohnung von Lars Rems. Sie haben unser Polizeisiegel gebrochen, die Tür war nicht wirklich verschlossen, weil Kollegen der Bereitschaftspolizei sie hatten aufbrechen müssen, und so kamen Sie ganz problemlos hinein. Sie haben bloß einen ganz blöden Fehler gemacht: keine Handschuhe, man mag es kaum glauben. Und nun konnten wir an der Tür Fingerabdrücke von Ihnen sichern, die bei der vorhergehenden Untersuchung der Wohnung definitiv noch nicht da waren. Und der Abgleich neuer Faserspuren mit Ihrer Kleidung wird unsere Behauptung sicher stützen. Sie sind also, salopp ausgedrückt, am Arsch.«

Grewe wurde lauter.

»Uns bleibt nämlich nur ein Schluss, nämlich, dass Sie trotz Versiegelung ohne Vorsichtsmaßnahmen in die Wohnung Rems eingedrungen sind, um etwas zu suchen, das sehr, sehr wichtig für Sie ist. Und wir haben die Wohnung jetzt nochmals gründlich durchsucht, wobei wir nichts Interessantes gefunden haben, außer einer Waffe. Die Waffe, mit der Wassilij Drewniok erschossen wurde. Und mal ganz ehrlich, Herr Schönlein, unter diesen Umständen wäre ich ja blöd, wenn ich nicht davon ausgehen würde, dass Sie das waren. Oder? Und wenn ich schon so weit bin, dann liegt es doch auch nahe, Sie des Mordes an Lars Rems zu verdächtigen. Es drängt sich förmlich auf.«

Grewe hatte sich sehr weit vorgebeugt, fast lag er schon auf dem Tisch. Mit einem Mal schlug Therese die Faust auf die Resopalplatte und brüllte.

»Verdammt noch mal, jetzt sagen Sie endlich mal was, irgendwas. Das gibt's doch nicht, dieses Herumgesitze und Geseiere, als wären Sie nicht ganz dicht.«

»Therese.«

»Was? Ist doch wahr, Grewe. Mir reicht's einfach, ich habe das satt. Dieser Arsch hockt hier schlaff und verschwendet unsere Zeit. Du legst eine Eins-a-Indizienkette hin, an deren Ende steht, dass er zwei Leute umgebracht hat, und der glotzt bloß blöde. Gleich heult er, der …« Thereses Satz brach ab, und die drei Polizisten starrten fassungslos auf die andere Seite des Tisches.

Schönleins Gesicht war zu einer teigigen Grimasse verzogen, die nach unten gebogenen Mundwinkel zitterten. Seine Arme hingen nutzlos herab, die Schultern bebten, und Tränen liefen aus den tief in den Höhlen liegenden Augen.

Die Situation blieb einige Momente unverändert. Schönlein schluchzte, die Beamten starrten. Als Rotz aus der Nase des Häftlings lief, reichte Gerd Drossel ihm ein Papiertaschentuch, und Schönlein schnäuzte sich gründlich aus, was mit gefesselten Händen besonders mitleiderregend aussah. Dann atmete er noch einige Male tief ein und aus, bis das Zittern ganz aus seinen Luftzügen verschwunden war. Er schaute Grewe direkt in die Augen und sagte: »Perschel.«

Grewe erwiderte den starren Blick.

»Ja?«

Schönleins Augen rutschten kurz nach oben, es war fast nur noch das Weiße sichtbar.

»Der Präsi. Mein Präsi. Mike Perschel. Der hat den Russen gekillt. War ein Gefallen für die Angels, wie Sie gesagt haben.«

Schönleins Stimme wurde gegen Ende des Satzes immer brüchiger, sein Atem beschleunigte sich wieder. Dann hatte er sich im Griff.

»Ich sollte die Waffe verschwinden lassen. Das war ’ne ganze Weile nachdem der Russe tot war. Zu der Zeit hatte ich, na ja, Probleme mit Mike. Dachte, er ist kein guter Präsi für uns. Und ich konnte mir ausrechnen, dass er das war mit dem Russen in Hannover. Und da hab ich gedacht, die Wumme heb ich auf, man weiß ja nie. Und als Bomber, also Rems, dann die Beine weg hatte, da hat Mike dafür gesorgt, dass er ein bisschen dealen darf, mit Zeug aus unserem Geschäft. Ich war ziemlich oft bei Bomber und hab gemerkt, der hat auch irgendein Ding laufen mit Mike, aber Mike hat das nicht so gerafft, glaub ich. Mike hat echt an dem gehangen. Jedenfalls bin ich dann auf die Idee gekommen, dass die Waffe bei Bomber viel sicherer ist als bei mir, und, na ja, der war einverstanden.«

Schönleins Stimme kippte schon wieder nach oben weg.

»Ich war das nicht. Nicht mit dem Russen und auch nicht mit Bomber. Aber ich krieg echte Probleme mit Mike, wenn der checkt, dass ich gequatscht habe und die Waffe hatte und all das …«

Grewe hob die Hand, um den Redeschwall zu unterbrechen.

»Wir wissen, dass Sie Drewniok nicht umgebracht haben. Es ist komisch, dass Sie das vergessen haben, aber im März des fraglichen Jahres saßen Sie in U-Haft.«

Schönleins Blick flog zwischen den drei Polizisten hin und her.

»Sie müssen mir helfen.«

Grewe nickte langsam.

»Und was soll meine Kollegin hier dazu sagen?«

Schönleins Blick flatterte.

»Scheiße. Das … Fuck. Soll ich jetzt sagen, dass es mir leidtut?«

»Können Sie sich sparen. Sie werden dafür zahlen.« Therese mühte sich, unbeeindruckt zu klingen.

»Ich bin, was ich bin.« Leise, aber trotzig kam das von Schönlein.

»Ja. Das habe ich gesehen.« Therese spuckte ihm den Satz vor die Füße.

Grewe legte Therese eine Hand auf den Arm, während er zu Schönlein sprach. »Was ist mit Rems?«

»Ich weiß nicht. Ehrlich. Aber das kann nur Mike gewesen sein. Vielleicht hat er das gecheckt mit der Waffe. Oder …«

»Schwachsinn!«, fuhr Therese plötzlich auf. »Warum hat er die Waffe dann nicht gefunden?«

»Hab ich ja auch nicht.« Das stimmte, wenn Schönlein auch nicht gerade der Hellste war. Er und Therese starrten sich an.

»Sie wollten noch etwas sagen«, unterbrach Grewe die Stille.

Schönlein schloss die Augen und holte Luft.

»Wir haben ihn beschissen. Bomber und ich. Mit dem Stoff. Ich glaube, da war er hinterher.«

Therese zischte leise: »Sie stecken ganz schön in der Scheiße, Schönlein. Ich glaube, wir sind Ihre einzige Chance, da halbwegs gesund rauszukommen.«

Grewe schloss nahtlos an.

»Aber wir haben bisher nur Behauptungen von Ihnen. Keine Beweise, nichts. Damit bekomme ich vielleicht einen Haftbefehl gegen Perschel, aber ob der dann standhält, ist sehr fraglich.«

Grewe hoffte, dass vor Schönleins innerem Auge jetzt ein hässlicher Film ablief, in dem er selbst die tragische Hauptrolle hatte. Das verschwitzte Gesicht gegenüber machte zumindest diesen Eindruck.

»Shit. Was kann ich denn kriegen von euch? Zeugenschutz?« Schönlein lachte bitter.

»Es gibt Möglichkeiten. Kronzeugenregelung, Zeugenschutz. Aber das liefe dann alles über das LKA, ich kann Ihnen da nichts versprechen. Es hängt einiges von dem Wirkungsgrad Ihrer Aussagen ab.«

Der Rocker biss sich auf die Unterlippe und fixierte einen Punkt auf der Tischplatte, als ob dort eine Antwort auf existenzielle Fragen zu finden wäre.

Er murmelte: »Ich hab ja noch nicht mal 'nen Anwalt.«

»Das ist kein Problem. Sie haben Anspruch auf einen Pflichtverteidiger.« Grewes Herz schlug mit erhöhtem Takt, gleichzeitig wurde er von zuversichtlicher Ruhe erfüllt. Sie waren jetzt ganz nah dran, das spürte er.

Schönlein nickte ein bisschen abwesend.

»Ja. Das mach ich dann noch …«

»Herr Schönlein?«

Der Gangster löste endlich den Blick vom Tisch und sah erst Grewe, dann Therese an.

»Bomber hat damals das Magazin aus der Wumme genommen und mir mitgegeben. Als Versicherung. Ich hab's bei mir daheim. Ist sogar noch ein Schuss drin.«

Sie trafen sich zu einer nächtlichen Besprechung. Die SoKo »Rems«, Staatsanwalt Blum und OK-Chef Burckhardt. Zwei Kollegen des Dauerdiensts waren mit Schönleins Schlüssel unterwegs zu dessen Wohnung. Grewe hatte gerade seinen Bericht an Blum abgeschlossen. Der überlegte laut.

»In der Sache Drewniok bekomme ich mit großer Wahrscheinlichkeit jetzt schon einen Haftbefehl gegen Perschel. Im Falle Rems sieht es anders aus. Da haben wir im Wesentlichen Indizien. Gute und nachvollziehbare, aber nichtsdestotrotz …«

»Perschel hatte Motive, mehrere«, warf Therese ein. Sie zählte mit den Fingern auf. »Erstens Schönleins und Rems' Drogendeals hinter seinem Rücken, zweitens die Waffe in Rems' Bude.«

Blum nickte, wandte aber ein: »Vorausgesetzt, er wusste von diesen Dingen. Und weiterhin …«

Therese war nicht zu bremsen.

»Möglicherweise finden wir da noch mehr, wenn das Verhältnis zwischen Perschel und Rems so gespannt war.«

Blum fuhr ruhig fort: »Und weiterhin vorausgesetzt, Schönlein sagt die Wahrheit.«

Therese atmete resigniert aus. Blum beugte sich zu ihr. Er sprach sanft und eindringlich.

»Frau Svoboda. Persönlich glaube ich, dass Sie mit Ihren Überlegungen ganz richtig liegen. Persönlich. Aber als Staatsanwalt habe ich ein vitales Interesse daran, nur Haftbefehle zu beantragen, die von Bestand sind. Gerade im OK-Bereich ist niemandem mit Verhafteten gedient, die nach ein paar Tagen unter Absingen schmutziger Lieder wieder nach Hause spazieren.«

Burckhardt nickte zu diesen Worten.

»Es liegen gute Haftgründe in der Sache Drewniok vor, das kann ich nur wiederholen«, fuhr Blum fort. »Wenn wir anhand des Magazins eine Verbindung zwischen Perschel und der Waffe beweisen können, haben wir ihn fest. Es geht jetzt um eine Strategie des Vorgehens in der Sache Rems. Nehme ich den Verdacht schon mit in den Antrag, oder führen Sie und Ihre Kollegen erst mal Vernehmungen mit Perschel als Zeuge in dem Fall durch? Das gilt es zu entscheiden. Ich neige zu Letzterem.«

Grewe räusperte sich.

»Da bin ich ganz Ihrer Meinung, Herr Blum. Die Untersuchung des Magazins ist morgen früh schnell gemacht, und wenn sie positiv ausfällt, dann haben wir den Mann sicher hier sitzen und können ihm auf den Zahn fühlen. Wir sollten Rems da jetzt noch rauslassen. Ich habe das Gefühl, dass wir ohnehin zuerst noch die Befragungen in seiner Einheit sowie ein weiteres Gespräch mit der Witwe abwarten sollten, das schärft unser Bild.«

Allgemeine Zustimmung aus der Runde, auch Therese bekundete Einverständnis. Der SoKo-Leiter fuhr fort.

»Wir haben zwei Observationsteams vom MEK an Perschel dran. Sollte Gerd morgen an dem Magazin oder der Munition etwas Stichhaltiges finden, dann führt das MEK den Zugriff durch, das habe ich mit Derksen schon besprochen.«

Kriminalhauptkommissar Derksen war der Leiter des Mobilen Einsatzkommandos.

Estanza wunderte sich.

»Wollen die am helllichten Tag zugreifen? Ich dachte, die kommen bei gefährlichen Zielpersonen immer nachts.«

»Dazu kann ich was sagen«, meldete sich Burckhardt zu Wort. »Aus der Observation vor ein paar Jahren wissen wir, dass durch den regelmäßig verschobenen Tag- Nacht-Rhythmus von Typen aus dem Rotlicht die müden Stunden eher am späten Vormittag liegen. Da wanken sie dann aus ihren Puffs nach Hause. Außerdem sind Zugriffe im laufenden Bordellbetrieb immer mit ziemlichen Sicherungsproblemen verbunden und klar ein Job fürs SEK.«

»Und da wir die Kollegen nicht so ohne Weiteres in Marsch setzen können wie das MEK und wir außerdem eher mit einem Zugriff aus der Bewegung rechnen, haben wir uns für diese Lösung entschieden«, schloss Grewe die Rede des Kollegen ab.

»Zugriff aus der Bewegung. Ha, das klingt nach ordentlich blauen Flecken. Schade, dass ich nicht genug Klimmzüge fürs MEK schaffe.« Fuchs war schon dabei aufzustehen und fingerte nach seinen Zigaretten. Ein erleichtertes Lachen ging durch die Runde. Grewe schob seine Unterlagen zusammen und griff nach seiner Armbanduhr.

»Dann wünsche ich uns allen eine gute Restnacht. Vielleicht sind wir morgen Abend schon einen großen Schritt weiter.«

12

Mike Perschel nahm einen tiefen Zug von seinem Joint, hielt ihn so lange wie möglich in der Lunge und ließ den Rauch dann genüsslich aus Mund und Nase quellen. Seine linke Hand lag auf Ivankas Hinterkopf, um ihr Tempo zu dirigieren. Bei der Ukrainersau hatte sich das Botox echt gelohnt. Geile Blaslippen.

Mike hing bequem im schwarzen Ledersofa seines Büros, und er fühlte sich gut. Die Einnahmen der vergangenen Nacht konnten sich sehen lassen, er hatte selbst nicht schlecht gefeiert, und das hier war das optimale Programm zum Runterkommen. Kiffen und dazu ein Blowjob. Danach ab nach Hause und 'ne Runde pennen. Abends war Clubhaus angesagt, es gab das eine oder andere zu besprechen, und vor allem wollte er hören, ob irgendjemand wusste, was zur Hölle mit Wolfe los war.

Seine Eier zogen sich zusammen, er gab Ivanka einen kleinen Klaps, damit die Nutte seinen Schwanz aus der feuchten Höhle entließ, und brachte sich so in Position, dass er sich auf ihre Brüste entladen konnte. Die hatte Mike schließlich auch bezahlt.

»Mmmmh, Maaiik, mmmh, das macht misch so gail …« Ivanka stöhnte unbegabt und rieb sich die gepimpten Möpse.

Perschel röhrte kurz und laut, als er kam, dann zog er noch mal lange an seinem Joint und gab ihn dann der Ukrainerin.

»Zisch ab, Alte.«

Ivanka machte einen Schmollmund, zog am Joint und setzte dann einen Pornofilmblick auf, der ihr aber, weil sie übermüdet und total dicht war, verrutschte.

»O Maaik, isch will noch fickään, bin isch so gail …«

Perschel schob sie mit dem Stiefel von sich weg und stand auf, um seine Hose hochzuziehen. Er ging zum Schreibtisch, griff seine Sonnenbrille und die gefütterte Bomberjacke, steckte Handy und Schlüssel ein. Das Motorrad würde er hierlassen, Ralle sollte es in den Hof stellen. Er war so breit, dass er nicht vernünftig fahren konnte. Und den Führerschein zu verlieren, das machte nur unnötigen Stress.

An der Tür drehte er sich um.

»Jetzt komm schon, ich will abschließen.«

Ivanka stand schwankend vor dem Sofa, mit ihren Lackstiefeln war sie beeindruckende einssechsundachtzig groß, und außer denen trug sie im Augenblick nur diverse Piercings und ein schmales Lederhalsband. Perschel ließ seinen Blick über ihre Brüste nach unten gleiten und blieb an der bleistiftschmal ausrasierten Muschi hängen.

»Du willst ficken?«

Ivanka nickte bedröhnt und ließ ihre Zunge träge aus dem Mund schlängeln. Perschel nickte langsam. Dann bedeutete er ihr mit dem Zeigefinger zu folgen.

Ivanka stürzte beinahe, als sie sich nach ihrem Lackmantel bückte, der auf der Sofalehne hing, und kam nach zwei Versuchen auch hinein, dann stakste sie an Mike vorbei durch die Tür. Der schloss hinter ihr ab und folgte ihr nach unten. Sie musste sich an der Wand abstützen, bemühte sich aber um Haltung.

In der Bar war Ralle mit Aufräumen beschäftigt. Er leerte überquellende Aschenbecher, sammelte klebrige Gläser und Flaschen zusammen, wischte den dreckstarrenden Boden. Ralle war etwa einen Meter sechzig klein und wog gut fünfundneunzig Kilo. Er hatte das Gemüt und die Intelligenz eines Siebenjährigen, tatsächlich musste er schon so um die fünfzig sein. Mike goss sich einen kleinen Bourbon und Ivanka einen Piccolo ein. Sie stießen an, Perschel leerte seinen Whiskey in einem Zug, Ivanka tat dasselbe mit dem Piccolo, aber die Hälfte lief ihr aus den Mundwinkeln. Sie hielt sich am Tresen fest, ihre Knie knickten immer wieder leicht ein. Perschel trat hinter sie und schob seine Hand durch den Mantelschlitz zwischen ihre Beine. Er fasste fest zu und griff mit der anderen Hand nach ihren Brüsten. Ivanka schnaufte, Perschel brachte seinen Mund an ihr linkes Ohr und flüsterte: »Na, du geiles Stück, willst du richtig ficken?«

Die Frau nickte, ein Speichelfaden floss aus einem Mundwinkel.

»Ralle!«

»Ja, Mike?«, piepste der Klops.

»Wenn du die Schlampe hier durchgebumst hast, schiebst du meine Harley auf den Hof, klar?«

»Geht klar, Mike.« Die wässrigen Klopsaugen leuchteten gierig, während Ralle seinen Gürtel öffnete.

Ivanka versuchte, sich aus Perschels Griff zu befreien, aber der hob sie einfach hoch und trug die nur schwach um sich schlagende Frau zu der kleinen Drehbühne in der Mitte des Raums. Dort warf er sie ab wie einen Sack, und Ivanka blieb einfach liegen, die Hände vorm Gesicht. Sie klagte in ukrainischen Satzfetzen.

»Wehe, ich höre Beschwerden von Ralle, verstanden?« Mike gab ihr eine Serie von Ohrfeigen; zuerst schrie sie und unternahm halbherzige Versuche der Verteidigung. Schließlich gab Ivanka auf. Sie blieb einfach liegen, spreizte die Beine und legte einen Arm über ihre Augen. Ralle näherte sich stolpernd, seine Hose hing in den Kniekehlen, und sein Penis hing noch schlaff nach unten.

Perschel zog ein kleines Papierbriefchen aus der Hosentasche und warf es auf die Bühne.

»Viel Spaß, ihr zwei. Verliebt euch nicht.«

Als er laut lachend den Raum verließ, riss Ivanka dem Zwerg gerade das Koks aus den Fingern.

Die Sonne schien grell, es musste schon fast Mittag sein. Die Straßen des Bahnhofsviertels waren nahezu schneefrei, unter den Absätzen von Perschels Bikerstiefeln knirschte Streugranulat. In seinem Kopf drehte sich alles in langsamen Touren, er fühlte sich gut und musste immer wieder lachen, wenn er sich vorstellte, wie der fette Ralle gerade versuchte, einen hochzukriegen, während Ivanka vom Koks immer geiler wurde und den Zwerg zusammenstauchte.

Als ihm von dem Schlag gegen den Hals die Luft wegblieb, dachte er noch, dass die beiden Typen, die ihm entgegengekommen waren, so gar nicht nach Bahnhofsviertel ausgesehen hatten.

Grewe, Therese und Estanza saßen in dem unauffälligen Transporter, der dem MEK als mobile Einsatzzentrale diente.

Eine Seitenwand des Wagens war mit elektronischen Geräten gepflastert, darunter drei Bildschirme, einer zeigte die Perspektive der Kamera, die, unter einer Lüftungshaube auf dem Dach versteckt, auf den Eingang des »Hush-Hush« gerichtet war. Der zweite übertrug die Aufnahmen aus der in einem Rucksackdeckel verborgenen Kamera von Team drei. Der dritte bekam sein Signal aus einem winzigen Gerät, das im Jackenkragen eines Kriminalkommissars von Team eins saß. Team eins war das Angriffsteam.

Derksen stand hinter Grewe und zeigte auf den Schirm eins.

»Aus dem Puff ist vor gut zweieinhalb Stunden der Letzte rausgewankt. Perschel ist noch drin, befindet sich im ersten Stock. Bei ihm ist noch ’ne Dame aus dem Servicebereich, die tut, was sie am besten kann. ’tschuldigung.«

Derksen sah Therese an.

»Ich wusste gar nicht, dass Sie so old-school sind, Derksen.«

Therese lächelte. Derksen war verlegen. »Aber ich weiß das zu schätzen.« Therese grüßte lässig mit der Hand an der Schläfe.

Derksen nickte knapp und fuhr fort.

»Unten in der Bar wischt so’n Zwerg die Reste weg. Wir hatten um zwei Uhr, vier Uhr dreißig und sechs Uhr jeweils für ’ne halbe bis dreiviertel Stunde Beamte drin, die letzten beiden konnten Perschel live betrachten, er hat ziemlich gelitert und vermutlich auch alles an Wachmachern konsumiert, was durch Mund und Nase so passt.«

»Macht es in der Lage nicht Sinn, den Typ im Laden zu kaschen?« Estanza war ganz zappelig. Grewe lächelte, er wusste, dass der junge Kollege sich seit zwei Jahren mit dem Wunsch trug, zum MEK zu wechseln, er trainierte hart für den Aufnahmetest.

Derksen wiegte den Kopf.

»Ja und nein. Nach letztem Stand von vor knapp fünf Minuten lenkt die Dame Perschel gerade durch mündliches Abfragen ziemlich ab, und er hängt fertig im Sofa. Zwerg und Frau sind anscheinend keine Gegner. Wir könnten durch den Hintereingang rein, dann bloß noch die Treppe hoch, und wir stehen im Büro. Vorn in der Bar vier Mann zur Sicherung Kampfzwerg. Bingo.«

Grewe schaute gespannt zwischen Estanza und Derksen hin und her. Estanza hibbelte wie ein Grundschüler, der mal muss.

»Aber?«

Derksen kratzte sich am Hinterkopf, dann pulte er ein Stück Stanniolpapier aus der Jackentasche. Er entfaltete es, beugte sich hinunter, schob mit der Zunge seinen Kaugummi hinein und warf das zerknüllte Päckchen in eine Mülltüte, die am Geräteregal festgeklebt war.

»Na ja, erstens sind wir taktisch eher für Zugriffe aus der Bewegung, sprich mobile Lage, zuständig. Zugriff im Gebäude ist 'ne statische Lage, das macht das SEK besser als wir. Zweitens wissen wir zu wenig über die Situation im Gebäude; ist der Raum, in dem Perschel gerade bedient wird, abgeschlossen, was für 'ne Tür ist davor? Hat er Waffen bei sich oder irgendwo im Raum, ist der Zwerg unten bewaffnet, kann der Alarm nach oben geben? Weiterer Unsicherheitsfaktor sind die Drogen.«

Derksen war jetzt begeistert bei der Sache, und Estanza bekam vor Ehrfurcht rote Flecken am Hals.

»Ist die Zielperson verlangsamt oder eher aufgeputscht? Wie steht's mit der Frau? Wenn wir die Tür weghusten können, sind wir auch schnell genug am Mann, aber was ist, wenn der 'ne Panzertür am Büro hat? Haben die Zuhälter oft. Wasserhammer gibt's nur beim SEK. Also rödeln wir uns mit Sprengmitteln einen ab, und der macht drinnen in aller Ruhe seine Pumpgun oder weiß der Geier was klar. Rocker sind da unberechenbar, die haben mittlerweile schon Handgranaten oder sogar Panzerfäuste rumliegen.«

Derksen zeigte am Bildschirm eins auf ein Fenster der Fassade.

»Das geht in den Flur, wo das Büro ist, auf der Gebäuderückseite sind zwei Fenster, durch die man direkt ins Büro kommt. Durch die beobachten wir ihn auch gerade.«

Der MEK-Leiter schaute Estanza an. Der guckte nur fragend, traute sich aber keinen Mucks.

»Aber was für'n Glas der da drin hat, wissen wir nicht. Kann sein, die Kollegen seilen sich mit Schwung von oben ab und klatschen Scheiße ans Panzerglas. Zweiten Versuch haste dann nicht mehr.« Derksen grinste. »Außerdem: Durchs Fenster hüpfen ist klassisch bei statischer Lage, also SEK.«

Mit einer wischenden Handbewegung fuhr Derksen den Straßenabschnitt auf dem Bildschirm nach.

»Nee, nee. Das hier ist genau unser Ding. Wir sehen den Mann gehen, können daher den körperlichen Zustand besser abschätzen. Wenn er Waffen hat, dann nur am Mann, da können wir ihn abhalten. Ist er in Begleitung, wird die von einem zweiten Team separiert. Klare Sache für uns, da sind wir absolut Herr der Lage.« Derksen nickte, dann fasste er nach seinem Ohrknopf.

»Alpha hört.«

Der MEK-Chef fixierte einen Punkt über den Bildschirmen und konzentrierte sich auf den Funkspruch.

»Verstanden. Aus.« Mit Blick zu Grewe fuhr er fort. »Es geht gleich los. Perschel ist dabei, das Büro zu verlassen.«

Dann drückte er wieder den Ohrstöpsel fester.

»An alle Stellen, hier ist Alpha. Ziel bewegt sich, mit Zugriff rechnen. Eventuell eine weitere Person, Alpha vier als zweites Zugriffsteam bereit machen, kommen.«

Derksen wartete die Quittierung des Befehls ab, dann betrachtete er konzentriert den Eingang des »Hush-Hush« auf dem Bildschirm.

Die drei Kripobeamten sahen am Bildrand, dass zwei Männer aus einem Hauseingang traten, einer hatte ein Handy am Ohr und telefonierte hektisch, der andere glotzte unbeteiligt in die Gegend. Beide bewegten sich langsam, immer wieder stehen bleibend auf Perschels Puff zu. Das Telefonat schien den Mann zu verärgern, er gestikulierte wild, dem anderen war es offensichtlich peinlich.

»An Dierstein ist ein Schauspieler verloren gegangen«, feixte Derksen. »Telefonieren spielt er am liebsten.«

Überhaupt war das Mimikry der MEK-Leute beeindruckend. Wenn man nicht wusste, wer sie waren, dann fielen sie im Straßenbild wirklich nicht auf. Sie standen nicht einfach rum, sondern bewegten sich zyklisch, entfernten sich auch mal auf Blockweite und blieben eine Weile weg, wurden dann von Kollegen ersetzt. Allein, zu zweit, auch mal in einer Dreiergruppe schlenderten sie oder blieben an günstigen Stellen verborgen. Insgesamt waren zwölf Beamte an dem direkten Zugriff beteiligt, vier trieben sich immer in direkter Nähe des »Hush-Hush« herum.

»Da!« Estanza zeigte aufgeregt auf einen Hofeingang, etwa fünf Meter neben dem Eingang des Puffs. »Das isser doch?«

Derksen schaute hin, nickte und drückte wieder den Ohrstöpsel fest.

»An alle Stellen, hier Alpha. Ziel auf der Straße, ohne Begleitung. Zugriff nach eigenem Ermessen freigegeben. Eigensicherung beachten. Rock 'n' Roll.«

Mit offenem Mund sahen die drei Mordermittler auf dem Bildschirm, wie Perschel sich selbstgefällig streckte und dann leicht schwankend auf dem Bürgersteig schlenderte. Gerade als er seine Sonnenbrille von der Stirn auf die Nase schieben wollte, kam er zwei ihm entgegengehenden MEK-Männern auf Armlänge nahe. Der ihm Nähere der beiden zog mit einer ansatzlosen Bewegung seinen Ellbogen mit Schwung nach oben und vorn, dabei schlug er Perschel mit voller Wucht gegen den Kehlkopf. Im Vorbeigehen trat der Beamte Perschel mit Schmackes in die Kniekehle, und der sackte zusammen. Im Fallen hatte sich der zweite MEK-Mann schon ein Handgelenk des Rockers gegriffen, den Arm über seinen Kopf gehoben, sich selbst darunter durchgeschoben, und so knallte Perschel mit nach hinten verdrehtem Arm aufs Pflaster. Der Polizist, der den Arm hielt, kniete dicht neben dem Rocker, drückte den Arm in einer offensichtlich extrem schmerzhaften Position nach oben und presste ihm gleichzeitig ein Knie aufs Schulterblatt. Sein Kollege hatte ein Knie auf Perschels Rücken, das andere nagelte den freien Arm des Zuhälters auf dem Bürgersteig fest. Eine Hand lag bleischwer auf dem Kopf des Verhafteten, während die andere Kabelbinder vom Gürtel des Beamten riss.

Wie aus dem Nichts waren acht weitere Beamte aufgetaucht, vier mit gezogenen Pistolen zur Sicherung, einer ebenfalls mit Kabelbinder in der Hand, drei hatten ihre Dienstausweise in der Hand und postierten sich im nahen Umkreis des Geschehens, um Passanten vom Eingreifen abhalten zu können.

Derksen zog den Ohrstöpsel raus und nickte den drei Kollegen zu. Alle standen auf und sprangen aus der von Derksen geöffneten Seitentür des Transporters. Der Verkehr in der Seitenstraße des Bahnhofsviertels war eher ruhig, deswegen kamen sie alle flott auf die andere Seite. Sie hörten schon von drüben die Schreie. »Polizei!«, »Sie sind vorläufig festgenommen! Widerstand einstellen!« Und wieder »Polizei!«

Perschel bekam kaum Luft, war zu Widerstand gar nicht fähig.

Ruckzuck hatten die MEK-Leute ihm Kabelbinder um die Handgelenke gezurrt und ihn auf den Rücken gedreht. Für das, was sie gerade taten, als Grewe und die anderen bei dem Tumult ankamen, war »Durchsuchung« nicht das treffende Wort. Perschel wurde eher gefleddert.

Sie rissen ihm die Jacke auf, das T-Shirt nach oben, einer zog Perschels Gürtel nach dem Öffnen gleich komplett aus der Hose, ein anderer zog die Lederhose so heftig nach unten, dass die Knöpfe einfach absprangen. Die Schlangenlederstiefel flogen durch die Luft. Dann ratschte ein dicker Kabelbinder auch um die Fußgelenke des Zuhälters. Die MEK-Jungs standen bis auf einen alle auf und öffneten den Kreis für die Kripokollegen. Der eine Beamte kniete immer noch neben Perschel und hielt ihm seine Glock Neun Millimeter unmissverständlich an die Stirn.

Da lag er nun. Blut lief aus der Nase, er hustete. Sein Schwanz zog sich in der kalten Luft zusammen, und an den Füßen hatte er dreckige weiße Socken.

Grewe nahm den Personalausweis, den ihm ein MEK-Mann reichte, sah kurz drauf und beugte sich dann nach unten.

»Herr Perschel, das ist aber schön, dass wir uns mal kennenlernen. Grewe mein Name. Sie sind wegen Verdacht des Mordes an Wassilij Drewniok vorläufig festgenommen, und da ich den Eindruck habe, dass es Ihnen zurzeit schwerfällt, längeren zusammenhängenden Sätzen zu folgen, spare ich mir die Belehrung für später auf. Willkommen im Polizeigewahrsam.« Er nickte und lächelte freundlich.

Die Glock entfernte sich von Perschels Stirn, und der Zuhälter konnte auch endlich unfallfrei atmen. Er versuchte sich hochzustemmen, aber der Outdoorschuh eines der harten Jungs auf seiner Brust überzeugte ihn, dass es besser war, einfach so herumzuliegen und die Dinge auf sich zukommen zu lassen.

Eigentlich nicht seine Art, aber was sollte er machen?

Zwei

This is my rifle.
There are many like it, but this one is mine.
My rifle is my best friend.
It is my life.
I must master it as I must master my life.
My rifle, without me, is useless.
Without my rifle, I am useless.
I must fire my rifle true.
I must shoot straighter than my enemy who is trying to kill me.
I must shoot him before he shoots me.
I will!
(…)
Before God, I swear this creed.
My rifle and myself are the defenders of my country.
We are the masters of our enemy.
We are the saviors of my life.
So be it, until there is no enemy, but peace.
Amen

»Rifleman's creed«
United States Marine Corps

13

Grewe hielt die Hand prüfend in den Wasserstrahl, es dauerte immer ewig, das Wasser für seine Rasur musste fast kochend heiß sein. Als es so weit war, schloss er den Abfluss des Waschbeckens mit dem kleinen Hebel unter dem Hahn und hielt seinen Rasierpinsel in den dampfenden Strahl. Er strich das Wasser mit dem Pinsel über Wangen und Hals, genoss dabei den leichten Schmerz und hatte das Gefühl, allein durch die Hitze würden sich die Stoppeln schon auflösen. Dann drehte er das heiße Wasser ab, ließ ein wenig kaltes ins Becken laufen und schäumte dann den Rasierschaum auf, der für etwas Abkühlung sorgte und sich wie geschlagene Sahne anfühlte.

Der Rasierer zog danach widerstandslos seine cremige Bahn über Grewes Gesichtshaut. Handtuch, lauwarmes Wasser, noch mal Handtuch und abschließend die feinen Nadelstiche des adstringierenden Rasierwassers, der frische Duft. Erst dann fühlte sich Grewe sauber und bereit für den Familientag.

Samstag. Ausschlafen.

Stina hatte die erste Hunderunde übernommen und dabei Brötchen gekauft. Sie waren noch warm, das konnte Grewe bis ins Bad riechen. Ein Glück ohnegleichen, dass es in der Stadt noch einen solchen Bäcker gab. Einen echten Handwerksmeister.

Morgen, am Sonntag, durfte dann Stina in den Federn bleiben, und Grewe würde mit Oskar früh nach draußen in den Stadtwald fahren, dort eine dreiviertel Stunde langsam joggen, um nach einer Woche Trainingsabstinenz wieder in Schwung zu kommen. Auf dem Rückweg würde er ebenfalls Station beim Bäcker machen, und dann war der Feiertag gerettet.

Die gestrige Festnahme von Mike Perschel hatte Grewe tief befriedigt, auch wenn es noch ein gutes Stück Weg war, bis sie wussten, ob er Rems getötet hatte oder nicht.

Aber es war für ihn keine Frage, dass sie ihn wegen Mordes an

Drewniok würden einbuchten können, und Burckhardt war darüber ganz glücklich gewesen. An Typen wie Perschel verzweifelte man als Bulle oft. Berufsverbrecher, überzeugte Outlaws, jeder wusste, sie begingen eine Straftat nach der anderen, aber weil sie eben meist keine Affekttäter waren, gingen sie geschickt vor, geplant, überlegt, immer den Ausgang im Blick, immer jeden möglichen Fehler bedenkend. Bekam man sie in die Finger, hatten sie fähige Verteidiger, weil sie sich das leisten konnten. Zeugen und Alibis schossen nur so aus dem sumpfigen Boden, der sie alle nährte.

Aber jetzt sah es mal gut aus. Sie hatten Perschels Fingerabdrücke auf dem Magazin und der Munition in Schönleins Wohnung gefunden. Es war ein Originalteil des US-Herstellers, und der Produktionszeitraum des Magazins passte zu dem der Tatwaffe im Fall Drewniok. Es konnte das mit ausgelieferte Magazin der Waffe sein.

Sie hatten eine Aussage von Schönlein, gut, nur eine Behauptung erst mal, aber Schönlein musste sich von nichts reinwaschen, jedenfalls nicht in Bezug auf den Mord an dem Weißrussen, da hatte er das beste Alibi der Welt. Seine Aussage wurde dadurch glaubhafter.

Jetzt mussten sie rauskriegen, wie es um Perschels Alibi zur Tatzeit stand, das würde nicht einfach werden. Sie konnten nicht darauf rechnen, dass der Rockerboss mit ihnen redete. Der würde den Rand halten und seinen Anwalt alles Entlastende zusammensuchen oder zur Not auch »besorgen« lassen. Belastendes zu finden würde mühsam sein. Aber möglicherweise fanden sie ja nun auch konkrete Hinweise auf Perschel im Fall Rems.

Am Montag würden er und Therese noch mal mit Samantha Rems sprechen, der Witwe. Sie hatte schließlich als Erste und sofort nach Überbringung der Todesnachricht die Skulls beschuldigt. Sie hatte vor Jahren in dem Milieu verkehrt, sie kannte Perschel.

Der Mord an ihrem Mann war jetzt eine Woche her. Sie hatte stark gewirkt und wie eine Frau, die eine Menge über die dunkle Seite des Mondes wusste. Vielleicht war sie jetzt in der Lage, genauer und ruhiger nachzudenken. Es musste etwas geben.

»Greeewe! Früüühstück!«

Grewe sah sich im Spiegel, er rieb sich offenbar schon seit Minuten das längst verflogene Rasierwasser in die Wangen. Das kam davon, wenn man sich am Samstagmorgen wegtragen ließ von Gedanken an die Arbeit.

»Kommeee!«, rief er laut.

Das war vielleicht nicht das beschissenste Wochenende in Wolfes Leben, aber es war auf der Rangliste der beschissenen Wochenenden sehr weit oben. Seit gestern Mittag hockte er in der JVA in U-Haft. Sein vollgekotztes T-Shirt und die ziemlich mitgenommenen Jeans hatte er wegwerfen und sich auf eigenen Wunsch Anstaltskleidung ausgeben lassen. Auf Arbeit verzichtete er vorerst. Er wollte keinen Kontakt zu anderen Knackis, und er brauchte Zeit zum Denken.

Sein gewohntes Leben war innerhalb von ein paar Tagen in Trümmer gegangen, und über eine Alternative hatte er nie nachgedacht. Unter den jetzigen Umständen boten sich da auch nicht so viele. Er bekam einen Pflichtverteidiger, der sich aber erst am Montag einfinden würde, der Mann genoss jetzt noch sein Wochenende. Mit dem musste er dann besprechen, wie es weiterging. Die Sache mit der Bulette war passiert, er hatte alles zugegeben, und er würde auch nichts zurücknehmen, egal, was der Anwalt sagte. Außerdem gab es noch dieses Kronzeugending, da bekam man doch Strafnachlass? Und dann ab in ein Zeugenschutzprogramm.

Er hatte Angst davor, in so ein Programm zu gehen, aber vor dem, was ihm drohte, wenn er nicht von der Bildfläche verschwand, hatte er deutlich mehr Angst.

Noch vor Kurzem hatte Wolfe einen seiner Lieblingsfilme auf DVD geglotzt, »Goodfellas«, der endete mit den Bildern eines Mafiagangsters, der alle Kumpels ans Messer geliefert hatte und jetzt im Zeugenschutz war. Ein trostloses Leben in einer Eigenheimhölle. Und der hatte wenigstens eine Frau und Kinder, auch wenn ihm das anscheinend nicht viel half.

Wolfe würde in so einer Scheißbude alleine hocken. Und wie sah das überhaupt finanziell aus? Er hatte ein bisschen was auf der hohen Kante, aber weit kam er damit nicht. Und arbeiten? Vor drei Millionen Jahren hatte er mal einen Beruf gelernt. Wolfe musste unwillkürlich lachen, als er sich selbst wieder als Maurer vorstellte. Heute würde er noch nicht mal zwei Ytongsteine gerade aufeinandergestapelt kriegen.

Was hatte der Anzugbulle gesagt? Es hinge viel vom Wirkungs … dings seiner Aussagen ab. So wie Wolfe das verstanden hatte, musste er ein bisschen mehr erzählen, als bloß dass er glaubte, Mike hätte den Russen kaltgemacht. Das Problem war, Wolfe befürchtete, dass er gar nicht so viel wusste, wie die Bullen hofften. Er war immer nur ein Fußsoldat gewesen, einer fürs Grobe. Mit Fußsoldaten redete keiner über das große Geschäft. Mike war schon ein cleverer Typ, der hatte sogar Aktien und so Zeugs, kaum zu glauben. Das machte eben den Unterschied. Mike war genauso ein harter Rocker wie Wolfe, vielleicht sogar härter. Er soff und rauchte und sniefte, was er konnte, er fickte und prügelte, er drohte und machte Drohungen wahr. Aber er hatte auch Hirn.

Mike war ein Typ, vor dem man Angst haben sollte, das war gesünder. Selbst für einen Bruder.

Und vor allem für einen Bruder, der mit den Bullen quatschte.

Therese hatte Grewes Angebot, das Wochenende mit ihm und der Familie zu verbringen, abgelehnt. Es war verführerisch gewesen, ohne Frage. Die Grewes waren eine laute und konfliktfreudige Familie, aber sie waren eben vor allem eine Familie. Das gab es nicht mehr so oft heutzutage, fand Therese. Die riesige Maisonettewohnung beherbergte ein Sammelsurium von Resten aus Stinas Studentenleben, Ikeazeug und Flohmarkt. Viel Holz und dicke Kissen, ein uralter Küchentisch. An die zweihundert Quadratmeter Geborgenheit. Sie würde ausschlafen dürfen, mit wunderbarem Essen vollgestopft werden, und es bestünde ein durchgehendes Betreuungsangebot zur Auswahl: Gespräche, Spiele, Fernsehen, Hundespaziergänge oder einfach nur faul sein, rumliegen, lesen, in Ruhe gelassen werden. Und wenn es hart wurde, gab es viele weiche Grewe-Arme, um sich trösten zu lassen. Ja, es war ein großartiges Angebot.

Aber Therese hatte das Gefühl, sie würde damit nur etwas nach hinten verschieben, dem sie sich früher oder später stellen musste. Und sie war in solchen Lagen immer für früher. War man früher drin, kam man auch früher wieder raus.

Ihr Samstagsprogramm stand fest, ausschlafen hatte sie schon abgehakt, momentan war sie bei Punkt zwei, langes Frühstück. Der Tisch bog sich unter dem Angebot, als würde Therese noch auf ein paar Leute warten. San-Daniele-Schinken, Coppa di Parma, Bresaola, Oliven, getrocknete Tomaten, eingelegte Paprika und Auberginen, Scamorza und Pecorino, dazu frisch aufgebackene Ciabattabrötchen und für den Süßhunger ein ganzer Panettone. Ein gekochtes Ei und fünf bescheuerte Zeitschriften, die sie sonst nur beim Friseur las. Ein Hoch auf Giuseppes Laden an der Ecke. Im Briefkasten war das örtliche Werbekäseblatt gelegen. Normalerweise feuerte Therese das Teil ungelesen in die Tonne, aber heute stöberte sie die Seiten durch und war überrascht, was es für Veranstaltungen in der Stadt so gab, genauer gesagt, was für klar eingekreiste Interessengruppen. Da gab es die Familienprogramme mit Kleinkindern und die für Rentner. Diverse Sportprogramme, diese Kategorie war während der Wintermonate aber offensichtlich eher klein. Einige schwul-lesbische Termine gab es auch; noch vor zehn Jahren hätte man die sicher nicht aus dieser Zeitung erfahren.

Sie griff zum Handy und suchte die Nummer von Martina, der Kollegin der Spurensicherung. Sie ging nach dem zweiten Klingeln dran.

»Hi, Liebe, hier ist Therese. Ach, ganz gut soweit … Sag mal, hast du heute schon was vor? Super. Hör mal, ab fünfzehn Uhr ist Frauensauna in der Agrippa-Therme, das tut meinen blauen Flecken gut, und abends, also lach jetzt nicht, Weiberparty in der Tonhalle … Ja, ich auch nicht, seit dem Abi. Halt, stimmt nicht. Ich war doch ein Jahr bei der Jugendprävention. Da waren wir öfter mal da. Ja, und heute ist es ein Ü-30-Schuppen … Was? Eben, sage ich doch. Also kommst du so um halb drei, wir trinken noch 'nen Kaffee bei mir und dann geht's los? … Ach du, ich freu mich so. Tschau.«

Therese legte auf, schnitt sich ein Brötchen auf und bestrich es mit Butter. Frauensauna, Weiberparty. War das jetzt ihr Leben? Eine Gezeichnete, die sich vor Männern versteckte? Zwei Scheiben San Daniele schmiegten sich auf die Butter

Und wenn schon. Dann musste sie sich immerhin nicht so viele Gedanken über ihren Hüftumfang machen. Therese legte drei große Stücke Pecorino auf den luftgetrockneten Schinken und biss mit wohligem Seufzen ein Stück ab.

Die Zellentür fiel hinter Mike Perschel zu. Die Schließer hatten Schiss, von drei Mann war er begleitet worden, die Fesseln hatten sie ihm erst unmittelbar vor der Zellentür abgenommen. Es war Mike scheißegal, wie sie mit ihm umgingen oder was sie dachten. Und wenn sie Angst vor ihm hatten, umso besser. Er würde hier sowieso nicht lange sitzen. Das Gespräch mit Uwe, seinem Anwalt, war kurz und unaufgeregt gewesen. Mike machte sich ohnehin keine Sorgen. Diese Drewniok-Nummer, mit der sie da gekommen waren, konnte ihm nichts anhaben, das hatte Uwe klar gesagt. Und Uwe wusste noch nicht mal, was Mike wusste. Uwe musste das auch noch nicht wissen, der Anwalt war sich sicher, seinen Mandanten bei der aktuellen Lage bald aus der U-Haft zu kriegen. Was glauben die, wer sie sind, dich mit so einer Luftnummer einzubuchten, hatte Uwe geschnaubt. Mike würde also den Rand halten und einfach abwarten. Er hatte zur Not einen todsicheren Backup, den er jederzeit aktivieren konnte. Beim Gedanken daran musste Perschel grinsen, das wäre eine ziemliche Überraschung für die Penner.

Das Einzige, worüber er gründlich nachdenken musste, war, wer ihn da in die Pfanne gehauen hatte. Es kamen nicht viele in Betracht, von seinen Jungs hier eigentlich nur Katsche und Wolfe. Und Wolfe war schon ein paar Tage verschwunden. Der Gedanke daran ließ eine gewaltige Wut in Mike Perschel aufsteigen. Verrat. Das war das Erste, worum er sich kümmern musste, wenn er raus war. Und wer es auch war, er würde das alles sehr bedauern. Plötzlich wurde es eng in Mikes Luftröhre, seine Brust war wie von einem Ring umschlossen. Die Zellenwände rückten ihm auf den Pelz, und sein Atem beschleunigte sich. Fuck. Was war das denn? Wut und Panik tobten gleichzeitig in seinem Inneren, es rumorte in seinem Darm, und seine Eier zogen sich zusammen. Er biss fest die Zähne zusammen und spannte seine Muskeln, bis er glaubte, knallrot zu sein. Dann ließ er plötzlich locker und blies die Luft mit Macht aus. Dann atmete er sehr tief und langsam, der beginnende Schwindel ebbte ab, und die Wände blieben, wo sie waren.

Zum Runterkommen legte er sich auf die Pritsche. Er spürte jetzt auch die Schmerzen wieder. Die Bullenwichser hatten ihn ordentlich ramponiert bei der Festnahme, aber er hatte sich schon schlimmer gefühlt in seinem Leben. Drauf geschissen. Der Kater und der kalte Schweiß vom Koksabbau machten ihm auch nicht viel aus. Nur das Ficken fehlte ihm jetzt schon, so war das immer in U-Haft. Wie auf Kommando bekam er einen Ständer. Sollte das hier länger als ein paar Tage dauern, dann würde er entweder einen korrupten Schließer finden müssen, der ihn mal ein bisschen mit Ivanka oder einer anderen Nutte allein ließ, oder Uwe musste für ihn Gemeinschaftsunterbringung beantragen. Da gäbe es dann allerhand zur Aufmunterung. Ein Joint und ein Bubiarsch waren ihm immer noch lieber als Hagebuttentee und die eigene Hand. Mit Wichsen tat er ja niemandem weh.

36°74′ Nord – 68°98′ Ost

»Also, was haben wir denn nun da vorne?«

Leutnant Georgi, der EOD-Truppführer verbreitete entspannte Stimmung. Klar, Aufregung konnten die Jungs am wenigsten brauchen.

»Der Junge hat 'ne selbstgenähte Stoffweste mit vielen Taschen um. Darin rechteckige Pakete, aus denen Kabel unter die Kleidung geführt sind. In jeder Hand hat er so Carrerabahnregler, die er nach unten drückt.«

Komisch, mit Georgi hatte er weniger zu tun als mit dem Oberfeldwebel, aber der Name war sofort da.

»Hmm. Schließauslösung. Also steht er entweder nicht freiwillig da, oder er soll warten, bis richtig viele von uns um ihn rumstehen.«

Von hinten trat ein Hauptfeldwebel an den Truppführer heran. Die EODs brauchten das ganze Gefechtsgeraffel nicht zu tragen, deswegen konnte man vorne auf ihren Schutzwesten wenigstens die Dienstgradabzeichen sehen.

»PackBot klarmachen?«

Der Leutnant überlegte.

»Weiß nicht, scheint 'ne eindeutige Sache zu sein, und der Roboter kann da gar nix machen. Müssen wir schon selber ran.«

»Der Junge ist an den Toten daneben gekettet.«

Die beiden EODs guckten ihn an.

»Mann, ist das krank.« Der Hauptfeldwebel spuckte aus.

Leutnant Georgi rieb mit der flachen Hand schnell über seine Nasenspitze, vielleicht juckte ihn da was.

»Was ist mit Bomber?«

Wovon redete Georgi?

»Rems. Was macht der bei dem Jungen?«

Rems. Bomber Rems. Oberfeldwebel Rems. Das gab's doch nicht, warum war ihm der Name nicht eingefallen?

»Der hält ihm die Hände. Zur Beruhigung und um die Daumen zu entlasten.«

»Schlau.«

»Dem sein Sohn ist doch im selben Alter, oder?« Der Hauptfeldwebel kniff die Augen zusammen.

»Kann sein, ich hab den nur einmal gesehen, ist schon 'ne Weile her.« Georgi klang abwesend.

Plötzlich klatschte er in die Hände.

»Wir müssen loslegen, hat ja keinen Zweck. Schnick, schnack, schnuck, ich hab gewonnen und zieh den 7B an.« Er hatte allein die Handbewegung des Spiels nachgeahmt und »Schere« gezeigt.

Der Hauptfeldwebel nickte und ging zum Fahrzeug.

»Werbel, hol den 7B raus, der Leutnant geht nach vorn.«

EOD-7B war der Bombenschutzanzug. Wie ein grüner Astronaut sah man damit aus. Der Stabsgefreite stieg in den Fuchs und räumte darin herum.

Georgi hob das Gesicht in die Sonne.

»Wenigstens sind die Temperaturen jetzt erträglich. Das Ding wiegt vierzig Kilo. Im Sommer ist das kein Spaß, trotz Kühlung.«

Sie sahen zu Rems und dem Jungen.

»Ich hol ihn mal da weg. Macht er jetzt echt lange genug.«

Georgi überlegte.

»Bomber soll einschätzen, ob der Junge das packt. Ich bin in fünf, sechs Minuten da und tape dem Kleinen die Hände. Spätestens dann kann er weg.«

Georgi sah ihn an. Er nickte, dann drehte sich der EOD-Boss um und ging zum Fahrzeug.

Etwas kratzte ihn unter dem Kinnschutz. Er verschob ihn, juckte sich, rückte dann den Helm wieder zurecht und ging los.

Der Junge konnte sich kaum noch auf den Beinen halten, das war offensichtlich. Verdammt, verdammt. Wenn die IED jetzt umsetzte, bloß weil der hinfiel. Das wäre ein Witz. Ha, ha.

»Rems, alles klar bei Ihnen?«

Rems nickte und rief sanft lächelnd: »Nein, gar nichts klar hier. Der Junge klappt bald weg.«

Shit.

»Ich komme jetzt mal zu Ihnen, ja?«

»Okay, Herr Oberleutnant. Aber ganz langsam, und gucken Sie nett, ja? Ganz optimistisch. Der hat vor allem und jedem Schiss.«

»Na klar, Rems.«

Er nahm sein Gewehr langsam ab, klickte den Trageriemen so ein, dass er es auf den Rücken hängen konnte. Das sah dann vielleicht noch friedlicher aus.

War nicht so einfach, hinten hing ja noch der Trinkrucksack drauf. Aber ging.

Dann setzte er den Helm ab, wischte sich über die verschwitzten Haare und hängte ihn an der Weste ein.

Wenn das Zeug umsetzte, half ihm der Helm allein auch nichts mehr. Zum Schluss nahm er die dunkle Brille ab und steckte sie in eine seiner vielen Taschen.

Er ging langsam näher, ließ den Blick schweifen, nicht wie ein Soldat, der sicherte, sondern wie ein Tourist, interessante Steine hier, toller Staub. Und die grauen Hügel am Horizont. Gibt's hier eigentlich Taliban? Ach, wie reizend. Das sollen ja so liebe Leute sein.

Als er bei den beiden ankam, lächelte er den Jungen an, legte die Hand aufs Herz und nickte leicht mit dem Kopf.

O Gott, so sah nur der Tod aus. Der Junge war schon fast drüben, der gab bald auf. Scheißescheißescheiße.

Er kniete sich neben Rems. Lächeln, entspannt wirken.

»Also. Georgi zieht sich den Anzug an und kommt her. Er will dem Jungen die Hände tapen, spätestens dann können Sie ihn loslassen. In fünf Minuten ist Georgi da. Wenn Sie glauben, der Kleine schafft das bis dahin, können wir sofort weg.«

Rems lachte kurz, als hätte der neue Soldat ihm etwas Nettes gesagt, und nickte dann bestätigend, ja, genau, ich bin auch fest überzeugt, dass die Sache gut ausgehen wird, sonst würden wir beide doch nicht so entspannt hier hocken, oder?

»Ich kann nicht weg, Herr Oberleutnant. Wenn ich dem Jungen nicht die Daumen runterdrücke, knallt's sofort. Der kann nicht mehr.«

Er nickte Rems freundlich zu, lächelte.

»Okay. Ob ich mal versuche, den Jungen festzuhalten, damit er nicht umfällt?«

Rems zwinkerte dem kleinen Afghanen zu, man konnte dem kaum ins Gesicht sehen, so viel Elend, Verzweiflung, Erschöpfung und Angst. Wie lange schon? Wie lange noch?

»Keine Ahnung, wie er reagiert. Vielleicht denkt er, Sie wollen ihm was tun? Damit wir in Ruhe die Scheißweste abschneiden können, oder so. Man guckt in Kinderköpfe nicht rein. Nicht in so einem Land.«

»Ja. Wir brauchen den Sprachmittler hier vorne.«

»Tja, wer weiß, ob der sich hierhinstellen will.«

Er hatte viel mit Mirwais zu tun, meistens führten die Kompaniechefs und Einsatzoffiziere die Gespräche mit der Bevölkerung oder den Soldaten der ANA und den afghanischen Polizisten.

»Mirwais hat selber fünf Kinder. Ich könnte mir vorstellen, dass er es macht. Trotz Risiko.«

»Okay, dann fragen Sie nach, ich pack das noch 'ne Weile hier. Bloß der Junge ...«

Er berührte Rems leicht am Arm und stemmte sich langsam hoch, nicht ohne den Jungen die ganze Zeit über anzulächeln.

Der schaute ihm in die Augen, dann an ihm vorbei.

Plötzlich verzerrte Panik das verheulte Gesicht, er hyperventilierte fast. Sie guckten beide in die Richtung, in die der Junge sah.

Georgi näherte sich im 7B. Staub wirbelte um ihn auf, das Gesicht war hinter dem Visier kaum zu sehen.

»Halten Sie ihn auf, Herr Oberleutnant.«

Er lächelte dem Jungen zu, reckte den Daumen in die Höhe, hey, alles okay, keine Panik, und lief los.

Keine Panik. Was für ein Scheiß.

Er hob die rechte Hand, Georgi blieb stehen, sah ihn durch das Goldfischglas beim Näherkommen an. Er zog den EOD am Arm in Richtung Panzer. Dort nahm der Hauptfeldwebel seinem Truppführer den Helm ab.

»Was ist denn jetzt?«

»Der Junge hat total panisch auf die Annährung reagiert. Ich will erst den Sprachmittler nach vorne holen.«

Georgi schüttelte den Kopf, blies die Backen auf.

»Also wir haben doch hier nicht ewig Zeit.«

»Ich weiß. Rems sagt, er kann ihm die Hände noch 'ne ganze Weile

halten, aber der Junge kippt demnächst um. Wir müssen ihn erst stabilisieren, dann könnt ihr arbeiten.«

»Mannomann.«

Georgi und sein Hauptfeldwebel sahen sich an. Dann hob Georgi beide Hände, so gut das in den dicken Ärmeln ging. Es sah aus, als bewegte er sich unter Wasser.

»Ich muss an ihn ran, da hilft nix. Wir müssen wissen, ob die Schließauslöser die einzigen Trigger sind oder ob da noch mehr ist. Und überhaupt die ganze Scheiße beenden.«

Georgi tat sich sichtlich schwer, nicht einfach loszugehen, guckte ihn an, dann fragend den Hauptfeldwebel, der bestätigend nickte, dann wieder ihn. Und machte wieder dicke Backen.

»Wenn ich genau geguckt habe, kann der Junge sich ja vielleicht hinsetzen oder sogar hinlegen. Dann wird's leichter für ihn.«

Guter Mann. Noch einer. Es gab so viele gute Leute hier.

»Okay. Ihr seid die Spezialisten. Ich versuche, den Sprachmittler nach vorne zu holen.«

Er schaute zu dem Jungen und Rems hinüber.

Sie sahen beide in seine Richtung, und Rems schien etwas sagen zu wollen.

»Ich gehe rüber zu den beiden, bin gleich wieder da.«

Georgi nickte nur und setzte das Gespräch mit dem Hauptfeld fort.

Langsam gehen, lächeln, dem Jungen zunicken. Vorsichtig abknien, kleiner machen.

»Was gibt's Rems?«

»Der Junge hat schon länger nichts mehr getrunken. Können Sie ihm meinen Schlauch rübergeben?«

»Klar. Kennt er sich damit aus?«

Wenn man noch nie so einen Trinkrucksack gesehen hatte, war das vielleicht gar nicht so einfach.

»Ja, ich habe ihm vorhin schon was gegeben.«

Er fummelte das Mundstück aus der Halterung an Rems' taktischer Weste und überlegte einen Moment.

»Da kommt er jetzt doch gar nicht ran. Wo Sie knien. Ich geb ihm was von mir.«

»Gut, Herr Oberleutnant.«

»Wollen Sie auch?«

»Ja. Wär gut.«

Er drehte das Mundstück von Rems' Schlauch auf und steckte es in dessen Mund. Der trank einige tiefe Züge und nickte dann, der Schlauch konnte wieder weg. Dann stand er auf und bot dem Jungen seinen eigenen Schlauch an. Der zögerte, obwohl seine gesprungenen Lippen ganz weiß waren vor Trockenheit. Misstraute der ihm?

Na gut, trank er ihm was vor, einen ordentlichen Schluck, lächelte, dann hielt er dem Jungen das Mundstück hin.

Der trank jetzt gierig.

Seltsam. Normalerweise füllte er immer Wasser in den Rucksack. Aber heute früh hatte er sich für süßen Tee entschieden, als hätte er geahnt, dass ein Kind aus seinem Vorrat trinken würde.

Das war ein schöner Gedanke, er lächelte, ganz von innen. Ein Zeichen. Ein Zeichen, dass alles gutgehen würde?

Der Junge war fertig mit Trinken und wartete, dass er den Schlauch aus seinem Mund nahm. War da ein Lächeln, ein ganz winziges?

»Wie ist es mit Essen, Rems? Schokoriegel oder so? Also für Sie beide.«

»Ja. Wär nicht schlecht.«

»Okay. Ich gehe jetzt zurück. Die EODs machen sich gerade einen Plan, und ich ruf den Sprachmittler. Der soll was zu futtern mit vor bringen.«

Rems nickte.

»Gut.«

Er machte sich wieder auf den Rückweg. Die EODs standen mittlerweile von ihm aus gesehen hinter dem Fuchs und luden irgendwas ein. Als er bei ihnen ankam, sah er, dass es der Schutzanzug war.

Georgi kniete vor einer Werkzeugbox und holte gerade eine kleine Zange heraus.

»Ich geh so. Bomber hockt ja jetzt auch schon fast 'ne halbe Stunde da.«

Der Hauptfeldwebel guckte unglücklich.

»Ich finde, ich sollte gehen.«

Georgi schüttelte den Kopf.

»Das hier ist gegen jede Vorschrift und total bescheuert. So einen Job übernimmt der Vorgesetzte, oder man lässt es.«

Es war cool, mit solchen Leuten hier zu sein. Einfach cool. Das durfte man zu Hause gar nicht erzählen.

Georgi war aufgestanden und checkte noch mal seine Ausrüstung.

»Ich will einen Jammer vorne haben, damit uns wenigstens keiner per Fernzündung zerlegen kann.«

»Na klar, ich hol meinen Dingo zurück, da ist einer drauf.«

Georgi nickte.

Er machte ein paar Schritte und griff dann wieder nach dem Funkgerät.

»Hotel eins an Hotel. Kommen.«

»Hier Hotel.«

»Brauchen Dingo mit Jammer und Sprachmittler.«

»Verstanden. Kommen.«

»Ende.«

Kaum hatte er die Sprechtaste losgelassen, fielen ihm die Schokoriegel ein.

»Hauptfeld.«

Der EOD drehte sich zu ihm um.

»Habt ihr Süßkram an Bord? Für unsere zwei.« Mit dem Daumen wies er über die Schulter auf Rems und den Jungen.

»Klar, ich geb Ihnen was.« Der Hauptfeldwebel stieg in den Fuchs.

Er sah zu dem Jungen und Rems rüber. Plötzlich musste er nach Luft schnappen. Er hatte, ohne es zu bemerken, eine Weile ganz flach geatmet. Komisch. Ob man das Atmen vergessen konnte? Er löste sich von den beiden und schaute in die andere Richtung.

Aus dem Konvoi löste sich ein Dingo und fuhr auf sie zu, kurz hinter seiner Staubwolke quoll noch eine zweite auf. Er behielt die sich annähernden Fahrzeuge im Blick, neugierig, wer da noch unterwegs war.

Es war der Hägglund vom beweglichen Arzttrupp. Tommy ging auf Nummer sicher.

»Herr Oberleutnant.«

»Ja, Hauptfeld?«

Der EOD hielt ihm eine Tafel Schokolade, drei Riegel und eine kleine Tüte Studentenfutter hin.

»Das ist alles, was ich noch hab.«

Er musste sich zum Hingucken zwingen. Er befürchtete, die Süßigkeiten in den riesigen Händen des Kameraden könnten ihn zu Tränen rühren. Was war bloß los mit ihm in letzter Zeit?

»Das ist doch großartig. Danke.«

»Da nich für«, lächelte der Hauptfeld.

»Wie heißen Sie eigentlich? Sorry.«

»Peeters, macht nix.«

Er hielt Peeters die Hand hin. Der hatte Mühe, alle Süßigkeiten mit nur einer Hand zu halten, also nahm er ihm mit seiner Linken das Studentenfutter ab.

»Heinrich.«

»Ich weiß, Herr Oberleutnant.«

Beide lächelten.

Der Hägglund vom BAT war in gut fünfzig Meter Entfernung stehen geblieben, der Dingo weitergefahren und rollte jetzt langsam aus. Er hörte, dass die Tür hinten aufging, kurz danach bog Klimke mit Mirwais um die Ecke. Mirwais war um die vierzig, er wusste das selbst nicht so genau. Er hatte über zehn Jahre in Deutschland gelebt, dann musste er wieder zurück.

Mirwais trug eine zusammengestoppelte Uniform, Hose von der Bundeswehr, Jacke von den Franzosen, Stiefel von den Engländern. Tommy hatte dafür gesorgt, dass er eine vernünftige Schutzweste bekam und einen modernen Fallschirmjägerhelm aus Kevlar statt dem ollen Stahltopf, den er vorher hatte. Über dem Helm trug er einen blauen Stoffbezug, damit er von Weitem als Nichtkombattant zu erkennen war. Aber in Wirklichkeit würde das den Taliban am Arsch vorbeigehen. Mirwais war für sie zehnmal schlimmer als ein fremder Soldat. Er war ein Verräter.

»Hallo und Salaam, Oberer Leutnant.«

»Sei gegrüßt, Kalif Harun-al-Pussah.«

Sie verbeugten sich übertrieben voreinander.

»Schön, dass alle gut drauf sind.« Georgi wickelte gerade drei Streifen Kaugummi aus Stanniol und schob sie sich auf einmal in den Mund. »Himft mi bim konzntrieen.«

»Was?« Peeters hielt sich die Hand ans Ohr.

»Hilft mir beim Konzentrieren. Und du weißt das ganz genau.«

Sie lachten alle, aber das Lachen endete schnell und hinterließ ein unsicheres Flirren in der warmen Luft.

Sie schauten zu dem Jungen und Rems. Rems hatte während der gesamten Zeit noch nicht einmal die Position verändert; er kniete, hielt die Hände des Jungen, schaute ihm ins Gesicht und versuchte, sie beide am Leben zu halten.

»Okay. Ich schlage vor, dass zuerst Mirwais und ich nach vorn gehen, dem Jungen die Situation erklären, und dann folgen Sie auf Zeichen, Georgi. Alle einverstanden?«

Die Männer nickten.

»Mirwais? Bist du bereit?«

Mirwais sah ihm in die Augen.

»Ich bin bereit. Deswegen bin ich hier.«

Sie gingen los.

14

Es war neun Uhr dreißig. Oberst im Generalstab Jörg Pagels, der stellvertretende Kommandeur der Luftlandebrigade 42, stand auf dem Sportplatz der Kaserne und ließ den Blick über die Front der angetretenen Soldaten gleiten. Ein langsam nachlassender feiner Sprühregen schien in den Atemwolken zu verdampfen; der typische Geruch feuchten Filzes stieg von den bordeauxroten Baretten auf. Regen, leichter Nebel, Kälte. Echtes Jägerwetter.

Pagels wartete, bis der Chef der ersten Kompanie, der ihm Meldung gemacht hatte, wieder ins Glied getreten war, dann rief er: »Guten Morgen, Fallschirmjäger!«

»Guten Morgen, Herr Oberst!« Der Gruß aus den tausenddreiundzwanzig Kehlen wurde von den Betonwänden der umliegenden Gebäude zurückgeworfen, verursachte Vibrationen unter der Schädeldecke und den Stiefelsohlen jedes Soldaten.

»Augen gerade-aus! Fallschirmjäger, rührt euch!«

Die Blicke wandten sich in einer einzigen ruckartigen Bewegung nach vorne ins Nichts. Dann hoben sich tausenddreiundzwanzig linke Füße gleichzeitig wenige Zentimeter vom Boden, die Beine lösten sich aus der Berührung ihrer rechten Gegenstücke, und dann setzten tausenddreiundzwanzig Profilsohlen etwa dreißig Zentimeter links von ihrer vorherigen Position mit gedämpftem Ton wieder auf. Hände verließen synchron die Hosennähte, bei Kompaniefeldwebeln, Zugführern und Offizieren je eine auch die rechte Schläfe, und wurden auf tausenddreiundzwanzig Rücken überkreuzt.

Die Welle, die sekundenkurz durch die angetretenen Soldaten gerollt war, stoppte abrupt, und Totenstille legte sich über den Platz. Nur der Wind ließ die Bundesflagge vor der Wache vernehmlich flattern, die Metallleine schlug rhythmisch gegen den Fahnenmast.

Oberst Pagels deutete ein »Links um!« an und ging dann auf ein knapp fünf Meter von ihm entfernt aufgebautes Rednerpult mit Mikrofon zu. Eine Plane war behelfsmäßig darüber gespannt, nicht wegen Oberst Pagels, sondern um das Mikro zu schützen. Die Begrüßung von Bataillon, Stabskompanie und Brigadestab ohne Verstärker zu bewältigen war Ehrensache für einen Offizier, dessen Aufgabe es ja immerhin sein konnte, die gesamten dreieinhalbtausend Soldaten der Luftlandebrigade im Gefecht zu führen. Aber die Ansprache, die zu halten der Grund dieses großen Antretens war, bedurfte dann doch elektroakustischer Unterstützung. Er richtete sich das Mikrofon kurz ein, nutzte diesen Augenblick, sich noch einmal auf seine Worte zu konzentrieren, und dann begann er.

»Kameraden! Da nun eine ganze Woche seit dem Ereignis vergangen ist, gehe ich davon aus, dass jeder hier von dem tragischen Tod des Kameraden Oberfeldwebel Lars Rems gehört hat.« Seine Stimme tönte mit minimaler Verzögerung aus zwei auf gleicher Höhe stehenden, ebenfalls mit Planen vor der Nässe geschützten Lautsprechern. Das irritierte Oberst Pagels zunächst, aber er wusste aus Erfahrung, dass er sich nach ein paar Sätzen daran gewöhnt haben würde.

»Ebenso gehe ich davon aus, dass die Umstände des Todes unseres Kameraden Anlass zu Spekulationen gegeben haben. Ich kann Ihnen dazu jetzt nur sagen, dass die Polizei noch ermittelt. Beamte der Kripo waren in der vergangenen Woche an zwei Tagen in der Kaserne und werden sich auch in den kommenden Tagen wieder sehen lassen. Seitens der Polizei gibt es das Anliegen, mit einigen von uns zu sprechen, um Informationen über den verstorbenen Kameraden zu erhalten.« Pagels drehte den Kopf kurz vom Mikro weg und hustete einen Frosch aus.

»Die betreffenden Soldaten werden durch die Kompaniefeldwebel beziehungsweise die Teileinheitsführer benachrichtigt. Ich bitte jeden Soldaten, die Kameraden von der Polizei umfassend und bereitwillig zu unterstützen. Für die Angehörigen des Verstorbenen ist es von größter Wichtigkeit, die Gründe für sein gewaltsames Ableben zu erfahren.«

Pagels machte eine Pause, um seinen Worten die Gelegenheit zum Nachhall zu geben und eine kleine Kursänderung seiner Rede vorzubereiten.

»Aber, Kameraden, was auch immer die Untersuchung der Polizei zutage bringt, ändert nichts an der Tatsache, dass wir, die Luftlandebrigade 42, in Oberfeldwebel Lars Rems einen herausragenden Kameraden verloren haben. Einen vorbildlichen Soldaten von beispielhafter Tapferkeit und soldatischer Opferbereitschaft. Alle, die mit Oberfeldwebel Rems im Einsatz waren, auch und vor allem in seinem letzten, haben dies eindrücklich erlebt und berichtet. Daraus folgt für uns die Verpflichtung, ihm bei seinem letzten Gang die Ehre zu erweisen und seiner Familie unser Beileid zu bekunden. Eine Zeremonie mit militärischen Ehren ist seitens der Familie nicht gewünscht, aber die Angehörigen, das konnte ich im direkten Gespräch schon klären, würden die Präsenz von Kameraden in Uniform am Friedhof begrüßen.«

Der Oberst musste einen weiteren Frosch aus dem Hals husten. Oder war das eine aufziehende Erkältung?

»Ich selbst und der S1 werden da sein, des Weiteren der Teileinheitsführer von Oberfeldwebel Rems. Darüber hinaus eine Abordnung von je fünf Soldaten pro Kompanie. Die Einteilung obliegt den Kompaniefeldwebeln. Kameraden mit besonderem persönlichem Bezug zum Verstorbenen werden selbstverständlich bevorzugt abgeordnet, über die Kapazitäten hinaus wird im Einzelfall Sonderurlaub für die Teilnahme bewilligt, dann aber in Zivil. Nach meinem derzeitigen Kenntnisstand findet das Begräbnis am Donnerstagvormittag statt. Details werden der Abordnung noch bekannt gegeben.«

Wieder legte der Oberst eine kurze Pause ein, um den Abschluss der Rede vorzubereiten.

»Ich möchte die seltene Gelegenheit dieses großen Antretens nutzen, unserem toten Kameraden den Fallschirmjägergruß zu entbieten.«

Der Oberst verließ das Mikrofon und begab sich wieder auf die Position, auf der er die Soldaten vor seiner Ansprache begrüßt hatte. Er nahm Haltung an.

»Fallschirmjäger, stillgestanden!«

Tausenddreiundzwanzig linke Stiefel schrammten über den Sportplatzboden nach rechts und setzten neben ihren Gegenstücken auf, Hände flogen von Rücken an Hosennähte. Der Oberst wartete einen Augenblick, bis alle im Stillgestanden waren, dann holte er tief Luft und rief kraftvoll: »Im Gedenken an unseren verstorbenen Kameraden, Oberfeldwebel Lars Rems, ein dreifaches Glück …!«

»Ab!«, donnerte die Front.

»Glück …!«

»Ab!«

»Glück …!«

»Ab!«

Die Schallwellen wurden zwischen den Gebäudewänden hin und her geworfen, und man durfte hoffen, dass, wo immer Bomber Rems jetzt war, er diesen letzten Gruß hören konnte.

Ein Husten gerade noch unterdrückend, schloss der Oberst: »Fallschirmjäger, rührt euch! Einheitsführer übernehmen, weitermachen mit Dienst!«

Die Kompaniechefs lösten sich aus den Formationen und stellten sich vor ihre Kompanien, die Spieße mit den gelben Kordeln um die rechte Schulter machten sich schon bereit, dann wiederum von den Kompaniechefs zu übernehmen. Der Stab verließ in loser Ordnung den Sportplatz. Um den stellvertretenden Kommandeur bildete sich gleich eine Blase aus Stabsoffizieren; die Gruppe bewegte sich in Richtung Stabsgebäude. Der Oberst hatte jetzt einen heftigen Hustenanfall. Major Radványi, der S1, klopfte ihm im Gehen auf den Rücken, bis Pagels, immer noch hustend, abwinkte. Er schaffte ein paar tiefe Luftzüge, dann drehte er sich zu Radványi um und sagte: »Danke, Major. Jetzt geht's wieder.«

Der S1 schaute über die Schulter des Oberst und machte ein erschrockenes Gesicht, gleichzeitig griff er nach dem Ellbogen des Vorgesetzten, doch Oberstleutnant Bruckwitz, der Chef des Stabes, war schneller gewesen und hatte die Vorwärtsbewegung des zweiten Mannes der Brigade schon mit seinem Arm aufgehalten und diesen so Zentimeter vor dem Übertreten der Bordsteinkante zum Stehen gebracht. Gerade rechtzeitig, bevor ein sehr leise herannahender schwarzer Mercedes die Gruppe passierte und Oberst Pagels, Gott oder vielmehr Oberstleutnant Bruckwitz sei Dank, nicht überfuhr.

»Also der ist doch im Leben nicht dreißig gefahren«, empörte sich der S1.

»Der sitzt auch aus gutem Grund nicht im Verkehrsausschuss«, sagte der Oberst lachend, während er der Limousine nachsah. »Das wär's dann noch. Fünf Einsätze überstanden und dann in der Kaserne überfahren werden.«

Die anderen Offiziere lachten jetzt auch.

»Von einem Politiker noch dazu«, fuhr der Oberst mit erhobenem Zeigefinger fort.

Der Mercedes hielt vor dem Stabsgebäude, ein Fahrer stieg aus und öffnete die Fondtür. Ein untersetzter Mann von Mitte fünfzig schwang sich aus dem Wagen, dunkelgrauer Wollmantel über blauem Anzug, gelb-schwarz gestreifte Krawatte. Recht dichtes graues Haar, leicht gewellt, Brillengestell aus Metall. Er ging mit großen Schritten auf die Offiziersgruppe zu und stoppte knapp fünf Meter vor Erreichen des Obersten. Der Mann nahm trotz Zivilkleidung militärische Haltung an, legte die rechte Hand an die Schläfe und sagte mit einem Grinsen: »Herr Oberst, Major der Reserve Schubert, melde mich in Ihrem Kommandobereich.« Er zwinkerte, und Oberst Pagels spielte mit, indem er lässig, geradezu amerikanisch, zurückgrüßte und dann mit ausgestreckter rechter Hand auf Schubert zuging.

»Was höre ich da? Sie sind immer noch Major? Da wird es aber höchste Zeit für die nächste Wehrübung, damit wir Ihnen noch einen Pickel auf jede Schulter kleben können, oder?« Der Offizier schüttelte dem Politiker die Hand und fasste dazu jovial dessen Oberarm.

»Ach, Sie wissen ja, der Parlamentsbetrieb in Berlin frisst mich auf, im September sind Landtagswahlen … die Partei steht hier nicht so gut wie im Bund. Da bin ich als zwoter Landesvorsitzender gefordert.« Schubert machte eine sorgenvolle Miene.

»Da tun Ihnen doch zwei Wochen grüne Luft erst recht gut. Im Schoß der Kameradschaft durchatmen, Abstand finden von der Schlangengrube Politik. Was meinen Sie? Im Juni haben wir eine sehr schöne multinationale Übung bei uns, da können wir im Stab jeden guten Mann für die Organisation gebrauchen.«

Schubert winkte ab.

»Mir müssen Sie das nicht schmackhaft machen, Herr Oberst. Wenn es nach mir ginge, würde ich ja morgen schon den Anzug gegen die

Uniform tauschen, glauben Sie mir. Das ist doch die Insel der Glückseligen hier bei Ihnen.«

Der Oberst nickte, fasste den Politiker kurz unter und wies mit der Hand in Richtung Eingangstür.

»Bitte, wir gehen gleich hoch in mein Büro. Ein Kaffee wird uns guttun, nicht wahr?«

»Insel der Glückseligen, ich sag es doch, Herr Oberst.«

Auf dem Weg nach oben schwiegen sie, Schubert war zu sehr mit Schnaufen beschäftigt. Oberst Pagels registrierte das mit Befriedigung, er hatte sich über die »Insel der Glückseligen« ziemlich geärgert. Was dachte der Kerl eigentlich? Hatte noch nicht mal seinen Grundwehrdienst geleistet und war mit so einer Politiker-Informationswehrübung von fünf Tagen als Oberleutnant eingestiegen, die erste und bisher auch einzige echte Wehrübung hatte er dann aufgrund seiner beiden Staatsexamen gleich im Dienstgrad Major abgeleistet. Dagegen war ja grundsätzlich nichts einzuwenden, die Bundeswehr, speziell eine so massiv mit Auslandseinsätzen konfrontierte Einheit wie die Luftlandebrigade 42, war auf engagierte Reservisten angewiesen und hatte sie auch Gott sei Dank in vielen Bereichen. Sie ersetzten oft aktive Soldaten über Monate, wenn diese im Einsatz waren. Ihre zivilberuflichen Qualifikationen waren dabei fast wichtiger als militärische Kenntnisse, und die meisten fügten sich reibungslos in den Dienstbetrieb ein. Aber einen Berufspolitiker, der nur insgesamt dreieinhalb Jahre in seinem eigentlichen Job als Gymnasiallehrer für Deutsch und Geschichte gearbeitet hatte – was jetzt auch schon gut fünfundzwanzig Jahre her war –, in den Dienstbetrieb zu integrieren, war nicht leicht gewesen. Der S3-Offizier, in dessen Abteilung Schubert übte, war über dem Versuch halb wahnsinnig geworden.

Der Gipfel war das Vorkommnis, als der VIP-Reservist in der Funktion des Verbindungsoffiziers – man fand, quatschen könne er ja – einer kleinen Gruppe amerikanischer und britischer Stabsoffiziere in extrem schlechtem Englisch Ratschläge beim Schießen gab. Der Neckermann-Major selbst hatte am Vortag erst zum zweiten Mal in seinem Leben ein Sturmgewehr in der Hand gehabt, glaubte aber aufgrund eines drei Monate zuvor erworbenen Jagdscheins besonders qualifiziert zu sein. Die Amerikaner hatten alle das Ranger-Abzeichen und den Special-Forces-Tab auf dem Ärmel. Die Briten waren Fallschirmjägeroffiziere vom »2nd Para«, den legendären »Red Devils«, drei von ihnen hatten im SAS gedient. Alle waren mehrmals in Kampfeinsätzen gewesen.

Abends war Major Schubert dann sturzbesoffen im Offizierskasino aufgestanden und hatte während des Absingens von »Oh, du schöner Westerwald« einem britischen Lieutenant-Colonel und einem US-Major Bier über die Ausgehuniform geschüttet, bevor er sich schließlich neben dem Kamin übergab.

Oberst Pagels merkte, dass sich bei der Erinnerung ein Grinsen auf seinem Gesicht ausbreiten wollte. Er verkniff sich die Reaktion, weil sie gerade das Vorzimmer betraten. Frau Kniehans, die das Büro der Brigadeführung leitete, stand auf.

»Lieber Herr Abgeordneter, dass Sie uns mal wieder die Ehre geben.«

Schubert gab ihr ungeschickt einen Handkuss, und Oberst Pagels dankte seinem Schöpfer für Frau Kniehans.

»Ich bringe sofort frischen Kaffee, die Herren.« Frau Kniehans nahm Schubert den Mantel und Pagels die Feldjacke ab und machte eine einladende Geste zur Bürotür.

Die beiden Männer traten in das Büro des stellvertretenden Kommandeurs.

Der Oberst bot Schubert mit einer Geste einen Sessel in der Ecke an. Er selbst nahm auf einem kleinen Sofa Platz; beide Möbel dürften aus den frühen Achtzigern des letzten Jahrhunderts stammen, was sie aber nicht zu Klassikern machte. Oberst Pagels rollte sein Barett sorgfältig zusammen und schob es in die Seitentasche seiner Feldhose. Kaum hatten die Männer Platz genommen, trat schon Frau Kniehans mit einem Tablett ein.

»Als wenn ich es geahnt hätte, Herr Abgeordneter. Heute früh habe ich auf dem Weg Ihre Lieblingskekse gekauft.«

Frau Kniehans stellte Tassen vor ihren Chef und den Besucher, eine Schale mit Gebäck, ein Kännchen Milch und den Zucker in die Mitte, und dann goss sie beiden aus einer Kunststoffthermoskanne Kaffee ein.

»Frau Kniehans, Sie sind die Beste. Wenn ich nicht ein Untergebener

Ihres Chefs wäre«, dabei zwinkerte er Oberst Pagels zu, »würde ich Sie vom Fleck weg engagieren.«

»Und wenn mein Chef nicht ein so hervorragender Chef wäre, würde ich das Angebot ernsthaft erwägen«, lächelte Frau Kniehans charmant.

Oberst Pagels neigte dankend den Kopf, und Schubert hob beide Hände wie zur Kapitulation.

»Niemals würde ich jemanden zur Fahnenflucht überreden.« Mit gespielter Empörung schob er nach: »Als Major der Reserve.«

Frau Kniehans ging mit einem strahlenden Lächeln ab und schloss die Tür hinter sich.

»Sie könnten noch in diesem Jahr Oberstleutnant der Reserve werden. Überlegen Sie es sich, lieber Herr Schubert. Milch? Zucker?«

»Beides bitte.« Schubert seufzte. »Ich werde in meinem Kalender nachschauen, Sie haben ja recht, Herr Oberst. Gerade das Zusammensein mit den Kameraden befreundeter Streitkräfte ist doch immer ein besonderes Erlebnis.«

Oberst Pagels sah vor seinem geistigen Auge noch einmal in Zeitlupe das Bier auf den übervollen Ordensspangen der angloamerikanischen Eliteoffiziere aufspritzen und dann den etwas übergewichtigen deutschen Reservekrieger, der noch nicht einmal ein Sportabzeichen hatte, neben dem Kamin zusammensinken, das Knie in der eigenen Kotze.

»Und als Highlight machen Sie einen Tandemsprung. Raus aus der Maschine auf viereinhalbtausend Meter, fünfundvierzig Sekunden freier Fall, das ist ein großartiges Erlebnis.« Oberst Pagels tat sich einen Löffel Zucker in seinen Kaffee und rührte um. Das hatte er sich jetzt nicht verkneifen können, er wusste, dass Schubert schon bei einem kurzen Hubschraubermitflug während der letzten Übung heftige Schweißausbrüche bekommen hatte.

»Na ja, da muss ich aber erst mal mit meinem Hausarzt reden, Sie wissen ja, Bluthochdruck. Leider …«

Schubert machte ein Gesicht wie ein Generalstäbler, der einem Obergefreiten bedauernd erklärt, wie gerne er mit in die Schlacht zöge, wenn nicht so wichtige Aufgaben im Büro ihn daran hindern würden.

»Sie strotzen doch vor Gesundheit, lieber Herr Schubert, das geht schon klar.«

Beide Männer tranken von ihrem Kaffee. Schubert griff in die Keksschale und nahm sich drei Wiener Kringel heraus, die er dann nacheinander wegknabberte. Oberst Pagels beachtete die Kekse gar nicht. Er hatte bei einem Afghanistaneinsatz mehrere Male Lagebesprechungen mit dem US-General Stanley McChrystal miterlebt und den Mann äußerst beeindruckend gefunden. McChrystal lief täglich sieben bis acht Meilen und nahm nur eine Mahlzeit zu sich. Er war hager und asketisch und selten guter Laune, aber er wirkte auch mit Mitte fünfzig sehr spannkräftig und schien über unerschöpfliche Energie zu verfügen. Pagels hatte seitdem zumindest regelmäßig während der Woche das Mittagessen und den Nachmittagskaffee ausfallen lassen, was seiner Figur sehr guttat. Sport trieb er nicht so zwanghaft, drei Läufe von acht bis zehn Kilometern pro Woche genügten ihm, da war er mit fast fünfzig ja auch noch gut dabei. Und ein Kommando von der Größenordnung »Oberkommandierender der ISAF«, wie McChrystal es innegehabt hatte, war für Pagels in seiner verbleibenden Dienstzeit nicht wahrscheinlich. Er fand das nicht sonderlich bedauerlich, wenn man sich vor Augen führte, dass McChrystal schließlich von einem leibhaftigen US-Präsidenten vor der Weltöffentlichkeit zur Schnecke gemacht worden war, während Pagels sich in seinem Büro lediglich mit dem Bundestagsabgeordneten Karl-Heinz Schubert herumschlagen musste. Pagels lehnte sich zurück, schlug die Beine übereinander und lächelte den Besucher an.

»Nun, mein lieber Kamerad Schubert, was führt Sie heute hierher?«

»Tja …« Schubert schob sich das letzte Stück Wiener Kringel in den Mund, rieb die Handflächen, um die Krümel loszuwerden, und fegte diese anschließend von den Hosenbeinen. Als er weitersprach, flog noch etwas Keksstaub aus seinem Mund. »Dieser Feldwebel, der umgebracht worden ist …«

»Oberfeldwebel Rems?«

»Ja. Ich habe gehört, die Brigade möchte eine Abordnung zum Begräbnis schicken?«

Pagels war verblüfft, er musste lachen.

»Woher wissen Sie das, Herr Schubert? Ich habe es gerade erst beim Antreten bekannt gegeben.«

Schubert winkte ab.

»Das tut an und für sich nichts zur Sache, ich will aber kein Geheimnis daraus machen. Ein Mitarbeiter aus meinem Abgeordnetenbüro hat der Witwe einen inoffiziellen Kondolenzbesuch abgestattet, sozusagen als mein Vorauskommando.« Oberst Pagels hatte sich vorgebeugt und sah Schubert erstaunt an. Der hob die Schultern und zeigte seine Handflächen.

»Herr Oberst, ich sitze im Verteidigungsausschuss des Bundestags, die Luftlandebrigade 42 ist ein wichtiger Wirtschaftsfaktor in meinem Wahlkreis, ich habe mich immer für die Belange der Bundeswehr eingesetzt, mein Sohn ist, ebenso wie ich, Reserveoffizier dieser Brigade.«

Pagels dachte mit Grausen an die KFOR-Patrouille in Pristina, bei der es um ein Haar zu einer schweren Eskalation auf einem Marktplatz gekommen wäre, weil ein gewisser Leutnant der Reserve, Marc Schubert, der Überzeugung gewesen war, dass er einen flüchtenden Taschendieb unter Einsatz seiner Dienstpistole aufhalten müsse. Man hatte den Vorfall unter den Teppich gekehrt, den Sohn des Abgeordneten ab sofort in die J2-Abteilung des multinationalen Headquarters gesetzt und zum Oberleutnant befördert.

»Wenn ein dekorierter und im Einsatz schwer verwundeter ehemaliger Angehöriger dieser Brigade gewaltsam zu Tode kommt«, fuhr Schubert fort, »möchte ich als Volksvertreter den Angehörigen und gegebenenfalls auch der Öffentlichkeit gerne meine Anteilnahme zeigen. Aber nur, wenn die Umstände dieses Todes geklärt sind und nichts darauf hindeutet, dass der Mann in irgendwelche finsteren Sachen verwickelt war.«

Schubert griff sich noch zwei Wiener Kringel, wobei einer gleich zerbrach. Die Stücke fielen auf den niedrigen Couchtisch. Pagels leerte seinen Kaffee, während Schubert hektisch kaute. Der Oberst langte nach der Thermoskanne, überlegte es sich aber anders und stützte sich mit den Ellbogen auf seinen Knien auf.

»Herr Schubert, wegen der Unklarheiten bekommt Rems ja auch kein offizielles Begräbnis mit militärischen Ehren, sondern lediglich eine Abordnung. Die Witwe hat sich das ausdrücklich gewünscht, und ich …«

»Die Polizei hat einen Rocker verhaftet. Was sage ich, einen Rockerbandenboss, polizeibekannten Zuhälter, wahrscheinlich auch Drogenhändler und vermutlich mehrfachen Mörder. Sie haben ihn wegen einer Jahre zurückliegenden Sache am Samstag festgenommen, aber sein Anwalt vermutet, dass sie ihm den Rems-Mord ans Bein binden wollen, weil es da offensichtlich Verbindungen gibt.«

Oberst Pagels sagte nichts.

»Der Anwalt, falls Sie das fragen wollen, ist ein Parteifreund von mir, sehr engagierter Mann. Seine Mandanten kann man sich ja nicht immer aussuchen, nicht wahr? Jedenfalls hat er mich gleich am Sonntag angerufen und, voilà, da bin ich.«

Schubert klaubte die Stücke des zerbrochenen Kringels vom Tisch und warf sie sich wie Erdnüsse in den Mund. Oberst Pagels konnte ihm innerlich nicht den Respekt verweigern. Schubert war ein gewiefter Taktiker, und wenn er, wie jetzt gerade, in seinem Element war, dann zeigte er verblüffende Autorität und Führungsstärke.

»Nun, die Teilnahme an der Bestattung werde ich nicht zurücknehmen, die Familie …«

»Das ist Ihre Sache, Oberst«, erstickte Schubert den Ansatz zum Widerspruch, »ich will Ihnen lediglich klarmachen, dass ein PR-Desaster droht, wenn Sie da mit großem Bahnhof und Fallschirmjägertrara am Grab gestanden haben und am Schluss möglicherweise herauskommt, dass nicht ein Held in die Grube gesenkt worden ist, sondern ein durchgeknallter Afghanistanveteran, den ein Berufsverbrecher wegen schiefgegangener Drogengeschäfte kaltgemacht hat.«

Schubert zeigte bei seinem nächsten Satz doch tatsächlich mit dem Zeigefinger auf Pagels Brust.

»Seit Neuestem scheint die Bundeswehr ja ein großer Fan von PTBS zu sein. Liegt das möglicherweise daran, dass sich damit Ausraster wie Rems der Öffentlichkeit gut erklären lassen?«

»Herr Schubert, das …«

»Das ist alles Blödsinn. PTBS! Hatten unsere Großväter PTBS? Die da zusammenbrechen, sind einfach nicht geeignet für Auslandseinsätze. Punkt. Für mich sieht es so aus, als wäre die Bundeswehr nicht in der Lage, geeignetes Personal in ausreichender Zahl für die ihr übertragenen Aufgaben heranzuziehen. Die einen sind zu weich, die anderen haben einen sozialen Grundschaden. Dieser Rems zum Beispiel ist sein Leben lang ein Gewalttäter gewesen, und er hat das erst durch die Auslandseinsätze so richtig ausleben können. Wäre er nicht zur Armee gegangen, würde der Mann schon seit Jahren im Gefängnis sitzen. Was gucken Sie so entsetzt, Oberst? Weil ich das weiß?«

Pagels musste sich erst durch einige Atemzüge beruhigen, das nutzte Schubert, um einfach weiterzumachen.

»Mein Sohn übt schließlich regelmäßig in Ihrer S2-Abteilung, der kennt die Akten. Und fangen Sie jetzt nicht mit Datenschutz an. Es hilft uns allen, wenn ich über solche Vorgänge auf dem Laufenden bin, bevor die Spatzen sie von den Dächern pfeifen.«

Solange Schubert Gift verspritzt hatte, war Oberst Pagels wie gelähmt gewesen, aber diese onkelhafte Ich-weiß-das-besser-als-Sie-mein-Junge-Attitüde brachte den nötigen Impuls, sich zu rühren.

»Herr Abgeordneter, es tut mir leid, aber Sie vergreifen sich gerade gewaltig im Ton. Ich werde jetzt ganz sicher nicht mit Ihnen diskutieren, wie fähig oder unfähig die Soldaten der Bundeswehr zur Erfüllung der vom Parlament«, dabei zeigte wiederum Pagels mit dem Zeigefinger auf Schubert, »in einer Mehrheitsentscheidung beschlossenen Aufträge sind. Als die Entscheidung zu Afghanistan anstand, war ich, wie Sie vielleicht wissen, selbst im Verteidigungsministerium tätig, und ich kann mich nicht erinnern, dass irgendein Soldat auf dem Boden gekrochen wäre, um bitte, bitte in diesen Einsatz geschickt zu werden. Wir haben unsere Bedenken deutlich gemacht und auch, dass klar war, dass die Verbündeten diesmal, wenn schon, dann mit einer substantiellen Beteiligung rechnen würden. Aber zugesagt hat diese Beteiligung der Kanzler, und keine Partei in Regierungsverantwortung hat seitdem auch nur das Geringste an dieser Haltung geändert.«

Schubert schüttelte missbilligend den Kopf und versuchte einzuhaken, aber nun hatte Pagels Fahrt aufgenommen.

»Das KSK ist nach Afghanistan rein und dann wieder raus, wir sind nach Kabul gegangen, wir sind nach Mazar-i-Sharif gegangen, wir haben Kunduz und Feyzabad übernommen, das Regionalkommando Nord. Immer mehr Verantwortung sollten wir übernehmen. Die Öffentlichkeit, also Ihr«, er zeigte wieder auf Schubert, »gefürchtetes Wahlvolk, hat das alles mit Misstrauen betrachtet; ja du lieber Gott, das sieht ja schon ein wenig wie Krieg aus, oder? Gleichzeitig haben uns die Alliierten verhöhnt, weil die Bundeswehr angeblich nur Urlaub am Hindukusch macht. Wir haben akzeptiert, dass die Öffentlichkeit Brunnen und Mädchenschulen sehen will, während unsere Soldaten schon in die Luft gesprengt wurden. Der Verteidigungsausschuss kreischt, das böse KSK ist da irgendwo, auf welchen Befehl? Wo sind die? Was machen die?«

Pagels warf in gespieltem Entsetzen die Arme nach oben.

»Aber niemand wollte wissen, dass zu diesem Zeitpunkt schon längst ganz normale Infanteristen im Feuerkampf gestorben sind. Nicht mehr irgendwelche schlimmen, geheimen Männer, die unbedingt töten wollen, sondern Ehemänner, Väter, Söhne, Brüder. Nachbarn.«

Pagels musste einen Augenblick innehalten, er merkte, dass sich ein Druck in seiner Brust breitmachte, es schien seine Augen aus den Höhlen spülen zu wollen. Seine Stimme drohte, wackelig zu werden. Doch eine Erkältung?

Schubert hatte die Arme verschränkt und machte ein trotziges Gesicht. Pagels nahm noch einmal Anlauf.

»Und da ist einer dieser Männer nun am Ende einer Kette von furchtbaren Ereignissen tot. Dass ihm das nicht im Einsatz passiert ist, war reiner Zufall. So wie Oberfeldwebel Rems seinen Job gemacht hat, hätte es ihn zigmal erwischen können. Und seine Beine hat er schließlich auch in Afghanistan gelassen. Ich sage Ihnen eines, Herr Schubert: Mir ist es gleich, was der Mann seit seiner Heimkehr als Krüppel getrieben hat und warum er umgebracht wurde. Er war Soldat der Luftlandebrigade 42 und hat seinen Dienst zwölf Jahre lang vorbildlich verrichtet. Er hat Menschen geschützt und Leben gerettet, er hat tapfer gekämpft im Auftrag der gewählten Volksvertreter. Einen Krieg kann man nun mal nicht nur mit Schwiegermutters Lieblingen führen. Ich werde ihm als Kamerad und Vorgesetzter die Ehre erweisen, und ich verwehre das auch keinem anderen Soldaten. Allein schon, damit der Sohn von Lars Rems mit diesem Bild von der Beerdigung aufwachsen kann: Dass sein Vater Soldat war und Kameraden seinen Tod betrauerten.«

Oberst Pagels atmete schnell, er zwang sich, die Frequenz zu senken. Schubert sah ihn aus schmalen Schlitzen an und nickte langsam. Dann hob der Politiker eine Faust und fing an abzuzählen.

»Totenschädel auf Motorhauben und neben Genitalien, KSK-Männer misshandeln einen Murat Kurnaz in Guantánamo, ein Bundeswehrposten erschießt eine Frau und zwei Kinder, ein anderer mäht verbündete Soldaten am Checkpoint um, während zu Hause frischgebackenen Unteroffizieren mit Paddeln Südfrüchte im Hintern versenkt werden. Gebirgsjäger kotzen Schnaps und rohe Schweineleber in die Stube.« Schubert hatte fünf Finger offen und fuchtelte jetzt mit beiden Händen vor Pagels Gesicht herum. »Möchten Sie dem gerne die trauernden Kameraden am Grab des in Ausübung seiner Pflichten als Drogenhändler Gestorbenen hinzufügen? Viel Spaß, Herr Oberst. Viel Spaß!«

Die Köpfe der beiden Männer waren sich nahe gekommen, weil Schubert immer leiser, aber mit zunehmendem Druck sprach. »Oberst Pagels, ich bin auf Ihrer Seite. Ich möchte Schaden von dieser Einheit und der gesamten Bundeswehr abwenden. Wir sind nicht in Amerika, diese Heldennummer frisst in Deutschland keiner, glauben Sie mir. Warten Sie die polizeiliche Untersuchung ab, und gehen Sie hinterher zur Familie. Dem Sohn können Sie dann alles Mögliche erzählen.«

Schubert griff sich noch einen Wiener Kringel und trank seinen kalten Kaffee aus. »Es tut mir leid, dass es jetzt so … scharf geworden ist, eigentlich wollte ich nur mal auf den Busch klopfen bei Ihnen, die Stimmung der Truppe aufnehmen und die Sache ganz ruhig besprechen. Na ja.« Er zermalmte das Gebäck zwischen seinen Kiefern.

Pagels sah über Schuberts Schulter aus dem Fenster. Wenn es heute nicht so windig und regnerisch wäre, würde er die Soldaten des Bataillons und der Stabskompanie über dem Hügelkamm Fallschirmspringen sehen, eigentlich war ein Sprungdienst geplant gewesen. Er schloss die Augen und imaginierte kurz den Blick auf Sonnenschein und grüne Schirme hinter einer laut brummenden Transall. Nach einem tiefen Atemzug sagte der Oberst mit noch immer geschlossenen Augen: »Wissen Sie, was das Schlimmste ist, Schubert?« Pagels guckte an die Decke. »Dass Sie recht haben. Wie sagte der Bündespräsident? Freundliches Desinteresse …« Pagels sah Schubert jetzt in die Augen. »Ein Kamerad aus meinem Offiziersjahrgang war vor einer Weile Kommandeur im PRT Kunduz. Es war eine schwierige Zeit für ihn, und er hatte große Probleme danach, auch karrieremäßig. Einer seiner nächsten Dienstposten war dann bei der Botschaft in Washington. Als er nachmittags in Uniform vom Dienst kam, begegnete ihm vor seinem Haus ein Paketbote. Der ist auf den für ihn erkennbar nicht amerikanischen Soldaten zugegangen und hat ihm die Hand gereicht mit den Worten: Thanks for what you're doing, man.«

Schubert stieß mit flatternden Lippen Luft aus.

»Ach, Oberst Pagels. Glauben Sie, Politikern geht es anders? Selbst hier bei Ihnen, merken Sie das gar nicht? Ich versuche, Ihnen zur Seite zu stehen, und Sie sind mit Ihrem Soldaten-Ehre-Schlips beschäftigt, auf dem ich angeblich stehe.« Schubert stemmte sich aus dem Sofa hoch, Pagels stand ebenfalls auf.

»Machen Sie, was Sie wollen, Oberst. Danke für den Kaffee.«

Schubert ging grußlos, und Pagels hatte einfach keine Lust, die Form zu wahren und ihn zu begleiten. Er stellte sich ans Fenster und murmelte beim Hinausschauen leise: » …der Bundesrepublik Deutschland treu zu dienen und das Recht und die Freiheit des deutschen Volkes tapfer zu verteidigen.«

Der Regen war stärker geworden.

15

Der Montag war ruhig verlaufen. Routinearbeiten. Grewe und die Beamten der SoKo »Rems« hatten Klarschiff auf ihren Schreibtischen gemacht. Mit Schönlein beschäftigten sich die Kollegen vom LKA, Perschel war jetzt Blums Job. Nach dem zeitigen Dienstschluss waren sie noch auf ein Bier in die Altstadt gegangen, aber die Runde hatte sich früh aufgelöst.

Es war ein seltsames Gefühl, irgendwie schwebte die ganze Ermittlung noch in der Luft, obwohl ein Hauptverdächtiger in U-Haft saß. Doch erstens war Perschel eigentlich für einen anderen Mord eingefahren, und es war nicht zu hundert Prozent sicher, dass man ihn deswegen würde anklagen können. Und zweitens hatten sie außer den Angaben von Schönlein und beweisbaren Verbindungen zwischen dem Opfer Rems und dem mutmaßlichen Täter Perschel in dem aktuellen Fall nichts in der Hand.

Es war schon so, Perschel war jetzt ihr Mann, weil er gut passte und weil es gerade keinen anderen gab.

Andererseits hatte sich die Zielrichtung der Ermittlung innerhalb einer Woche von der Vermutung einer ungeplanten Bluttat unter Drogisten zu einer wahrscheinlich eiskalt geplanten Abrechnung im organisierten Verbrechen entwickelt. Zur Möglichkeit, einer Bande, den Skulls, die sich seit Jahren nahezu ungestört in der Stadt breitgemacht hatte, an den Karren zu fahren und mehrere Schwerverbrecher für lange Zeit aus dem Verkehr zu ziehen. Das Tempo der Ermittlung hatte gegen Ende der vergangenen Woche enorm angezogen.

Dazu der Angriff auf Therese und die Rettung in letzter Sekunde – es war wie eine Achterbahnfahrt gewesen, und das Wochenende hatte nicht ausgereicht, um den Schwindel in den Köpfen zu beruhigen.

Jetzt war es Dienstag, der Himmel über der Stadt zeigte sich nach dem gestrigen Schmuddelwetter freundlich blau, und Grewe und Therese waren auf dem Weg zu Samantha Rems.

Therese fuhr ihren üblichen Schlingerstil unter viel Geschimpfe und zu wenig Blinken. Grewe hielt sich fest und schaute schweigend aus dem Fenster. Erst mit Einbiegen in die Richard-Wagner-Straße brachte Therese den schnittigen Wagen wegen des Kopfsteinpflasters in ruhiges Fahrwasser.

Sie passierten die Einmündung von rechts am Beginn des Straßenabschnitts, in dem das Haus von Samantha Rems lag, als Grewe plötzlich seine Hand auf Thereses rechten Arm legte.

»Halt mal an.«

Sie stieg in die Eisen, und da sie ohnehin schon recht langsam fuhr, kam der Wagen schnell zum Stehen.

»Zurücksetzen, schnell. Ich muss in die Straße rechts gucken.«

Therese haute den Rückwärtsgang rein und setzte flott und präzise nach hinten. Grewe zeigte auf ein davonfahrendes Motorrad.

»Ein Skull. Oder irre ich mich?«

Therese sah angestrengt in die von Grewe gewiesene Richtung.

»Zu weit weg. Auf jeden Fall hat er eine Kutte an.«

Grewe atmete ein leises »Mist« aus.

»Soll ich hinterher?« In Thereses Stimme war das Jagdfieber zu hören.

»Nein, das bringt nichts. Wir fragen die Rems einfach, ob sie was bemerkt hat.«

Therese ließ die Kupplung flott kommen, und Grewe hing für einen Augenblick im Sitz wie ein Apolloastronaut beim Start. Dann rollte der Sportwagen gemächlich gegenüber der Nummer vierundzwanzig aus.

»Shit, jetzt hab ich die Milch vergessen.«

Samantha Rems wollte wieder aufstehen, aber Therese bedeutete ihr mit der Hand sitzen zu bleiben.

»Wir sind beide mit Zucker glücklich, Frau Rems, keine Umstände.«

Samantha Rems nickte. Einen Augenblick waren dann alle mit Zucker löffeln und rühren beschäftigt.

»Übermorgen ist schon die Beerdigung.« Die rauchige Stimme flirrte. Plötzlich begann Samantha Rems zu weinen.

»Kevin … O Gott. Wie soll der Junge bloß …« Sie versuchte, den

Kaffee mit beiden Händen so zu halten, dass nichts herausschwappte, gab dann auf und stellte die Tasse klirrend auf die Untertasse, die heiße Flüssigkeit bildete einen schwarzen See darin.

Ihre Hände bedeckten das Gesicht, an fast jedem Finger trug sie einen schweren Silberring. Therese fand Samantha Rems' Hände schön. Sie waren sehnig und kraftvoll, ihr Händedruck schwielig. Die Nägel unlackiert und nicht zu lang. Man sah, dass diese Hände an harte Arbeit gewohnt, aber auch für filigranes Werkeln zu gebrauchen waren. Die Hände einer Gärtnerin. Einer Mutter. Und auch einer Ehefrau, die Hände strahlten tatsächlich Sinnlichkeit aus. Man konnte sich gut vorstellen, wie die kräftigen Finger von Samantha Rems den Körper ihres Mannes gefasst hatten, als die Welt noch in Ordnung gewesen war.

Grewe war unbehaglich. Einerseits ging ihm die weinende Frau sehr nahe. Er konnte in solchen Situationen nur schwer abwehren, sich selbst um Stina trauern zu sehen oder eines der Kinder. Andererseits empfand er es gerade aufgrund seiner Empathie als Verpflichtung, in dieser Lage das richtige Wort, die richtige Geste finden zu können. Warum gelang das nie? Weil er ein Mann war? War es so simpel? Oder ging er der Geschlechtergeometrie auf den Leim, indem er solche Aufgaben stets Therese überließ, weil sie eine Frau war, weil sie mal Erzieherin gewesen war?

»Ist denn alles gut geregelt für Donnerstag?«, fragte seine Kollegin.

Samantha Rems nickte, wischte die Tränen weg und goss den Kaffee aus der Untertasse zurück in die Tasse.

»Ja, es waren auch schon Leute da. Ein Offizier aus der Brigade mit dem Militärpfarrer, jemand von einem Abgeordnetenbüro. Mein Gott, Lars würde sich totlachen, dass ein Politiker hier war.«

Sie lachte leise und unsicher. Darüber war Grewe erleichtert.

»Kriegt Ihr Mann ein militärisches Begräbnis? Ich wusste gar nicht, dass es so was gibt.«

»Nein, das geht wohl nicht, wegen der Umstände. Solange nicht klar ist, wer«, sie atmete, »ja, also wer Lars umgebracht hat …«

Grewe und Therese nickten.

»Aber es kommen Kameraden, auch in Uniform«, setzte die Witwe nach, »ich denke, das ist in Lars' Sinn.«

»Erwarten Sie auch Leute von den Skulls?« Grewe stellte die Frage in beiläufigem Ton. Die Frau reagierte unmittelbar, ihr Gesicht verhärtete sich.

»Ich habe gerade einen von denen am Gartentor abgefrühstückt, kurz bevor Sie gekommen sind.« Sie schnaubte. »Was denken die eigentlich?«

»Haben die sich vorher schon bei Ihnen gerührt?« Therese trank einen Schluck.

»O nein, die wussten genau, was ich von ihnen halte. Und egal, wie fertig Lars war: Das hätte er denen nicht durchgehen lassen.«

»Was wollte der Mann?«

»Ist mir scheißegal. Ich habe den gar nicht zu Wort kommen lassen.«

Grewes Knie berührte unterm Tisch das von Therese, und er beugte sich vor.

»Frau Rems, wir haben einen der Skulls verhaftet. Am Freitag schon.«

Samantha Rems starrte Grewe an, ihr Atem beschleunigte sich.

»Warum sagen Sie mir das jetzt erst? Ich habe doch wohl ein Recht …«

Grewe hob die Hand.

»Frau Rems, er sitzt nicht wegen des Mordes an Ihrem Mann.«

»Ja, aber was …?«

»Im Zuge der Ermittlungen ergab sich ein konkreter Tatverdacht in einer anderen Sache, und das war auch der Anlass für die Festnahme. Aber es gibt gute Gründe, darunter auch Ihre eigenen Einlassungen, die uns vermuten lassen, dass die Ursache für den Mord an Ihrem Mann in der Verbindung zu den Skulls zu suchen ist.«

Grewe war immer wieder erstaunt, wie sehr der Umgang mit Juristen über die Jahre seinen eigenen Wortschatz geprägt hatte.

»Aber wir wissen zu wenig über diese Verbindung. Zurzeit sitzt noch ein weiteres Skulls-Mitglied in U-Haft, auch wegen eines anderen Vergehens, aber die Vernehmungen der beiden gestalten sich nicht sehr flüssig, wie Sie sich denken können.«

Samantha Rems hatte die Augen geschlossen.

»Ich muss jetzt erst mal eine rauchen.«

Samantha Rems und Therese standen auf der kleinen Terrasse und schauten auf das Klettergerüst aus groben Holzbalken.

Therese war ihr nach draußen gefolgt und hatte ihr eine über dem Stuhl hängende Strickjacke gebracht.

Samantha Rems drehte sich gerade eine zweite Zigarette.

»Das ist ein tolles Gerüst.«

»Ja. In so was war Lars groß. Er hat es mit einem Kumpel gebaut, der ist Zimmermann.«

Sie fischte ihr Zippo aus der Hosentasche und zündete die Zigarette an. Der Rauch stob in die klare, kalte Luft.

»Falsch. Der war Zimmermann. Jetzt ist er tot, dazwischen war er Soldat.« Sie lachte bitter.

»Afghanistan?«

»Ja.« Sie schnippte Asche ab. »Hat sich im Feldlager erschossen, weil ihn seine Freundin während dem Einsatz verlassen hat. Lars hat ihn gefunden.«

Therese schüttelte den Kopf.

»Ich habe zum ersten Mal mit Soldaten zu tun. Ich weiß gar nicht … Man macht sich da wohl falsche Vorstellungen.«

»Ich glaube, die meisten machen sich überhaupt keine Vorstellungen. Dabei sind allein in der Körner-Kaserne über tausend Leute. Mitten in der Stadt.«

Sie schauten eine Weile stumm in den Garten, diese Zigarette neigte sich auch dem Ende zu, und Therese musste jetzt zum Punkt kommen. Nach drinnen zu wechseln, würde es vielleicht wieder schwieriger machen.

»Frau Rems, wir müssen so viel wie möglich über die Verbindungen Ihres Mannes zu den Skulls wissen. Sonst kommen wir dem Verdächtigen nicht bei. Die reden nicht mit uns.«

Dass Schönlein zu reden bereit war, durfte auf keinen Fall nach außen dringen, und es würde ja auch nichts an der Situation ändern. Das LKA hatte ihn erst mal exklusiv, weil er Zeugenschutz nur über diese Behörde kriegen konnte. Und denen war Lars Rems ziemlich wurscht, die interessierten sich nur für die großen Deals der Rockergang.

»Ach, Shit! Was weiß ich denn? Seit Lars ausgezogen ist, konnte ich doch bloß noch raten, was er treibt. Er hat sich total abgekapselt. Er hat gesoffen und gekifft und Pillen geschmissen und gekokst.« Sie zog die Strickjacke fester um sich und holte den Tabak von der Fensterbank. Zum Drehen setzte sie sich auf eine alte Holzbank und bot Therese mit einer Kinnbewegung den Platz neben ihr an.

»Das konnte er niemals vom Mindestsatz zahlen. Alles andere ging an uns, er hat sämtliche Ansprüche abgetreten. Ich hab Ihnen ja schon erzählt, dass er früher gedealt hat, vor der Bundeswehr. Er hat todsicher wieder damit angefangen.«

»Ja, davon ist auszugehen. Wir haben entsprechende Spuren gefunden. Allerdings waren keine Drogen in seiner Wohnung. Wir nehmen an, dass der Täter sie mitgenommen hat. Geld war auch keines da.«

Samantha Rems drückte die nur halb gerauchte Zigarette im Aschenbecher aus und stand auf.

»Kommen Sie mit, ich zeige Ihnen was.«

Sie standen alle drei im Schlafzimmer. Auf dem Bett eine Blechschachtel, Briefe und ein Sparbuch.

»Die Briefe sind alle an Kevin. Aus den Einsätzen und danach.«

Es mussten an die hundert Briefe sein.

»Mir hat er immer Mails geschrieben oder angerufen. Aber Kevin bekam Briefe. Ich sollte entscheiden, ob ich sie dem Kleinen vorlese oder nicht. Und wenn er alt genug ist, dann kriegt er sie alle, das war so ausgemacht.«

Ihre Stimme wurde wieder zittrig.

»So eine Scheiße …«

Sie weinte.

Nach einer Weile begann Therese, leicht ihren Arm zu streicheln. Grewe hatte seine Krawatte gelockert und den obersten Hemdknopf geöffnet. Das Weinen verebbte. Sie nahm ein verschlossenes Kuvert aus der Schachtel.

»Auch nachher hat er noch Briefe geschrieben. Die habe ich nicht mehr gelesen. Aber Kevin wird sie lesen. Er hat seinen Vater nicht mehr gesehen, seit der hier weg ist. Vielleicht ist es auch besser, dass er ihn nie in dem Zustand erlebt hat.«

Sie legte den Brief zurück und griff das Sparbuch. Es blieb geschlossen zwischen ihren Händen liegen. Ihr Blick ging zwischen den beiden Polizeibeamten hin und her.

»Das gehört Kevin. Natürlich habe ich Zugriff darauf, als Mutter. Aber das Geld gehört nur ihm.«

Grewe und Therese waren unsicher, was die Frau ihnen sagen wollte.

»Ich würde dieses Geld niemals anfassen. Es gehört Kevin.«

Sie betonte jedes der drei letzten Worte einzeln. Grewe schaltete.

»Frau Rems, wir sind nicht vom Finanzamt.«

Sie zögerte immer noch.

»Ich glaube kaum, dass die Herkunft des Geldes in irgendeiner Weise beweiskräftig ist. Es ist ein Hinweis, oder?«

Samantha Rems nickte.

»Hinweise dürfen vertraulich behandelt werden. Dann tauchen sie auch nicht in den Ermittlungsakten auf.«

Für einen Moment konnte man meinen, drei Herzen schlagen zu hören, sonst nichts. Dann setzte Samantha Rems sich auf das Bett und nahm die Blechschachtel auf den Schoß.

»Vor neun Monaten lag ein Kuvert ohne Briefmarke mit achthundert Euro und bisschen was im Briefkasten. Im Umschlag war ein Zettel von Lars, das sei für Kevin, ich sollte ein Sparbuch für ihn einrichten. Von da an kamen Umschläge in unregelmäßigen Abständen, und ich habe alles auf das Konto eingezahlt.«

Sie legte das Sparbuch in die Schachtel und verschloss sie.

»An einem Abend war ich mit Kevin bei meiner Schwester, und wir sind erst gegen zwei Uhr morgens nach Hause gekommen. Beim Ranfahren sehe ich ein Motorrad und einen Typen am Briefkasten. Es war einer von den Skulls. Er nennt sich Wolfe. Ich weiß gar nicht, wie er in echt heißt. Der ist schon ewig dabei.«

Die Polizisten versuchten, sich nichts anmerken zu lassen.

»Ich hab sofort nachgeguckt, als er weg war, und tatsächlich war ein neuer Umschlag drin. Mit über zweitausend Euro.«

Samantha Rems schüttelte den Kopf.

»Ich verstehe nicht, wie das alles zusammenhängt. Seit Monaten zerbreche ich mir den Kopf. Er kann das Geld nur bei Deals abgezweigt haben, und er hat todsicher Stoff von den Skulls vertickt. Wieso bringt also einer von denen das Geld bei mir vorbei und die checken nix?«

Grewe ging in die Hocke und sah sie an.

»Frau Rems. Ist alles Geld auf dem Konto aus diesen Umschlägen?«

Sie nickte.

»Wie viel?«

Samantha Rems schluckte und flüsterte dann: »Dreiundvierzigtausendfünfhundertsechzig Euro.«

Wolfe war heilfroh, als die Zellentür sich wieder hinter ihm schloss. Mann, diese LKA-Typen waren vielleicht Kotzbrocken. Redeten mit ihm, als wär er ein türkischer Gemüsehändler auf irgend so 'nem Scheißbasar. Gib mir billig, gib mir mehr. Den Zeugenschutz hielten sie ihm vor die Nase wie die Wurst dem Köter. Und er sollte schön springen.

Aber zwei gute Nachrichten hatte der Tag gebracht. Die erste war, dass sein Pflichtverteidiger echt fit war. Der hatte sich mächtig ins Zeug gelegt

Die zweite war fast noch besser: Mike saß. Vorerst. Das verschaffte Wolfe eine gewisse Sicherheit. Von draußen konnte Mike alles Mögliche in Bewegung setzen. Zum Beispiel jemanden im Knast auf Wolfe ansetzen, ohne dass man eine Verbindung finden konnte. Von drinnen war das schon schwieriger. Hier drinnen passten die Bullen gut auf sie beide auf. Die anderen Skulls würden erst mal gar nichts unternehmen, bis klar war, wie es mit Mike weiterging.

Aber was die Bullen ihn alles gefragt hatten, du liebe Scheiße. Je länger die Vernehmung gedauert hatte, desto mehr hatte er das Gefühl gehabt, dass er einen Dreck wusste über Mikes Geschäfte. Fotos hatten sie ihm hingelegt, Dutzende. Ein paar der Typen hatte er gekannt, aber die Bullen wussten mehr über die als er. Aber über einen wussten sie gar nichts, der kam noch nicht mal in der Kartei vor.

Der Türke.

Da war den Typen die Kinnlade runtergeklappt. Ein dicker Fisch mitten in der Stadt, und sie hatten keine Ahnung. Dann war es nur so aus Wolfe herausgesprudelt. Der Türke lieferte fast allen Skulls Stoff. Jede Sorte, für den Eigenbedarf und fürs Geschäft. Nur ein Stoff ging den umgekehrten Weg: reines Heroin. Aus Afghanistan. Das war eine Connection von Bomber gewesen, der den Trip im Rollstuhl natürlich nicht allein machen konnte. Sie kriegten das Zeug über einen Ex-Fremdenlegionär, den Bomber aus dem Einsatz kannte. Wolfe und Bomber waren immer mit Geld vom Türken rüber nach Frankreich gefahren, um das Zeug zu holen. Der Türke hatte ein Labor und die Leute für den Straßenverkauf.

Jetzt, wo Bomber tot und er im Knast war, würde der Türke vielleicht interessiert sein, die Connection selbst zu kontaktieren. Und darüber hatten sich die LKA-Ärsche echt gefreut. Sie schlugen ihm vor, die Connection über V-Leute an den Türken zu bringen und dann zuzuschlagen. Das wäre Wolfes Ticket. Ein internationaler Drogen-, Waffen- und Mädchenhändler.

Wolfe saß auf der Pritsche und glotzte die Wand an.

Er fühlte sich jetzt besser.

Der Gedanke an das Zeugenschutzprogramm schien ihm nicht mehr so erschreckend wie vor dem Wochenende. Vielleicht war so ein Tapetenwechsel ja auch ganz … schön?

Das war jetzt der sechste Tag ohne Drogen und Alk. Der Entzug machte Wolfe diesmal nicht viel aus, weil es ihm nach der Festnahme so dreckig gegangen war, dass sein jetziger Zustand eindeutig eine Verbesserung darstellte.

Der Anwalt hatte ihm gesagt, dass er die Haft in jedem Fall in einer weit von hier entfernten Anstalt und unter neuem Namen absitzen würde, das sei schon Teil des Zeugenschutzes. Die Vorstellung, während der gesamten Knastzeit clean zu bleiben und dann einen Neustart zu versuchen, gefiel Wolfe von Minute zu Minute besser.

Ein neues Leben.

Und Mike, der Großkotz, würde jahrelang einfahren.

Wolfe streckte sich auf der Pritsche aus, verschränkte die Arme unter dem Kopf und schloss die Augen. Was er vor sich sah, gefiel ihm.

Er schlief lächelnd ein.

Ivanka saß auf Mike und bog ihren Oberkörper stöhnend nach hinten, die gepimpten Möpse zeigten steil nach oben. Ihr Hintern zuckte schnell vor und zurück, plötzlich krallten sich ihre langen Nägel in seine Beine, und die Bewegung stoppte. Heftiges Hecheln, spitze Kiekser. Mike bohrte sich noch mal mit aller Kraft in sie, zog sich zurück, stieß wieder und wieder zu, und dann kam er. Endlich. Er musste sich zusammenreißen, um nicht laut aufzuschreien, dann ließ er sich auf die Pritsche zurückfallen und beruhigte seinen Atem.

Geile Sau.

Mike öffnete die Augen und sah die grob verputzte Decke seiner Zelle. Ivanka war weit weg. Er war allein, seine Hand war klebrig, und sein Schwanz stand immer noch aufrecht in der Luft.

Es war einfach nicht mehr gegangen, er hatte sich einen runterholen müssen, sonst wäre ihm der Schädel geplatzt.

Kacke.

Es würde nicht lange vorhalten, aber noch vor Ende der Woche wäre er raus hier. Und dann würde er Ivanka zum Stöhnen bringen. Und nicht nur die …

Als sein Ständer in sich zusammengefallen war, schwang sich Mike von der Pritsche und wusch sich die Hände, danach pisste er ausgiebig.

Er hatte Uwe heute Bescheid gesagt wegen dem Alibi. Das dauerte hier sonst zu lange. Uwe hatte ungläubig gegrinst, als Mike ihm sagte, wessen Aussage ihn rausbrächte. Die Sache hatte einen Beigeschmack, der die Bullen ziemlich ärgern würde. Er selbst konnte sich nicht wirklich daran freuen, denn es war auch ein ziemlicher Runterzieher für ihn gewesen, lange Zeit. Eine Schwachstelle. Wenigstens wusste außer ihm nur noch ein Mensch davon. Bomber hatte es auch gewusst, aber der war jetzt tot.

Mike zog sein T-Shirt über den Kopf, streckte die Arme nach vorne aus und ließ sich aus dem Stand in den Liegestütz fallen. Er pumpte drei Sätze zu je fünfzig, dazwischen drei Fünfzigersätze Sit-ups. Danach griff er ins Fenstergitter, winkelte die Knie an und schloss das Training mit drei Sätzen von vierzehn, zwölf und acht Klimmzügen ab.

Während der Übungen dachte er immer nur an Katsche und vor allem an Wolfe. Uwe hatte die Akten und wusste jetzt, wie die Bullen auf Mike gekommen waren.

Die Scheißknarre war aufgetaucht.

Die Knarre, die Katsche Wolfe gegeben hatte, damit der sie verschwinden ließ. Einer von den beiden musste den Bullen mehr über das Mistding erzählt haben, als die aus der Seriennummer ablesen konnten. Wer es war, konnte Uwe ihm nicht sagen, weil der Name in den Akten geschwärzt war. Zeugenschutz. Wichser. Zeugenschutz am Arsch. Wenn einer von seinen Jungs gequatscht hatte, war der ein toter Mann.

Katsche selbst dürfte überhaupt kein Interesse haben, an die alte Russenkiste zu rühren; bei Wolfe sah das möglicherweise anders aus.

Der war immer Bombers Begleiter gewesen bei den Deals für den Türken. Wenn Bomber tatsächlich krumme Touren gemacht hatte, wie der Türke behauptete, dann musste Wolfe davon wissen. Und Wolfe wusste auch, dass der Türke Stress gemacht hatte in letzter Zeit. Vielleicht dachte der Wichser, er hätte da einen schönen Ausweg aus der Bredouille gefunden. Immer noch wusste keiner, wo Wolfe steckte. Vielleicht saß er seit Tagen warm und trocken bei den Bullen auf dem Schoß.

Mike saß schwer atmend auf der Pritsche. Wut begann sich zu regen, strömte vibrierend durch seinen Körper.

Mehr Liegestütze, mehr Sit-ups, mehr Klimmzüge würden ihm helfen.

Es musste Sauerstoff in den Blutkreislauf, dann konnte er wieder kalt werden, sich fokussieren. Er atmete tief und langsam ein und aus.

Mehr Liegestütze.

Oder endlich eine verdammte Fotze.

Grewe fasste alle vier Biergläser auf einmal und hob sie vorsichtig vom Tresen der »Acht«.

»Schaffstes?«, fragte Babsi spöttisch, während Grewe sich vorsichtig umdrehte, um Kurs auf den Tisch zu nehmen, an dem Therese, Estanza und Gerd Drossel saßen.

Eigentlich war die »Acht« eher die Kneipe der Sheriffs, der Dauerdienstler und Fahnder. Sachbearbeiter der Kripo mit ihren unregelmäßigen Dienstzeiten gingen selten her, weil man nie wusste, auf welche Stimmung und Kollegen man traf. Nachmittags und am frühen Abend war die Kneipe trostlos.

Heute entsprach das durchaus der Stimmung in der SoKo »Rems«. Sie taten derzeit nicht viel mehr, als zu warten. Auf die Vernehmungsergebnisse, die Blum bei Perschel vielleicht doch noch erzielte, darauf, dass die LKA-Kollegen mit Schönlein so weit durch waren, dass die SoKo ihn sich noch mal vornehmen konnte.

»Yeah, Jefe! Muchas gracias.« Estanza grinste unbeschwert und warf die Bierdeckel vor jeden der Kollegen wie ein Croupier die Karten. Sie kamen präzise mittig zu liegen, und er quittierte das mit Fingerschnippen und einem lauten »Caramba, amigos!«. Dann verteilte er die von Grewe mittlerweile auf dem Tisch abgestellten Gläser.

»Para la mujer hermosa«, Therese verdrehte die Augen, »para el profesor«, Drossel sparte sich jeden Kommentar, »y para el señor comisario.«

Grewe nickte und hob sein Glas, dann prosteten sie sich stumm zu. Fast synchron setzten sie die Gläser wieder auf den Tisch.

Drossel, der von seinem Platz aus genau auf die Tür der Kneipe guckte, hob grüßend die Hand. Die Kollegen drehten die Köpfe und sahen Gregor Humpert, den Pressesprecher der Polizei, auf ihren Tisch zusteuern.

»Hallo zusammen. Fuchs hat mir gesagt, dass ihr noch hierher wolltet. Ich setze mich mal, ja? Babsi, für mich auch ein Kleines, bitte.«

Humpert verschränkte die Arme auf dem Tisch und guckte alle der Reihe nach an, Grewe zum Schluss.

»Meyfried hat mich angerufen.«

Alle stöhnten. Der Chefredakteur der Lokalausgabe eines bundesweit berüchtigten Boulevardblatts war eine Landplage für die Polizei, auch wenn die enorme Verbreitung der Zeitung bei Fahndungen und Aufrufen sehr hilfreich und, das musste zugegeben werden, Meyfried in solchen Dingen auch außerordentlich kooperativ war.

»Die kurze Version bitte, falls es eine ausführliche gibt.« Grewe schenkte Humpert mit schicksalsergebenem Gesicht seine ganze Aufmerksamkeit. Der hob die Augenbrauen.

»Ich bin nur der Bote, Leute.«

»Entschuldige Gregor, du hast recht. Also?«

»Die Rems-Geschichte. Der Anwalt von Perschel hat sich bei ihm gemeldet.«

»Moment, Perschel sitzt wegen einer ganz anderen Sache.« Therese grinste und stach mit dem Zeigefinger in die Luft.

Humpert lächelte müde.

»Ich weiß. Aber der Anwalt hat Meyfried gegenüber ganz deutlich gesagt, dass er glaubt, wir wollten seinem Mandanten auch die Rems-Kiste unterschieben.«

Drossel stieß Luft aus.

»Unterschieben, wenn ich das schon höre. Bei Typen wie Perschel haben immer wir das Koks unters Bett gelegt, die Kalaschnikow im Schrank versteckt, die Fingerabdrücke in die Opferwohnung praktiziert. Weil sie zu viele schlechte Filme gucken.« Drossel beugte sich vor. »Der soll seinen Mandanten erst mal von dem einen klaren Tatvorwurf befreien, bevor er anfängt, ihn vor welchen in Schutz zu nehmen, die noch gar nicht erhoben sind.«

Er trank ärgerlich einen großen Schluck Bier und wischte sich mit dem Handrücken über den Mund, als würde er so neben dem Schaumrest auch seinen Ärger beseitigen können.

Humpert nickte bedächtig und zog mit dem Daumen Spuren in das kondensierte Wasser am Glas seines inzwischen servierten Biers.

»Gerd, keine Frage. Wir wissen, wie das Spiel läuft. Und Meyfried auch. Dass Perschel jede Menge Dreck am Stecken hat, ist ihm klar. Und welches Spiel der Anwalt da spielt, durchschaut Meyfried schon lange.«

Drossel lehnte sich an die Wand und verschränkte abwehrend die Arme.

Humpert konnte ein Lächeln nicht ganz unterdrücken. Er und Drossel kannten sich schon ewig. Der Pressesprecher hob sein Glas zum Prost und trank einen Schluck. Nach dem Abstellen hielt er den Blick gesenkt.

Grewe schaute ihn an, als wäre er Humperts Psychotherapeut, die Stirn gerunzelt, ein fragendes Abwarten im Blick. Humpert musste diesen Blick spüren, aber er hielt eisern durch. Er wollte gefragt werden, und Grewe tat ihm den Gefallen.

»Was hat Meyfried im Sack?«

Humpert ließ den Kopf kurz nach unten sacken, ein Gestus des Aufgebens, dann überflog sein Blick die Runde, um bei Grewe stehen zu bleiben.

»Der Anwalt behauptet, einen Entlastungszeugen zu haben. Ein Alibi für die Drewniok-Sache.«

»Behauptet!«, sagte Drossel süffisant.

Humpert nickte. Grewe bemühte sich um einen sachlichen Ton.

»Also. Was will denn Meyfried nun machen?«

Humpert trank einen Schluck, dann erzählte er den Kollegen haarklein, was am nächsten Tag auf sie zukommen würde.

Es wurde spät in der »Acht«. Bullenfrust.

16

Mit ziemlich schwerem Kopf machte sich Grewe am nächsten Morgen auf den Weg in die Dienststelle. Am ersten Kiosk kaufte er Meyfrieds Blatt. Rems war der Aufmacher, wie Humpert es angekündigt hatte.

Brutaler Messermord: Rockerboss verhaftet! Starb Bundeswehr-Held in Drogenkrieg?

Lars R. (32) überlebte schwerverletzt einen Bombenanschlag in Afghanistan, verlor beide Beine. Jetzt wurde er brutal ermordet. War der Ex-Elitesoldat in Drogengeschäfte verwickelt?

myf – Er war Fallschirmjäger, kämpfte für unser Land in Afghanistan. Doch ein feiges Attentat mit Sprengstoff nahm ihm beide Beine. Dabei wollte er den Menschen dort helfen! Oberfeldwebel Lars R. fasste nach dem Unglück nie wieder Tritt im Zivilleben. Er quittierte den Dienst, verließ seine Lebensgefährtin Samantha R. und den kleinen Sohn Kevin, wohnte in einer billigen Sozialwohnung.

Hat sich niemand um den hochdekorierten Soldaten (u.a. Ehrenkreuz der Bundeswehr in Gold) gekümmert? R. war vor seiner Bundeswehrzeit Rocker gewesen, rutschte nach der Verwundung wieder ab ins Milieu. Fing wieder an, Drogen zu nehmen.

Daniel F. (26), auch Afghanistanveteran, erzählt: »Viele Jungs, die drüben waren, nehmen was. Wegen Schmerzen, aber auch wegen der schlimmen Erinnerungen.«

Litt Lars R. an PTBS (post-traumatischer Belastungsstörung)? Bekam er keine ausreichende Behandlung?

Lars R. konnte sich die Drogenrationen nicht leisten von der Sozialhilfe, deswegen betätigte er sich als Dealer. Um seine Sucht zu finanzieren. Möglicherweise kam er dabei Leuten in die Quere. Er wurde von zig Messerstichen durchbohrt in seiner Wohnung aufgefunden.

»Alles war voll Blut, sogar unter der Tür lief es raus!«, erzählt Petr O. aus Kasachstan, ein Nachbar von Lars R.

Am Samstag wurde Michael P., der Chef einer örtlichen Rockerbande im Bahnhofsviertel festgenommen. P. ist Inhaber mehrerer Barbetriebe und Nachtklubs. Er wird seit Jahren mit Drogenhandel in Verbindung gebracht, allerdings konnte ihm bisher nie etwas nachgewiesen werden.

Wie Polizeisprecher Gregor Humpert gestern mitteilte, wurde P. wegen eines Mordes in Hannover, der schon einige Jahre zurückliegt und bisher nicht aufgeklärt worden ist, festgenommen. Es gebe Hinweise auf seine Täterschaft. Ein Zusammenhang mit dem Mord an Lars R. sei derzeit nicht zu erkennen. So die offizielle Stellungnahme der Polizei.

Aber sagt die Polizei hier die ganze Wahrheit? Denn: Lars R. war früher Mitglied genau der Rockergruppe, deren Boss Michael P. ist! Und er hatte nach seiner schrecklichen Verwundung wieder Kontakte zu den alten Kumpels geknüpft. Angeblich unterstützte Michael P. sogar den Veteranen.

Wurde Lars R. zufälliges Opfer des kriminellen Drogengeschäfts? Gab es Streit zwischen den Rockerkumpels? Wollte der Ex-Soldat aussteigen und musste deswegen sterben? Droht unserer Stadt ein Bandenkrieg?

Fragen, die die Polizei uns Bürgern jetzt bald beantworten muss.

Kertsch hatte, wie alle in der Runde, die Zeitung gefaltet neben sich liegen.

»Tja, wir hatten ja nun eine ganze Woche Ruhe vor der Presse. Der Fall zieht sich, und irgendwann musste das kommen.«

Alle nickten.

»Die Panikmache übersteigt auch nicht das für dieses Blatt übliche Maß.«

Leises Lachen am Tisch. Kertsch strich sich über den Scheitel und leitete dann bedächtig über.

»Herr Grewe, wie ist denn der aktuelle Stand?«

Grewe hustete kurz, schob seine Unterlagen ein wenig hin und her, richtete die Armbanduhr am Zeitungsrand aus, und dann berichtete er.

»Staatsanwalt Blum kommt erwartungsgemäß nicht vorwärts mit Perschel, der schweigt. Zu einem eventuellen Entlastungszeugen hat der Anwalt von Perschel Blum gegenüber bisher nichts verlauten lassen, allerdings benimmt er sich, wie Blum sagte, durchaus so, als ob er einen in der Tasche hätte. Es gibt Spurensätze von Perschel in Rems' Wohnung, das hat Herr Drossel durch Vergleichstests belegen können. Allerdings sagen diese Spuren nichts über Zeitpunkt und Zeitdauer von Perschels Anwesenheit aus. Außerdem bestreitet er bisher auch nicht, dass er Rems kannte. Na ja, er sagt eben gar nichts.«

Kertsch nickte.

»Was ist mit dem anderen Rocker, äh, Schönlein?«

»Den haben die Kollegen vom LKA immer noch unter ihren Fittichen. Er hat sich wohl näher ausgelassen zu einem Drogen- und Waffenhändler türkischer Herkunft, der seit einiger Zeit völlig unverdächtig in unserer Stadt lebt und operiert. Ich kriege heute noch ein Vernehmungsprotokoll zu lesen, weil dieser Mann in Verbindung mit Perschel und auch Rems stand. Rems hatte angeblich eine Drogenconnection nach Afghanistan, und der Großhändler bezog über Rems Heroin. Wir gehen davon aus, dass Rems aus diesen Geschäften irgendwie Geld abgezweigt hat, und könnten uns vorstellen, dass hier ein mögliches Mordmotiv für Perschel oder aber den Geschäftspartner liegt. Im Grunde ist auch Schönlein noch nicht aus der Nummer raus, aber so bereitwillig, wie er das alles erzählt, glaube ich eigentlich nicht, dass er mit Rems' Tod etwas zu tun hat. Tja, das ist der Stand.«

Kertsch dachte nach.

»Das heißt, wenn es tatsächlich einen Entlastungszeugen für Perschel in der Sache Drewniok gibt, haben wir nicht genug, um ihn noch wegen Rems zu behalten?«

Grewe holte tief Luft.

»Genauso sieht's aus. Dann müssen wir ihn erst mal laufen lassen und weitersuchen.«

Schweigen im Raum.

Dann fragte Kertsch: »Alternativen?«

Die Beamten der SoKo schauten sich an. Grewe schüttelte den Kopf.

»Nein. Nichts aus dem Drogenmilieu. Rems war eine Anlaufstelle für alle möglichen Konsumenten, und er hatte sozusagen einen guten Ruf als Dealer. Man bekam sein Zeug, wenn man zahlen konnte, und ging wieder.«

»Die Kameraden?«

»Er war sehr beliebt, wurde teilweise regelrecht verehrt, obwohl er als Ausbilder wohl ein harter Knochen gewesen ist. Wir wissen nicht viel über die Einsätze bisher. Das wäre dann im Fall das Nächste, was wir uns näher anschauen müssten. Vor allem den letzten.«

Kertsch nickte. Dann legte er beide Hände flach auf den Tisch und lehnte sich ein wenig vor.

»Ich schlage vor, Sie machen heute alle ruhig Dienst, arbeiten Liegengebliebenes auf. Wir können jetzt bloß abwarten. Morgen ist die Beerdigung?«

Grewe bestätigte das.

»Nun, ich denke, nach diesem Artikel hier«, Kertsch deutete auf die Zeitung, »könnte es zu Aufsehen kommen. Gehen Sie bitte mit ein paar Leuten zum Friedhof, nehmen Sie auch eine ausreichende Zahl Kollegen von der Bereitschaftspolizei mit. Und dann sehen wir weiter.«

Kertsch stand auf, die anderen Beamten ebenso.

Der Rest des Tages dümpelte vor sich hin. Therese rief bei Samantha Rems an wegen der genauen Uhrzeit der Bestattung und hatte danach einen Termin beim Polizeipsychologen. Estanza und Fuchs übernahmen die Vorbereitungen für den Einsatz am Friedhof.

Grewe schaffte es, die Kinder von der Schule abzuholen, und ordnete eine »Herr der Ringe«-Sitzung vor dem Fernseher an.

Als Stina nach Hause kam, schlief ihr Mann inmitten des Chipsfutternden Nachwuchses, der sich gerade darauf vorbereitete, den dritten Teil auch noch zu gucken.

17

Am Donnerstag zogen die Temperaturen wieder an, am Morgen lag Raureif, die Straßen waren glatt. Zunächst schien die Sonne, aber im Lauf des Vormittags nahm die Bewölkung rasch zu. Als die Polizeibeamten gegen halb zehn am Waldfriedhof eintrafen, war der Himmel grau und trostlos.

Grewe versammelte Therese, Estanza, Fuchs und sechzehn uniformierte Kollegen auf dem Parkplatz um sich. Die Bereitschaftspolizisten wurden von Claus-Peter Wolf angeführt, darüber war Grewe sehr froh.

»Okay, Leute. Das ist der einzige Zugang zum Friedhof, was uns die Sache vereinfacht. Ich würde vorschlagen, dass zwei Kollegen der Bereitschaftspolizei unten am Beginn der Auffahrt stehen und der Rest hier am Eingang verbleibt. Wie ihr euch organisiert, wisst ihr selbst am besten. Wir«, damit wandte er sich an seine Kripokollegen, »gehen jetzt erst mal zur Einsegnungshalle und später mit zum Grab. Fuchs, du hältst den Funkkontakt mit den Kollegen hier. Falls wir uns trennen müssen, bleibt Estanza bei dir und Therese bei mir.« Er schaute Therese an.

»Du nimmst eine Funke für uns mit, ja?«

Therese nickte. Während Grewe weitersprach, knöpfte er den Mantel auf, fasste beiläufig nach seiner Waffe und schloss dann die Knöpfe wieder.

»Die Trauergruppe geht selbstverständlich unbehelligt rein. Unser Augenmerk richtet sich vor allen Dingen auf eventuellen Besuch von Rockern, speziell Angehörigen der Skulls. Auch besteht die geringe Möglichkeit, dass Bundeswehrgegner oder Friedensaktivisten aufkreuzen.«

Grewe stemmte die Hände in die Manteltaschen und rieb die rechte Schuhspitze auf dem Parkplatz, als klebe Kaugummi daran.

Wolf meldete sich zu Wort.

»Wie sollen wir denn im Einzelnen vorgehen?«

Grewe hörte auf, mit dem Schuh zu scharren.

»Das ist natürlich heikel. Politische Demonstrationen, die geeignet sind, die Trauer am Grab zu stören, können wir schon unterbinden. Würde heißen, mit Transparenten oder dem Willen, sich laut zu äußern, dürftet ihr Aktivisten zumindest am Betreten des Friedhofgeländes hindern. Bei den Rockern ist es blöderweise schwieriger. Die dürfen trauern, auch wenn klar ist, dass die Angehörigen darüber nicht glücklich sind. Von den Bundeswehrkameraden mal zu schweigen, da sehe ich dann auch ein tatsächliches Gefahrenpotenzial. Tja.«

»Wir können die Skulls aber in jedem Fall auf Waffen oder gefährliche Gegenstände durchsuchen, das dauert ja schon mal eine Weile.«

Wolf war einfach Praktiker. Grewe lächelte ihn an.

»Ja, das wird dauern, Claus-Peter. Sehr gut.«

»Und im Hinblick auf die Gefahr einer Auseinandersetzung mit den Soldaten können wir sie doch eigentlich zumindest auf Abstand halten, bis alle anderen Trauergäste mit der Abschiednahme am Grab durch sind, oder?« Therese schaute Grewe und Wolf fragend an.

Beide nickten. Grewe war erleichtert.

»So machen wir das. Sehr gut.«

Wolf drehte sich zu seinen Leuten um.

»Laske und Bär, ihr übernehmt die erste Stunde an der Auffahrt. Theiß, Strauch und Lehmann, ihr stellt euch an den Eingang, der Rest bleibt vorerst an und in den Wagen.«

Die Grünen nickten und setzten sich gemäß Wolfs Anordnungen in Bewegung.

»Alles Gute dann.«

Grewe und Wolf gaben sich die Hand, und dann machten sich die vier Kripoleute auf den Weg zur Einsegnungshalle.

Der Waldfriedhof war, als jüngste der städtischen Anlagen, während des Ersten Weltkriegs eröffnet worden. Als reiner Soldatenfriedhof. Mitte der zwanziger Jahre ließ man auch zivile Bestattungen zu, weil er aufgrund seiner Lage der einzige Friedhof der Stadt war, den man noch erheblich erweitern konnte.

Grewe war als Kind sehr häufig hier gewesen. Ein Großteil seiner Familie väterlicherseits lag auf diesem Friedhof, die Männer oft in Kriegsgräbern. Tatsächlich waren sein Vater und ein Bruder seines Großvaters die einzigen männlichen Grewes, die nicht durch Krieg zu Tode gekommen waren. Was gleichzeitig bedeutete, dass Grewe und sein Sohn Robert die einzigen Männer der Familie waren, die nicht von alleinstehenden Müttern großgezogen worden waren. Immerhin, das relativierte die Versagensgefühle, die Grewe oft in Erziehungsfragen plagten, ein wenig.

Die Sonntage auf dem Waldfriedhof hatten sich also stets in die Länge gezogen, weil gut und gerne zehn verschiedene Gräber besucht werden mussten. Zumindest als Grewes Großmutter noch lebte. Bei seinen Eltern hatte die Intensität der Besuche dann schon nachgelassen, und jetzt, wo die beiden selbst hier lagen, sah der Friedhof nur noch selten einen lebenden Grewe. Wenn, dann war es meist Stina, weil sie die Grabpflege bei Grewes Eltern übernommen hatte.

Die vier Polizisten waren zur Einsegnungshalle gelangt, ein hässlicher Betonklotz aus den späten Sechzigern.

Grewe schaute auf die Uhr.

»Die Trauerfeier beginnt um halb elf, wir haben also noch etwas Zeit.«

Sie standen im Kreis und schwiegen. Fuchs tippelte hin und her, Estanza begann, etwas in seinem rechten Nasenloch zu suchen.

»Markus, geh doch ruhig noch mal raus und rauch eine.« Therese knuffte Fuchs auf den Arm. Der freute sich.

»Echt? Nix dagegen?«

»Das Getrippel nervt. Das ist alles.«

Fuchs streckte die Zunge raus und machte sich auf den Weg. Therese zog das Funkgerät aus der einen Jackentasche, das Mikro aus der anderen, stöpselte es im Gerät ein und befestigte das andere Ende am Kragen. Danach folgte der kleine Kopfhörer, den sie am linken Ohr trug. Sie schaltete das Gerät ein und checkte mit einem knappen Dialog, ob sie Verbindung zu den Kollegen hatte.

»Tja.«

Grewe zuckte mit den Schultern.

Estanza hatte gefunden, was er suchte, und wusste jetzt nicht, wohin damit. Therese schüttelte den Kopf.

»Also ich hab Tempos da, aber ich bin nicht deine Mama, oder?«

Estanza grinste und schnipste das Ergebnis seiner Bergwerksarbeit lässig zur Seite.

»Hängt jetzt am Zeigefinger. Eklig.« Therese grinste ebenfalls.

Estanza zögerte, aber dann schaute er doch nach.

»Ha. Ha. Ha. Sauber im Gebüsch gelandet.« Triumphierend zeigte er den popelfreien Fingernagel vor.

Grewe schnaufte.

»Ich geh mal rein und schau mir das an, Kinder.«

Er drehte sich kopfschüttelnd um und ging auf die Treppe vor dem Eingang zu.

Als er oben angekommen war, blieb er kurz stehen, wandte den Kopf und rief: »Es klebt auf deinem Schuh, Tony.«

Dann huschte Grewe in die Halle.

»Was?«, kam es von Estanza.

Therese lachte dreckig.

Die Halle war hoch und kalt. Beton, Glasbausteine, Holzbänke mit Metallbeinen. Die paar Kerzen machten den Raum nicht wärmer oder besinnlicher, sondern verstärkten nur das Gruftgefühl.

Grewe saß in der vierten Reihe und sah den Mitarbeitern des Beerdigungsinstituts bei den letzten Vorbereitungen zu.

Ein heller Holzsarg stand aufgebahrt hinter dem Pult, an dem dann wohl der Pfarrer stehen würde. Blumenschmuck, zwei Kränze mit Schleifen. Eine schwarz-rot-gold mit goldener Schrift: »Ein letztes ›Glück ab‹ von den Kameraden der Luftlandebrigade 42«, die andere glänzend schwarz mit silberner Frakturschrift: »Von deinen Brüdern – Skulls forever, forever Skulls«.

Unbehagen machte sich in Grewe breit. Er dachte einen Moment nach, dann stand er auf und ging zu einem der Leute vom Institut, ein älterer Mann, den er für den Verantwortlichen hielt.

»Guten Tag. Grewe ist mein Name, ich bin Polizeibeamter und ermittle in diesem Todesfall.« Er hatte seinen Dienstausweis in der Hand.

Der Mann schaute verhalten neugierig zuerst den Ausweis und dann Grewe an.

»Ja?«

Grewe zeigte auf den Kranz der Skulls.

»Der wird den Angehörigen nicht gefallen.«

Der Mann wiegte den Kopf. »Das ist schwierig. Sehen Sie, es steht uns nicht zu nachzufragen. Die Leute kommen ins Institut und bestellen die Kränze, oder sie bringen sie zu uns, damit wir sie dann hier aufstellen. Es ist ihre Sache.«

»Ich verstehe das. Aber es ist nun so, dass wir die Todesumstände noch nicht geklärt haben, und es besteht die Möglichkeit, dass die Verbindung des Toten zu dieser Gruppe den Anlass für seinen gewaltsamen Tod geliefert hat. Es ist, ehrlich gesagt, sogar recht wahrscheinlich. Und die Witwe weiß das.«

Der Mann vom Beerdigungsinstitut stemmte die Hände in die Hüften und schaute den Kranz der Rocker an.

»Phh. Ja, das sind dann so die Sachen.« Er grübelte, dann schüttelte er den Kopf.

»Es tut mir sehr leid, aber das kann ich einfach nicht machen. Ich kenne die Motive der Leute nicht, vielleicht empfinden sie wirklich Trauer um den Mann, und dann ist es ihr Recht, das so zu demonstrieren. Finden Sie nicht?«

Grewe nickte.

»Ja, sicher.«

Der Bestatter löste die Hände aus den Hüften und ließ sie unsicher an der Seite herabsinken. Grewe hatte einen kurzen Impuls, die Hände in die Manteltaschen zu stecken, aber dann machte er Fäuste, öffnete sie wieder und strich kurz über die Mantelschöße, schließlich verharrten seine Hände irgendwo zwischen zwei Möglichkeiten.

So standen sie beide einige Augenblicke.

Der Bestatter seufzte. Grewe stoppte für einen Moment seinen Atem. Dann hatte er eine Idee.

Therese war allein vor der Halle. Estanza suchte mit einem ihrer Tempos und dem darin sich befindenden Popel in der Hand nach einem

Mülleimer. Als sie Grewe herauskommen sah, klappte ihr der Mund auf.

»Was ist das denn?«

Grewe kam mit schnellen Schritten die Treppe herunter.

»Ein Kranz von den Skulls.«

»Das … Diese Wichser.« Therese machte einen energischen Schritt zurück, um die Schleife genau zu betrachten.

»Der Mann vom Bestattungsunternehmen wollte ihn erst nicht wegtun. Ich habe ihm dann klargemacht, dass wir die Typen eh nicht mit den Angehörigen in die Einsegnungshalle lassen würden.«

»Hast du gut gemacht.«

»Danke. Ich bringe das Ding raus zu Wolf. Er kann ihn den Kerlen nach der Durchsuchung ja geben. Glaube kaum, dass die ihr Geld zurückverlangen. Wegen nicht stattgefundener Trauerbeflaggung.«

»Tu das, Grewe.«

Grewe nickte und machte sich auf den Weg. Ihm war leichter ums Herz. Obwohl er sich mit diesem Eingriff auf rechtlich unsicherem Terrain bewegte, hatte er doch das gute Gefühl, etwas Richtiges zu tun. Als der Haupteingang schon in Sichtweite war, entdeckte er Estanza, der sich neben einem Wasserbehälter damit abmühte, das an seinen Fingern klebende Taschentuch in einem Mülleimer zu entsorgen. Grewe lächelte.

Im Weitergehen sah er durch das Tor einen weißen Bus mit dem Eisernen Kreuz der Bundeswehr auf den Parkplatz einbiegen. Grewe verfiel in Laufschritt.

Fuchs, der wohl zu Ende geraucht hatte und sich auf den Rückweg machte, schaut ihm entgeistert nach, wie er mit wehendem Mantel und Kranz in der Hand durch das Tor fegte. Grewe spurtete zu dem Einsatzwagen, vor dem Wolf stand.

»Schnell, pack den Kranz da rein.« Grewe pustete mit rotem Kopf. »Erklär ich dir gleich.«

Wolf nahm ihm grinsend den Kranz ab und legte ihn auf eine Sitzbank.

»So, jetzt mal durchatmen, Grewe.«

Der nickte nur schnaufend, synchron zu den Druckluftbremsen des

Busses. Die Kollegen lachten, aber nur kurz, weil sich dann die Bustüren öffneten.

Zwei Offiziere stiegen aus, den ersten kannte Grewe, es war Radványi. Der zweite war ein energisch wirkender Oberst um die fünfzig. Radványi sah Grewe ebenfalls sofort und machte den Oberst auf ihn aufmerksam. Die Männer gingen aufeinander zu.

»Guten Tag, Jörg Pagels, ich bin der stellvertretende Kommandeur der Brigade.«

»Angenehm, Kurt Grewe. Ich leite die Ermittlungen zum Tod von Lars Rems.«

»Ja, unser S 1«, seine Hand deutete auf Radványi, »sagte mir das gerade. Sind Sie denn schon weitergekommen?«

Grewe machte eine unbestimmte Bewegung mit dem Kopf.

»Ich hoffe, ja, Herr Oberst. Aber wir hängen gerade mit ein paar Sachen in der Luft.«

»Haben Sie den Dienstgrad geraten?« Pagels schaute freundlich.

»Herr Grewe hat im vier-einundzwanzig gedient, vierte Kompanie«, mischte sich Radványi ein.

»Oh, das freut mich. Wie die Teufel!« Wie Radványi neulich, machte auch der Oberst jetzt die Geste, die mehr nach Daumendrücken als nach Faust aussah.

»Ist schon eine ganze Weile her.«

»Sie wissen doch, es gibt keine ehemaligen Fallschirmjäger. Man gehört sein Leben lang dazu.«

Für einen Moment gelang es dem Oberst tatsächlich auszusehen wie ein väterlich-strenger US-Offizier aus einem patriotischen Hollywoodfilm, und Grewe spürte, dass sein Herz einen kleinen Hüpfer machte. Doch da waren auch Erinnerungen, die er lange in sich eingeschlossen hatte. Erinnerungen an eine Reihe guter Gründe, warum Grewe seinerzeit beschlossen hatte, nie wieder in seinem Leben Fallschirmjäger zu sein.

»Na ja, aus einem Flugzeug möchte ich heute nicht mehr springen müssen«, lächelte er halbherzig.

»Zeigen Sie mir einen Mann, der aus einem Flugzeug springt, dann zeige ich Ihnen einen Mann, der kämpft.« Oberst Pagels hatte den Zeigefinger erhoben. »General James Gavin hat das im Zweiten Weltkrieg gesagt, einer der ersten Offiziere, die die taktische Bedeutung von Luftlandetruppen erkannten.«

Grewe wusste nichts darauf zu antworten. Er zog die Schultern hoch und nickte ein paarmal.

Im Hintergrund stieg ein Soldat nach dem anderen aus dem Bus, alle in Ausgehuniform mit schwarzen Binden am linken Arm. Es waren alle Typen dabei: schmale, verunsichert schauende Gefreite, deren Pickel auf der weichen Haut das Einzige waren, das, zumindest farblich, zu den niegelnagelneuen bordeauxroten Baretten passte. Kantige Haupt- oder Stabsgefreite und Unteroffiziere mit finsteren Mienen, scharf ausrasierten, schmalen Bärten; ihre Barette waren sorgsam geformt, saßen wie Helme auf meist kahlen Schädeln, das dunkle Rot war ausgebleicht von Sonne und Wind der Einsatzländer. Der stürzende Adler glänzte silbern. Sie trugen meist zwei Springerabzeichen, das deutsche und noch ein ausländisches.

Dann die Feldwebel, deren Gesichter abgeklärter wirkten; ohne Uniform machten sie sicher einen ganz zivilen Eindruck. Aber die Abzeichen auf ihren Jacken erzählten mehr über sie. Die meisten waren Einzelkämpfer oder »Rifle experts«, trugen »Expert Infantry Badges« und hatten zwei Reihen Ordensbänder, mehr war für einen deutschen Soldaten nicht drin.

Schon zu Grewes Zeiten ging der Spruch um, dass die Amis bereits für die unfallfreie Teilnahme an der Gemeinschaftsverpflegung eine Auszeichnung bekamen. Da war die Heldenbrust nach nur zehn Dienstjahren einfach voll.

Zum Schluss kam ein schon leicht ergrauter Hauptmann, Grewe dachte noch, der ist aber alt für den Dienstgrad, da fiel ihm ein, dass der Mann vermutlich ein früherer Feldwebel war, der den Sprung in die Offizierslaufbahn geschafft hatte.

»Ich nehme an, wir sehen uns noch mal, Herr … Kommissar? Ist das die richtige Bezeichnung?«

Grewe schaute Pagels an.

»Kriminalhauptkommissar, Herr Oberst, aber das sagt kein Mensch. Ja, ich könnte mir vorstellen, dass wir in den nächsten Tagen noch mal in die Kaserne kommen werden. Ich rufe Sie an wegen eines Termins, Sie sind ja sicher nicht immer da, denke ich?«

»Ach, zurzeit bin ich eher selten unterwegs, weil unser Kommandeur noch für drei Monate in Afghanistan im Einsatz ist, im Joint Command. Da bin ich vor Ort gefragt. Die Familie dankt es.«

»Ja, das kann ich mir vorstellen.« Kaum sagte ein Mann das Wort Familie mit wenigstens rudimentärer Zärtlichkeit, war Grewe für ihn eingenommen, gleich, wie viel Blödsinn er vorher von sich gegeben hatte.

»Tja, dann gehen wir es mal an, was, Major?«

»Sicher, Herr Oberst.«

Die beiden Offiziere gaben Grewe kurz die Hand und schwenkten dann in Richtung ihrer Truppe.

Die hatte sich mittlerweile ganz selbstverständlich im Halbkreis um den grauen Hauptmann geschart. Er strahlte eine natürliche Autorität aus. Sein Gesicht war scharf geschnitten, das Kinn geradezu viereckig, der Körperbau gedrungen und sehr athletisch. Die Muskeln schienen die Uniform zum Zerreißen zu spannen. Man konnte sich den Mann nicht beim friedlichen Gewichtheben vorstellen, sondern nur bei eisenhartem Kampftraining. Er war austrainiert, weil er Soldat war, nicht wegen der Gesundheit oder dem Aussehen.

Ein VW-Bus rollte auf den Parkplatz, das riss Grewe aus seinen Überlegungen.

Aus dem Wagen stieg Samantha Rems, in schwarzen Jeans, schwarzen Cowboystiefeln und schwarzem Mantel. Den Kajal hatte sie sich offensichtlich schon auf dem Weg hierher größtenteils weggeweint, die Reste tupfte sie sich eben mit einem Taschentuch weg. An ihrer Hand ging ein vielleicht siebenjähriger Junge, das musste Kevin sein. Eine Frau, die ihr recht ähnlich sah, hielt Samantha Rems untergehakt, fraglos ihre Schwester, dazu noch deren Mann mit zwei Kindern, ein etwa zehnjähriges Mädchen und ein Junge in Kevins Alter.

Grewe setzte sich schnell in Marsch zurück zur Einsegnungshalle. Etwas ließ ihm keine Ruhe: Er kannte diesen Hauptmann. Es war keine gute Erinnerung, aber er konnte sie nicht recht fassen.

»So, die Trauergemeinde ist jetzt vollzählig in der Halle. Bewegt sich da was bei euch?«

Fuchs hörte in seinen Ohrstöpsel auf die Antwort.

»Alles klar, danke. Bis denne.« Er ließ den Sprechknopf los und guckte Grewe mit Kopfschütteln an.

»Alles ruhig weiterhin.«

»Na, hoffentlich bleibt das so.« Grewe trat unruhig auf der Stelle.

»Schon komisch. Durch die vielen Soldaten vergisst man fast die Umstände von Rems' Tod. Man denkt, er ist, ja, gefallen, oder?« Therese sah die Kollegen der Reihe nach an.

»Ach Gott, Therese, von uns sterben auch Leute im Dienst, und da gibt's nie so ein Bohei. In Amiland spielt bei toten Bullen der Dudelsack, und es gibt Salutschüsse am Grab.« Estanza gab sich breitbeinig.

»Vielleicht würde es uns guttun, wenn es etwas mehr Bohei gäbe bei einem von uns. Und denen auch.« Sie zeigte mit dem Kinn in Richtung Einsegnungshalle. Estanza zog eine Grimasse.

»Also, ich finde, die kriegen doch ganz anständige Trauerfeiern mittlerweile. Mit Bundeskanzlerin und Verteidigungsminister und Fahnen und so.«

»Ja, aber wenn die Fußballnationalmannschaft verliert, ist mehr Trauer im Volk als bei einem toten Soldaten oder Bullen, findest du nicht?« Therese wurde sauer.

»Aber das ist doch auch eine Katastrophe. Ich wette immer auf die Idioten!« Fuchs versuchte, für Entspannung zu sorgen. »Und wenn ich dann mal auf Niederlage setze, dann können die auf einmal wieder richtig Fußball spielen.«

Grewe entfernte sich kommentarlos von der Gruppe und ging Richtung Halleneingang. Der rechte Türflügel war nicht ganz zugefallen, so konnte er unbemerkt hineinschlüpfen. Der Pfarrer sprach noch. Es war das Übliche, nichts von seiner Rede blieb einem im Gedächtnis. Wahrscheinlich kannte er Rems gar nicht.

In der ersten Reihe saßen die Angehörigen, Samantha Rems schluchzte unaufhörlich, ihre Schwester streichelte ihren Rücken. Kevin saß steif und unbewegt neben seiner Mutter. Was kam bei diesem Jungen an, fragte sich Grewe. Er hatte seinen Vater ja eigentlich schon vor dessen Tod verloren. Und jetzt war wirklich alles aus. Was hatten die Erwachsenen ihm überhaupt drüber gesagt?

Grewe war Mitte dreißig gewesen, als sein Vater starb. Er war bei einem Lehrgang in Norddeutschland gewesen und hatte es von einem Freund der Eltern am Telefon erfahren; es war völlig überraschend gekommen. Herzinfarkt.

Grewe erinnerte sich noch genau; das Erschütterndste war die Erkenntnis gewesen, dass es unumkehrbar war. Er würde nie mehr mit seinem Vater sprechen, ihn nie mehr umarmen, sich nie mehr über ihn ärgern, ihn nie wieder anrufen, weil etwas Gutes passiert war, er etwas geschafft hatte, worauf sein Vater sicher stolz sein würde. Zum ersten Mal war in Grewes Leben etwas Dramatisches geschehen, das nicht mehr zu ändern war. Das war das Schlimmste. Abgesehen davon, dass er nicht bei ihm sein konnte, als er starb.

Als seine Mutter wenige Jahre danach unheilbar an Blutkrebs erkrankte, bewegte sich Grewe über Monate nie für länger als einen Tag aus der Stadt hinaus. Und so konnte er ihre Hand halten, als es soweit war.

Er hatte all diese Erfahrungen bewusst gemacht. Er wusste, wer sein Vater war. Wusste, dass der ihn geliebt hatte und glücklich über das Leben seines Sohnes war. Sein Vater hatte alle Enkel im Arm gehalten, oft. Und Grewe spürte den eigenen Vater in sich. Gutes und Schlechtes.

Kevin wuchs ohne all das auf. Eine diffuse Erinnerung, die letzten Monate überschattet von der Trennung und dann ein unvorstellbar gewaltsamer Tod, dessen Umstände noch nicht endgültig geklärt waren.

Deswegen war er Mordermittler geworden. Das hielt ihn aufrecht, und das trichterte Grewe auch immer und immer wieder den Kollegen ein. Sie taten einen wichtigen Dienst, nicht nur an der Gesellschaft oder abstrakt dem Recht, nein, an den Toten und vor allem den Hinterbliebenen. Wenn die Polizei ihre Arbeit gut machte, dann bot das die Chance auf Befriedung, auf Abschluss und Neubeginn. Kevin Rems hatte ein vitales Recht darauf, irgendwann genau zu wissen, warum sein Vater so gestorben war. Und wer das Messer in den Körper gestoßen hatte, wieder und wieder.

Wieder und wieder.

Grewe fröstelte plötzlich, ein leichtes Zittern durchlief ihn, wie bei einem Blutzuckerabfall.

Es passte nicht.

Es passte überhaupt nicht.

Dieser eine, präzise, ja klinisch sauber und perfekt tödlich gesetzte Stich. Und die vielen weiteren, wahllosen Stiche in den schon wehrlosen, vermutlich sogar längst toten Körper.

Kälte oder Wut?

Eines nur ging.

Oder war der Mörder so kalt gewesen, dass er Wut vortäuschen wollte? Wer kam auf so einen Gedanken? Wollte er die Kälte vor sich selbst verdecken, erschrak er davor? Sollten alle denken, dass hier Wut im Spiel war, Hass, und in Wirklichkeit gab es ganz geschäftsmäßige Gründe für den Mord?

Drossel hatte von Anbeginn an darauf gepocht, dass hier einiges nicht zusammenpasste. Er hatte mal wieder recht gehabt, das sah Grewe jetzt ganz klar. Waren sie vom Weg abgekommen? Über den Kern hatten sie kaum noch gesprochen, über die Frage: warum? Die Ereignisse der letzten Woche hatten die Ermittlung überrollt. Sie hatten keine falschen Entscheidungen getroffen, nein, das brauchten sie sich nicht vorzuwerfen, aber sie waren noch nicht in der Nähe des Ziels. Das Bild war unklar, genauso hatte es Gerd ausgedrückt. Sie brauchten Klarheit.

Der Pfarrer war fertig, er saß jetzt neben den Angehörigen. Von irgendwoher kam Musik, Gitarre und Percussion. Grewe kannte das Lied, kam aber nicht drauf, welches es war. Die meisten wussten aber offensichtlich gleich Bescheid, denn es ging schon bei den ersten Takten tiefe Bewegung durch die Anwesenden; einige der Soldaten hielten die Hand vor den Mund und kniffen die Augen fest zusammen. Als der Sänger einsetzte, fiel es Grewe sofort ein: »Abschied nehmen« von Xavier Naidoo. Es ging um einen Freund, der lange gekämpft, aber doch verloren hatte. Um die Scham der Zurückgebliebenen und den Schmerz.

Passte. Furchtbar.

Einige der grauen Uniformröcke beugten sich zitternd vornüber, Arme legten sich über breite Schultern.

»Was machen wir jetzt ohne unsern Held?«, sang der Sohn Mannheims.

Auch die zwei Reihen mit zivil gekleideten Trauergästen zwischen Soldaten und Familie wurden heftig geschüttelt, die meisten waren offensichtlich Kameraden von Rems. Warum sie nicht in Uniform hier waren, die anderen aber doch, erschloss sich Grewe nicht recht, das wollte er bei Gelegenheit nachfragen.

»Ich werd dich wiedersehen«, mit dieser Zeile lief die Musik aus.

Grewe dachte an den Song, den er sich im Stillen schon lange für seine eigene Beerdigung ausgesucht hatte, »All is well«, vor allen Dingen wegen der Zeile »Weep not, my friends, my friends weep not for me, all is well«.

Er wollte schon gehen, um die Trauergemeinde nicht zu stören, wenn sie sich aufmachte zum Grab, als in der letzten Reihe der Soldaten Unruhe entstand. Der ältere Hauptmann, den Grewe zu kennen glaubte, stand auf, mit ihm noch fünf Feldwebel. Der Hauptmann hatte ein gefaltetes Stoffpaket unterm Arm. Die Soldaten gingen gemessenen Schrittes nach vorn, sie hatten ihre Barette aufgesetzt. Der Oberst sah sie entsetzt an. Was ging da vor?

Die Soldaten stellten sich um den Sarg, drei Mann auf jeder Seite; der Hauptmann hob das Stoffpaket und begann es aufzufalten, dabei half erst sein Nebenmann, dann nach und nach die anderen Soldaten.

Eine Bundesflagge.

Als sie von allen sechs Männern gehalten über dem Sarg schwebte, wurde wieder Musik eingespielt. Streicher und Bläser. Filmmusik aus einer amerikanischen Fernsehserie über US-Fallschirmjäger im Zweiten Weltkrieg. Grewe hatte die Serie damals heimlich geguckt, sie lief immer spät. Stina hätte sich böse Kommentare nicht verkneifen können …

Die Soldaten saßen kerzengerade in den Reihen.

Zuerst standen Einzelne, dann alle Fallschirmjäger auf und nahmen Grundstellung ein. Schließlich auch Oberst Pagels und Major Radványi.

Nach dem Ende der Musik falteten die Männer auf ein Kopfnicken des Hauptmanns die Flagge sorgfältig zusammen, traten vom Sarg weg, und der Offizier ging zur Familie.

Er kniete sich vor Kevin auf den Boden und bot ihm die Flagge an; der Junge nahm sie nach einem Zögern in seine kleinen Hände und hielt sie fest. Der Hauptmann stand auf, trat einen halben Schritt zurück und legte die Hand zum Gruß an die Schläfe. In dieser Stellung verharrte er lange, atemlose Sekunden.

Grewe wollte das nicht, er sträubte sich dagegen, aber er konnte nicht anders, als Rührung zu empfinden. Es war eine große Geste, opernhaft, pathetisch. Aber die Erinnerung an diesen Moment konnte vielleicht später einmal den Schmerz des Jungen lindern.

Der Soldat nahm die Hand mit kantigem Schwung an die Seite, machte rechts um und verließ mit den fünf Feldwebeln die Einsegnungshalle, an Grewe vorbei.

Als sich an der Tür ihre Blicke kreuzten, der Hauptmann hatte strahlend blaue Augen, bekam Grewe schlagartig einen trockenen Mund, eine Hitzewelle lief durch seinen Körper.

Vor seinem Blick tanzten Blätter, Zweige peitschten ihm ins Gesicht. Er stürzte in nasses Gras, ein Hund kläffte. Dann spürte er kalten Beton unter seinen nackten Knien und an der Stirn, die Hände waren auf dem Rücken gefesselt.

Und blaue Augen, die ihn kalt anstarrten.

Rohmann.

Wo war dieser Name all die Jahre gewesen?

Der letzte der sechs Soldaten war an Grewe vorbei, die Tür schwang wieder zu, ein kalter Luftzug holte ihn wieder in die Gegenwart.

Er musste raus.

Als Grewe an der frischen kalten Luft war, sah er, dass seine Kollegen in eine offensichtlich heftige Diskussion mit einem Mann im Anzug verwickelt waren.

»Ah, Chef! Gut, dass du da bist.«

Fuchs winkte ihn näher.

Grewe spürte einen heftigen Schweißausbruch kommen, sein Mund war wie eine Wüste nach dem Sandsturm; er versuchte zu schlucken und wollte nur weg, weg hier, irgendwohin, wo er sich fassen, die Erinnerungen packen und wieder einschließen konnte. In das diffuse

Dunkel, in dem sie fest geschlafen hatten, seit er Stina vor vielen Jahren einen Blick darauf hatte werfen lassen.

Aber vier Augenpaare waren auf ihn geheftet. Das von Fuchs in freudiger Erwartung eines klärenden Machtwortes, das von Estanza gespannt auf eine Auseinandersetzung, das von Therese ehrlich empört, das des fremden Mannes spöttisch glimmend.

Grewe öffnete im Gehen seinen Mantel, lockerte die Krawatte, legte dann seinen Schal wieder darüber, schloss den Mantel, atmete so ruhig wie möglich.

»Grewe mein Name, Kriminalhauptkommissar. Was gibt's denn?« Gut, kam ganz unbeteiligt. Der Mann im eleganten Kurzmantel aus Kaschmir zog mit einer affektierten Bewegung den rechten Handschuh aus und gab Grewe die Hand.

»Mein Name ist Uwe von Carst, ich bin der Rechtsbeistand von Herrn Michael Perschel, den Sie vergangenen Freitag festgenommen haben.«

»Ich nehme nicht dauernd Leute fest, Herr von Carst. In der Regel erinnere ich mich sehr gut an jeden.«

»Nun, wie Sie sicher wissen, waren mein Mandant und der Verstorbene gut befreundet.«

Therese lachte kurz und gemein. Grewe musste sich sehr konzentrieren, aber der aufsteigende Ärger half ihm, klarer zu werden.

»Herr von Carst, wollen wir uns das nicht alles sparen, und Sie kommen einfach auf den Punkt?«

Der Anwalt nickte lächelnd.

»Nun, wir sind schon beim Punkt. Sie haben kein Recht, meine Teilnahme an der Trauerfeier zu verhindern. Ganz einfach.«

»Die Trauerfeier ist praktisch zu Ende, Sie hätten pünktlich sein sollen.« Er war schnell, das fand Grewe sehr gut. Es ging aufwärts. Von Carst legte den Kopf schräg und schaute ihn amüsiert an.

»Sie gehen doch am Thema vorbei. Ihre Leute halten mich quasi fest. In einer öffentlichen Anlage. Ich habe mich ausgewiesen, ich verstoße gegen kein Gesetz und auch nicht gegen die Friedhofsordnung, ich bin passend gekleidet, und Sie dürfen mir durchaus zutrauen, mich für meine Verspätung angemessen zu entschuldigen.«

Grewe ging zur Seite.

»Bitte.«

Der Anwalt nickte lächelnd und sprang mit drei Schritten die Stufen hinauf. Die vier Polizisten sahen ihm nach.

»Dem gucken wir aber am Grab genau auf die Finger, was?« Estanza machte entschlossene Miene.

Grewe und Therese schauten sich an. Fuchs guckte in den Himmel. Dann wandte sich Grewe an Estanza.

»Tony. Bei solchen Leuten gibt es nichts zu sehen. Nie. Die riskieren nur was, wenn keiner zuschaut.«

So war es dann auch.

Worum es Uwe von Carst mit diesem Grabbesuch tatsächlich gegangen war, erfuhr die SoKo »Rems« erst am nächsten Tag.

Und danach stellte Grewe sich im Stillen, kurz, aber sehr intensiv vor, Polizist in einer fiesen Diktatur zu sein, in der er auf Bürgerrechte keine Rücksicht zu nehmen brauchte.

18

Am Freitag um Viertel nach neun kam ein Anruf von der Pforte. »Grewe, hier ist eine Frau Rems für dich. Möchte eine Aussage machen. Soll ich sie hochschicken?«

»N… nein, ich komme runter. Lass sie doch schon mal rein, bitte.«

»Is gut.«

Grewe legte auf und schaute Therese ernst an.

»Was ist?«

»Machst du neuen Kaffee? Wir werden ihn brauchen.«

Therese schaute ihn fragend an.

»Samantha Rems will uns was sagen.«

»Oh.«

»Genau.«

Grewe nahm die Treppe statt den Aufzug.

Er erkannte die Frau kaum wieder. Nicht dass an ihrem Äußeren etwas verändert gewesen wäre, ihre blondierten Haare waren wie immer zu einem nachlässigen Knoten geschlungen, sie trug eine enge Bluejeans, die gleichen Cowboystiefel wie gestern und eine gefütterte Lederjacke.

Aber ihr markantes Gesicht war heute wie formlos. Ihre Augen, die das Gegenüber in jedem Gespräch bisher offen angeschaut hatten, irrlichterten jetzt ziellos durch den Raum und vermieden jeden Blickkontakt, der länger als ein paar Sekundenbruchteile zu dauern drohte.

Sie hielt sich mit den eigenen Armen umfangen, als könnte sie so verhindern auseinanderzufallen.

Neben ihr stand Uwe von Carst.

»Guten Tag, Herr Kriminalhauptkommissar.«

»Sind Sie jetzt auch der Anwalt von Frau Rems?« Grewe stand mit herunterhängenden Armen vor den beiden.

Von Carst schüttelte lächelnd den Kopf.

»Nein, nein. Das wäre ja unethisch.«

Grewe schnaubte Luft aus.

»Also wirklich, Herr Grewe. Sie sind doch schon lange Polizist, da müssten Sie doch die Grundprinzipien des deutschen Rechtssystems verinnerlicht haben? Warum empört es Sie so, dass ein von Ihnen Verhafteter, dessen Lebensführung Ihnen nicht passt, eine optimale Verteidigung bekommt?«

Grewe mahlte mit den Kiefern. Mein Gott, dachte er, ich fühle mich wie ein Sechzehnjähriger, der beim Hau-den-Lukas verloren hat. Von Carst setzte nach.

»Schließlich hat mein Mandant in Herrn Blum ja auch einen sehr fähigen Ankläger, nicht wahr? Zumindest, wenn der von seinen Ermittlungspersonen mit ordentlichen Arbeitsergebnissen versorgt wird.«

Grewe schaute Samantha Rems an. Von Carst registrierte das freudig.

»Frau Rems möchte sich übrigens zugunsten meines Mandanten einlassen. Da fand ich es selbstverständlich, sie hierherzubringen. Frau Rems, wenn Sie möchten, hole ich Sie gerne wieder hier ab und fahre Sie nach Hause.«

Samantha Rems schüttelte den Kopf.

Von Carst behielt seine glänzende Laune.

»Na dann. Einen schönen Tag noch.«

»Moment mal bitte.«

»Ja, Herr Grewe?« Der Anwalt hatte eine elegante Pirouette hingelegt.

»Die Untersuchung liegt doch längst bei Herrn Blum. Frau Rems sollte bei der Staatsanwaltschaft aussagen.«

»Das habe ich ihr auch erklärt, aber sie möchte mit Ihnen sprechen.« Von Carst hob seine sehr teuer wirkende schmale Lederaktentasche und winkte damit. »Ich habe noch einen Termin. Also dann. Guten Tag.«

Der Anwalt federte aus der Dienststelle.

Grewes Magen stach, und gleichzeitig wallte ein unbezähmbarer Hunger in ihm auf.

»Frau Rems, möchten Sie vielleicht eine Kleinigkeit aus der Kantine zum Kaffee?«

Samantha Rems schüttelte den Kopf.

In Grewe tobte ein Kampf, der Magen siegte über die Höflichkeit.

»Macht es Ihnen etwas aus, mich kurz zu begleiten? Ich muss mir etwas zu essen holen. Wir gehen dann gleich hoch.«

Ein trauriges Lächeln huschte über ihr Gesicht. Sie nickte.

»Frau Rems, Zucker? Milch?«

Therese hatte allen Kaffee eingeschenkt und hielt eine kleine Milchtüte und den Zuckerstreuer mit fragendem Gesichtsausdruck hoch.

»Nein, danke. Schwarz.«

Therese nahm neben Grewe Platz. Sie saßen im Besprechungsraum. Ihr Büro war zu klein, und ein Vernehmungszimmer erschien Grewe zu unfreundlich. Auf dem Tisch stand ein kleines digitales Aufnahmegerät, das Mikrofon war auf die den Polizisten gegenübersitzende Samantha Rems gerichtet. Grewe hatte zuerst ein Brötchen mit Leberkäse gegessen und vertilgte jetzt eine Vollkornstulle mit Emmentaler. Therese brach ein Stück von ihrem Croissant ab, kaute, schluckte.

»So, Frau Rems. Was möchten Sie uns denn nun erzählen?«

Samantha Rems trank einen Schluck, setzte die Tasse dann wieder ab, drehte sie auf der Untertasse hin und her.

»Man darf hier wohl nicht rauchen?«

Therese bewegte sanft den Kopf von links nach rechts und zurück.

»Tut mir leid. Behörde.«

»Ist okay.«

Samantha Rems strich eine Wolke Haar aus der Stirn, blies noch mal mit vorgeschobener Unterlippe nach oben und ballte dann die Hände im Schoß.

»Ich war vom neunten bis vierzehnten Juni zweitausendfünf mit Mike Perschel und einer Gruppe … Leute im Urlaub in Südfrankreich.«

Die Polizisten schauten sie unsicher an. Samantha Rems' Blick schoss flackernd zwischen ihnen hin und her.

»Das war, als dieser Russe in Hannover erschossen worden ist. Mike war in Südfrankreich. Die ganze Zeit.«

Grewes Blick wurde starr, er schluckte das letzte Stück Brot runter. Thereses Unterkiefer klappte ein wenig nach unten.

»Können Sie das«, Samantha Rems zeigte auf den Voicerekorder, »dann abtippen, damit ich unterschreiben kann?«

Während Grewe ihr unverwandt ins Gesicht schaute, schaltete er das Gerät aus. Samantha Rems fixierte einen Punkt auf dem Tisch, neben dem Rekorder. Ihre Hände lagen schlaff links und rechts der Kaffeetasse. Grewes Zeigefinger hatte sich vom Schalter gelöst, sank auf die Tischplatte. Schweißflecken bildeten sich an den Stellen, wo die Finger auflagen.

»Haben die Sie bedroht, Frau Rems?« Seine Stimme rutschte nach oben, flirrte etwas.

Sie schüttelte den Kopf. Grewe atmete schwerer, Therese war versucht, ihm die Hand auf den Arm zu legen, bremste sich aber.

»Warum kommen Sie ausgerechnet jetzt mit der Aussage?«

Samantha Rems hob mit einer plötzlichen Bewegung den Kopf, ihre Augäpfel verschwammen, schienen sich auszudehnen. Sie sah Grewe direkt in die Augen, presste den Mund zusammen.

»Warum? Warum jetzt? Was ist passiert, Frau Rems?«

Grewes Stimme wackelte, seine Luftröhre würde hörbar eng. Samantha Rems ballte Fäuste, bohrte ihre Fingernägel in die Handflächen.

Therese fasste jetzt doch nach Grewes Unterarm, die Berührung war ihm unangenehm, das spürte Therese genau. Er war schon so wütend, er wollte nicht beruhigt werden. Grewe duldete ihren Versuch aus Respekt, aber lange würde es nicht halten.

»Wir sind die Polizei, Frau Rems, wir können Sie beschützen.« Therese bemühte sich, einen beschwörenden Ton zu vermeiden – sachlich bleiben, das schuf Vertrauen.

Samantha Rems' Gesicht wurde hart, die aufkommenden Tränen schienen sich wieder in die winzigen Kanäle der Augen zurückzuziehen, die Pupillen verengten sich. Ihr Blick wechselte langsam von Grewe zu Therese.

»Ich sage das aus, weil es die Wahrheit ist. Ende. Glauben Sie, das macht mir Spaß?«

Mit einer einzigen, heftigen Bewegung fegte Grewe den Rekorder zur Seite; der nahm auf dem Weg Grewes leere Kaffeetasse mit. Das Porzellan kam splitternd auf dem Boden auf, der Batteriedeckel des

Rekorders sprang auf, und gleichzeitig knallte Grewes Stuhl im Fallen gegen die Wand.

»Grewe!« Therese klang eher erschrocken und besorgt als sauer.

Im Gehen trat Grewe noch mal mit Schwung gegen den Rekorder, der flog gegen die Tür und ging in Stücke.

»Ich kann mir das nicht anhören«, stieß er mit gepresster Stimme hervor, riss die Tür auf, stürmte hinaus und knallte sie hinter sich wieder zu.

Samantha Rems' Unterkiefer zitterte, sie weinte wütend. Therese sah fassungslos auf die geschlossene Tür, ließ ihren Puls sich ein wenig beruhigen und machte sich dann daran, die von ihrem Kollegen hinterlassenen Trümmer zu beseitigen.

Grewe war ziellos durch die Altstadt gelaufen, fliegende Mantelschöße, Hände in die Hosentaschen gestemmt, bis aus den dicken grauen Wolken Schnee zu fallen begann. Hörte dieser Winter gar nicht mehr auf? Dann blieb er stehen, musste sich orientieren, wo er war.

Wrangelstraße. Schon ziemlich weit in Richtung Römerbrücke. Er hatte immer noch Hunger, aber hier gab es weit und breit nichts zu essen.

Während Grewe zurücklief, überlegte er fieberhaft, mit welcher Art Essen er sich am besten in einen Zustand bringen konnte, in dem es ihm möglich sein würde, in die Direktion zurückzukehren, sich bei Therese zu entschuldigen und dann darüber zu reden, wie es jetzt weiterging.

Hinter der übernächsten Kreuzung konnte er das hohe Gebäude der Sarvenia-Versicherung erkennen.

Kosta. Das war's. Souvlaki mit in Salbeibutter geschwenkten Kartoffeln, vorneweg einen Bauernsalat. Einen kleinen Rotwein. Und zum Schluss, nach dem starken Mokka, noch einen eiskalten Ouzo.

Grewe ging schneller, schloss endlich seinen Mantel über der feucht gewordenen Hemdbrust und schlug den Kragen hoch. Er spürte den Vibrationsalarm in der Innentasche des Jacketts und beschloss, nicht dranzugehen. Das musste warten. Nächste rechts.

Es ging ihm etwas besser.

Therese drückte den Knopf mit dem roten Telefonhörersymbol und steckte seufzend ihr Handy in die Tasche. Samantha Rems hatte gerade die Dienststelle verlassen. Therese hatte nach Grewes Ausraster das Gespräch in den Vernehmungsraum zwei verlegt und eine Schreibkraft dazu gebeten, um zu protokollieren.

Sie hatte intensiv nachgefragt, doch Samantha Rems hatte zur Motivation für die plötzliche Aussage nichts weiter angegeben, als dass der Anwalt sie aufgefordert habe, die Einlassungen Perschels über die Frankreichreise zu bestätigen, wenn sie wahrheitsgemäß seien. Das sei nun mal der Fall. Und sie habe ja überhaupt erst durch den Anwalt erfahren, dass Perschel der Verhaftete war und um welche Tat und welchen Zeitraum es ging.

Über die Gründe für die damalige Reise in den Süden allerdings hatte Therese dann doch einiges Interessante aus ihr herausholen können. Darüber musste sie später mir Grewe reden.

Jetzt blieb ihr nichts anderes übrig, als Blum zu informieren. Die Aussage von Samantha Rems entlastete Perschel eindeutig vom Vorwurf des Mordes an Wassilij Drewniok, und somit fiel jeder Haftgrund weg. Von Carst könnte die Hölle über ihnen allen einstürzen lassen, wenn sie die gebotene Entlassung seines Mandanten aus der Untersuchungshaft künstlich hinauszögerten. Therese griff nach dem Telefonhörer, Blums Dienstnummer kannte sie auswendig. Besetzt. Dann eben später noch mal.

Sie machte sich auf den Weg in die Kaffeeküche. Zumindest könnte sie bei dem Staatsanwalt sicher sein, dass er vollkommen sachlich auf die Nachricht reagieren würde. Emotionale Ausbrüche waren nicht seine Art.

»Hat Ihnen geschmeckt?«

Der Kellner mit dem imposanten schwarzen Schnauzer sammelte flott Teller, Salatschüssel, Besteck und Brotkorb ein.

»Sehr gut, wie immer.«

»Freut misch, der Herr. Habe Sie noch eine Wunsch?«

»Ja, einen Mokka hätte ich gerne. Und die Rechnung bitte.«

»Sofort, gerne.«

Der hochgewachsene schlanke Grieche drehte elegant in Richtung Küche ab, im Vorbeigehen sagte er zum Barmann: »Eine Mokka fur die Zwanzig. Reschnung, Ouzo.« Rechnung und Ouzo zog er zu einem Wort zusammen, Reschnungouzo.

Grewe lehnte sich zurück, achtete dabei darauf, nicht mit dem Kopf gegen die Pappmaché-Artemis auf dem Sims hinter ihm zu stoßen. Er griff nach dem Weinglas, trank den letzten Schluck, spülte damit noch einmal den Geschmack von gegrilltem Schwein, Oregano und Zitronensaft in seinem Mund hin und her und ließ die ganze Aromenmischung in den Magen hinuntergleiten. Wie zur Antwort stieg ein letzter Hauch von Salbei auf.

Seine Zunge freute sich schon auf den leicht kristallinen Ouzo, den er nach dem starken Mokka trinken würde.

Alkohol tagsüber kam bei Grewe äußerst selten vor. Es war eine psychologische Notfallmaßnahme. Aber eigentlich reichte der Wein, den Ouzo würde er doch besser mit einer Geste des höflichen Bedauerns stehen lassen.

Hoffentlich nahm ihm Therese seinen Ausraster nicht allzu übel. Apropos, er hatte gar nicht nachgeschaut, wer ihn vorhin angerufen hatte.

Therese. Sie hatte eine Nachricht hinterlassen.

»Grewe, ich bin's. Ich reiß dir nicht den Kopf ab. Für das Gerät musst du natürlich blechen, das ist im Arsch. Und Perschel müssen wir rauslassen. Komm bald zurück, wir haben ein bisschen was zu besprechen. Also dann.«

Der Kellner stellte Mokka und Ouzo ab, die schmale Mappe mit der Rechnung klemmte unter seinem Arm. Er zog sie hervor und legte sie geschlossen neben den Mokka.

»Bitte schönn. Macht dreiundswansischachtzisch, der Herr.«

Er entfernte sich wieder in Richtung Küche.

Grewe nahm die hübsche Tasse aus dünnem Porzellan und brachte sie zu seinem Mund. Er sog den Duft des bitteren Getränks ein, sah den dickflüssig angefrorenen Ouzo stehen und schloss die Augen.

Drauf geschissen. Auf dem Fußmarsch durch die Kälte zurück in die Dienststelle würde er das bisschen Schnaps locker abarbeiten.

»Danke, Frau Svoboda, ich weiß schon Bescheid. Herr von Carst war gerade bei mir.«

Blum sprach den Namen des Anwalts ohne die kleinste Spur von Zynismus oder Verachtung aus.

»Ach, hat er's unbedingt selber erzählen wollen?«

»Nicht ganz. Von der Aussage von Frau Rems sagte er gar nichts, aber er hat mir eidesstattliche Versicherungen von drei Bekannten von Herrn Perschel vorgelegt, in denen diese sich zu dem bewussten Urlaub äußern.«

Auch im Klang des Wortes »Bekannte« lag nicht der geringste Anflug von Spott.

»Dem war doch völlig klar, dass diese Aussagen nicht viel wert sind, oder?«

»Herr von Carst ist ein sehr guter Strafverteidiger.«

Therese merkte, dass sie anfing, auf dem Bürostuhl herumzurutschen.

»Kommen Sie, Herr Blum. Er ist ein Arschloch.«

Es blieb einen Moment still am Telefon.

»Zweifellos ein Riesenarschloch, Frau Svoboda.«

Therese musste grinsen, ihr Herz hüpfte.

»Aber ein sehr guter Strafverteidiger. Leider. Wie geht es Ihnen?«

»Ach, ich bin okay damit, Grewe war … na ja, ziemlich sauer.«

»Verständlich. Äh …«

»Ja?«

»Nun ja, ich meinte mit meiner Frage eher Ihren allgemeinen Zustand. Nach den Ereignissen der letzten Woche.«

Thereses Gesicht wurde ganz warm, errötete sie etwa?

»Das ist nett, dass Sie fragen. Es geht erstaunlich gut. Ich war bis jetzt zweimal beim Polizeipsychologen, und Herr Doktor Grassel findet, ich mache mich gut.«

»Da hat er fraglos recht, Frau Svoboda. Sie sind eine bemerkenswerte Frau. Aber überfordern Sie sich bitte nicht. Seien Sie gründlich und achtsam mit Ihrer Seele. Es wäre … schade.«

Therese spürte, dass ihr ein paar Tränen kommen wollten. Sie räusperte sie weg.

»Haben Sie vielen Dank, Herr Blum. Machen Sie sich keine Sorgen. Ich gehe weiter zu Grassel. Bis er mich für geheilt erklärt.«

Den Schluss verlachte sie ein bisschen.

»Sie sind nicht krank. Ihnen wurde Gewalt angetan. Das war krank.«

»Ach, Herr Blum.«

Blum sagte nichts.

Sie würden Perschel also laufen lassen müssen, das war wohl keine Frage. Grewe ging mit raschen, weit ausholenden Schritten. Manchmal sahen ihm Leute nach.

Bevor sie auch nur das Geringste im Fall Rems in der Hand hatten, mussten sie ihren einzigen und besten Tatverdächtigen laufen lassen. Drewniok war ihnen allen egal. Sie kannten ihn nicht, er war offensichtlich Berufsverbrecher gewesen, und erschossen zu werden war ein Risiko, das für solche Typen einfach zum Job gehörte. Der tote Russe in Hannover war ihr Ticket gewesen, vom Schicksal in die Hände der Polizei gelegt, und Therese hatte dafür bezahlt. Es war Glück im Unglück, Kollege Zufall.

Und genauso schnell war nun alles wieder weg. Sie hatten nichts mehr. Nur Perschels Fingerabdrücke auf einem Magazin und einer Patrone, die beide zur Tatwaffe passten. In Drewniok waren sechs Patronen gelandet, das Magazin des Colt 1911 fasste sieben, eine war noch drin. Drossel hatte erklärt, dass er anhand von Rückständen am Magazin zwar würde belegen können, dass Munition daraus verfeuert worden war. Aber er konnte nicht beweisen, dass dieses Magazin tatsächlich jemals in der Tatwaffe gesteckt hatte, genau so wenig konnte er belegen, dass Perschel die Tatwaffe jemals in der Hand hatte.

Damit und mit Samantha Rems' Aussage kam Perschel nur noch als Mitwisser bei dem Mord an Drewniok infrage. Sie konnten ihn als Zeugen vorladen und grillen, aber er würde nichts sagen.

Und selbst wenn ihnen jetzt plötzlich im Fall Rems etwas gegen den Rockerboss in die Hände fiele, dann hätte das keine aufschiebende Wirkung. Es waren zwei unterschiedliche Verfahren. Sie müssten einen neuen Haftbefehl erwirken und ihn dann wieder festnehmen.

Der Garnisonsplatz kam in Sicht. Aus dem Augenwinkel nahm

Grewe einen Elektronikmarkt wahr. Der Voicerekorder. Wenigstens mal gucken, was so was kostete.

Hinter der Automatiktür verursachte ihm die überheizte Luft sofort einen Schweißausbruch. Er knöpfte den Mantel auf, lockerte den Hemdkragen und ging durch die Klappschranke. Proppenvoll, der Laden, viele Schüler. Grewes Blick flog unkoordiniert über die Leuchtreklamen an der Wand und die Schilder, die von der Decke baumelten. Er fand sich in solchen Geschäften einfach nicht zurecht. Und nie gab es einen freien Verkäufer ...

Grewe irrte schwitzend durch die Gänge, Computer, DVDs, Faxgeräte, Kabel, Kopfhörer, Satellit-irgendwas-Anlagen.

Er wurde wieder wütend. Der Spaziergang, das Essen, die ganze Wirkung war verpufft. Scheißladen.

Halt ... Nein, irgendwelche MP3-Player.

Grewe blieb einfach davor stehen und guckte sich die Geräte an, ohne etwas zu sehen.

Was er wirklich sah, war Samantha Rems, wie sie heute Morgen am Tisch saß. Ein Schatten, ein gehetztes Tier.

Was hatten die verdammten Dreckschweine nur mit ihr gemacht?

Therese sah verunsichert auf ihr Handy. Diesmal war bei Grewe sofort die Mobilbox angesprungen. Hatte er jetzt das Gerät ganz ausgeschaltet? Sie hatte solche Situationen schon mit ihm erlebt. Dass er aus Frust und Ärger einfach abtauchte, einen ganzen Tag lang nicht aufzufinden war.

Sie seufzte. Dabei war eine Menge zu tun. Sie durften sich jetzt nicht hängen lassen, mussten mit aller Kraft daran gehen, der Ermittlung neuen Schwung zu verleihen, eine neue Richtung zu finden.

Sie nahm ein Ringbuch und blätterte eine frische Seite auf. Was waren die nächsten Schritte? Sie musste sich die Akte Rems noch mal komplett zu Gemüte führen. Das würde ein bisschen dauern.

Das BKA musste Bescheid kriegen über die Entwicklung im Fall Drewniok. Das konnte sie sofort machen. Therese wählte Drossels Büronummer. Der hatte alle Kontaktdaten vom Ansprechpartner in Wiesbaden.

Drossel war auch schlechter Laune, besonders als er hörte, dass Grewe abgehauen war.

»So eine Heulsuse, ehrlich.«

»Ach Gerd, das ist jetzt aber unfair.«

»Ja, weiß ich. Und? Ist es vielleicht fair, dass er durch die Gegend rennt und keiner weiß, wo? Er ist Hauptkommissar, er leitet die Ermittlung. Es muss jetzt weitergehen.«

»Er braucht einfach Zeit zum Nachdenken.«

»Könnte er auch gut mit uns allen zusammen machen, oder?«

Therese sagte nichts. Drossel knurrte.

»Ist doch wahr.«

Therese hielt kurz die Hand über die Sprechmuschel und schnaufte. Dann setzte sie ein übertriebenes Lächeln auf.

»Kannst du mir bitte die Kontaktdaten von dem Sachbearbeiter Drewniok in Wiesbaden geben? Damit ich dem Bescheid sagen kann.«

»Hab ich schon. Und die geben es weiter ans LKA Niedersachsen. Ich arbeite nämlich.«

Drossel legte auf. Therese schüttelte den Kopf.

»Selber Heulsuse.«

Sie klappte die Akte auf, blätterte lustlos darin herum. Nach einem Blick auf die Uhr beschloss sie, erst mal in die Kantine zu gehen. Es gab noch eine halbe Stunde Mittag.

Als der Summer ertönte, drückte Grewe die Eingangstür der Direktion auf. Der Kollege im Glaskasten winkte ihn zu sich.

»Hi, Grewe. Die Svoboda hat hier hinterlassen, dass sie noch bis halb zwei in der Kantine sitzt. Sollst dich zeigen.«

Grewe nickte und guckte auf die große Uhr, die hinter dem Wachhabenden hing.

»Danke.«

Beim Betreten der Kantine sah er sie sofort. Therese, Drossel, Estanza, Fuchs. Sie hatten Tabletts mit leer gefegten Tellern vor sich. Keine Tassen. Grewe wartete, bis sie ihn sahen, dann zeigte er »Fünf« mit den Fingern und hob fragend die Augenbrauen. Alle nickten.

Kurz danach setzte er ein Tablett mit fünf Bechern Kaffee, einer Handvoll Milchdöschen und einigen Tüten Zucker ab.

»Ach Mist, die Löffel hab ich vergessen.«

»Wir haben ja noch Besteck. Jetzt setz dich hin.« Fuchs angelte einen Stuhl vom Nebentisch.

Jeder nahm sich, was er an Zusatz im Kaffee brauchte. Sie rührten mit Messerstielen um.

»Sorry, Therese. Ich habe deinen zweiten Anruf erst nicht mitgekriegt, weil ich in so einer Elektrobude war. Alles voller Telefone, aber keinen Empfang.«

»Was wolltest du denn da?« Drossel klang ein bisschen empört, so nach dem Motto »Hast du keine anderen Sorgen?«

»Neuen Voicerekorder kaufen. Hab einen von hier kaputt gemacht.«

»Und?« Therese gab ihrer Stimme einen ganz neutralen Klang.

Grewe schüttelte den Kopf.

»Ich find nix in solchen Läden.«

Fuchs grinste.

»Ich hab einen zu Hause, den ich nicht mehr brauche. Technischer Standard deutlich über Polizeimitteln und erst zwei Jahre alt. Für'n Fuffi gehört er dir und unserer glorreichen Behörde. Ist das Mikro auch im Eimer?«

Therese stellte ihren Kaffee ab.

»Nein, das hat's überlebt.«

Fuchs zuckte mit den Schultern.

»Hätt ich auch noch eins gehabt.«

Sie blieben eine Weile stumm.

Grewe guckte seinen Kaffeebecher an, als stünde da etwas sehr Interessantes drauf. Dann schnaufte er.

»Es tut mir leid.«

»Erledigt«, kam es postwendend. Therese guckte Drossel erstaunt an. Der nahm ungerührt einen Schluck und zeigte danach mit der Tasse auf Grewe.

»Er hat sich entschuldigt, und wir haben ja weiß Gott genug Zeit verplempert, oder?«

Therese quiekte.

»Aaah! Männer!«

Sie wandte sich zu Grewe um.

»Vorhin hättest du die alte Meckerziege mal hören sollen. Mäh, mäh, doofer, doofer Doof-Arsch-Grewe.« Sie streckte Drossel die Zunge raus.

Der musste lachen, und das war das erlösende Signal. Die gesamte Runde schüttete sich aus.

Drei Tische weiter saß Noss mit zwei seiner Leute vom Dauerdienst. Noss rückte sich die Pilotenbrille zurecht, griff sein Tablett und sagte im Aufstehen: »Wir müssen mal mit den Jungs vom Rauschgift reden. Ich will für uns denselben Stoff, den sie den Mord- und Totschlagtypen verkaufen.«

»Haben wir denn irgendwelche Belege, dass die Rems uns keinen Mist erzählt?« Estanza kaute mit offenem Mund Kaugummi.

»Sie hat mir einen Kontoauszug vorgelegt mit der Kreditkartenabrechnung für einen Rückflug von Marseille. Am …«, Therese schaute ins Protokoll, »… vierzehnten Juni.«

»Aber für die Reise runter gibt's nix, oder?«

Estanza war echt süß, wenn er schlau sein wollte, fand Therese.

»Nein, sie waren im Pulk per Motorrad runtergereist.«

»Na, kann Sie doch viel erzählen.« Estanza ganz engagiert.

»Tony. Wir reden hier über die Frau, die der Meinung ist, dass einer von diesen Drecksäcken ihren Mann umgelegt hat. Sie hat wohl keinen Grund, Perschel per Falschaussage zu entlasten.«

»Aber wir gehen doch davon aus, dass die sie bedroht haben, oder irre ich mich?«

Er schaute in die Runde. Die gesamte SoKo Rems war versammelt. Grewe saß mit Therese am Kopf des Tisches und hörte ihr mit schief gelegtem Kopf aufmerksam zu.

»Erstens haben wir dafür keinerlei Hinweis, nur Vermutungen. Frau Rems selbst hat das vehement bestritten.« Therese hob die Hand, um abzuzählen. »Zweitens hat Frau Rems nachvollziehbar dargelegt, warum sie jetzt aussagt. Und drittens hat sie mir außerhalb des Protokolls immerhin ein paar interessante Dinge über den Grund der Reise erzählt.«

Nun hatte sie die ganze Aufmerksamkeit, selbst Estanza hielt den Mund geschlossen und sah sie konzentriert an.

»Als Samantha Rems, geborene Gießwenner, ihren späteren Mann Lars achtundneunzig kennengelernt hat, war sie die Freundin von – Mike Perschel.« Eine Welle ging durch die SoKo-Runde.

»Scheiße«, entfuhr es Fuchs.

»Jawohl, Scheiße«, bestätigte Therese. »Damals war Perschel noch nicht Präsident der Skulls, sondern erst Anwärter.«

»Schnelle Karriere dann …«, sinnierte Drossel.

Therese nickte.

»Offensichtlich gab es da eine Art Deal zwischen Rems und Perschel. Die Skulls waren damals ein schlapper Verein. Zur selben Zeit wie Rems waren eine Menge ganz junger Typen dazu gestoßen, und die bildeten dann Perschels Truppe für den Weg nach oben. Frau Rems sagt, ihrer Meinung nach war die Unterstützung der Preis, den Lars für sie zu zahlen hatte. Einem ›Hangaround‹ wie Rems hätte ein ›Prospect‹ wie Perschel niemals durchgehen lassen dürfen, dass der ihm die Frau ausspannt. Nur der desolate Zustand der Gang und die vereinte Power der Newbies für Perschel haben das glimpflich ablaufen lassen.«

»Solche Scheißmachos!«

Claudi meldete sich empört zu Wort, Estanza klimperte neben ihr mit den Augendeckeln. Therese verkniff sich einen Kommentar und fuhr fort.

»Einer der nicht mehr ganz so Jungen damals war übrigens unser Freund Schönlein bezettwee Wolfe, wie Samantha Rems erzählte. Zu der Zeit hatte er noch halbwegs gesunde Zähne, keine Wampe und deutlich mehr funktionierende Synapsen im Oberstübchen als heute. Er wäre selbst gerne Präsi geworden, musste dann aber einsehen, dass er nur die fertigen alten Säcke hinter sich bringen würde. Also ist er widerwillig umgeschwenkt.«

»Echte Blutsbrüder, unsere Rocker, wie?« Fuchs mit seiner unerschöpflichen guten Laune.

»Was war denn nun mit dem Frankreichurlaub?«, kam Grewe zum Punkt.

»Richtig.« Therese setzte sich zurecht. »Wir wissen ja, dass Lars Rems im fraglichen Zeitraum zweitausendfünf in Afghanistan war. Sein zweiter Einsatz. Er war damals in einer Aufklärungskompanie. Die haben Operationen von Spezialtruppen mit vorbereitet und abgesichert. Deutsche und andere Nato-Armeen. Genaues wusste seine Frau nicht, aber sie wusste, dass das alles gefährlich war. Und dass ihr Mann es genau deswegen auch machte.«

Therese trank einen Schluck Kaffee.

»Kevin war damals etwa eineinhalb Jahre alt. In den ersten fünfzehn Monaten hatte er zig Mittelohrentzündungen, das war wohl hammeranstrengend. Und sie war immer allein mit allem, die Einsatzvorbereitung hatte sich auch schon über Monate an fremden Standorten hingezogen. Dazu dann die ständige Sorge um ihren Mann. Der konnte nur alle paar Wochen mal von sich hören lassen. Furchtbar also. Die Familienbetreuung der Bundeswehr war damals noch nicht so gut, die engen Kameraden waren sowieso alle mit Rems im Einsatz. Die Frauen unterstützten sich, wo es ging, aber na ja. Und Perschel hat sich gekümmert, hat oft gefragt, brauchst du was? Klar brauchte sie. Was reparieren hier, was Schweres transportieren da. Haben die Skulls wohl auch anstandslos gemacht, sagt sie.« Therese unterbrach. »Ich brauche 'nen Schluck Wasser, Fuchs, gibst du mal die Flasche?«

Der schoss die Flasche wie der Barkeeper im Westernsaloon zu ihr rüber. Therese erwischte sie nicht richtig, und als sie sie öffnete, sprudelte das Wasser nur so raus.

»Kacke.« Sie goss das Wasser in den leeren Kaffeebecher.

»Okay. Sie sagt, Perschel habe sich nie wirklich an sie rangemacht, aber es sei schon klar gewesen, dass er noch Interesse hatte. Na ja, vor Lars Rems hatten sie wohl alle Respekt. Jedenfalls kam dann irgendwann der Vorschlag, nach Südfrankreich zu fahren, Provence, Côte d'Azur und so weiter. Sie war erschöpft, Kevin war seit zwei Monaten durchgehend gesund, dafür hatte sie sechs Wochen lang nichts von ihrem Mann gehört. Dann hat er endlich angerufen, sagte, sie würden jetzt erst mal zwei Wochen im Lager bleiben, und dann käme er ja auch schon bald heim, und sie hat geheult vor Erleichterung, aber er konnte damit nicht umgehen, und dann gab's Streit.

Vier Tage später saß sie auf dem Sozius von Mike Perschel.«

Die Runde ruckte unruhig auf den Stühlen hin und her, Drossel klemmte sich mal wieder in seine eigenen Arme ein. Therese atmete durch, trank noch einen Schluck.

»Der Trip fing okay an. Schönes Wetter, Taschen voller Geld. Perschel behandelte sie mit Respekt und trat ihr nicht zu nahe. Aber schon am dritten Tag hatten die Männer die erste Schlägerei, die Nacht verbrachten sie auf der Polizeistation. Danach ging's nur noch um Saufen, Drogen, Ficken. Und sie hat gedacht, früher oder später würde Perschel sich nehmen, was er wollte. Dann hat sie sich nach einem Heidenkrach den Rückflug von Marseille gebucht und ist wieder nach Hause. Sie habe sich total geschämt, obwohl nix passiert sei. Danach hatte sie nie wieder Kontakt mit der Gang.«

»Hat sie mit ihrem Mann darüber gesprochen?«, fragte Grewe.

»Da war sie unkonkret. Ich habe das Gefühl gehabt, er wusste Bescheid darüber, aber sie wollte das heute nicht zugeben.«

Es war absolut still im Raum, nur vereinzeltes Schnaufen oder Einatmen. Jeder in der Gruppe dachte über das Gehörte nach.

Und vor allem darüber, was es bedeutete.

Grewe brach das Schweigen.

»Tja, wir hätten früher intensiv mit ihr reden müssen. Mein Fehler.«

Widerstand wollte sich regen, doch Grewe unterband das mit einer Handbewegung.

»Ich leite die Ermittlung, ich gebe Richtungen vor. Danke trotzdem.«

Drossel kniff die Augen zusammen und schaute zur Decke.

»Hätte, hätte, Herrentoilette. Es gab gute Gründe für alle Entscheidungen, und hinterher weiß man immer besser Bescheid. Wir müssen das, was wir gerade gehört haben jetzt einfach sortieren. Wir haben lediglich ein mögliches anderes oder weiteres Motiv für Perschel, Rems zu töten. Was wir nicht haben, ist ein Beweis, dass er's war. Hatten wir aber vorher auch nicht.«

Grewe wiegte den Kopf.

»Aber Perschel wird nicht mit uns reden. Irgendein Alibi kann er sich sicher besorgen, und die anderen Rocker halten auch still.«

Zustimmendes Gemurmel am Tisch.

»Bis auf einen.«

Alle schauten Therese an.

»Wolfe.«

Claudi war beauftragt worden, beim LKA Bescheid zu geben, dass die SoKo dringend mit Schönlein reden müsse.

Die anderen besprachen, was genau sie von dem Kerl wissen mussten. Therese blätterte in den Akten.

»In Südfrankreich war er nicht dabei, da saß er ja in U-Haft.«

»Haben wir Namen von der Tour?«, wollte Grewe wissen.

»Blum hat von Perschels Anwalt drei eidesstattliche Versicherungen von Skulls über die Tour. Namen weiß ich noch nicht.«

»Okay. Wir wollen nicht vergessen, dass die Skulls in irgendeiner Weise mit dem Drewniok-Mord zu tun hatten, auch wenn es Perschel nicht selber war. Vielleicht waren nur einer oder zwei Leute aus der Gang nicht mit auf dem Trip, was darauf hindeuten könnte, dass der oder die dann den Job erledigt haben. Möglicherweise …«

Die Tür schwang auf, und Claudi betrat mit Burckhardt von der OK den Raum.

»Lasst euch nicht stören. Claudia wollte von mir die Nummern der LKA-Kollegen wissen, und ich dachte, vielleicht könnt ihr mich gerade hier brauchen.«

»Sehr gut, Fritz, vielen Dank.«

Grewe brachte Burckhardt und Claudi auf Stand, dann fuhr er fort.

»Also, möglicherweise diente die ganze Motorradtour ja nur zu dem Zweck, möglichst viele Skulls aus dem Fokus zu bringen, während einer den Job erledigt. Mit präziseren Aussagen von Schönlein wäre es also vielleicht doch noch drin, den Mord in Hannover einem der Skulls nachzuweisen.«

Dazu nickte Burckhardt. Grewe machte weiter.

»Zurück zu Rems. Ich glaube nach wie vor, dass Perschel hoch verdächtig ist. Er hatte geschäftliche Probleme durch Rems, und so wie es aussieht war er hinter Rems' Frau her. Starke Motive.«

Drossel fragte ein bisschen provozierend: »Glauben wir, dass ein Zuhälter und Vergewaltiger wie Perschel tatsächlich sein Herz verliert? So sehr, dass er tötet?«

Fuchs gluckste. Grewe sah kurz zur Decke und dann zu Drossel.

»Ich weiß, was du meinst, Gerd, und gebe dir in gewisser Weise recht. Tja …«

»Stolz.«

Estanza. Alle schauten ihn an. Grewe lächelte.

»Ja?«

Estanza wurde ein bisschen rot.

»Na ja, ist doch bei Machos oft so. Die verstecken nur, dass eine Frau ihr Herz gebrochen hat. Oder so.«

Therese flüsterte Grewe zu: »O Gott, hoffentlich macht er mir heute keinen Heiratsantrag.«

Grewe schaute sie scherzhaft tadelnd an.

»Mach weiter Tony.«

Estanza räusperte sich.

»Er hat das nicht verwunden, dass sie ihn sitzen gelassen hat. Dann sieht er, sie hat Probleme mit ihrem Mann, der ist im Krieg und so. Er hilft. Macht auf freundlich …«

»Genau, sonst greift er sich die Frauen ja einfach«, fiel Claudia ein, »er bildet sich total was drauf ein, wie höflich er zu Samantha ist.«

Therese zischelte: »Oh, unsere operative Fallanalytikerin ist schon per Du mit Frau Rems.«

»Schscht!« Grewe legte kurz seine Hand auf Thereses Arm.

»Genau«, pflichtete Estanza Claudi bei, »ja und die Krönung ist dann: Wo der Kerl zurückkommt, ohne Beine, und sie einfach hocken lässt, da will sie immer noch nix von Perschel wissen.«

»Ja, und dann weiß der: Er muss ihn umbringen, sonst kommt er nie an sie ran.« Claudi hatte ganz rote Backen.

»Genau«, sagte Estanza, »Macho halt.«

Die SoKo hatte aufmerksam zugehört, Grewe sah Zustimmung auf allen Gesichtern.

»Tony, Claudia. Ihr habt das ganz gut zusammengefasst, denke ich. Trifft's möglicherweise. Für mein Gefühl passt die Gemengelage aus emotionalen Motiven und geschäftlichen durchaus zum ungewöhnlichen Modus Operandi. Könnte passen, oder Gerd?«

Der hob die Schultern und blies Luft aus.

»Bin ich Psychologe? Könnte, könnte. Weites Feld. Aber ja, warum nicht. Irgend so ein Gemisch muss da eine Rolle gespielt haben.«

Grewe verschränkte die Arme auf dem Tisch und zählte ab.

»Tja, die Frage ist nun, kann Schönlein dazu was liefern, weiß er noch mehr Details über die Drogengeschäfte und den Beschiss, kann er was zu Perschels Aufenthalt um die Tatzeit herum aussagen?«

Burckhardt meldete sich.

»Also ich warte heute schon den ganzen Tag auf eine Meldung von den LKA-Kollegen. Die haben mir gegenüber angedeutet, dass sie etwas vorhaben mit Schönlein. Dass Perschel rauskommt, hat denen gar nicht gefallen, das hat ihnen ganz schön Dampf im Kessel gemacht, hatte ich den Eindruck.«

»Sind die jetzt in der JVA?«

»Keine Ahnung. Ans Handy gehen sie jedenfalls nicht.«

Grewe nickte, dann schaute er in die Runde.

»Ruft zu Hause an. Ich denke, heute wird's später.«

19

Heiko Leptien, angenehm.«

Der Pflichtverteidiger von Pascal Schönlein war Anfang dreißig. Ein großer und sehr schlanker Typ. Gut aussehend, dunkle Haare, weiche Stimme. Nicht teuer, aber sehr geschmackvoll angezogen. Er wirkte wie ein sorgloser Schönling, hatte sich aber als Strafverteidiger in kurzer Zeit einen guten Ruf erarbeitet. Er war in einer großen Kanzlei angestellt und übernahm oft und gerne Pflichtmandate. Ein engagierter Mensch. Und das als Anwalt.

»Kurt Grewe, ich leite die Ermittlung im Fall Rems, im Zuge derer meine Kollegin Svoboda dann auch auf Herrn Schönlein getroffen ist.«

Leptien nickte.

»Ich weiß, Herr Grewe.«

»Das sind Kriminalhauptkommissar Fritz Burckhardt von unserer OK-Abteilung, Kriminalhauptkommissar Ernst Bandel und sein Kollege Kriminaloberkommissar Sylvio Meinert vom Landeskriminalamt.«

Die Männer gaben sich die Hände, murmelten »Angenehm« und sahen dann zu Grewe.

»Tja, ich danke Ihnen allen, dass Sie sich so spät noch hier eingefunden haben zur Besprechung. Kaffee, Tee und Wasser stehen auf dem Tisch, ich bitte jeden, sich selbst zu bedienen.«

Grewe wies einladend in den Raum, und da die LKA-Kollegen eine Sitzfront gegen den Anwalt bildeten, nahm Grewe neben Leptien Platz. Burckhardt blieb die Position am Kopf des Tisches.

Die beiden LKA-Männer verschränkten die Arme und schauten auf die Tischplatte. Sie gaben sich große Mühe, Desinteresse zu demonstrieren.

Grewe nahm seine Uhr ab, was Burckhardt ein kurzes Lächeln entlockte. Die LKA-Jungs würden Sitzfleisch brauchen.

»Wir haben es hier mit einer ziemlich verwickelten Sache zu tun, in der mehrere Fälle und Interessenlagen ineinander wirken. Deswegen ist es mir wichtig, dass wir alle gemeinsam eine Linie finden, die jedem Beteiligten hilft.«

Bandel, ein Mann Mitte fünfzig, der jederzeit einen dicken, rassistischen Südstaatensheriff darstellen könnte, schaute auf seinen schweren Siegelring und schob sich mit dem Mittelfinger die Porsche-Brille auf die Nasenwurzel. Während er redete, stopfte er sich Lakritzkatzen aus der vor ihm liegenden Tüte in den Mund.

»Ich rede ja gern mit Kollegen, von mir aus die ganze verdammte Nacht, weil das Hotel, das meine Dienststelle mir gebucht hat, eine Scheißabsteige ist, aber«, und damit stieg sein wurstiger Zeigefinger warnend in die Höhe, »ich würde es deutlich vorziehen, Ermittlungstaktiken ohne Rechtsanwälte von Beschuldigten zu erörtern.«

Leptien lächelte zart und schwieg.

»Nun, Kollege Bandel, Beschuldigter ist Herr Schönlein bisher lediglich wegen versuchter Vergewaltigung und schwerer Körperverletzung mittels einer das Leben gefährdenden Behandlung. Die Ermittlung wird von Kollegen meiner Dienststelle bezettwee der Staatsanwaltschaft bearbeitet. Herr Schönlein ist in vollem Umfang geständig.« Grewe schaute starr auf die Tischplatte und sprach leise und monoton. »Allerdings ist Herr Schönlein auch möglicher Zeuge in einer Reihe von schweren Verbrechen – bis hin zu Mord – aus dem Bereich der organisierten Kriminalität, die mein Kommissariat, meinen Kollegen Burckhardt, das BKA und auch Sie interessieren.«

Bandel presste einen Mississippi-Gopher-Frosch von beträchtlicher Größe aus und griff dann mit Zeige- und Mittelfinger irgendwo hinter seine Bachkenzähne, um dort ein kleben gebliebenes Lakritz zu suchen.

Kollege Meinert streifte ihn mit einem Seitenblick und schob dann mit der Zunge seinen Kaugummi von einer Seite des Mundes auf die andere, was den wirklich prachtvollen Schnauzer, den er zu seinen Koteletten trug, eindrucksvoll in Bewegung setzte. Beim Sprechen konnte man die graue Masse zwischen seinen Füllungen tanzen sehen.

»Und da Herr Lepsiet Herrn Schönlein nur in der erwähnten Anklage verteidigt, hat er wohl offensichtlich in dieser Konferenz nichts verloren, oder?«

Meinert sah den Anwalt nicht einmal an.

»Leptien. Macht aber nichts.« Leptien lächelte unverwandt. »Und Sie irren, was mich nicht weiter wundert. Ich habe ein Mandat zur Wahrung der rechtlichen Interessen von Herrn Schönlein, und was Sie hier besprechen, berührt unmittelbar diese Interessen. Natürlich kann ich jetzt gehen, aber eher früher als später werden Sie sich mit mir auseinandersetzen müssen, wenn Sie etwas von meinem Mandanten wissen wollen.« Leptien lächelte weiter, seine sanfte Stimme hob sich nicht ein halbes Dezibel an. »Von daher halte ich es für einen guten Ansatz von Herrn Grewe, mich zu dieser Besprechung zu bitten, und da mein Mandant in der ihm vorgeworfenen Anklage, wie schon erwähnt, vollumfänglich gestanden hat, gibt es für mich ja auch nur auf dem Weg dieser Gespräche noch irgendetwas für ihn rauszuholen, wie Sie«, er schaute Meinert an, »das wohl ausdrücken würden. Meine Interessen als Verteidiger korrelieren also stark mit den Ihren als Ermittler, und das sollten wir doch vorurteilsfrei nutzen, nicht wahr?«

Meinert angelte nach der Kaffeekanne und schnaubte. Burckhardt strich sich ein zum Platzen drängendes Lachen aus dem Gesicht, nur Grewe und Bandel zeigten unbewegte Mienen.

Plötzlich löste Bandel seine wieder fest verschränkten Arme, schlug sich klatschend auf die Oberschenkel und rückte seinen Stuhl so nah an den Tisch, wie sein Bauch es zuließ. Er stützte sich schwer auf die Platte und fixierte Grewe.

»Okay, lassen wir das Aufrechter-Sheriff-gegen-böses-FBI-Spiel einfach sein und arbeiten.« Er hielt Grewe die Lakritztüte hin.

Grewe hob den Blick und sah zu Bandel.

»Sheriff ist ein gutes Stichwort. Wir reden über Straftaten, die mehrheitlich in dieser Stadt begangen wurden. Um nicht zu sagen, in *meiner* Stadt.«

Die beiden Männer stierten sich an. Die anderen sahen gespannt zu. Bandel knurrte.

»Aber mit *unserem* Zeugenschutzprogramm wedeln Sie Ihrem Rocker schon gern vor der Nase rum, oder?« Dabei schwenkte er die Lakritztüte wie eine Wurst.

»Wenn ich die Lage richtig einschätze, kriegen Sie für Ihr Zeugenschutzprogramm von *meinem* Rocker möglicherweise einen international operierenden Drogen-, Waffen- und Frauenhändler geliefert, von dem Sie gar nicht wussten, dass er einer ist.«

»Ja, und von dem Sie auch nicht wussten, dass er einer ist, obwohl er in *Ihrer* verdammten Stadt wohnt.«

Jetzt mischte sich Burckhardt ein.

»Er wohnt erst seit einem dreiviertel Jahr hier. Vorher hat er in der Landeshauptstadt residiert und seine Geschäfte getätigt. Und ich glaube, dort befindet sich auch das LKA, oder?«

Bandel winkte ab.

»Also was jetzt? Werfen wir uns die ganze verschissene Nacht lang Nettigkeiten an den Kopf, oder wollen wir zu was kommen?«

Grewe schaute an Bandel vorbei auf dessen Hinterkopf, der sich vor der schwarzen Nacht in der Scheibe spiegelte. Aus den struppigen grauen Bürstenhaaren wuchs ein Stiernacken nach unten in den Hemdkragen. Grewe zog seinen Krawattenknoten etwas fester, schob den vor ihm liegenden Aktendeckel nach links und wieder zurück und stützte dann die Arme auf den Tisch.

»Wir brauchen von Schönlein genaue Angaben über die Aktivitäten von Michael Perschel und den Skulls. Konkret geht es einerseits um den Tod von Lars Rems, andererseits um den Mord an einem Weißrussen in Hannover vor gut fünf Jahren und die Geschäfte, die zwischen den Skulls und Lars Rems, unserem Mordopfer von vorvergangenem Sonntag, liefen. Diese Geschäfte stehen offensichtlich in Zusammenhang mit Odhan Celik, dem Mann, für den Sie sich so interessieren.«

Bandel hob beschwichtigend die Hand.

»Ich habe dankenswerterweise Einsicht in Ihre Ermittlungsakten nehmen dürfen, ich bin auf Stand.«

Meinert nickte stumm dazu.

»Für uns sieht es so aus: Wir können Schönlein Zeugenschutz beschaffen, wenn wir Celik durch ihn dingfest machen können. Kein Problem. Wir«, dabei schaute Bandel kurz zu seinem Kollegen, »haben uns dazu natürlich schon Gedanken gemacht und uns auch für eine Vorgehensweise entschieden. Allerdings«, er hob die Augenbrauen, »geraten wir durch die Entlassung von Herrn Arschloch Perschel aus der U-Haft in Zugzwang, wenn wir das so durchziehen wollen.«

»Inwiefern?«

»Wir wollten uns die Situation zunutze machen, um Celik die französische Heroinconnection direkt anzutragen. Jetzt kann Celik Perschel einfach anrufen und ihn fragen, was zur Hölle in seinem Laden los ist, dass irgendwer hinter dem Rücken des Präsis mit ihm redet. Celik macht ansonsten gute Geschäfte mit den Skulls. Da wird er schon abwägen.«

»Was genau hat Rems da eigentlich abgezogen? Hat sich Schönlein dazu eingelassen?«

Bandel gluckste.

»Das Übliche, aber kackfrech. Der hat mit Geld von Celik bei dem Franzosen eingekauft, Schönlein war der Fahrer. Hundert Prozent reines Heroin. Offiziell hat Rems den Einkaufspreis ohne Aufschlag an Celik weitergegeben. Dafür hat Celik ihm gestreckten Stoff aus der Connection als Kommissionsware überlassen. Schönlein war der Kurier, hat Celiks Anteil kassiert und Rems neuen Stoff für den Verkauf gebracht.«

»Und inoffiziell?«

Bandel und Meinert lachten.

»Hat der Hund über den Preis gelogen, für Celiks Kohle deutlich mehr reinen Stoff gekauft, als er abgeliefert hat, und den dann selber gestreckt und auf eigene Rechnung verscheuert. Muss gut verdient haben, schätzt Schönlein.«

»Und Schönlein?«

»Sagt, er hätte nix genommen. War ihm zu heiß.«

Grewe schaute Burckhardt an.

»Geht so ein Deal den Präsi was an?«

Burckhardt wiegte den Kopf.

»Eigentlich nicht, zumal Rems ja kein Full Member war. Aber wenn Celik das Gefühl hatte, er wird beschissen, dann würde es die Sache einfacher machen, wenn er sich an den Boss wendet. Der regelt das reibungslos, und so werden Missverständnisse vermieden.«

Grewe trommelte mit den Fingern auf dem Aktendeckel.

»Herrgott, da muss das Motiv liegen, das gibt's doch nicht. Da und bei der Frau. Wir müssen mit Schönlein reden. Gleich morgen.«

»Momentchen, Kollege.« Bandel hob grinsend die Hand. »Das ist doch genau das, worüber wir uns hier so schön unterhalten.«

Grewe schaute ihn an. Bandel grinste und zeigte mit dem Daumen auf sich.

»Zuallererst müssen wir mit Herrn Schönlein ein Geschäft machen.«

»Das wird ja nicht durch ein Gespräch mit uns verhindert, oder?«

»Zeit, Herr Grewe. Zeit.«

Grewe nahm sich ein Lakritz und lehnte sich zurück.

»Ja?«

»Wir wollen Schönlein morgen die Pistole auf die Brust setzen. Entschuldigung, Herr Anwalt.«

Leptien winkte ab, und Bandel guckte erst Burckhardt und dann Grewe in die Augen.

»Perschel feiert heute sicher erst mal 'ne Party und ist morgen müde. Wir wollen, dass Schönlein sich mit dem Franzosen trifft, der ja noch keine Ahnung hat, was hier los ist. Er soll dem Typ erzählen, dass er abhauen muss, weil sein Boss gecheckt hat, dass Rems und er ihn beschissen haben, der Boss jetzt aber sowieso im Knast sitzt und er, Schönlein, also eine Menge Scheiße am Hacken hat. Für ein bisschen Fluchtgeld macht er dem Franzmann eine Direktverbindung zu Celik, dem kann er ja schließlich zu dem Preis verkaufen, den Rems ihm immer abgeknöpft hat, und der kauft, wie er weiß, richtig viel Stoff. Soweit klar?«

Alle nickten.

»Schönlein hat eine Kontaktnummer ganz nah an Celik dran, die soll der Franzacke in Schönleins Beisein anrufen, ohne ihn zu verraten, und auf ein Treffen drängen. Je nachdem, wo das stattfindet, greifen entweder wir mit dem SEK oder die Kollegen von der Police National mit der Groupe d'intervention zu. Mit den Franzosen haben wir schon gesprochen, die sind heiß. Den Legionär haben die schon lange auf dem Kieker.«

Grewe rieb sich das Gesicht.

»Und warum muss das jetzt so schnell gehen?«

Bandel schnaufte und schüttelte den Kopf.

»Weil der Franzose nicht weiß, dass ihr Schönlein festgenommen habt, und es bei den Skulls auch noch unbekannt sein dürfte. Aber im Lauf der nächsten Woche werden die es alle wissen.«

Grewe sah Burckhardt an. Der hob die Augenbrauen und zuckte leicht mit den Schultern.

»Schwierig, Grewe. Würde ich wahrscheinlich genauso machen wie die Kollegen.« Bandel deutete im Sitzen eine Verbeugung an. Burckhardt beachtete ihn nicht, er sah weiter Grewe an. »Aber ist natürlich riskant.«

»Was heißt denn hier riskant?« Bandel wurde laut. »Schönlein ist ständig unter Bewachung, Zugriffseinheiten quasi auf dem Schoß, was soll denn da passieren, außer dass der Kerl Blut schwitzt und alles versaut.«

Grewe stach mit dem Zeigefinger in Bandels Richtung.

»Genau das kann passieren. Das und dass Schönlein jedes Vertrauen in uns verliert und dichtmacht. Ich brauche diesen Zeugen, um einen Mord aufzuklären. Wir müssen sehr gut überlegen, was wir ihm anbieten können und was er dafür liefern soll.«

Bandel griff mit spitzen Fingern in seine Lakritztüte und schob sich eine halbe Handvoll schwarzer Katzen in den Mund.

»Sie, Herr Grewe, haben Schönlein gar nichts anzubieten. Nur eine Gemeinschaftszelle in der hiesigen JVA und eine angespitzte Zahnbürste, die ihm ein Kumpel von Perschel in den fetten Wanst rammt. So sieht's aus.«

Grewe mahlte mit den Kiefern. Und musste sofort denken, wie peinlich es war, als Verlierer mit den Kiefern zu mahlen …

Gegen halb fünf schloss sich das Tor der JVA hinter Mike Perschel. Draußen wartete Uwe von Carst neben einer weißen Stretchlimo.

»Herzlichen Glückwunsch, Mike. Ich sehe, du hast schon einen Wagen zur Abholung da, mit angenehmerer Begleitung als mich.« Uwe grinste.

»Kannst gerne mitfahren, ist von allem sicher genug da.« Mike grinste zurück.

»Nett von dir, Mike, aber du weißt, wenn ich jemals bei etwas ertappt werde, was mir sowieso alle unterstellen, dann vermindert das ganz erheblich den Spaß, den mir meine Arbeit macht.« Er hielt Mike die Hand hin, und der fasste sie am Daumen und drückte die Hand des Anwalts an seine Brust.

»Du bist ein echter Bruder, Uwe.« Dann ließ er los und griff nach dem lila schillernden Seidenschlips seines Anwalts.

»Auch wenn deine Kutte verfickt spießig ist. Apropos verfickt – ich habe noch ein, zwei Dates.« Mike drehte sich auf dem Absatz der Bikerstiefel um, riss die Tür auf und stieg ein. Von drinnen ertönte mehrstimmiges Gekreisch.

»Mike, Mike, Yeeeeaaaahhh!«

»Uuuuh, kommst du schnäll zu Ivanka!«

Mike streckte Uwe die Zunge raus und stieß sie einige Male schnell vor und zurück. Als eine Frauenhand einen Spiegel mit Koks rüberreichte, fiel die Tür der Limo zu.

Fuchs betrat den Besprechungsraum mit einer Flasche Whisky und einem Stapel Pappbecher. Am Tisch saßen Grewe, Therese, Estanza, Claudi, Drossel: der Kern der SoKo »Rems«. Außerdem Fritz Burckhardt und Heiko Leptien, der sich gerade Therese vorstellte. Sie gaben sich die Hand, und Leptien zeigte einen offenen Blick.

»Als Privatmann kann ich nur sagen, dass mir unendlich leidtut, was mein Mandant Ihnen angetan hat. Was ihn selbst angeht … nun gut.«

Therese hielt die Hand des Anwalts fest, sie hatte das Gefühl, er wolle noch etwas sagen. So war es auch.

»Zumindest ist er voll geständig und hat nichts gegen den Ablauf seiner Festnahme einzuwenden. Das heißt, Sie werden weder als Opfer noch als Polizeibeamtin vor Gericht erscheinen müssen.«

»Ich schätze das, Herr Leptien. Auch wenn …«

»Ja, das ist doch selbstverständlich, Frau Svoboda. Aber, wenn ich das sagen darf, soweit ich es aus den Protokollen ersehen konnte, sind Sie eine mutige Frau. Respekt.«

Therese lächelte.

»Der Polizeipsychologe hätte mich zurzeit gern etwas schwächer. Er meint, das würde mich vor allzu schneller Verdrängung bewahren.«

Draußen pfiff ein eisiger Wind und trieb Regen, der zu Hagel zu werden drohte, gegen die schwarzen Fensterscheiben.

Grewe tippte eine SMS an Stina in die Tastatur. Fuchs schraubte die Flasche auf.

»Famous Grouse. Nicht der beste, aber der meistgetrunkene Schotte«, grinste Fuchs.

»Ich hab ja keine Ahnung von Whisky, aber neulich hab ich so einen Lagerwullen oder so getrunken. War irgendwie geil.« Estanza machte Kennermiene.

»Lagavullin. Islay. Zwölf oder sechzehn?« Drossel.

»Hä?«

»Jahre alt. War 'ne blöde Altherrenangeberei.« Drossel lachte.

»Der wäre für Pappbecher bisschen schade. Den Grouse trinken die einfach als Kurzen zum Pint.« Fuchs fuhr seit Jahren in jedem Urlaub nach Schottland. Deswegen hatte sein Gesicht auch nie eine andere Farbe als Grau oder Rot.

Leptien hielt die Hand über den Becher.

»Sehr nett, aber ich muss noch fahren.«

»Ich auch«, griente Fuchs und goss sich als Letztem großzügig ein. »Wenn ich erwischt werde, weiß ich ja jetzt einen guten Anwalt.«

Leptien quittierte lächelnd.

Grewe legte das Handy zur Seite und hob seinen Whisky.

»Tja. Auf eine seltsame Ermittlung.«

»Slàinte.« Fuchs mit dem traditionellen schottischen Trinkspruch; er sprach es »Slandje-Wah« aus.

Mehrere »Prost!« kleckerten nach, dann tranken alle einen Schluck. Leptien tat nur so.

»Außer Estanza und den Kollegen von der Hundertschaft am ersten Tag hat niemand groß Überstunden geschoben, an den Wochenenden waren wir zu Hause. Und wir wissen nichts. Waren wir faul?« Grewe drehte den Becher auf dem Tisch.

»Man kann nicht immer was erzwingen bloß mit Stunden kloppen. Das weißt du so gut wie ich, Grewe.« Drossel hob seinen Whisky unter die Nase und roch zerstreut daran.

»Wir sind allem nachgegangen, was aufgetaucht ist, und wir haben zwei Männer festgenommen, die mit Rems in Verbindung standen und kriminell sind.« Therese hatte die Augen geschlossen und sprach müde, fast somnambul.

»Und dass die nicht recht zu packen waren, liegt ja in der Natur der Sache.« Drossel massierte sich die Nasenwurzel.

»Entschuldigung, aber ich denke, Sie alle können sich entspannter unterhalten, wenn ich weg bin.« Leptien stand auf. Grewe bedeutete ihm mit einer Geste, noch zu warten.

»Nein, Herr Leptien. Ich möchte noch kurz mit Ihnen sprechen, wenn es geht.«

»Selbstverständlich, Herr Grewe.« Er setzte sich wieder.

Grewe trank noch einen kleinen Schluck.

»Der ist aber okay, finde ich. Auf jeden Fall hilft er mir sehr, die kalten Frikadellen von ›Emses Grillparadies‹ zu vergessen.« Alle lachten. Dann wandte Grewe sich an den Anwalt.

»Wie sehen Sie das Vorhaben der Kollegen? Sie waren ja ziemlich zurückhaltend.«

Leptien gab ein kurzes, freudloses Lachen von sich.

»Was kann ich dem entgegensetzen? Es ist die einzige Chance meines Mandanten, glimpflich davonzukommen. Und Läuterung ist ja durchaus ein wichtiger Gedanke im Strafvollzug.«

»Sie werden ihm zuraten?«

Leptien nickte. Dann sah er Fuchs an.

»Könnte ich doch einen ganz kleinen …?«

Fuchs goss ihm kommentarlos und mit freundlichem Lächeln einen Schuss ein. Leptien hob den Whisky und trank.

»Eigentlich sind Leute wie Schönlein keine Mandanten für mich. Ich bin das Strafverteidigeranhängsel einer großen Kanzlei, die sich mit banalen Zivilrechtssachen befasst. Für den Fall der Fälle sozusagen. Deswegen übernehme ich auch gern Pflichtmandate. Hält mich in Übung, und ich brauche, ehrlich gesagt, nicht viel Geld. Leute wie Schönlein kriegen normalerweise einen teuren Anwalt von ihren Bossen besorgt.«

»Von Carst!«, spuckte Drossel aus.

»Zum Beispiel«, bestätigte Leptien. »Deswegen finde ich diese Sache sehr interessant. Und ich habe den Eindruck, dass es bei Schönlein um … na ja, eine Rettung geht. Ich muss ihn gar nicht vor Ihnen oder dem Staatsanwalt beschützen, das sieht er ganz lässig. Ich muss ihn vor seinen Ex-Freunden schützen. Und da ist er bei der Polizei in den besten Händen. Hoffe ich.« Mit den letzten Worten sah er Grewe ernst an.

»Die Programme sind sehr gut. Da ist noch keiner verloren gegangen. Selbst Mafiaaussteiger haben die schon durchgebracht. Es ist ein Geschäft. Wenn er viel zu geben hat, kriegt er auch viel.«

Leptien trank seinen Whisky aus und stand auf.

»Herr Grewe, Herrschaften. Ich verabschiede mich. Danke für alles.«

Grewe stand ebenfalls auf und gab Leptien die Hand.

»Wir sehen uns morgen in der JVA. Kommen Sie gut heim.«

»Sie auch. Bis morgen.«

Im Gehen griff sich Leptien seinen Mantel von der Garderobe.

Als sich die Tür hinter ihm schloss, hob Fuchs mit Gastgeberblick die Flasche.

»Noch jemand?«

»Schatzi, dein Handywecker hat schon ein paarmal gepiepst.« Stina schüttelte Grewe sanft.

»Oh, Sch…« Er wälzte sich herum und zwang sich, die Augen zu öffnen. »Wie viel Uhr?«

»Halb neun.«

»Phhhff. Gott sei Dank.«

Stina strich ihm über die Wange und näherte sich für einen Kuss. »Oh. Was gab's denn zu trinken?«

»Whisky. Nur zwei kleine. Aber ich fühle mich, als hätte ich eine halbe Flasche gesoffen.«

Stina küsste ihn auf die Nase. »Dann musst du leider erst Zähne putzen. Komm frühstücken. Wann musst du los?«

»Halb zehn reicht locker. Wenn ich das Auto nehmen kann?«

Stina nickte. »Die Großen sind heute beide verabredet, und Lotta und ich kriegen Besuch von Sabi und Marleen. Ayurvedische Tees und samstägliche Frauengespräche, da hättste eh nur gestört.«

Grewe sah seiner Frau nach, die im Schlumpelfleece aus dem Zimmer verschwand. Sie wackelte zweimal kurz mit dem Hintern und strumpftapste dann kichernd die Treppe runter.

Kopfdrücken, Pelzzunge und schmerzhafte Morgenerektion, da konnte man mit nichts als einer zuerst sehr heißen und dann ganz kalten Dusche Besserung erreichen. Und dann, passend zum Whiskykater, ein möglichst englisches Frühstück. Wenn so was im Haus war.

»Greeewe! Beeil dich im Bad, dann gibt's ein full English Breakfast. Ich hab sogar Würstchen und Pilze.«

Ich liebe, liebe, liebe dich, dachte Grewe und schaffte es in – angesichts seines Zustandes – beachtlicher Geschwindigkeit, das Bett zu verlassen.

Bandel und Meinert gaben ihre Dienstwaffen ab, dann betraten sie mit Grewe die JVA. Ein Justizwachtmeister ging vor ihnen her. Sie redeten nicht miteinander; stumm stiegen sie treppauf und treppab, warteten vor und hinter Schleusen, bis sie endlich an dem Raum angekommen waren, in dem Schönlein mit seinem Anwalt auf sie wartete.

Schönlein sah tatsächlich erholt aus, fast ein bisschen rosig. Seine Haare waren gewaschen, die Koteletten und der Schnauzer sauber gestutzt, ansonsten war er glatt rasiert. Er trug frische Anstaltskleidung. Sein Blick war klar, aber er machte kein glückliches Gesicht.

»Guten Morgen, die Herren.« Leptien stand auf und hielt zuerst Grewe die Hand hin.

»Guten Morgen.«

Auch Bandel und Meinert begrüßten Leptien. Schönlein bekam nur Grewes Hand.

Als alle Platz genommen hatten, eröffnete Leptien das Gespräch. »Ich habe meinen Mandanten von Ihren Überlegungen in Kenntnis gesetzt und ihm zumindest schon gesagt, dass ich seine Mitarbeit sehr befürworten würde.«

Bandel nickte dankend und sah Schönlein spöttisch an.

»Und was sagt der Herr Mandant dazu?«

Grewe musste sich zusammenreißen, um nicht ein Zahnarztstuhlgesicht zu ziehen. Das fing ja gut an.

Schönlein sah seinen Anwalt an, dann Grewe und zum Schluss Bandel. Er zuckte mit den Schultern und wand sich auf dem Stuhl hin und her.

»Ah, wenn der Herr noch ein bisschen überlegen muss, dann bestellen wir uns einfach was zu trinken. Möchten Sie auch was? Die sollen ganz großartige Tropfen hier haben. Vielleicht noch ein Vorspeisenteller? So zum Knabbern beim In-der-Speisekarte-Stöbern?« Bandel ätzte die Worte in Schönleins Ohren, und der duckte sich buchstäblich.

Leptien sah Grewe an, der unterdrückte einen Kommentar.

Bandel stierte Schönlein an, der hielt den Blick gesenkt.

Die Stille wurde gefüllt von den Geräuschen schlagender schwerer Türen und hallender Schritte auf dem Flur.

Bandel schüttelte eine dicke Uhr mit Stahlarmband aus dem Ärmel und tat so, als überraschte ihn die angezeigte Zeit.

»Du lieber Himmel, so spät schon? Meinert, mein Schatz. Ich glaube, wir müssen los, wenn wir pünktlich zur Pediküre sein wollen.«

Meinert grinste und schlug die Beine breit übereinander, seine rechte Hand klatschte aufs Knie, und die Finger begannen, in schnellem Rhythmus zu trommeln.

Schönlein legte beide Hände vors Gesicht und rieb langsam in kreisförmigen Bewegungen.

Bandel sah Leptien an. »Sie haben ihm doch die Sachlage erklärt, oder? Was ist denn nun?«

Leptien blieb höflich distanziert. »Nun, Sie können sich vielleicht vorstellen, dass das eine nicht ganz einfache Entscheidung für meinen Mandanten ist, Herr Bandel.«

»Oh, das tut mir leid. Daran hätte ich denken müssen.« Bandel schlug die Hand vor den Mund. »Oder, Meinert, da hätten wir dran denken müssen. Wie unsensibel.«

Bandel beugte sich zu Schönlein vor.

»Entschuldigen Sie bitte, Herr Schönlein. Wer kann denn ahnen, dass ein Berufsverbrecher und Vergewaltiger so ein sensibler Mensch ist?«

Schönlein nahm die Hände vom Gesicht, ließ die Arme einfach nach unten sacken und hing schwer atmend im Stuhl. Er hatte schlagartig Schatten unter den Augen bekommen, ein Schweißfilm überzog die Haut.

»Können Sie meinen Arsch retten?«

Bandel lehnte sich zurück und fingerte eine frische Tüte Lakritz aus dem Anzug. Er riss sie auf und nahm sich ein paar Katzen, die er während des Redens eine nach der anderen in seinem Mund versenkte.

»Wir sind deine Mami und dein Papi, weißt du? Aber nur, wenn du ein braver Bubi bist und quatschst.«

Mit einer ansatzlosen Bewegung knallte Schönlein die Fäuste auf den Tisch und brüllte los.

»Das ist kein verficktes Scheißspiel hier! Die legen mich einfach um! Das kostet Mike bloß 'n paar Scheine auf 'n Konto oder 'n bisschen Stoff! Und dann schlitzt mir irgend so 'n verschissener Türke oder Russe oder Sonstwas den Hals mit 'nem Scheißzahnbürstenstiel auf!! Dann lieg ich in der Kackdusche und verblute, und die pissen auf mich! Und mit pissen meine ich pissen! So ist die Scheiße mit der Scheiße!!«

Er hatte seine Worte abwechselnd mit ausgestrecktem Zeigefinger und auf den Tisch knallender Faust unterstrichen, und sein Oberkörper war vor- und zurückgependelt wie bei Joe Cocker.

Ein Schlüssel drehte sich im Schloss, und der Wachtmeister erschien in der Tür. »Alles im Lack?«

Bandel drehte sich um und sagte: »Herr Schönlein ist mit dem Essen hier unzufrieden. Ist es wahr, dass Sie kein Rinderfilet servieren?«

Mit einer Blitzartigkeit, die man ihm bei seiner Figur nicht zugetraut hätte, hechtete Schönlein über den Tisch und packte Bandel an der Gurgel. Das Gewicht der beiden Männer und Schönleins Schwung machten es dem Stuhl, auf dem Bandel saß, unmöglich zusammenzuhalten, und er zersprang einfach in seine Bestandteile.

Bandel keuchte, Schönlein brüllte, und Meinert und der Justizwachtmeister stürzten sich auf das Knäuel.

»Aufhören! Sofort aufhören, Schönlein! Widerstand einstellen!«

»Lass los, verdammt noch mal, du Scheißirrer!«

Meinert donnerte seine Fäuste auf Schönleins Kopf, der Justizwachtmeister versuchte, dessen Arme auseinanderzubringen, und Bandel riss an Schönleins Handgelenken, während seine Augen fast aus den Höhlen traten.

Grewe und Leptien waren aufgesprungen und räumten Tisch und Stühle aus dem Weg.

Schönleins Gebrüll war mittlerweile in einen hohen Dauerton übergegangen, und man sah von seinen Augen fast nur noch das Weiße. Er schüttelte Bandels Kopf, bis der es schaffte, ein Knie zwischen Schönleins Beine zu rammen. Einmal, zweimal, dann lockerte sich der Griff um seine Gurgel, und Bandel und der Schließer bekamen Schönleins

Hände endlich von Bandels Hals. Kurz darauf hatte der Justizbeamte einen Arm des Rockers nach hinten verdreht, und es gelang ihm, Schönlein von Bandel runter und zu Boden zu zerren.

Dort verdrehte er noch einmal Schönleins Handgelenk um fast hundertachtzig Grad und brachte sein Knie auf den verschwitzten Rücken des Häftlings.

»Halten Sie jetzt verdammt noch mal still, sonst brech ich Ihnen was!«, brüllte der Schließer Schönlein an, und der gab nach ein paar Zuckungen auf.

Bandel wälzte sich mit weit aufgerissenem Mund auf dem Boden. Obwohl niemand mehr seinen Hals zudrückte, schien er nach wie vor keine Luft zu kriegen. Meinert guckte entsetzt, aber hilflos, Bandel versuchte, eine Hand komplett in seinen Mund zu zwängen.

»Lakritz!«, stieß Leptien aus und sah zu Grewe.

Der handelte wie in Hypnose. Er riss Bandels Oberkörper hoch, brachte sich hinter ihn und fasste unter den Armen des LKA-Manns hindurch, dabei dessen Handgelenke umgreifend. Grewe hob den schweren Mann ganz hoch und warf ihn vornüber auf den Tisch. Dann schlug er ihm mehrfach mit der flachen Hand zwischen die Schulterblätter. Bandels Kopf wurde immer röter, kein Einatmen war zu hören, keine Entlastung. Grewe schlug verzweifelt weiter auf den Rücken und ächzte vor Anstrengung.

Endlich spuckte Bandel einen schwarz glänzenden Lakritzklumpen aus und zog Luft, als wollte er den Raum mit einem Mal in eine Vakuumzelle verwandeln.

Grewe ging schwer atmend im Kreis. Meinert beugte sich zu seinem japsenden Kollegen hinunter, Schönlein lachte jetzt irre auf dem Boden. Der Schließer zischte ihm ins Ohr: »Halt jetzt endlich den Rand.« Schönlein verstummte.

Leptien schlug Grewe im Vorübergehen auf die Schulter.

»Klasse reagiert. O Mann.«

Grewe nickte mehrmals.

»Drei Kinder.«

Leptien lächelte.

Bandel war es mit Meinerts Hilfe gelungen, sich hochzustemmen.

Er richtete seinen Schlips und rückte das Sakko zurecht, dann trat er auf Grewe zu.

»Schönen Dank, Grewe. Ehrlich, das war scheißknapp.« Er trat die am Boden liegende Lakritztüte in eine Ecke. »Krieg eh so oft Dünnpfiff von dem Dreck.«

»Ist gut, Bandel. Wie machen wir weiter?«

Bandel guckte Grewe an, dann zeigte er mit dem Daumen auf den am Boden liegenden Schönlein.

»Wir machen gar nicht weiter. Der Wichser soll mal 'ne Nacht lang drüber nachdenken, in was für einer beschissenen Lage er ist, und dann kann er sich ja melden, wenn er uns was zu sagen hat.«

»Genau. Und wir überlegen uns in der Zwischenzeit, ob wir seinem Freund Perschel mal Grüße von ihm ausrichten.« Meinert zog einen Kamm aus der Innentasche seiner Lammfelljacke und fuhr sich damit durchs verstrubbelte Haar. Mit einem Mal grinste er.

»Lädt er uns bestimmt auf 'ne Runde ein in seinem Puff. Links und rechts 'ne Lady und Schampus im Whirlpool. Gehen wir?« Er sah Bandel an und lachte.

Bandel nickte.

»Ja, wir gehen. Nur eines noch«, damit beugte er sich zu Schönlein hinunter. »Jetzt hast du auch noch einen Polizeibeamten angegriffen, so ein Ärger.« Er stellte sich wieder gerade und zupfte an seinem Schlipsknoten. »Du Penner hast gar keine Wahl: Entweder fahren wir morgen in aller Frühe nach Frankreich, oder du bist am Arsch.«

Die zwei LKA-Männer zogen ab.

Grewe sah Leptien an, der zog die Schultern hoch und schüttelte den Kopf.

»Hat Herr Schönlein eine Einzelzelle?«, fragte Grewe den Schließer.

»Eigentlich ja, aber nach der Nummer bringen wir ihn in 'ne Gemeinschaftszelle. Der muss unter Aufsicht.«

»Okay. Vielen Dank für Ihren Einsatz, das war sehr gut.«

Der Schließer ließ vorsichtig den Arm des Rockers los.

»Ich mach das ja nicht erst seit gestern.« Er zog Schönlein hoch. Grewe hielt die beiden kurz auf.

»Herr Schönlein, ich denke auch, dass der Deal mit dem LKA das

Beste für Sie ist. Und ich habe großes Interesse an Ihrem Wohlergehen, ich brauche Sie als Zeugen.«

Schönlein sah Grewe aus gebrochenen Augen an. Grewe wurde mulmig.

»Sie mochten Rems doch?«

Schönlein nickte.

»Ich will wissen, wer ihn umgebracht hat. Und dafür brauche ich Sie.«

Schönlein schluckte und nickte wieder.

»Gut. Dann denken Sie jetzt in aller Ruhe nach, ja?«

Der Rocker sah einen Moment zu Boden, dann hob er plötzlich den Kopf, und Grewe sah Panik in seinen Augen flackern.

»Is Mike frei?«

Grewe zögerte, entschied sich dann aber für die Wahrheit.

»Ja.«

Schönlein schloss die Augen.

»Scheiße.«

Er flüsterte es mehr, als dass er es sagte.

Den Nachmittag verbrachte Grewe in der Stadt. Er ging allein essen, dann bummelte er durch Geschäfte, kaufte ein paar Kleinigkeiten für seine Familie, das machte ihn glücklich.

Nach Kaffee und Kuchen im »Alt-Wien« trödelte er dann heim. Stina verabschiedete gerade Sabi und Marleen, und Grewe bot ihr an zu kochen. Es war ein schöner Abend. Die ganze Familie am großen Tisch. Nach dem Essen eine Runde »Siedler von Catan«, wobei Lotta im Team mit Robert spielte. Klara gewann, wie eigentlich immer.

Dann guckten sie zusammen einen Film, Lotta schlief ein.

Nach der Hunderunde tranken Grewe und Stina noch einen Wein in der Küche, und anschließend liebten sie sich hastig und so leise wie möglich im Wohnzimmer.

Um vier Uhr fünfundzwanzig klingelte das Telefon.

Ein Kollege vom Dauerdienst.

Sie hatten einen Toten.

Pascal Benjamin Schönlein, auch bekannt als Wolfe.

68,98°Ost 36,74°Nord

Oberleutnant Heinrich und Mirwais bewegten sich langsam und mit Dauerlächeln auf den Jungen und Rems zu. Schon aus einigen Metern Entfernung rief Mirwais »Salaam« und seinen Namen.

Als sie angekommen waren, redete Mirwais eine ganze Weile und mit ruhigen, aber großen Gesten auf den Jungen ein. Er zeigte ab und zu auf Heinrich, Rems und die EODs. Heinrich befürchtete zuerst, dass das den Kleinen total überforderte, aber nach einiger Zeit fing der an, Mirwais zu antworten, und dann entspann sich ein richtiger Dialog. Die Stimme des Jungen wurde fester, seine Gesichtszüge strahlten so etwas wie Hoffnung aus.

Das war gut. Auch Mirwais war einer von den Guten.

Jetzt wurde Mirwais' Redefluss langsamer, er kam anscheinend zum Ende und machte nur noch beruhigende Gesten. Auf eine abschließende Frage nickte der Junge, und dann wandte sich der Sprachmittler an Heinrich.

»Er ist sehr müde, aber dass der große Soldat«, damit zeigte er lächelnd auf Rems, »seine Hände hält, hilft ihm. Er ist dankbar. Der Tote ist sein Vater. Er weiß nicht, wer die Leute sind, die das gemacht haben, aber sie haben sie von der Feldarbeit entführt und hierhergebracht. Erst haben sie sie zusammengekettet, dann haben sie ihm die Bombe umgehängt, dann haben sie den Vater erschossen und sind weggegangen.«

Heinrich nickte, lächelte dem Jungen freundlich zu, obwohl er am liebsten geschrien hätte. Was war das für eine verdammte Scheiße hier?

»Wie heißt er?«

»Omeed.«

»Was bedeutet der Name?«

»Omeed bedeutet Hoffnung.«

Heinrich fuhr ein kaltes Eisen in den Magen.

»Das ist ein guter Name, sag ihm das.«

Mirwais lächelte und übersetzte.

Der Junge deutete eine Verbeugung zu Heinrich an, und jetzt lächelte er auch, zum ersten Mal.

»Sag ihm, er trägt seinen Namen zu Recht. Er hat Hoffnung, viel Hoffnung.«

Mirwais übersetzte, der Junge lächelte, und gleichzeitig liefen ihm Tränen aus den Augen.

»Mirwais, sag Omeed, dass der EOD, mein guter Freund, Leutnant Georgi«, er zeigte in die Richtung, »dass der jetzt zu ihm kommen möchte, dass er die Bombe untersuchen wird und ausschalten. Dass …«

Mirwais unterbrach ihn mit einer Handbewegung.

»Erst übersetzen, bitte.«

Heinrich nickte, und Mirwais sprach, dann schaute er zu Heinrich.

»Sag ihm, dass der Leutnant zuerst feststellen wird, ob Omeed sich hinsetzen oder sogar legen kann. Damit Omeed sich ausruht, während der Leutnant, mein Freund, die Bombe ausschalten wird. Sag ihm, er muss keine Angst vor uns haben, wir wollen ihn retten.«

Mirwais übersetzte und hörte die Antwort von Omeed.

»Er vertraut uns. Er ist dankbar.«

»Gut. Sehr gut.«

Das sagte er zu Omeed, und der lächelte. Tränen liefen immer noch durch den Staub auf seiner Haut.

Heinrich winkte Georgi, und der setzte sich in Bewegung. Er trug eine leere Transportbox aus Kunststoff.

Als Georgi da war, lächelte er breit und sagte: »Salaam.«

Omeed antwortete: »Salaam.«

Georgi setzte behutsam die Kiste auf den Boden und wandte sich an Rems.

»Wie geht's dir?« Dabei kaute er auf seinem riesigen Kaugummibatzen herum.

»Alles okay.«

»Pass auf, ich würde gern die Hände von dem Jungen tapen, dann kannst du loslassen, und der Kleine hat ein bisschen Bewegungsfreiheit mit den Armen.«

»Ich weiß nicht, ob er überhaupt noch selber die Kontakte runterdrücken kann.«

»Die Auslösedistanz ist relativ weit, ein bisschen lose haben wir. Ich denke, das kriegen wir hin. Okay?«

Rems nickte und lächelte Omeed an.

»Ich hab mir schon so viel Scheiße vorgestellt, während ich hier knie … Wir kriegen's hin.«

Georgi sah Mirwais an.

»Kannst du dem Jungen sagen, was wir vorhaben?«

Mirwais übersetzte, Omeed antwortete.

»Er sagt, er kann das halten, die Kontakte gehen nicht schwer.«

Georgi lächelte Omeed an und zeigte beide Daumen nach oben.

»Dann würde ich sagen, Heinrich und Mirwais, ihr zischt ab.«

Mirwais sah Heinrich an, der hob fragend die Augenbrauen. Mirwais schüttelte sanft den Kopf.

»Wir bleiben. Kann nicht schaden.«

»Wie ihr wollt.«

Georgi zog schwarzes Tape aus einer Tasche und löste den Anfang vorsichtig von der Rolle. Dann sah er Omeed fragend an, der nickte. Georgi lächelte.

»Alles klar, Bomber?«

»Yep.«

Georgi hielt das schon abgezogene Stück Tape über die linke Hand des Jungen, Rems gab Stückchen für Stückchen etwas mehr von der kleinen Faust frei, dann hielt er den Daumen nur noch an der äußersten Spitze.

Georgi sagte »Stopp«, klebte das Tape über den Daumen, hielt das Ende fest und zog dann die Rolle mit der anderen Hand unter Omeeds Faust durch, dabei weiteres Tape abziehend.

Rems machte an der Unterseite Platz, und Georgi ließ die Rolle kurz los, griff dann über Omeeds Hand hinweg wieder nach unten, fasste die Rolle nun von der anderen Seite, zog sie wieder hoch und hatte die erste Runde geschafft. Nach der zweiten konnte Rems die Hand loslassen, und Georgi machte noch ein paar Umdrehungen, dann war alles fest.

Er ließ Mirwais übersetzen, dass der Junge das ganz großartig gemacht habe, und dann wiederholten sie die ganze Nummer an der andern Hand.

Es ging gut.

Rems rutschte vorsichtig auf den Knien nach hinten und stand dann langsam auf. Sein Gesicht verzog sich kurz vor Schmerzen, als er seine Beine endlich wieder strecken konnte, aber er lächelte sofort wieder den Jungen an und streckte die Daumen nach oben.

Georgi fasste Omeeds Handgelenke und bedeutete ihm mit kleinen Schüttelbewegungen, dass er seine Arme jetzt ganz entspannt nach unten hängen lassen konnte.

Dann fing er mit der Untersuchung der Weste an. Er tastete nach Größe und Menge der Sprengstoffpakete, schaute sich die Zünder genau an, nickte zufrieden.

»Gut. Sind nur die Elektrozünder, das ist echt gut. Jetzt haben wir Zeit«, murmelte er halblaut. Dann verfolgte Georgi mit den Fingern den Verlauf der Kabel und ließ Mirwais erst mal übersetzen, dass er dem Jungen jetzt die Kiste hinstellen und der sich dann darauf setzen durfte. Omeed brauchte Hilfe beim Setzen, Heinrich und Georgi stützten ihn.

Heinrich beschloss, dass sie diesen Zwischenstand feiern mussten, und bot Omeed und Rems je einen Schokoriegel an. Der Junge freute sich, seine Augen leuchteten.

Rems packte ihm den Riegel aus und fütterte ihn damit, dann erst aß er seinen. Rems trank aus seinem Rucksack, der Junge wünschte sich noch von dem süßen Tee aus Heinrichs Kamel-Bak.

Dann teilten sie sich die Schokolade.

»So, nu mach ich mal weiter, oder?«

Georgi lächelte bei dem Satz, aber man spürte, ihm war unwohl.

Mirwais sprach noch mal mit Omeed, der nickte, und dann kniete sich Georgi neben die Kiste.

Er tastete sich nochmals über die gesamte Weste aus dickem Leinenstoff und befühlte eine Stelle gründlich mit den Fingern.

»Da ist die Batterie, sehr gut.«

Er nahm eine Schere zur Hand und schnitt die Weste unterhalb der Stelle vorsichtig und langsam nach oben auf, bis er an der Batterie angekommen war.

Georgi zog sie vorsichtig ans Licht, es war ein handelsüblicher 9-Voltblock, stöpselte den Kontakt aus und legte die Batterie zur Seite. Dann schnitt er, immer noch langsam und vorsichtig, die Weste ganz auf, zer-

teilte dann eine Schulter bis auf einen letzten Faden und legte die Schere beiseite.

Dann riss er das letzte Fädchen durch und löste die ganze Weste langsam von Omeeds Oberkörper. Er legte sie auf den Boden, trennte die beiden Kabel, die zu den Schließauslösern führten, durch, entfernte das Tape von Omeeds Händen und nahm ihm die Regler aus der Hand. Dann stand er auf.

Alle sahen ihn an.

»Das war's. Safe. Jetzt brauch ich bloß noch den großen Bolzenschneider für die Kette.«

Georgi lächelte, strahlte, Mirwais übersetzte, Omeed fragte ungläubig nach, Mirwais wiederholte, und da fing der Junge an, haltlos zu schluchzen, verbarg sein Gesicht in den Händen und warf den Oberkörper im Rhythmus des Weinens vor und zurück.

Mirwais beugte sich zu ihm herunter und hörte konzentriert auf einzelne Worte, die zwischen den Schluchzern zu hören waren.

Heinrich ging ein paar Schritte zur Seite, beugte sich zu seinem Funkgerät und drückte die Sprechtaste.

»Hier Hotel eins für Hotel.«

»Hotel hört.«

»IED entschärft, keine Verwundeten. Brauchen BAT vorn. Kommen.«

»Scheiße bin ich froh. Alles klar. Kommen.«

»Ich auch. Ende.«

Heinrich ging wieder zurück, er sah, dass der Hägglund mit der Oberstabsärztin sich schon auf den Weg machte. Mirwais kam ihm ein Stück entgegen.

»Omeed hat Angst, dass sein Vater hier liegen bleibt. Er muss bestattet werden.«

»Das ist doch selbstverständlich. Wir nehmen den Leichnam mit.«

Mirwais übersetzte, Omeed sah Heinrich dankbar an, er schluchzte nur noch stoßweise.

Hauptfeldwebel Peeters war mit dem Bolzenschneider da.

Er kniete neben Omeed, setzte den Schneider an das Kettenglied, dass die Manschette um Omeeds Fuß verschloss, und knackte sie auf. Dann bog er von Hand die Manschette etwas auseinander und streifte sie vor-

sichtig vom Fuß des Jungen. Er hatte schwere Abschürfungen, aber das konnte Frau Doc ratzfatz verarzten. Das war gar nichts.

Der Hägglund blieb nicht weit von dem Fuchs der EODs stehen, Frau Doc, der SanFeldwebel und ein Stabsgefreiter stiegen aus. Heinrich ging zu ihnen rüber.

»Also, den Jungen schaut ihr euch ja selber an, eine Frage: Könnt ihr im Anhänger den toten Vater transportieren?«

»Klar«, sagte die Oberstabsärztin und drehte sich zu ihrem Stabsgefreiten um. »Mettler, nehmen Sie einen Bodybag raus, schnappen Sie sich den Kameraden Werbel vom EOD-Team, und bergen Sie den Leichnam.«

»Jawohl, wird gemacht.«

»Wollt ihr rüberkommen, oder sollen wir euch den Jungen bringen?«

»Ach, wenn das ginge, dann bräuchten wir nicht so viel auszuräumen.«

»Kein Ding.«

Heinrich drehte sich um und ging zurück.

»Mirwais, sag Omeed, dass wir ihn zur Ärztin rüberbringen und die zwei Leute da mit dem Sack seinen Vater mitnehmen.«

Werbel und Mettler waren auch schon da.

»Ja, ist gut, Oberer Leutnant.« Mirwais lachte breit.

Rems hob die Hand.

»Ich würde den Jungen gern rübertragen.«

»Na klar, gute Idee.«

Mirwais erklärte Omeed das Vorhaben, der nickte. Rems setzte sich einen Moment zu dem Jungen auf die Kiste.

Werbel und Mettler knieten neben dem Leichnam und falteten den Bodybag auseinander. Mettler öffnete den Reißverschluss, dann ging er zu den Füßen des Mannes, Werbel fasste unter die Schultern.

Heinrich winkte Mirwais, der kam rüber, und sie machten sich auf den Weg zum Dingo.

Rems stand auf und hob den Jungen hoch.

Mettler zählte hinter ihnen »Eins, zwei, drei …«

Der Knall war ohrenbetäubend.

Heinrich lag im Staub. Geräusche drangen wie durch Wasser.

Das Bild wurde schwarz.

20

Therese konnte nicht schlafen, zu viel ging ihr durch den Kopf, drehte sich dort im Kreis, verschwand in einer unbeleuchteten Ecke und trat plötzlich aus einer anderen wieder hervor.

Es war ein schöner Tag gewesen.

Wie schon letzten Samstag, hatte sie sich nach dem Joggen und einem langen, sehr langen Frühstück mit Martina in den »Agrippa-Thermen« getroffen. Schwitzen, dampfen, dösen. Eiskalte Duschen, blubbernd massierender Whirlpool.

Danach waren sie zu einem Thai gegangen, den Therese noch nicht kannte. Sehr stylisch eingerichtet, aus der Küche zogen bei jeder Bewegung der Schwingtür köstliche Dunstschwaden durch das Lokal. Scharf gebratene aromatische Gemüse mit Ingwer und Zitronengras, frischer Fisch, duftiger Reis, dazu hatten sie eine Flasche kühlen Gewürztraminer getrunken.

Vor dem Tanzen besuchten sie noch eine neue Bar, die erstens sehr gute Cocktails anbot und zweitens zu ihrer Überraschung über eine kleine Tanzfläche verfügte. Dort waren sie hängen geblieben bis halb drei, als es zu anstrengend wurde, sich die Männer vom Leib zu halten. Da Martina in der Nähe wohnte, schwankten sie Arm in Arm dorthin.

Im Flur hatten sie sich lange geküsst, und Therese war es gewesen, als ob sie schwebte. In ihrem Bauch hatte ein Sturm aus kitzelnden, warmen Wirbeln getobt.

Dass die praktisch-sportliche und an trockenen Fakten interessierte Spurenspezialistin ganz weich und sinnlich werden konnte, hatte Therese in den ersten Augenblicken mehr überrascht als ihre eigene Bereitschaft, sich auf dieses Abenteuer einzulassen. Dabei hatten Frauen in Thereses Fantasie bisher allenfalls eine sehr diffuse Rolle gespielt, wie eine Hintergrundmusik zum eigentlichen Geschehen. Es war ihr niemals ernsthaft in den Sinn gekommen, mit einer Frau ins Bett zu gehen.

War es dem Trauma geschuldet? Ihrem langen Alleinsein?

Dass Martina lesbisch war, wusste die ganze Direktion, sie ging offen damit um. Hatte Therese es darauf angelegt?

Oder war es einfach ihr Wunsch, sich mal anzukuscheln, fallen zu lassen und das irrationale Gefühl, bei einer Frau würde das nicht zu den Komplikationen führen, die es eigentlich immer und derzeit in ganz besonderer Weise mit einem Mann haben würde?

Jetzt, auf Martinas Sofa, dachte sie darüber nach, aber vor zwei Stunden war in ihrem Kopf kein Platz für solche Gedanken gewesen. Da hatte sie nur den Kuss gespürt und darauf gewartet, dass Martina die Führung übernahm. Aber die hatte sich zurückgehalten, selbst abgewartet.

Also waren Thereses Hände über Martinas Rücken gewandert, hatten den Saum des Pullovers gegriffen und ihn entschlossen über Martinas Kopf gezogen. Der Pulli war über Thereses Schulter in die Küche geflogen, sie hatte sich selbst vorwärtstreiben wollen mit dieser Geste, doch Martina hatte ihre Hände auf Thereses Schultern gelegt und sie auf Abstand gehalten.

Sie hatten sich lange angesehen, über Martinas schön geschwungener Oberlippe hatten feine Tröpfchen geglänzt. Therese war unsicher geworden. Mein Gott, waren diese Augen blau und klar. Obwohl Therese ein paar Jährchen älter war als Martina, hatte sie sich ihr unterlegen gefühlt. Sie hatte Martinas nun nackte Hüften gefasst und sie in sehr kleinen, unentschlossenen Bewegungen gestreichelt. Martina hatte gelächelt.

Dann hatte sie ihre rechte Hand von Thereses Schulter gelöst und war ihr damit sanft übers Haar gestrichen, die Wange, hatte mit einem Finger Thereses Mund nachgezeichnet.

»Du willst das hier gar nicht, Süße.«

Therese war es ganz schwummrig geworden.

»Doch. Also, ich meine, ich wollte das nicht und werde es vielleicht nicht wieder wollen, aber ich will es jetzt.«

Martina hatte ein bisschen traurig gelächelt.

»Therese, du bist ein echt tolles Weib. Wenn ich dich heute aufgegabelt hätte, würde ich deine Stimmung jetzt bedenkenlos ausnutzen, und es wäre mir wurscht, wie hetero du dich morgen möglicherweise wieder fühlst.« Martinas Hände waren unter Thereses Bluse geschlüpft und hatten sie fest in die kleinen Hüftröllchen gekniffen. Therese hatte gekiekst.

»Aber wir sehen uns jeden Tag bei der Arbeit. Und es gibt nicht viele Frauen in unserem Job, schon gar nicht so taffe wie dich. Ich will noch oft mit dir ausgehen und deine Freundschaft genießen. Und dir nicht irgendwann peinlich sein, weil du dann verheiratet bist und ich das kleine schmutzige Geheimnis.«

Therese hatte widersprechen wollen, aber Martina hatte den Kopf geschüttelt.

»Ich mach dir das Sofa zurecht.«

Beim Ticken der Wanduhr in Martinas Wohnzimmer war Therese mit schwindelndem Kopf eingeschlafen und eine halbe Stunde später wieder aus wirren Träumen erwacht.

Mittlerweile tickte die Uhr schon seit einer Ewigkeit in Thereses Kopf. Ein Kater begann, sich auch noch dort breitzumachen, ihre Zunge hing wie ein zusammengedrehter Waschlappen in ihrem Mund.

Wie wäre es gewesen, neben einer Frau aufzuwachen, neben einer Kollegin? Nach der Liebe, nach dem Sex.

Kaffee oder Tee? Toast oder Müsli? Wie nimmst du deine Frühstückseier?

Vielleicht hatte Martina recht gehabt. Wahrscheinlich. Es wäre ein Rausch gewesen, ein schöner Moment, da war sich Therese sicher. Aber dann? Die Freundschaft mit einer tollen Kollegin war viel wert. Und diese Freundin zu verletzen oder zu enttäuschen, das hätte Therese nicht verkraftet. Nicht jetzt.

Sie zwang sich aufzustehen. Sie musste etwas trinken. Als sie im Flur an ihrem Mantel an der Garderobe vorbeiging, hörte sie ein Kurznachrichtensignal aus der Tasche.

»Sie haben eine Nachricht auf Ihrer Mobilbox.«

Therese öffnete das Menü und hörte ihre Mobilbox ab. Danach stürzte sie ins Bad und übergab sich in die Badewanne.

Es war fast sechs Uhr, Grewe ging vor dem Tor der JVA hin und her. Er trank bitteren Kaffee von einem Kiosk, dessen Kundschaft im Wesentlichen aus Beschäftigten und Besuchern des Gefängnisses bestand.

Kurz bevor er reingegangen war, hatte ihn ein atemloser Rückruf von Therese erreicht, dass sie sich ein Taxi bestellt hätte und sozusagen schon auf dem Weg war.

Erst jetzt wunderte sich Grewe, warum sie wohl ein Taxi holte. War ihr roter Flitzer kaputt?

Andererseits war Sonntag früh, man konnte auch sagen Samstagnacht. Vielleicht war sie aus gewesen, hatte getrunken?

Grewe hätte Therese unter normalen Umständen derzeit nicht wegen einer Leiche am Wochenende aus dem Bett geholt. Es gab Estanza und Fuchs, auch Claudi machte nach ihren ersten Wochen einen wirklich guten Eindruck. Aber Schönlein, das war nun mal für Therese nicht irgendeine Leiche – und für Grewe auch nicht. Also zwei gute Gründe, es ihr zumindest zur Wahl zu stellen. Und offensichtlich hatte er damit richtig gelegen.

Was für ein komischer Fall. Sie kamen nicht ein Stück vorwärts, obwohl sich Unmengen an möglichen Motiven und auch Tätern angeboten hatten. Alles war zerplatzt oder in sich zusammengefallen, ohne dass sie eine Denkrichtung wirklich ausschließen konnten. Jederzeit konnte doch noch ein verwirrter Junkie auftauchen, der zugab, Rems getötet zu haben, so unwahrscheinlich das auch war. Perschel war für Grewe immer noch der wahrscheinlichste Täter, aber der einzige Zeuge, der ihnen näher an den Rockerboss heranhelfen konnte, lag tot in der Gemeinschaftszelle. Und bei den Kameraden von Rems hatten sie sich noch gar nicht richtig umgesehen. Es hatte ja auch bisher keine zwingenden Gründe dafür gegeben.

Nein, das stimmte nicht. Es hatte mehr zwingende Gründe und dramatische Ereignisse in anderen Ermittlungsrichtungen gegeben. Denen waren sie nachgegangen und hatten das Berufsumfeld links liegen lassen. Aber seit Grewe bei der Beerdigung Rohmann wieder gesehen hatte, schlief er schlecht. Da kam so viel hoch, dass er sich insgeheim verdächtigte, die Ermittlungen absichtlich von der Bundeswehr weggehalten zu haben. Hatte er Angst gehabt, ohne es zu bemerken? Es half alles nichts. Jetzt, da sie bei den Rockern nicht viel ausrichten konnten, würde Grewe sich so oder so dem Thema stellen und in der Kaserne ermitteln müssen. Höchste Zeit.

Ein Taxi näherte sich auf der ansonsten leeren Straße. Um die Reifen sprühte schmutziges Wasser. In der Stadt schien der Winter endlich zu sterben. Das Umland war immer noch verschneit.

Grewe warf den noch halbvollen Kaffeebecher in den Mülleimer am Haltestellenschild der Tram. Das Taxi hielt genau vor seiner Nase, und Therese stieg nach dem Zahlen aus.

»Morgen, Therese.«

»Morgen.«

Therese trug eine enge Jeans, dazu sehr hochhackige braune Stiefel. Den eleganten Mantel hatte sie bis unters Kinn geschlossen, und über der rechten Schulter baumelte eine hübsche Handtasche. Das war so gar nicht ihre Arbeitskleidung, dachte Grewe. Hatte sie woanders übernachtet?

»Gehen wir rein?« Sie schaute entschlossen.

Grewe nickte.

»Hast du ein neues Parfüm?«

Therese zögerte, eine Millisekunde nur, aber es fiel ihm sofort auf.

»Ach, eine Probe. Hab ich in der Eile einfach gegriffen.«

Grewe nickte wieder.

»Steht dir gut. Nicht dass dein alter Duft dir nicht gut stehen würde.«

Sie lächelte.

»Danke. Aber ich weiß, dass ich heute scheiße aussehe.«

»Aber lange nicht so scheiße wie ich.«

Drinnen erledigten sie die Anmeldeformalitäten und wurden dann von einem Schließer zu Schönleins Zelle gebracht.

Die Tür stand offen, man konnte schon vom Anfang des Flurs Drossels Bass hören, dazwischen drang immer wieder Blitzlicht aus dem Raum nach draußen.

Sie blieben kurz stehen.

»Bist du sicher?«

Therese nickte.

»Hallo ihr zwei. Tja. Der Klassiker. Verdrehte Lakenstreifen, Fenstergitter, beherzt die Füße nach vorne werfen, und schon ist man auf der Reise.«

Sie sahen zum Fenster.

Schönleins Augen waren geschlossen, tiefschwarz unterlaufen. Seine Zunge quoll aus dem Mundwinkel, sein Hals war tief eingeschnitten, man konnte den weißen Stoff kaum sehen.

Seine Beine hingen verdreht nach links, die Füße auf dem Boden. Sein T-Shirt war hochgerutscht und entblößte seinen tätowierten Bauch. Die blaue Anstaltshose war vorne durchnässt, es roch nach Kot.

»Der Anstaltsarzt hat den Totenschein schon ausgestellt. Unser beider Ansicht nach gibt's da nicht viel zu deuteln. Keinerlei Anzeichen eines Kampfes oder äußerer physischer Gewalt. Er könnte höchstens unter äußerem psychischem Druck gehandelt haben, aber beweis das mal … Außerdem halte ich die Zellenbesatzung für dahingehend unverdächtig. Müsst ihr aber selber sehen, ich bin ja nur der Fingerabdruckaugust, ha!«

So schweigsam oder mürrisch Drossel meist in der Dienststelle war, so aufgeräumt und lebhaft war er an Tatorten. Er liebte seine Arbeit.

Therese sah den Mann an, der sie getreten, geschlagen und an den Haaren über den Boden gezerrt hatte. Der ihr Gesicht in ihre eigene Kotze gedrückt hatte. Den Mann, der gnadenlos seinen stinkenden steifen Schwanz in sie gerammt und sich in ihren Körper entleert hätte, wenn nicht ein schlecht gelaunter Hausmeister aus Ostberlin einen leichten Schlaf, ein mutiges Herz und einen Revolver gehabt hätte.

Er war eine miese Drecksau und hatte wer weiß wie vielen Menschen wehgetan in seinem Leben. Ohne jemals darüber nachzudenken. Er war tot, und sie lebte. Sein letztes Opfer lebte und sah ihn hier hängen.

Sie fühlte … Mitleid.

Das war gut. Sie war okay.

Sie war noch ein Mensch.

»Therese?«

Sie drehte sich zu Grewe um.

»Die drei Zellengenossen und der Schließer, der als erster vor Ort war, sind bereit zur Vernehmung. Die Kollegen vom Dauerdienst warten mit ihnen auf uns.«

»Gut. Dann lass uns arbeiten.«

Es kam nicht viel dabei heraus. Die Schließer hatten Schönlein bewusst zu drei eher harmlosen Leuten gesteckt. Er sollte ein bisschen runterkommen und nicht allein sein.

Einer der drei kam aus Uganda und radebrechte Englisch, er saß wegen Verstößen gegen die Aufenthaltsbedingungen, einer war ein fünfundsiebzigjähriger Serbe, der sein halbes Leben wegen Eigentumsdelikten hinter Gittern verbracht hatte, und der Dritte war ein etwas zurückgeblieben wirkender, sehr dicker Mann um die dreißig, der wegen notorischem Exhibitionismus einsaß.

Schönlein hatte sich wohl in aller Stille aufgeknüpft, während die anderen schliefen. Der Tod war nach ersten Schätzungen zwischen Mitternacht und zwei Uhr eingetreten, es war recht schnell gegangen. Um kurz nach zwei war der Serbe aufgewacht, weil er aufs Klo musste. Da sah er den Rocker am Fenster hängen und alarmierte die Schließer.

Wolfe war frei.

Gegen halb zehn versammelte sich die SoKo »Rems« im Besprechungsraum. Die Stimmung war beschissen, noch nicht mal mehr Fuchs hatte einen lockeren Spruch parat.

Grewe blieb stehen, bis alle sich mit ihrem Kaffee gesetzt hatten, dann ließ er den Blick langsam über die gesamte Runde schweifen.

»Tja. Ich weiß ehrlich gesagt nicht, was ich sagen soll. Ich kann mich nicht erinnern, jemals eine Ermittlung in eine so aussichtslose Situation manövriert zu haben. Nein«, er wehrte aufkommenden Widerspruch ab, »sehr nett, aber ich will mich sicher nicht in Selbstvorwürfen suhlen. Es geht jetzt darum, diese Sache vom Kopf wieder auf die Füße zu stellen. Wir müssen neu ansetzen, und dafür braucht es klare Analysen.«

Er wartete einen Moment, ob einer seiner Kollegen etwas sagen wollte, dann setzte er sich und nahm die Armbanduhr ab.

»Also. Ich halte die Skulls-Spur immer noch für unsere wichtigste. Allerdings ist nach dem Suizid von Pascal Schönlein und nach der Drewniok-Pleite für uns derzeit kein Rankommen an die Leute. Niemand wird mit uns reden, und wenn doch, kriegen wir so oder so Alibis en masse serviert.«

Alle nickten.

»Burckhardt entwickelt jetzt mit den Kollegen vom LKA mögliche Strategien gegen die Gang und Odhan Celik. Er hält die Augen auch für uns offen und wird mich stante pede informieren, wenn etwas Verwertbares in der Rems-Kiste auftaucht. Die Kollegen vom Rauschgift haben unseren Fall ebenso mit im Blick. Bleibt die Frage, was wir jetzt aktiv unternehmen können. Dazu hätte ich gerne Vorschläge.«

Die Kollegen dachten nach. Grewe fühlte sich klebrig. Er hatte es nicht geschafft, sich zu rasieren, er trug dasselbe Hemd wie gestern. Seine Augen schienen aus dem Kopf hüpfen zu wollen.

»Macht es vielleicht Sinn, die Protokolle der Nachbarschaftsvernehmungen noch mal durchzuackern? Also, ob sich ein Nachhaken lohnt.«

Estanza entwickelte Initiative. Grewe sah abwartend zu den anderen. Die zeigten mimisch recht unterschiedliche Reaktionen, aber keiner sagte etwas.

»In der derzeitigen Situation kann vieles Sinn machen, das sonst eher überflüssig wäre«, nahm Grewe den Faden auf, »an und für sich sind die Ergebnisse der Vernehmungen im Haus gründlich bearbeitet. Das Ausgangsmaterial war gut«, dabei lächelte er Estanza an, »und wir sind sorgfältig, wenn auch erfolglos, in der Auswertung gewesen. Wenn die Beschlüsse, die wir heute fassen, noch Kapazitäten frei lassen, bin ich dafür, es noch mal zu versuchen. Also danke, Tony.«

Grewe sah wieder in die Runde. Niemand rührte sich.

»Gut, dann habe ich etwas vorzuschlagen.«

Alle waren erleichtert.

»Es gibt einen Bereich, den wir bisher noch nicht sehr ausgiebig bearbeitet haben, und zwar das berufliche Umfeld von Rems. Ich bin der Meinung, dass wir die Flaute in allen anderen Gewässern nutzen sollten, hier etwas Wind in unser Segel zu blasen.« Mein Gott, dachte Grewe, jetzt fing er schon an zu dichten. Therese trat ihm seitlich gegen das Bein.

»Tony.«

Estanza schrak auf.

»Ich habe das nie abgefragt bei dir, aber du hast dich doch schon mal mit dem Brigade-S1 getroffen?«

Tony nickte.

»Na klar. Ist auch ein Bericht an dich gegangen.«

Grewe machte eine beruhigende Geste.

»Ich weiß, Tony, wir reden hier über meinen Fehler. Kannst du uns einen kurzen Überblick geben?«

Estanza lächelte und drückte den Rücken durch.

»Na ja. Also der Rems war so ein richtig harter Typ, das wissen ja alle. Irgendwelche Eskapaden sind aber aus den letzten Jahren nicht bekannt. Die letzte war eine Schlägerei in den USA, schon eine ganze Weile her. Der Major meinte, dass die scharfen Einsätze ihn ruhiger gemacht hätten. Und er ist durch die Kampferfahrung ein richtig guter Ausbilder geworden, hat Radványi gemeint.«

Tony hob beide Hände, er sah, dass sich Drossel genervt zu Wort melden wollte. »Ich weiß, das hatten wir schon, ich will's ja nur noch mal zusammenfassen, ich komm schon zum Punkt.«

Drossel lachte und winkte ab.

»Okay, also Rems war total beliebt, Radványi sagt, keine Feinde, undenkbar. Klar hätten Rekruten Schiss vor ihm gehabt, aber sobald die gerafft hätten, wie viel sie von ihm lernen können – vor allem die, die sich für länger verpflichtet haben und denen also klar war, dass sie früher oder später in Afghanistan landen würden –, hätten sie ihn total verehrt. Beim letzten Einsatz ist Rems mit einer geschlossenen Kompanie rübergegangen; ich habe alle Namen von Radványi bekommen. Die Personalakten können wir jederzeit einsehen.«

Jetzt meldete sich Drossel doch zu Wort.

»Wie, die können wir jederzeit sehen? Da stellen die sich doch normalerweise total an?«

Estanza schüttelte den Kopf.

»Nee, die S1-Akten sind reine Militärakten, da stehen meistens gar keine belastenden Sachen drin.«

»Ahaaa«, spöttelte Drossel, »haben die dann Extraakten für den Schweinkram?«

Estanza nickte.

»Ja, wusste ich auch nicht. Zivilvergehen und so was landen woanders.«

Plötzlich herrschte gespannte Stille am Tisch.

»Und wo?« Grewe hatte sich vorgebeugt.

Estanza guckte in den vor ihm liegenden Unterlagen nach.

»Beim Sicherheitsoffizier, dem S2. Ein äh … Augenblick, gleich hab ich's, ein Hauptmann Dirk Rohmann.«

Diesmal fuhr Grewe, er hatte sich einfach den Schlüssel geschnappt. Und er fuhr, entgegen seiner Gewohnheit, genauso aggressiv wie sonst Therese, die deswegen andauernd lachen musste.

»Wir haben kein Sondersignal, Grewe, irgendjemand wird die Bullen rufen, dass ein Amokfahrer unterwegs ist.«

Sie hielt sich am Griff über der Beifahrertür fest.

Grewe schaute verbissen nach vorn, haute den Blinker links runter und zog, bevor der klickte, schon auf die andere Spur.

»Ich weiß, warum Stina dir nie das Auto gibt. Pass auf!«

Grewe stieg in die Eisen, der Wagen vor ihm war wesentlich langsamer, als er zuerst geglaubt hatte.

»Penner!«

Therese machte ein entsetztes Gesicht.

»Vielleicht ist es eine arme nette Omi. Du machst ihr Angst.«

Als die Außenmauern der Theodor-Körner-Kaserne in Sicht kamen, brachte Grewe den Wagen endlich in ruhiges Fahrwasser, ordnete sich gesittet zum Linksabbiegen ein und rollte schließlich auf die Wache zu.

Er hatte Glück, es war derselbe Wachhabende wie beim letzten Besuch, so musste keiner aussteigen. Der Unteroffizier winkte lässig hinter dem Glas, und Grewe passierte den geöffneten Schlagbaum. Der stramm grüßende Gefreite am Tor sah trotz umgehängtem Sturmgewehr höchstens wie sechzehn aus.

Grewe bog jetzt in Schritttempo um die Ecke und fuhr in Richtung Stabsgebäude.

»Was ist denn los mit dir?«

Therese ließ die Frage möglichst unbeteiligt klingen.

»Was soll schon sein? Ich habe das hier«, dabei machte er mit der Linken eine unbestimmte Geste zu den Kasernengebäuden, »total vernachlässigt. Und jetzt hören wir, dass die so 'ne Art doppelte Buchführung haben. Muss alles ja nichts heißen, aber das ärgert mich. Ärgert mich einfach.«

Ihr Dienstwagen rollte knirschend auf den Kies des Parkplatzes, und Grewe setzte ihn in eine Lücke zwischen einem zivilen Bundeswehrfahrzeug und einem Geländewagen.

»Ach, Grewe, das hatten wir doch lang und breit. Es ist eben so gelaufen, wie es gelaufen ist, und wir sind schließlich weder eine Landespolizeidirektion noch das LKA. Wir sind zu wenige Leute, um immer alles gleichzeitig bearbeiten zu können.«

Grewe nickte ein paarmal stumm.

»Jetzt hör auf zu schmollen.«

Er sah Therese an.

»Hast recht. Auf geht's.«

»Yes, Sir!«

Sie stiegen aus.

Major Radványi wirkte mitgenommen.

»Kann ich Ihnen etwas anbieten? Kaffee, Tee, Wasser?«

Grewe schüttelte den Kopf.

»Danke, sehr nett. Aber wir müssten ohnehin die Runde etwas erweitern.«

»Ja?«

Grewe betrachtete ein Foto rechts neben dem Fenster hinter Radványis Kopf an. Eine Gruppe Soldaten in einem Waldstück. In drei Reihen fürs Foto drapiert. Um sie herum lagen Ausrüstungsteile verstreut, Reste eines Lagerfeuers. Sie trugen Tarnfleck, die Gesichter geschwärzt, ob von Dreck oder Tarnschminke war auf die Entfernung nicht recht zu sehen. Was Grewe allerdings sehen konnte, war, dass der Soldat ganz rechts in der letzten Reihe, nur ein ganz bisschen abseits der Gruppe, so dass er klar als Ausbilder einzuordnen war, dass dieser Soldat Dirk Rohmann war. Das Foto dürfte mindestens zehn oder zwölf Jahre alt sein.

Radványi war Grewes Blick gefolgt.

»Ach, das ist von meinem Einzelkämpfer zwo. Schon eine Weile her.« Dabei tippte er mit der Hand lächelnd auf etwas, das er wohl für einen Bauch hielt.

»Sauwaldhof?«

Der Major zog eine Augenbraue hoch.

»Waren Sie auch da?«

Grewe schüttelte den Kopf.

»Ich war nur zum Springerlehrgang in Altenstadt. Unsere Inspektion hat aber mal eine Besichtigungsrunde dort oben drehen dürfen. Bisschen Kletterübungen, mal die Hindernisbahn machen. Wir hatten damals Pech mit dem Wind, konnten vier Tage nicht springen, da haben wir eben das Touristenprogramm gekriegt.«

»Ah. Ja, das ist immer blöd mit dem Wetter.«

»Ja.«

Therese hätte Grewe gern mit dem Ellbogen in die Seite gehauen, damit er vorwärtsmachte, aber er schaffte es auch ohne Starthilfe.

»Tja, also Herr Major, es sieht so aus, dass wir jetzt intensiv das hiesige Umfeld von Lars Rems untersuchen möchten. Wer waren seine engsten Kameraden, gab es Feindschaften?«

Radványi nickte.

»Wir haben hier natürlich starke Fluktuation im Personal. Abgänger, Lehrgänge, Versetzungen, Einsätze. Aber es gibt gerade im Unteroffizierskorps doch einige Konstanten. Die Leute kommen im Lauf ihrer Jahre auch oft wieder. Fallschirmjäger sein, ist doch etwas Besonderes.«

Weil Grewe den Faden nicht aufnahm, sondern den Offizier einfach nur anschaute, entstand eine unangenehme Pause. Therese wusste, dass das Absicht war, und verhielt sich deswegen ebenso passiv wie ihr Kollege.

Der Blick des Majors irrlichterte einen Augenblick über seinen Schreibtisch, dann kam sein Oberkörper nach vorn, und er stützte sich auf.

»Herr Grewe, was brauchen Sie denn nun von mir?«

»Nun, unser Kollege Estanza hat in dem Bericht über sein Gespräch mit Ihnen erwähnt, dass Sie in der Brigade sozusagen zwei Arten von Personalakten führen. Eine bei Ihnen und eine beim S2.«

»Na ja, es handelt sich nicht im eigentlichen Sinn um Personlakten. Sehen Sie, der S2 bekommt zum Beispiel Meldungen über Straftaten von Soldaten durch Sie, die Polizei übermittelt. Er entscheidet dann, inwieweit diese Straftaten sich auf Sicherheitseinstufungen des betreffenden Soldaten auswirken. Dabei geht es dann manchmal um Dinge, die mich als Personalbearbeiter nur bedingt etwas angehen. Wir haben auch hier Datenschutz.«

Er lächelte schüchtern.

»Das bezweifelt ja niemand, Herr Major. Es ist für unsere Ermittlungen sehr wichtig, uns von den Leuten aus der näheren Umgebung des Opfers ein genaues Bild zu machen. Zum Beispiel von den Soldaten der Kompanie, mit der Rems in seinem letzten Einsatz war.«

»Das war die Drei Viereinundzwanzig.« Radványi machte nun einen Versuch, Therese ins Gespräch zu holen. »Das heißt die dritte Kompanie des Fallschirmjägerbataillons vierhunderteinundzwanzig.«

Therese lächelte betont desinteressiert.

Radványi sah wieder auf seiner Schreibtischplatte nach, ob dort irgendetwas Hilfreiches herumlag. Offenbar fand er nichts.

»Da sollten wir mit dem stellvertretenden Kommandeur sprechen.«

Grewe schaute freundlich.

»Ja, das wäre ganz in unserem Sinn, Herr Major. Und den S2 hätten wir auch gerne dabei.«

Therese stellte den Kaffee zurück auf den Tisch, Grewe hatte das linke Bein übers rechte geschlagen und zupfte am Hosensaum. Sie hingen beide tief in Oberst Pagels Bürosofa. Ihnen gegenüber sitzend, rührte Major Radványi in seiner Tasse.

Oberst Pagels stand am Schreibtisch, den Telefonhörer zwischen Kinn und Schulter eingeklemmt, und sah entnervt aus dem Fenster.

»Das kann doch wohl nicht sein, dass der S2-Feldwebel keine Ahnung hat, wo sein Chef sich herumtreibt.«

Der Gescholtene ließ am anderen Ende der Leitung eine längere Erklärung vom Stapel, die den Oberst zumindest gnädiger stimmte.

»Wieland, ich weiß, wie Hauptmann Rohmann ist. Ich weiß es besser, als ich manchmal möchte.«

Wieder kam etwas von S2-Feldwebel Wieland. Pagel nickte, obwohl sein Gesprächspartner im anderen Büro das natürlich nicht sehen konnte.

»Hauptmann Rohmann soll sich asap bei mir melden, sobald Sie ihn erwischen.«

Der Feldwebel quittierte offensichtlich die Anordnung.

»Gut, Wieland, danke.«

Pagels legte auf und drehte sich auf dem Absatz zur Sitzgruppe um.

»Tja, es tut mir leid. Unser S2 ist ein etwas, na ja, unkonventioneller Typ. Offensichtlich weiß zurzeit niemand, wo er gerade steckt. Muss an seiner Vergangenheit beim MAD liegen.« Der Tonfall ließ keinen Zweifel, dass Hauptmann Rohmann nicht zu Pagels Lieblingsoffizieren gehörte.

Grewe servierte Pagels einen spöttischen Blick, was ihm eigentlich schwerfiel. Es war nicht seine Art, so mit anderen umzugehen aber hier ging es um Taktik. »Vielleicht sollten wir ihn zur Fahndung ausschreiben? Wir haben da sehr fähige Kollegen.«

Er schaffte es sogar, ein verlogenes Lachen hinterherzuschicken, in das Pagels dann widerwillig einfiel. Radványi hätte sich ganz offenkundig gerne in seiner Kaffeetasse versteckt.

Therese war dankbar für die schlechte Männerkomödie, die ihr geboten wurde. Es war der erste heitere Moment des Tages. Und es war Zeit für ihren Auftritt.

»Darf ich das alles so zusammenfassen, dass wir«, sie zeigte erst auf Grewe, dann auf sich, »hier jetzt nicht weiterkommen?«

Sie setzte ein spitzes Lächeln auf und hob dominant das Kinn. Es war ein voller Erfolg. Radványi schaute seinen Vorgesetzten sorgenvoll an, der schüttelte den Kopf, was eher einem eigenen Gedanken zu gelten schien als Thereses Frage.

»Selbstverständlich unterstützt die Brigade Ihre Ermittlung mit aller Kraft. Wir denken doch nicht, für uns würden die Regeln nicht gelten.«

Pagels sah Grewe und Therese sehr offen an, das gab beiden einen kleinen Stich.

»Und außerdem möchten wir als Kameraden natürlich, dass geklärt wird, warum Oberfeldwebel Rems gestorben ist. Wir haben in den letzten Jahren lernen müssen, Abschied zu nehmen, aber das hier ist etwas sehr Außergewöhnliches. Die Umstände von Rems' Tod haben durchaus für Erschütterungen im Gefüge unserer Truppe gesorgt.«

Grewe schob sich, so gut es auf dem weichen Sofa ging, in eine aufrechte Sitzposition.

»Ich bin froh, dass Sie das sagen, Herr Oberst. Wir sind in der Tat sehr auf die Mithilfe der Brigadeführung angewiesen.«

Pagels dankte Grewe mit einem Kopfsenken.

»Sagen Sie, was Sie brauchen.«

Grewe rieb sich mit beiden Händen die Nase, dann griff er nach dem Verschluss seines Uhrarmbands, besann sich dann aber und ließ sie am Handgelenk.

»Wir brauchen eine exakte Liste der Soldaten, die mit Rems in engem Kontakt standen, auch und gerade nach seinem Ausscheiden hier. Und wir brauchen sie schnell.«

Pagels und Radványi nickten synchron.

»Dann möchten wir natürlich mit allen reden. Außerdem mit der gesamten Kompanie, mit der Lars Rems in seinem letzten Einsatz war.«

Er sah die Offiziere an und holte Luft.

»Und zwar spätestens übermorgen.«

Pagels stieß Luft aus.

»Sollen wir Ihnen die Leute alle ins …«, er wedelte mit der Hand und suchte den richtigen Begriff, »… Kommissariat schicken?«

»Nein, die Sporthalle hier wäre für die ersten Befragungen geeignet. Wir picken uns dann Kandidaten für intensivere Gespräche heraus.«

Grewe und Therese konnten aus den Gesichtern der beiden Soldaten ablesen, dass die Frage des Obersts eher scherzhaft gemeint gewesen war. Nun, da hatten sie sich geschnitten.

»Major?«

Pagels sah seinen S1 an. Der nickte.

»Ja, das kriegen wir hin, Herr Oberst.«

»Gut. Was noch?«

Die Frage ging wieder an Grewe.

»Wir brauchen alle Informationen über die betreffenden Soldaten. Vor allem über Probleme, die es mit dem einen oder anderen gab. Vorfälle auch aus der Zeit vor der Bundeswehr. Und da soll der S2 ja teilweise über Informationen verfügen, die der Herr Major gar nicht hat.«

»Das ist richtig, Herr Grewe.«

Pagels atmete tief ein.

»Sie werden das alles bekommen. Ich rufe Sie morgen an.«

Grewe zog eine Visitenkarte aus der Jackettasche und gab sie Pagels. Der sah kurz drauf und legte sie dann neben sein Telefon.

»Da fällt mir gerade ein, Herr Grewe, hatten Sie da nicht einen Verdächtigen verhaftet? Einen Rocker? Was ist denn mit dem?«

Grewe biss sich auf die Unterlippe.

»Herr Oberst, der Betreffende war von uns wegen einer anderen Sache festgenommen worden, wenn er auch durchaus in Verbindung mit Lars Rems stand. Wir mussten ihn laufen lassen, er hatte ein Alibi.«

Pagels lächelte.

»Mal gewinnt man, mal verliert man, nicht?«

Grewe stand auf, Therese ebenso.

»Nein, Herr Oberst, so kann ich meinen Beruf nicht sehen. Es ist kein Spiel.«

Er hielt ihm die Hand hin, Pagels schüttelte sie.

Fünf Minuten später stand der Oberst im Vorzimmer des Büros der Brigadeführung.

»Frau Kniehans, würden Sie mich bitte zunächst mit dem Abgeordneten Schubert verbinden und sich dann dahinterklemmen, dass Hauptmann Rohmann endlich auftaucht?«

21

Es war dreiundzwanzig Uhr sieben. Im Bahnhofsviertel herrschte wenig Betrieb. Montags waren die Bars und Puffs meist nicht so voll, außerdem klatschte mal wieder etwas vom Himmel, das sich nicht entscheiden konnte, ob es Regen oder Schneeregen sein wollte.

Sie saßen zu sechst in dem VW-Bus, der in einer schmalen Seitengasse geparkt war. Neben dem Bus stand ein siebter Mann und rauchte, er schützte die Glut mit der hohlen Hand.

Alle trugen Jeans, schwarze Schnürstiefel und bis oben geschlossene Jacken. Auf den Köpfen saßen Sturmmasken, die die Männer noch in die Stirn hochgerollt hatten. Sie trugen enge Handschuhe aus flammenhemmendem Material. Jeder hatte ein Tiefziehholster ums Bein geschnallt, darin eine Pistole. Auf ihren Knien lagen kleine Maschinenpistolen.

In der Ablage des Armaturenbretts blinkte ein Handydisplay; weder ein Klingelton noch ein Vibrationsalarm war zu hören.

Der Mann auf dem Beifahrersitz nahm den Anruf entgegen.

»Ja?«

Er hörte sich an, was der Anrufer zu sagen hatte, dann sah er auf seine Armbanduhr.

»Du checkst jetzt schnell, ob er unten ist, und gibst mir Bescheid. Wir starten um dreiundzwanzig dreißig. Ihr stoßt am Eingang zu uns.«

Er legte auf, klopfte an die Scheibe, um den Raucher auf sich aufmerksam zu machen, und bedeutete ihm dann einzusteigen.

Als die Fahrertür sich schloss, drehte sich der Mann, der telefoniert hatte, um.

»Ihr habt's gehört, der Pisser ist im Laden. Um Punkt halb geht's los.«

Die Männer nickten, rollten die Masken über ihre Gesichter, überprüften die MPs und hängten sich dann die Schultergurte der Waffen um. Dann zogen sie die Pistolen, checkten auch die und schoben sie wieder zurück in die Holster.

Das Handy blinkte wieder.

»Ja?«

Eine kurze Auskunft nur.

»Also dann, wie gehabt.«

Er legte auf und drehte sich wieder um.

»Er ist nicht unten, müssen wir ihn also suchen. Ich greife mir jemanden vom Personal, ihr sichert erst mal nur den Barraum. Steff und Andi sind dann von hinten schon drin und warten am Fuß der Treppe. Wenn wir die Sau haben, geht der mit den beiden dann auch nach hinten raus, wir setzen uns nach vorne ab, wo Bernie wartet.« Der Fahrer nickte. »Alles klar?«

»Jawoll.« Alle gleichzeitig.

Ivanka fühlte sich gut. Sie zog eine Line auf dem Personalklo in der Umkleide. In ein paar Minuten war sie mit Tanzen dran.

Ein ruhiger Tag war das heute, wie eigentlich jeder Montag. Sie hatte seit Mittag fünf Freier gehabt. Ein alter Opa, der sie so lange und so ungeschickt geleckt hatte, dass sie das Lachen fast nicht unterdrücken konnte.

Ein ganz netter Stammkunde hatte bloß eine schnelle Mittagspausennummer gewollt. Später war ein junger Typ da gewesen, bei dem sie sich zuerst gefragt hatte, warum der in den Puff ging. Sah ziemlich gut aus und machte einen durchtrainierten und gepflegten Eindruck. Als er sich ausgezogen hatte, waren dann Strapse und ein BH an seinem tatsächlich schön geformten Körper zum Vorschein gekommen. Dann hatte er Ivanka einen Umschnalldildo in die Hand gedrückt und ihr seinen hübschen Hintern hingehalten.

Sie musste ihn die ganze Zeit »Geile Nutte« nennen, und er hatte so laut gewimmert, dass Ralle nachgeguckt hatte, ob alles in Ordnung war. Der hatte vielleicht bescheuert geguckt. Danach war stundenlang gar nichts mehr los gewesen.

Vor gut einer Stunde dann waren zwei betrunkene Geschäftsleute aufgekreuzt, die sie zu zweit »ordentlich durchficken« wollten, wie sie wieder und wieder lallend ankündigten.

Tatsächlich hatten sie Mühe gehabt, überhaupt einen hoch zu kriegen. Ivanka war ein bisschen vor ihnen herumgetanzt und hatte pseudogeil gestöhnt. Einer der beiden war beim Wichsen eingeschlafen, und der andere hatte, als er versuchte, seinen Kumpel die Treppe runterzutragen, unten den Flur vollgekotzt. Sie hatte hundertfünfzig von jedem kassiert, und die hatten sie noch nicht mal angefasst.

Ja, sie fühlte sich richtig gut. Nicht nur wegen dem Koks, nein, seit Mike aus dem Knast raus war, war er echt lieb zu ihr. Und nur zu ihr.

Gut, am Freitag, als er freikam, hatte er natürlich auch mit Pam und Sarah gefickt, aber das zählte ja nicht. Er musste ja feiern, dass er raus war. Aber schon am Abend bei der Party im Clubhaus, war Ivanka seine Favoritin gewesen. Die anderen mussten alle Jungs ranlassen, aber sie durfte von keinem außer Mike angefasst werden, das hatte er gleich klargemacht.

Und dann war sie mit Mike nach Hause gegangen. Samstag hatten sie den ganzen Tag im Bett rumgemacht, zwischendurch Filme geguckt, und abends hatte Mike sie zum Essen eingeladen, beim Vietnamesen. Er hatte eine Kontrollrunde im »Hush-Hush« gedreht, und sie musste nur ein bisschen tanzen, sollte aber keinen Kunden annehmen. Und Sonntag waren sie im »Amadeus« zum Brunch gewesen, richtig mit Sekt und Lachs und so. Und da hatte er ihr gesagt, dass er gucken wolle, ob sie als Model Karriere machen könne!

Er kannte einen Fotografen und Typen von einer Agentur. Also schon erst mal Porno und dann aber richtig Model.

Davon hatte sie immer geträumt. Deswegen war sie nach Deutschland gegangen. Sie hatte den Scheiß mit Kindermädchenjob oder Kellnerin nie geglaubt.

Sex war okay für Ivanka, es machte ihr nichts aus, mit irgendwelchen Typen zu ficken. Aber so richtig Puff war dann schon heftig gewesen. Vor allem die Prügel in den ersten Wochen. Und die Kerle waren oft echt eklig. Aber in letzter Zeit hatte Mike sie nicht mehr so oft geschlagen, da hatte sie gemerkt, es änderte sich was in ihrer Beziehung.

Ivanka lächelte und schüttete noch ein bisschen Koks auf den Klodeckel.

»Ivanka! Du bist dran!«

Ach du Scheiße, sie hatte total die Zeit vergessen.

»Ich kommää.«

Sie hackte das Koks oberflächlich mit der alten Kaufhauskundenkarte, zog es in zwei Portionen durch einen zusammengerollten Fünfer in die Nase, tupfte das restliche Pulver mit dem Finger auf und rieb es sich aufs Zahnfleisch. Dann entriegelte sie die Klotür. Draußen stand Pam.

»Hey! Haste für mich auch noch was? So ein dröger Abend.«

Ivanka gab ihr das Tütchen, warf die Plastikkarte und den Fünfer in eine Schublade und sah in den Spiegel. Die Klotür schloss sich gerade hinter Pams nacktem Hintern.

Ivanka rückte ihre Titten im Lack-BH zurecht, machte einen Kussmund und ließ einmal ihre Hüfte kreisen.

Sie fühlte sich very fucking good.

Die sechs Männer waren schnell und beinahe lautlos aus dem VW-Bus gestiegen und hatten sich schnell in einer Reihe eng hintereinander gegen die Hauswand gedrückt. Der letzte sicherte nach hinten, und die Gruppe bewegte sich geschlossen in Richtung Straßenecke. Dort angekommen, linste der erste, es war der Mann, der telefoniert hatte, um die Ecke.

Der Bürgersteig war in beide Richtungen wie leer gefegt. Nur auf der anderen Seite der Straße gingen im Moment Leute. Etwa zwanzig Meter von der Ecke entfernt huschten zwei Männer in gebückter Haltung hinter einem geparkten Auto hervor und blieben abwartend stehen. Auch sie trugen Skimasken und hatten Maschinenpistolen umgehängt. Der Mann an der Ecke gab ihnen ein kurzes Handzeichen, die beiden waren mit zwei Schritten an der Hauswand, und dann setzten sich beide Gruppen gleichzeitig in Bewegung.

Sie sammelten sich links und rechts vom Eingang des »Hush-Hush«. Jetzt waren auf der gegenüberliegenden Seite Passanten stehen geblieben.

Plötzlich sprang der Erste aus der Zweiergruppe in den Eingang, machte zwei Schritte und kniete dann ab, die Waffe im Anschlag, sein Partner sicherte die Straße hinunter in die Richtung, aus der sie gekommen waren, und die größere Gruppe glitt Mann für Mann in den Laden, der Schlussmann sicherte weiter nach hinten. Als er durch war, folgte der Letzte aus der Zweiergruppe.

Es war wie ein Spuk gewesen. Der Bürgersteig war wieder leer.

Ivanka ließ sich mit gespreizten Beinen an der Tanzstange nach unten rutschen. Die vielleicht zehn, zwölf Männer im Laden wünschten sich jetzt alle an die Stelle des Metalls, das gefiel ihr irgendwie.

Und sie stellte sich vor, nur für Mike zu tanzen, in ihrer Villa. Sie würden dort einen Raum haben mit Tanzfläche und Spielwiesen und einem Whirlpool und einer Bar voll mit eisgekühltem Champagner und Wodka. Und Mike würde in einem weichen Sessel sitzen, etwas trinken und ihr zuschauen und immer sagen, wie schön er sie fand, wie scharf sie ihn machte.

Sie würde nichts tragen außer teuren Schuhen und sehr wertvollem Schmuck. Sie würde tanzen und ihn anschauen, ganz cool und sexy. Und dann würde sie Mike mit dem Zeigefinger zu sich locken. Und er würde auf sie zugehen, seinen glänzenden Bademantel aus Seide fallen lassen und sie in seine starken Arme nehmen. Sie hochheben und küssen und auf die Spielwiese tragen und dort stundenlang verwöhnen.

Sie hatte die Augen geschlossen, sie konnte die Choreographie im Schlaf, war eh immer dasselbe. Sie merkte, dass das »Hush-Hush« um sie herum verschwand und sie ein bisschen heiß wurde, wie sie so an Mike dachte. Und weil sie heiß wurde, fing das Tanzen an, ihr Spaß zu machen, sie tanzte ja schließlich für Mike.

Sie rieb sich an der Stange, umschlang das Metall mit ihren Schenkeln und ließ es zwischen ihren Brüsten verschwinden. Das würde die Typen ganz geil machen, und dann würden sie was trinken und die anderen Mädels anbaggern. Das war gut fürs Geschäft. Ja, sie musste ans Geschäft denken, als Mikes Frau.

Ivanka löste sich von der Stange, nur mit einer Hand hielt sie sich; sie tanzte ein paar Schritte, fuhr sich mit der freien Hand über die Titten, den Bauch, zwischen die Beine, klatschte sich selbst auf den Hintern und machte eine halbe Drehung. Die Musik näherte sich ihrem Ende, und es war Zeit für den Höhepunkt.

Ivanka war sehr gelenkig, darauf war sie stolz, das konnte keines der anderen Mädels hier. Sie stellte die Beine in den High Heels schulterbreit, mit dem Rücken zum Publikum, ihre Hüften bewegten sich noch im Takt, und die Hände ruhten auf je einer Backe ihres Hinterns, dann drückte sie die Knie fest durch. Nur noch minimal zuckten die Beine den Takt mit, sie beugte sich vornüber, die Hände fuhren seitlich an den Beinen nach unten, und je mehr Ivanka sich mit gestreckten Beinen auf den hohen Absätzen nach unten streckte, desto mehr sahen die Typen von ihrer Muschi. Sie hörte sie johlen, ziemlich heftig, dafür, dass es heute eigentlich so ein lahmer Abend war. Sie war eben einfach super drauf heute, alle spürten das.

Sie umfasste ihre Knöchel, ließ den Hintern wieder heftiger im Rhythmus zucken und schaute zwischen ihren Knien durch.

Ihre Muschi, ihr Hintern, ihre Titten, das alles war den Spannern im »Hush-Hush« so was von egal. Sie lagen nämlich alle auf dem Boden, Hände über den Köpfen. Die einzigen Kerle, die noch standen, trugen schwarze Masken und hatten Waffen. Und denen war erst recht scheißegal, wie verdammt sexy sie sich heute fühlte.

Mike zündete eine Kippe an und schenkte sich noch Bourbon ein. Nur noch den einen, er würde sich gleich auf die Socken machen. Er hatte heute noch nicht gekokst, komisch, gar kein Bedürfnis danach.

Er trank einen Schluck, zog an der Kippe und ließ den Rauch genüsslich aus der Nase quellen. Es lief alles rund. Das Wochenende mit Ivanka hatte Spaß gemacht. Vielleicht würde er sie wirklich aus dem Puff rauslassen. Sie hatte durchaus Klasse, und das war in diesem Laden eigentlich überflüssig. Wer als Kunde ins »Hush-Hush« kam, wollte so dringend Möpse sehen oder anfassen, dass es auf Klasse nicht ankam. Natürlich achtete Mike darauf, dass die Chicks sauber waren und geile Figuren hatten. Er fickte sie schließlich alle selber. Aber Ivanka war eben schon ein Tacken besser als die anderen. Vor allem hatte man bei ihr echt das Gefühl, dass sie Spaß dran hatte. O ja. Zumindest wenn sie noch nicht total dicht war. Mike lachte leise und dachte an den Samstag im Bett. Mann, war die abgegangen.

Er nippte wieder an dem Whisky, ließ ihn ein bisschen im Mund rollen, schluckte und zog wieder an der Kippe.

Sie war eine Klassenutte, eine Spitzenschlampe, aber sie war keine Klassefrau. Nicht wie Samantha.

Das war jetzt endgültig gelaufen. Nicht dass es irgendwann mal gut ausgesehen hätte. Jedenfalls nicht, seit Bomber mit ihr zusammen gekommen war. Doch Mike hatte nie wirklich aufgegeben. Und als Bomber tot war, hatte er Hoffnung gehabt, dass es noch was werden könnte mit ihr. Er wollte ihr Zeit geben, es langsam angehen.

Nach dem Auftritt, den Katsche und Hellboy bei Samantha hingelegt hatten, war's natürlich endgültig gelaufen. Aber das Alibi war wichtig gewesen.

Uwe hätte ihn sicher auch so rausgeholt, aber es hätte zu lange gedauert. Durch Bombers Tod war einiges durcheinandergekommen, und es war wichtig, dass Mike jetzt draußen war und volle Bewegungsfreiheit hatte. Vor allem dem Scheißtürken traute er nicht über den Weg.

Er trank den Whisky aus und zerdrückte die Kippe im Aschenbecher. Er wollte jetzt weder an den Türken noch an Samantha denken. Das machte ihn wütend. Und er hatte zurzeit keinen Bock, wütend zu sein.

Es klopfte an der Tür.

»Was ist?«, rief Mike ungehalten.

»Machstu auf, Mike?«

Ivanka. Er kriegte schlagartig gute Laune. Auf dem Weg zur Tür machte er den Plan. Sie sollte was Geiles anziehen, dann konnten sie noch auf einen Drink ins »Bull«. Und zu Hause ein, zwei Lines und Ivankas heißen Arsch. Yes. Das Leben war geil.

Mike griff nach der Türklinke.

Ivanka hatte zu ihrer eigenen Überraschung nicht gekreischt, als sie die Typen gesehen hatte. Sie war einfach so stehen geblieben, tief gebückt, den Hintern nach oben gestreckt, den Blick zwischen ihre Beine freigegeben.

Betty war an der Bar nicht mehr zu sehen, aber einer der Angreifer stand mit dem Blick zu Boden hinterm Tresen, der bewachte sie wohl. Ralle lag auch mitten im Raum, das hieß, dass wahrscheinlich niemand den Alarm hatte drücken können. Auf den Zimmern war keiner, nur Mike war oben im Büro. Mike.

Es lief ein neuer Song, irgendwer hatte die Musik noch ein bisschen lauter gemacht. Es wäre eigentlich Pams Auftritt, aber Pam konnte nicht tanzen, weil sie heulend neben Ralle auf dem Boden lag. Ihre riesigen Titten quollen links und rechts unter ihr raus. Ivanka hatte ihr damals gesagt, dass die zweite OP Quatsch war, die Dinger würden viel zu dick werden. Aber Pam hatte gedacht, mit noch größeren Titten würde sie Mike beeindrucken. Blöde Fotze.

Einer der maskierten Typen kniete neben Pam und sagte ihr irgendetwas ins Ohr, aber die schüttelte nur heulend den Kopf mit den zu Tode gefärbten Haaren. Derzeit schwarz.

Der Typ stand auf und sah Ivanka ins Gesicht, obwohl nur dreißig Zentimeter darüber ihre Muschi zu sehen war.

Er ging auf sie zu und machte eine Bewegung mit seiner Maschinenpistole. Als sie stand, winkte er sie von der Bühne her zu sich.

Was wollten die? Geld? Ivanka konnte die Kasse sehen, sie war zu. Vielleicht wollten sie nicht den Kleinkram, sondern die Kohle aus dem Tresor in Mikes Büro. Ja, das musste es sein.

Sie stand vor dem Typ. Er war kräftig, nicht sehr groß, wirkte stark und trainiert. Seine Augen waren unglaublich blau und kalt. Ivanka merkte, dass sie ein bisschen Angst bekam, jetzt doch.

»Wo ist Perschel?« Er hatte sich nah an ihr Ohr gebeugt und sprach gerade so laut, dass er gegen die Musik ankam. Es klang ein bisschen dumpf wegen der Maske.

»Weiß nicht, wo ist. Ährlich.«

O Gott, sie wollten Mike.

Der Typ fasste sie um die Taille, zog sie näher zu sich. Gar nicht brutal, eher wie zum Tanzen. Sein Mund war dicht an ihrem Ohr, er streichelte leicht über ihren Hintern. Der Stoff des Handschuhs kitzelte.

»Pass auf, wir haben keine Zeit für Spielchen. Du sagst mir, wo der Kerl ist, und dafür kommst du heil hier raus, ihr kommt alle heil hier raus.«

Er brachte seine Augen direkt vor ihre und streichelte weiter ihren Hintern. Ivanka war verzweifelt. Sie war doch Mikes Frau, sie musste ihn schützen. Sie schüttelte den Kopf, Schweiß strömte plötzlich aus ihren Poren, am ganzen Körper.

Der Mann sah sie einfach nur an.

Schreien würde nichts nützen, das konnte Mike oben nicht hören. Scheiße. So eine Scheiße.

Plötzlich kreischte Pam los.

»Er ist im Büro, in seinem Büro!! Oben! In seinem Scheißbüro sitzt er!! Bitte, bitte, bitte …«, ihr Geschrei ging in ein unverständliches Wimmern über.

Blöde Fotze. Fotze. Fotze.

»Oho, ein Büro hat der Herr.«

Ivanka konnte an der Bewegung im Stoff der Maske sehen, dass der Typ lächelte, in seinen Augen kam nichts davon an. Ihr Hals wurde trocken, als würde alle Flüssigkeit ihren Körper verlassen.

Der Mann hörte auf, ihren Hintern zu streicheln, ließ die Hand einen Moment auf einer Backe ruhen, dann gab er ihr einen Klaps.

»Dann geh doch mal voran, Mädel.«

Er griff ihren Arm, schob sie an sich vorbei und dann vor sich her.

»Ihr drei bleibt hier und sichert, ihr geht mit mir.«

Vier der Männer verließen ihre Positionen und gingen jetzt hinter Ivanka und ihrem Bewacher in Richtung Treppe. Dort standen noch zwei von den Typen, einer hielt seine MP in Richtung Treppe hoch, der andere zum Hintereingang. Sie nickten nur kurz. Am ersten Absatz hielt der Typ kurz an und beugte sich wieder nah an ihr Ohr.

»Pass auf, Süße. Du klopfst und sagst was Nettes, dann zieh ich dich nach hinten, und du tätest sehr gut daran, schleunigst wieder nach unten zu gehen, aber schön leise. Ist das klar?«

Ivanka nickte. Dann schob er sie weiter.

Sie hörte hinter sich nur leise Tritte, kein Atmen, hier und da raschelte Stoff.

Sie konnte gar nichts machen.

Also klopfte sie an die Tür.

»Was ist?«, hörte sie Mike von drinnen.

Ach Gott, Mike. Jetzt, wo alles so schön mit ihm war.

So eine Scheiße.

Kaum hatte Mike die Klinke runtergedrückt, flog ihm die Tür einfach ins Gesicht. Er taumelte nach hinten, das tat höllisch weh. Noch ehe er begriff, was da vor sich ging, war ein Typ neben ihm, trat ihm in die Knie und haute ihm eine Eisenfaust vor die Brust. Mike ging zu Boden, im Fallen sah er noch mehr Typen in sein Büro kommen, alle mit Masken und MPs. Scheißbullen, dachte Mike, aber er wurde im nächsten Augenblick auf andere Gedanken gebracht.

Der Typ, der auf ihm saß, holte nämlich aus und drosch ihm ein paarmal hintereinander die Faust mitten ins Gesicht. Blut spritzte aus Mikes ohnehin lädierter Nase. Er versuchte, die Arme vors Gesicht zu kriegen, aber der Typ fing sie ein und klemmte sie sich einfach unter die Knie. Dann hob er beide Fäuste und ließ einen Hagel von seitlichen Kopfhaken auf Mike niedergehen. Das konnten keine Bullen sein. Fuck. Wer waren die? Ihm wurde schwarz vor Augen. Das war okay, er würde jetzt einfach ohnmächtig werden und nichts mehr mitkriegen. Er hörte von Ferne eine Frau schreien wie am Spieß. Was kreischte die da?

Es war sein Name, sie kreischte »Maik! Maik! Maik!«

Wie süß.

»Ist gut, der ist k.o.«

Der Anführer der Gruppe legte dem Kerl auf Mikes Brust die Hand auf die Schulter. Der ließ von Perschel ab, dessen blutiger Kopf einfach auf die Seite rutschte.

»Mann, jetzt hör endlich auf, du blöde Kuh!«

Der Letzte in der Reihe hatte die nackte Ivanka in hartem Griff und hielt ihr den Mund zu. Sie strampelte und trat nach seinen Füßen.

Einer trat auf sie zu, sagte »Sorry«, der Typ, der sie festhielt, nahm die Hand von ihrem Mund, und der andere verabreichte ihr vier trockene Ohrfeigen. Dabei sah er sie mit starren Augen an. Ivanka hörte auf zu schreien und stellte auch das Treten ein.

»Bist du jetzt still?« Der Ohrfeigentyp hob noch nicht mal die Stimme.

Ivanka nickte, Tränen stiegen ihr hoch, sie konnte gar nichts dagegen machen.

»Gut.« Er nickte dem Festhalter zu, und der ließ langsam los.

Ivanka sah Mike regungslos in seinem Blut liegen. Sie setzte sich einfach auf die Treppe und fing an zu wimmern.

»Schafft ihr die Alte da weg, sonst kommen wir mit dem Wichser nicht durch?«

Die wollten Mike mitnehmen.

Ivanka schrie auf und hängte sich dem Typen neben ihr ans Bein, zerrte daran, wollte ihn die Treppe runterwerfen.

»Nein! Nein! Neinneinnein!!!«

Der Kerl schüttelte sie einfach ab, sie hatte keine Kraft mehr. Dann bückte er sich, griff ihren Arm, hob sie ein Stück hoch, fasste dann unter ihren Arsch und warf sie sich über die Schulter, als wäre sie ein sehr leichter Kartoffelsack. Er trug sie runter in die Bar, ungestört von ihren Versuchen, ihn mit der freien Hand und dem freien Bein zu schlagen oder zu treten. Die anderen Typen lachten.

Unten ließ er sie auf der Bühne ab, trat schnell einen Schritt zurück und hob warnend einen Zeigefinger.

»Jetzt bleib schön ruhig. Sonst rappelt's.«

Ivanka schloss ihre Arme um sich und nickte mit leerem Gesicht.

»Dann ist ja gut.«

Sie hörte von draußen Kommandos, angestrengte Erwiderungen, Tritte vieler Füße. Sie trugen Mike wohl hinten raus.

Wohin? Wohin brachten sie ihn?

Der kräftige Anführer mit den eiskalten Augen kam in die Bar.

»Abmarsch, Jungs.«

In wenigen Augenblicken waren sie alle verschwunden.

Pam war die Erste, die aufstand. Mit verheultem Gesicht ging sie zum Tresen und griff sich eine Wodkaflasche.

Mike war entführt worden, und die blöde Fotze soff hier. Soff Mikes Wodka, während Mike irgendwo von irgendwelchen Typen umgebracht wurde.

O nein, nicht das. Das durfte sie nicht denken. Aber jetzt sah sie ihn wieder am Boden liegen, sein blutiges Gesicht. Und sah, wie der Wodka in die Scheißkuh hineinlief, die Mike verraten hatte.

Ivanka atmete tief und schnell, stand auf, ging durch die sich aufrappelnden Feiglinge zum Tresen, griff in Pams tote schwarze Haare, nahm ihr die Scheißwodkaflasche ab und schlug sie ihr einfach an den Kopf.

Als Pam vom Hocker rutschte, blieb in Ivankas Hand ein ganzes Büschel trockener schwarzer Plastikhaare.

Sie stellte die Flasche zurück auf den Tresen, spuckte auf die am Boden Liegende und sagte: »Das ist Mikes Wodka, du blödde Kchuh.«

22

Nach dem Besuch in der Kaserne waren Grewe und Therese wieder zurück in die Dienststelle gefahren.

Estanza und Claudi saßen noch über den Vernehmungsprotokollen, würden aber in einer halben Stunde damit durch sein. Bisher war ihnen nichts aufgefallen.

Fuchs trieb sich bei den Rauschgiftkollegen rum, und Burckhardt brachte gerade die LKA-Jungs zum Bahnhof. Es gab einfach derzeit keine Chance, und sie vereinbarten, dass man sich gegenseitig auf dem Laufenden halten werde.

Sie verabredeten eine Besprechung für sechzehn Uhr dreißig, danach voraussichtlich Dienstschluss. Wieder mal.

Grewe und Therese hockten in ihrem Büro. Regen schlug gegen die Scheibe. Grewe trank einen Kamillentee, Therese futterte Nüsse aus einer Tüte.

»Einer von uns muss zu Kertsch, Personal klarmachen für übermorgen. Ich will die Vernehmungen in der Kaserne straff durchplanen, da soll Zug rein. Aber wir brauchen in jeder Gruppe mindestens einen erfahrenen Vernehmer.«

Therese kaute auf einer ganzen Handvoll Nüsse herum und nickte nur.

»Und einer muss den vorläufigen Bericht im Fall Schönlein schreiben. Du hast die Wahl.«

Therese bedeutete mit der Hand, dass sie erst schlucken musste. Grewe trank mit wenig Begeisterung von seinem Tee.

»Ich schreib, du gehst.«

Grewe war überrascht.

Kertsch ging auf alles ein. Sie würden eine Hundertschaft kriegen und aus jedem Kommissariat zwei Beamte plus die gesamte SoKo Rems. Und er hatte noch einen guten Einfall.

»Wenn das in der Kaserne ist, dann kommen doch sicher auch Feldjäger?«

Grewe nickte.

»Na ja, dann beziehen Sie die doch in die Organisation mit ein, also beim Zuführen und so.«

»Das ist gut, das schafft auch eine Basis, Herr Kertsch.«

Die Besprechung läpperte so dahin, sie hätten in einer halben Stunde durch sein können, aber weil alle lustlos und schlecht drauf waren, quatschten sie fast bis halb sechs. Es gab von niemandem irgendeine neue Erkenntnis oder Idee.

Grewe ging dann noch Thereses Bericht durch und zeichnete ihn gegen. Therese telefonierte derweil im leeren Nachbarbüro.

Grewe löschte das Licht und klopfte nebenan.

»Ja-ha.«

Therese war gerade dabei zusammenzupacken, Grewe hatte ihren Mantel über dem Arm.

»Magst du noch was trinken?«

Therese schlang sich ihren Schal um, Grewe hielt ihr den Mantel hin.

»Nein, Lieber, nicht böse sein, heute nicht. Bin verabredet.«

»Oh. Vielleicht erfahre ich es ja irgendwann. Oder ist es nicht so eine Verabredung?«

Therese schaute an ihm vorbei. Plötzlich lachte sie.

»Ehrlich gesagt, ich weiß es nicht. Mal sehen. Ist ja alles nicht so einfach im Moment.«

»Ja.«

Sie trennten sich vor der Direktion, Therese winkte ein Taxi ran, und Grewe trödelte trotz Regen über den Garnisonsplatz, kaufte sich eine Bratwurst und schlenderte unter den Arkaden an den Schaufenstern vorbei. Er blieb vor einer Dessousboutique stehen und überlegte, ob er Stina ein solches Nichts aus Wenig kaufen sollte.

Einfach mal so.

Da klingelte sein Handy. Er sah die Nummer seiner Schwiegereltern, und schlagartig wurde ihm schlecht.

Er sollte die Kinder bei ihnen abholen. Stina war heute mit ihrem Schreibkurs im Theater, und ihre Eltern hatten montags die Skatrunde.

Mist. Und er musste zuerst nach Hause, das Auto holen. Er nahm den Anruf an und spurtete gleichzeitig Richtung Taxistand.

Bis alle gegessen hatten, die Schultaschen gepackt waren und jeder mit geputzten Zähnen im Bett lag, war Grewe nicht eine Minute zur Ruhe gekommen. Jetzt saß er mit einem Glas Wein auf dem Sofa. Oskar schnarchte auf dem Teppich, und Grewe schaltete stumpfsinnig im Fernsehprogramm hin und her.

Übermorgen würde er also vermutlich mit Rohmann in einem Raum sein. Er wusste noch nicht mal, ob er sich davor fürchten sollte. Auf dem Friedhof war ihm eher die Plötzlichkeit der Erinnerung in die Knochen gefahren als die tatsächliche Gegenwart von Rohmann. Der hatte ihm ja auch eigentlich nichts getan. Es war eine Ausbildung gewesen, zu der Grewe sich freiwillig gemeldet hatte, und sie hatten alle gewusst, was auf sie zukam.

Nein, das stimmte nicht.

Sie waren die Ersten gewesen, die Versuchskaninchen. Und niemand hatte wirklich gewusst, was sie erwartete. Es war lange, bevor die Bundeswehr wirklich lernte, was Krieg ist. Aber es war ein Vorgeschmack gewesen. Eine Erfahrung. Und Grewe hatte diese Erfahrung nicht gemocht.

Damals hatte er geglaubt, seine Mannwerdung hinge an dem Bestehen dieser Ausbildung. Er hatte alles sehr ernst genommen, es unbedingt schaffen wollen. Und es war anfangs auch sehr gutgegangen, er hatte sich weiter und weiter getrieben. Bis zu diesem einen Punkt …

Grewe trank einen großen Schluck Wein und schenkte sich gleich noch mal nach.

Vielleicht war das eigentliche Problem nicht, dass er Rohmann begegnen und sich mit seiner Vergangenheit konfrontieren musste, sondern, dass es verdammt viele Menschen gab, die nichts darüber wussten. Menschen, die ihm wichtig waren. Menschen, mit denen er Tag für Tag arbeitete und die ihm vertrauten. Und deren Vertrauen er vielleicht schon enttäuscht hatte bei dieser Ermittlung. Ohne, dass sie es ahnten.

Er drehte den Ton aus und ließ den Kopf auf die Rückenlehne des Sofas sinken. Schloss die Augen.

»Grewe. Schatz. Aufwachen.«

Stina schüttelte ihn an der Schulter.

»Oh, du bist schon da, Süße. Alles klar? Ich geh schnell mit …«. Oskar, wollte er sagen, aber Stina hielt den Zeigefinger vor den Mund und hob das Telefon in die Höhe.

»Für dich. Dienstlich.«

Er nahm das Telefon.

»Ja, Grewe.« Mein Gott, wie viel Uhr war es eigentlich? Er sah nach. Viertel nach eins.

»Noss mein Name, Kriminaldauerdienst.«

»Didi. Was gibt's?«

»Ich bin im Bahnhofsviertel. Leider nicht privat, in dem Laden sitzt nämlich eine echt scharfe Ukrainerin mit endlosen Beinen und Monstertitten. Allerdings hat sie zurzeit Handschellen an. Sie hat einer Kollegin mit noch größeren Möpsen eine Wodkaflasche an die Birne gehauen.«

»Tot?«

»Nein, auf dem Weg der Besserung.«

»Was hab ich damit zu tun?«

»Die scharfe Ukrainerin hat der Kollegin auf die Glocke gehauen, weil die angeblich schuld daran ist, dass böse Männer mit Maschinenpistolen ihren Stecher entführt haben.«

Grewe schnaufte.

»Was ist das für eine Räuberpistole?«

»Nix Räuberpistole. Wir haben glaubhafte Zeugenaussagen.«

Grewe griff nach dem Weinglas, bremste sich aber.

»Verehrter Kollege, noch mal: Was zur Hölle hab ich damit zu tun.«

Noss lachte hinterhältig.

»Der Stecher heißt Michael Perschel, und ich stehe in seinem wunderschönen Etablissement Hush-Hush«

Dazu fiel Grewe spontan nichts ein.

Als er mit dem Taxi vor dem »Hush-Hush« ankam, wartete Noss schon am Bürgersteig. Wenigstens hatte der Regen aufgehört. Neben ihm trippelte Luc, der sich sehr über Grewe freute. Er roch ausgiebig an seinen Hosenbeinen.

»Na, da riechst du wohl Oskar?«

Grewe bückte sich, um den nervösen Hund zu streicheln, der sprang schwanzwedelnd auf und ab.

Grün-weißes Absperrband spannte sich auf der gesamten Fassadenlänge des Puffs die Bordsteinkante entlang. Zwei uniformierte Kollegen der Bahnhofswache standen als Posten auf je einer Seite.

Noss zeigte auf die andere Straßenseite.

»Der Dönerladen hat bis drei Uhr geöffnet, den haben wir für die Zeugenvernehmungen und als Aufenthalt.« Noss grinste. »Mit so viel Umsatz hat der heute nicht mehr gerechnet.«

»Wie viele Zeugen?«

»Vier, die das Ganze von der anderen Straßenseite aus beobachtet haben, drei von drinnen«, damit zeigte er auf Perschels Puff, »ein Gast, die blonde Betty aus Tschechien und die scharfe Ivanka aus der Ukraine. Die jammert aber leider die ganze Zeit ihrem Macker nach und schreit, wir sollen endlich was machen. Ach so, und vielleicht noch die Pam mit dem Loch im Kopf, falls die sich an was erinnert.«

»War da so tote Hose?«

Noss lachte: »Na, die Hölle war wohl nicht gerade los heute, aber wer will schon von der Polizei im Puff vernommen werden? Da sind einige stiften gegangen. Auch der einzige männliche Angestellte will sich an gar nichts erinnern, weil er doch auf dem Boden gelegen hat. Unter uns gesagt, ist der aber so retardiert, dass wir sowieso nicht viel Verwertbares von dem gehört hätten.«

Noss schüttelte sich eine Kippe aus der Packung und zündete sie an.

»Wer hat euch gerufen?«

»Notrufzentrale. Irgendjemand hat einen Rettungswagen bestellt, und weil Verdacht auf schwere Körperverletzung bestand, haben die uns gleich Bescheid gegeben.«

Grewe nickte. »Schon jemand von Drossels Leuten da?«

»Martina.«

»Das ist gut. Dann geh ich mal rein und gucke, ja?«

»You're welcome. Luc!«

Der Terrier zerrte an der Leine, irgendetwas Spannung Versprechendes hatte wohl seine Nase erreicht.

»O Mann, ich war seit drei Wochen nicht mehr auf der Jagd, der dreht total am Rad.«

Grewe lachte, bückte sich, um Luc zu kraulen, und ging ins »Hush-Hush«.

Drinnen trug niemand einen Overall. Martina machte Fotos.

»N'abend«, grüßte Grewe in die Runde.

»Morgen«, kam es von Wetschinsky und Bogdan, zwei Jungs aus Noss' Dauerdiensttruppe, zurück.

Vor dem Tresen hatte sich eine Blutlache gebildet. Auf dem Tresen stand eingetütet eine Wodkaflasche. Der Raum stank nach Alkohol, Schweiß, kaltem Rauch und scharfen Reinigungsmitteln, von denen es aber weltweit nicht genug geben konnte, um dieser Höhle jemals wieder eine Anmutung von Sauberkeit zu verschaffen.

»Grüß dich, Grewe.« Martina stellte etwas am Blitz neu ein.

»Na?«

Sie zuckte mit den Schultern.

»Hier brauch ich gar nicht anfangen mit Feinarbeit, viel zu viel Verkehr, in jeder Hinsicht.«

Bogdan trat zu ihnen.

»Soweit wir das bisher rekonstruieren konnten, ist eine Gruppe von sechs bis zehn Typen mit Skimasken und MPs hier rein, alle mussten sich auf den Boden legen, und dann haben sie erst die Frau, die jetzt im Krankenhaus liegt, und dann die Festgenommene nach Perschel gefragt. Die erste Frau hat auf einmal freigedreht und gebrüllt, der wäre im Büro oben, und die andere musste dann vorangehen.«

Bogdan wies auf einen Durchgang zur Treppe, und Grewe und Martina gingen mit ihm dorthin.

»Am Fuß der Treppe standen dann schon zwei von denen, die offensichtlich durch den Hintereingang reingekommen waren.« Bogdan zeigte auf die Metalltür am Ende des Gangs.

»Die Gruppe ist mit der Frau vorneweg nach oben, sie musste klopfen. Perschel hat die Tür aufgemacht, von außen geht das nicht, und dann hat ihn einer der Kerle zerlegt. Trommelwirbel mitten auf die Zwölf.«

»Können wir hoch?«, fragte Grewe Martina.

»Ja, aber ganz links auf der Treppe halten, das ist der Pfad. Ich will es zumindest hier mal mit Schuhspuren versuchen.«

Sie gingen also eng am Treppengeländer nach oben.

Auf dem zerschlissenen Teppich in Perschels Büro waren dunkle Flecken.

»Auch Blut, habe ich schon gecheckt.« Martina.

»Schussabgaben?« Grewe sah beide Kollegen an, die verneinten. »Alles Handarbeit.« Bogdan fummelte ein Kaugummipäckchen aus der Hosentasche und bot den Kollegen was an; beide schüttelten den Kopf, er steckte sich zwei der gelben Dinger in den Mund.

»Die Lady hat dann wohl rumgebrüllt, daraufhin hat einer sie wieder runtergetragen. Sie und die anderen Zeugen haben aus den Geräuschen geschlossen, dass die Angreifer Perschel durch die Hintertür nach draußen geschafft haben. That's it, von hier. Die Straßenzeugen haben die Kollegen von der Bahnhofswache draußen vernommen.«

»Wir haben ja überhaupt Glück gehabt, dass die noch im Dönerladen waren. Wir sind doch erst 'ne Dreiviertelstunde nach Beginn der Aktion hier gewesen.«

Der Schutzpolizist ging mit Grewe über die Straße zu »Hasan's Paradiesgrill«. Hasan war heute sicherlich der bestgelaunte Mann im gesamten Viertel. Er wurde eine Menge Döner und Pommes los, Kaffee kannenweise.

Die vier Zeugen waren Studenten, die eine WG im Bahnhofsviertel bewohnten. Der kleine Mitternachtshunger hatte sie zu Hasan getrieben.

»Also wie gesagt, von rechts sind sechs Mann gekommen, von links zwei. Alle mit Skimasken, Jeans, schwarze Wanderstiefel oder Bergstiefel, und die Jacken waren so parkamäßig, alle verschieden, aber derselbe Typ Jacke, verstehen Sie? Ja und Handschuhe. Die hatten alle Handschuhe an.«

Grewe nickte zu den Worten des blond verstrubbelten Jungen.

»Das sind gute Beobachtungen. War einer oder waren mehrere der Männer auffällig trotz der ähnlichen Kleidung?«

Die Studenten sahen sich an. Dann schüttelten sie die Köpfe.

»Nee, das war's ja eben. Die waren alle etwa gleich groß, wirkten supersportlich. Die haben sich voll profimäßig bewegt.«

»Profimäßig?«

Der Blonde suchte nach der richtigen Formulierung.

»So wie ausgebildet. Wie im Film.«

»Genau«, pflichtete einer der vier dem Blonden zu, »die hatten auch so ultrakleine Maschinenpistolen und so Pistolenhalfter am Bein, aus so Kunstfaserzeug.«

Grewe versuchte, die Szene vor sich zu sehen.

»Ich will Ihnen keinen Vorwurf machen, aber warum haben Sie denn nicht bei uns angerufen? Ich meine, da gehen acht schwer bewaffnete Männer in ein Lokal. Da ruft man doch die Polizei, oder?«

Die vier guckten sich an, dann Grewe. Sie zeigten amüsierte Gesichter. Der Strubbelkopf beugte sich vor.

»Sorry, Herr Kommissar, das ist doch der Witz an der Sache.«

»Der Witz?«

Grewe verschränkte die Arme. Der Blonde lehnte sich lachend zurück.

»Na, wir dachten, die Typen wären die Polizei.«

Martina und die Kollegen vom Dauerdienst kamen gut ohne ihn zurecht, und so bat Grewe eine Streifenwagenbesatzung, ihn in die Dienststelle zu bringen. Nach Hause zu fahren lohnte sich jetzt nicht mehr. In seinem Büro aß er einen Döner von Hasan und trank ein mittlerweile lauwarmes Bier dazu, dann schickte er an Stinas hoffentlich ausgeschaltetes Handy eine SMS. Es gab für die Bereitschaften einen Ruheraum, dort legte sich Grewe in Anzug und Mantel hin.

Als sein Handywecker piepste, hatte er knapp drei Stunden geschlafen. Er wachte mit einem penetranten Knoblauchgeschmack im Mund und einer Bierfahne auf. Er musste sich fast übergeben.

Zu Grewes großer Freude fand sich in seinem Bürospind noch eine frische Unterhose, frische Socken und ein Hemd.

Nach einer heißen Dusche, Zähneputzen und Umziehen ging es ihm schon besser. Bogdan vom KDD, der mittlerweile auch wieder in der Dienststelle war, schenkte ihm einen Einwegrasierer und gab ihm was von seinem Rasierschaum ab. Um halb sieben fühlte sich Grewe fast großartig, was wahrscheinlich viel mit Müdigkeitseuphorie zu tun hatte.

Bis die Kollegen eintrudeln würden, hatte er noch eine dreiviertel Stunde Zeit, die nützte Grewe für eine kleine Kanne Tee, eine Portion Rührei mit Bacon und eine Schüssel Obstsalat fürs Gewissen in der Kantine.

Therese war die Erste, und Grewe fasste ihr die Ereignisse der Nacht zusammen. Fünfzehn Minuten später tat er dasselbe dann noch mal vor der versammelten SoKo »Rems«.

»Tja, soweit so schlimm. Ich habe die Studis für neun Uhr herbestellt, die sollen mal in unseren Datenbanken schauen, ob sie die Waffen genauer identifizieren können. Sie waren sich nämlich sicher, dass die Angreifer alle die gleiche MP hatten.«

Estanza war platt.

»Das gibt's doch alles nicht.«

»Doch.« Fuchs grinste.

Drossel meldete sich zu Wort.

»Ich habe bei der Übergabe mit Martina geredet. Sie konnte auf der Treppe eine Menge Schuhabdrücke sichern, die vom gleichen Sohlen- und Schuhtyp stammen, allerdings in drei verschiedenen Größen, von zweiundvierzig bis vierundvierzig. Ich werde mich heute hauptsächlich damit befassen, diese Spuren zuzuordnen, da wir davon ausgehen können, dass sie von den Angreifern stammen.«

»Kann ich die Studis mit Fuchs dann auch zu dir rüberschicken, wegen der Waffen?«

Drossel nickte, Grewe fuhr fort.

»Die Kollegen der Bahnhofswache haben das gesamte Viertel gestern unmittelbar nach Alarmierung bestreift, allerdings ohne Erfolg. Ein Observationsteam vom MEK ist bei Perschels Wohnung, die auch schon durchsucht worden ist. Keine Hinweise bisher. Was jetzt noch schnell in die Wege geleitet werden muss, sind TÜs von Perschels Telefon, dem Telefon des Clubhauses der Skulls«, Grewe zählte mit den Fingern mit, »und der Telefone möglichst vieler Mitglieder der Gang.

Eventuell soll mit der Entführung etwas erpresst werden, und da müssen sich die Leute ja bei irgendwem melden.«

Estanza hob die Hand.

»Was ist mit Perschels Handy? Können wir ihn damit orten?«

»Guter Gedanke, Tony. Leider ist das Gerät auf seinem Schreibtisch liegen geblieben. Allerdings angeschaltet, so dass wir es mitnehmen konnten, für den Fall, dass dort jemand von Interesse anruft. Auch dazu muss die Staatsanwaltschaft noch eine Genehmigung erwirken. Tony, übernimmst du das alles?«

Estanza hob den Daumen.

»Claudi, dich würde ich bitten, heute mit jemandem deiner Wahl die Befragung von …«, er schaute in seine Unterlagen, »… Jelena Tereschtschenko, genannt Ivanka, Bozena Hórak, genannt Betty, und, sofern die Ärzte sie für vernehmungsfähig halten, Petra Scheuenacker, genannt Pam, durchzuführen. Erstgenannte ist unten im Durchgangsgewahrsam, von der Zweiten steht die Adresse im Protokoll, die Dritte liegt im Heilig-Geist.«

Claudi streckte die Hand nach der Akte aus, Grewe reichte sie ihr.

»Mit großen Erkenntnissen rechne ich nicht, aber man weiß ja nie.« Grewe hatte sich immer noch nicht hingesetzt. Er stützte jetzt beide Hände auf den Tisch und beugte sich leicht vor.

»Was ist das?« Er schaute jeden in der Runde an. »Eine professionell durchgezogene Erstürmung, ein handstreichartig und mit ziemlicher Brutalität ausgeführtes Kidnapping eines Gangsters. Was rollt da auf uns zu bezettwee in was stecken wir da drin?«

Therese rückte auf dem Stuhl hin und her.

»Kann es sein, dass mit der Festnahme von Perschel und Schönlein, den Untersuchungen im Fall Rems und allem, was so damit zusammenhängt, die Geschäftstätigkeit in Sachen Rauschgift, Mädels, Waffen so empfindlich gestört worden ist, dass da gerade ein Gangsterkrieg läuft?«

Alle in der Runde nickten.

»Aber wer kann solche Typen mobilisieren?« Gute Frage von Fuchs.

»Odhan Celik.«

Gute Antwort von Therese.

Grewe hatte sich nach der Besprechung noch mal hingelegt, diese zwei Stunden brachten dann auch wirklich was. Im Bewusstsein, dass die Kollegen rödelten, gelang es ihm, abzuschalten und ausgeruht wieder aufzuwachen. Im Besprechungsraum gab es sogar frischen Kaffee und gute Laune.

»Diese Studis wirken ja erst verpeilt, aber die sind echt gut drauf. Super Zeugen.« Estanza war begeistert.

»Was gibt's?«

Therese goss Grewe einen Kaffee ein und hielt mit fragendem Blick eine Milchtüte über die Tasse.

»Ja, gerne.«

Nach dem Eingießen stellte sie die Milch wieder aufs Tablett und setzte sich.

»Good News. Zumindest interessante News.«

Grewe setzte sich.

»Zweierlei: Die Schuhe sind identifiziert. Es handelt sich dabei eindeutig um Bergstiefel, die eine Firma extra für die Bundeswehr herstellt. Standard bei den Gebirgsjägern, aber viele Fallschirmjäger tragen die lieber als die Kampfstiefel. Sind allerdings auch auf dem freien Markt erhältlich, in Army-Shops zum Beispiel.«

Grewe stand der Mund offen.

»Und zweitens sind die Waffen identifiziert. MP 7 von Heckler und Koch. Ist noch nicht überall Standard beim Bund, aber die Fallschirmjäger haben sie neben der alten MP zwo schon im Bestand.«

Grewe bekam einen trockenen Hals, in seinen Schläfen fing das Blut an zu pochen. Er hatte es im Gefühl gehabt, von Anfang an. Schon nach dem ersten Bericht am Tatort heute Nacht hatte er an die unzähligen Übungsstunden im Orts- und Häuserkampf gedacht, die er bei den Fallschirmjägern absolvieren musste.

Es war eine zentrale Fähigkeit dieser Truppengattung, Handstreich, Hinterhalt, Kampf in unübersichtlichem Gelände, Kampf in Ortschaften. Jagdkampf in kleinen Trupps.

»Scheiße. So eine verdammte Scheiße.«

»Was?«

Grewe hörte nicht richtig hin. Er hatte das Szenario von gestern

Nacht, wie es die Zeugen geschildert hatten, vor Augen, und darüber schob sich seine Erinnerung von vor über zwanzig Jahren auf den Unteroffizier mit der Türramme im Häuserkampfgelände.

Wie das Eisen gegen die Holztür flog, der Uffz zur Seite ging und der zwanzigjährige Kurt Grewe als zweiter Mann in das Haus stürmte. Eine DM12 Übungsgranate detonierte vorschriftswidrig vor dem Fenster, und gleichzeitig ging in dem Raum, den Grewes Gruppe stürmte, ein Rauchkörper hoch. Trotz Gehörschutz drang alles nur noch wie durch Watte in seine Ohren, der Rauch verengte die Atemwege. Sie gingen so tief wie möglich runter und arbeiteten sich vorwärts. Den Aufbau des Gebäudes hatten sie gebimst, sie mussten in den nächsten Raum, dort die Treppe hoch und das MG am Fenster in ihre Gewalt bringen, damit der Rest des Zugs die Anhöhe vor dem Haus hochkonnte.

Der Kamerad vor Grewe sicherte in den zweiten Raum hinein, der sich auch langsam mit Rauch füllte. Grewe ging schnell vor, das G3 im Anschlag. Am Fuß der Treppe kniete er wieder ab und gab Handzeichen.

Zwei Kameraden gingen die Treppe hoch, dann folgte Grewe. Oben sicherte der erste in den Flur, der zweite an der Tür, die nach wenigen Schritten links abging. Das MG war in einem Raum hinter dem Rechtsknick des Flurs.

Grewe ging langsam vor, schaute um die Ecke, er sah den Rücken der beiden MG-Schützen und sprang in den Raum.

Ein Dampfhammer riss ihn von den Füßen, und als er mit dem Stahlhelm auf dem Betonboden aufschlug, guckte er in das grinsende Gesicht von Feldwebel Rohmann und die Mündung seines Sturmgewehrs.

»Keine Bewegung ohne Feuer, Grewe!«

»Bitte?«

Rohmann verschwand, und Therese erschien stattdessen. Ein deutlich erfreulicherer Anblick.

»Entschuldigt, ich bin gerade … Haben wir das alles irgendwie schon verschriftlicht?«

Therese hob einen dünnen Aktendeckel.

»Vorläufig, ja.«

»Gut. Ich möchte, dass jeder, der hier abkömmlich ist, mit mir zur

Theodor-Körner-Kaserne fährt. Jetzt machen wir denen Feuer unter dem Arsch.«

Der Posten Tor staunte nicht schlecht, als drei Zivilfahrzeuge mit aufgesetzten, aber nicht eingeschalteten Blaulichtern, gefolgt von zwei Bullys der Schutzpolizei, vor der Schranke abbremsten.

Grewe hielt ihm seinen Dienstausweis vor die Nase, aber der junge Soldat guckte verunsichert zum Wachhäuschen. Ein Hauptfeldwebel mit der silbergrauen Schulterschnur des Offiziers vom Wachdienst joggte mit lockerem Schritt zu Hilfe.

»Ist was passiert?«

»Das können Sie aber laut sagen. Ich möchte zum Stab rüber.«

»Selbstverständlich, Herr …«, der Wachzugführer guckte noch mal auf Grewes Dienstausweis, »… Herr Kriminalhauptkommissar. Sie kennen den Weg?«

Grewe nickte und steckte den Ausweis in die äußere Jacketttasche. Die Schranke schwenkte zur Seite, der Gefreite grüßte, und die Polizeikolonne bog langsam ins Kasernengelände ein.

Auf dem Weg zum Stabsgebäude rollten sie durch eine scheinbar menschenleere Anlage. Grewe schaute auf die Uhr.

»Mittagspause …«

Therese guckte ihn erstaunt an.

»Um zwanzig vor zwölf?«

Grewe lachte.

»Frühstück ab sechs. Krieg fängt früh an.«

Die fünf Fahrzeuge blockierten den Kiesplatz vollständig.

Grewe versammelte seine Streitmacht um sich.

»Mit mir gehen Therese, Estanza und Fuchs sowie …«, er ließ seinen Blick über die uniformierten Kollegen schweifen, »… der verehrte Kollege Wolf mit Theiß und Bär.« Alle Angesprochenen nickten. »Der Rest lässt sich hier draußen deutlich und in voller Größe sehen. Auf geht's.«

Sie gingen strammen Schrittes in das alte Gebäude, ihre Tritte schallten im Treppenhaus. Ein von oben entgegenkommender Oberstleutnant machte einen halbherzigen Versuch, zu fragen, was sie denn bitte schön hier wollten, musste dann aber zur Seite hüpfen, um nicht überrollt zu werden.

Grewe stieß die Tür zur Kommandeursetage auf, hielt sie für die Kollegen offen und überholte sie dann wieder, um mit einem gleichzeitigen Klopfen und Türaufstoßen das Vorzimmer der Brigadeführung zu betreten.

Eine erschrockene Frau Kniehans stoppte sofort ihr Zehn-Finger-Blind-Stakkato und starrte auf die sich nach und nach in ihr Büro drängende Polizeimeute.

»Guten Tag, entschuldigen Sie bitte unser Hereinplatzen, aber wir müssen äußerst dringend mit Herrn Oberst Pagels sprechen. Ist er da?«

Frau Kniehans, das sah Grewe, hätte gerne »Nein« gesagt, bekam aber zu Recht den Eindruck, Zickigkeit sei gerade fehl am Platz, und so stand sie auf, strich ihr Kostüm glatt und rückte die Brille zurecht.

»Ich sage ihm rasch Bescheid.«

»Sehr nett, danke schön.«

Frau Kniehans klopfte an der Tür des links von ihrem liegenden Büros, rechts war das des Brigadekommandeurs.

»Jawollja«, klang es dumpf, aber recht gut gelaunt von drinnen. Mit der guten Laune würde es gleich vorbei sein, da war sich Grewe sicher.

»Ich verlange, dass Sie eine Urlaubssperre verhängen, für die gesamte Kaserne. Brigadeangehörige bewegen sich durch ihr Tor nur noch in eine Richtung, nämlich rein.«

Grewe stand direkt vor Pagels' Schreibtisch, der blätterte fassungslos die ihm vorgelegten Unterlagen durch.

»Ich rufe die Kräfte, die ich für morgen beantragt habe, heute schon auf, und Sie würden uns einen großen Gefallen tun, wenn Sie Ihr nächstgelegenes Feldjägerdienstkommando benachrichtigen würden. Die Kollegen könnten uns organisatorisch unterstützen.«

Pagels nickte einfach nur.

»Wir nehmen die Sporthalle. Verfügen Sie über Tische und Stühle, mit denen wir uns dort für Vernehmungen einrichten können?«

»Ja, da können wir etwas organisieren.«

»Gut.«

Grewe atmete aus und sah den Oberst an. Der spielte nervös mit einem Füller.

»Herr Grewe, das ist mir alles unerklärlich, ich bin entsetzt schon über die Möglichkeit, dass Soldaten unserer Einheit …«

Grewe unterbrach ihn.

»Herr Oberst, das ist meiner Meinung nach sehr viel mehr als nur eine Möglichkeit. Ich gehe fest davon aus, dass Soldaten dieser Brigade gestern Nacht mit Waffengewalt in ein Lokal eingedrungen sind, eine Reihe von Personen mit diesen Waffen bedroht und vorübergehend ihrer Freiheit beraubt haben sowie einen Mann durch Faustschläge erheblich verletzt und anschließend entführt haben. Und diesen Mann jetzt noch festhalten.«

Pagels sackte zusammen und stöhnte.

»Ist Ihr unsichtbarer S2 denn wieder aufgetaucht?«

Pagels nickte.

»Würden Sie ihn herbitten?«

Der Oberst griff nach dem Telefon.

Schon bei der Begrüßung war es Grewe schwummrig geworden. Rohmann hatte ihn mit seinen eiskalten blauen Augen gemustert, während er Grewes Schweißhände im Schraubstockgriff hielt.

Er hatte sich die Ausführungen in aller Ruhe angehört und dann ebenso ruhig die vorgelegten Protokolle und Fotos durchgearbeitet.

»Sie wissen, dass man diese Stiefel frei kaufen kann? Und Waffen – das ist das Geschäft dieser Rockertypen und Drogenhändler, die können in der Szene doch alles besorgen. Aber wie sollen denn Waffen aus einer Kaserne raus? Das müssen Sie mir mal zeigen.«

Rohmann lachte Pagels an. Der wiegte den Kopf. Die Präsenz seines S2 war ihm sichtlich unangenehm, andererseits schöpfte er durch dessen Autorität auch Kraft.

»Da hat der Hauptmann nicht unrecht. Unsere Kontrollen hierzu sind wirklich …«

»Ich weiß. Deswegen möchten wir auch als Erstes das Kontrollbuch der Waffenkammer und das Wachbuch für die letzten vier Tage sehen.

Auch mit jedem in der Waffenkammer oder zur Wache in diesem Zeitraum eingeteilten Soldaten möchten wir sprechen.«

»Kein Problem.« Der Oberst fasste sich langsam.

»Gut, dann würde ich Sie bitten, meinem Kollegen Wolf«, er wies auf den erfahrenen Polizeikommissar, »jemanden zur Begleitung mitzugeben.«

»Brauchen Sie dazu nicht einen Durchsuchungsbefehl?« Langsam wurde Pagels frech.

»Sie meinen, einen richterlicher Durchsuchungsbeschluss, und nein, bei Verdunkelungsgefahr brauche ich den nicht.«

Pagels lachte schüchtern, er wollte gut Wetter machen.

»Na ja, man kennt das alles nur aus dem Fernsehen, nicht wahr? Ich muss doch bei allem auch die Interessen der Brigade wahren. Apropos, ich würde gerne unseren Rechtsberater im Landeskommando anrufen und dazubitten.«

»Selbstverständlich.«

Während Pagels telefonierte, dachte Grewe fieberhaft nach, was jetzt am dringendsten zu tun war. Seine Kollegen standen unsicher herum, er war nun mal der Einzige, der schon mal mit der Armee zu tun gehabt hatte, der sich einigermaßen auskannte.

Ein Feldwebel kam ins Büro, um Wolf abzuholen. Der nahm sich noch Theiß mit.

»Ihr kassiert die Wach- und Dienstpläne ein, ja? Und überprüft die Bestände in der Waffenkammer.«

Wolf nickte, und die drei gingen.

Pagels hatte sein Telefonat beendet.

»Der Rechtsberater ist außer Haus, er kommt so schnell wie möglich her. Bis dahin bitte ich Sie, sich zu gedulden. Ihre bisher angeordneten Maßnahmen hält er aber für unabwendbar und in Ordnung.«

Grewe konnte eine gewisse Süffisanz nicht unterdrücken.

»Das ist nett von ihm.«

Pagels lächelte wieder unsicher.

»Therese, würdest du bitte in der Dienststelle anrufen und die für morgen eingeteilten Kräfte so weit wie möglich aufrufen?«

»Mach ich.«

Jetzt waren außer Grewe nur noch Estanza, Fuchs und der uniformierte Bär im Büro.

»Kann ich Ihnen nicht doch etwas anbieten?«, fragte Pagels mit verbindlichem Tonfall.

Grewe schüttelte den Kopf. Er wandte sich an Rohmann.

»Herr Hauptmann, wenn ich das richtig verstanden habe, dann gibt es in Ihrer Abteilung bestimmte sicherheitsrelevante Informationen über Soldaten der Brigade, die sonst nirgends vorliegen?«

Rohmann grinste.

»Außer vielleicht bei Ihnen. Meist bekomme ich solche Infos ja von der Polizei, weil es sich häufig um Zivilvergehen handelt.«

Grewe überging das kommentarlos.

»Wir werden im Lauf des Tages eine Liste erstellen von Soldaten, um deren Unterlagen ich Sie dann ersuche.«

»Wenn dem keine Erwägungen der militärischen Sicherheit entgegenstehen, gerne.«

»Entschuldigung, aber bei derart schweren Vergehen liegt das nicht mehr in Ihrer Entscheidung, welche Unterlagen ich sehe und welche nicht.«

Rohmann nickte.

»Aber mit Verdunkelung kommen Sie mir da nicht. Ich stehe auf dem Boden der Verfassung. Wenn Sie in sensible Akten Einsicht haben wollen, dann besorgen Sie sich einen, wie sagt man korrekt, richterlichen Durchsuchungsbeschluss?«

Sie starrten sich an.

Ehe Grewe etwas sagen konnte, ging die Tür auf und eine offensichtlich aufgeregte Therese trat wieder ins Büro.

»Grewe, komm bitte schnell raus. Es ist etwas passiert.«

23

Therese war als Stellvertreterin von Grewe mit Wolf und Theiß in der Kaserne geblieben. Sie sollten zumindest die Unterlagen sichern und warten, bis der Rechtsberater endlich aufgekreuzt war. Estanza steuerte den Wagen mit Grewe und Fuchs hinter dem Bully der uniformierten Kollegen her. Sie rasten mit eingeschaltetem Sondersignal in halsbrecherischem Tempo durch die Innenstadt.

»So eine Scheiße, so eine gottverdammte Scheiße.« Grewe haute mit der flachen Hand aufs Armaturenbrett.

»Gleich sind wir an der Ringstraße, da wird's dreispurig.« Estanza blieb ganz cool. Er schnitt in den Fahrertrainings immer sehr gut ab.

Nach weiteren fünf Minuten rasender Fahrt erreichten sie die äußeren Absperrungen. Die Kollegen ließen sie gleich durch, aber sie mussten die Sondersignale ausschalten und das Tempo drosseln. Den Bully mit den Kollegen von der Schutzpolizei ließen sie gleich da.

In diesem großbürgerlichen Viertel der Stadt hätten sie ohnehin nur langsam fahren können, schmale Straßen mit alten Bäumen und Wagen der Oberklasse am Straßenrand. Friedlicher Wohlstand von hart arbeitenden Vorstandsvorsitzenden, Chefentwicklern und Bankmanagern.

Und einem Großhändler in Sachen Stoff, Schusswaffen und willig gemachten Mädchen.

Als sie sich der neu gebauten Villa von Odhan Celik näherten, ein postmoderner Architektentraum in weißem Beton, Glas und Tropenholz, nahm die Präsenz von Einsatzfahrzeugen und deren Besatzungen erheblich zu. Auch Rettungswagen und Feuerwehrfahrzeuge waren vor Ort. Grewe wies Estanza an, rechts ranzufahren.

Sie stiegen aus und gingen zu Fuß weiter. Kertsch kam ihnen entgegen.

»Wir haben alles unter Kontrolle. Aber ein schöner Mist ist das.«

Neben dem Tor stand Burckhardt und steckte gerade sein Handy ein. Er grinste.

»Ich habe eben Bandel erzählt, was hier los ist, der hat vielleicht geflucht. ›Wenigstens habe ich meinen Scheißkoffer noch nicht ausgepackt‹«, es war ein gute Bandel-Parodie, »und dann hat er schon nach Meinert gebrüllt. Die kommen diese Woche gleich wieder.«

Sie gingen gemeinsam durch das Eingangstor aufs Grundstück. Die Haustür, obwohl aus massivem Holz mit Stahlbeschlägen, hing in Fetzen in den Angeln. Direkt dahinter lag ein blutüberströmter Körper im schwarzen Anzug mit verrenkten Gliedern. An der Hüfte ein Holster mit Waffe.

»Die haben eine Handgranate vor die Tür gerollt und sind dann rein. Der Mann da wollte wohl gerade öffnen, als es geknallt hat. Äh, wir können hier durch.« Burckhardt wies auf die rechte Hälfte des Eingangsflurs, den die Tatortbereitschaft zum Durchgangspfad erklärt hatte. Drossels Bass hörten sie schon aus dem Innern des Hauses.

Vor dem riesigen Wohnzimmer lag eine weitere Leiche. Der Mann war unmittelbar nach Treffern zusammengeknickt, auf die Knie gefallen und dann seitlich zu Boden gerutscht. Er lag mit dem Gesicht nach unten da, die Beine noch immer in kniender Haltung. Auf dem Rücken seiner Lederkutte prangte das Skulls-Patch.

Burckhardt setzte seinen Bericht fort. »Nach der Explosion haben sofort Nachbarn bei uns angerufen, auf den Bändern der Notrufzentrale hört man Schüsse. Wir hatten nach sieben Minuten die ersten Kräfte von der Schutzpolizei vor Ort. Da war schon wieder Ruhe im Haus. Heranführung des SEK hätte zu lange gedauert. Herr Kertsch hat nach Lageeinschätzung vor Ort entschieden, dass unser MEK das macht.«

Im Wohnzimmer machten sich eine Notärztin und ein Rettungsassistent an einem weiteren Rocker zu schaffen, der stöhnend am Boden lag.

»Als die Kollegen rein sind, war schon alles gelaufen. Sie haben die zwei Toten gefunden, der Mann im Eingang ist ein Leibwächter von Celik. Drei weitere Rocker sind im Krankenhaus sowie zwei weitere Bodyguards. Alle schwer verletzt, aber weitgehend stabil. Der Mann hier hat Glück gehabt, ein glatter Durchschuss in der Schulter.«

»Und Celik?«

»Der hat seine Frau und die drei Kinder im Panikraum untergebracht und dann mitgemischt.«

Der Wohnzimmerboden war tatsächlich übersät mit Geschosshülsen, Pistolenmunition und Schrot.

»Wo sind die Celiks jetzt?«

»Mit einem Krisenteam und unter Bewachung im Hotel Königshof.«

Grewe sah sich an dem chaotischen Tatort um und wandte sich dann an Kertsch.

»Wir müssen eine zweite SoKo bilden, aber ich brauche trotzdem morgen so viel Leute wie möglich in der Kaserne. Es gibt einerseits Spuren, die klar die Vermutung stützen, dass Kameraden von Rems die Nummer im ›Hush-Hush‹ abgezogen haben, andererseits spricht das hier für eine Verwicklung von Celik. Und der kann bestimmt Männer mobilisieren, die auch zu so einer Aktion in der Lage sind.«

Nach kurzem Überlegen sagte Kertsch: »Burckhardt, Sie machen das mit Noss, einverstanden?«

»Berührt sowieso meinen Bereich. Und Noss ist mir mehr als recht.« Burckhardt strich sich grinsend über den Schnauzer. »Außerdem hilft uns ja das LKA jetzt.«

Kertsch sah über das Schlachtfeld.

»Ist das ein Krieg?«

Burckhardt und Grewe guckten sich an. Grewe stieß Luft aus.

»Vielleicht. Aber ich habe keine Ahnung, mit wie vielen Parteien.«

Drei

Wind was blowing, time stood still
Eagle flew out of the night
(…)
Coming close, I heard a voice
(…)
Had to listen, had no choice
(…)
My heart going boom boom boom
»Son« he said »grab your things,
I've come to take you home.«

»Solsbury Hill«, Peter Gabriel

49,2° 19′ Nord – 6,4° 45′ Ost

Oberleutnant Jonathan Heinrich sah auf die Armbanduhr, während seine Stiefel in gleichmäßigem Rhythmus auf dem weichen Boden auftrafen. Er lag gut in der Zeit. Noch acht Minuten, bis das Limit von zwei Stunden abgelaufen war, und er war schon am Fuß des letzten kleinen Anstiegs vor dem Parkplatz. Er fühlte sich, als könnte er in diesem Tempo noch ewig weiterlaufen, aber er wusste, dass es nicht so war. Heinrich hatte, seit er aus Afghanistan zurück war, seine Trainingseinheiten erheblich gesteigert. Er brachte sich immer an die Grenze.

Am Anfang war es einfach nur eine Reaktion auf die erzwungene Passivität im Bundeswehrkrankenhaus gewesen. Psychoabteilung. Körperlich fehlte ihm ja praktisch nichts. Mirwais hatte, weil er direkt hinter Heinrich gegangen war, fast alles allein abbekommen. Aber auch er lebte und war, soweit Heinrich wusste, heute unversehrt.

Die ewigen Gespräche in der Klinik hatten Heinrich mürbe gemacht, und das Training hatte ihm geholfen, sich wieder zu fokussieren. Ihm war klar gewesen, dass so was normalerweise nicht spurlos an einem vorbeiging, zweimal so eine Scheiße. Und er hatte sich bemüht, offen zu sein, er wollte in Ordnung kommen, weitermachen.

Aber je mehr er in sich geschaut hatte, desto mehr war Heinrich zu der Überzeugung gekommen, dass er schon völlig in Ordnung war. Es ging ihm gut. Er war Soldat, und er war im Krieg gewesen, mehr gab es auch diesmal nicht dazu zu sagen. Kameraden waren gestorben, verstümmelt worden, und er hatte überlebt. Punkt. Er trauerte um die anderen, aber er war froh, am Leben zu sein. Und laufen zu können, anders als Bomber. Also lief er.

Nach vier Wochen war er entlassen worden. Sie hatten ihm auf die Schultern geklopft, gesagt, er solle auf sich achten, sie seien immer für ihn da. Sie kannten die Truppenpsychologin in seiner Brigade und sagten, sie sei eine exzellente Therapeutin, er könne sich jederzeit vertrauensvoll an sie wenden.

Seit gut drei Monaten war er jetzt wieder im Dienst, immer noch als Einsatzoffizier in seiner alten Kompanie. Es hatte sich gut angefühlt, sie waren durch die gemeinsame Erfahrung eng zusammengerückt, ein eingeschworener Haufen. Tommy war wie ein Bruder für ihn geworden. Er vermisste ihn, obwohl er erst seit zwei Wochen beim Lehrgang war. Allerdings würde dieser Lehrgang zu einer Stabsverwendung führen, Tommy war auf der Karriereleiter. Er würde nicht in die Brigade zurückkehren.

»Wenn du Depp studiert hättest, würden sie dich jetzt zu meinem Nachfolger machen. Hauptmann, Berufssoldat, Bingo.«

Heinrich hatte eine Menge Gespräche geführt. Es gab eine Möglichkeit, trotz fehlendem Studium sicher Berufsoffizier zu werden, und dafür musste er jetzt härter trainieren als je zuvor. Das KSK. Der Kommandeur unterstützte seinen Wunsch, und jetzt lag es also an ihm, ob er in zwei Jahren ins Zivilleben gehen musste oder für den Rest des Berufslebens das sein konnte, was er am liebsten war.

Soldat.

Die letzten hundert Meter der Strecke spurtete er, so schnell er konnte. Der Rucksack, mittlerweile packte er immer fünfundzwanzig bis dreißig Kilo rein statt wie früher zwanzig, schlug im Rhythmus der Tritte schmerzhaft in seinen unteren Rücken, die Riemen schnitten in die Schultern. Seine Schenkel brannten, die Lunge schien auf Rosinengröße zu schrumpfen, und das alles machte ihn euphorisch. Er lebte.

Als er auf den sandigen Parkplatz lief, war sein Blick vor Erschöpfung ganz eng geworden. Ihm wurde schwindlig. Er lief locker aus, ging schnaufend im Kreis, atmete alle paar Schritte mit einer langsamen Kniebeuge aus, bis sich sein Puls beruhigt hatte. Er legte den Rucksack ab, ging in den Liegestütz, drückte sechzig in schneller Folge, stand auf, streckte Arme und Hände nach vorne aus, senkte mit ein paar langen Zügen die Pulsfrequenz und hielt dann die Luft an. Kein Zittern, obwohl er völlig erschöpft war. Er könnte jetzt eine Waffe absolut ruhig halten und zielen. Spitze.

Nach den ersten zehn Minuten der Heimfahrt beschloss Heinrich spontan, einen Schlenker zu fahren und Brötchen und Croissants zu besorgen. In letzter Zeit lief es nicht gut mit Charlie. Er trainierte so viel, dass sie sich fast gar nicht mehr sahen, und die Treffen mit der Clique hatte er für sich komplett gestrichen. Die Art, wie die alle nichts gefragt hatten, kotzte ihn an. Sie hatten eine solche Angst, etwas zu hören, womit sie nicht zurechtkamen. Was glaubten die denn, dass er tun würde? Heulend zusammenbrechen? Brüllen wie ein besoffener Veteran im Vietnamdrama? Die sollten mal bei einem Debriefing mit den Kameraden dabei sein. Natürlich flossen da auch Tränen, natürlich nahmen sie sich in den Arm.

Sie trauerten.

Aber ihr Leben ging weiter. Sie waren weiter Soldaten, sie machten ihre Arbeit, sie waren füreinander da.

Der große Unterschied zu den Zivilisten war, dass man den Kameraden nichts erklären musste. Den Zivilisten konnte man das alles im Grunde gar nicht erzählen, sie würden es sich nicht anhören können, ohne irgendwann diesen Das-hast-du-dir-doch-selber-eingebrockt-Blick aufzusetzen. Diesen Sei-froh-dass-wir-nicht-fragen-was-ihr-da-so-treibt-Blick.

Und dabei hatte er sich so am Riemen gerissen bei den ersten Treffen mit der Clique. An denen störte ihn nämlich auch eine Menge. Vor allem, dass sie sich über totale Nebensächlichkeiten aufregten, banalen Alltagskram.

Wie wichtig konnte es denn sein, ein größeres Büro in der Firma zu bekommen? Warum stritten sich Pia und Bernd einen ganzen Abend wieder und wieder über das richtige Grün der Sitzgruppe für das von Pias Daddy finanzierte Eigenheim? Und Charlie? Kriegte im Supermarkt einen Anfall, weil ihre Sorte Erdnussbutter aus war.

Heinrich sah dann immer Omeed und Mirwais, die blutigen Reste von Werbel und Mettler, die Leichen von Georgi und Peeters vor sich. Und Bombers Stümpfe und sein stierer Blick in der Reha.

Nach dem zweiten Einsatz hatte er sich immer gesagt, dass es ungerecht war, so zu denken. Es war schließlich kein Charakterfehler, nicht im Krieg gewesen zu sein.

Aber diese Geduld hatte er jetzt nicht mehr. Also ging er nicht zu den Treffen mit.

Er war jetzt in Großbleidesdorf, hinter der Kurve war der Bäcker. Heinrich blinkte und parkte den Wagen vor der Post, die war ja sonntags zu.

Er kaufte vier Kaiserbrötchen, zwei Sonnenblumen und drei Croissants, eins mit Marzipan, die mochte Charlie besonders gerne; er fand sie furchtbar.

Gegen Viertel vor neun kam er in ihrer Wohnung an. Charlie schlief noch, er hatte keine Ahnung, wann sie nach Hause gekommen war. Er duschte und zog sich an. Für einen Moment empfand er einen Stich. Er machte mittlerweile noch nicht mal mehr den Versuch, nackt zu Charlie ins Bett zu steigen. Der Sonntagmorgensex war völlig aus ihrem Leben verschwunden. Vielleicht half die Zeit.

Jonathan Heinrich schraubte die Kaffeemaschine auseinander, füllte Wasser und Espressopulver ein, setzte sie dann auf den Herd. Dann stellte er die Milch auf. Milchkaffee trank er erst seit den Einsätzen richtig gerne, weil man den auf Patrouillen zu vermissen lernte.

Er beschloss, Wurst und Käse nicht in den Plastikdosen auf den Tisch zu stellen, sondern sie auf Tellern zu drapieren. Ein Unteroffizier aus dem Feldküchentrupp hatte ihnen für eine Feier im Offiziersheim mal gezeigt, wie man kalte Platten schön anrichtet. Das hatte Heinrich gut gefallen, und Charlie war ziemlich gerührt, als sie zum ersten Mal so ein Zwei-Personen-Büfett am Sonntagmorgen vorfand. Er lächelte bei dem Gedanken.

»Morgen.«

Charlie war plötzlich in der Küche. Sie ging an ihm vorbei zum Kühlschrank, nahm einen Joghurt raus, griff einen Löffel aus der Schublade und ging wieder.

Er sah ihr nach, während sie im Bad verschwand. Kurz danach hörte er die Dusche. Er schüttelte den Kopf, wollte sich aber nicht die Laune verderben lassen und fing mit dem Schinken an. Vielleicht hatte sie ja einfach zu wenig geschlafen, dann war sie immer muffig. Das gab sich dann aber meistens im Lauf des Frühstücks.

Es war einer der ersten schönen Frühlingstage, warm und sonnig. Vielleicht konnten sie heute ein bisschen mit den Rädern rausfahren, spazieren, irgendwo einkehren und am Abend vielleicht Kino. Morgen ging die Kompanie für fünf Tage auf den Truppenübungsplatz, da könnten sie sich doch heute noch mal einen richtig schönen Tag zu zweit machen?

Er stellte den Teller mit Wurst und Käse auf den Tisch, Butter, die Brötchen im Korb, holte Tassen und Teller aus dem Oberschrank. Keine Mes-

ser mehr in der Schublade. Egal, musste er welche aus der Spülmaschine holen und rasch von Hand sauber machen.

Eier. Er stellte einen kleinen Topf mit Wasser auf. Perfekt.

»Joni, ich geh ins ›Scheuner‹, brunchen mit der Clique.«

Er sah Charlie an. Sie war komplett angezogen und hatte die Autoschlüssel in der Hand. Sie gab sich Mühe, den fast fertig gedeckten Tisch nicht anzusehen.

»Okay.«

Der Espresso gurgelte in der Kanne.

»Okay? OKAY??«

Er zuckte mit den Schultern.

»Ja.«

Charlie schüttelte den Kopf, heftig. Sie schnaubte.

Die Milch fing an zu blubbern, Heinrich nahm sie rasch von der Flamme und griff sich den Schneebesen, um sie aufzuschäumen.

Die Wohnungstür fiel krachend zu.

Zehn Minuten später, er schlug gerade sein Frühstücksei auf, hörte er den Schlüssel im Schloss. Charlie warf die Jacke im Flur auf den Boden und kam wieder in die Küche.

»Das geht so nicht, Joni.«

Er schwieg.

»Wir haben nichts mehr zusammen, du hältst dich komplett aus meinem Leben raus.«

Heinrich sah sie an. Sie wartete.

»Ich …«

Er zog die Unterlippe zwischen die Zähne.

Charlies grüne Augen flackerten.

»Na ja, ich denke, das wird schon wieder. Mir geht gerade eine Menge durch den Kopf.«

Charlie nickte heftig.

»Genau, Joni. Und ich würde daran gerne Anteil nehmen. Ich weiß nämlich, verdammt noch mal, gar nichts mehr darüber, was dir so durch den Kopf geht.«

Er aß von dem Ei.

»Tommy ist weg. Und der neue Kompaniechef, ich weiß noch nicht, wie

wir klarkommen. Eine Menge von den Mannschaften sind in dem Quartal raus, es ist nicht so easy, die Neuen mit den Jungs zusammenzukriegen, die im Einsatz waren. Na ja. So was.«

Er löffelte die letzten Eierreste aus der Schale, trank einen Schluck Milchkaffee.

»So was, ja?«

»Herrgott Charlie, was willst du denn?«

Sie setzte sich an den Tisch, atmete tief ein.

»Du bist in die Luft gesprengt worden. Vier Kameraden sind direkt neben dir verblutet. Einem kleinen Jungen hat es das Gesicht fast zerfetzt, der Übersetzer hat praktisch sterbend auf dir gelegen und ist mit knapper Not davongekommen. Dieser Feldwebel hat keine Beine mehr. Du …«

»Verdammt, ich weiß genau, was passiert ist. Ich war live dabei.«

Charlie sah ihn an.

»Ich glaube, du weißt überhaupt nicht, was passiert ist. Du tust einfach so, als wäre alles okay, dabei fällt dein Leben auseinander. Unser Leben.«

Er spürte ein Zittern, ganz innen. Zuerst fühlte es sich wie beginnender Zuckerabfall an, dann wurde sein Hals trocken. Sein Bein fing an, auf und ab zu zucken, aber er brachte es unter Kontrolle. Er spürte Charlies Hand auf seiner und entzog sich.

Er nahm den Aufschnittteller, stand auf und ging zur Spüle. Mit dem Fuß zog er den Mülleimer unter dem Becken raus und trat auf den Fußhebel.

Er ließ alles komplett in den Eimer fallen, dann angelte er sich seinen Teller mit dem angebissenen Brötchen darauf und warf ihn hinterher.

»Joni.«

Der Milchkaffee landete auf dem Brötchen, Charlies unbenutztes Geschirr.

»O Gott, Jonathan.«

Er schob den Mülleimer nah zum Tisch und warf alles hinein, was darauf stand, auch die Tischdecke. Dann die Espressokanne und den Milchtopf.

Charlie schluchzte.

Er ging in den Flur, zog Turnschuhe an, seine Jacke, dann holte er den Mülleimer aus der Küche und ging.

Als er die Tür hinter sich zuzog, heulte Charlie laut auf.

Unten ging er zum Müllcontainer, schob die große Klappe auf und warf den Eimer mit dem Frühstück hinein.

Dann holte er tief Luft und fing an zu laufen.

Er lief drei Stunden ziellos kreuz und quer durch die Stadt und landete schließlich in der Kaserne, wo er blieb. Am nächsten Morgen rückte die Kompanie zur Übung aus.

Sie kamen am Freitag gegen zehn Uhr zurück. Er ließ die Unteroffiziere Druck hinter das Waffenreinigen und Aufklaren machen, damit die Leute noch pünktlich ins Wochenende kamen.

Als er spät in der Nacht die Wohnung betrat, stellte er erleichtert fest, dass Charlie ausgezogen war.

24

Am Tag nach der Schießerei im sonst so ruhigen und beschaulichen Neuwiesenviertel startete die Einsatzbesprechung der SoKo »Rems« mit allen Führern der zusätzlichen Kräfte schon um sechs Uhr früh. Man passte sich den Dienstzeiten der Bundeswehr an.

Die erste halbe Stunde ging allerdings für die Auswertung von Meyfrieds Schlagzeile des Tages drauf.

Blutiger Drogenkrieg in unserer Stadt – Polizei sieht einfach weg!

Statt ballernden Rockern und skrupellosen Rauschgifthändlern das Handwerk zu legen, starten die Ermittler heute eine Großaktion in der Körner-Kaserne. Während in friedlichen Vierteln ein mit aller Härte geführter Verbrecherkrieg tobt, werden Soldaten der Bundeswehr aufgrund von Indizien unter Generalverdacht gestellt.

myf – Ist es Wahnsinn oder hat es Methode? Diese Frage kann man sich stellen angesichts der jüngsten Aktionen der Kripo. Zur Erinnerung: Der Ex-Soldat Lars R. wurde in der Nacht vom 12. auf den 13. ermordet (wir berichteten); in seiner Wohnung hat die Polizei Hinweise auf Drogen und Drogenhandel gefunden. Am 17. nehmen Ermittler den Rockerboss Michael »Mike« P. fest, der schon lange unter Verdacht des bandenmäßigen Rauschgifthandels steht und Lars R. von früher kennt. Die Polizei bestreitet jeden Zusammenhang und gibt an, P. wegen »klarer Indizien« in einem alten Fall festgenommen zu haben.

Wie unsere Zeitung erfahren hat, waren zwischenzeitlich Spezialfahnder vom Landeskriminalamt in der Stadt, die einen weiteren festgenommenen Rocker mit Beamten der hiesigen Abteilung gegen organisierte Kriminalität tagelang verhörten.

Es soll dabei um einen Drogen- und Waffenhändler türkischer Herkunft gehen, der Geschäfte mit den Rockern gemacht habe. Hat der Ex-Soldat und frühere Rocker Lars R. diese Geschäfte gestört? Musste er deswegen sterben?

Überraschendes Ergebnis der Ermittlungen: Mike P. wurde am vergangenen Freitag freigelassen. Sein Anwalt erzählte unserem Reporter, die Polizei hätte alle Vorwürfe fallen lassen müssen, sein Mandant hätte ein Alibi. Auf die Nachfrage, welche Vorwürfe denn genau bestanden haben, schweigt der Anwalt lächelnd.

Interessant: Der von den Spezialisten verhörte Rocker beging am Samstag in der Haft Selbstmord! Die LKA-Leute haben die Stadt verlassen, keine weiteren Ermittlungen gegen die Rocker oder den Drogengroßhändler.

Nur drei Tage nach seiner Freilassung, am Montagabend, wird P. nach einem Überfall auf seinen Nachtklub entführt; bisher fehlt jede Spur von ihm. Aufgrund von Schuhabdrücken auf der Treppe eines Bordells (wie viel »Verkehr« mag es hier geben?) verdächtigt die Polizei plötzlich Soldaten der Entführung.

Und dann das: Gestern Nachmittag versuchen fünf Mitglieder von P.s Rockergang, in das Haus von Odhan C. (48) im Neuwiesenviertel einzudringen, werfen eine Handgranate, liefern sich eine minutenlange Schießerei mit Odhan C.s Leibwächtern. Schrotflinten und großkalibrige Pistolen, die Nachbarn in Angst und Schrecken. Fazit: ein Rocker und ein Bodyguard tot, sechs Männer verletzt, fünf davon schwer.

Für jeden vernünftigen Beobachter lässt das alles nur den Schluss zu, dass ein Bandenkrieg in unserer Stadt tobt, aber was macht die Polizei? Sie bereitet Massenvernehmungen bei den Fallschirmjägern vor, setzt unsere Soldaten unter Generalverdacht.

Dazu Karl-Heinz Schubert (56), Bundestagsabgeordneter unseres Kreises und Mitglied im Verteidigungsausschuss: »Meiner Meinung nach gibt es bei der hiesigen Polizei Vorurteile gegen die Soldaten. Da haben ein paar übereifrige Ermittler schnelle Schlüsse gezogen, weil sie anderweitig nicht zum Erfolg kommen können. Natürlich sind die Strukturen von organisiertem Verbrechen schwer zu durchdringen. Wenn schon herbeigeholte Profis vom LKA da nicht weiterkommen, dann ist es verständlich, dass Frust aufkommt. Aber es kann nicht sein, dass das dann auf dem Rücken unserer Soldaten ausgetragen wird.«

Ist unsere Stadtpolizei überfordert? Sind wir den Launen der Gangster ausgeliefert? Fragen, auf die wir Bürger dringend eine Antwort wollen.

Sie hatten sich über die Jahre abgewöhnt, sich über die stets halbgaren Anschuldigungen und düsteren Andeutungen des Blattes aufzuregen.

Es war Stil und systematische Absicht dieser Art von Presse, Unsicherheit zu schüren, mit den Ängsten der Leser zu spielen. Aber diesmal ging es schon verdammt weit, darüber waren sie sich einig.

Grewe beschloss, seine Zeitung demonstrativ angeekelt in den Müll zu werfen und dann mit der Einsatzbesprechung zu beginnen. Mit lautem Lachen folgten alle, die ein Exemplar hatten, seinem Beispiel und feuerten das bluttriefende Papier in den Eimer.

Danach wies Grewe die hinzugekommenen Beamten grob in das Vorhaben des Tages ein, um schließlich für Details das Wort an Therese zu übergeben.

»Ich hatte mit den Kollegen Wolf und Theiß gestern ja noch ein paar Stunden das Vergnügen mit den Herren Stabsoffizieren, während ihr alle«, sie überschwenkte die Runde mit der Hand, »erfolglos das organisierte Verbrechen bekämpft habt.« Gespielte Empörung, Therese wiegelte grinsend ab. »Ist ja schon gut, wusste nicht, dass ihr so empfindlich auf schlechte Presse reagiert. Also, die Zahl der zu Vernehmenden hat sich erheblich reduziert, weil durch normale Fluktuation, sprich Dienstzeitablauf, nur noch knapp dreißig von ehemals fünfundneunzig Mannschaftsdienstgraden, die am letzten Afghanistan-Einsatz der Kompanie beteiligt waren, in der Brigade sind. Unter den Weggegangenen findet sich angeblich ohnehin niemand, der mit Rems enger verbunden war oder von dem bekannt wäre, dass er noch Kontakt zu ihm hatte. Die Unteroffiziere mit und ohne Portepee sind noch komplett in der Brigade, und die waren auch alle eng mit Rems, insgesamt handelt es sich dabei um neunundzwanzig Personen. Der damalige Kompaniechef befindet sich zurzeit auf einem Lehrgang, ebenso der damalige Einsatzoffizier, was so eine Art stellvertretender Kompaniechef ist. Mit den beiden gab es nach dem Unfall längere Zeit engen Kontakt, was aber wohl eher unter Sorgfaltspflicht des Vorgesetzten als unter Freundschaft zu verbuchen ist. Der einzige weitere Offizier der Kompanie war der Führer des ersten Zugs. Der wurde unmittelbar nach Rückkehr aus Afghanistan nach Norddeutschland versetzt. Bis hierher Fragen oder Bemerkungen?«

Estanza meldete sich.

»Gibt es noch mehr Soldaten, die zum Kreis gehören, also außerhalb der Kompanie?«

Therese nickte.

»Man kann das gesamte Unteroffizierskorps der Kaserne dazu zählen, das sind insgesamt zweihundertdreiundzwanzig Soldaten. Der Zusammenhalt ist da wohl sehr stark, und die sammeln auch regelmäßig Geld für in Not geratene Kameraden. Wie viele von denen jetzt wirklich eng mit Rems persönlich waren, muss man sehen.«

Grewe wartete einen Augenblick, ob Therese noch etwas hatte, dann übernahm er wieder.

»Sehr gut, vielen Dank, Therese. Ich würde vorschlagen, dass wir mit den direkten Kompanieangehörigen beginnen und da aber schon Augen- und Ohrenmerk auf weitere Kontakte im Unteroffizierskorps richten. Über Verfahren und Gesprächstaktiken brauche ich euch nichts zu sagen. Nur zur Zielrichtung: Vergesst nicht, dass wir hier zwei Vorgänge in einem bearbeiten. Einerseits die Entführung von Michael Perschel, andererseits den Mord an Lars Rems.«

Alle nickten. Grewe wandte sich an Therese.

»Wie steht's mit diesen S2-Unterlagen?«

»Der Rechtsberater der Brigade hat zu Kooperation ohne langes Paragrafengezerre geraten, und Pagels will dem auch folgen. Rohmann hat nicht glücklich gewirkt, aber da hängt er wohl einfach in der Befehlskette. Ich gehe mal davon aus, dass wir da reingucken können, wenn wir wollen.«

»Gibt es schon Erkenntnisse aus den Wachbüchern und den Unterlagen der Waffenkammer?«

»Nein, ehrlich gesagt kennt sich keiner von uns damit aus, wir wollten dir das erst zeigen. Das Einzige, was wir überprüfen konnten, waren die Bestände. Es fehlt nichts.«

»Okay, so ganz sattelfest bin ich damit sicher auch nicht mehr, aber soweit ich weiß, sind heute auch Feldjäger, also Militärpolizisten, da«, er sah Therese fragend an, die nickte, »die können uns da auf jeden Fall helfen, wenn uns etwas nicht koscher erscheint mit den Büchern.«

Er sah in die Runde.

»Tja, wir sind jetzt weniger Leute, als ursprünglich geplant, weil eine Menge Kollegen mit der Suche nach Hinweisen auf Perschels Verbleib und der Nachbereitung der gestrigen Katastrophe befasst sind. Das heißt, es wird ein mühseliger Tag, ich kann's nicht ändern. Wenn es keine Fragen mehr gibt, würde ich die Besprechung beenden, und jeder von euch informiert seine Leute und trifft Vorbereitungen. In«, er schaute auf seine Uhr, »einer Stunde rücken wir ab. Okay?«

Bestätigendes Gemurmel von allen, Stühlerücken, und nach einer Minute war der Raum leer. Grewe schloss die Tür von außen und machte sich auf den Weg in sein Büro, als er vom Ende des Flurs Kertsch kommen sah.

»Guten Morgen, Herr Kertsch.«

»Guten Morgen, Herr Grewe. Alles klar soweit?«

»Wir haben gerade die Besprechung beendet, in einer Stunde rücken wir ab in die Kaserne, um unsere Vorurteile zu bestätigen.«

Kertsch lächelte säuerlich.

»Hören Sie auf. Ich habe gerade mit Schubert telefoniert, deswegen wollte ich zu Ihnen.«

»Ach?«

»Ich sage es mal offen: Schubert ist ein Opportunist in des Wortes reinster Bedeutung. Er nutzt Gelegenheiten.«

Kertsch bedeutete Grewe, ihm zu folgen.

»Der Mann ist ein gewiefter Taktiker und neigt nicht dazu, riskante Aussagen zu treffen, auf die man ihn festnageln kann, es sei denn, er ist sich der positiven Konsequenzen oder zumindest des Ausbleibens negativer Folgen für sein eigenes Fortkommen absolut sicher.«

Sie kamen am Lift an, Kertsch drückte den Knopf, dann schwieg er, obwohl klar war, dass er noch etwas sagen wollte.

Es machte »Pling«, und die Lifttüren öffneten sich, beide Männer stiegen ein, Kertsch drückte den Knopf für seine Büroetage.

»Herr Grewe, er war heute unerträglich selbstsicher und ätzend am Hörer.«

Grewe wurde es ein wenig flau im Magen. Der Lift stoppte, und sie gingen in Kertschs Büro. Seine Sekretärin war noch nicht im Dienst.

Kertsch schloss die Tür hinter ihnen. Grewe lockerte seinen Schlips und setzte sich auf den Stuhl, den Kertsch ihm anbot.

Der Chef selbst nahm direkt vor Grewe auf seinem Schreibtisch Platz. Das flaue Gefühl wurde stärker.

»Ich habe Schubert diese Vorurteilsbehauptung um die Ohren geschlagen.«

»Was hat er gesagt?«

»Er hat sehr süffisant gelacht. Und dann sprach er über einen leitenden Ermittler, der aufgrund eigenen Versagens während seiner Dienstzeit einen heftigen Groll gegen die Brigade hege. Ich habe das natürlich als lächerlich zurückgewiesen.«

Grewe wurde es richtig schlecht.

»Aber ich frage mich: Woher weiß er über Ihre Vergangenheit Bescheid?«

Eisblaue Augen, kaltes Wasser über die schon klamme Kleidung, der Beton unter den Knien, ein Hagel von Ohrfeigen.

Grewe atmete schwer, dann fasste er einen Entschluss.

»Ich kann Ihnen sagen, von wem er das weiß.«

Therese steuerte den Dienstrenault aus der großen Einfahrt der Direktion, die anderen Zivilfahrzeuge folgten. Die Kollegen von der Hundertschaft machten sich direkt aus ihren Unterkünften auf den Weg zur Kaserne.

Es dämmerte über der Stadt. Der vom nassen Asphalt zurückgeworfene Schein der Straßenbeleuchtung und das schwache Licht des beginnenden Tages erzeugten eine Katerstimmung. Sie fühlten sich nicht wie Polizisten auf dem Weg zur Arbeit, sondern wie Heimkehrer aus einer frustrierenden Nachtschicht.

Grewe war noch wie benommen von dem Gespräch mit Kertsch.

Kertsch hatte über das vorzeitige Ende seiner Bundeswehrzeit grob Bescheid gewusst. Grewe war bei der Einstellung damals offen damit umgegangen, und es stand in seiner Personalakte. Aber die Details kannte er nicht. Grewe hatte einen Versuch unternommen, seinem Chef die ganze Geschichte zu erzählen, aber der wollte sie nicht hören.

»Das geht mich, das geht die Behörde nichts an. Es ist über zwanzig Jahre her, Sie sind einer der besten Ermittler, die mir in meiner Dienstzeit begegnet sind, und es gab nie Anlass zur Sorge über Ihre Urteilsfähigkeit. Wenn Sie sich in der Lage sehen, in die Kaserne zu fahren, dann fahren Sie. Alles andere könnte nach Schwanzeinziehen aussehen.«

Zuerst war Grewe erleichtert gewesen, dass er nicht hatte beichten müssen, aber mittlerweile bedrückte ihn das Schweigen gegenüber seinen Kollegen mehr als je zuvor. Mit Kertsch zu reden wäre ein guter Anfang gewesen.

Er schaute aus dem Fenster, aber er nahm nichts richtig wahr. Als er die Augen schloss, um sich zu konzentrieren, fiel ihm etwas ein. »Hat der Pagels jetzt eigentlich Urlaubssperre verhängt?«

Therese schüttelte den Kopf.

»Nein, ich halte das auch für überflüssig. Wenn heute einer fehlt, ist er dran. Das ist ja jedem klar.«

Grewe nickte.

Diesmal war die Wache auf die Ankunft vorbereitet, und schon beim Einbiegen von Thereses Wagen schwang die Schranke auf. Der Obergefreite, der heute Posten stand, musste ziemlich lange grüßen, bis alle Fahrzeuge durch waren. Die Kollegen von der Hundertschaft waren unterwegs auch zur Kolonne gestoßen.

Im Kasernengelände hatten die Feldjäger schon das Regiment übernommen. Sie standen mit Warnwesten und Kellen bereit, um den Polizeifahrzeugen den Weg zu weisen; sie mussten sich auf mehrere Parkplätze und vor den Instandsetzungshallen verteilen.

Grewe und Therese wurden von einem Major in Empfang genommen.

»Guten Morgen, Hielscher, mein Name. Ich bin der befehlshabende Feldjägerstabsoffizier.«

»Grewe, angenehm.«

»Svoboda.«

»Die Kameraden der Brigade haben uns gestern Abend schon geholfen, die Halle einzurichten.« Hielscher zeigte in die Richtung und ging los, Grewe und Therese folgten.

»Die Listen haben wir abgearbeitet, alle Soldaten, die Sie namentlich zur Vernehmung bestellt haben, sind anwesend und warten in der Kantine. Meine Leute holen sie dort auf Ihre Anweisungen ab. Die Zeugen sind über die Rechtslage informiert.«

»Danke, Herr Major.«

»Ah, Sie kennen sich aus?« Hielscher lächelte.

»Ein bisschen.«

Immerhin hatte Rohmann noch nicht jedem brühwarm von ihm erzählt. Lag wahrscheinlich daran, dass Feldjäger unbeliebt waren.

Die Halle sah gut aus. Die Tische waren so angeordnet, dass zehn Teams gleichzeitig arbeiten konnten und ein Mindestabstand dafür sorgte, dass man bei ausreichender Konzentration nicht die Nachbarvernehmung mitprotokollierte.

»Sehr gut, Herr Major. Dann lasse ich meine Leute einrücken, und sobald die fertig eingerichtet sind, fangen wir mit den Mannschaftsdienstgraden an. Okay?«

»Aber sicher doch.«

»Ich möchte Sie noch um einen Gefallen bitten.«

»Ja?«

»Wir haben Wachbücher und Unterlagen aus der Waffenkammer beschlagnahmt. Könnten Sie sich freundlicherweise mit einem Kollegen zusammensetzen und prüfen, ob da alles in Ordnung ist?«

»Sehr gerne, Herr Grewe.«

Grewe winkte Estanza her, der gerade die Halle betrat, dann wandte er sich an Therese.

»Tony soll das mal anschieben hier. Und wir melden uns beim Oberst.«

Pagels war sichtbar unbehaglich zumute.

»Ich habe Herrn Schubert von den Vorgängen in Kenntnis gesetzt, weil er in seinen politischen Funktionen und Ämtern der erste und beste Ansprechpartner der Brigade ist. Wir haben keinen leichten Stand in der öffentlichen Meinung.«

»Das wird auch nicht besser, wenn wir feststellen, dass die Brigade versucht hat, die Aufklärung möglicher Straftaten von Soldaten zu behindern.«

Grewe stand aufrecht vor dem Schreibtisch.

»Aber … davon kann überhaupt keine Rede sein. Wir kooperieren. Ich habe doch selbst das größte Interesse …«

»Das finde ich auch. Und Sie sollten das immer im Blick haben.«, unterbrach Grewe den Oberst.

Es klopfte. Frau Kniehans.

»Hauptmann Rohmann, Herr Oberst.«

Pagels nickte. Grewe merkte, wie sich ein Schweißfilm auf seinem Rücken bildete.

Rohmann grüßte den stellvertretenden Kommandeur, dann gab er Therese die Hand, schließlich stand er neben Grewe.

»Guten Morgen.«

»Morgen. Schon mit dem Abgeordneten telefoniert heute?«

Es fühlte sich wie Unterzucker an, aber Grewe wusste, dass es beginnende Panik und Adrenalin war.

Rohmann lachte.

»Aber Herr Grewe, das sind doch Hintergrundinformationen, nicht ganz unwichtig für eine Lagebeurteilung. Aufklärung. Das haben Sie doch auch mal gelernt, oder?«

»Ich habe eine Menge gelernt, das meiste nachdem ich hier raus war.«

»Oh, das lag wohl an uns, dass Sie nicht so gut … zurechtgekommen sind, wie?«

Rohmann grinste.

Grewe hätte sich gerne den Mantel und das Jackett ausgezogen, die Krawatte runtergerissen und das Hemd gleich hinterher. Er fühlte Schweißnässe unter den Achseln und zwischen seinen Beinen.

»Sie waren, glaube ich, der einzige Abbrecher in Ihrem Kurs. Die anderen waren wohl ganz zufrieden mit unserer Ausbildung.«

Therese konnte sich nur mühsam davon abhalten, Grewe fragend anzuschauen. Was lief denn hier?

»Sie glauben das nicht nur, Sie wissen das ganz genau, Herr Hauptmann.« Grewe zwang das Zittern aus seiner Stimme. »Schade, dass Sie nicht mit allen sensiblen Personendaten so umsichtig sind wie mit denen von Soldaten, die möglicherweise in Straftaten verwickelt sind.«

Rohmann bewegte seinen Kopf langsam von oben nach unten und wieder zurück, schaute mit übertriebener Denkmimik zur Decke.

»Ich kann mich jetzt gar nicht erinnern, ob Sie gestern schon konkrete Vorwürfe erhoben haben«, er sah Grewe an, »nein, sicher nicht. Sie haben eher so haltlos in die Gegend verdächtigt. Und, wissen Sie was? Dabei erst habe ich mich wieder an Sie erinnert. Es war wie ein Déjà-vu.«

»Hauptmann Rohmann! Es reicht«, unterbrach Pagels. Doch Rohmann war in Fahrt.

»Damals, als Fähnrich mit Anfang zwanzig. Wie Sie da im Büro des Kompaniechefs gestanden sind, mit Tränchen in den Augen, und immer in meine Richtung gefuchtelt haben.« Er war Grewe noch näher gekommen, sprach schnell und prononciert, als hätte er die Rede geübt. »Buhuhuu, Herr Major, der Feldwebel hat mich gehauen. Ganz doll. Ich will ein Kommandosoldat werden, ein ganz harter Hund, aber der Feldwebel darf mich nicht hauen.«

»Rohmann!« Pagels war aufgestanden.

»Hören Sie doch auf zu kuschen, Herr Oberst«, Rohmann wurde laut, »der Kerl wollte damals unbedingt ein echter Fighter werden, aber er hatte nicht das Zeug dazu, er war ein Waschlappen. Und weil wir ihm das gezeigt haben, hasst er uns. So sieht's aus! Und ich stehe schützend vor meinen Männern, Männer die alles sind, was diese Pfeife damals sein wollte und einfach nicht geschafft hat. Er …«

»Halten Sie das Maul, Sie Drecksau!!« Grewe brüllte wie ein Tier. Therese versuchte, seinen Arm zu greifen, aber er entzog sich mit einer heftigen Bewegung.

»Ihr habt damals doch gar keine Ahnung gehabt, wie das gehen soll. Kommandoausbildung. Kommandosoldaten. Wenn ich das schon höre! Einen Scheiß habt ihr gewusst. Versuchskaninchen waren wir, sonst gar nichts. Ihr habt noch nicht mal einen Plan gehabt! Heute bisschen Überlebenstraining, morgen Skifahren, übermorgen mal schnell zum Gefangennahmekurs nach Weingarten. Und jeden Tag bist du fertiger und fertiger und fragst dich nur noch, wann endlich Schluss ist.«

Rohmann lachte laut.

»Ach du liebes bisschen! Sehen Sie, Herr Oberst, das ist das, was ich meine. Sie waren Freiwilliger, Grewe! Keiner hat Sie gezwungen. Wollten Sie nicht gleich Fernspäher werden? Ich hab Ihnen gesagt, komm erst mal in die Kommandokompanie, wenn du das gut schaffst, dann sehen wir weiter. Und da bist du schon gescheitert. Und dann abgehauen. Desertiert. Deine Oberfähnrichklappen hatte ich schon in der Schublade liegen. Und die Kommandierung zum Lehrgang in Fort Bragg war auch schon da. Danach haben sich alle die Finger geschleckt. Und da heulst du wegen ein bisschen in die Fresse.«

Grewe schluckte schwer. Er suchte nach einem Taschentuch, wischte sich den Schweiß aus dem Gesicht.

»Es war doch kein Krieg, es hatte überhaupt keinen Sinn. Es war es nicht wert.«

Rohmann schaute verächtlich.

»Dir war es das nicht wert. Den anderen schon. Und solchen Kerlen trittst du jetzt auf die Füße. Pfui Deibel.«

Rohmann ging mit knallenden Stiefelabsätzen ab.

Es blieb eine peinliche Stille. Pagels starrte auf seinen Schreibtisch.

Grewe suchte Thereses Blick. Sie sah ihn warm an.

»Lass uns eine Runde drehen.«

Grewe nickte, dankbar.

»Ich hab mich damals zuerst für zwei Jahre verpflichtet, Reserveoffiziersanwärter. Mein Vater war das auch gewesen, auch bei den Fallschirmjägern, und ich wollte ihm eine Freude machen. Wir hatten in den Jahren davor viel Krach miteinander, und ich wär eh zu den Fallis gegangen.«

Sie spazierten über das weitläufige Kasernengelände. Vor der Sporthalle stand eine größere Gruppe Soldaten, die meisten rauchten.

»Ich war schon ein Jahr dabei, da fingen sie an, sogenannte Kommandokompanien aufzustellen. So was gab's damals nicht in der Bundeswehr. Infanteristen, die speziell für den Kampf in kleinen Trupps, hinter den Linien und so weiter ausgebildet sind. Es gab nur die Kampfschwimmer und die Fernspäher. Die einen mehr so im Wasser, die anderen eben Späher, Kundschafter, aber keine Kampftruppen. Entsprach auch lange nicht der Verteidigungsdoktrin, Kommandos bei der Infanterie aufzustellen.«

Therese hielt Grewe mit einer Berührung am Arm auf.

»Lass das militärische Drumherum einfach weg. Was ist dir da passiert?«

Grewe dachte einen Moment nach, dann gingen sie langsam weiter.

»Ich hatte überlegt, länger zu bleiben und zu den Fernspähern zu gehen. Mein Gott, ich war damals total gut trainiert, ein zäher Spacken. Dachte ich. Na ja, und es war so, wie Rohmann sagte. Ich sollte erst mal in die Kommandokompanie und dann gucken. Die haben auch Wehrpflichtige genommen, es war keine so langwierige Ausbildung.«

Grewe blieb kurz stehen, schloss die Augen.

»Ich hab das bisher nur Stina im Detail erzählt.«

Therese nahm seine Hand, drückte sie. Er drückte zurück, und sie gingen weiter.

»Fing alles cool an. Mehr Sport als sowieso schon, machte mir ja Spaß. Ich durfte zum Freifalllehrgang, auch super. Dann Skifahren, abseilen, intensives Training Orts- und Häuserkampf, Geiselbefreiungen, Sprengstoff, Jagdkampf, Infiltrationstechniken. Na ja, wie im Film halt. Ich hab für acht Jahre unterschrieben, ich wollte es wissen. Die Offiziersausbildung ging zwischendurch immer ein Stückchen weiter, ich hab mich super gefühlt. War mit zwanzig Gruppenführer, Verantwortung und so weiter.«

Er kramte wieder nach dem Taschentuch, schaute es dann bloß an und steckte es wieder weg.

»Der Einzelkämpferlehrgang, von dem Radványi neulich sprach, am Sauwaldhof.«

Therese nickte.

»Da hab ich zum ersten Mal gezweifelt, ob ich die richtige Entscheidung getroffen habe. Aber ich hab bestanden, sogar mit ganz guten

Beurteilungen, und es gehörte dazu. Jeder Offiziersanwärter musste den damals machen.«

Grewe schlug den Kragen hoch, schmiegte seine Wangen in den Stoff, dann stieß er Luft aus und schüttelte sich.

»Die haben sich die entsprechenden Ausbildungen in anderen Nato-Armeen natürlich angeguckt. An der Fernspähschule in Weingarten lief das eh schon international. Wichtiger Bestandteil aller Kommandoausbildungen war der Komplex Gefangennahme, Verhör, Flucht. Du wirst eingesperrt mit einem Kameraden, sie nehmen dir alles weg, außer den Kleidern. Du hast keine Uhr mehr, musst die Zeiten abschätzen, um einen guten Fluchtzeitpunkt zu erwischen. Am besten nachts und nicht in einen Wachwechsel reinlaufen. Du kriegst die Gelegenheit und haust mit dem Buddy ab. Dann kommt die Fluchtphase. Überleben im Wald, laufen, verstecken, abwechselnd ruhen. Die sind immer hinter dir her. Zu Fuß, mal mit, mal ohne Hunde. Nachts kreist ein Helikopter tief überm Wald.«

»O Gott. Wie lange geht das?«

»Theoretisch, solange du ihnen entkommst. Praktisch bist du unter Beobachtung, und die bestimmen den Zeitpunkt. Zwei, drei Tage höchstens. Meistens haben sie einen dann schon in offenes Gelände abgedrängt, da kommen dann Jeeps auf dich zu, Männer raus, Hunde, hinlegen, durchsuchen, fesseln. Und dann kommt die zweite Gefangenschaft. Und die tut weh.«

Therese blieb stehen.

»Willst du's erzählen?«

Grewe sah sie an.

»Ja. Es ist Zeit dafür. Ich hab schon seit ein paar Tagen das Gefühl, euch alle zu betrügen.«

»Quatsch.«

Therese hakte Grewe unter und zog ihn vorwärts.

»Okay. Sie haben dich. Du wirst nackt ausgezogen, gefesselt. Bist in einer Art Bunker. Betonboden, Feuchtigkeit, Kälte. Du kniest, die Wand direkt vor dir. Sie haben dich noch mal eine Uhr sehen lassen, und du weißt, sie erwarten, dass du hinterher grob schätzen kannst, wie viel Zeit vergangen ist. Du wirst verhört, dein Buddy neben dir auch. Du sollst nichts sagen, nur deine Personenkennziffer, deinen Namen, deinen Dienstgrad. Mehr dürfen sie nicht fragen. Aber denen ist scheißegal, was sie dürfen. Sie schreien, drohen, schubsen. Geht alles noch, du hältst durch, ist eine Ausbildung, es kann ja nichts passieren. Sie lassen dich eine Weile allein mit dem Buddy. Dann kommt eine Frau rein. Guckt, höhnt ein bisschen rum von wegen kleiner Schwanz und so. Du starrst stur an die Wand. Dann reißt die sich plötzlich die Bluse auf, schreit, die anderen kommen rein, sie hysterisch, der hat mich angepackt, der Drecksack, und ehe du dich versiehst, schleifen sie deinen Buddy raus. Dann brüllen sie dich an, was dir einfällt, die Frau anzufassen. Und draußen hörst du Schläge und deinen Buddy schreien, es kann nur dein Buddy sein. Natürlich ist es jemand anderes, der schreit, ein Ausbilder, aber das kannst du jetzt schon nicht mehr richtig unterscheiden, Realität und Szenario. Du bist müde von der Flucht, total unterkühlt, zitterst.«

Therese merkte, dass ihr die Tränen kamen. Sie schluckte sie runter.

»Und dann verhandelst du. Er hat nichts gemacht, ich hab auch nichts gemacht, lasst ihn in Frieden. Dann geht ein Ausbilder raus und kommt wieder. Baut sich vor dir auf und sagt, also dein Buddy hat uns eben erzählt, dass du die Frau angefasst hast. Bums. Du denkst, nein, das hat er nicht, und wenn, dann nur, weil die ihn geschlagen haben. Aber Moment, die schlagen ihn doch nicht, ist doch 'ne Ausbildung. Ist doch alles Fake. Du denkst dir, Selbstbewusstsein, das brauchst du jetzt, einen klaren Kopf. Du sagst, nein, hat er nicht gesagt, er lügt nicht. Fehler. Der Ausbilder sagt, aha, dann lüge ich wohl? Du willst sagen, das habe ich nicht gemeint, aber in dem Moment hast du schon eine sitzen. Eine Ohrfeige. Zum ersten Mal seit wie vielen Jahren? Zum ersten Mal als erwachsener Mann kriegst du eine Ohrfeige. Du bist empört, da kriegst du gleich noch eine hinterher und noch ein paar drauf. Und da kriegst du Schiss. Weil sie dich noch nie, niemals angefasst haben beim Bund. Ein absolutes Tabu, total verboten. Aber die hier kümmert das nicht. Scheiße. Und dann fangen sie erst richtig an, dich zu vermöbeln.«

Sie kamen an einer Bank vorbei. Wie seltsam, eine Bank auf einem Kasernengelände.

»Wollen wir uns setzen?« Therese hielt seinen Arm fest untergehakt. Grewe nickte.

»Und dann?«

»Dann bringen sie dich raus. Schubsen dich durch den Flur, und du siehst in einer Ecke deinen Buddy. Er ist nicht gefesselt, es geht ihm super. Er trinkt Wasser und futtert einen Schokoriegel. Der Ausbilder friedlich neben ihm. Und du denkst, das war's, die Sau, der hat dich verraten.«

Grewe stützte seine Arme auf die Knie, legte sein Gesicht in die Handflächen.

Sie hörten Gejohle von der Sporthalle, ein Schwung Soldaten kam raus und machte das Victoryzeichen.

Therese wagte nicht, Grewe anzufassen, obwohl sie gerne über seinen Rücken gestrichen hätte. Er rieb sein Gesicht, als würde er es waschen, sein rechtes Bein zuckte im Stakkato auf und ab, er zog die Luft durch zusammengepresste Lippen und zitterte.

»Grewe. Grewe.« Sie flüsterte.

Er sah ihr in die Augen.

»Ich bin auf ihn losgegangen. Auf meinen Buddy. Ich habe ihm mit einem Kopfstoß das Nasenbein gebrochen und dann wie besinnungslos auf ihn eingetreten, als er am Boden lag. Er hatte sechs gebrochene Rippen, eine hat die Lunge perforiert. Es war knapp.«

»O mein Gott.«

Er fing plötzlich an zu schluchzen. Therese legte vorsichtig eine Hand auf seinen Rücken, strich langsam darüber, er weinte heftiger.

Sie umarmte ihn, er presste sich an Therese, weinte und weinte. Es schien nicht mehr aufzuhören.

Nach schier endlosen Minuten stemmte Grewe sich langsam hoch, fummelte das Taschentuch aus dem Mantel und schnäuzte sich.

»Es gab keine Disziplinarstrafen, nichts. Ich habe einen Antrag gestellt und bin vorzeitig entlassen worden, mit vorgeschobenen Gründen, die mir im Zivilleben keine Probleme bereiten sollten. Die ganze Ausbildung stand ja auf wackeligen Füßen, keiner wollte da Wind drum machen. Der Ausbilder war zu weit gegangen, eigentlich hätte er das Training mit uns gar nicht machen dürfen, das durften damals nur Angehörige des Special Air Service, die in Weingarten unterrichtet haben. Aber er hat nur gesagt, das sind meine Männer, und ich bilde die auch aus.«

Therese fröstelte.

»Und das war Rohmann?«

»Ja. Das war Rohmann.«

Sie saßen noch ein paar Augenblicke auf der Bank, Therese hatte den Arm um Grewe geschlungen.

»Männer sind wirklich seltsam.«

Grewe lachte. Endlich.

»Bevor sie Männer werden, ja.«

»Bei manchen dauert das ewig. Und manche schaffen es gar nicht.«

Sie strich ihm über den Kopf. Er seufzte.

»Ich denke so oft über Robert nach. Ob ich ihm das Richtige beibringe. Ob ich ihm überhaupt was beibringe.«

»Du machst das ganz gut. Und außerdem ist ja Stina da.«

»Ja. Stina.«

Sie standen auf.

»Lass uns in die Halle gehen, Therese. Arbeiten.«

»Moment.« Sie hielt Grewe in der Bewegung auf.

Er schaute sie an. Sie nahm seine Hände und hielt sie.

»Du bist ein toller Mann. Gerade weil du an dir zweifelst.«

Grewe hatte einen dicken Kloß im Hals.

»Und du, Therese …«

Sie hielt ihm den Mund zu und flüsterte: »Ich weiß.«

Dann grinste sie breit.

»Ich weiß genau, dass das keine Pistole in deiner Hose ist, sondern dass du dich freust, mich zu sehen.«

Sie drehte sich um und lief in Richtung Sporthalle. Als er gerade hinterherlaufen wollte, klingelte sein Handy.

25

In der Sporthalle war reger Betrieb. Soldaten saßen an Tischen, wurden befragt. Beamte tippten Protokolle in Laptops. Therese blieb in der Eingangstür stehen und wartete auf Grewe. Er telefonierte. Jetzt sah er sie stehen und setzte sich mit dem Handy am Ohr in Laufschritt. Etwas war passiert, das sah sie an seinem Gesicht.

Therese ging auf Grewe zu.

Der sagte »Danke«, beendete das Gespräch und steckte das Telefon in die Manteltasche.

»Perschel ist aufgetaucht. Lebend.«

»Was?«

Grewe zog sie am Arm zur Seite.

»Er lag an einer Bushaltestelle Ortsausgang Großbleidesdorf. Eingewickelt in eine Wolldecke und Rettungsfolie, trotzdem total unterkühlt, apathisch. Schulkinder haben ihn gefunden, kurz danach kam der Bus, der hat einen Notarzt gerufen, und im Krankenhaus war ein Pfleger erstens schnell im Kopf und hatte zweitens Zeitung gelesen. Es sind schon Kollegen dort gewesen, es ist eindeutig Perschel, aber er ist ohne Bewusstsein, muss ruhen. Mittelgradige Hypothermie, dazu die Gesichtsverletzungen. Dem Notarzt hat er aber noch was von ›verfickte Soldatenarschlöcher‹ und ›scheißkalte Hütte‹ und ›ein Killer, ein echter Killer‹ vorgefaselt.«

Therese verzog das Gesicht.

»Was soll das alles sein?«

Grewe machte einen Rundblick, dann beugte er sich näher zu Therese.

»Großbleidesdorf grenzt unmittelbar nördlich an den Truppenübungsplatz. Ich kenne sogar die Bushaltestelle. Bei Durchschlagübungen gab's immer wieder so Schlaumeier, die von da mit dem Bus bis kurz vor die Kaserne gefahren sind, statt zu laufen. Von da aus sind's knapp zehn Minuten zu Fuß zu einem Gehöft, das als Übungsstellung genutzt wird. Betonböden, Betonwände, offene Fensterhöhlen, keine Türen. Und da ist außerhalb von Grundausbildungen nie jemand. Ideal zum Verstecken und jetzt todsicher eine ›scheißkalte Hütte‹.«

»Was sollen wir machen?«

»Ich denke, wir lassen hier alles weiterlaufen und fordern Verstärkung an. Wir gucken nach.«

»Aber wenn der denen abgehauen ist, dann sind die doch auch weg?«

»Ich glaub nicht, dass er abgehauen ist. Jemand hat ihn richtig fest in die Decken eingepackt, sagte der Kollege. Und dieser Jemand hat Perschel dort abgelegt, damit er gefunden wird.«

Therese nickte.

»Aber wer?«

»Ich weiß nicht. Für mich steht außer Frage, dass für den Überfall und die Entführung nur Soldaten dieser Einheit infrage kommen. Ob die irgendwas aus ihm rausgeprügelt haben? Ein Geständnis bezüglich Rems? Und ihn dann einfach da abgelegt haben?«

»Von wegen Mission accomplished?«

Grewe zuckte mit den Schultern.

Therese dachte nach.

»Aber dann sind sie auch weg. Vielleicht finden wir wenigstens Spuren, Beweise für die Entführung.«

»Ja, das zumindest. Oder …«

Grewe zögerte, war das jetzt ein dummer Gedanke?

»Was? Sag einfach.«

»Vielleicht ist es wie mit Celik und den Rockern. Jemand hatte die Soldaten wegen der Entführung auf dem Kieker und, siehe da, befreit Perschel.«

»Aber wenn das welche von seinen Jungs gewesen wären, hätten sie ihn mitgenommen und nicht irgendwo in die Landschaft gelegt.«

»Das stimmt. Heißt, es gibt möglicherweise noch eine weitere Partei im Spiel.«

Grewe rieb sich die Stirn, das ganze Gesicht. Kopfschmerzen waren im Anflug, er hatte Hunger, und war übermüdet.

»Herrgott noch mal, ist das alles kompliziert.«

Therese sah zu, wie Grewes Gesicht vom Reiben immer röter und röter wurde. Er sah nicht gut aus, immer noch verheult und müde. Sie hatte ihn in all den Jahren eigentlich immer eher gelassen erlebt, abgeklärt, gefestigt. Sicher, er hatte eine explosive Seite, was man auf den ersten Blick nicht glauben wollte, aber die zeigte sich eher privat, sehr selten nur im Job.

Dieser Fall nahm ihn wirklich mit. Die Erinnerungen mussten ihn furchtbar gequält haben. Würde es ihr auch so gehen mit ihren Erinnerungen? Auf jeden Fall konnten sie nicht ewig hier stehen und überlegen, sie mussten etwas entscheiden. Therese erwischte den Zipfel eines Gedankens und hielt ihn fest, zog ihn näher zu sich.

»Grewe?«

»Ja?«

»Wenn wir davon ausgehen, dass einige der Entführer jetzt gerade hier in der Kaserne sind und wir weiter davon ausgehen, dass niemand weiß, dass Perschel schon frei ist, außer die Entführer haben ihn selbst freigelassen …«

»Ja?«

»Dann müsste doch in diesem angenommenen Fall jemand hier aufgeschreckt werden durch die Nachricht, dass Perschel wieder da ist, oder?«

»Das stimmt. Ja.«

»Wenn wir also zu diesem Haus fahren und wirklich Anzeichen finden, dass Perschel dort festgehalten wurde, dann wäre es doch sinnvoll, die frohe Botschaft zu streuen und dort abzuwarten, ob dort jemand nachgucken kommt.«

Sie sah Grewe an, zweifelnd, ob das eine gute Idee war.

»Aber wenn die schon längst wissen, dass ihnen jemand Perschel geklaut hat und das heute einfach überspielen?«

»Na, dann erzählt uns vielleicht morgen oder übermorgen Perschel, was passiert ist, oder wir stoßen heute auf Kameraden, die ein bisschen ramponiert sind, weil sie den Rocker nicht freiwillig hergegeben haben, oder wenn die ramponierten heute fehlen, dann kriegen wir das auch mit … Ach, ich weiß doch auch nicht. Wir müssen irgendetwas tun, findest du nicht?«

Grewe lächelte sie an.

»Doch. Absolut. Wir haben nichts zu verlieren. Vielleicht ist das jetzt eine Chance. Ich rufe Kertsch an.«

»Gut.«

Zehn Minuten später saßen sie im Wagen, Kertsch hatte ihnen das MEK zugesagt.

Estanza war im Stress. Er sprang zwischen den einzelnen Teams hin und her, überflog immer wieder die Protokolle, wies auf einzelne Punkte hin, die beim nächsten Kandidaten nachgeprüft werden sollten, und versuchte, sich im Kopf ein Gesamtbild zu bauen. Keiner dieser Leute hier konnte etwas mit Rems' Tod zu tun haben. Sie hatten alle großen Respekt vor ihm gehabt. Alles zeigte in Richtung Drogen oder Rocker. Nur hatte niemand etwas Konkretes zu erzählen. Mit der Afghanistankompanie waren sie bald durch, dann mussten sie mit dem Unteroffizierskorps weitermachen. Ein Wahnsinn war das hier.

Afghanistan muss ein Albtraum gewesen sein, vier Tote, zwei Schwerverletzte, einer davon Rems, der andere ein afghanischer Übersetzer. Und der Junge.

Was für eine Riesenscheiße.

Estanza sah Fuchs aus einer Ecke winken, er stand neben dem Feldjägerboss, vor ihnen lagen die beschlagnahmten Unterlagen. Estanza musste einen Umweg machen, der direkte war von Tischen versperrt.

Als er gerade am Halleneingang vorbeikam, hielt ihn ein grauhaariger Offizier auf.

»Ja?«

»Sagen Sie mal, ich suche Ihren Chef? Wo ist der denn hin?«

»Sorry, das weiß ich im Augenblick auch nicht.«

Estanza ging weiter zu Fuchs, der Offizier blieb unentschieden stehen.

»Was gibt's?«

Fuchs grinste mal wieder breit.

»Der Herr Major hat ein paar ganz interessante Sachen in den Unterlagen gefunden. Herr Major, würden Sie meinen Kollegen aufklären?«

Der Feldjäger nickte und griff nach dem Wachbuch.

»Okay, Folgendes …«

Derksen hatte mit seinem MEK am Eingang zum Truppenübungsplatz schon auf Grewe und Therese gewartet. Sie hatten die Autos abseits geparkt und Grewes Ausführungen angehört, dann waren sie zu Fuß losgegangen.

Sie hatten sich vorsichtig dem Gehöft genähert. Es war viel Freifläche um das Gebäude, voller Schneematsch, und sie mussten ein ganzes Stück entfernt im Wald bleiben, weil sie sonst zu sehen waren. Zwei Mann arbeiteten sich langsam im einzigen toten Winkel an das Gehöft heran, spähten vorsichtig hinein und schlichen dann wieder zurück.

Grewe spürte den Vibrationsalarm seines Handys und fummelte es nervös aus der Manteltasche.

Estanza.

Grewe flüsterte: »Warte, bleib dran.«

Dann lief er in gebückter Haltung außer Hörweite des Gehöfts.

»So, alles klar. Wir sind auf dem Übungsplatz, ich erklär's dir gleich, aber sag erst, warum du anrufst.«

Er hörte sich Tonys Bericht an.

»Das sind perfekte Nachrichten, Tony.«

Aus dem Augenwinkel sah Grewe, dass die beiden MEK-Jungs, die bei der Hütte waren, offensichtlich auch wichtige News hatten. Derksen schickte sie gerade zu Grewe rüber.

»Warte, Tony. Bleib dran.«

Die zwei Beamten waren jetzt da.

»Also, Grewe. Da drin sitzen zwei Männer gefesselt auf dem Boden, ich würde sagen, Allgemeinzustand gut, die halten das noch ein paar Minütchen aus.«

»Was haben die an?«, wollte Grewe wissen.

»Jeans und Parkas beide, einer hat Bergstiefel an, der andere hat die Füße in 'ne Decke gewickelt.«

»Bingo. Der ist denen geklaut worden. Bin gleich bei euch.«

Die MEK-Jungs nickten und machten sich leise auf den Rückweg.

Grewe konnte ihr Glück nicht fassen.

»Tony? Ah gut, pass auf, folgendes Programm …«

Estanza hörte zu, was Grewe zu sagen hatte, machte große Augen, nickte.

»Alles klar, Chef, mach ich. Ciao.«

Er beendete die Verbindung und ließ den Blick durch die Halle schweifen. Der Offizier war noch da. Gut. Dann würde er mit dem anfangen. Tony ging lächelnd auf ihn zu.

»Ach, Entschuldigung, Sie hatten doch nach meinem Chef gefragt. Also, wir hatten einen Anruf, dieser Perschel ist aufgetaucht. Herr Grewe ist auf dem Weg zu ihm.«

Der Offizier sah überrascht aus, lächelte dann aber gleich.

»Na, das ist doch wunderbar, dann klärt sich das alles hier«, er ließ seine Hand über die gesamte Halle streifen, »ja jetzt auf.«

»Genau, das denke ich auch.« Estanza guckte so naiv wie möglich. Der Soldat nickte.

»Dann werde ich die frohe Botschaft mal gleich Oberst Pagels überbringen.«

Er machte kehrt und ging mit strammem Schritt aus der Halle.

Estanza sah ihm nach. Der lief mit ganz schön eingeklemmtem Schwanz, als müsste er flott aufs Klo. War gleich der Erste schon ein Treffer?

Tony ging ihm im Abstand nach.

Tatsächlich, der Typ dachte überhaupt nicht dran, ins Stabsgebäude zu gehen, der marschierte stracks auf einen alten Landrover zu und fuhr los.

Grewe saß neben Derksen, er hatte sein Mobiltelefon in der Hand. Es kam eine SMS. Estanza. Grewe las und tippte Derksen auf die Schulter.

»Anscheinend ist einer auf dem Weg hierher.«

»Okay.« Derksen nickte und scannte die Örtlichkeit.

»Also uns bleibt nichts, als hierzubleiben. Wenn ich das beim schnellen Blick auf die Karte richtig gesehen habe, müsste er von dort drüben kommen. Dann sind wir hier safe. Für den Zugriff können wir nur kavalleriemäßig rennen wie die Doofen.«

Das war knapp und treffend zusammengefasst. Sie gingen alle in Deckung. Es dauerte nicht mal fünfzehn Minuten, da bog ein verbeulter

Landrover aus dem Wald südlich des Gehöfts, fuhr in einem Bogen vor das Haus, und Rohmann sprang aus dem Wagen.

Er schaute weder links noch rechts, sondern stürmte sofort ins Haus.

Derksen sah Grewe an, der nickte.

Das MEK rannte mit gezogenen Waffen los, Grewe und Therese mit etwas Abstand dahinter. Am Gebäude scherten drei Mann aus und sicherten die größten Fenster, dass dort keiner raushüpfen konnte, Derksen und das Gros stürmten unter lautem »Polizei, nehmen Sie die Hände hoch«-Gebrülle das Haus.

Als Grewe und Therese reinkamen, lag Rohmann auf dem Bauch, ein Beamter saß auf ihm, Rohmanns Arm in einer unnatürlich wirkenden Position eingeklemmt.

Die beiden anderen Soldaten waren ja praktischerweise schon gefesselt.

Jetzt wurden sie allerdings befreit, Rohmann durfte auch aufstehen.

»Tja, Herr Hauptmann. Da haben Sie wohl die Nerven verloren, wie?«

Rohmann sah Grewe voller Verachtung an.

Die zwei ehemaligen Gefangenen hatten höllischen Durst und machten überhaupt einen erschöpften Eindruck.

Grewe löste sich von Rohmann und wandte sich an Derksen. »Ich schlage vor, wir machen uns auf den Weg in die Körner-Kaserne. Dort kann sich der SanBereich gleich um die beiden kümmern.«

Derksen nickte und schickte ein paar seiner Leute los.

Grewe griff nach dem Handy. Es gab jetzt eine Menge zu organisieren.

Eineinhalb Stunden später war die Sporthalle in eine provisorische Einsatzzentrale verwandelt, die ursprünglichen Vernehmungen waren gestoppt worden. Estanza, Claudi und Fuchs befassten sich mit den mittlerweile einigermaßen wiederhergestellten Perschel-Entführern; im Besprechungsraum des Brigadestabs saßen Pagels, Rohmann, Grewe, Therese und Kertsch.

»Major Hielscher von den Feldjägern hat uns eindeutig belegt, dass sowohl das Wachbuch als auch die Unterlagen der Waffenkammer manipuliert worden sind. Der Dienstplan der Waffenkammer ist unkorrekt, die eigentlich diensthabenden Soldaten sind von dem verantwortlichen«, Grewe sah in die Akte, »Oberfeldwebel Streuer auf Ihre Anweisung hin früher nach Hause geschickt worden. Sie konnten also bequem Waffen, Munition und Holster entnehmen und nach der Entführung wieder zurückbringen. Ihr Passieren der Wache mitten in der Nacht ist zunächst als ungewöhnlich protokolliert worden, der OvWa hat aber nachträglich diese Bemerkung gestrichen. Von Ihrem Auftauchen an der alten Hütte, nachdem ich Sie gezielt habe über Perschels Auftauchen informieren lassen, wollen wir gar nicht reden.«

Rohmann saß mit verschränkten Armen da, Pagels war fassungslos.

»Hauptmann Rohmann, das sind ungeheuerliche Vorgänge.«

Rohmann starrte die Wand an.

Grewe beugte sich zu ihm hinunter.

»Rohmann. Sie halten sich doch so viel auf Ihr Kameradschaftsempfinden zugute. Für Sie ist das hier gelaufen, Sie werden zur Verantwortung gezogen werden, Ihre Laufbahn beim Bund dürfte zu Ende sein. Aber für den einen oder anderen Ihrer jungen Feldwebel ist vielleicht noch Ein-blaues-Auge-und-gut-ist drin. Wenn Sie sich zu Ihrer Verantwortung bekennen. Die Tatsache, dass jemand, der Bescheid wusste, Perschel aus der Gewalt Ihrer Truppe befreit hat, muss Ihnen doch sagen, dass da zumindest einer von Ihren Jungs Zweifel hat.«

Rohmann sah Grewe an.

»Das können Sie sich abschminken. Die Jungs stehen alle hinter mir.« Er beugte sich vor. »Aber wenn Sie dann ruhiger schlafen können, nehme ich gerne alles auf meine Kappe. Das hier«, damit sah er zu Pagels, »ist eh nicht mehr meine Armee. Drauf geschissen.«

Estanza juckte es schon gewaltig in der Hand. Diese zwei Feldwebel da waren ein paar Jährchen jünger als er, nur weil sie in Afghanistan waren, fühlten sie sich ihm so was von überlegen. Fuchs ging souverän damit um, immerhin schien Älterwerden durchaus Vorteile zu haben. Claudi nahm's mit weiblichem Sarkasmus, und Estanza hatte das Gefühl, das provozierte die Kerle ein bisschen. Von einer hübschen Blondine mit frischen Backen wollten sie sich nicht frech angrinsen lassen.

Er tippte Fuchs unterm Tisch ans Bein und schoss dann scheinbar unmotiviert mit einem »Ich hör mir die Scheiße nicht länger an, soll sich doch die Kollegin mit den Bubis rumärgern« davon. Fuchs würde schon verstehen, wie er das meinte.

Tony wollte eine kleine Runde in der frischen Luft drehen, da sah er vom Stabsgebäude her Grewe, Therese und diesen Rohmann anmarschieren.

Mit einem knappen »Komm mit, Tony«, ging Grewe an ihm vorbei in die Halle, Estanza schloss sich an.

Rohmann sagte auf dem Weg: »Ich will erst kurz allein mit den Jungs reden«

Grewe lachte böse.

»So weit kommt's noch. Sie können denen hinterher erzählen, was Sie wollen, aber erst machen die ihre Aussage.«

Rohmann spannte die Kiefermuskeln, aber dann trat er an den Tisch.

»Männer, ich habe die Verantwortung für die Aktion übernommen und werde weitgehend aussagen. Ich empfehle euch, mit der Polizei zu kooperieren. Dann geht's vielleicht für den einen oder anderen glimpflich ab.«

Die zwei sahen ihn an wie einen Gott, einer hatte tatsächlich Tränen in den Augen.

»Na los, macht schon. Ihr habt euch nichts vorzuwerfen.«

Rohmann nickte den Soldaten noch mal zu, Grewe verdrehte die Augen nach oben, dann griff er einen Stuhl, klemmte sich den verkehrt herum zwischen die Beine, setzte sich und legte die Arme auf die Rückenlehne.

»Was mich momentan am meisten interessiert, ist nicht der Überfall und die Entführung, sondern, wer euch Perschel wieder weggeschnappt hat.«

Die beiden sahen ihn an, dann Rohmann, dann sich, dann wieder Grewe. Einer der beiden entschloss sich endlich.

»Das war der Oberleutnant Heinrich.«

»Was? Spinnt ihr?« Rohmann war ehrlich erschrocken.

»Nein, Herr Hauptmann, das war ganz eindeutig Heinrich. Sah ziemlich fertig aus und hat uns trotzdem so schnell alle gemacht, da konnten wir gar nicht gucken. Mich hat der draußen beim Pissen erwischt, und dann ist er gleich rein. Das ging so verflucht schnell, der hat …«

Grewe unterbrach.

»Details später. Wer, verdammt noch mal, ist dieser Oberleutnant Heinrich?«

Rohmann war jetzt blass.

»Wir sollten das in meinem Büro klären, ich muss Ihnen da Unterlagen zeigen.«

Sie hatten Oberst Pagels und Kertsch wieder dazugeholt. Die beiden überfallenen Kidnapper saßen auch in der Ecke. Major Radványi kam ebenfalls dazu, mit einer Personalakte unter dem Arm.

Pagels war dem Ende nahe. »Ich drehe durch, ich drehe jetzt gleich total durch. Rohmann, was ist denn in Sie und diese ganzen Feldwebel gefahren, sind Sie alle komplett irre geworden? Was soll das heißen, Oberleutnant Heinrich stolpert über unseren Übungsplatz, wo er eigentlich in Calw sein soll? Und Sie wissen, dass er seit mehr als drei Wochen abgängig ist, ich aber nicht?« Schlagartig wurde der Oberst vom Hals aufwärts knallrot, dann brüllte er los: »Was zur Hölle glauben Sie eigentlich, was das hier ist? Hä? Das ist die deutsche Bundeswehr, eine Parlamentsarmee auf dem Boden der Verfassung, wir sind doch hier nicht die … Delta Force oder so was!! Wollen Sie als Nächstes einen Bundeskanzler erschießen, der Ihnen nicht passt? Wie??«

Pagels trat gegen einen Papierkorb, der flog quer durch den Raum, knapp an Radványi vorbei. »So eine …« Pagels holte noch mal tief Luft und brüllte dann langgezogen: »Scheiiiiißßßßeeeee!!!!«

Dann atmete er schwer ein paarmal und setzte sich hin. Er strich seine Haare wieder glatt und murmelte: »Tut mir leid, aber das musste jetzt mal sein.«

Es herrschte betretenes Schweigen im Raum, dann räusperte sich Kertsch.

»Herr Oberst, Sie haben mein Mitgefühl.« Wer ihn gut kannte, hörte durchaus ein leises Lächeln in seiner Stimme.

Oberst Pagels kannte ihn aber glücklicherweise nicht.

»Danke. Das ist sehr nett von Ihnen.«

Grewe guckte zu Kertsch, der schlug die Augen nieder als Zeichen des Einverständnisses.

»Gut, dann wollen wir mal loslegen. Herr Hauptmann, setzen Sie uns selbständig in Kenntnis, oder müssen wir Ihnen alles aus der Nase popeln?«

Rohmann guckte genervt und fing dann an.

»Oberleutnant Heinrich war der Einsatzoffizier der Kompanie, mit der Rems zuletzt in Afghanistan gewesen ist. Ein sehr guter Soldat, ein sehr guter junger Offizier. Er befand sich im Wirkungsbereich der Explosion, die Rems die Beine abgerissen hat; allerdings ist direkt hinter ihm der afghanische Sprachmittler gegangen, und der hat alles abgekriegt. Heinrich war nur leicht verwundet.«

»Was genau war das für ein Anschlag?«, unterbrach Grewe.

»Die Kompanie war auf dem Rückweg von einer Patrouille. Im Nichts hat plötzlich ein Junge gestanden, angekettet an seinen eigenen Vater, der tot neben ihm gelegen hat. Der Junge hatte ’ne Sprengstoffweste um, aber nicht freiwillig. Rems hat ihm die Hände gehalten, damit er nicht aus Erschöpfung die Zünder loslässt, der stand nämlich schon lange da. Die EODs haben den Sprengsatz entschärft, alles o. k.«

Rohmanns Blick war weit weg.

»Und dann?«

Rohmann zog Luft durch die Nase.

»Dann? Wollten sie die Leiche von dem Vater mitnehmen, damit die Familie ihn bestatten kann.« Rohmann sah Grewe an. »Unter der Leiche war ’ne MS 3, eine Mine mit Entlastungszünder versteckt.«

Die Polizisten sahen ihn fragend an.

»Der Zünder liegt unter der Deckelplatte, die Mine wird belastet, der Zünder gibt den Sicherungsstift frei, und den zieht man raus. Dann ist das Ding scharf. Wenn man die Last von der Mine nimmt, setzt sie um.«

»Eine Tretmine?«, fragte Kertsch.

»Nein. Das wird immer falsch dargestellt. Das funktioniert nicht nur mit Drauftreten und Runtergehen. Der Sicherungsstift muss erst gezogen werden, und das geht nur, wenn der Zünder schon nach unten gedrückt ist. Tretminen gehen direkt los, wenn man sie belastet.«

»Wofür benutzt man denn solche Minen?«

»Zur Aufnahmesicherung. Sie legen ein Feld von Minen mit Erschütterungszündern, klassisch. Unter ein paar von denen legen sie MS 3, scharf. Wenn jetzt ein EOD kommt, eine von den gesicherten Minen entschärft und wegnehmen will, dann rumst die MS 3 darunter los und jagt das ganze Minenfeld hoch.«

Therese lief ein Schauer über den Rücken. Was sich Menschen so ausdachten …

»Jedenfalls hatte der Junge das gar nicht mitbekommen, dass die Kerle unter seinem Vater so ein Ding versteckt haben, der war mit sich selbst beschäftigt. Die hatten gerade seinen Vater umgelegt und waren dann dabei, ihm die Weste umzubinden. Tja.«

Es war sehr still.

»Die zwei Mannschafter, die den Vater gerade in den Bodybag packen wollten, waren sofort weg. Die zwei EODs daneben sind innerhalb von zehn Minuten verstorben. Die Sanis konnten nichts mehr machen, außerdem standen die selber unter Schock, waren bloß fünfzig Meter weg vom großen Rumms. Der Sprachmittler, der Junge und Rems mussten nach Mazar-i-Sharif ausgeflogen werden, und Heinrich hatte tatsächlich bloß einen Schock und ein paar Kratzer.« Rohmann zögerte.

»Mh-mm. Ja?« Grewe hatte einen Frosch im Hals.

»Heinrich hat bei einem Einsatz ein paar Jahre vorher schon mal so eine Sache überlebt. Als Einziger.«

Grewe spürte ein Kribbeln im Bauch.

»Was war danach mit ihm?«

Rohmann sah aus dem Fenster.

»Heinrich hat das gut verpackt. Auch beim zweiten Mal. Er hat sich um Rems gekümmert, hat ihn oft besucht. Der ist ein Typ, der immer nach vorne guckt.«

Pagels schaltete sich ein.

»Das kann ich bestätigen. Oberleutnant Heinrich ist ein sehr belastbarer und leistungsfähiger Mann. Top ausgebildet. Das einzige Problem, das er hat, ist die Laufbahn.«

»Die Laufbahn?«, fragte Grewe.

»Na ja, er ist Offizier ohne Studium. Wollte er nicht. Er war der Meinung, als Infanterist brauche man kein Studium. Aber er hat nicht an später gedacht.«

»Nach dem Bund, meinen Sie?«, fragte Kertsch.

»Ja, auch das. Aber vor allem wollte er gerne Berufssoldat werden. Das ist aber für einen Offizier ohne Studium nahezu ausgeschlossen. Und seine Verpflichtungszeit läuft in eineinhalb Jahren ab.«

»Aha. Und dann?« Grewe sah Pagels mit nervöser Gespanntheit an.

»Wir haben einen Alternativplan entwickelt. Mit Hauptmann Rohmann.«

Grewe sah zu Rohmann.

»Er soll zum KSK. Kommando Spezialkräfte. Er ist qualifiziert dafür, und wenn er da angenommen wird, wird er automatisch Berufssoldat.«

»Das soll die Risiken ein bisschen abfedern. Die Regelung ist noch nicht so alt.« Pagels klang ein wenig heiser.

»Er sollte jetzt eigentlich in Calw beim Auswahlverfahren sein. Das geht ein paar Wochen.«

»Aber?« Grewe wurde ungeduldig.

»Er ist vor über drei Wochen da abgehauen. Beim ›Run‹.«

»Beim was?«

»Mein Gott. Flucht, Gefangennahme und Verhör. Combat Survival Course.«

»Das macht Ihr immer noch?« Grewe war entsetzt.

Rohmann fuhr auf.

»Wenn wir Leute in solche Einsätze schicken, wie das KSK sie macht, dann müssen die auf so was vorbereitet werden. Es gab da noch nie solche Probleme wie mit Ihnen.«

Grewe lachte sarkastisch.

»Nein, nur ein Topoffizier mit PTBS, der plötzlich weg ist und verwildert hier aufkreuzt.«

»Heinrich hat keine PTBS! Er ist tough, er …«

»Hören Sie endlich auf, Rohmann.« Pagels war sauer. Er sah Grewe in die Augen.

»Es gab … Auffälligkeiten bei Oberleutnant Heinrich. Im psychischen Bereich. Nach dem Anschlag.«

»Dem ersten oder dem zweiten?«, fragte Grewe nicht ohne Hohn.

»Schon nach dem ersten« Pagels hatte den Kopf gesenkt. »Heinrich hat einem Kameraden, der in seinen Armen starb, das Gesicht zertrümmert, nach dem Tod. Der Truppenpsychologe hielt es für nicht normal, dass er dann später so scheinbar ungerührt war. Er plädierte für eine gründliche Untersuchung und Therapie. Aber Heinrich wollte das nicht, und wir fanden, dass man ihn in Ruhe lassen soll. Und dann ging es ihm ja auch blendend.«

Grewe verschränkte die Arme und schüttelte den Kopf.

»Er hat vorbildlich Dienst gemacht, alle Lehrgänge mit Auszeichnung abgeschlossen. Er ist ein Elitesoldat.«

»Herr Oberst, was war nach dem zweiten Anschlag?«

Pagels wand sich.

»Im Prinzip das Gleiche. Nach der Heimkehr war er ein paar Wochen im Bundeswehrkrankenhaus, Psychotherapie. Nach der Rückkehr in den Dienst hat er sich ungerührt gegeben, wollte über die üblichen Debriefingsachen hinaus nichts unternehmen, sagte, es gehe ihm gut, und kümmerte sich um Rems. Aber er hat sich, genau wie nach dem ersten Anschlag, von seiner Freundin getrennt. Überhaupt hat er sich abgekapselt, das muss man in der Rückschau einfach sagen, vor allem, nachdem der mit ihm befreundete Kompaniechef zum Generalstabslehrgang gegangen ist. Aber dann kam die Idee mit dem KSK, und er hat trainiert wie verrückt. Die Anforderungen sind da extrem hoch.«

Jetzt war es an Grewe, fassungslos zu sein.

»Ist das die Art Soldat, die Ihnen für ein Elitekommando so in den Sinn kommt? Traumatisierte Einzelgänger mit sozialen Problemen?«

Rohmann machte eine wegwerfende Handbewegung.

»Was, Rohmann? Was?« Grewe wurde sauer. »Ihr produziert Psychopathen, um Krieg zu führen.«

Rohmann lachte laut.

»Wer hat denn hier einen Kameraden ins Krankenhaus geprügelt? Hä?«

Grewe wollte am liebsten auf Rohmann einschlagen, hielt sich aber mit aller Gewalt zurück. Er atmete tief und dachte nur, halt ruhig, halt ruhig. Er schloss kurz die Augen, während Rohmann weiter lachte.

Und dann war da ein schmaler Lichtstreif vor Grewes Augen. Er sah seinen Buddy, wie er trank. Und spürte die Wut.

Grewe hatte den Buddy verantwortlich gemacht für die Quälerei, für den Schmerz. Dabei konnte der nichts dafür.

Und Heinrich?

Heinrich hatte überlebt, unversehrt, aber mit schlechtem Gewissen. Und Rems? Ein Krüppel, der sein Leben wegwarf. Konnte es das sein? Kälte und Wut. Der eine, tödliche Stich ins Herz und die vielen, überflüssigen in den ganzen Oberkörper. War es das?

»Seit wann genau ist Heinrich weg?«

Rohmann sah in die Akten.

»Seit der Nacht vom neunten auf den zehnten. Er hat seinen Buddy im Schlaf allein gelassen, und seitdem ist er weg. Das KSK hat ihn erst im Gelände gesucht, die haben natürlich gedacht, der liegt irgendwo verletzt. Sogar mit Wärmebild haben sie gesucht, aber nix. Dann ist es an die Feldjäger raus, die haben hier nachgefragt. Danach ist es an die Polizei in Calw gegangen. Seitdem habe ich nichts Neues mehr.«

Grewe dachte nach. Er sah Kertsch an, Therese. Sie warteten auf seine Meinung dazu.

»Wie auch immer, er ist jetzt hier, und irgendwas ist nicht okay mit ihm. Wir müssen ihn finden. Herr Kertsch, kriegen wir die ganze Hundertschaft hierher?«

Kertsch nickte.

»Gut. Ich denke, er ist auf dem Gelände des Übungsplatzes. Vielleicht haben ihn Ihre Leute«, er sah erst Rohmann an, dann die beiden jungen Feldwebel, »aus dem Gehöft verjagt. Wir bilden eine Kette um das Gelände und kämmen alles durch.«

Rohmann sah immer noch in die Akte. Einer der Feldwebel hüstelte.

»Da ist noch was.«

Grewe sah ihn an. »Ja?«

»Er hat die Waffe.«

Rohmann ließ den Kopf nach unten sinken und murmelte etwas Unverständliches.

Grewe fuhr ihn an.

»Dürfen wir an Ihren Gedanken teilhaben?«

Rohmann pustete Luft aus.

»Ich hatte den Kameraden eine Waffe dagelassen. Eine private, von mir, legal und angemeldet. Heinrich hat die mitgenommen.«

»Was für eine Waffe?«

»Ein M1 Garand, US-Halbautomatikgewehr, Baujahr vierundfünfzig. Mit sechs Achter-Clips Munition, insgesamt achtundvierzig Schuss.«

Grewe sah Kertsch an.

»Dann brauchen wir wieder das MEK und sollten auch das SEK anfordern.«

Kertsch nickte wieder.

Pagels räusperte sich.

»Da es sich um militärisches Gebiet handelt, kann ich Ihnen problemlos die Unterstützung der Brigade anbieten, Personal, Material. Was Sie brauchen.«

Grewe sah Kertsch fragend an.

»Der Oberst hat recht, solange sich kein Soldat außerhalb des militärischen Sperrgebiets betätigt, ist das kein Problem. Herr Oberst, das nehmen wir gerne an.«

Pagels lächelte unsicher.

»Es ist wohl das Mindeste, nicht?«

26

Es wurde dunkel. Die Sporthalle war jetzt ein regelrechtes Stabsquartier. Polizisten in Uniform und Zivil, Offiziere, Melder, die hinein- und herausliefen.

Grewe stand etwas abseits und telefonierte.

»Ja, es ist eine größere Sache, Schatz. Es kann die ganze Nacht dauern.«

Stina sagte etwas.

»Nein, mach dir keine Sorgen. Es ist nicht gefährlich, es ist einfach nur groß und kompliziert.«

Er hörte wieder zu.

»Ja, ich dich auch, unendlich. Und die Mäuse. Küss die Mäuse. Was?« Er lachte. »Ja, Oskar auch von mir aus. Wenn du unbedingt den Hund küssen willst.«

Stina sagte wieder etwas.

»Ja, ich melde mich. Kuss. Kuss.«

Er beendete die Verbindung.

Kertsch hatte abseits auch telefoniert. Er ging jetzt auf Grewe zu.

»Ich habe vom Leiter der Direktion grünes Licht. Er sagt, er sitzt mit eingeschaltetem Handy zu Hause und ist wach. Für alle Fälle. Und ich soll Sie grüßen.«

»Danke, Herr Kertsch.«

»Oberst Pagels hat ein interessantes Angebot gemacht. Die Aufklärungskompanie verfügt über eine Drohne mit Wärmebildkamera. Er kann sie über dem Truppenübungsplatz jederzeit ohne weitere Genehmigung fliegen lassen. Wir müssen lediglich eine Meldung über den Flug abgeben.«

»Ja, das klingt doch gut. Bis wir einen Polizeihubschrauber hier haben …«

»Eben. Dann nehme ich das Angebot an. Kommen Sie doch mit, Pagels ist draußen, soweit ich weiß.«

Sie traten vor die Halle. Das Bild, das sich ihnen bot, erinnerte an Kriegsfilme.

Soldaten bestiegen Lastwagen, einer nach dem anderen rollte vom Gelände. Die Soldaten waren unbewaffnet, darauf hatte die Polizei bestanden. Lediglich die Gruppen- und Zugführer sowie alle Offiziere, die sich an der Absperrung beteiligten, trugen zur Eigensicherung Pistolen.

Die Hundertschaft, die Kriminalpolizisten und die Kommandos würden ausreichend bewaffnet sein für die direkte Suche.

Dafür hatten je zwei Soldaten pro Gruppe Nachtsichtgeräte am Helm.

Pagels stand mit seinem Chef des Stabes, einem Oberstleutnant Bruckwitz, vor dem Stabsgebäude. Grewe und Kertsch gingen zu ihnen. Kurz bevor sie da waren, löste sich Bruckwitz von Pagels und lief zurück ins Stabsgebäude.

Kertsch ging auf Pagels zu.

»Herr Oberst, wir würden gerne den Einsatz der Drohne in Anspruch nehmen.«

»Ja, selbstverständlich. Möchten Sie die mobile Bodenstation eher hier oder auf dem Übungsplatz haben? Also Funkverbindung besteht in jedem Fall.«

Grewe überlegte.

»Ich denke, näher am Gelände ist besser. Ich werde ohnehin demnächst rüberfahren mit meinen Leuten.«

»Gut. Dann gebe ich dem Chef der Aufklärungskompanie Bescheid, er wartet. Es gibt einen alten Bunker, im südwestlichen Teil des Übungsplatzes, da ist eine größere Freifläche. Ich schlage vor, dort?«

Grewe nickte.

»Ja, den kenne ich. Das ist gut.«

Pagels sah ihn und Kertsch an.

»Mir tut das alles sehr leid. Es ist … es ist schwierig heutzutage. So ein Schicksal wie das von Rems oder jetzt Heinrich, wissen Sie, das kann man schlecht ertragen als Vorgesetzter.«

Grewe kniff sich selbst in den Nacken, rollte den Kopf vorsichtig hin und her.

»Ja, Herr Oberst. Aber möglicherweise sind es Soldaten wie Rohmann, die die Armee heute braucht.«

Pagels seufzte.

»Er ist ein guter Soldat. Gewesen. Aber er hat Grenzen überschritten. Das kann man nicht tolerieren.«

»Vielleicht sind es die falschen Grenzen. Vielleicht sind die Grenzen unserer Zivilisation von der Wirklichkeit überholt.«

Pagels sah einem weiteren Lastwagen nach, der Richtung Wache rollte.

»Das will ich nicht glauben, Herr Grewe.«

Grewe gähnte, dann entschuldigte er sich. Pagels lächelte.

»Ich bin auch sterbensmüde. Und die Nacht wird wohl noch lang. Apropos: Wollen Sie mit der Kleidung in den Wald?«

Grewe strich über seinen Mantel.

»Wird mir wohl nichts anderes übrig bleiben.«

»Na, wir werden hier doch noch etwas für Sie und Ihre Leute auftreiben.«

Eine Stunde später waren alle anwesenden Mitglieder der SoKo Rems zumindest mit Stiefeln, Pullovern oder wattierten Unterziehjacken und Tarnparkas ausgestattet, und sie setzten sich in Richtung Übungsplatz in Marsch.

Auf dem von Pagels beschriebenen Platz stand schon ein Bundeswehrlaster, in dessen Containeraufbau sich die Bodenstation der Drohne LUNA befand. Ein Hauptfeldwebel erklärte den Polizisten die Funktion der Geräte und wie sie die Drohne von hier aus steuerten. Sie war seit fünf Minuten in der Luft und zog ihre Bahn über dem Truppenübungsplatz.

»Wir haben die Wärmebildkamera installiert. Das ist natürlich trotzdem ein bisschen Ratespiel, weil ja auch Tiere im Wald sind, aber man sieht sich nach einer Weile ein und kann dann auch aus Bewegungsmustern schließen, ob es sich da um ein Wildschwein oder einen Mensch handelt.«

Grewe schaute auf das grünliche, etwas grießelige Bild. Jemand klopfte an die Tür der Station. Fuchs.

»Grewe, kommst du mal kurz raus?«

Sie gingen ein paar Schritte auf der Wiese. Fuchs rauchte.

»In der Leitstelle haben sie ziemlich gerödelt und bei einer Reihe von anderen Dienststellen angerufen. Es gab auffällige Einbrüche, einen in der Calwer Gegend, eine ganze Reihe hier. Klamotten, ein Schlafsack, Essen, geringe Geldmengen, Verbandsmaterial, Wasch- und Rasierzeug, Schnur, ein Rucksack, Zelt, 'ne Isomatte, überhaupt Campingzeug. Es sieht sehr danach aus, als würde Heinrich seit mehr als drei Wochen mehr oder weniger draußen schlafen. Zwei Bauern und ein Wochenendhausbesitzer in der Gegend haben Einbrüche gemeldet, bei denen so gut wie nichts gestohlen wurde, aber offensichtlich jemand in Häusern bezettwee Stallung oder Scheune geschlafen hat. Tja. Und in unserer Vermisstendatei ist er auch schon, allerdings ohne Berufsangabe, ohne Details.«

»Okay, Markus. Danke.« Grewe guckte in den völlig finsteren Wald. »Was macht das mit einem Mensch?«

Fuchs trat seine Kippe aus.

»Macht 'nen kalten Arsch. Und macht nicht freundlich.«

»Ja, da hast du recht. Da hast du recht.«

Plötzlich ging die Tür der Station auf.

»Herr Grewe. Wir haben was.«

Er war in eine Fichtendickung gekrochen, tief hinein. Er lag auf dem Bauch, die Kapuze über den Kopf gezogen. Das Gewehr lag im Anschlag auf seinem Rucksack, er hatte die Stütze gegen seine Schulter gelegt, die rechte Hand locker um den Schaft, den Zeigefinger gestreckt. Wenn sie Wärmekameras hatten, würde ihm das nichts nutzen, aber es fühlte sich sicherer an. Wenn er den verdammten Rocker nicht in die Rettungsdecke eingewickelt hätte, dann könnte er damit Wärmeabstrahlung verhindern, dann würde ihnen das Ding nichts nutzen.

Hätte, hätte.

Wasser über sich schütten, ging natürlich auch, aber dafür war es zu kalt, da würde er ratzfatz auskühlen.

Er hörte den Motor der LUNA, er kannte den Sound gut. Sie würden ihn kriegen, keine Frage. Wahrscheinlich war er ja auch mehr als eine Woche nach … der Sache noch hier, damit sie ihn kriegen konnten. Er war, wie könnte man es ausdrücken? Am Ende des Weges? So in der Art.

Ganz am Anfang hatte er ja gedacht, er könnte vom »Run« abhauen, hierherkommen, die Sache mit Rems erledigen und dann wieder zurück. Einfach mal den längsten »Run« aller Zeiten in der Geschichte des Combat Survival Course hinlegen. Es war ein guter Plan gewesen, er hatte sich Geld und Zivilklamotten besorgt, schon in der ersten Nacht, war ganz normal mit dem Zug gefahren und hätte auch genauso wieder zurückgekonnt, die Klamotten wegwerfen, den Overall, die selbstgeschneiderten Sachen aus Wolldecke, und die ollen Stiefel wieder ausgraben und sagen: »Hallo, da bin ich.«

Aber nachdem er Rems getötet hatte, war alles anders geworden. Er hatte jede Richtung verloren, jedes Wollen.

Das war das Schlimmste.

Er hatte Rems umgebracht, weil er dachte, das würde ihn endlich wieder frei machen. Frei von all den Erinnerungen, frei von der Schuld, die er empfand, obwohl es ja nicht seine Schuld gewesen war. Die Scheißtaliban waren schuld. Rems war selber schuld. Er hätte auch ohne Beine noch was aus seinem Leben machen können. Er hatte eine tolle Frau, ein Kind. Warum hatte er das alles weggeworfen?

Und dann war da dieser eine Abend gewesen. Er hatte Rems wieder mal besucht, ihm mal was zu lesen mitgebracht, der war doch nicht doof. Zwei Pizzen und eine Flasche Wein.

Rems war total dicht gewesen, hatte Wodka gesoffen und rumgebrüllt und dann geheult. Wegen seines Sohns, wegen seiner Frau. Dabei war *er* doch abgehauen. *Er* hatte das alles weggeworfen. Und er hatte auch nie rumgeheult deswegen, bis zu diesem Abend. Und er hatte zu ihm gesagt, Leute wie er, Kameraden, die die Scheiße auch durchgemacht hätten, das wären die Einzigen, die einen verstehen. Bis zum Tod.

Und da hatte es klick gemacht.

Da hatte er gedacht, Rems will es. Er will, dass du es tust. Weil du ein Kamerad bist, weil du ihn verstehst und vor allem: Weil du es kannst!

An diesem Abend hatte er den Ersatzschlüssel von Rems' Bude mitgehen lassen. Und dann hatte er sich alles genau überlegt.

Es war ein guter Plan gewesen, und er hatte geklappt. Rems war schnell und gnädig und ohne, dass er damit rechnete, gestorben. Er hatte ihn dann ein bisschen zugerichtet, das war ihm nicht leicht gefallen, aber er hatte gedacht, es sähe so eher nach einem Mord aus als nach einer Erlösung, das würde ihn nicht in Verdacht bringen. Es hatte sich richtig angefühlt und gut. In den ersten Stunden.

Aber auf Dauer hatte es ihm nicht geholfen, nur Rems.

Und jetzt war er hier. Am Ende des Weges.

Auch den Rocker zu befreien hatte ihn nicht erleichtert. Er hatte gehofft, damit etwas ins Lot bringen zu können. Auszugleichen. Man musste immer ausgleichen. Das war wichtig. Gleichgewicht. Maß.

Und er wollte nicht, dass Kameraden in dieselbe Art Scheiße rutschten wie er.

Aber es hatte ihm nichts genutzt. Und den Kameraden wahrscheinlich auch nicht. Nur dem Wichser, der eigentlich nichts anderes verdient hatte, als was er von den Kameraden gekriegt hatte. Der war jetzt safe.

Er lauschte.

Mann, waren die laut.

Sie umstellten den Wald.

Sie würden ihn kriegen.

Ganz sicher.

Es war ihm egal.

Die Kette um den Wald war einigermaßen dicht. Mehr als sechshundert Mann standen da. Die Soldaten sollten nur sehr langsam vorrücken, nur um noch etwas dichter zu kommen. Innerhalb des Rings bewegte sich die Polizeikette in Sichelform durch den Wald auf einen bestimmten Punkt zu. Mit Lampen und Hunden.

Grewe und seine Kollegen im Zentrum, in einigem Abstand vor der großen Kette arbeiteten sich die Leute der Spezialeinheiten vor. Sie trugen Nachtsichtgeräte.

Der Hauptfeldwebel hatte ihnen einen Punkt auf dem Bildschirm gezeigt.

»Das muss er sein. Hat sich unschlüssig bewegt, offensichtlich ein

Versteck gesucht, und da verharrt er jetzt. Ein Tier wäre schon längst weitergerannt. Ich bin mir ziemlich sicher, dass er das ist.«

Jetzt waren sie im Wald. Auf der Jagd.

Sie hatten ihre Pistolen gezogen und hielten die Mündungen knapp vor sich auf den Boden gerichtet.

In ihren Ohrstöpseln knackte der Funk.

Er hörte, dass sie näherkamen. Die LUNA hatte ihn sicher entdeckt, und jetzt kamen sie. Er überlegte.

Wenn er ein heller Punkt im Bild war, dann waren die viele helle Punkte, die sich auf seinen hellen Punkt zubewegten. Er musste sie nahe herankommen lassen und dann versuchen, zwischen ihnen zu verschwinden. Die hatten bestimmt Nachtsicht, aber für einen Moment wären sie in der Drohnenbasis verunsichert. Da konnte er einsickern.

Er nahm das Gewehr vom Rucksack hoch und zog seinen Oberkörper zurück, brachte dann den Hintern auf die Füße, hob den Oberkörper und kniete jetzt auf dem Boden, das Gewehr hielt er in beiden Händen vor sich.

Er zog das rechte Bein unter dem Hintern raus und stellte den Fuß auf die Erde.

Jetzt konnte er jederzeit lösspringen.

Sie kamen näher.

»Ihr seid jetzt ganz nahe, maxi hundert Meter noch.« Die Meldung kam von der Bodenstation der Drohne. Sie galt den Jungs von MEK und SEK. Die waren wiederum gut fünfzig Meter vor den anderen Kräften. Sie gingen noch gut zwanzig Meter vorwärts, dann gab Grewe die Anweisung, stehen zu bleiben.

Die Spezialisten gingen weiter.

Sie würden versuchen, zu Heinrich Sichtkontakt herzustellen. Der konnte sie jetzt mit Sicherheit hören. Wenn sie Sichtkontakt meldeten, dann würden sie entscheiden, ob sie einfach zugriffen oder Grewe Heinrich per Megafon anrufen sollte. Dann würden die Hauptkräfte sich auch wieder annähern, und es liefe auf Verhandeln und Zermürben raus. Die Zeit arbeitete gegen Heinrich, das war klar. Er war müde, er war allein. Und irgendwann würde es hell werden. Sie mussten nichts überstürzen.

Er sah Bewegung, hören konnte sie ja ein Tauber. Sie kamen von vorn auf ihn zu. Jetzt musste er sich schnell etwas einfallen lassen. Rings um ihn lag noch Schnee. Hier kam keine Sonne hin, keine Wärme. Er öffnete leise, aber schnell den Rucksack und kramte eine Flasche Spiritus raus. Dann zog er seine Jacke und den Pullover aus und stopfte beides in den Rucksack zu den anderen Sachen. Er stellte den Rucksack aufrecht und goss die Flüssigkeit in den Rucksack, tränkte den ganzen Inhalt damit, zog ein Feuerzeug aus der Hosentasche. Dann legte er den Sack wieder hin. Er streckte sich im Schnee aus und ließ seine Kleider sich ganz vollsaugen mit kaltem Wasser, das Hemd, die Hose. Er begann zu frieren, seine Muskeln fingen an zu zittern. Er ging in die Hocke, rieb sein Gesicht mit Schnee ein, die Arme.

Dann entzündete er mit zitternden Fingern das Feuerzeug und hielt es an den Rucksack, der schnell zu brennen anfing.

Er griff das Gewehr und zwei Munitionsclips, mehr konnte er nicht mitnehmen, und verschwand.

Grewe starrte angestrengt ins Dunkel, aber er konnte nichts sehen.

Per Funk hatten sie mitgekriegt, dass die Spezialeinheiten stehen geblieben waren. Sie hatten einen Schein gesehen, Glimmen.

Jetzt meldete sich der Operator der Drohne.

»Er wird plötzlich heller, ganz komisch. Also, er wird wärmer.«

Und kurz danach vom SEK: »Da brennt was. Genau auf Position. Gehen vor.«

Wieder kurz danach.

»Fuck. Der hat seine Sachen angezündet und ist weg.«

Grewe fluchte. Er sprach ins Funkgerät.

»Hier Grewe, ich komme vor zu euch.«

Grewe ging schnell, die anderen zogen langsam nach. Er schaute nach vorn, suchte die Kollegen. Wie konnte so etwas passieren? Modernste Technik, jede Menge Profis. Mist. Jetzt konnte Grewe den

Schein auch sehen und schemenhaft die Spezialisten. Er verfiel in Laufschritt.

Der Schlag kam völlig überraschend. Und dann lag er auf dem Boden.

Er fror entsetzlich, aber das Laufen tat ihm gut. Das kurze Ausweichen würde ihm nicht viel bringen, er war jetzt schon unterkühlt, aber darum ging es nicht. Er wollte nicht mehr davonkommen. Er wollte nur selbst bestimmen, wann es zu Ende ging. Er war schon ein paarmal davongekommen, und was hatte es genutzt? Einen Scheiß.

Er hatte den engen Ring der SEK-Typen passiert, die hatten sich ablenken lassen, es hatte funktioniert.

Da vorne war die große Truppe. So wie er jetzt fror, war er unsichtbar für das Wärmebildgerät. Er lief noch schneller.

Was war eigentlich sein Plan? Egal. Er brauchte keine Pläne mehr. Es war nur der Kick. Er hatte den Lehrgang geschmissen, das Kommando, alles. Er hatte einen Kameraden getötet. Einen Freund.

Nein, er brauchte keinen Plan mehr.

Da kam ein einzelner Mann. Genau auf ihn zu. Mit Feldanzug und Pistole in Vorhalte.

Er glitt schnell hinter einen Baum.

Als der Mann an ihm vorbeiwollte, schlug er zu. Es riss den Kerl von den Füßen; er kriegte einen Arm des Stürzenden zu fassen und brachte ihn kontrolliert nach unten. Dann setzte er ihm den Fuß in den Nacken und hielt ihm das Gewehr an den Kopf.

»Endstation.«

Grewe lag auf dem Boden, die Pistole war weg, sein Arm und sein Kopf taten weh, und jemand hielt ihm etwas Schmales, Hartes gegen den Kopf.

Und dieser jemand sagte »Endstation«.

O Gott. Die Kinder. Stina.

Grewe wollte die Augen schließen, aber dann riss er sie weit auf, nein, er musste jetzt wach sein, da sein, dann würde er davonkommen.

Sein Gesicht lag in Schneeresten und stark riechenden Blättern. Er hörte rings um sich die Kollegen, er war nicht allein. Sie würden ihn retten.

Was war jetzt wichtig? Jetzt.

Nichts sagen, zuhören.

Aber der Angreifer sagte nichts.

Der Mann lag auf dem Boden, regungslos. Er atmete bloß hektisch. Panik, klar. Das Gefühl kannte er. Sollte der Kerl ruhig auch mal kennenlernen.

Wer war das überhaupt? Kein Soldat, die Hose hing über den Stiefeln, er trug weder eine vorschriftsmäßige Mütze noch einen Helm.

Ein Bulle? Warum im Feldanzug?

Egal.

Der hatte doch eine Pistole gehabt, das hatte er im Augenwinkel gesehen. Wo war die hingeflogen?

Er kniete sich hin, nahm das Gewehr aber nicht vom Kopf des Kerls. Er tastete herum.

Da war sie.

Keine P8. Eher eine Sig. Klar. Bullenwaffe.

Er stand wieder auf.

Grewe versuchte, seinen Atem zu beruhigen. Es gelang nicht. Er fing an zu frieren, er zitterte. Der Mann zitterte auch, das spürte Grewe an der Waffe, die er ihm immer noch an den Kopf hielt. Warum sagte er nichts? Sie mussten reden. Grewe wollte etwas sagen, aber er bekam erst mal keinen Ton raus. Er hustete.

Dann ging es. Leise.

»Oberleutnant Heinrich.«

Heinrich kniete sich neben Grewe, das Gewehr löste sich von seinem Kopf, aber gleich darauf bedrohte Heinrich ihn mit seiner eigenen Pistole.

»Wer bist du?«

Er wollte seinen Namen wissen. Das war ein gutes Zeichen.

»Ich heiße Kurt Grewe. Ich bin Polizist.«

»Ja.«

Die Pistole schlug im zitternden Rhythmus an Grewes Kopf, das tat höllisch weh in der Kälte.

Grewe hörte die Stimmen der Kollegen.

»Wo ist Grewe?« Therese. Therese. Therese. Bitte.

»Keine Ahnung.« Den kannte er nicht. Oder war das Derksen?

»Greeewe!« Therese. Ach, Therese.

»Hey, Cheef!« Fuchs.

Sie vermissten ihn. Er vermisste sie auch. Sehr.

»Steh auf.« Heinrich.

»Ich glaube, ich brauche Hilfe beim Aufstehen.«

Heinrich griff unter seinen Arm und zog. Er hob Grewe an, als wäre er ein dickes Kissen, sonst nichts.

Grewe stand, er hatte Heinrich nicht sehen können, der war schon hinter ihm und hielt ihm wieder die Pistole an den Kopf.

»Vorwärts.«

Grewe hob die Hände langsam und ging vorwärts, in Richtung der Kollegen.

Geiselnahme.

Das war okay. Dafür hatten sie Spezialisten, und die waren alle hier. Es würde gut ausgehen.

Sie näherten sich den Kollegen. Da standen sie. Alle. Und starrten ihn an.

Heinrich blieb stehen und bedeutete Grewe, ebenfalls stehen zu bleiben.

Niemand sagte etwas. Sie starrten einfach nur.

Die ersten Schritte mit dem Polizisten hatten sich ganz gut angefühlt. Er hatte eine Geisel. Das bedeutete, er hatte Spielraum. Oder?

Sie hatten bei Lehrgängen schon solche Situationen geübt. Vor Afghanistan hatte er sich darüber natürlich auch viele Gedanken gemacht. Könnte ja vorkommen.

Er wusste, dass er gar keinen Spielraum hatte. Die würden ihn nicht durchlassen. Sie würden alles tun, ihren Kollegen zu retten, und er war ihnen scheißegal.

Und er wusste, wie gut die Typen schießen konnten. Beim Bund schossen nur die Kommandosoldaten so viel und so präzise wie die SEK-Typen.

Er war kein Kommandosoldat. Nicht ganz. Tja. Selber schuld.

Er blieb stehen und zupfte den Bullen kurz an der Jacke, damit er auch stehen blieb.

Da standen sie alle. Um seinen brennenden Rucksack und glotzten ihn an.

Er war seit mehr als drei Wochen auf dem »Run«. Sie hatten ihn nicht gekriegt.

Jetzt waren sie schon vor ihm gestanden, hatten ihn im Wärmebild, hätten ihn gleich mit Nachtsicht im Blick gehabt. Aber er war noch mal weggekommen. Nur kurz, aber immerhin.

Er war gut. Er kam immer davon.

My rifle and myself are the saviors of my life.

So be it, until there is no enemy, but peace.

Amen

Es kotzte ihn an, immer zu überleben.

Grewe sah in Thereses Augen. Wenn es passierte und seine Familie so weit weg war, dann würde es schön sein, dabei in Thereses Augen zu sehen. O Gott, so was durfte er nicht denken, das brachte Unglück.

Die Kollegen würden das hinkriegen. Es war eine schwierige Situation, aber es war Standard.

Sie würden es hinkriegen.

Die Kommandokollegen hatten die Waffen im Anschlag.

Plötzlich bekam er einen Stoß in den Rücken. Grewe stolperte und ließ sich einfach zu Boden fallen.

Ein Riesengeschrei ging los, Befehle, Warnungen.

Und dann ein Schuss.

Hinter ihm.

Ein Mann fiel um wie ein Sack.

Hinter ihm.

27

Grewe bekam im Rettungswagen ein leichtes Beruhigungsmittel, ansonsten ging es ihm gut. Es hatte Umarmungen gehagelt, sogar von Fuchs, Therese war in Tränen ausgebrochen. Pagels hatte einen Geländewagen geschickt, damit Grewe nicht zu Fuß zurücklaufen musste.

Es war vorbei.

Oberleutnant Heinrich hatte sich mit Grewes Waffe erschossen.

Es war nicht vorbei.

Sie mussten heute einige Männer vorläufig festnehmen, vernehmen, ihre Anwälte kontaktieren oder ihnen Pflichtverteidiger besorgen, sie dann vermutlich auf freien Fuß setzen bis zur Verhandlung, die ihr Leben aus der Bahn werfen würde, weil sie alle danach keine Soldaten mehr sein konnten.

Noch nicht mal die Festnahme von Rohmann würde Grewe auch nur ein bisschen gefallen.

Die Männer hatten Fehler gemacht, aber nur, weil sie wütend waren über den Untergang eines geliebten Kameraden.

Ob Heinrich wirklich der Mörder von Rems war, würden sie noch herausfinden müssen. In den verbrannten Resten seines Rucksacks hatten sie unter anderem einen einzelnen Schlüssel und ein Kampfmesser gefunden.

Kertsch ordnete an, dass die SoKo »Rems« geschlossen nach Hause gehen solle. Die Festnahmen konnten andere Kollegen in die Wege leiten.

Grewe würde gerade zur rechten Zeit kommen, um die Kinder zu verabschieden, und Stina würde ihn unter die Dusche schicken und sich danach mit ihm ins Bett legen, bis er eingeschlafen war.

Therese würde sich todmüde die Treppen zu ihrer Wohnung hochschleppen, auf dem Anrufbeantworter eine Nachricht von Heiko Leptien haben und danach sofort wieder die Treppen hinunterlaufen, für ein opulentes Frühstück einkaufen und selbiges zu Leptiens Wohnung transportieren.

Sie würden es aber erst eine ganze Weile nach ihrer Ankunft essen …

Estanza, Claudi und Fuchs würden in die »Acht« gehen und sich dort Berge von Eiern mit Speck und Würstchen einverleiben, dazu erst Kaffee, dann Bier, dann Schnaps trinken. Gegen zwölf Uhr dreißig würden sie eingehakt an der Direktion vorbeitorkeln, Estanza nach einem Taxi winken und Fuchs und Claudi in diesem Taxi wegfahren.

Estanza würde auf den Stufen der Dienststelle einschlafen, bis ihn Kollegen endlich hineintragen und im Ruheraum parken würden.

Und in drei Tagen würden sie herausgefunden haben, dass der Schlüssel aus Heinrichs Rucksack zu Rems Wohnungstür gehörte, das Kampfmesser zu dessen Verletzungen passte und es Fingerabdrücke und Faserspuren von Kleidung aus Heinrichs Besitz in der Wohnung von Rems gab.

Und dass Mike Perschel auch für den Mord an Rems ein Alibi hatte.

Sie würden die Akte also schließen.

Samantha Rems würde die Nachricht mit Unglauben aufnehmen. Grewe und Therese würden lange mit ihr sprechen und ihr sagen, dass auch sie nicht verstanden hätten, warum Heinrich das getan hatte.

Es sei vielleicht einfach der Krieg gewesen, der die beiden Männer so lange danach noch getötet hatte.

Das Bild der weinenden Frau, die ihren kleinen Sohn an der Hand hielt, während er den Polizisten zum Abschied winkte, würden Grewe und Therese nie vergessen.

Aber das alles wussten sie jetzt noch nicht. Sie standen bei ihren Autos und schauten über die Landschaft.

Die Sonne ging langsam auf.

Es fing endlich an zu tauen.

Der Frühling war da.

Nachwort

Es gibt keine Luftlandebrigade 42, sie ist Produkt meiner Fantasie. Auch entspricht die beschriebene Belegung und Organisation der fiktiven Theodor-Körner-Kaserne keiner existierenden Kaserne einer Fallschirmjägereinheit der Bundeswehr. Für die handelnden Personen und geschilderten Vorfälle gab es keine realen Vorbilder.

Dennoch habe ich mich bemüht, die Lebens- und Arbeitswirklichkeit von Bundeswehrsoldaten zu Hause und im Einsatz so realistisch wie möglich zu schildern.

Wo mir das gelungen ist, habe ich dies hauptsächlich folgenden Personen zu verdanken: Oberst d. R. Udo Lauer, Oberleutnant Markus Jost, Leutnant Hans-Georg Kunz und einem nicht genannt werden wollenden Stabsfeldwebel.

Darüber hinaus danke ich allen Soldatinnen und Soldaten, die mir während mehrerer Reserveübungen offen von sich und ihren Erlebnissen berichtet und mich vorurteilsfrei in ihrer Mitte aufgenommen haben. Sie haben mir sehr geholfen zu verstehen, was es bedeutet, Soldat einer Bundeswehr im Einsatz zu sein.

Stellvertretend für viele seien hier genannt: Claus-Peter Schulz, Gerhard Hartmann, Dirk Schulz, Eike Sinzig, Horst Wilhelm, Christoph König, die beiden Rupperts, Patrick Bernardy, Helmut Schmitt sowie Hans-Peter Breit vom Kreiswehrersatzamt Saarlouis.

Für das gigantische Erlebnis, einen Sprung aus viertausendzweihundert Metern Höhe nicht nur zu überleben, sondern sogar Spaß dabei zu haben, danke ich Hauptfeldwebel Uwe Behrens.

Wo immer sich Fehler in der Schilderung militärischer Abläufe und Gegebenheiten finden, sind sie mir allein anzulasten.

Manches habe ich absichtlich verfremdet, manches habe ich aus dramaturgischen Erwägungen frei erfunden oder Erfundenes mit Realem vermischt.

Insbesondere die Schilderung von Grewes gescheiterter Ausbildung zum Kommandosoldaten lehnt sich zwar an den ersten Versuch einer solchen Ausbildung in den B1-Kompanien der Fallschirmjägerbataillone seit ca. 1989 an, der geschilderte Ablauf ist aber von mir erfunden beziehungsweise auf der Basis tatsächlich auch heute noch stattfindender Ausbildungsabschnitte (wie beispielsweise dem Combat Survival Course) frei gestaltet.

Für alles, was jetzt an Fehlern noch übrig bleibt, muss ich um Verzeihung bitten …

In puncto Polizeiarbeit haben mir eine Reihe saarländischer Ermittler und Bereitschaftspolizisten während diverser *Tatort*-Dreharbeiten dankenswerterweise Unmengen von wertvollen Geschichten erzählt. Ohne diese Menschen und ihre Erzählungen hätte ich mich nicht getraut, einen Kriminalroman zu schreiben, weil mein Respekt vor dem Beruf des Polizeibeamten über die Jahre sehr groß geworden ist.

Konkrete und unschätzbare Hilfe bei diesem Roman – insbesondere bei allem, was Spuren und Tatortarbeit angeht – hat mir Gerhard Vogelgesang von der Tatortbereitschaft der Landespolizeidirektion Saarbrücken geleistet.

Für diese Hilfe und seine Freundschaft danke ich ihm von ganzem Herzen.

Auch hier gilt: Alles richtig Geschilderte verdankt sich den Profis, alle Fehler ausschließlich mir.

Inspiration bekam ich aus einer Reihe von Sachbüchern unter anderem von Heike Groos, Leah Wizelman und Julian Reichelt sowie dem Artikel »Das Kundus-Syndrom« von Anita Blasberg und Stefan Willeke, der in der *ZEIT* erschien.

Der Ort der Geschehnisse, die Stadt, in der Kurt Grewe, Therese Svoboda und all die anderen leben und arbeiten, ist fiktiv. Sie liegt eher im südlichen Teil Deutschlands, weil ich dort den größten Teil meines Lebens zugebracht habe. Ansonsten ist das Bild der Stadt und ihrer Bewohner der Fantasie jedes Lesers selbst überlassen.

Auch alle Figuren sind frei erfunden. Lediglich einige Namen habe ich mir von Menschen (und einem Hund) geborgt, die ich mag. Sie sollen versichert sein, dass, gleich welchen Charakters die Figuren sind, die ihre Namen tragen, Sympathie der einzige Grund für ihr Auftauchen in diesem Roman ist.

Großer Dank geht an meine Agentinnen, Rebekka Göpfert und Karin Graf, die mich beim Wechsel vom Sachbuch zum Roman stets unterstützten. Besonders Rebekka Göpfert war, wie immer, verschwenderisch mit aufmunternden Worten, sparte aber auch nie an gerechtfertigter und fundierter Kritik.

Special thanks to Stuart for the Grouse. It helped a lot in many ways.

Last but not least geht mein steter und tiefer Dank an meine Frau Tanja. Dass man als Autor mit einer wunderbar klugen Autorin zusammenlebt, die liebevoll, professionell und streng die Erstleserfunktion wahrnimmt, darf als Himmelsgeschenk bezeichnet werden.

Außerdem danke ich ihr und unseren Kindern für Brote, Tee und Nachsicht.

Vor allem aber dafür, dass sie jeden Tag mein Leben retten.

Gregor Weber